沈南乔 —— 著

你迟到的这么多年

上册

SPM 南方传媒　花城出版社

中国·广州

图书在版编目（ＣＩＰ）数据

你迟到的这么多年 ： 上、下 ／ 沈南乔著. -- 广州 ：
花城出版社，2023.7
ISBN 978-7-5360-9645-5

Ⅰ．①你… Ⅱ．①沈… Ⅲ．①长篇小说－中国－当代
Ⅳ．①I247.5

中国国家版本馆CIP数据核字(2023)第117142号

出 版 人：张　懿
责任编辑：陈诗泳
责任校对：衣　然
技术编辑：凌春梅
封面设计：张年乔
封面插画：一　乐

书　　　名　你迟到的这么多年
　　　　　　NI CHIDAO DE ZHEME DUO NIAN
出版发行　花城出版社
　　　　　　（广州市环市东路水荫路11号）
经　　　销　全国新华书店
印　　　刷　广州市岭美文化科技有限公司
　　　　　　（广州市荔湾区花地大道南海南工商贸易区A幢）
开　　　本　880毫米×1230毫米　32开
印　　　张　18.25　2插页
字　　　数　450,000字
版　　　次　2023年7月第1版　2023年7月第1次印刷
定　　　价　88.00元（全二册）

如发现印装质量问题，请直接与印刷厂联系调换。
购书热线：020-37604658　37602954
花城出版社网站：http://www.fcph.com.cn

目 录
C O N T E N T S

第一章

旧故里草木深

宁以沫看见他的那一刹那，就知道自己是在做梦。

她一个激灵醒来，还有些梦里的残影：他站在一片晃动的、满是尘埃的阳光里，身上的衬衣纯白无瑕，像他们共同走过的纯真年代。只是她很清楚，那样的时光再也不会有了。

她不想眷念，睁开眼。想到今天的头等大事——和图林先生八点的会面，她翻身而起，一边绾发一边朝卫生间走去。

图林先生的办公室在津城市中心的最高处，此刻，宁以沫终于坐在了里面。

3月的雨如烟如雾，无声无息地在落地窗外飘出一片混沌的灰白色。这样的天其实不适合访客，更不适合商谈——基调里写着"丧"。

宁以沫的心情这会儿就很丧。

她看着图林不断开合的嘴，眉不自觉地微蹙起来。来之前，她对这次会面充满期望。因为邹诚达告诉她，图林能帮她把"喜绿"卖到全世界。她以为自己会见到一位英国的茶道大师，但一席话下来，她发现对方只是一个浅薄的"炒家"。他喋喋不休地炫耀自己的战绩，比如怎么把福建的白茶运到云南，换个"月光白"的名字，造一些原本不存在的概念，做火了白茶市场；又比如怎么联合其他大炒家，狂掷数亿把普洱茶炒出天价。

她垂下眼帘，眸光向左侧扫去，瞥见窗外一对盘旋的大鸟，也不知那是来鸿还是去雁，但无论是什么，似乎都比这场脱了轨的谈话多些兴味。

"说起来，中国作为堂堂茶之故乡，最精髓的茶道文化却被日本人传承发扬，做到极致；中国茶业发展到今天，也没有一个像立顿一样的大品牌。作为中国茶人，你作何感想？"图林交握在胸前的十指突然打开，深陷在眼眶里的黄色眼珠盯住宁以沫，嘴角浮出讥诮的笑。

宁以沫感觉受辱，脸色凛然起来。她眼梢微挑，像是重新审视这个人一样，把他带着些恶意的笑脸认真看了一遍。

图林其实很懂茶。

半个月前，邹诚达带了一罐茶叶给他，说是一位年轻制茶师制的绿茶，茶名"喜绿"，用的是聿城七莘山的茶叶。茶是绝好的茶，一盏茶的工夫，他就决定要把这罐茶卖出黄金价格。当然了，他需要按传统玩法，给这茶换个日本出身。而亲手制出这款茶的人也不该是个中国姑娘，而该是日本的某位茶道大师。

他这次见宁以沫的目的很简单，掂量一下她的斤两，打压一下她的傲气。不过会面一聊，他发现对方颇有几分棘手：她看上去谦逊，骨子里却骄傲，像中国的竹子，似容易摧折，但上手去折，会发现非但折不断，而且会遭到很严重的反弹。

沉吟了几秒钟后，宁以沫冷静地反问："图林先生，什么是茶道文化？达官贵人用橄榄核烧水是茶文化，寻常人家往水里放块竹炭也算得上茶文化；拿建盏喝茶是文化，端大瓷碗喝茶也是文化。茶在中国从不缺大雅之堂上的繁复礼节，区别于日本对传统的保留，我们的茶道随历史不断流变，越来越多元化——要森严规矩有森严规矩的，要平易近人有平易近人的。柴米油盐酱醋茶，茶是我们老百姓的开门七件事，是融入骨血的东西。要论极致，我们把茶喝到家家户户，不正是极致吗？"

顿了顿，她又说："我们中国人绝对不会因为茶叶末子卖成世界品牌而骄傲，我们中国人骄傲什么？浙江的龙井，福建的大红袍、铁观音，云南的普洱、滇红……太多太多了。我们用不着输出形式，我们输出茶叶本身。"

怼完图林，她感觉每个毛孔都酣畅淋漓；当然，她也清楚又有一扇门对自己和喜绿关上了。

从聿城回七莘镇，坐巴士走高速要一个多小时。下了车，一股小镇独有的"青味"袭入宁以沫鼻端，那是茶叶萎凋时发出的自然青草气。七莘镇挨着七莘山，家家户户都有茶园，家家户户都制茶。七莘山地处产茶黄金纬度带，产得好茶，只可惜名不见经传，上佳的绿茶也只能贱价批发给外地茶厂做原料。

她沿着石桥的台阶下到古城里，不多时就走回了老宅门口。老宅是栋临江建的两层木楼，虽然老旧些，但体量和进深都很大。前几年她和"死党"姜敏、管小潮一起把老宅翻修了一下，挂了块刻着"问山居"的匾，在这里开了他们的茶叶公司。

以沫推开问山居的厚重木门，瞧见姜敏坐在天井下化妆。摄像头开着，正准备开直播。他们合伙开的茶叶公司盈利甚微，营销总监姜敏业余还需兼职做网红养活自己，捎带宣传一下自家的茶叶。

管小潮听见响动，从屋里伸出脑袋："你跟那个图林谈得怎么样啊？"

姜敏放下化妆刷，头也没回，拿梳子从额头上挑出两绺头发，一边咔嚓咔嚓地剪一边问："对啊，什么结果啊？"

宁以沫闷声道："不怎么样。"

两人其实就是例行公事问一下，他们人穷志短，只求公司能活下去，其余的什么都不敢奢望。管小潮听完，连个"哦"字都没给就缩回屋里继续"吃鸡"。

宁以沫走到姜敏背后："干吗又折腾你那几根头发？"

"没看见本中年少女的发际线快秃成天猫了？"姜敏剪完头发，拿眉笔在两边额角唰唰补上几笔，"这是我刚研究出来的发际线补救大法。"

画完发际线，姜敏解开衬衣的第三颗扣子，把衬衣下摆往下拉了拉，露出雪色的沟壑。宁以沫一只手放在她的肩上，语重心长道："姜大姐，底线这东西降了就回不去了。"

姜敏"嗷呜"一声揪住领口，掩去优秀的曲线："这不是没办法嘛！我昨天刚经历了一次史诗级的掉粉现场，今天必须找补一下。"

"怎么？"

"昨天一土豪给我刷了艘游艇，然后问我真名叫什么。我热血一上头就说了，结果有个观光的小'碧池'说，原来你是'80后'哦，只有'80后'的老阿姨才会取这种敏啊娟啊的两个字的名字，我们'90后'都叫什么梓萱、妙艺好吗？她一说完，那粉掉得真叫一个……不堪回首。"姜敏双手捧住苹果肌，咬牙切齿，"我真是冤，当年要是能在我妈肚子里多扛几小时，出生日期就是1990年1月1日了！"

宁以沫耐心听完她这通聒噪，落在她肩头的手拍了一下："落土八分命。姜大姐，节哀。"

说着，以沫转身去后厨找出前日买的食材，开始给一屋子人准备饭。全靠一手好厨艺，这一屋子"吃货"方才唯她马首是瞻。

饭菜上桌，两个"吃货"闻风而来。姜敏一边喝汤一边瞄着食不知味的以沫："怎么还是这么丧？"

以沫放下咬在嘴里的筷子："记得我们中学时看的那本漫画吗？里面有句话说，如果一个亚洲人和你谈论茶道和围棋，你会觉得他是日本人还是中国人？看看——明明都是我们的东西，却成了别人的符号。"

管小潮听话听音，一下子就猜到她早上遇到了什么戳心窝子的事儿："咱们做茶就做茶，不要论道。和隔壁岛比强迫症、仪式感，那绝对是干不过的。"

"我只是不甘。以前我满脑子想的都是把'喜绿'这个牌子做起来，但现在我觉得自己找到了一个更大的命题，我要做传统茶文化的输出。"

说完，她放下碗筷："你们吃吧。"

"你干吗去啊？"姜敏跟着起身。

"我去摊青房看看，上一批茶叶今天夜里可以杀青了。"

姜敏皱着眉头说："我刚看见你旧伤口上又发水疱了，这种时候还怎么亲自炒茶啊？"

管小潮的目光不由自主地落在以沫左手上，因为长期手工炒茶，在高温里揉捻茶叶，她的手略有些粗老，手掌比寻常女孩宽厚，指腹和掌心有一层薄薄的茧。更让人惊心的是，她左手大拇指断了半寸，虽已长圆润了，但缺了指甲盖，透着怪异嫩红的指尖，多少有些骇目。

见他的视线一直停在她的断指上，以沫的手微微抖了起来，过了几秒，她收回手，习惯性地手握成拳，用另四根指头将弯曲度不是很好的大拇指藏匿起来。

"戴着手套，不碍的。"

姜敏望着她的背影叹了口气，这么多年了，那个害她断指的人早已经消失在人海，但他留给她的伤痕还在，且每年清明潮湿时节，都要发一些又疼又痒的水疱折磨她，让她此生此世都无法真正忘记他。

炒茶房里，大火烧着铁锅。以沫躬身把脸往锅边一凑，感觉锅底温度够了，便倒下茶叶快速翻炒起来。炒茶是个劳心劳力的活儿，两手戴上一副棉纱手套就要下到200℃的高温里不停翻炒，"茶不离手，手不离茶"，片刻不能马虎。

一双手，一口锅，这是20世纪的炒茶法，现在的茶厂普遍用机器炒。不过普遍的方法自然只能产出普通的东西——机工炒的茶，含水量永远比手工炒的高1%，这看上去可以忽略不计的1%，恰好决定茶有没有灵魂。

以沫的手掌轻灵地在锅底画着弧线，青叶随着她的手劲翻飞。此时此刻，她的精神高度紧张。绿茶三成看原料，七成看炒功，任何一个细小的失误都有可能毁掉一锅茶。眼见杀青适度了，她脱去手套，运用手腕上的巧劲揉搓茶叶。末了，她按照自己的习惯，把茶叶做成针形。

做完两锅茶，已经到了深夜。腰酸腿疼的以沫拿起手机，点开微信，找到辜江宁的头像："睡了吗？"

那边没有回复。

辜江宁是以沫青梅竹马的男朋友。

人们听到青梅竹马的爱情，都会露出艳羡的表情。在普通人的想象里，两个人从细水长流的相守里慢慢萌发出微妙的爱意，然后让这爱意开花结果，有一种百炼成金、至真至纯的坚定感。

但只有身在其中的人才知道，这种关系里少的是什么。

以沫不抱期待地把手机丢去一旁，捏了捏自己的后颈，有些落寞地往门口看去，门口正对着天井里的水龙头。前几年他们落魄时，80元一斤的大樱桃，江宁偶尔买一斤回来给她，每天当宝贝似的吃几颗，他洗她吃。有一次他在那里洗樱桃，她喂了一颗进他嘴里，他又吐出来洗干净放回她嘴里。她是那一刻想跟他结婚的——相濡以沫，不外如是。

但似乎也正是那一刻，江宁决定离开她，去外面的世界一搏。这几年他没日没夜，风餐露宿，黄沙万里觅封侯，事业越做越大，传回来的音信越来越少。渐渐地，她对他一无所知起来。可能她想着相濡以沫时，他想的是屈居泥淖，不若相忘江湖吧。

早晨，以沫正在厨房做粥，管小潮突然惊慌失措地冲了进来："以沫，我刚接到个很不好的消息。我刚才找工头要清明前一周的采茶工人名单，没有要到。马轩出高价把所有采茶工都包了。估计是这家伙从哪里听到风声，知道邹诚达今年要采购喜绿，故意使坏！"

以沫眉头紧了紧。三年前，姜、管二人跟她回七莘镇创业时，一个叫马轩的富二代也拉了帮人进驻七莘镇做起了茶叶公司。比起他们三个连"背影"都没有一个的穷酸，马轩的背景、人脉都占尽优势。这些年，他的"御承堂"又是拍微电影，又是搞文化节，宣传噱头炒得很大，茶品质却始终得不到高端市场的认可。最近两年，御承堂和喜绿都在争取成为本省最大的国有茶企——广益茶业的供货商。但凭马轩怎么公关都拿不下广益的采购老总邹诚达，反而是以沫每年雷打不动的两罐新茶打动了邹诚达，今年终于发了采购合同给喜绿。要的量不大，就一千斤，但是给出了千元一斤的惊人价格。不过天价背后也有要求，对方点明只要清明前一周的明前嫩芽。

这个时间给得很苛刻，一个熟练的采茶女工一天才能采六万个芽头，这六万个芽头制成干茶也不过一公斤左右。马轩如今这么一玩，喜绿和广益的第一次合作就算是完了，而且以后也不会再有任何可能。

正在洗圣女果的姜敏尖叫起来，张牙舞爪："啊，我要弄死那个姓马的。我们干了这么多年，就指着这个单子呢！"

姜敏再说什么，已经入不了以沫的耳朵了。她想，是时候再去正面会会那个姓马的了。

以沫打电话约马轩谈判，马轩答应得很爽快。说是谈判，面前也没有大圆桌，就一盘串、几碟凉菜和一打啤酒。烧烤摊油渍麻花的桌子前，一面坐着以沫他们仨，一面坐着马轩和一帮虎视眈眈的社会人员。

"宁以沫，宁大师，你刚问我什么意思，我的意思很清楚，就是要你们喜绿死。"马轩一边慢条斯理地剥着盘子里的毛豆，一边直勾勾地盯着以沫，他的眼睛很小很亮，像一钩月，嘴唇亦薄，面相里有几分斯文，又有几分阴狠，"前几年没对你们下手，就是想看看你能折腾些什么东西出来，现在我看明白了，喜绿也就没有存在价值了。"

听他这样说，管小潮屁股上跟长了刺儿似的坐不住了，姜敏跷起的黑丝腿不断放下又叠起。

"你就这么认定我没有别的办法？"以沫放在桌子上的右手轻轻敲了一下，语气淡淡。

马轩盯着她，她生着张雪白透亮的瓷娃娃脸，五官细腻柔和，鼻子挺而不高，乍一看不惊艳，凑近看倒比浓艳的脸更可人心。明明是很软的面相，却生着一双清冷如寒星的眼睛，叫人不敢轻易动欺负的念头。

"你也不用想别的办法补救了。今天我能在人工上掐住你们的命门，明天我就能在别的地方掐死你们。七莘山两万亩茶田，除开你那六百亩，剩下的都是我的，这意味着什么？意味着你们的活路原本就是我给的，大势在我这里，我要你三更死，没人能留你到五更。"

"好大的口气呀！"姜敏红着眼，阴阳怪气地说。

管小潮压着火，赔上笑脸："马哥，您说得太在理了。我们就是个小作坊，六百亩茶田，好一点一年也就能产一吨春茶，惨淡经营讨口饭吃，要是我们有什么地方做得不好的，逆了您的意思，还请您大人大量担待一下。"

"你们庙是很小，但妖风很大。邹诚达想把你们的喜绿包装成小罐茶推向全国，要是喜绿成了七莘山茶叶的正统，那我御承堂一年几十吨的茶叶以后算什么？"

直到这一刻，管小潮才明白马轩为什么非要喜绿死。他胸无大志，小富即安，没想到以沫早存了三千越甲可吞吴的心，战略计划里的一部分也是压死御承堂。他背上起了层冷汗，朝姜敏那边看去。

"宁大师，你面相弱，心倒狠。"马轩笑了笑，"广益那条登天路，我怎么都不可能让你爬了。"

以沫深吸了口气，目光凛冽："如果我非要爬呢？"

他吞下口中正在嚼的食物起身，他身后的人也哗啦啦起身，他将握在手里的一把花生扔回盘子里："神仙打架，凡人遭殃，你敢和我硬斗，我保证你身边的人，包括那个邹诚达，个个有麻烦。"

"大哥大哥，别走啊。"管小潮冲过去抱住他的手臂，"您给条活路，我劝劝她还不行吗？"

"活路也有。"马轩盯着以沫，"关了喜绿，带着你制喜绿的秘法过来，当我的女人。正房也别惦记了，二房还能留个位置给你。"

管小潮讪讪收回手，垂在一旁的手臂不自觉地发起抖来。

就在这时，一直沉默的姜敏突然举起一把塑料椅子朝马轩扔去："去你大爷！敢欺负我妹子！"

那把椅子夹杂着一股劲道狠狠砸在马轩脸上，姜敏似嫌还不解气，紧接着，一扎啤酒泼向马轩头上。

所有人都蒙了一下，混战猝然开始了。

听到警笛响，马轩他们那伙人训练有素地作鸟兽散，只留下几个挂了彩的愣头青。警察围上来将他们这群人逮了个正着，大约是想做治安事件简单处理，他们就地开始做笔录。

民警李超做完调查，目光炯炯地打量鼻青脸肿的管小潮："挺能打啊。"

"那是，专业的。"管小潮含含混混地说。

"说你胖还喘上了。"李超转脸看向以沫和姜敏，她们都受了不同程度的伤，他饶有兴趣地看着挂着鼻血的姜敏，皮衣、黑丝、短裙，脸化得像蛇精。接到报警赶来群架现场时，他看见她一边护着身后的女孩子，一边剽悍地揪着一个混混的耳朵，下死命地晃。她看上去不小，大概和他一般年纪，不知怎么，他看着她打群架时凶巴巴的脸想起中学时常见的小太妹，继而想起了自己一去不复返的青春。

姜敏眼巴巴望着他："小哥哥，我们什么时候可以走啊？"

"走？"李超眉一扬，"你们怕是走不了。那边的人不同意和解，提出要去验伤，如果那边有人伤情达到轻伤的标准的话，这案子就要转刑事了。"

姜敏整个青春期都是混社会混过来的，她知道今天这种事可大可小。双方都受了轻伤，比的就是谁伤得重。万一对方伤得更重又咬死不肯和解，他们三人少不了半个月拘留，等他们出来，清明都过了，这一季的春茶也全老在树上。要是那马轩再使点什么坏，让管小潮被判个一两年的也不是没可能。她愣了一下，赶紧举手："我们也不和解，我们也要求验伤。"

"别急，一会儿给你们开验伤单。"李超压低声音道，"我提醒一下你们，最好尽快跟他们和解了。"

姜敏脸白了，她明白李超的意思，目前的形势对他们很不利。

姜敏看看以沫，又看看管小潮："对不起，我刚才太冲动了，撞人家枪口上了。"

"你啊！"管小潮叹了口气，黑着脸说，"算了，现在赶紧找人想办法，一旦验出什么对我们不利的结果，天亮我们就得进拘留所。现在做最坏的打算，找人筹钱做取保候审。"

说完，他俩同时看向以沫。以沫右臂受了伤，此刻已经抬不起来了。她左手有些费劲地从右边衣袋里拿出手机，拨了江宁的电话。那边传来一个机械的女声："您拨打的电话已关机。"

"要完了！"

姜敏手忙脚乱地翻手机："王老板……不行啊，他这人有事儿找不上；赵总……他出国了；李哥，我试试——关机！"

管小潮懊丧地抓了一把头发："我那些朋友个个兜比脸干净，这次真栽了。"

以沫左手大拇指不灵便，只得把手机丢给管小潮："你帮我编条短信发给江宁，把事情简单说一下，他开机后看到信息会第一时间处理的。"

管小潮好一会儿才摆弄清楚以沫的 Windows phone，一边发短信一边抱怨："祖宗啊，诺基亚都死多少年了，能换个苹果吗？"

发完短信，管小潮："希望你们家小辜能靠点谱！不行，我还得再发几条，等他一开机，自动进入短信轰炸模式。"

他说做就做，飞快地复制粘贴了好几条发出去，就在这时，他突然停了下来："不对——以沫，这辜徐行是谁啊？我把短信错发到这个人手机上去了。"

"你说……什么？"以沫的脸骤然白了。

第二章

江河日月长

管小潮从没见以沫这么失色过，惊疑地看向姜敏，但见姜敏的脸色也变了。他心知坏事了，连忙道歉："对不起，以沫。我这会儿脑子真的是不灵光了，光想着那个'辜'，结果一看到'辜'字没过脑子就发过去了，我给江宁重新发吧。"

以沫点点头，僵僵地在椅子上坐下。姜敏握住以沫冰冷的手："以沫，这么多年了，他那个号码可能早就不用了。"

就在这时，以沫的手机突然响了一声。她们二人一惊，不约而同地看向管小潮手上的手机。

管小潮尴尬地说："那个辜徐行回信了，就一个字——拖。"

以沫一动不动，没有说话，细长的眉轻轻蹙着，半垂的眼睛下，目光不安地微微闪动着。

那个"拖"字诀给了管小潮很大的启发，在民警开完验伤单，带着一群人去镇医院验伤时，他脚下趔趄几步，直直倒向地上。

姜敏配合地尖叫起来："警察同志，我朋友晕倒了！不会是被打到头，颅内出血了吧？"

马轩手下那几个混混听了，顿时面面相觑。

由于镇医院医疗设施落后，警察们商量后决定送他们去聿城市医院验伤。

他们抵达市医院时已是凌晨两点。市医院夜里急诊只有内、外两科，听闻有人晕倒，急诊大夫循例给他们打了一张长长的化验单，从心电图、脑CT到胸透全给开上。姜敏也铁了心地要一拖到底，一会儿嚷着肚子疼，一会儿嚷着腿疼，想尽办法制造状况。等他们拿到验伤结果回到镇上时，天色已近破晓。

一行人下了警车，被车外的倒春寒冻得一哆嗦，他们定睛一看，路面上薄薄地积了一层雪，竟是下雪了。以沫暗想，无怪前一日阴霾压城，让人心里不受用，原来是要下雪。她仰脸看天，下意识伸手，几点盐屑子似的雪花落在指尖，给她冰冷的手指上添了点清凉。

李超遥遥看见派出所台阶上站着几个人，为首的正是派出所的陈所长，他领着一行人走上去："所长，您怎么来了？"

陈所长看见李超，点了点头，指了指身边的人："这位是市里的何树明何大律师，他过来取保几个人，就是昨晚打架那几个，叫——"

"叫宁以沫、姜敏、管小潮。"所长身边的何律师补充道。

"刚拿到验伤结果，程序还没走完。"李超赔笑道。

所长从李超那里要来验伤结果一看，皱眉道："我看都是轻微伤，这三个人也没前科，何大律师已经交过保证金，先放人吧。另一方那几个都是几进宫的，先带回去，我亲自审一审。"

李超还想说什么，话却咽了下去，他对宁以沫三人说："你们先走吧。"

他转过头，朝那几个混混说："先跟我进去一趟。"

何大律师也和陈所长道别，走到还没搞清楚状况的三人面前，含笑对宁以沫说："你好，我是受人委托来给你们提供法律帮助的。"

姜敏抢先问："委托你的人是谁？他人呢？"

何律师没有说话，下巴朝他们身后右侧的地方抬了抬，他们三个顺着他指示的方向回头看去，只见一辆车停在一排松树下。见他们回头，那车骤然亮起了一片暖黄明亮的灯光。那光亮得极突兀，像是谁冷不丁按下了舞台的主光源，唬得人一愣。此时，密密麻麻的雪花被那车灯照得显现了行藏，急促地飞舞着。

"我去，迈巴赫呀。"管小潮往手心里呵了口气，转脸看向姜敏，"抓紧看几眼，这车可不容易见。"却见以沫一脸不安地望着那车，像是见到了什么不该见的东西。

与此同时，后排的车门无声洞开，一个男人从车里躬身而出，一把黑伞"砰"地在他头顶撑开。那人撑着伞，不徐不疾地拾级而上，伞檐压得很低，辨不得面容，但见他身形秀颀，头颈微微昂出些傲然的弧度，透着点不同常人的气度。

以沫定定地看着那个身影，肢体越来越僵硬。

那人在离他们两级台阶开外的地方顿住了脚步，虽然是地理位置居下，但是仍高出了他们三人一点。

管小潮停下放在嘴边呵气的手，惊疑不定地看着他，这时，那人将伞略往后一倾，露出一张格外醒目的脸。管小潮本能地倒抽一口冷气，他没在生活里见过这一款的同性，整个人从里到外透着说不出的冷和干净。

以沫瞳孔一缩，双唇微微翕动了一下。

那人眯着双深沉如水的凤眼，隔雪看了以沫好一会儿："以沫啊，好久不见了。"声音很轻，像句叹息。

以沫如梦初醒，老老实实地垂头喊了句："哥哥。"

管小潮从没见过这样的以沫，她看起来冰雪为肌，脊骨却像薄钢做的，但在这个人面前，她一下子矮了下去，小了起来。

"还是穿这么少，你就真的不怕冷吗？"

那人解下脖子上的围巾，自然熟稔地给她围上，妥帖地系好，顿了顿，伸手拍去她肩上落的雪粒子。

以沫缓缓抬头看他，窸窸窣窣的雪越下越大，几乎漫漶了他的容颜。此情此景下相见，倒像是隔了一世的重逢。

宽阔的七座车里暖气袭人，坐在后排的三人各怀心事。管小潮一会儿看看以沫、姜敏的古怪脸色，一会儿环视着车内的配置。

"大家都饿了吧？一起去过个早吧？"从前排伸出一张笑脸来，好俊一个小鲜肉，"忘了自我介绍了，我叫盛霄。"

"你好你好。"管小潮赶紧伸出手去，末了瞥一眼盛霄左边的"哥哥"，跟他攀谈，"我叫管小潮，是以沫的朋友。今天真是谢谢你了。"

"幸会。"前排的人没有回头，淡然致候。

以沫担心他的冷淡让管小潮尴尬，低低开腔："这是我哥哥，辜徐行。"

管小潮做了个"卧槽"的夸张口型，拿出手机在他们三人群里发了条信息："以沫，这男神是你亲哥吗？我怎么都没听你提过？"

姜敏回了条："废话，你家亲哥姓赵，你姓管啊！"

管小潮回："甭管是不是亲的，以沫你有这么牛的哥哥，能混成今天这惨样，也是朵奇葩了！"

想了想，管小潮又问："这小子也姓辜，跟咱们家小辜不会有什么关系吧？"

姜敏回："少说两句话会死？"

回完消息，见车里气氛着实安静得诡异，姜敏笑吟吟地将尖下巴往前排一送，透过后视镜打量辜徐行："喂，听说你读完清华去了麻省理工，再后来江湖就没你的传说了，你这些年都在干什么？在哪里高就呢？"

后视镜里，那双静川明波似的透亮眼睛一抬，锐利的目光便落在她脸上。他虽只是那么淡淡地瞧着她，却瞧得她后背冒了丝凉气。姜敏知道他对自己成见很深，没想到时隔多年，他还是这样厌憎着她。

盛霄连忙代答："辜教授在 MIT 读完博士后，一直在美国、日本做人工智能领域的研究，前年带团队回国创办了启明科技。"

管小潮听完又做了个"卧槽"的口型，一脸膜拜地对辜徐行的后脑勺说："启明科技啊！新闻说你们 A 轮刚融了两个亿，请问现在加入你们，有没有可能成为工号前五百的员工？"

以沫和姜敏对视了一眼，暗暗都有些震惊。作为创客，她们很清楚各行各业里有哪些高精尖的初创团队。启明科技主攻的机器人研发，目前没有相关产品面市，账面尚处于亏损状态，却在这种状态下获得了 A 轮两亿的融资。因为这个，原本低调的启明科技最近备受各大创客社区关注。有社区大 V 深度八卦过启明，说这家公司虽然没有机器人产品面市，但其他板块的转化率很高，为很多大型企业提供了专利技术，他很看好启明在未来几年内成长为估值十亿美元的独角兽企业。

盛霄笑吟吟地看着管小潮："你确定要来我们公司吗？我们公司可没有两位这么漂亮的小姐姐，真的，连个母蚊子都没有。"

"哦，那我要慎重考虑一下了。"管小潮嘿嘿一笑，对盛霄多了几分好感，"话说你是辜教授的助理吗？"

一直沉默着的辜徐行突然开口："不，他是我的金主。"

辜教授开玩笑的样子还是那么高冷，管小潮都不敢笑，只尴尬地"呵呵"了两声："这、这样啊。"

"盛霄的爸爸是位天使投资人，启明科技的第一个五千万就是盛家投的。"辜徐行淡淡地说。

盛霄放低姿态："虽然我名义上是启明的总裁，但辜教授才是整个公司的灵魂人物，他不但是我的 BOSS，还是我的人生导师。"

"明白明白，辜教授负责研发产品，你负责赚钱。我们这边也一样，以沫负责研发，我俩负责卖东西。"

辜徐行微微一笑："知道我刚刚为什么要和你们说这些吗？"

"为什么？"

辜徐行指着盛霄，一本正经道："这就是个活体财神爷，你们抱好这条大腿，回头拿个五百万天使投资不在话下。"

这是在给他们指路，管小潮心里微微一热，觉得辜徐行这个人其实没有那么拒人于千里之外。

说话间，车已经开到他们下榻的酒店，管小潮搓了搓手，谄媚地望着盛霄："盛总，一会儿的早餐我请，管饱啊。"

吃早餐时，管小潮渐渐意识到有些不对。辜徐行和宁以沫两人虽以兄妹相称，但多年不见，两人非但没有显出应有的亲厚，反而表现得比陌生人还生疏。两人面对面坐着吃东西，彼此一句话都没有。然而粗枝大叶如他，也能感觉到两人之间的一举一动都有种说不出来的默契、协调。换句话说，他们虽然没有亲密的状态，却有种没有形之于外的亲密境界。

将一碗粥喝完，辜徐行抬头问道："你们怎么会和那些社会人员发生纠纷的？我想知道整件事的来龙去脉。"

他抛出这个问题时没有具体指向，管小潮见以沫和姜敏都没有要回答的意思，于是整理了一下思路，把喜绿和御承堂这些年的恩恩怨怨都说了一遍。

听完管小潮的话，辜徐行和盛霄都沉默了。用完早餐，辜徐行才说："一起去你们茶田看看。"

管小潮连连答应，和姜敏一同起身往门外走去，盛霄带着司机随后跟上。倒是辜徐行还端坐在桌前喝着茶。以沫犹豫了片刻，放下茶杯，也准备起身先走。

"以沫，你留下。"口吻一如既往地不容反抗。

以沫缓缓落座，垂眸缄口，倒像前面坐的是一位严父。

"宁以沫，你就没什么要跟我说的吗？"

她延挨了一会儿，像是在找一种全新的与他对话的姿态："今天的事情，给你添麻烦了，谢谢你百忙之中赶来。"

"嗯。"辜徐行点了点头，"再说点别的。"

"这么多年过去了……"她脸上露出一丝哀凉，她不知道该说什么，但她又觉得自己什么都已经说完了。

"这么多年过去？"辜徐行把这个短句咀嚼了一遍，"以沫，对你来说，时间是流逝的，但对我来说，时间是人类意识的产物，而不是一种真实存在的客观事物。所以今天我再看到你，心中并没有什么波动，好像不过是在家门口多等了你十分钟而已。"

他这句话叫她心底地动山摇。她觉得不公平，他们分开的这些年，她走得那样艰辛，她以为自己走得很远了，却被他一句话拉回原地。她抬起眼，露出一抹有些讥诮的笑："哥哥，江河日月长，人生韶华短，我们都已经不在原地了。"她呼了一口气，笑容趋于平静："对了，什么时候能喝你和陶陶的喜酒？"

气氛倏然冷了下来，辜徐行像是不确定刚才听到的，抬眼缓缓看着她。

以沫不敢和他对视，眼神闪烁了几下，落在他紧抿的唇上。

辜徐行叹了口气："下午收拾收拾东西，跟我回去看看爸爸，他很想你。"

以沫没有作声，半晌才说："我不回去了，今年的春茶，晚些时候我给他快递过去。"

辜徐行闭了闭眼，压住一口气："我半夜收到你短信的时候，不知道多开心，我以为你终于懂事了，不跟我们闹别扭了。没想到我巴巴地赶来这里，发现你还和以前一样！"

以沫只是握紧双手，紧握的十指处，关节都有些发白。

"八年前，你说要和我们划清界限，我当你是叛逆期不懂事，一切由着你。可是以沫，你不觉得你的叛逆期太长了吗？"

"哥哥，请你不要再拿叛逆期说事，我快二十四岁了，不是十五岁！"说着，她站起来就要走，不料手臂却被他紧紧抓住。

他居高临下地看着她，身上的气息因怒气蒸腾而出，是记忆里干净而蓬勃的清香，然而这味道却让她战栗。

刚才和他顶嘴时，她觉得理都在自己这边，但这样两相对峙，她又觉得自己一点理也不占了。心念流转，她的态度终于恭敬起来："你刚才也听说了我的近况，焦头烂额，我真的没有时间跟你回晖城。"

他面无表情地看了她一阵："走吧，先带我去茶田看看。"

七莘山的山势不高，站在茶田里四下一看，只见满目青绿依山势铺泻，自成秀色。

辜徐行和盛霄却无意于眼前的美景，从随身携带的工具箱里取出仪器，躬身在茶田里测量起来。管小潮跟着他们做介绍："这地方的红壤里有机质含量很高，亚热带季风湿润型气候没有极寒极暑，非常适合茶树生长，产出来的茶特别棒。"

盛霄指着近处问："我发现你们的茶田边都有竹子，那边的茶山却没有，这是什么缘故？"

"我们这片茶田边原本有一片竹林，这几年以沫带着我们又种了很多竹子。"

盛霄很感兴趣："为什么要种竹子？"

"这我就不知道了，以沫没说过。"

辜徐行从茶树上采下一芽两叶："听过一首诗吗？'阳崖阴岭各殊气，未若竹下莓苔地。'茶树有竹林相伴，笼下阴凉，利于生长，还能取一些竹叶清香，生出别样的味道。20世纪70年代政府援助亚非拉国家时，有位专家看见肯尼亚妇女头顶竹筐，于是判断那里的环境适合茶竹共生，预言肯尼亚会成为比肩中国的产茶大国，现在这个预言已经成真了。"

管小潮这才明白以沫的用心："辜教授好像对农业很了解呀。"

盛霄绝不放过这个拍马屁的好机会："岂止农业！我们辜教授那是上知天文，下知地理，中晓人和，明阴阳懂八卦，晓奇门知遁甲，运筹帷幄之中，决胜千里之外，未出茅庐先定三分天下！"

管小潮很配合地拱手做膜拜状："佩服佩服！"

说笑间，他们沿着茶园测完了一圈。辜、盛二人一边转一边测算，几小时后，测算出结果的两人相视一眼，默契十足地朝对方点了点头。

管小潮不太清楚他们葫芦里卖的什么药，眼见时近正午，忙开口招呼他们吃午饭，却被辜徐行抬手止住："不了，我们下午有别的安排。过几天盛霄会带人来帮你们采茶。"

说着，辜徐行看向一丈外的以沫，目光沉郁地说："我这一走，过的就是山中岁月了。如果哪天你想明白了，就回家看看吧。"

山风摇动，有竹叶簌簌落下，以沫望着他，怔怔地一句话都说不出来。

虽然得到辜徐行襄助的承诺，但以沫他们没敢太当真。前脚送走辜徐行和盛霄，他们仨后脚就分头奔走起来。使出浑身解数，他们终于在开工前勉强凑了二十来个肯上山采茶的古稀老人。表面上固然好看了些，但这点劳动力在一千斤干茶的硬性要求前何异于杯水车薪？就在他们硬着头皮准备带人上山时，盛霄竟真的如约而来。

随盛霄而来的，还有一卡车"人"——三十台外观像人，造型非常后现代的机器人。它们高约一米七，通体只有银灰和深黑两种颜色。它们的"头部"小而简单，呈倒三角形，上半身高度接近人类身体比例，拥有两条非常发达精密的手臂，下半身却只有一根细杆，用以连接上半身和下面的履带底盘。

"哇，这就是咱们哥哥开发的机器人吗？"管小潮情难自禁地跳进车厢，望着车里一水儿的机器人连声惊叹。上次一别后，管小潮现在一提辜徐行就必称"哥哥"，谄媚得令人发指。

姜敏和以沫走到车前，齐齐仰望着这些人形机器，它们无声阵列，看上去充满未知的强大力量，但以沫心中有太多疑虑："盛先生，你是要用这些机器人帮我们采茶吗？"

得到盛霄肯定答复后，以沫摇了摇头："我要和你先确定一件事，采茶是非常精细巧妙的动作。我们要按照一芽一叶、一芽两叶的标准挑选芽心，摘的时候不能用指甲掐，也不能以用手捏紧茶叶，要用两根手指轻轻把芽尖往上提。要做成顶级绿茶，采摘时不能混入对夹叶之类的老叶子——这也正是人工难寻，我们却不用采茶机的原因。"

盛霄置若罔闻，淡淡一笑："走，先带我们上山吧。"

到了茶田，盛霄启动一台机器人，用手势操控它开到一棵茶树前，随即递给以沫一双类似手套的东西，示意她戴上："这'手套'是传递信息用的，它是你和Airo连接的关键。"

原来这款机器人叫Airo。

"现在，你当着它的面做一个采茶的动作示范。"盛霄含笑对以沫说。

以沫迟疑了一下，手势轻灵地从枝头提下一芽一叶。片刻后，那台机器人抬起手臂用和以沫完全一致的动作摘下一个芽头。以沫难以置信地走过去，将芽头轻轻取下。触到 Airo 几乎与人类手指一样的"手指"时，她才发现它的手不是钢筋铁骨，而是柔韧的。她定睛看向 Airo 采下来的茶叶，一芽一叶，完好无损！

盛霄意气风发地说："Airo 身体里有三部独立计算机，只需要十秒就能运算出一千种拿物品的方法，它还能在短时间内感应物品的性质，改变手指关节的运力。它的机械爪不是用金属做的，是用合成纸质材料、纤维织物和金属丝 3D 打印的，触感像硅胶，可以避免损坏脆弱物品。"

"它怎么判断什么样的茶叶可以摘，什么样的不可以摘？"姜敏好奇地围着 Airo 东看西看。

"这是一个很小白的问题，哪怕最低端的采摘机器人都有很成熟的机器视觉，何况 Airo？举个通俗的例子，瑞士有款专门采草莓的机器人，它不但能判断草莓熟没熟，还会计算出自己会不会弄伤目标，灵活选择摘取对象。更好玩的是，分装草莓时，它还知道把又红又漂亮的草莓放在上面，吸引消费者的注意。"

姜敏叹为观止："我感觉自己要被人工智能淘汰了！"

说话间，那台 Airo 已经进入工作状态，它灵敏准确地将采下来的茶叶一片片放进自带的托盘里，速度并不亚于一个熟练的采茶工。

以沫走到 Airo 面前，凝视着它那张后现代的脸，仿佛通过它看见了另一张脸。这就是他正在做的事，这就是他过往的八年。

管小潮好奇地看了会儿："这么牛的机器人，怎么不紧着点让它上市呢？"

盛霄沉吟了一下："辜教授觉得它还不完美。"

姜敏撇了撇嘴："他怕是要造个人出来才会觉得完美吧！"

盛霄失笑："是啊，作为国内 AI 领域高精尖技术的结合体，Airo

完全可以上市了。但是他不同意，我们也不能逆着他的意思。他的目标并不是制造机器人，而是想开发一套机器人操作系统。"

"什么是机器人操作系统？"管小潮问。

"这个……通俗点说，他想开发出属于机器人领域的安卓系统。所以 Airo 于他而言，只是些小白鼠罢了。"

管小潮出了会神："开发机器人很烧钱的吧？公司的头部产品不上市，你们怎么维持？"

盛霄看向茶园底下的山道，卖了个关子："你马上就会知道。"

他话音刚落，一队越野车出现在山道口。车停下，一群穿着启明工服的年轻人从后备厢里抬出十几个大箱子。

"这也是你们的人？"管小潮问，"箱子里是什么？"

"无人机。"盛霄答了一句，快步迎上前，跟为首一个工程师模样的人击了一下掌，热切地聊了起来。其余人则埋头安装起无人机来。

十多分钟后，盛霄带着那位工程师走向以沫："宁总，这位是启明的王工，负责无人机研发，其他那些都是公司的飞控师，控制无人机的。"

以沫朝王工伸出手："很高兴认识你。"

盛霄简洁地说："物流无人机听说过吧？王工团队研发的无人机主要是干这个的。辜教授说新采摘的茶叶如果长时间压在一起，品质会受到影响，工人下山送一趟茶叶，路上来回一个多小时，既辛苦又影响效率，所以他安排王工团队来帮你们运送茶叶。我们算过，无人机从茶田飞到你们炒茶的地方，只需要三分钟。"

管小潮听完盛霄的话，感动得都快长出少女心："咱哥哥真是体贴入微啊！"

姜敏一点也不动容，端着张黑桃皇后脸问盛霄："所以你们公司搞这么大的盘子，到底是想干什么呢？卖机器人还是无人机？"

"都不是，我们的终极目标是做高科技农场建设，把大数据、高科技产品和农业结合起来。我们不但卖产品，还要卖服务。"说到这里，盛霄顿了顿，然后用一种指点江山的气概缓缓地说，"我们所做的一切，是要让未来的农业不再看天而行，而是知天而做。"

在启明团队的帮助下，一千斤干茶顺利在清明节前制成。

收工前一天，以沫去了趟茶田。已经上午九点了，茶田里仍重云积雾。新掉落的竹叶合着几滴露水，将她脚下的土地浸润出一些温柔之意。一丈开外的阡陌里，Airo们在无声地工作。天上，无人机如蜂群般嗡鸣而过，像一双双眼睛俯瞰着她的田园。

她静静张望着这一切，有种身处未来的迷幻感，她耳边再一次响起盛霄的声音："我们所做的一切，是要让未来的农业不再看天而行，而是知天而做。"一种难以言喻的撼动在她心底翻涌。

浓雾淡下去的那一刻，她遥遥望见对面山巅的凉亭里站着几个人，为首的正是马轩，他动也不动俯瞰着他们这边的动向，姿态中透着点溃败的落寞，像是有什么东西——许是时代的飓风洪流从他周身呼啸而过，将他浑身的骄傲冲刷掉了。他可能明白了，大势不在他那里，他只是大势里的一粒流沙。

向广益交完货，以沫他们一起下厨做了顿大餐犒劳自己。

完成人生中第一个百万级订单，三人百感交集，一顿酒喝到深夜才算完。

因感燥热，以沫推开后门，顺台阶下到了江边。彼时清辉满月，江风如波，她沿着窄窄的青石板路往前走了一阵，摸出手机给江宁打电话。还是没人接听，他的手机已经关机十余天了。以前也有打电话找不到他的时候，但间隔没有这么久。

"还是联系不上他吗？"

以沫循声回头，见姜敏不知什么时候跟了过来。

"嗯。"以沫低低应了一声，和她一前一后走了会儿，双双落座在一条长椅上。

姜敏点了支烟："他还是这么让人不省心，比起来还是大辜……"想了想，姜敏咽掉了后面的话。

见以沫不吱声，姜敏伸手揽住她薄薄的肩："这些年，你怨他吗？"

以沫摇了摇头："我怎么怨得起来？有天晚上他喝醉了，跟我说他的人生就像一个 loser 的死循环，他想解开这个循环。我理解他……人生啊，真的很不公平。"

"是啊，就是不公平。看看人家大辜，再看看你和小辜，说出去谁信你们曾那么亲、那么近？"

以沫自嘲般笑了笑："你知道我们这代人从小到大，最逃不开的词是哪个吗？"

"嗯？"

"是 Class。小时候我们上学，这个词的意思是班级，我们按成绩被分到 Class 1、Class 2、Class 3；进入社会后，这个词的意思变成了阶层，我们还是得按成就被分去 Class 1、Class 2、Class 3……"

那一晚，她们没有再说一句话。她们有太多共同的回忆，所以她们的沉默是共通的。她们回想了年少时互相缠绕，如今各行其道的人，他们就像一道又一道的平行线，看得见对方，却永远不会再相交。

第三章

哥哥是种傲娇的生物

宁以沫和辜徐行的相识始于一只陀螺。

1996 年初春，五岁的宁以沫正和小伙伴在镇头打香椿，很久不见的爸爸宁志伟突然出现了。以沫飞扑进爸爸怀里的同时，听见他在耳边说："回家跟奶奶道个别，一会儿跟爸爸去丰城。"

宁以沫迁步紧随爸爸，喘着气问："为什么要去丰城呢？"

宁志伟精神抖擞地说："你该上小学了。爸爸工作的大院有配套的小学。以后你就是城里娃了。"

宁志伟是位退伍军人，复员后一直在市委给领导开车。以沫妈妈没得早，她一直跟奶奶在七莘镇相依为命。

"可是……"以沫回望了一眼伙伴们，又下意识紧了紧拽着爸爸的手，抬眼仰望着大步流星的爸爸。她有很多话想说，但她找不到词语去铺排心里的不舍和惶惑。作为孩子，她只能去适应大人定的规则，比如爸爸喜欢走大步，她就得快点跟着，否则就会被甩下。

就这样，她愣愣怔怔地被爸爸带去了一个陌生的新世界——丰城市委大院。

车子开进大院后，宁志伟开始介绍这个新天地，他说大院很大，里头有山有水，有幼儿园、医务室、食堂、冰棍厂，还有可以看演出的小礼堂。它就像是一座被青砖高墙封闭起来的小镇，只不过这个镇子里，住的都是政府工作人员和他们的家人。

以沫肃然起敬，忐忑而好奇地透过车窗张望外面。道旁的香樟树后，林立着一排排青砖黑瓦的三层办公楼。林荫道上的行人闲庭信步，他们都有着和外面人不一样的精神面貌。

以沫的目光很快被前方的大广场吸引了，余晖中，孩子们风一般在广场里呼啸来呼啸去，那些欢笑声让以沫热血上涌，她一下子坐直了身体，扒着车窗往外看。她看见有人在拍画片，有人在跳房子，还有人在扮小姐丫鬟……她顿时喜欢上了这座大院，她相信自己一定可以在这里生活得很好。

如她所想，没用几天她就迅速融入新生活，成了那片欢乐海洋里的一分子。

大院天大地大，到处都是游乐场——种满果树的山包，开满花的小花园，可以躲猫猫的橘树林，可以荡秋千、爬双杠的小操场；大院里到处都是乐子——阴雨天可以去花圃里抓蜗牛，天晴了又可以去火烧毛毛虫……

层出不穷的小游戏在孩子们那里更替上演：滑冰、拍画片、弹珠子、滚铁环、踩高跷、跳房子、跳皮筋……这些游戏你方唱罢我登场，各领风骚三五周。

那年暑假，大院里开始流行抽陀螺。和地方上的孩子不同，大院孩子能从长辈那里得到一根纯牛皮的皮带，用皮带抽起陀螺来，声音既响亮又给劲。

小孩们都渴望能有一个属于自己的陀螺，以沫也不例外。但陀螺制作不易，宁志伟也没有那闲工夫，以沫始终没有得到一个属于自己的陀螺，只能眼巴巴看着那群大哥哥玩。

每每她坐在篮球架下看着陀螺旋转时，远处的台阶上会有另一个人和她一起注视那些飞旋的陀螺。

如果以沫不是那么懵懂，她一定会留意到那个大孩子。他生得实在醒目，个子比同龄男孩高挑很多，一身雪白的衬衣映着张异常清俊的脸，把所有孩子都衬得乌眉皂眼。然而，就这么一道光似的男孩子，却从没落进过以沫眼里，毕竟一个人的"好看"能好到哪里？还能比蚂蚁搬家好看？还能比五颜六色的弹珠好看？

那个男孩叫辜徐行，是聿城市委政法委书记辜振捷的儿子。区别于以沫的默默无闻，刚九岁的辜徐行是大院里最受瞩目的孩子。这份瞩目倒不是因为长相出挑、父亲官居要职，而因为他是聿城闻名遐迩的数学神童。

据大院八卦妇女们传言，这位小神童两岁就能开口背2的次方，四岁就能够在日常生活中应用数学。这些"八婆"把他的事迹添油加醋传得神乎其神，什么能算出彩票号码、能在足球落地前心算出落地点……当然，光凭这些感性素材是吹不出一位神童的。辜徐行之所以能成为神童，是有实绩加身的：

1994年，七岁的他在国家权威数学邀请赛中获得小学中级组金牌，这是聿城学生第一次在相关赛事里拿奖；

1995年，八岁的他赴美国参加数学大赛，不但获得了个人金牌，还在团队接力赛时预推出结果，帮团队转败为胜拿到团体金牌……

除了在数学方面天赋异禀，辜徐行的素质教育也被他妈妈徐曼抓得很好，什么英语、钢琴、书法、围棋，十八般武艺都没落下……基于以上种种，被媒体和传言众口铄金的辜徐行就成了一个经常被访客堵在大院门口围观的神童。

俗话说无敌是寂寞的，因为大院孩子几乎都被父母耳提面命——

"你看看人家辜徐行"，所以这群眼高于顶的孩子都对辜徐行充满抵触，不约而同地孤立起他来。

九岁的孩子，再怎么天才也还是个孩子，别人越是孤立他，他就越想证明自己就算脱离群体也能自得其乐。所以那个春天，辜徐行格外想要一个大陀螺。他观察发现只要有一根好木头，自己动手做个陀螺并非难事。他留了心，满大院地找这样一根木头。

功夫不负有心人，他在南边一个家属院里发现了一棵瓷缸口粗细的枣树——最佳的陀螺木料。考察了两天，他拎着一把锋利的小斧子，趁食堂开饭的时候摸进那个院子。不料刚进院子，他就见一个粉嫩嫩的小女孩坐在那棵枣树下画画。

他不动声色地走到小女孩身侧站定，琢磨着怎么让她走开。

那小女孩画得入了神，全然没有留意身边站了一个人。她鼓鼓的小脸搁在小桌子上，半垂着眼睛，十分专注地描画着。

辜徐行好奇地瞄了一眼那幅画，居然还挺错。他正眼打量了一下这个女孩，她四五岁大，一头泛黄的细软长发扎了个小马尾顶在头上，一双黑眼睛清透得像浸在水里的黑玻璃珠。她的脸还远没有长开，像只白嫩嫩、肉嘟嘟的小笼包子。辜徐行正看得有趣，小女孩忽然抓起橡皮擦，笨手笨脚地擦了起来。末了，她鼓起嘴把橡皮末吹走，那圆鼓鼓的小样儿，倒活像只小汤圆。

辜徐行低下头，抿唇一笑。片刻后，他清了清嗓子，正色敲了敲小女孩的桌子："小鬼，起来，去别的地方画。"

小女孩吓了一跳，握着橡皮，怯生生地看着他不说话。

辜徐行不愿和一个小女孩多说什么，径直上前挪开她的小桌子，拿着斧子对那树比画了一下，作势欲砍。

小女孩见他来意不善，冲上前抱住那棵树："不能砍，这是我爸爸种的树。"

这个小女孩正是宁以沫。作为领导司机的宁志伟每天都很忙，他给了对门邻居一些钱，让他们代为照顾以沫。但邻居捎带手的看顾怎么能替代父爱？孤独无助的以沫经常会抹着眼泪求宁志伟多陪陪她，宁志伟只好骗她说门口的枣树是他亲手种的，如果她想爸爸了，就去给那棵枣树浇浇水、捉捉虫，陪它玩一玩。一直拿枣树当爸爸看的以沫见有人要砍这棵树，顿时有了誓死抗争的心。

辜徐行没想到砍棵枣树还能节外生枝，不悦地说："你有什么证据说这是你爸爸种的树？"

以沫不懂什么叫证据，但见他面容冷峻，气势逼人，委屈得眼泪直打转。饶是如此，她抱着树的手反倒更加紧了。

辜徐行有些心软，犹豫了一下说："这样吧，我用东西跟你换，你想要什么我都给你。"

以沫噘着嘴，怀疑地摇了摇头说："不换。我就要这棵树。"

眼见饭点就快过了，只怕很快就有人回来，辜徐行不免有些着恼，但又不能上前动粗。换一天来砍树？那是绝对不可能的！他从小就是一个刻板的人，只要是他制订的计划，就必须严格地执行。在执行计划这件事情上，他有惊人的意志力，任何外力都无法左右他。

以沫同他僵持了一阵，体力有些不支，她用孩子式的逻辑分析了一下，决定换个方式说服眼前的大哥哥："就算你把树砍下来种在自己家里，也吃不到枣子的。"

说着，她从衣兜里掏出两三只红枣："你要是想吃枣了，我这里有。只要你不砍树了，这些全给你。"

辜徐行盯着她那几颗枣，计上心来，装出考虑的样子，很不甘愿地说："不够，起码要十个才行。"

小女孩果然中计，一骨碌从地上爬起来："我这就回屋里给你拿。"

见她欢快地扑进了屋子，辜徐行扬起斧子，二话不说就砍了起来。枣木固硬，却敌不过那斧子的锐利，才几下就被砍出了一道口子。

他歇了歇手，活动了一下手掌，刚扬起斧子准备下斧的时候，身后爆发出一声撕心裂肺的哭叫："不要砍我的树！"

那小女孩步履蹒跚地跑到树下，大叫着要往树上扑，一把暗红的枣子骨碌碌滚落在地。

辜徐行被那绝望的哭叫吓得一愣，然而已来不及控制斧子的去势。与此同时，那个小女孩刚好伸手一把握住了树干，只听"咔"的一声闷响，一道寒光从女孩的拇指上闪过，顿时削去了她半截拇指。

小女孩疼得连叫都没来得及就昏倒在地。辜徐行脸唰地白了，那一斧子像是砍在他腿骨上，整个人立时瘫软下去。他望着不断蜿蜒开去的血迹，双唇哆嗦着，想大声叫喊，喉咙却像被什么卡着，怎么也发不出声。

当时的场面，辜徐行已经记不确切了，只记得有三个人抱着小女孩急匆匆地出去了，压根没人管吓呆了的他。紧接着，院外传来很多小孩的脚步声，有人叫嚷着"出事儿了，赶紧上医务室看看"。

一时间整个大院好像都空了。他合着眼，瘫坐在泛着潮气的地面上，觉得有一张无形的网正缚着他，越收越紧。天地间渗出一股巨大的森冷，他怕得要命。从小到大，他没有一刻像那时一般害怕，他意识到自己犯下了不可饶恕的罪。他的双手不再清白，他欠了别人自己永远都还不起的债。他心脏猛烈地收缩了几下，胸口跟着大力起伏着，豆大的眼泪止也止不住地往下滚。

他会被抓去上法庭吗？他会被枪毙吗？可是就算他死了，她的手指也长不回去了。那是一双多么漂亮的手，却因为他而终身残疾。一辈子这个概念对那时的他来说太长了，他难以想象终身残疾对一个人来说是多么大的痛苦。

不知道过了多久，他妈妈徐曼才找到了这个院子。徐曼心疼地将他从地上拉起来，一把搂进怀里："阿迟，不怕，你爸爸已经去处理了。我打听过了，一个司机的女儿，不小心砍了就砍了。你爸爸是领导，没人敢说你什么的。跟妈妈回家，睡一觉就没事儿了。"

辜徐行用陌生的目光打量着妈妈的脸，不知道哪里来的劲儿，猛地把她推开，疯了一样地往医务室跑。

医务室的大门撞进眼帘，他停下脚步，畏惧地望着里面，好像那是一个巨大的兽口。

他捏紧拳头，一步步往医院里面走，十几米的路程，他走了十几分钟，直到最终站在了病房门口。他僵直地站在门口，里面传来爸爸和一个陌生男人说话的声音，爸爸用他从未听过的歉疚声音连连道歉。

他缓缓伸手，将病房虚掩的门推出一道小小的缝。他垂头看着自己的脚尖，不敢正视里面的一切。

屋内所有的目光都落在了他脸上。

"你给我过来！"耳畔响起爸爸严厉的吼声。

他缓缓抬起头，瞟了一眼靠在病床上的小女孩，她的左手手指已经包扎好了，手背上还连着输液器。她面前放着一张小桌子，桌上搁着一个小镔铁碗，碗里放着糖水梨罐头。

因失血过多，小女孩的脸白得像纸，失了魂一般安静，只有一双大眼睛亮得像清晨的星子。她静静地看着他，那种眼神，直到十数年后辜徐行仍记忆犹新，那眼神里没有畏惧、委屈、怨恨，更加没有痛苦、脆弱，反倒充满了与她年龄不符的宁静、坚强、平和，以及圣洁的原宥。

就在他出神望着她的时候，一只大手骤然将他从门口拖了进去，一个响亮的耳光冷不丁地落在他脸上。

随行的秘书忙上前拽住辜振捷的手："辜书记，孩子还小，什么都不懂，不要再打了。"

"你们都起开！今天不打死他不算数。"

辜振捷挣脱秘书的手，唰地抽出皮带，对着辜徐行劈头盖脸地抽过去，不料却被小女孩的爸爸一把抓住了。那个老实畏缩的男人紧紧攥着皮带，低声说："领导，不要把孩子打坏了。"

床上的小女孩也听话地一骨碌跪坐起来说："伯伯，你别打哥哥了，我的手不疼了。"

说着，她晃了晃包得厚厚的左手："真的，一点都不疼了。"

辜振捷望着小女孩的脸，心中一片酸软。他垂下手，冷冷地对一旁的辜徐行说："在那边好好站着，晚上回去再收拾你！"

说着，他走到小女孩床前坐下，端起糖水罐头，用勺子细心地将里面的梨肉切碎，喂到她嘴边。小女孩生怕他再去打辜徐行，连忙大口大口地吃罐头，一边吃还一边朝他露出可爱的笑。

辜振捷爱怜地用拇指揩掉她嘴边的糖水汁："你叫什么名字，今年几岁了？"

小女孩脆生生地答道："我叫宁以沫，今年五岁了。"

"以沫？"

她爸爸宁志伟忙答道："相濡以沫的以沫。"

辜振捷点了点头，端详了一下宁以沫的脸，意味深长地感叹了一句："你这女儿养得好啊！"

宁志伟忙说："哪里哪里。"

辜振捷抚了抚以沫的头，含笑问："给伯伯当干女儿好吗？"

以沫眨巴了一下眼睛，像在想什么是干女儿，想了会儿，她眯着眼睛，鬼机灵地笑了笑："爸爸说好就好。"

辜振捷点了点她的鼻子："小滑头，那好，我就问你爸爸。小宁啊，你愿不愿意女儿多个干爸爸？"

宁志伟还没来得及答话，一个不紧不慢的女声就从门外传来："嗬，这一转眼，我就多了个干女儿了？自家儿子都管不好，你还真不怕管坏别人的女儿。"

来人正是晚一步赶来的徐曼。

徐曼见辜徐行脸上多了道五指印，上前心疼地摸了摸，继而走到宁志伟面前，从包里拿出一个鼓鼓囊囊的信封："这里是我们的一点心意，回头给孩子买点营养品补补。你可千万别推，推了就是打我们家老辜的脸。"

将信封塞进以沫爸爸手里后，徐曼走到病床前说："老辜啊，时间也不早了，别耽误小孩子休息了，你明天不是还要上省里开会吗？"

辜振捷见状，只好起身告辞。一旁的辜徐行看了以沫好几眼，唇动了动，直到离开，那句堵在喉间的"对不起"也没能说出口。

进了自己家门，徐曼把火发了出来："辜振捷，你倒是没有十月怀胎把孩子生下来，打起来一点也不心疼。你想过我的感受吗？"

她一把将辜徐行拉到身边坐下，心疼地抚着他的脸："我统共就两个儿子，靖勋才十几岁就被你送军校去了，我身边就剩阿迟了。阿迟可是我费尽心思调教出来的，你要把他打出个好歹来，我跟你没完！"

众所周知，所谓天才靠的是 99% 的汗水加 1% 的天分，辜徐行小小年纪能有这样的成就，99% 是靠徐曼严加管教出来的。徐曼作为聿城学院的物理系教授，非常重视对孩子的教育。发现辜徐行有数学方面的天赋后，她就铆足了劲儿要打造出一个旷世奇才来。从辜徐行三岁到九岁，她有计划地给他报了二十多门兴趣班，从艺术类的钢琴、素描，到体育类的足球、武术，再到学科类的英语、语文……当然，投入时间最多的还是数学。最夸张的一次，他们母子曾一天花七小时在一道公式的证明上。

这种陪伴式教育并非全程顺风顺水，随着辜徐行的成长，他有过几次叛逆期。但这种叛逆都被她软硬兼施地压制了下去。直到近两年，她感觉儿子确实全身心沉迷于数学和科学，她才松了口气，把自由还给他。

辜振捷身居要职，威震一方，却拿自己的老婆没有丝毫办法，抽了几口闷烟后，他说："你的那种教育方式我从根子上是不认可的。"

辜振捷确实不认可徐曼这种极端的天才教育方式，虽然儿子确实成了天才，但在某些方面，他是有毛病的。比如同样的三盒牛奶，他必须用马克笔标注早、中、晚，旁人问他有什么区别，他会一本正经地告知"要以逻辑顺序办事"；又比如他喜欢吃煮熟的豆子，但必须让保姆把豆子从大到小一颗颗排列好……虽然都是无伤大雅的事情，但多少有些古怪。

徐曼听着很不受用："我告诉你，孩子是我身上掉的肉，怎么管教是我的事！"

抽泣了好一阵子后，徐曼拍了拍辜徐行的肩膀说："妈妈给你做了好吃的，这就热给你吃。乖，什么都别想了，以后不要去南边，也别再见那个小女孩了，知道了吗？"

其实不用徐曼提醒，辜徐行也不会再去那个院子。

他心里从此多了一个禁区，那里住着一个叫作宁以沫的女孩，是他永远也不想再去面对的。

"陀螺事件"后，辜徐行变得愈加孤僻。

过去他很羡慕别的孩子三五成群，为了融入他们，他经常抱着羽毛球拍坐在广场上等人找他打球。那件事以后，他将自己与外界彻底隔了开来。路过人群时，他都会低头匆匆走过，他怕遇到那个小女孩，也怕从别人眼中读到和那件事相关的讯息。

他强迫自己忘记那件事情，可有些事情越想忘记反而会记得越清楚。每当他坐在钢琴前，看自己的十指在琴键上灵活游走时，他就会想起有个无辜的小女孩因为他的傲慢霸道，留下终身残疾。

一个低气压的午后，他独自坐在家里弹一支刚上手的曲子。曲子某个篇章十分沉重暗涩，指法也特别难，他反复弹了很多次都发出那种蹩脚的声音。他突然从钢琴前起身，将左手大拇指放在琴键上，放下重重的琴盖，狠狠往拇指上压去。

直到拇指上传来锥心的疼痛，心里那股躁乱才渐渐服帖了些，他缓缓松开琴盖，站在光线暗沉的琴房里无声地啜泣。

那是辜徐行经历过的，最难熬的一个夏天。

再见到宁以沫，已是时序入秋。

那是个黄昏，辜徐行和徐曼正在客厅里讨论一道题目，刚开完会回来的辜振捷大笑着从院子外进来，怀里抱着一个正在玩泥巴的小人儿。

“告诉伯伯，你准备捏个什么？”

小人儿奶声奶气地说：“我要捏个坦克。”

“哈哈，好，捏个坦克，我们一起打坏人。”

辜徐行噌地从沙发上站了起来，眼神戒备地望着爸爸怀里那个小女孩。

乍见以沫，连徐曼的神经都紧张了起来，她快步走到辜振捷身边，压低声音恼道：“脏不脏啊？就这样把人抱回来了？被人看到多不好？”

辜振捷哪里还有心思理会她的情绪，把以沫放下，一边往沙发边牵一边说：“也真是巧了，车一进大院就看见这个小丫头蹲在路边玩泥巴。这不，就抱来玩玩喽。"

彼时，茶几上放着一盘小肉卷，那是家中保姆王嫂亲手制作的肉卷，正正经经一层皮一层肉，香得人能咬掉自己的舌头。以沫一见到那肉卷，哪里忍得住馋，伸出手就去抓。

说时迟，那时快，徐曼飞快地打开她的手斥道："你妈妈怎么教你的？手也不洗就乱抓东西吃，你这脏手一抓，东西还能吃啊？"

不过一瞬，辜徐行还是看见了她左手上的残缺，黑乎乎的小手上，一截残留的指节怪异地伸着，直指他心底。

以沫被这样一训，低了头，很是委屈地说："我没有妈妈。"

辜振捷听得心疼，转头对辜徐行说："快带妹妹去洗手。"

不知道哪里来的火气，辜徐行对着父亲一声怒吼："她不是我妹妹！"

说完，他恨恨地瞪了父亲一眼，转身噔噔噔地跑上了楼，砰地摔上了房门。

辜振捷只好让保姆王嫂把她拉去卫生间清洗一番，亲手将那盘肉卷装好给以沫，派人将她送了回去。

"满意了？"徐曼冷哼了一声，"你还嫌儿子不够烦，非把这个小东西弄回来让他糟心。"

辜振捷在沙发上坐下，摁了摁额说："你懂什么？儿子不是讨厌她，是不敢面对她。我这是给他机会，让他像个男人那样面对自己的过错。你还是教授、知识分子呢，连这都不懂。"

辜振捷深知儿子若在这件事情上无法完成自我救赎，怕是会成为他一生的心理阴影。他不想让儿子成年后回首往事，发现什么无法弥补的缺憾。

"辜振捷，你别以为我不知道你在想什么呢。"徐曼一向强势，半点也不肯落下风，"你无非还惦记着你前妻，惦记着你俩那个夭折的女儿！"

"怎么又扯到这个上去了？"辜振捷有些心虚。

他也不清楚为什么看到以沫就那么喜欢，今天倒是被徐曼一席话点醒了。他和前妻生的那个女儿过世的时候就是以沫这么大。他记不确切那孩子的样子了，眯起眼睛想想，依稀和以沫是一个模样。

那天以后，辜振捷时不时地抱以沫来家里吃晚饭。吃饭时，他会指着辜徐行对她谆谆教诲"这是哥哥，以后要听哥哥的话"，以沫便望着辜徐行怯生生地点头。

徐曼虽霸道，却也不敢在大方向上拂逆丈夫的意思，只好对他和以沫的互动睁一只眼闭一只眼。

从那以后，以沫便正式"登堂入室"，一有空就往辜家跑。

虽然辜徐行不怎么待见她，不是躲着她，就是一张冷脸，但是她偏就喜欢这个哥哥，一逮着机会就想黏他，辜徐行则像躲一只臭虫那般躲着她。

以沫仗着自己身轻如燕，总是无声无息地出现在他附近，让他避之不及。有时候辜徐行正专心地看着电视，一个通了灵般的小家伙突然出现在他身边，毫不知趣地在他旁边坐下，和他并排观影；有时候他正在屋里练钢琴，冷不丁地，一张小包子脸就搁在了琴架边上，他一头黑线地看过去，就能看见她那双无辜的眼睛和花一般灿烂的笑脸。

这样你缠我躲了一个月，辜徐行也乏了。设身处地地想一想，假如你看到星矢这个衰人在被无数次打到吐血后，终于穿上黄金圣衣准备爆发时，你会一再为了小小的气节弃电视机不顾吗？所以，辜徐行索性也不躲了，直接拿她当隐形人，只差真的就从她身体里穿过。

由于大院里别的男孩对自家妹妹的态度也差不多，以沫一点都没体味到辜徐行不喜欢她，反倒以为"哥哥"就是这样一种傲娇的生物。

9月，辜徐行跳级进了聿城一中，成了名初中生。其实以辜徐行的实力，别说跳级进初中，上大学也不成问题。但徐曼其实也隐隐觉得他过于有条理、刻板，担心年幼的他不能正常融入大学生的社交。揠苗助长也许会伤仲永这个道理，徐曼是懂的，所以她放缓了步子，只让他在合理的范围内略微跃迁，以保证身心都能健康成长。

与此同时，不满六岁以沫也破格上了小学。小学不比学前班那么轻松，以沫再也不能像以前那样任意缠着辜徐行了，只有周末她才有机会跑去找哥哥。

为了更加彻底地摆脱这个小跟屁虫，辜徐行索性给自己多报了两个特长班，周末整天躲在外面。他暗忖，那小东西对他的热情不过是一时兴头，就像孩子玩玩具一样，兴头一过，再宝贝的东西也会被弃如敝屣。只要一段时间不接触，她就会找到别的乐子，不再黏他了。

不负他所望，不到半个月，那个小东西就不再上门了。

他暗暗松了口气，却又莫名失落。

那年的中秋来得格外晚，直到9月30日才姗姗而来。

徐曼是个很讲究传统的人，每逢过节都喜欢把事情张罗得热闹喜庆，这天更是了不得，让保姆王嫂宰了鸡鸭，并在院子里设了香案，摆上月饼果品，结果那顿晚饭直到天擦黑才置办齐备。

辜徐行刚上桌，就见爸爸牵着宁以沫和宁志伟有说有笑地走进院里。

辜徐行的脸瞬间就黑了下去。

徐曼眼尖，一把拉住转身就走的他，压低声音说："月团圆，人团圆，你可不能在今天吃晚饭的时候出幺蛾子，你知道你爸那脾气，在这节骨眼上惹火了他，有你好果子吃！你要实在不高兴，吃饭的时候就不说话，一吃完就回自己房间去。"

说着，她笑容疏淡地朝宁志伟打了个招呼："哟，小宁来了！早知道你们也来，真该多备几个菜。"

言下之意是，我们家没备你们的菜。

宁志伟尴尬地笑了笑，有些不知所措。刚才他带着以沫去食堂打饭，回来的路上恰巧碰到辜振捷从外面回来。辜振捷见他们父女拿着两盒饭菜准备过节，二话不说就把他们一起接到家里来了。以宁志伟的性情，吃这顿饭，真比吃枪子儿还为难他。他只是碍于辜振捷的面子，不敢推却罢了。

辜振捷将他们父女俩拉入席，亲自给宁志伟倒了一杯酒："来来，这可是正宗的茅台。"

宁志伟唯唯接了，忙敬了他一下，小心翼翼地喝了。

酒过三巡，辜振捷开门见山地对宁志伟说："我听说你的领导要去县里了。我之前那个司机作风有点问题，被我撤了，刚好有个缺，要不你来给我开车？"

徐曼不着痕迹地冷笑了一下：宁志伟以前的领导不过是个小领导，事儿多福利少；要是当了辜振捷的司机，那待遇就大不同了。她没来由地不喜欢宁家父女，辜振捷经常抱小的来闹她心就算了，还要纳大的做心腹。这晚饭真叫她吃不下去了。

同样食欲不佳的还有辜徐行，他眉眼疏淡地坐着，慢慢地吃着碗里的饭。

说来也怪，今天的以沫安静得异常，看也没看辜徐行一眼，抱着一只鸡腿，小口小口地咬着。

辜徐行有些按捺不住，抬头扫了她几眼。直到一顿饭快吃完，以沫还是那副心不在焉的样子。辜徐行心情陡然变坏，简直一刻都不想在饭桌上待下去了。就在他放下碗筷准备起身的时候，徐曼忽然发话了："真奇怪了，这丫头今天怎么这么安静啊？"

快到嘴边的一句"你们慢吃"立时咽了下去，辜徐行不自觉地端起了饮料杯子。

"是啊，今天以沫是怎么了？"辜振捷也有些纳闷。

宁志伟忙不好意思地说："刚才说了她几句，生气呢。"

辜振捷这才恍然大悟，放下酒杯逗她："怎么生气了？跟伯伯说说。"

"爸爸不给买鸡腿……"以沫细声细气地说着，眼眶里闪了点委屈的泪光。

闻言，辜徐行拿杯子的手不自觉地一滞，飞快地扫了她一眼。

辜振捷意味复杂地"哦"了一声，默默又翻了一只鸡腿放进她碗里。

眼见气氛有些冷，坐在一边吃饭的王嫂忙说："食堂现在都用肉食鸡做菜，那些鸡腿看着大，其实一点都不好吃，好像还有激素，小孩子吃不好，我从来都不往家里打食堂的鸡肉。"

宁志伟吁了口气，忙附和着她说了几句。其实实情是，他一个司机既要负担老家的父母，又要负担女儿上学，经济上有些捉襟见肘。这天为了应节，他给以沫买了只鸡腿，以沫忍不住要在路上吃，不料刚咬了一口，鸡腿就掉在泥地了。他不好捡起来，又实在舍不得再买，见以沫吵着要吃鸡腿，就说了她几句，把她说委屈了。

辜振捷生怕中秋节这样的好日子生出凄凉感，于是打开了话匣子，从"肉食鸡"说到宁夏的"枸杞鸡"，又从鸡身上扯到了各地美食。

宁志伟老家七莘镇有条江环镇而过，河鲜没少吃。他就着辜振捷的话题聊起老家清明节前的江鱼，绘声绘色地说了一番江鱼的做法和妙处，引得辜、徐夫妇食指大动。

徐曼有些神往地说："我确实听人说过明前江鱼是一等一的美味，但运来也都不新鲜了，很少有人像你那样能吃到刚从江里捞上来的鱼。你可真把我馋虫引出来了，我就最喜欢吃海鲜河鲜，以前在北京的时候，年年中秋都有大闸蟹吃，个个黄满膏腻。"

一提到大闸蟹，徐曼明显对眼前这桌东西意兴萧索了，她满脸追忆地说："我两个儿子都特别爱吃蟹，以前大儿子靖勋在家的时候，老跟他弟弟赛着吃。"

说着，她爱怜地抓过辜徐行的手："但是这孩子他斯文，无论多急，吃东西都慢条斯理，哪里抢得过他哥哥，才吃干净一个，他哥哥已经胡吃海塞三四个了。最后啊，他也委屈得直想哭，也这样闷闷的不搭理人。"

那边，以沫听得很入神，眼睛晶亮地看着辜徐行，像是想到了什么，偷偷地乐了。

第二天，放了学的辜徐行正在客厅看电视等晚饭，刚下班回来的徐曼一进门就劈头盖脸地说了一句："哎哟，你是没见你爸爸那干女儿，皮得！"

辜徐行的视线从电视上转移到妈妈身上，像是在等她的后话。

"我下班去国税局办点事，结果看见她跟着一群地方上的孩子在河里打打闹闹。"

国税局在城东，围墙外的坡下就有一条小河，夏天的时候，好些孩子会舍弃大院里配备良好的游泳池，跑好几里路去那条河里游泳。

"真没见过女孩子像她那样野的，这么凉的天赤着脚丫子在河里闹，弄得一身一脸的水，也不怕感冒。"说着，她摇了摇头，"这没妈教的孩子就是要不得。"

辜徐行听了，眯着眼出了会儿神，若有所思地将视线转回电视上。

吃过晚饭，辜徐行上楼回房做题。此时，外面天已经擦黑了，做着题的他中途停了几次笔，时不时地瞟一眼桌角的闹钟。

写到后来，他厌烦地丢了笔，起身走到窗边张望。连他也不知道自己在张望什么，担心什么。

在窗前站了好一阵，他郁郁寡欢地回到书桌前，人刚坐下，楼下院子就传来徐曼的声音："你怎么跑这里来了？"

"我来找哥哥。"稚嫩的声音里，像是透着些畏惧。

乍然听见以沫的声音，辜徐行噌地站了起来，快步朝门口走去。他人刚下楼，就听见徐曼不耐烦地说："哥哥在写作业，忙着呢，没工夫和你瞎胡闹。这么晚了，还不赶快回家去？"

"我有东西给哥哥。"以沫垂着头，双手藏在身后，小声说着。

"什么东西？给我吧，我给他。"徐曼没好气地说。

以沫往后缩了一下，慢慢抬起头，一眼就看见从徐曼身后走出来的辜徐行。

辜徐行面无表情地越过徐曼，走到离她不到两米的地方站定，垂眸看着她。

她果然玩得很野，不但鞋袜全湿透了，裤子也湿了大半，连带着整个外衣都浸湿了。彼时，院子里已升起华灯，透过黄澄澄的灯光，隐约看见被她身上热度蒸腾出来的水汽，如果估计不错，她是一路跑回来的。

辜徐行越看眉皱得越紧，深吸了一口气，正准备开口训话，以沫忽然献宝似的伸出手："给你。"

辜徐行一惊，定神看去，只见她手上拎着一个注满了水的红色塑料袋，里面像是有什么东西在动。

"都是什么呀？"徐曼眼尖，立马发现那袋子不对劲，快步上前抢过袋子打开一看，当场叫了起来，"螃蟹！"

只见厚厚的袋子里装了十几只大大小小的河蟹，一个个正横着身子往上爬。

辜徐行一怔，脑中像有一道光闪过，一下子全明白了。一股难以言喻的情绪在他心里翻滚着，他缓缓垂头，目光对上那双清澈如水的眼睛，那里面写满了一个孩子童稚的热望。

"你弄这些东西来干什么？"徐曼一把拧紧袋子，嫌恶地问。

以沫低低地说："你昨天说哥哥喜欢吃。"

"天哪，大闸蟹不是……"

"妈！"辜徐行忽然打断徐曼的话，伸手接过袋子。

顿了顿，他转向以沫说："东西我收到了，你……回去吧。"

"嗯。"以沫老老实实地转身往门外走去，像是想到什么，她忽然回过头朝辜徐行露出一个极欢快的笑，那笑容像一道闪亮的光，只一闪，便随着她消失在远处的黑暗里。

辜徐行注目于她在水泥地板上留下的湿漉漉的鞋印，清冷的眼里终究还是糅进了些许暖意。

后来，辜徐行将那些蟹养在了自家的鱼池里。而以沫则很不幸地被徐曼说中，结结实实得了一场感冒，直到10月才渐渐好了。

第四章

两小无嫌猜

上学后，以沫之所以不再缠辜徐行，并不是对他的兴头过去了，而是因为她被学校这个"小社会"弄得焦头烂额、自顾不暇。

小学是中国孩子融入社会的第一步，在上小学之前，孩子永远都觉得这个世界是大的，是美的，是单纯的。但是当他们入学之后，成人世界里该有的一切复杂规则会慢慢颠覆他们的世界观。

刚读小学一年级的以沫渐渐发现，原来孩子和孩子之间是不一样的。比如某个孩子用得起高档文具盒，吃得起外国糖果，他就会很受欢迎；某个孩子学习成绩好，他就会格外受老师喜欢；某个孩子的爸爸是领导，那么他就可以坐小车来上学，走路的时候还可以把头昂得高高的。

她的世界里多了很多新规则：上课听讲要把手背在后面，中午一定要午睡，上课的时候一定不能看外面……如果做不到这些，她就得不到老师发的小红花，然后就会理所当然地变成一个差生。

以沫一点都不稀罕那种小红花，但没有小红花的后果是，班上的女孩子都不愿意跟她玩；体育课做游戏的时候，她也找不到对家；别的孩子在放学后，总能三五成群地回家，但是她永远只能孤零零地一个人走。

因此，以沫陷入了人生最初的恐惧中——没人和她玩，没人理睬她。

为了消除这种恐惧，以沫试着往女同学堆里钻，向那些人缘好的同学靠拢。渐渐地，她也有了些在大型游戏里跑龙套的机会。比如，当一群人玩跳皮筋时，她就要扮演牵着皮筋的树，一站站到游戏结束；当另外一群人玩丢沙包时，以沫又成了专门负责捡沙包的跑腿。

放学后的玩闹，慢慢地也变得不那么纯粹起来。上了小学的大孩子，比起还没有开蒙的那些孩子，多了一分势利。别看他们小，但是谁家里有大内参，谁家大人什么官，谁在学校考前几名，谁打架是最厉害的，个个门儿清。孩子们虽然还会组成小团体一起玩耍，但这个小团体里，副市长的儿子肯定会是核心人物，司机的儿子就基本上没有话语权。

以沫所在的那个小团体里，头脑人物是林业局局长的儿子，这个叫王宗远的男孩和以沫同岁，个子虽比普通女孩还小一些，但是行事非常霸道骄横。一帮孩子玩什么、怎么玩都得由他定，他有权对团体里的孩子发号施令，而那些孩子则被他呼之则来，挥之则去。

以沫是那个小团体里最小的角色，理所应当地成了被欺负的对象，不但要装树、捡沙包，还要负责演坏人，最后被好人踩在脚下枪毙。

偏偏王宗远还特喜欢玩抓坏人的游戏，他最得意的时刻，就是把以沫踩在脚下，然后义正词严地学电影主角说一句"我代表党，代表人民，宣判你的死刑"。这时，小孩子们都会看着狼狈的以沫，爆发出一阵大笑。

那时候，以沫还不知道她其实是被欺负了。她反倒以为别人笑她，就是喜欢她的表现，直到那个星期天的傍晚。

那个星期天下了大半天雨，直到四五点才渐渐收了雨势。以沫正在家里翻连环画，门外忽然传来两长三短的哨声，那是他们那个小团体在操场集合的暗号。

以沫望着外面又冷又阴的天，一万分不愿意出门，但是又不敢违逆王宗远的意思。如果她这次不去，以后就永远去不了了；不但如此，做了"叛徒"的人，以后只要碰到小团体里的人，轻则挨骂，重则挨打，下场十分凄惨。

她恋恋不舍地放下连环画，磨磨蹭蹭地赶到操场上。

立了冬的下雨天，不到五点，天上就已经透出了锅底黑，坑坑洼洼的废操场上积了很多水。

大概是在家闷得无聊，王宗远特别想玩抓坏人。当他把这个想法说出来后，以沫弱弱地反对："地上都是水，我不玩。"

王宗远背着手，站在一排水泥管上怒视着她："你想违抗我的命令，当叛徒？"

以沫垂着头，小声地说："我没想当叛徒……要不然，等下你别真把我推到地上。"

"不把坏人踩在脚底下，叫什么大英雄？"王宗远十分火大地说，"你们说是不是？"

反正又不是把自己推到泥水里，那些孩子当然都齐齐说是。

"你想反对大家的意思吗？"王宗远盛气凌人地问。

以沫看了看自己身上的新衣服，又看了看地上的泥水，小手握了握拳，一言不发。

"你说话！"

不知道哪里来的勇气，以沫忽然抬起头："我不玩！"

王宗远气得从水泥管上跳下来，一把拧起她的头发，奋力晃着她的头："你再说一遍'我不玩'！"

以沫被他扯得吃痛，连忙伸手去护自己的头发，一边护头发，一边使劲拍打挣扎。王宗远虽然是男孩，但是力气远不如比他高几寸的以沫大，很快就被以沫挣脱，自己还险些一个趔趄摔倒。

周围的小孩都看傻了，哪里还敢吱声？

王宗远吭哧吭哧地喘着气，忽然冲过去，再度扯住她的头发往后拉。以沫吃痛，转身一口咬在他的手腕上。

王宗远低号了一声，一拳打在以沫额上，把她推了开去。他吸了几口凉气，定睛看向以沫。只见她飒然站在原地，双手握拳，冷冷地盯着他，一双澄澈的眼睛里像有火焰在跳跃。

他的气焰骤然降了下去，再不敢上前了，但是口气却一点也不松："你今天要是敢走出这个操场，以后我们见你一次，打你一次！"

以沫抿了抿嘴，看了他一眼，又看了那群呆若木鸡的小孩一眼，心底发出一声与她年龄极不相符的冷嗤。若这些人也算是朋友，那她不要也罢！

朋友有什么稀罕的？别人喜欢不喜欢她又有什么稀罕的？她想坐在热乎的屋子里看连环画，立刻、现在、马上！

一念转过，她错开他的身子，头也不回地往操场外走去。

王宗远愣了一下，从地上捡起一把小石块，拈起一个砸到她腿上。

紧接着，小石头源源不断地砸在了她的肩上、背上、腰上。

身后爆出王宗远的辱骂声："打死你个小残废、九指头！"

那一路，以沫走得很慢，那些石头砸在她身上并不疼，可是她的全身却像被什么点燃了一般。

就在她即将步出操场的一瞬，一粒冷硬的石子"砰"地砸在了她的后脑勺上。几乎与此同时，以沫骤然转身，裹着一股怒气快步冲了回去。她扯住吓呆了的王宗远，将他拖到最大的一个泥水坑边，重重地将他推了进去。

王宗远一边大叫，一边胡乱挥动着双手反抗，以沫使出吃奶的劲儿将他摁进泥水里，大力喘息了几口，大声宣告："我代表党，代表人民，宣判你的死刑！"

场面诡异地静了下来，整个操场上传来"呼呼"的阴风声，不知道过了多久，一声压抑的哭声从泥水坑里爆了出来，越哭越响。

以沫收回脚，绷着脸往家的方向去了。

那是以沫人生中的第一次重大转折，尽管不到六岁，她已经从被侮辱与被损害中真切地懂得了什么叫作尊严，就算她身份低微，就算她身体残疾，但是如果谁要再因此瞧不起她，她便不惧同那些人永远决裂——无论那决裂要付出什么代价。

不远处的香樟树下，将事情全过程看在眼里的辜徐行缓缓松开紧握的双手，他浑然没有察觉，因为太过用力，他的手心已被指甲刺破，留下了一排深深的月牙印。

他的身侧，一个懒洋洋的少年望着以沫的背影，忽然笑出了声："这小女孩挺有意思的，你认识？"

他的声音里透着点漫不经心的兴味，像是一个挑剔的食客发现了一盘别有滋味的点心。

辜徐行瞥了他一眼，撇开他循着以沫的方向追了去。

以沫正走着，听见身后的脚步声，愕然回头，见是辜徐行，慢慢转过身子，仰面望着他。

她的眼睛特别亮，还有点湿湿的，看上去像是哭了，但是她没有。

辜徐行垂眸看着她，一双薄唇抿着，似想说点什么安慰她，却迟迟开不了口。

这时，先前那个少年赶了上来，微喘了一口气，他在以沫面前蹲下，一双水墨画般的斜飞长眉扬了起来："小鬼，还挺凶啊！"

以沫戒备地望着他，面前的少年有着和辜徐行一样的秀颀身材，然而一张脸美得阴柔，幽深的眼里仿佛藏着鬼魅。他生的是那种唇线丰润饱满的饺子嘴，嘴角天生微微上翘着，即便不笑，也像透着点坏坏的笑意。

以沫下意识地往后退了一步，小孩子的眼睛是最清明的，他们往往能一眼分辨出哪些是可以亲近的好人，哪些不是。

见以沫不说话，那少年伸手勾住她的肩膀，将她带近了一点："你刚才做得很对，傻了吧唧的人，就该好好教训。不过如果我是你，肯定不会在白天当着那么多人的面打他，知道吗？教训人的最高境界是又能出气，又不留下证据；既要让被打的人痛得想死，又不能给人留下伤口——做坏事儿可是一门艺术哟。"

辜徐行越听眉越皱得厉害："江宁，不要胡说。"

像是嫌他三观不正，教坏小孩子，辜徐行伸手将以沫从他的臂弯里牵出来，一言不发地带着她往北边走去。

"喂，你干什么去？"少年没好气地问。

"善后。"

少年顿了顿，不得已还是跟了过去。

辜徐行一路将以沫带到王局长家里。

王局长和夫人见了辜徐行，都有些诧异，招呼着要保姆拿水果点心来，却被辜徐行拦了下来。他有条不紊地把事情的经过向两位大人述说了一番，末了，他说："虽然双方都有错，但我还是要代我妹妹先向你们道歉。"

"哪里哪里。"王局长略有些尴尬地说，"这是我们家宗远不对，哪能欺负女孩子呢？"

说着，他还象征性地摸了摸以沫的头，以示亲近。

道完歉后，辜徐行转头对王局长的太太说："阿姨，宗远好像也是六岁吧？怎么没上点特长班呢？"

王太太递了点糖果给他们三个："六岁能学什么？哪能跟你这种天才比？"

辜徐行一边说，一边将手中的大白兔奶糖撕开，塞进闷闷不乐的以沫嘴里："阿姨您过奖了。哪里有那么多天才？其实我是笨鸟先飞，我从两岁开始就被带着上各种特长班，四岁就在我妈的指导下学完了小学的功课，她只是不对外面说而已。"

王局长和王太太明显对这个话题很感兴趣，上身都下意识地往他这边倾斜。

"我妈说了，如果不把所有领域都试试，很难发现孩子到底在哪方面有天赋。一旦发现孩子的天赋就要尽早培养，不然会耽误孩子的发展。六岁才开始摸索已经稍微有些晚了，但勉强还来得及。"

王局长听得频频点头，指着王太太说："看看别人的孩子教育得多好，我们是要反思一下了。"

王太太做见贤思齐状，连忙虚心向辜徐行请教起有关特长班的事情来。辜徐行也不吝指教，把市里美术、钢琴、数学、跆拳道、围棋等十几个类别的优秀特长班都给她讲了一遍，担心她记不住，他还借了王局长的笔手录了一份。听王局长夸他字写得好，他谦虚地淡淡一笑："我五岁就开始练字了，毛笔字练过颜柳欧赵，钢笔字练过田英章和庞中华。"

见王局长和王太太都露出若有所思的样子，他觉得目的已达到，就有礼有节地告了辞，带着以沫扬长而去。

出了王家大门，那个叫江宁的少年坏笑着说："你还挺奸的，那小子以后的日子怕是不好过了。"

说着，他蹲下身拧了拧以沫婴儿肥的脸问："你什么时候多了个妹妹？当了你这么多年弟弟，我怎么不知道你还有这么护犊子的一面？当年我被二炮那群小子摁在地上打的时候，可没见你帮我出过头！"

说完，他眼帘微微一敛，像在回忆什么，眸中漫上了些复杂情绪。

江宁的爸爸辜默成是辜振捷的堂弟，一直不温不火地在邻省某市环保局工作，最近刚调到聿城来。

虽然辜江宁和辜徐行是同宗同祖的近亲兄弟，但境遇相差太多：一个系出名门，高高在上；一个却因父辈在仕途上的荒疏，泯然众人。辜徐行觉得这个弟弟敏感复杂，又爱惹是生非，不太愿意和他来往。辜江宁玩世不恭的皮囊下却有一副傲骨，也不愿沾他这个哥哥的光，所以从小到大，这两兄弟的关系都非常冷淡。但是今天看见辜徐行对一个陌生小女孩都这样维护，辜江宁难免还是有些嫉妒。

见辜徐行不接话，辜江宁自觉没趣，撇了一下嘴，将注意力集中在了以沫身上。面前的小不点虽然弄得一头狼狈，却一点也没掩去她的可爱。他盯着她鼓鼓的小脸，忽然伸手，食指在她粉嘟嘟的脸颊上按一下，手一松，她脸颊上就露出一个凹下的白印子，才一瞬，那白印子又恢复成了蜜桃粉。

以沫瞪大眼睛，愣愣地看着他，一副不知道该笑还是该哭的样子。

他越看越有趣，又飞快地按了一下："挺可爱的嘛。"

就在他准备再按时，辜徐行"啪"地挥开他的爪子："有完没完？什么恶趣味！"

辜江宁这才意犹未尽地起身。

"你先去我家，往回走，第三个口那里右拐，直行两百米就到了。"

"那你呢？"

"送她回去。"

简单交代一番，辜徐行便领着以沫往南区走去。

摆脱了辜江宁，以沫的表情明显轻松了很多。她一路蹦蹦跳跳地跟着辜徐行，起初还勉强跟得上他的脚力，不料越往前走就越跟不上了。眼见被他丢出了好几米，以沫有些急了，跑步追了上去，抬手抓住他的衣角。

辜徐行低头一看，便瞧见了她笑得皱起来的小脸。

他意识到自己走快了，放慢脚步，任她拽着自己的衣角，一前一后地往南走去。

把人送到南院门口后，辜徐行转身欲走，突然像想起什么一般，回头看了一下以沫。

以沫扑闪着眼睛，不知道他在看什么。

往前迈了几步后，他迟疑了一下，反身折了回来，像江宁那样蹲下，小心翼翼地伸手，在她脸颊上按出了一个更深的印子。手弹回来的一瞬，他自言自语似的说："还真挺可爱的。"

说罢，他嘴角一翘，终于忍俊不禁。

辜徐行回家时，为江宁一家接风洗尘的家宴已经布置好了。辜振捷和辜默成已有多年没见了，彼此都以为再见须得是鬓发苍苍了，谁知辜默成好巧不巧地调到聿城来了，以后两兄弟秉烛夜谈的机会就多了。

辜徐行一边听他们感慨"焉知二十载，重上君子堂"，一边默默吃饭，渐渐地，他感觉出妈妈和堂婶张遇之间有些激流暗涌。她们虽然谈笑风生，动静甚至超过了男人们的对话，但辜徐行可以肯定妈妈很嫉妒这位堂婶，他是从徐曼不断变换的坐姿、缩小的瞳孔、下意识的冷笑中判断出来的。在张遇之前，徐曼只会在她姐姐徐茜面前，不经意流露出上述表现。

徐曼自身条件得天独厚，她出身优渥，面容姣好。身边的女人，出身比她好的没她漂亮；出身和外貌都比她好的，没有她嫁得好；就算上述一切都比她好的，也没她肚子争气，接连生下两个出色的儿子。如今她在聿城学院做物理系教授，除了每周几节课，她基本上过着逛逛街，做做投资，连饭菜都有保姆送到手边的生活。

女人做到她这个分儿上，真的用不着嫉妒别的女人，除非对方美得刺眼。

张遇就是那种美得刺眼的女人。别的美女，或清纯，或柔弱，或放浪，总归是单一的，但是张遇的美却像一条河流，时而平缓，时而活泼，时而深沉。那种美是流动的，瞬息万变，叫人应接不暇。

在她的光芒下，满屋子人都被照得很暗淡。尤其是江宁的爸爸辜默成，在她的映照下，惨淡得像抹可有可无的青烟。

那天饭后，徐曼特意做了个面膜，一面按着眼角，一面冷嗤："你看看这个辜默成，和你一个起跑线，现在你都要往省委走了，他还是个副科！当年他们家巴巴给他求娶了大领导家的姑娘，他非要退婚娶个地方上的妖妖娇娇的女人！现在怎么样？不但家事闹得一团乱，还把自己的前程毁了！我看他再这么不温不火的，他们这一脉气数就算完了。"

说着，她扭头对一旁的辜徐行说："知道我为什么叫你在这里听着吗？这是在给你上课。虽然你还小，但是一定要明白，一个男人要成功，哪一步都不能走错，包括未来结婚。"

"说这个干什么？"辜振捷不悦地打断她，指了指辜徐行，"你上楼去。"

走上楼梯时，辜徐行听见爸爸叹了一句："是啊，这样的女人，不妖其身，必妖其人。留在身边，不是好事。"

那句话说得极沉重，像有什么在辜徐行心口上戳了个印痕。几年后的事情，都印证了那句"不妖其身，必妖其人"。爸爸那时的话，倒真的成了一句谶语。

和王宗远打完架后，以沫忐忑了好一阵子，她生怕他不能对自己善罢甘休，然而那天后，她很久都没有遇到过王宗远。听小团体的孩子议论，他爸爸妈妈给他报了很多特长班，整个人像被囚禁起来一样。

打架事件后，以沫学会了一个人玩。像是一夜之间看透了孩子的世界，她不再向往别人的言谈欢笑。如果再有人叫她帮忙牵橡皮筋，她就会丢给对方一个冷眼，径自离开。

那些砸在她身上的石头，让她学会了反抗。

以沫是个很会自得其乐的孩子，不久她就在球场后发现一扇锁着的木门。她好奇地拨弄木门上锈蚀的锁，居然发现那把锁不知道被谁撬开了。她拿下锁，推开那扇木门，意外发现了一片"新大陆"。

木门里是一片长满荒草的空地，空地中央有座废弃的水塔。那片空地大得看不到头一样，绵延至远处黛色的山下。

从那以后以沫多了一个爱好，只要天晴，她就会钻进那片荒地里玩。

那片荒地成了以沫所辖的世界。在那个世界里，她是蟋蟀们的王，是蒲公英的主人。有时候，她顶着冬日暖阳在草地里追一只蛾子；有时候，她在草沟里摘下上百朵野花，用一根狗尾巴草穿成花环；更多的时候，她会选个草坡抱膝坐下，静静地眺望远方。

这天，她正坐在草坡上晒太阳发呆，身后忽然传来一阵窸窣的脚步声，她还没来得及回头，一个身影就在她身边坐了下来。

"小东西，你抢了我的地盘。"辜江宁说着，将一本厚厚的白皮书枕在头下，悠然在她旁边躺下。

以沫这才知道锁是被他撬开的，瞥了他一眼。

他闭着眼睛，却像是感觉到了她的目光，微微笑了："小东西，干吗不去找别人玩？一个人来这种荒凉的地方干什么？"

以沫鼓着嘴，说了一句在她看来很长的话："你干吗不去找别人玩？"

他不屑地嗤了一声："没那个必要。我们都是被抛弃的人，抛弃你懂吗？被抛弃的人就应该坐在这种没人记得的地方。"

他的话，以沫一点也听不懂。直到多年后，她回忆起他们这次相遇，这才发现她和江宁其实是一类人：被圈子抛弃，承担孤独的压力，最后被这股压力打磨出了一副孤僻离群的傲骨。

江宁明明还小，但是身上透着一股特别强大的颓废力量，以沫不知不觉地就被那股力量攥住了。她闷闷地坐在那里，心情低落却又不愿离去。

有些人就是有一种诡异的气质，你明明不喜欢他，但又忍不住靠近他，关注他。他像一扇窗口，透过他可以看到另一个不可抵达的奇异世界。

丢开手上的书，辜江宁用双手在眼前搭起一个镜头样的方框，对着天边左移右晃，好像他搭成的框后有一个别人看不到的世界。以沫的好奇心被勾起来了，定定地看着他。

江宁看穿了她的心思，将那个"框"移到以沫眼前，托着她的脸往四周缓缓转去。

以沫惊讶地发现，世界竟然被他巧妙地切成了一帧帧图画。在那个框里，她清晰地看到一只蝴蝶停在蓝色小花的花蕊里，她看到天边的一朵云被切成了小狗的形状，她看到一棵枯树的枝杈割据了整个天空。

"你现在在用我的眼睛看世界。"

说着，江宁将手从她眼前挪开，刚才的一切都消失了，世界依旧那么空旷、那么荒芜。

以沫歪着头，像看外星人一样看他。

他神秘地笑了笑，露出一只漂亮狐狸般的嘴脸。他指着远处问："你知道那边山上有什么吗？"

以沫摇头。

他的眼神一下幽远起来："我告诉你哟，那边山顶上有一片很大的葡萄田，那些都不是普通的葡萄，是神仙种的，所以那些葡萄特别大、特别甜，红的像玛瑙，白的像珍珠，还不用剥皮。葡萄的叶子也特别厚、特别大，你这样一个小东西可以站在上面。"

以沫听得入了神。

"我去过一次，我躺在叶子上吃了很多葡萄，那真是我吃过的最好吃的葡萄。后来我踩着葡萄叶子一步步往上走，走到了云里面。云很厚很软，扯一块放在嘴里，是棉花糖的味道。"

就在这时，以沫忽然打断了他："你骗人！老师说云是水做的，不是棉花糖。"

冷不丁地被她戳破，江宁还嘴硬："是你们老师骗了你，云就是棉花糖做的。"

"你骗人。"以沫噌的一下站了起来，头也不回地往回走。

她懵懂地意识到，这个男孩和哥哥不一样，他会给她看一个很美的世界，但那个世界是虚假的、不可靠近的。哥哥虽然不像他这样爱笑，也不像他这样态度亲昵，但是哥哥的一切都是真实的。

"喂，你别走啊。"

江宁有些急了，拿起书快步追上她："好了好了，我们不说这个了，我带你去个好玩的地方。"

江宁所说的好玩地方是荒地尽头的那座小山，尽管山下挂着"禁止攀登"的牌子，但是江宁视若无睹地带她溜了上去。快爬到山顶时，他一把将以沫按倒，拖着她一起匍匐前进。几分钟后，他带着以沫驾轻就熟地窝在了一个草窠子里。

以沫顺着他的视线往山下看去，不禁瞪圆了眼睛。只见一支穿迷彩服的军队正在下面的基地上做负重跑训练，时不时传来响亮凌厉的口号声。

山下是军分区，以沫记得爸爸三令五申过，不准跑来这边玩。她挣扎着起身要走，却被辜江宁按在了地上："你想不想以后不被欺负？想不想以后别人都听你的？"

见以沫不回答，他又说："如果想就要让自己变强。"

以沫不想别人都听她的，但她想让自己不被欺负，所以老老实实地趴下了。

"一会儿就该训练擒拿格斗了，要是你能偷学会一招半式，你就是这个。"辜江宁朝她竖了竖大拇指。

说罢，他抿着唇，双目炯炯地盯着下面的训练。

"快看，他们开始练'鸭步'行走了，这是练大腿力的。"江宁一边看，一边给以沫解释。

就在这时，身后传来一阵窸窣的脚步声，以沫吓得起身回头，一只极温柔的手落在了她的后颈，将她轻轻按回了原位。

不知道什么时候冒出来的辜徐行猫着腰移到她身边，动作利落地趴下。

以沫愣愣地看着他的侧脸，冬日的暖阳给他轮廓分明的侧脸镀上一层和暖的光晕，出乎意料的相见，让以沫觉得他有些失真。

他没有看她，却轻轻笑了。以沫确定，是笑给她看的。

不知怎么，见他笑，以沫觉得整个世界都清新了起来，先前那股颓丧孤独的感觉一扫而空，一股坚定温暖的力量从心脏里流向全身，她也跟着笑弯了眼睛。

"你怎么才来？"江宁有些不满地问。

"有课耽误了。"

"你上次也没来！他们上次还练泰拳了。你老这样，一会儿被我打趴下了别哭。"

辜徐行没回答。以沫替他白了江宁一眼。江宁好像长了复眼，能看见三百六十度范围内的事情，不声不响地在她背上掐了一把，以示报复。

也就这么会儿工夫，格斗训练开始了。

见辜徐行看得认真，以沫也对下面的训练产生了新的兴趣，眼睛眨也不眨地看着那群士兵灵活地反擒拿、摔打、夺械。

真正精彩激烈的东西，它的受众是没有年龄分段的，很快以沫就看懂了其中的美，兴奋得眼睛直闪光，恨不得马上起来照样比画两下。

直到队伍解散，三人才意犹未尽地翻转过身子，并排在草丛里躺着，看着落上了些晚霞的天空。

他们虽然都没说话，但脑子里盘桓的东西都差不多，无疑都是刚才的精彩场面。三人一起发够了呆，才懒懒起身。临下山前，辜徐行不着痕迹地摘去以沫头上的几颗苍耳。

下了山，两个大孩子直奔一块背人的空地比画切磋起来。

以沫作为"编外人员"，被丢在外面帮他们看管衣物。

两个少年起先还像模像样地按照套路近身缠斗，但是他们学到的东西毕竟支离破碎，很快就撑不住场面了。两个人都是争强好胜的年纪，哪个也不肯认输，索性抛开那些花架子，你伸手扯我的头发，我抬脚踢你的肚子，发展到后来，索性抱成一团滚到地上互殴。

以沫被他俩逗得咯咯直笑，乐得只差长翅膀飞出去。

那两人互殴完，精疲力竭地回到以沫旁边。

辜徐行从以沫手上接过外套，从里面摸出几颗进口巧克力，丢给他们。

江宁剥开，大嚼着咽下，喘着气笑了。

以沫把巧克力含在嘴里，鼓着腮帮子翻着辜徐行的笔记本，暗红牛皮封面的本子里，记着密密麻麻的英文笔记。

以沫看不懂，吸了一口口水，翻到封皮处，盯着"辜徐行"三个字发呆。

江宁坏笑着说："你认得这是什么吗？"

"是哥哥的名字。"

"你知道你哥哥叫什么吗？"

"叫阿迟。"

"扑哧……"

江宁骤然喷了出来，连带着辜徐行都一头黑线。

"阿迟是你叫的吗？阿迟是他爸爸辈的人叫的小名！"江宁戳了一下她的额头说。

辜徐行这个小名有个来历，当初徐曼生他的时候，比预产期足足晚了一周才生下来。被折腾得够呛的徐曼便给他取了这么个小名，寓意姗姗来迟。

以沫哪里知道这只是个小名，身边从没有人当她的面叫过他的大名，江宁叫他都冠以"喂""哎"。

见以沫有点不自在，江宁伸出食指着那个名字，一字一顿地教她拼："辜，G－U，徐，X－U……"

这时，以沫忽然指着那个"行"字说："我知道这个，H－A－N－G，银行的行。"

那年头，很多大人都喜欢给小孩子取这个多音字当名字，以沫班上有个同学就叫杨行，发音是银行的行。

江宁敲了一下她的头："自作聪明，是行，行走的行！辜徐行！一看就知道他爸姓辜，他妈姓徐……"

"不是，"这时，一直沉默的辜徐行忽然打断他的话，淡淡地说，"是'莫听穿林打叶声，何妨吟啸且徐行'的'徐行'。名字是我爷爷取的，取自宋词《定风波》。"

江宁就这个名字和辜徐行争论了好一番，坚持不肯相信他的名字还有这么优美的意境，咬定他本来是要叫"辜徐"的，后来他爷爷嫌不好听，翻了很久字典，又加了个"行"字。他说得好像亲自在场一样，但这种侮辱军区前领导文化程度的言论，是不会被人相信的，哪怕被骗方不到六岁。

　　等到巧克力全吃完，江宁不知道哪里来的激情，意气风发地说："喂，你说再偷学一个学期，我们会不会就是这里最牛的？"

　　辜徐行未置一词。

　　"我们两个组个团体吧，等到我们打遍天下无敌手的时候，就一起出山，当真正的街头霸王，怎么样？"

　　辜徐行表示对他的价值取向很不赞同，但也有点憧憬他说的那种情形。

　　"我也要参加！"以沫生怕自己被遗忘，忙举手找存在感。

　　"你会打吗？"江宁不屑地说。

　　"我可以学！"

　　考虑了一会儿，江宁说："虽然，历史上比较有名的组合都是三人团，像'中央队三人团'、小虎队都是三个人的……可是你是女的啊，会拖后腿。"

　　这时，辜徐行插了句话："《街霸》里，春丽好像也不差吧。"

　　话已至此，江宁只好点头认可："那好，勉强算你一个吧。"

　　达成共识后，他们这个以成为真正"街霸"为目的的三人团体便正式成立了。

第五章

灿若千阳

三人团体成立后，以沫沉闷无趣的生活便被这两个少年打破了。

每周放学后，他们三个雷打不动地一起去后山偷学格斗技巧。到了周末，辜江宁会带着以沫去辜徐行上特长班的地方截他，一截住他，就拖着他俩一起轧马路、放风筝、打扑克、聚餐。

辜江宁是个极会找乐子的人，连辜徐行都很佩服他总能发现很多新奇的地方、有趣的点子。

开了春后，可玩的东西就更多了。

有时候江宁会神秘兮兮地带他们把3路车坐到头，再七弯八绕地带他们闯进一片辽阔的油菜花田，教他们怎么用空药瓶逮蜜蜂；或者教他们把竹竿劈开，中间支个树枝，粘上蜘蛛网，做成简易网兜，举着它在绿油油的稻田里粘蜻蜓，一粘一个准；有时候，江宁会带他们到近郊的农村摘桑葚吃，两个少年赛着往树顶上爬，以沫就只管用肉乎乎的小手举着衣服，等他们往下面丢桑葚。

桑葚甜归甜，可是吃多了，舌头嘴唇就会被染成乌紫色，那时候，三人就会望着彼此的样子笑得各具形态。以沫是不记得自己笑起来的傻样了，用江宁的话说就是笑得直抽气，让人以为她会笑背过气去。

直到多年后，以沫都记得当时的一切：绿色田野里，少年飞扬的白衣；桑树枝干上，并排晃着的小腿；低气压的午后，布满红蜻蜓的原野……那样的年华，如旭日初升，如百卉萌动，是他们人生中最美好的时光。

除开这种三人集体活动，徐行和江宁偶尔也会单独带以沫玩，但这两人的路数也太不一样了。

江宁走的是旁门左道，怎么坏怎么带，不是带以沫去游戏厅打电游，就是带她围观自己和社会小青年溜冰。以沫对这些东西完全不感冒，人就算去了，也只是坐在角落发呆。江宁也不小气，慷慨地给她买一瓶橘子水或者一包干脆面，让她在角落里也好有个寄托。有时，一些不良青年会指着以沫嘲笑江宁："又把你的小拖油瓶带来了？孩子妈呢？"江宁听了，也不生气，咧着含棒棒糖的嘴坏坏一笑："去问你妹啊！"

徐行则选择走人间正道，怎么健康向上怎么带她。起初，他教以沫唱歌，以沫学的好几首歌，诸如《小小少年》《茉莉花》《兰花草》，都是他教的。教她唱歌时，辜徐行会格外耐心地坐在一旁用钢琴伴奏。奈何以沫的乐感实在太差，练到最后，辜徐行都是一副扶额摇头，生不如死状。

慢慢地，辜徐行就不再教她唱歌了，转而给她讲故事。

他讲故事远不如江宁那么肆意发散，妙趣横生。他总是抱着一本《安徒生童话》，正襟危坐在钢琴前，沉缓地念着他觉得很美的段落："在海的远处，水是那么蓝，像最美丽的矢车菊花瓣；同时又是那么清，像最明亮的玻璃……要想从海底一直到达水面，必须有许多许多教堂尖塔一个接着一个地连起来才成……"

以沫便撑着脑袋，圆瞪眼睛听。听着听着，她的眼皮就止不住地往下垂，他好听的声音就飘了起来，还颤啊颤的，她整个心神都随着他的声音往明亮的天空深处飞去。她的神游不是终止于从凳子上滚落，就是终止于辜徐行拿纸巾擦掉她口水的瞬间。

以沫悲观地以为他再也不会理她了，然而因为一件事，辜徐行反倒无处不在地管束起她的成长来。

那只是一件很小的事，却成为以沫"被摧残"史的导火索。

事情发生在以沫顺利升入小学二年级后。

由于比班上的同学都小一岁，心智未开的以沫完全跟不上班。二年级已经开始教一些简单的成语了，在老师的悉心教导下，很多基础好点的学生都能用出二十几个成语了。

那段时间，香港武侠片在内地很火，有些孩子耳濡目染地学会了很多台词，比如"做人呢，最重要的就是开心""所谓吉人自有天相""饭可以乱吃，话不可以乱讲"。以沫家没有电视，但也能偶尔从别处蹭到一会儿电视看，并零碎地看了好几部武侠剧。

那天语文课，老师带孩子们温习前一堂学的成语，让学生通过老师的表情或动作猜成语。那个老师不知怎么就点起了以沫，她手舞足蹈一番，然后露出一个开心的笑容，让以沫猜成语。

答案本来是：心花怒放。

但是以沫歪着脑袋想了很久，觉得老师刚才的动作很像电视里主角中毒之后的挣扎，她冥思苦想了好一番才从词库里找到一个词，奶声奶气地答了出来："含笑九泉。"

气得这位老师当场就把以沫的位置调到了最后一排。

以沫在班上本就算矮，往最后一排一坐，直接看不到黑板了。可是以沫意识不到问题的重要性，反倒觉得坐后面走起神来更安全。

于是乎，差生宁以沫彻底放弃了上进心，时不时就趴着发呆，做小动作，并渐渐和同桌楚照熟了起来。

楚照是这个班里年龄最大、成绩最差的学生，他拿以沫当自己罩着的小跟班，时不时会分她半块橡皮，或给她几颗糖果，但是他也有很多男生共有的恶趣味——欺负女生。什么往女生桌子里放毛毛虫，在女生板凳上滴墨水，在女生领作业本时伸脚绊啊，他全都对以沫做过。他给以沫那些好处，在另一种程度上算是打一棒子给个甜枣。

年幼的以沫被他的棒子和甜枣搅晕乎了，一时也分不清他到底是敌是友，只好时忧时喜地跟他保持交往。

这天放学前，老师留全班自习。楚照突发奇想，拿出一支黑色水彩笔，朝以沫招了招手，提议她玩锤子剪刀布，三局两胜，赢的人可以在输的人脸上画一只小乌龟。

以沫想都没想就说好。不动脑子的结果就是，她被画了一脸小乌龟。

画完最后一只小乌龟时，楚照爆发出一阵蓄谋已久的大笑，引得全班同学都回头看。看到这一幕，全班同学都哄堂大笑起来。

那一瞬间，以沫终于意识到自己干了一件缺心眼的事情，因为自己的缺心眼，她再次受到了侮辱，还引来了全班同学的耻笑。

在怒火的灼烧下，她的脸越来越红，她猛然站起来朝楚照扑过去，将他扑倒在地扭打起来。

以沫虽然年纪小，但是好歹也跟着两个哥哥练了大半年，加上动作灵敏，竟让人高马大的楚照奈何不了。

两个人正厮打得难分难解，突然，一双有力的手穿过以沫肋下，将她从地上抱了起来。以沫回头一看，居然是辜徐行。

她蒙了一会儿，羞窘不安地看着他。

他一双竹叶状的狭长眼睛眯着，里面果然有些失望的神情。

以沫见他用那样的眼神看自己，一下子哭了出来，既伤心又愤怒的她一边哭，一边甩他的手。

楚照得了势，一下子从地上爬了起来，朝她做了个鬼脸，夸张地说："羞羞羞，比猪丑！长大没人要的九指头！"

这时，一道刀刃般闪亮的凌厉目光落在了他脸上。

楚照抬眼看着这个高出他一个头的"大人"，被他凛冽的脸色吓得连忙噤声。

以沫听他这样说，不知道从哪里鼓起了一股气，吼道："没人要我自己要！"

说完，她一把将书包从书桌里拽出来，气冲冲地往门外跑去。

辜徐行没想到这个小东西生起气来，居然能跑那么快，等他追上她时，她都已经跑到校门口了。

以沫听见有人叫她，虽然没有回头，脚步却慢了下来。

辜徐行快步上前，伸出食指，钩住她的衣领将她拽了回来，冷冷地说："别动！"

以沫深深低着头，像个受气包似的待在原地。

"你看看你像什么样子？"辜徐行也动了真怒，"我站在窗户外面看你好一阵了，不是发呆，就是和人做小动作。你就是这么读书的？"

以沫用脚尖在地上戳着，眼底的泪水早把世界模糊成了一片。

"怪不得你每次考倒数几名，原来不是笨，是一点都没认真学！"越想越来火，辜徐行加重了语气，"我怎么会有你这样一个妹妹！"

以沫抹了一把眼泪，隐忍地抽噎着，小小的肩膀还打着战。

见状，辜徐行的心一下软了。他牵过她的手，黑着脸走到学校小卖部买了手帕和香皂，将她带到食堂后的水龙头前。他将帕子打湿，蹲在她面前，一手抬起她脏兮兮的小脸，抿唇给她擦了起来。

以沫噘着嘴，一抽一抽地看着他。

好不容易将她脸上的乌龟全擦掉，辜徐行伸手理了理她额角的头发，语气一松："这还像个人了。"

以沫憋了满腔的委屈终于爆发了出来，呜呜大哭着，一边哭，一边大声抽着气，哭得几乎昏厥过去。

辜徐行连忙拍着她的后背帮她顺气："别哭了，现在还哭什么？"

哽咽了好久，以沫把气稍微喘匀点，大声说："他……他说……他说我长大没人要！"

一句话说完，一道更惊心动魄的哭声爆发了出来。

辜徐行哭笑不得地把头扭去一旁。

其实以沫根本就不懂"长大没人要"是什么意思，但是结合起楚照的表情，她觉得这一定是种天大的侮辱。

辜徐行默然看了她好一会儿，见她的哭势降了些，伸手扳正她的肩膀："好了……别哭了。"

"不……"

辜徐行极耐心地擦去她的眼泪，认真地说："不哭了，乖。没人要，以后哥哥要。"

以沫的眼泪立马就收住了。

辜徐行满意地看了看现状，不失时机地循循善诱："那以沫以后都要听哥哥的话。"

"嗯。"

"要好好学习，天天向上。"

"嗯。"

"期末每科都要考 90 分。"

"嗯。"

"以后每周末，我教你数学，江宁哥哥教你语文，不准不听话。"

以沫把头点得像小鸡吃米。

"那你说说，现在知错了吗？"

"我知错了……"

辜徐行望着以沫懵懵懂懂的小脸，意味深长地点了点头。

上了公交车，两人选了最后一排的位置坐下。情绪大起大落后，以沫缩在座位上，看着窗外发呆，有些愣愣怔怔的。等她舒了一口长气，辜徐行才说："我看你最近总是独来独往的，也不和别的同学玩，这是为什么？"

"他们不喜欢我。"以沫小声说，"他们还欺负我。"

"是所有的同学都不喜欢你，都会欺负你吗？"

以沫不作声了。

"你不要跟江宁学得那么独，那样不好。你不单是一个小小的你，还是一个社会的动物。你要多交优秀的朋友，和他们一起成长。"

"可是，可是……"以沫的声音里充满了无力感，"我想和陈美涵玩，她会跳踮脚尖的舞；我还想和张佳佳玩，她是音乐委员，会拉小提琴。可是我什么都不会，她们不会想和我玩的。"

辜徐行静静听她说完，浅浅一笑："我教你一首儿童诗。"

以沫不知道哥哥为什么突然要给她念诗，懵懂地点了点头。

"我伸展双臂，也不能在天空飞翔，会飞的小鸟却不能像我，在地上快快地奔跑；我摇晃身体，也摇不出好听的声响，会响的铃铛却不能像我，会唱好多好多的歌。铃铛、小鸟，还有我，我们不一样，我们都很棒。"

他的声音一如既往地柔和克制，让以沫有种春风拂面的熨帖。她在他的声音里听懂了这首朴素温馨的童诗，她心头微微地颤动了一下，眼睛跟着亮了起来。

辜徐行温柔地注视着她："以沫，你是独一无二的，你和陈美涵、张佳佳一样棒。"

以沫怔怔地"嗯"了一声，入神地看着他的侧颜，像看着一轮灿烂的太阳。

跟辜徐行进了他家门，以沫才知道为什么辜徐行会出现在她教室外面。

那天是辜徐行生日，辜家专门摆了晚饭，请亲朋好友吃饭庆祝。

辜徐行早上临出门前，被辜振捷一再交代接以沫一起放学回家。也正是因为这个，以沫的恶劣表现才被辜徐行撞见。

以沫并不知道，她和哥哥在"乌龟事件"后的那番话是具有重大意义的。就是从那天以后，辜徐行发自内心地担负起一个兄长的职责——

只要哥哥在，以沫就不用自己背书包；只要哥哥在，以沫过马路时都会有人牵着；以沫学骑车的时候，哥哥会不厌其烦地帮她扶着车后座，防止她摔倒；三人团一起登山，以沫最后总是被哥哥背上山顶。

与无微不至的宠爱同步而来的，还有哥哥无处不在的严厉管束：吃什么要被管，以沫从此和小卖部的辣条和酸梅粉绝缘；穿什么要被管，不能像个野孩子那样穿超过两天没洗的衣服和有污渍的球鞋；头发必须隔天一洗，扎两条整齐的双马尾；玩什么要被管，不能天黑后还在外面野；读什么书要被管，以沫每周都会收到哥哥从图书馆借来的三本图画书，并被要求写读后感。发展到后来，连以沫的指甲什么时候该剪了，都会被管。

除此之外，言出必行的辜徐行每周都会抽一个晚上给以沫上数学课。他还软硬兼施地把江宁变成了以沫的语文老师。上课地点就定在辜徐行家的书房。

两个辜老师上起课都很像那么回事，尤其是辜徐行，一手清秀刚劲的行楷写在小黑板上，格外醒目，他抱着书本站着讲课的样子，比学校的老师还多几分师者气质。每到他上课的时候，以沫都紧张得大气不敢出。

江宁不同，每次上语文课时，都一副没睡醒的样子跟以沫瞎扯。他从小就喜欢看国内外名著，扯起来没边没际。偏偏他还有表演欲，一边说，还一边配以动作表情，活像演话剧，逗得以沫捂着嘴乐。

　　辜徐行有时候会过来听课，这时候，江宁就只好应付差事地在黑板上板书点东西。他写字的时候总是一副懒洋洋的样子，修长的手指轻轻捏着粉笔头在黑板上横竖撇捺地画着，浑然不管别人看不看得清，讲课的声音更像是在梦呓。

　　听了几堂课后，辜徐行制定出一份语文课外辅导大纲。江宁捧着那沓厚厚的大纲，对着正在给以沫剪指甲的辜徐行哀号："辜徐行，你的处女座强迫症真的越来越严重了！"

　　辜徐行专注地给以沫修着指甲，丝毫不理会江宁。

　　"什么是强迫症？"以沫问。

　　"就是一种病，得治！"

　　辜徐行慢悠悠地说："乱讲。"

　　"你还不承认？"江宁丢了个粉笔头过去，一下子坐直身体，语气夸张地跟以沫说，"有年过年，我去他爷爷家拜年，大老远看见他拿个铁铲子在那儿铲啊铲。走过去一看，原来是有块带图案的地砖铺错方向了，他就硬把那块砖给抠了下来，最后让他爷爷的警卫员给重新铺了。"

　　江宁越说越起劲，从高脚椅上蹦下来："你看看这指甲剪的，都快秃了。你看看你那个书架，整齐得很吓人了好吗？"

　　"你有完没完了？"

　　"你还不承认自己有强迫症？来来来，我们测验下。"江宁随手拿起桌子上的智多星学习机，飞快地码起系统自带的《俄罗斯方块》来。一分钟后，他把智多星递到辜徐行和以沫面前。以沫展眼往屏幕上看去，只见两排码得非常整齐的方块中间留了一条长条形空隙，系统刚好出了一条可以填满那个空隙的方块，然而江宁却故意把那个方块移到了错误的位置上。

江宁一脸坏笑说："你只要能忍住不动这个方块，就算你赢。"

辜徐行盯着那块缓缓降落的方块，一秒、两秒，就在方块即将落定的前一秒，他突然伸手接过智多星，飞快地把它移去了正确位置。

"哈哈哈！"江宁得意地大笑起来。

辜徐行头也不抬，一边移动、摆放着新掉下来的方块，一边含笑说："我只是喜欢完美的秩序。"

三个人在书房里玩了一阵，转战去了楼下客厅。他们开着电视在客厅里拍画片，玩了一阵后，地方台开始播一部热门的琼瑶剧。听见主题曲后，江宁丢开手上的画片，万分投入地坐在电视机前看了起来。

辜徐行对这类电视剧从不感冒，以沫也因这个片子里没有人会飞而兴趣缺失，所以两人依然兴致盎然地玩着自己的画片。

辜徐行似乎很享受逗以沫玩的过程，有时候故意连着赢她几局，有时候又故意一直输。

以沫输的时候，就会很焦躁，恨不得去抢他手里的画片，赢的时候，就会含着一嘴巴奶糖，歪着通红的小嘴朝他傻笑。

两人正一边吃糖一边玩得高兴时，电视上传来一阵高音量的咆哮，声音来得突然，以沫的注意力被吸引了过去，也瞄了几眼，瞄着瞄着，她指着电视问："哥哥，他们在干什么？"

正在整理画片的辜徐行顺着她手指的方向看去，脸骤然红了。电视上的男女主角在吵闹一番后，正深情地拥吻，而且还是个正面特写。

那时候的电视剧大多拍得很含蓄，武侠片里的男女主角拥抱一下就了不得了，哪里能看到这样的清晰特写？辜徐行扭回头，抿唇不语。

"哥哥，他们到底在干什么呀？"以沫的好奇心一旦上来，哪里是那么容易过去的？

想了想，辜徐行十分尴尬地低声解释："他们……那个哥哥在抢那个姐姐的东西吃。"

江宁恰巧听见了，回头朝辜徐行丢去一个万分鄙视的眼神。

"哦。"以沫若有所思地点了点头，抬头朝辜徐行露出一个调皮的笑容，猛地朝他怀里扑去，"啊呜"咬在他唇上，含糊不清地说，"我也要抢。"

坐在沙发边上的辜徐行当即就被吓得翻倒在地上。

就在这时，门外传来一声冷厉的断喝："你们在干什么？"

刚好撞见这一幕的徐曼站在门口，气得有些发抖。

辜徐行已经意识到事态的严重性了，尴尬地从地上站起来，束手低头。

"我们抢糖吃。"以沫的兴奋劲还没退，含着一嘴糖，含混不清地说。

徐曼脸色铁青地看着她，倒像是自己受到了亵渎。她本想开口骂些什么，但是面对着那样一张天真无邪的脸，那些骂人的话又全说不出口，只好愤怒地走到电视机前，"啪"地关上电视，指着江宁和她说："你们都给我出去！别带坏我儿子！"

江宁知道这个伯母一点也不喜欢自己，撇了撇嘴，上前把以沫从沙发上牵下来，一言不发地带着她出了辜家大门。

徐曼余怒未消地盯着辜徐行说："你自己说说，成何体统！"

辜徐行正自尴尬，红着脸不敢回话。

"你一向都是个听话的孩子，怎么越长大越不走正道，跟这些歪门邪道的孩子搅在一起？"徐曼在沙发上坐下，捂了捂胸口，痛心疾首地说，"我不是反对你交朋友，可是交朋友也要讲层次。江宁是你弟弟没错，可是他有那么个妈妈，自己也甘于堕落，天天跟地方上的一些孩子混，迟早是要变坏的！还有那个小女孩，她是什么出身，你是什么出身？你还真拿她当起妹妹来了。"

连珠炮似的说了一通，她的情绪稍稍缓和："你年纪小，不懂时间的可贵，现在看起来，他们确实还不坏。但是看人要用发展的眼光看，总有一天，他们都会开始打你的主意，拖你的后腿！我听说有个部长的儿子就是交友不慎，天天跟社会上的坏小子玩，最后被人下了毒品，不明不白地就变成瘾君子了！这样的例子比比皆是，你不要以为我危言耸听。"

听到这里，辜徐行抬头回了一句："妈，如果你不高兴，想怎么说我都可以，但是请不要这样说他们。我不明白为什么要把人分很多层次，我只知道人人生而平等，每个人的灵魂都是一样的。"

"好啊！"徐曼的眼圈一下子红了，颤声说，"你果然是被他们蒙蔽了，居然为了他们跟妈妈顶嘴！"

说罢，她懊恼地紧闭双眼，默默流泪，露出一副伤心欲绝的样子。

沉闷得令人窒息的氛围像一座山那样压在辜徐行身上，他望着妈妈，唇动了几下，却不知道该说什么。说他错了？不，他没有错！可是如果不按照她的意思做，就会引起更大的风波。

一种不好的预感开始在他心底盘桓：他们也许真的会被分开。

那时候，他还没意识到徐曼的行为是一种典型的软暴力。像徐曼这样的人，习惯于用感情为武器操控别人的行为。他在她的操控下，失去了鲜活的童年，长成了一个好孩子标本。

见辜徐行丝毫没有认错的样子，徐曼又大声哭了起来："你还不承认自己被带坏了！子不教，母之过，你这样，你爷爷奶奶以后要戳我脊梁骨的，他们会说我不会教儿子……靖勋啊，你回来看看你这个好弟弟啊！妈妈真想你啊！"

辜徐行只觉得整个世界都晦暗了，蹙了蹙眉，哑声说："对不起，妈妈。"

徐曼这才渐渐止住泪，像是哀求地说："乖，以后都不要和他们玩了，好吗？"

"好。"他轻轻应了声，快速地转身，朝自己的房间走去。从没有一刻，他这么想从她的身边逃开。

"抢糖果事件"发生后，徐曼给辜徐行请了家教，又额外给他报了两个班。似嫌这样都不够彻底，她还强行将初二的辜徐行转了校。那两年正是辜振捷最忙的时候，一个月也回不了几趟家，根本无暇顾及徐曼在后方做了什么事情。所以就算辜徐行百般不愿意，却也申告无门，只好一一就范。

这样一来，辜徐行不但再没有时间给以沫上课，连光明正大见她一面的机会都没了。

在这样恶劣的大环境下，辜徐行只好把对以沫的教育工作转到地下。他挤出一切能挤的时间，就小学二年级的数学课本写了本教案，每次撕几页让江宁带给以沫。为防以沫觉得枯燥，他还别出心裁地用漫画来表现内容。

江宁转了几次教案后，也被辜徐行打动了，再教起以沫来也用心了不少。

起初以沫还不明白哥哥怎么忽然不肯见她了，赌气不肯好好学习，还故意在考试时交白卷。江宁被她闹得够呛，只好哄她说："你哥哥是闭关修炼去了。你看过《蜀山奇侠》吗？就是像上官师兄那样修炼去了。如果你期末考试能够考到班里前十名，他就会出来见你一面。"

江宁更想说的是，她哥哥其实是像白娘子那样被法海压到雷峰塔底下了。

以沫半信半疑地盯着江宁不说话，江宁又补充说明："你哥哥出关以后，就会变成很了不起的大人物。你是他妹妹，不但要成绩好，而且还要把格斗学好，这样以后他遇到危险了，你才有能力保护他！明白吗？"

以沫的眼睛倏地被这句话点亮了。她想起很多电视剧里的片段，武功高强的女主角不但不会拖男主角的后腿，关键时刻还能冲上去帮男主角打退敌人；如果敌人实在太强大，女主角还能飞上去帮男主角挡刀。

是的，她要强大起来，至少要强大到有能力在关键时刻为哥哥挡刀。

抱持这个信念，以沫不再哭着闹着找哥哥，她甚至希望在自己变得足够强大之前，不要再见到辜徐行。她格外刻苦地学起功课来，并且风雨无阻地跟江宁去后山偷学格斗技巧。

当她端正地坐在最后一排听课时、积极举手回答问题时、认真写作业时，她总觉得哥哥可能就在某扇窗户后面，微笑着看她。于那时的她而言，辜徐行仿佛成了一道无处不在的光芒，时刻照亮着她的前路。

小学二年级的课程其实很简单，以沫虽然懵懂，却不笨。刻苦加上高人指点，她的成绩一日千里地往上蹿。

以沫第一次在小考中拿到两个 90 分时，班主任还怀疑她作弊，找了套老卷子让以沫单独再考一次。结果以沫憋着一股气，给老师做了个双百出来，直接跌破了老师的眼镜。

那一年期末，以沫以每科一百的好成绩，和几个孩子并列年级第一。第二学期开学后，"宁以沫"三个字便成了老师挂在嘴边教育差生的典范。

随着学习成绩的变化，以沫的生活也发生了天翻地覆的变化，虽然她还是有些内向，但老师再也不会说她孤僻，转而赞美她沉稳可靠。因为成了老师器重的尖子生，女同学们都开始向以沫靠拢，争着抢着要跟她一起玩。

从备受冷落到众星捧月，外界环境的变化改变了以沫的心境，步入三年级的她脱胎换骨，以前的卑怯孤傲从她身上一扫而空，取而代之的是阳光明朗的蓬勃之气。

江宁虽然只是以沫的"二师父"，但是见她取得这样的好成绩，也不免欣慰，时不时向徐行报告她的成绩："你妹妹当学习委员了""你妹妹又考双百了""你妹妹作文获奖了""你妹妹挂三道杠了"。

说到后来，他开始不满革命果实全被徐行一个人占了，渐渐地就改了说法："咱妹妹当升旗手了""咱妹妹长高了，都齐我胸口了"……

辜徐行听了这些，总会情不自禁地噙起笑来，倒像那是他人生中最值得骄傲的荣耀。

三人团的地下活动直到两年后才转到地上。那一年，辜徐行以全市第一的成绩升入省重点聿城一中高中部。小他四个月的江宁也勉勉强强挤进了一中初中部。

由于这两年辜徐行表现良好，徐曼渐渐放松了警惕。加上那年徐曼刚争取到一个公派去美国访学的机会，忙着办各种手续，根本没时间管自己儿子在做什么。当初的三人团在这样相对宽松的环境下悄悄恢复了旧交。

辜徐行再次真切看到以沫时，以沫都已经是四年级的半大丫头了。

小孩子本来就长得快，两年多不见，以沫已经从当初的小不点蹿至一米五，一张小脸虽还透着一团孩子气，但脸上的婴儿肥已退去了大半，透着股灵秀气。

他恍然望着以沫，迟迟没有上前；以沫也一样，待在原地不敢上前认人。

进了高中的辜徐行变化更大，逼近一米八的个子越见秀顾挺拔，脸部的轮廓更是利落成熟了许多，虽不似少时精致，却透着更加英气的俊朗。

两人隔着几米之遥望着对方，不知道是谁先笑了，那笑像是感染了彼此，两人唇角的笑纹扩散至整张脸，眼睛里都漾起了喜悦的縠纹。

"哥哥！"以沫飞奔上前，几乎是用扑的，重重投进辜徐行怀里，揽着他的腰撒娇，"哥哥，你出关了啊！"

一旁含笑看着的江宁扑哧地笑出了声。

辜徐行轻轻抚着她的头，将她推开了些，讶异地说："出关？什么出关？"

一句话说完，以沫整个人都傻掉了，她仰面看着辜徐行，半天才说："哥哥，你生病了吗？声音怎么了？"

以沫并不知道辜徐行已经到了变声期，声音自然不会再像少时那样清越，只当他生病哑了嗓子。

江宁在她额头上打了个爆栗："笨，你哥变声了。这么大了还像以前那样说话，别人会说他是娘娘腔的。"

"那以后都要这样说话了吗？"以沫怅然若失。

"废话！你听习惯就好了。"

以沫这才注意到，不知道什么时候起，江宁的声音也和早些年不同了。

她眼珠动了动，目光落在辜徐行的脖子上，她好奇地踮起脚，伸手在他咽喉的突起处点了一下："哥哥这里长包了。"

辜徐行喉头微微一动，有些尴尬地垂下了眼帘。

江宁讽刺道:"真是狗改不了吃屎,一见面又占你哥哥便宜,还嫌害得你哥哥不够。"

以沫白了他一眼,朝他做了个鬼脸。

"哼,你看你哥哥可看得真仔细啊,你怎么没看到我也长喉结了,我们还经常见呢。"江宁不忿地说,"白教你了,真是白教了。别人家的孩子真的养不熟!"

两人拌了会儿嘴,好不容易才安静下来。

为了庆祝辜徐行重获新生,江宁慷慨解囊,自掏腰包在大院俱乐部包了一个多功能厅,点了百来块的西餐小点。

三人且说且闹地吃完东西后,又打了一阵牌,直玩到傍晚才依依不舍地告别。

以沫起先还在为辜徐行的声音耿耿于怀,但是几小时听下来,渐渐习惯了,反倒觉得他这样说起话来更加好听。

经历过失去,三人比以前还黏糊。

高一年级一放学,徐行便去初中部约江宁一起骑车接以沫回家,到了周末,三人不是在小山坡上看书,就是去江宁家听音乐。

江宁的爸爸辜默成喜爱文艺,家里囤满了各种唱片。

徐行喜欢古典音乐,江宁则偏好摇滚乐。他带着徐行从罗大佑听到崔健,再从国内摇滚听到美国、英国。徐行则带着他听巴赫、贝多芬。两个音乐发烧友泡在一起品评音乐,一玩就能玩上半天。

江宁虽年少,却带了些打娘胎里来的"妖孽"气质,不但会玩音乐,还早早地学会了跳舞,时不时教他们两个跳扭扭舞和爵士。和两个舞姿潇洒的哥哥比起来,以沫在这方面蠢笨得像只小鸭子,跟在后面跳得乱七八糟,时常换来江宁刻薄的嘲笑。

说起来也怪,虽然江宁爸爸薪金一般,江宁家却不乏非常奢侈的设备，比如从日本进口的高档音响、意大利的烤箱、回弹性很好的德国地毯，甚至连他家的空气里都飘着高档的法国香水味，而这些东西即便徐行家，也很难找到几样。有时候江宁还会偷偷拿出来一些特别好的咖啡煮给他们，或者亲自动手做烤面包给他们。

相比之下，辜徐行作为堂堂领导的公子，生活环境反倒不如江宁小资、惬意。

后来以沫他们才知道江宁家的音响、地毯、蓝山咖啡全是拜江宁妈妈张遇所赐。像那样的女人，不论在什么境地里，都不会缺少顶级奢侈品的供养。

三人还未来得及细细享受这如在云端的轻暖日子，寒假就到了。进了寒假，辜徐行反而没有上学时自由。徐曼如往年一样给他制定了一张密密麻麻的课表，填满了他的假期。他几乎没有机会离开自己的书房。

冬天的聿城万物凋敝，委实没有什么乐子。江宁不是泡在家里看书听音乐，就是上小礼堂看电影。他起初也会带上以沫，单独和她玩了几次，他开始觉得欠点意思——当年九岁的他当然不会嫌弃五岁的以沫无聊，毕竟他们都还要过儿童节呢。但十三岁的他马上就要开始过青年节了啊，九岁的以沫还在过儿童节，这就显出他俩的"代沟"了。

他迫切地想跟辜徐行玩，聊点"青年"们爱聊的事儿。于是，他每天都跟做贼似的去辜徐行家楼下晃几圈，掌握他家教的来去时间，以及徐曼的出入动向。这天早上，他发现徐曼行色匆匆地出了门，家教也没有准时出现，他跟捡了宝一样叫上以沫就往徐行家冲——这种时候，他是不介意带上以沫这个小添头的。

王嫂见了他们，心领神会地往楼上指了指："今天家教请假了，他妈妈交代了回来吃晚饭。"

他们上了楼，听见一阵优美的钢琴声。江宁驻足听了一下，感叹："那家伙的琴越弹越好了。"

推门进去后，江宁径直走到他身边，对着钢琴一角坐下，噙起一抹坏笑："爱情歌曲啊？你怎么不弹贝多芬了呢？该不会是思春了吧？"

徐行脸上泛起薄红，沉下脸，停下弹钢琴的手："你注意一下措辞。"

以沫缓缓走到钢琴前，好奇地问："哥哥，你弹的是什么？真好听。"

话音刚落，江宁一个爆栗打在她头上："你是侏罗纪来的？《我心永恒》啊！《泰坦尼克号》的主题曲啊！你不会连这个都不知道吧？"

徐行瞟了江宁一眼，对他老是敲以沫的头有点不满。

乐感奇差的以沫听什么都一个调子，遂老老实实摇头："我没注意听过，也没看过这个。"

"天哪！"江宁夸张地从钢琴上跳下来，躬身抱住她的肩膀晃了两下，"这么伟大的片子你都没看过？你赶紧跟我去补补课，小礼堂这个月天天放这个。"

那两年《泰坦尼克号》轰动全球，作为一个文艺青年萌芽，江宁起码在电影院看了20遍《泰坦尼克号》。可以说，他烂熟每一个桥段、每一句对白、每一处起伏，是一个骨灰级粉丝。

且说着，江宁朝徐行扬了扬下巴："喂，一起去吧。"

徐行面有难色："虽然家教没来，但我妈出门前给我留了一道题。"

"不就一道题吗？你二十分钟能做完吗？"江宁心有不甘地问。

徐行吁了口气："难，最快也要一个上午。"

"一上午？"江宁惊呆了，箭步上前抢过他桌子上的书，"什么题还得您老人家解一上午啊？"

说着，他看着封皮念道："《纯粹数学与应用数学基本结果汇编》，这都是什么玩意儿啊？"他不满地打开那本书的折页，只看了一眼就跟火星子溅进眼里似的捂住眼睛惊叫："啊！我的眼睛！我的眼睛！要瞎！"

话音落下，他作惊恐状地把书扔回书桌。

以沫见怪不怪地拿起那本书一翻，登时也有种要瞎的感觉，只见厚厚一本书里密密麻麻地列了几千条公式和定理，但都没有证明过程，所以看上去和天书差不多。

江宁拿起徐行桌上的草稿纸，不懂装懂地一页页浏览："你在干吗呢？"

"证明书里的莱布尼茨公式。"

"我去……难道你没事儿就在家里挨个证明这些公式吗？"

"没错。"

"你妈真强悍，竟然发明了这么奇葩的折磨人的方法！"

徐行纠正："不是她发明的，只是向'大神'致敬。"

"服了！告辞！"江宁拱了拱手，"我带她去见识一下20世纪最伟大的电影，中午我们小卖部门口会合？"

得到徐行的首肯，江宁拽着依依不舍的以沫往外走去。

辜徐行将转椅滑到书桌前，理了理草稿纸，正准备埋头奋战，像想起了什么，他双眼中骤然闪过一道光亮："等一下！"

他掩上琴盖，起身套上羽绒服和围巾，蹙眉淡淡地说："我跟你们一起去。"

第六章

天长地久有时尽

进了观影厅，以沫才知道泰坦尼克号沉没时掀起的狂潮，直到两年后还泛着涟漪——向来冷清的观影厅竟然座无虚席。

坐在大屏幕前的以沫很兴奋，这种兴奋和电影本身没有什么关系，她兴奋的原因是，这是她第一次和徐行一起看电影。她攒了一肚子的话想和徐行说，但见他和江宁都安静地坐着，专心致志地观影，而周围的人也都很专注和安静，她不得不收起芜杂的心思，假装认真地盯着眼前的画面。慢慢地，她的心便随着电影剧情的推进沉了下来，起初的不适变为适应，神思也渐渐随着杰克登船进入了船上的世界。

从杰克在甲板上初见露丝到杰克说出那句"You jump, I jump"，再到三等舱的歌舞狂欢，以沫正看得入神，身边的徐行忽然不安起来。

他起初是有点坐不住，时不时地变换坐姿，后来又几度侧脸看以沫，像是有话要对她说。

以沫察觉到他的异样，轻声问："哥哥，你不喜欢看吗？"

辛徐行欲言又止地摇摇头，盯着电影银幕的目光却明显闪烁起来。

以沫有些纳闷，今天的哥哥好奇怪呀，他好像特别紧张，连搭在扶手上的手都紧紧握了起来。

电影剧情已经推进到露丝说要看杰克的画了，辜徐行的脊背越绷越僵，忍了又忍，他终于沉不住气低声说："以沫……可不可以帮哥哥去买瓶椰汁？"

以沫好奇地看了他一眼："哥哥，你口渴？"

辜徐行垂下眼帘，长睫毛颤了几下，轻轻"嗯"了一声。

那边，江宁敏感地瞟了他一眼，没有说话。

"可是……"以沫顿了顿，徐行从来没对她提过这种不情之请——打断别人看电影，怎么说还是有点不礼貌。不过既然他想要喝，那自然不在话下。

"好呀！"她接过辜徐行递过来的钱，猫着腰出了电影院。

辜徐行一口气没舒完，江宁已经悠然开腔："椰汁啊，门口的小卖部可没有卖的，得跑很远买吧？我怎么不知道真口渴的人会这么挑？哼哼，我看等她回来，大少爷又该想喝东莞荔枝水了。"

辜徐行抿了抿唇，没有搭腔。

这时，影院响起一阵惊叹声，辜徐行不用抬头就知道是女主角脱掉衣服，正面全裸的镜头，他每次来看，只要到这段戏就会听到相同的惊叹声。

江宁盯着电影画面，用一副"我早把你看透了"的语气说："我可算知道你说来不来的，怎么又跟着来看了！"

以沫出了门，发现电影院外的小卖部居然没有椰汁卖，她望着一排排饮料发了会儿呆，只好拔腿往外面的商店跑，来来回回问了几家店，才买到一罐椰汁。

她生怕哥哥久等，喘了几口气就飞奔着往大院赶。赶回影院后，她小心翼翼地沿着甬道往下走，一边走一边寻找自己的位置。

磨蹭了好几分钟，她才从中间某排里发现辜徐行的剪影。她轻手轻脚地分开人群，弯腰走到自己的位置上，将椰汁递到辜徐行面前。

辜徐行回头的一瞬，以沫从他眼中看到了更强烈的紧张不安，他不但丝毫没有看到饮料的欢喜，反倒像懊恼她回来错了时间？

她有些失望地落座，下意识地往电影屏幕上看去。说时迟，那时快，一只温润的手飞快地覆上她的眼睛。眼前光明尽失之前，她晃眼瞧见杰克和露丝在一辆红色的车边说话。

她抬起双手，有些不解地扳他的手："哥哥？"

"别动。"

耳畔传来他清润沉稳的声音，以沫虽不解他的用意，但还是缓缓放下了手，任凭他捂着自己的眼睛。

在一片骤然而来的黑暗里，她的感官反倒变得异常敏锐起来，她听见电影里响起一阵古怪的喘息声，像是很难受，又像是很快乐。她愣愣听着，却无法想象那声音源于什么事情。哥哥的手紧紧地贴在眼帘上，此时已微微濡湿了，一股属于他的清新香气蒸腾而出，悉数灌进她鼻端。

随着那声音加剧，以沫渐渐觉得周围的气氛也有点不对了，大家好像都因电影里的声音紧张不安。她好奇不过，又去扳他的手，不料刚触上他的手，他的手便几不可察地轻颤了一下。

一种莫可名状的感觉随着那一颤波及以沫心里，她的心忽然快速跳动起来，越跳越快，像是有什么从她心底破土而出。她僵僵地坐着，屏息感受着这奇异的感觉。

不知道过了多久，他的手才从眼前移开。

她缓缓回头，借着大荧幕的光芒看他，他微蹙着眉，像是还没从先前的尴尬中抽离出来，一双薄唇抿出拘谨的线条。

先前那股古怪的氛围被接下来的剧情荡涤一空，好像刚才什么都没发生过。屏幕上，载着数千乘客的泰坦尼克号兼程航行。只有以沫自己知道，有什么在这一灭一明中变了。

"不得不说啊……"把一切看在眼里的江宁讽刺说，"你可真会'取其精华，去其糟粕'。你以后干脆去做审核工作好了，保准把片子剪得干干净净，一点也不污染祖国花朵纯洁美好的心灵。"

辜徐行斜睨了他一眼，冷道："不说话会死？"

江宁很识相地住了嘴。

三小时的电影播完后，影院里的人们络绎散去，然而徐行和江宁丝毫没有起身的意思，不约而同地在哀婉凄凉的片尾曲中静坐。

两个哥哥都不动，以沫也不敢动，她悄悄去看徐行，他望着大屏幕出了神，眼神飘得极悠远，清俊的脸上透着泫然欲泣的神情。以沫从未见过这样的他，不觉间看得有些痴了。

不知道过了多久，江宁叹了口气："如果杰克和露丝都没死，他们以后会怎么样？"

见没人答，他俯趴在前排的椅背上说："估计是不能在一起的，他俩不是一个阶层的人，生活环境相差太大，就算结了婚也会天天吵架，最后在平庸的生活中消磨掉所有激情。"

十二三岁的少年，说出来的这些假设未免太沉重悲观。

以沫强烈反对："他们肯定会过上幸福的生活。"

"那是童话的结尾，公主和王子从此过上幸福的生活。但是杰克和露丝，一个不是公主，另一个更不是王子啊……"

以沫哑口无言，只好将求助的目光投向辜徐行："哥哥，杰克和露丝会不会过上幸福的生活？"

"会，当然会。"顿了顿，他格外坚定地说，"他们可以为了对方死，为什么不可以一起活？"

江宁还不甘心："人不可能一辈子只爱一个人。"

徐行反唇相讥："为什么不可能？"

江宁气堵，刚想反驳，清场的工作人员已经前来驱赶了，三人只得恋恋不舍地离场。

出了电影院大门，刺眼的阳光和喧闹的人群将三人拉回了现实世界。

三人买了一堆零食走在大院的主干道上，一边吃，一边说笑。

江宁大冬天咬着雪糕，壮怀激烈地说："我决定了，以后我要去美国，去好莱坞，我也要拍这么牛的电影！"

徐行含笑看他："这个理想听上去还不错。"

江宁得意地昂起头："那是！那你的理想是什么？"

徐行脸上的笑意敛住，他没有立刻回答，望着天际的眸光变得悠远。

"要不然你就当个大老板，"江宁捶了他一下，大笑着说，"以后你就负责赚大钱，给我的电影投资吧！"

江宁越说越激动，一口把雪糕吞掉，揽住辜徐行的肩膀："我肯定拍出比《泰坦尼克号》更赚钱的电影回报你，怎么样？"

徐行推开他的手，唇角微微一翘："不怎么样。我觉得进审核部门，没事儿专剪你的片儿，比当投资人有趣多了。"

"你！"江宁气结，但又不敢拿他怎么样，只好一把抢过以沫吃得正香的薯片泄愤。

徐行眉一扬，侧过脸，发出一阵清朗的笑声。以沫还从没听他这样畅快地笑过，微眯着双眼仰脸看他。

他笑过后，眉一扬，正色说："我的理想是当一名科学家。"

"科、科学家。"江宁舌头打了个结，"为、为什么？"

徐行定了定神，不紧不慢地说："因为科学家是真正有能力推动这个世界前进的人。你有一双艺术家的眼睛，能发现这个世界细微之处的美，但我的眼睛可以看见世界在滚滚前行。在这个不断滚动向前的世界里，我不要做一个旁观者，也不想随波逐流，我要做趋势的驾驭者。"

江宁听完，登时怔住了。从小到大他都没有叫过徐行哥哥，一来是因为徐行只虚长他四个月，二来是因为他打心眼里不想承认徐行比他强。不管徐行在学业上有什么超乎常人的成就，江宁都会将之归功于他有个好妈妈。揠苗助长出来的天才他见过很多，可那又怎样？最后还不是在哪个单位的哪个岗位拿着几千块钱的薪水，时不时顶着被老婆抓花的脸去上班？然而直到这一刻，他才头一次窥见徐行从不对外人敞开的内心世界，它是那样博大深邃，那样激情澎湃。

徐行回过头，认真地问叼着一条果丹皮的以沫："你的理想是什么呢？"

以沫长长地"嗯"了一声："永远跟你们在一起玩。"

两个少年不约而同地笑了起来，这时，徐行的目光不经意地掠过前方，像撞上什么极恐怖的东西，他瞳孔骤缩，脸上的笑瞬间收敛，几乎是无意识地，从他唇齿间吐出两个字："妈妈……"

以沫顺着他的目光看过去，只见穿着一件黑色皮草大衣的徐曼，抱臂站在正前方的不远处盯着他们，目光冰冷如刀。

以沫和江宁看着辜徐行垂头跟徐曼回家的背影，觉得母子二人间起了一个低气压旋涡，他们在无声地角力，且都无法自脱。

徐曼母子很有默契地一径走上楼，进了书房。徐曼脱掉皮草大衣，在徐行书桌前坐下，她翻了翻还没证完的公式，表情却没有任何波澜，像忘记了刚才的事一样。她平静地说："前段时间我一直飞美国，是在忙着给你申请中学的事情——杰斐逊高中，我费了很大劲才给你争取到了一个考试的机会。"

辜徐行抬起头，难以置信地看着她："为什么要去美国读中学？

难道你也迷信美国的基础教育优于我们吗？”

在大是大非上，徐曼不再像往日那样霸蛮，她决定和儿子深谈："从国家长远角度，还有社会整体人才培育角度来看，我不觉得美国的基础教育优于我们。但是阿迟，你不是普通孩子，你是 1%，那边的教育环境和教育哲学能给你一个创新空间。想要在科研领域有成就，早去肯定比晚去要好。"

辜徐行不作声了，她说得很有道理，他无法反驳她。他从未有一刻像现在这样痛恨自己的理性，他多希望自己能叛逆一点，狂暴地指责她干涉自己的人生。

"你说得对。"辜徐行的喉头艰涩地滚动了一下，有些急促地说，"可是我想留在这里。北京、上海还有香港都有不错的大学。我跟你保证，十四岁生日前一定拿到国内 Top 5 的 Offer。我承认我选择的是个弯道，但我可以凭实力去超车。"

"平顺的路你不走，偏要玩了命去超车。你就那么舍不得那两个……"徐曼一下子找不到合适的词语来定义以沫和江宁，"我以前说他们会拖你后腿，你还不听。"

在这件事情上，辜徐行不敢和她顶嘴。

舒了口气，徐曼冷嗤了一声："你现在交的这些朋友，没有一个有能力和你并肩同行。他们人生每一个阶段的前进，都需要你停下脚步，留在原地去等。这种等待对你来说是极大的消耗，同时也不会对他们起到任何积极的作用。如果他们真的需要你、珍重你，就让他们去追你好了，我认为这才是对你们所有人都好的正向选择。"

辜徐行绝望地闭上了眼睛。

"我跟你再说一个事实，杰斐逊高中明年会组织一批对航空技术感兴趣的高中生设计小型卫星，这个项目已经得到了 NASA 的支持，高中生们制造的这颗卫星会搭载火箭升空。对比一下，你所说的弯道超车是什么？多做几套题，还是多拿几块奥赛金牌？"

说完，徐曼站起身，用通知的口吻说："一中那边，退学手续我已经办好了。你的签证这几天就下来，你好好收拾收拾。"

出发去美国的前一晚，辜徐行通宵未眠，他圆睁着双眼看着天花板直到早上五点，才在敲门声传来的一瞬，痛苦地合上眼皮。

他们出发时天还没亮，周遭虽已不冷，却飘起了那个残冬的末雪。

王嫂在徐曼的指示下往后备厢里搬运行李，辜徐行则遥遥站在路灯下，愣怔地抬头，从路灯下往天上看。纷飞的大雪绕着路灯和电线飞速地旋着，洋洋洒洒地落在他眉睫上、鼻尖上、嘴唇上。那雪落到脸上很有分量，凉得他的头皮发麻，可他还是执意仰着脸，就是想再多看一会儿。

徐曼冷眼看了他一会儿，直到行李全装运好，她才发话："阿迟，上车。"

辜徐行垂下眼帘，捏紧十指，一言不发地上车。

车子发动的瞬间，他的心随之一震，一丝水汽顺着长睫滑下。他侧眼往窗外看去，斑驳的树影从他脸上滑过，他一瞬不瞬地紧盯着窗外的一切，像是想记住大院里的一切：那是去以沫家的路口，那是他们一起练格斗的操场，那是他们经常边吃零食边嬉笑打闹的林荫道，那是江宁书房的窗口……这些最平凡不过的景象，却在这一刻成了他最大的眷念。

车近大门，他收回眼神，泪眼迷蒙地望着前方。

随着车子的前进，一高一矮两个灰蒙蒙的身影渐渐从晨雾中凸显出来，辜徐行猛然坐直身子，死死盯着那两个身影。

徐曼顺着他的视线看去，不禁一愣，只见两个小孩手牵着手站在大院岗哨附近的树下。因为受不了凌晨的逼人酷寒，两人还在跺着脚。

车灯光扫向那边，像是有谁骤然擦去了眼前的云隐雾障，那两个孩子，不是江宁和以沫是谁？

一行忍了许久的热泪骤然滚下，辜徐行哑声说："停车！停车！"

司机听命立刻停了车，徐行伸手去掰车门把手，徐曼却先他一步按住门把手，厉声叫道："阿迟！"

辜徐行不管不顾地掰开她的手，打开车门，冲了下去。

下了车，他却僵在了车门边，凝眉望着他们。

两个几乎冻僵的人也呆呆看着他，好像他们之间隔着的不是道几米宽的车道，而是一道天堑。

辜徐行深吸了一口气，勉强挤了点笑走了过去："你们……"

"就知道你们至少也得从大门出去，看，这不是能送你了？"江宁的声音微微发着颤，后面的话几乎说不下去，不知道是因为冷，还是因为难受。

辜徐行压下心中翻滚着的酸楚，低声问："你们等多久了？"

"没多久。"江宁黯然摇了摇头。

辜徐行垂眸看着以沫，她紧紧拽着江宁的手，眼中亮光闪动，一言不发地盯着他看，样子懵懵傻傻的，却透着可怜劲。

他的眼睛骤然就湿了。

他缓缓蹲下身子，抬手抚她脸颊："穿这么少，不冷吗？"

以沫愣愣看着他，绷着脸，始终不说话，稚嫩孱弱得像当年初见他时的样子。

"以后要听江宁哥哥的话，不过……也不能全听。"不知怎么，他只觉得胸口那股酸楚快要炸开了，他难受得几乎说不出话。吸了吸鼻子，他起身按住江宁的肩："好好照顾咱妹妹，等我回来。"

"别骗人了。你妈不会让你回来的！"江宁哽咽了一下，脸上浮现出了一种从未有过的坚毅决绝，"不过没什么的，你不回来我过去，我以后考美国的大学，直接去好莱坞！"

他见辜徐行一副泫然欲泣的表情，故作不满地说："你不相信？辜徐行，我哪里比你差了？你去得了的地方我就去得了！你等着吧。"

说罢，他飞快地抱了一下徐行，在他肩上砸了一下："放心走吧，我替你看好妹妹。"

"你们多保重。"且说着，辜徐行缓缓看向以沫，她仍旧是一副冻得麻木的样子，木木地看着他。他迟疑了一下，垂头转身朝车那边走去。

就在他打开车门的一瞬，身后传来以沫低低的声音："哥哥。"

他的身体抖了一下，却没有回头。

以沫望着他的背影，认真地说："我以后也去美国。"

车门边，辜徐行始终低着头，背向他们，江宁看见他飞快地用手抹了一下脸，毅然决然地坐进车里。

几乎与此同时，大院大门轰然打开，再度发动的车子平稳地朝门外驶去。

以沫哇地大哭一声，甩开江宁的手，快步往前追去，一边追，一边哭喊："哥哥，我以后也去美国！我以后也去美国！"

江宁快步追上她，想要拽住她，却不知道小小年纪的她哪里来的力气，一次次挣脱他，哭着追那辆车子。然而那辆车却丝毫没有停顿，在他们的视线里越变越小，直至消失在路的尽头。

江宁一把抱住哭得几乎虚脱的以沫，哄着："你哥哥听到了，肯定听到了！"

以沫却像听不见他的话，像被什么伤透了心一样地放声大哭，怎么哄也停不了。

天色在她的啼哭声中放亮，飘飞的雪花越发肆意地狂舞着，倒像透着点幸灾乐祸的欢喜。

不知道过了多久，以沫才停止哭泣，顶着大雪，抽噎着往回走。

江宁慢慢跟在她身后，看着她一抖一抖的肩膀，有些不知所措，更多的却是心疼。他朝她的方向伸了几次手，却因为找不到话起头缩了回来。就在江宁纠结得要死的时候，一个卖冰糖葫芦的中年男人推着单车朝他们走来。江宁赶忙上前买了一串个大溜圆的糖葫芦，快步追上以沫，递了过去。

以沫停下脚步，失魂落魄地看着那串火红的糖葫芦。江宁把她牵到公车站的椅子上坐下："吃吧，你不挺爱吃的吗？"

以沫愣愣地将糖葫芦举到嘴边，含着眼泪咬了一口，眼泪无声地滴落在了糖稀上。

江宁破天荒抚了抚她的头，望着她黯然想，这样一次撕心裂肺的痛哭，冲刷的不单是他们三人的友谊，更加是这个孩子无忧无虑、天真懵懂的童年。

没有人比他更懂得痛哭的意义了。痛哭意味着尝试到了人生的无奈与苦楚，意味着面对现实，开始成长。人们往往欣喜于痛哭后的成长，却忽略了这成长是以妥协与遗忘为代价的。

如果可以，他很想替以沫痛哭，那样，她还能好好地活在那个现世安好、没有痛苦别离的童真世界里。但是他也很清楚，自己永远都不能像个孩子那样放声哭泣了。因为早在七岁那年，他已经哭尽了毕生的眼泪。

七岁之前，辜江宁最喜欢做的事情就是盯着妈妈张遇看。

他天生比别的孩子更懂得美。当别的孩子都追着电视剧《西游记》看的时候，他追的却是《红楼梦》。因为《红楼梦》里的漂亮姐姐比《西游记》多，更重要的是，不会有只臭猴子动不动就一棒敲死他喜欢的漂亮姐姐。

不过电视上的环肥燕瘦固然美，却没一个比得上妈妈那样光彩流转、风情万种。在他看来，妈妈的一颦一笑、每一个动作都是艺术。她从来不会有丑陋平庸的样子，哪怕刚起床，尚未梳洗的她，也总是透着一副美艳的颓靡的样子。

用他爸爸辜默成的话说，她就是上天的礼物。

只可惜张遇这件美丽的礼物被上天错丢在江苏一个穷乡僻壤里，所以，这个生错地方的"公主"，每天干的都是砍柴、剁猪草、带弟弟、喂猪之类的琐事。如果她还像童话里的公主那样单纯天真，那么不难预见她未来的人生就是嫁到另一个穷乡僻壤里，继续喂猪、喂鸡，直到她玫瑰般娇艳的面容腐朽风干。

虽然连初中都没读完，但是张遇格外清楚像她这样的女孩要改变命运，唯一的武器就是美貌，所以她早早就学会在有限的条件下保养容貌。

一到冬天，她不是把手放在冒着热气的水壶上，就是把手暖在火边，尽管她不知道这双漂亮的手还可以干什么，但它们绝对不是用来长冻疮的；她格外有毅力地每天喝一碗米汤，因为据说这个东西比牛奶还养人；她说服她爸爸风雨无阻地去河边钓鱼，供她每天都能喝上熬得雪白的鱼汤，因为她听说那样会让她肤白如雪、聪明过人，以后至少能嫁给村干部的儿子。

其实，她从来没有把什么村干部的儿子看在眼里，她每天都在偷偷攒钱，打算等钱攒够后就逃去北京、上海这样的大城市。她以为只要她站在大城市的地面上，就会有无数人争着抢着要把她娶回家供养。她并不知道很多像她这样漂亮却一无所有的女人，一般都被争着抢着带去做了饭店服务员，甚至一些不堪的工作。

不过她的运气很好，还没等她攒够钱，一支扶贫干部队伍便进驻了他们村。当时，全村人都看稀罕物似的去看这群年轻干部工作，她也跟着去看，她看的却是人——她一眼就从众人中挑出了年轻英俊的辜默成。

虽然是下基层工作，可辜默成和别人不同，一身衬衣永远干净挺括，无论多忙多乱，他的气度都纹丝不乱，在人群中格外打眼。盯准这个人后，她旁敲侧击打听清楚了他的家庭背景，向他发起了攻势。不到一个月，辜默成便被这个乡村女孩迷得非她不娶。

从那以后，辜默成的人生便因爱她而改写：已经订婚的他强硬地退掉了婚事，此举得罪了未婚妻一家，等于自绝前途，气得父母要和他断绝关系。在这样的高压下和家里对峙了两年，他终于把张遇娶回了家，但自此伤透了老人的心。老人们虽然同意了婚事，却不许张遇进辜家大门，也断了对辜默成在仕途上的所有支持。老人们想着，总有一天儿子会长大，会抛弃这个居心叵测的祸水；总有一天，儿子会从这场迷恋中清醒。

但是这个"总有一天"终究没有随着时间的推移而到来。

进了城的张遇非但没有变成个畏首畏尾的黄脸婆，反倒表现出了惊人的学习能力，她疯狂地恶补一切高贵女人该有的学问：俄语、英语、法语、跳舞、化妆、时装、油画、音乐、艺术赏鉴……

如果说，之前她只是一朵纯白美丽的乡间栀子，结了婚后的她便成了一个万花筒，你可以通过她看到瞬息万变的美丽。她时而是个不懂事的小妇人，时而是个娇俏的精灵，时而是个充满爱心的天使，时而是个抱着猫的颓废坏女人。她像极了一个没有舞台的电影明星，随时能够演出各种风情。

渐渐地，他们夫妻的关系开始失衡，张遇支着下巴听辜默成讲外国文学，一脸崇拜的日子一去不复返，她开始嫌他乏味无趣，连华尔兹都跳不好。

不过这并不妨碍辜默成越来越爱她，因为爱她，他开始讨厌儿子江宁，讨厌他抢走了妻子一半的爱与时间。这个臭小子无时无刻不黏着她，母子俩亲热得密不透风，让他这个当爸爸的像个局外人。

　　他忍耐着这种冷落，想着等到儿子上了幼儿园就没有时间黏着妈妈了，一切就会恢复原样了。可是等江宁上了幼儿园，张遇不但没有对他热情起来，反倒更加冷落他了。人脉渐广的她忙于下海经商，十天半个月地不着家，光彩照人地在外面的世界里翻飞，制造着各种绯闻。

　　他质问她，责骂她，她傲然说此生只跟有财或者有才的人交往，而他辜默成哪一样都不占。她冷笑着质问，凭他的工资能保证她有不同的晚礼服和珠宝吗？凭他的地位能调得动豪华名车接送她吗？凭他的能力能让她过上一流的生活吗？

　　江宁渐渐发现妈妈变了，她不再对他笑，也不再同他亲热，她的眼里只有衣橱里的裙子和首饰盒里的石头。慢慢地，她连家也不回了。有好几次，他怯怯地站在妈妈卧室门口看她打扮，弱弱地拽着她的衣角，说他病了，要妈妈。她也只是草草伸手在他额上一摸，丢下一句"没多大事儿"，然后毫不犹豫地起身离开。

　　他嫉妒那些衣服，暗想要是把它们都丢掉，妈妈就会爱他了。于是他偷偷潜入她的卧室，把所有衣服都丢去了垃圾堆。结果他等到了一记重重的耳光和妈妈冰冷怨毒的目光。

　　那是妈妈第一次打他，他吓得号啕大哭，她却连安慰他的工夫都没有，匆忙下楼，坐进一辆轿车里。

　　他哭叫着追到窗口，哭得越发响亮——

　　其实他已经不想哭了，可是他不信她会那么狠心，丢下他不管，他赌她会回头。他不记得当时自己哭了多久，只记得哭到后来，眼睛里再也没有一滴泪，胸口是痛的，嗓子是干的。最后，他晕乎乎地靠着窗口睡着了，被晚归的爸爸抱回了卧室。

次日醒来，他木木地躺在床上，再度回忆昨天被妈妈抛下时的痛苦，悚然发现，他居然觉得没那么难受了。他试着继续大哭，可是心里空空的，像被什么掏了一个洞，以前满心装着的对妈妈的爱与依赖全没了。

他在一夜间长大了。

那以后，他学会了冷眼旁观，冷眼看着她穿得像花蝴蝶似的往外面跑，冷眼看着她怒斥爸爸窝囊没用，冷眼看着她极不耐烦地做难吃的食物敷衍他。

面前的她还是以前的她，在名贵化妆品的滋润下，甚至更加美了。可他总觉得那美丽底下掩藏着什么让人讨厌的东西。

随着妈妈夜不归宿的次数增多，院子里的孩子都开始孤立起他来，他们看他的眼神像是在看一个让人恶心的垃圾堆。

有一天他照例去某个大院踢足球，可是他所在的队伍居然不声不响地把他踢出去了，更让他觉得屈辱的是，他们宁肯用一个曾经被他们嘲笑的"鼻涕虫"，也坚决把他排除在外。

他以为是这个"鼻涕虫"背着他做了什么手脚，愤怒地冲上去打他，结果那群人一起冲上来，像打一只野狗那样踢打他，让他滚蛋。临了，那个"鼻涕虫"恶狠狠地朝他脸上吐了口口水，极尽侮辱地骂道："破鞋养的，滚！"

他大哭着回家问爸爸什么是"破鞋"，却换来爸爸更重的体罚。爸爸把他绑在厕所里，用皮带狠狠地抽，像是嫌他哭得太响，爸爸顺手抽出一条毛巾捂住他的嘴，直到他带着恐惧与憎恨，翻着白眼倒下。

他再醒来后，漠然望着坐在床边自责垂泪的爸爸，只觉得心里那个空出来的洞又大了一些。

江宁最终还是知道了"破鞋"的意思。

七岁那年中秋，他和爸爸去爷爷奶奶家过节。那天，爷爷的一个旧部下刚好也来做客，给他们带了一筐新疆红石榴。那是他第一次见到那么好的大石榴，个个颗粒饱满，比上佳的红宝石还色泽浓艳，吃进嘴里也甜得叫人心醉。他忽然想起妈妈最喜欢吃石榴了，很久以前，她喜欢把石榴子剔进碗里，一边用银勺挑着吃，一边看书，心情好的时候，她也会喂他吃几口。

不知怎么，一股对妈妈的爱和眷恋又从他的伤口汩汩溢出，就像裂皮的树溢出树脂那样，他忽然想要和妈妈重修旧好，让一切回到从前。

他拿起一个最大的石榴，背着家人坐了一小时公交回到家。到楼下时，他看见家里的灯亮着，于是更加迫不及待地往楼上跑。然而当他打开房门时，眼前的一幕让他惊呆了。他看见妈妈被一个男人抱着半躺在沙发上，那个男人粗短的手在她莹白的胸口上游走，她的脸和如瀑般的长发从沙发上倒挂下来，表情扭曲得像一幅抽象油画。

看着这一幕，他张着嘴，想要叫却叫不出来，整个人像被钉在了冰天雪地里——那是他曾经敬若天人的妈妈。

全身的力气仿佛被谁抽走，手中的石榴猝然滚落，滴溜溜地滚到沙发边上。与此同时，妈妈睁开了眼睛，在看到他的那一瞬，她像看见了一条让人厌恶害怕的毒蛇。

那一刻，江宁想，哦，原来她这样讨厌他！原来她也有这么丑陋的时候！

身后传来急促的脚步和爸爸紧张的声音："江宁，你怎么一声不响地自己跑回来了？我们都急……"

他的声音在看到客厅里这一幕时戛然而止。紧接着，他冲进储藏间，拿了一把枪出来，涨红着眼睛朝那个男人开了一枪……

那个男人没死，却让辜氏家族花了很大力气才了结此事，这件事也彻底毁了辜默成的前途。张遇也被那一枪吓得老实了很多，她不敢再出去招惹是非了，她身边的狂蜂浪蝶也不想冒着被枪击的危险找她，她被迫滞留在那个阴暗的家中。

她憎恨这个家，憎恨那个连拿着枪都杀不死人的废物男人，更加憎恨越来越像她的儿子——如果不是他那个石榴，她至少还能和他们父子俩维持表面的和平。如今，一切全毁了。她不甘心，她怎么能甘心如此度过一生？如果谁让她不痛快，那她就要加倍奉还，让他们鸡犬不宁。

江宁七岁到八岁的那一年，是如在地狱的一年。前途尽毁的爸爸学会了酗酒，一喝醉就会红着眼睛打他；妈妈则会抱着手臂冷眼旁观，嗤笑着怂恿爸爸往死里打。因为脸越来越像妈妈，爷爷奶奶也不像以前那么喜欢他了。起初他还会哭，可是后来他就失去了那种能力。

没有家人，没有朋友，没有爱与尊重，没有温暖，年仅八岁，他就失去了一切。

他明明健康，心却有了残缺；他明明年幼，但也老透了。

第七章

红了樱桃，绿了芭蕉

辜徐行走后，以沫很长时间都陷在一种失魂落魄的状态里，成绩也跟着飞速下滑。

上了五年级后，以沫的男同学们忽然从小豆丁长出挺拔的姿态，成绩也突飞猛进，以沫年级第一的位置很快被一个男孩抢走，接着，她连进年级前三都变得吃力。

一向厚爱以沫的班主任雷靖不免替她操心，数次找她谈话，希望帮她重新绽放昔日光彩。

让班主任失望的是，以沫自己对此似乎并不上心，无论怎么问，她都是一副和她年纪不相符的客气疏离。

几次谈话下来，雷靖发现这个孩子变了，以前她每分每秒都处在积极向上的状态里，好像要表现给什么人看一样，现在那股劲儿从她身上卸掉了；以前她对班上的同学都很热情，现在她变得冷静孤僻，连走路都是一个人沿着墙边走。

雷靖同时发现以沫的作文越写越好了，虽然她的作文成绩一直都很好，但那种好只是基于她的博闻强记，文章漂亮激昂却空洞。如今，她的作文里有了感情，那种感情源于一颗逐渐细腻敏感的心。

富有教学经验的雷靖知道过早有了"心"对一个孩子来说并不是好事，它意味着过早地成熟，过早地精力分散。

有了这一层意识，雷靖便不再对以沫施压，转而找以沫的爸爸宁志伟谈了一次话，提醒他要对女儿好一点。一个孩子，只有在被呵护、被保护的状态下，才能将最美好的童真延续更长时间。就好比温室里的花朵，总比暴露在风雨中的花朵花期更长一样。

宁志伟是个粗人，听完老师的话后，当天傍晚就精心给以沫做了一顿鸡肉，以为这就是呵护了。结果那天的晚饭，以沫吃得并不开心。这时宁志伟才猛然发现女儿长大了！

才一眨眼间，女儿就长大了，不知道从什么时候起，她已经不会像小时候那样抱着鸡腿啃得满嘴流油了；不知道从什么时候起，她已经不会只为了晚上加顿好菜就欢喜得手舞足蹈了。再仔细一看，她的脸尖了，白净了，一头乌青浓密的长发顺服地披在肩上，衬得整个人越见清秀，宽大校服包裹下的身体，已经有了少女的妍态。

宁志伟惶然想，他怎么就糊里糊涂把一个襁褓里的婴儿养成大姑娘了呢？

直到五年级下学期，以沫才渐渐适应了没有辜徐行的生活。

她的生活在一片荒芜后，长出了新的绿色。她有了新的爱好——看各种闲书；她有了新的朋友——一个叫作许荔的女孩，她们总是手挽着手一起在校园里漫步、聊天、分享零食；她有了新的生活习惯，每周末不是去泡书店，就是和许荔打羽毛球。

她再在大院里遇到江宁时，也不刻意躲避了，但也绝不会像过去那样甜甜地叫他"江宁哥"了，而是会落落大方地打个招呼，寒暄几句就错身而过。

江宁也并没有履行那天的承诺好好照看她，和辜徐行的一诺千金不同，江宁的诺言一向都是情绪的副产品。他的诺言有的永远不会实现，有的即便最终会实现，也往往超出了有效期。

辜徐行走了之后，他确实洗心革面了两三个月，为追去美国做了些努力。煎熬了几个月，他发现自己根本吃不了学业上的苦，也没办法规规矩矩地走人间正道。他不得不承认性格缺陷是天生的，和天生的耳聋眼盲一样，都是治不好的。他给自己找了个开脱的理由——谁说学习好才能去美国？有钱了照样能移民过去。与其苦哈哈地读书，不如趁早想想以后怎么赚钱。这样一想，他心里头的苦闷找到了发泄口，洪水般决堤直下。然而他毕竟是愧疚自责的，越是愧疚自责，他就越没办法正视以沫。在以沫想方设法躲着他的时候，他也千方百计地躲着她。

就这样，他们在不同的生活轨迹上渐行渐远了。

六年级是以沫小学生涯里最短暂的一个学年，弹指一挥间就到了尽头。

考完所有学科后，班里组织了一场联欢会，大家疯一般地玩闹了一场，最后在一首告别合唱里哭得失了态，大家仿佛都有预感，从此殊途。

只有以沫没有和谁抱着哭，她躲在一个角落里，面色平静地环视着午后的教室——她习惯了分离。

那个暑假，得到解脱的以沫和许荔整天泡在新华书店里，恶补各种闲书。

在那个电视被家长管控，电脑还没普及的年代，闲书就是孩子们最大的娱乐。除了租书店的漫画，许荔最喜欢新华书店的童话书、神话书；看完这些东西后，她又开始看架子上的琼瑶小说。以沫的食性则杂了很多，什么历史小说、文学作品，她都有兴趣翻翻看，就是除了言情小说。

这天，许荔好不容易啃完《一帘幽梦》，起身去找以沫，却见她捧着一本书，站在书架前发呆。

大概是刚读完一本言情小说，许荔还沉浸在细腻敏感的氛围里，她忽然觉得以沫站在那里的姿势透着说不出的孤独寥落，整个人像被笼罩在一片浓重的悲伤里。

她试探性地叫了声"以沫"，见她还在出神，她笑着上前抽出她手里的书："宁以沫，看什么呢？看得这么出神？我看看，《苏轼词集》……这也太……咦，你哭了？"

许荔讶然望着以沫的侧脸，虽然她脸色很平静，但鼻尖微红。许荔下意识地往她看的那页看去，只见一滴眼泪在一句古词上晕染开去，赫然正是一句："莫听穿林打叶声，何妨吟啸且徐行。"

9月，以沫正式成了一名初中生。

她在小学毕业考试中超常发挥，以全市第十的好成绩考进了聿城一中，和许荔一起被分在了初一（1）班，也就是传说中的天字第一号班。

刚分到班里，以沫就被班主任当作重点培养对象。班主任不但把她的座位放在讲台后第三排的"黄金分割点"上，还任命她为学习委员。由于老师的排座位艺术，以沫前后左右不是坐着班长，就是数学课代表，她只能遥望着后三排的许荔兴叹。

进入初中后，这些来自各大小学的孩子并不忙着搞学习，而是忙着拉帮结派，比如一完小的就只跟一完小的玩，三完小的也只跟三完小的套交情，仿佛曾经就读过一个小学就是要比别人多出一份亲厚。

等到拉帮结派完毕，各个小圈子里就开始流行各种八卦了：某某某和某某恋爱了，谁和谁在食堂角落亲嘴了，谁给谁写情书了，哪个好学生开始堕落了……不一而足。

以沫他们这个小圈子也不例外，很快就有各种粉红消息传入耳朵。有一天，许荔沮丧地跑来跟以沫咬耳朵，说她另一个好友赵婷，本来还是个乖宝宝，但一进初中就学坏了，整天泡在外面的理发店里，跟社会小青年打得火热，还理了一头社会小青年那样的碎发。

以沫曾在租书店里见过赵婷，记忆里的她老老实实地穿校服、戴袖套，梳着两条小辫，还打着蝴蝶结，怎么也没办法和许荔口中的形象联系在一起。

许荔见她不信，硬是拉着她去了初一（4）班门口，找了个由头把赵婷叫了出来。

一见之下，以沫不免惊呆了，眼前的女孩不但打扮得极其"社会"，头发里还隐隐挑着红色，更加过分的是，她还打了两个耳钉。

这种事情在以沫看来，可真算得上是离经叛道了。她实在不能理解从小学到初中不过短短几个月时间，这些人怎么会发生这么大的转变。

回到教室后，以沫默默观察周围的同学，他们确实都大不同了。虽然面目还是旧日面目，但已经不是旧日面貌了。很多年以后她才渐渐明白，虽然初中与小学只有区区数月之隔，但就在那几个月时间里，他们都完成了成长的仪式，他们渴望用一些外在的东西表现他们长大了、和以前不同了，所以他们用恋爱、化妆这类事来成全长大的仪式感。

但彼时的以沫并不能理解这种变化，她固执地以为是别人变坏了。她拒绝和花枝招展的女孩说话，也讨厌用发胶的男生，她整天端坐在教室里看书学习，以此证明自己是混浊现实里的一股清流。

直到期中考过后，这群闹得鸡犬不宁的孩子才渐渐消停了一些。大洗牌似的期中考成绩排名犹如一记惊堂木，让他们意识到就算进了初中还是摆脱不了学习、啃书、考试的悲惨宿命。

就在以沫略觉清静时，她被传闻中的"粉色炸弹"轰炸了——她收到了人生中第一封情书！

递情书给她的是隔壁班的一个男孩，以沫小学时曾和他打过几次羽毛球。

那天，当那个男孩紧张兮兮地把她叫出教室时，她就有了不好的预感。果然，她刚打开那张粉色信笺，就被里面的内容吓得打了个激灵。

里面抄着一首普希金的爱情诗歌，她刚扫了一眼就猛地将纸合上，惊慌失措地靠在了墙壁上。一眼之下，她看到了几个罪大恶极的关键词组："狂暴的激情""温柔地爱着你"。

这些句子在她看来简直是下流、变态、恶心！

她强忍着恶心和恐惧，把那封情书撕得粉碎，回家找了个打火机把那些碎片烧成灰烬，才稍稍定下神来。

那个男孩在没有得到回应后，又见以沫对他冷若冰霜，避之唯恐不及，也就偃旗息鼓，怏怏消失了。

但是那封情书在以沫的心里引发的震动从未消退，那封情书唤醒了她的性别意识，她终于意识到女孩子和男孩子是不同的两种生物，他们不可能像小时候那样一起疯玩胡闹了。如果一个男孩子对她殷勤，一定不是因为想把她变成"哥们儿"，而是想把她变成女朋友。

"孩子"和"女孩子"之间虽只有一字之差，却有了天渊之别。意识到这些后，以沫渐渐变了。她不再没心没肺地笑，不再大步流星地走路，不再穿爸爸买给她的男式衣裤鞋袜。她下意识地像古装片女主角那样迈着小步子走路，学着用微妙的表情表达感受，她开始在乎别人的目光，尤其是男孩子的目光。

有天临睡前的她忽然想起电视广告里的一幕——女主角用手指在

圆润丰满的手臂上戳了一下，顿时弹了回去。那样成熟的女性身体让她倍感好奇。于是，她也试着在自己手臂上戳了一下，却被自己瘦瘦的手臂硌得发痛。她暗想，看来自己一点都不像个女人，那个男孩喜欢自己什么呢？

她越想越不明白，偷偷爬起来坐在镜子前端详自己。

在缺了角的穿衣镜里，她发现了另一个自己：长发掩映下的小脸渐渐长开了，粉色睡裙下不知从什么时候起有了玲珑的曲线。她端坐在镜子前，柳叶般微微上挑的大眼里闪动着慌乱、羞涩。镜子里的那个女孩，确实像春日枝头静静待发的花蕾。

初一期末考，不负以沫的刻苦，她以甩开第二名二十几分的好成绩拿下了年级第一。新学期的全校大会上，表现出众的以沫被年级组选为初中部的优秀学生代表上台讲话。

那是以沫第一次站在全校学生面前讲话，当她站在高高的主席台上时，排山倒海的压力压得她几乎透不过气来。尽管紧张，但是早已烂熟于心的演讲词还是冷静地从她口中冒出来。

她一边讲话，一边放眼去看底下人的反应，几乎所有人都在看她，有的人是崇拜，有的人是好奇，有的人是嫉妒，有的人是不屑。

很快，她就从人群中捕捉到了一束特别的目光，她定神迎着那目光看去，遥遥对上了一双意味深长的熟悉的眼睛，她的演讲打了个磕巴，慌忙移开眼神，直到演讲结束。

等到所有光辉事迹都被表彰完毕后，学生处的领导走上讲台，他严肃指出最近有一批高年级的学生和社会上的小团体勾结，在学校搞破坏活动，打架斗殴，勒索低年级学生。

学生们的议论轰然炸开了，这种劲爆新闻比优秀学生表彰来劲得多。

那位领导喊了几次"安静"后，宣布了一批劝退名单，念完那串名单后，他又宣布还有一部分人因为错误情节较轻且悔过态度良好，做留校察看处分。但是校方决定让这些学生在主席台上集体亮相，念他们的悔过书，以儆效尤。

说完，他开始点名。被点到名的学生垂头丧气地出列，慢吞吞地上台站好，很快，台上就站了五六个高个子的学生。

以沫抬头扫视了一下那群人，果然都是一副神情顽劣、吊儿郎当的样子。

她一个念头还没转完，一个声音传来："高一（5）班，辜江宁……"

以沫耳畔轰然一响，她疑心自己听错了，骤然往人群里扫去。

只见一个穿蓝白校服的高挑身影从人群中走出，从容自若地跨上主席台，转身面向主席台下站定。

在看清楚他脸的那一瞬，女生群体里响起了一阵嘤嘤嗡嗡的低声议论。

许荔激动地拽了拽以沫："天哪，这人好帅啊！太帅了！可惜是个坏学生。"

以沫一言不发地看着台上许久不见、有些陌生的江宁，他是那群人中最高的一个，一般人高则容易瘦，但是他的身材很匀称漂亮，哪怕土得掉渣的蓝白校服穿在他身上，都显得格外熨帖潇洒。

他半垂着头，过眉的细碎额发略遮住他的水墨画般的眼睛，高挺的鼻梁下，一双天生带笑的菱唇微微翘着，透着孤傲。

领导无奈地又喊了几次"安静"，这才让这群人一起念悔过书。

这群坏学生个个蔫头耷脑地捧着写好的悔过书，和尚念经般地嗡嗡念着，只有江宁依然站得笔直挺拔，带着那股坏坏的傲慢气，朗声读着那篇悔过书。

彼时，清晨的阳光透过主席台上附近的大叶梧桐，格外柔和地洒在他身上。在他优美的声音里，所有人都忘了，他念的是一篇讨伐自己的檄文。连以沫都生出一种错觉，觉得又回到过去听他上语文课的旧时光。

那场大会散了后，被人记住的不是以沫和高中组那位优秀学生代表，而是险些被开除的差生代表辜江宁。

上初中以前，女孩们几乎都喜欢那些学习成绩好、教养好、看着有点小腼腆的男生，但是上了初中之后，那类男生就被女孩子冠以"书呆子"之名打入冷宫，她们开始迷恋那些坏坏的冷酷男。

如果该男生长得帅，成绩不差，又有一两项"书呆子"们不懂的特长，那他就会变成无数少女的春闺梦里人。所以，符合上述所有条件的江宁很快就成了女寝室熄灯后的热议人物。据说喜欢江宁的女生很多、很复杂，不但有本校全年级段的女孩，还有很多外校的女孩、小太妹慕名在一中门口围堵，想一睹他的风采。

所以有消息称学校建校五十周年晚会，辜江宁会代表高一（5）班表演街舞时，全一中八成的女生都沸腾了。

以沫拿到节目单后才知道江宁会有独舞表演，而且不巧的是，以沫他们班的群舞就在江宁的节目后。

文艺委员江橙看到节目单后，不禁抱怨说："怎么这么倒霉，偏偏排在他后头？他一演完，很多人就不看节目了，剩下那些人估计也没心思看咱们的舞了！"

以沫他们班是最受学校重视的天字第一号班，班上的学生因此具有很强的集体荣誉感，无论什么方面都想做全校第一。他们对这次文艺晚会非常重视，花班费请了一个舞蹈老师，编排了一支云南竹竿舞，意欲从声势、气势上压倒别的班。

可是上天这次好像偏不眷顾她们，竟抽到了这样一支下下签。

文艺晚会那天，以沫在后台见到了江宁。

彼时，以沫她们二十个女生穿着统一的舞蹈服，化了舞台妆，拿着道具在后台候场。大家正说话间，就见江宁在一群男男女女的簇拥下走进了后台。

他戴着顶黑色帽子，穿着件宽大的T恤，脖子上挂着根银链，站在人群中间鹤立鸡群。以沫飞快地扫了他一眼，他脸上化了妆，不是以沫她们这种黑眼圈、大红脸的乡土妆容，他的妆容很自然，看着真有些明星范儿。不过这样透着社会气的江宁，让以沫难以接受，当他从她面前走过时，她下意识地低下头。她相信顶着这样一脸浓墨重彩，就算是她爸爸来了也未必能认得出。

以沫班上的女孩充满敌意地看着他往前台走去，等到他人走过了，却又一窝蜂地跟上去，挤在幕后想一睹他的风采。

以沫犹豫了一下，也凑上前去。她从小看他跳舞没有一百次也有八十次，完全可以想象会是什么场面。

劲歌热舞一起，台下果然沸腾起来，叫的、吹口哨的，骤然而起的热浪似乎要把大礼堂的屋顶掀起来。底下的女老师纷纷摇头，眼睛却一点也没从江宁身上挪开。

热舞中的江宁脸上没有任何表情，翻转腾挪地做着各种高难度动作。等到一曲跳完，他微喘着气谢了幕，谢幕时，他的目光若有若无地斜向了以沫她们那边。

主持人报完幕后，以沫她们匆匆地上了台。

结果如江橙所想，台下不断有观众在离开，这群没怎么见过世面的小女孩顿时乱了阵脚，跳得大失水准。不过好在她们的阵仗做得大，外行看着也算热闹。

回到后台时，她们发现江宁还在后台化妆间里，正跷着二郎腿和先前那几个人聊天。

江橙白了他一眼，快步朝外间的更衣室走去。以沫她们都恹恹地跟着她鱼贯往外走。

就在以沫快要挤出门的时候，身后忽然传来一个懒洋洋的声音："宁以沫！"

声音很响，所有人都愣了一下。以沫迟疑着回头，就见江宁从椅子上站了起来，似笑非笑地走到她面前，有些戏谑地缓缓说："怎么？想装不认识我？"

以沫还没来得及答，一个烫着卷发，颇有几分像电影明星舒淇的妖娆女孩走了上来，伸手挽住江宁的胳膊，拿眼睛瞅以沫："这是？"

"我……妹。"

"你妹妹可真多。"那个卷发女孩不满地说，眼睛又瞟向以沫，见她化成那样，土里土气的，颇有点看不上她。

见事情到了这个分儿上，以沫只好朝他点了个头："江宁哥。"

"等会儿我几个哥们儿请吃饭，你也一起去吧。晚上一起回去。"江宁笑笑说。

以沫看了看他身后那群哥们儿，又看了一眼门口朝他们这边张望的许荔，摇头道："不了，我卸妆还要很久。"

"我等你。"江宁的语气坚定。

"可是……真的要很久。我还是不去了。"

"今天是我生日，这么巧碰见，让你去凑凑热闹都不肯吗？"江宁蹙起眉，"难不成当了优等生，就要和我们这样的人划清界限？"

以沫觉得再说什么就显得自己不近人情了："那等我一下。"

说罢，她错开身子，默然走进更衣室。

更衣室里，其余女生都看着她不说话，气氛十分诡异。以沫不声不响地换好校服，洗掉脸上的油彩，用力揩干净脸后，她又放下盘成发髻的长发。怕江宁他们久等，她只简单跟许荔交代了两句就出了门。

江宁见了她，不自觉地笑了。

江宁的卷发女伴起初没认出她，见她朝他们走来，才反应过来是她，瞳孔骤然缩了。

退去重彩后的以沫清纯静美得像一朵出水芙蕖，清瘦的身体裹在大一号的旧校服里，别有一点怯不胜衣的少女感。

她撇了一下嘴巴，箍着江宁的手就更紧了。

那是以沫第一次和那么多社会青年吃饭。江宁的那些哥们儿年纪虽不大，可都透着一股邪气。席间，那群人吆五喝六，觥筹交错，不停地朝江宁敬酒，起哄让卷发女亲他。那个女孩也不推拒，示威似的勾住江宁的脖子，在他脸上亲了一下。

以沫静静地坐在江宁身边，埋头吃着碗里的白米饭。她见江宁来者不拒地喝着那些酒，眉蹙得越发紧了。江宁劝了几次菜，见以沫不动筷子，索性把每道菜都给她夹一筷子，直把她面前的碟子堆成一座小山。

散席后，江宁的一个哥们儿亲自开车送他俩到了大院门口。等车走远，本来醉醺醺的江宁忽然站直了身子，脸上的醉态一下子没了。

他见以沫一脸诧异，解释道："刚才是装的，像吗？"

以沫点了点头，没有说话，径直往家的方向走去。

"你怎么了？今天一晚上都没见你有个笑脸。"江宁追上她。

以沫停下脚步，犹豫了一下，还是脱口而出："你为什么要和那些人玩？"

"原来是为这个！"江宁漫不经心地说道，"那你觉得我应该和谁玩？和考第一名那些书呆子？他们能帮我赚钱，能带我见世面吗？以沫，实话告诉你，什么知识改变命运都是骗人的。以后的社会是用人脉和出身说话的。"

以沫完全听不懂他的话，用不可思议的目光看了他一眼，抿唇快步往前走。

江宁叫了她几声，见她不应，快步走到她面前挡住她："你怎么也不能理解我？刚才那个开车的小子，以前就是东城帮他爸爸卖羊肉片的，现在他们家一年都赚大几十万了，我们这些大院子弟呢？除了点人脉还有什么？"

"可是学生就应该好好读书，想那么多赚钱的事情干什么？"以沫义正词严地说。

江宁有些动怒了："因为有钱就不用让人欺负，因为有钱就可以做自己真正想做的事情！"

以沫胸口大力起伏了几下，也怒道："你强词夺理！你那叫堕落！"

道不同不相为谋，她错开他，快步朝家走去。

江宁望着她快速远去的背影，颓丧地低下头，失魂落魄地站在原地。

不知道过了多久，他才在黢黑的夜里，幽幽地说："因为有钱，就可以让我妈别去跟那些有钱人鬼混了。"

第八章

连糖葫芦都变了

和江宁吵崩后，以沫罕少再碰到他了。一中和大院说小也小，说大也大，如果有心回避，他们完全可以永无交集。

许荔对以沫认识江宁这件事很好奇，连番问了她好几次都不得要领，见挖不出什么八卦，又见他俩之后再无交集，也就把这件事淡忘了。

初二上学期，一中换了位新校长。这位新校长格外重视升学率，上任后做了一系列提高升学率的改革，其中最重要的一项举措就是要求初中部开始晚自习。

这一举措把住得远的学生弄得叫苦不迭，被迫住校。所幸一中有直达大院附近的公交，以沫才免了住读之苦。

那几年社会风气不是很好，时常有社会青年斗殴、抢劫学生的新闻见诸报端，宁志伟不放心以沫，坚持要在下晚自习后接以沫。

宁志伟不做司机很久了。他前年跟辜振捷跑川藏线，顶着高反开车半个月，差点丢了半条命。下了高原，他肺上的老毛病犯了，时不时地剧烈咳嗽。辜振捷体恤他的辛劳，给他安排了一个办公室副主任的职务。如今他朝九晚五，时间上比以前稳定、宽裕了很多，这才有每天接送以沫的条件。

以沫却不想让爸爸接送，虽然做了一年多闲职，但爸爸的身体不但没有好转，反倒越见衰弱，不到知天命之年就苍老憔悴得不能看。于是她故作云淡风轻状说："政府最近在严打，风气比以前好多了。何况学校门口有公交直达大院附近，我出了学校就到家，我不信有坏人敢在大院门口惹事。"

见宁志伟态度有所松动，以沫又耍了几招小时候学的拳脚说："真要有人抢到我身上了，指不定谁倒霉呢！"

宁志伟这才放下心来，不再坚持。

不料以沫的大话刚放出去没多久，就在大院附近"撞鬼"了。这天晚自习，许荔突然害起了肚子疼，最初她还能趴在桌子上默默忍受，但半节课后，她竟猝然跌倒在过道上。老师和以沫一起把她送去医院检查，医生检查完，含蓄地跟老师耳语了几句后，给许荔挂了瓶止疼药便了事了。

出了医院，学校早已经下自习了。以沫等了一刻钟，方等到回大院的末班车。末班车晃到大院门口时，路面上已经没有人影了。

大院这一带素来庄严安静，入夜更是一片阒寂。以沫以往都跟着大部队一起回家，从公车站到大院这段黑路，她也并不觉得多可怕。可此时夜黑风高，只能借数十米一岗的路灯看路，以沫不免心惊。她深吸了一口气，大步流星地往前赶，恨不得能飞起来。走着走着，在看清楚远处一个身影时，她的脚步又缓了下来。

虽然光线暗淡，但以沫对他的背影和走姿再熟悉不过，只一眼便确定是他。她不想让江宁发现自己，就慢吞吞地跟在他身后。以沫暗想无怪总是遇不到他，原来他俩的作息时间根本就是两个世界的。

以沫正自出神，道路前方的小树林里突然钻出来七八个社会青年，他们一字排开，凶神恶煞地挡在江宁面前。

以沫飞快地躲进路边的小树林里，抿唇朝他们看着。

江宁被拦了前路，只得一步步往后退，他一边退一边同他们在说着什么。

以沫紧张地盯着他们，眼见得他们离自己越来越近了，一颗心难以自抑地开始狂跳。

"……别说这些有的没的了，你口才好，哥哥我是个大老粗，有什么不高兴的，就喜欢动动手解决。"

随着他们逼近，一个吊儿郎当的声音传入以沫耳朵里。以沫盯着说话的那人，那人瞧着面熟，也像是大院子弟，年纪虽不大，但满脸横肉，浑身戾气。

"李哥，先别冲动，有话好好说。"江宁的声音虽然冷静，但着实透着点掌控不住局面的紧张。

那个李哥鼻子里哂了一声，伸手在江宁脸上轻轻拍了几下："冷静？你抢我生意时怎么不冷静冷静？你打我弟兄的时候怎么不冷静冷静？呵呵，听我弟兄说你挺能打，那哥哥我就掂量掂量你的轻重。放心，现在大家都文明了，早几年那种开人瓢的事情，我们绝对不做。"

以沫只觉得那人阴阳怪气的语气像条蛇，哧溜一下从她的脊梁上滑过，她立马起了一身鸡皮疙瘩。她双手紧紧攥着，擂鼓般的心跳恍在耳边。她瞄了一眼小树林的地势，默默盘算起来。

江宁倒是很沉得住气，一边往后挪，一边说："李哥，我想是哪里误会了。我们看看能不能找个地方坐下来谈谈，毕竟你爸爸和我爸爸都在一个系统，两家大人还有坐下喝茶的交情。有什么不能好好说的？"

江宁虽然嘴上在套交情，但是他的架势已经准备好开打了。

那个李哥坏笑着捏了捏江宁的下巴："是啊，我家老爷子不但和你爸有坐下来喝茶的交情，我跟你妈还有躺下来办事的交情……"

他的话音未落，江宁猛然一拳砸在了他脸上，那一拳砸得极重，连以沫都听得见骨骼碎裂的响声。

江宁大吼一声，疯了一样往跌倒在地的李哥面前冲。李哥的人蜂拥上来攻击他，牵掣他，他一边挣，一边拳打脚踢地朝李哥身上扑。

以沫再也不敢迟疑，猫着腰在树与树的缝隙里往前跑，她看好了路，只要从这片树林里越过他们，她就能跑到大路上，找岗哨来帮忙了。

她飞快地在树林里穿行着，细而尖利的枝杈从她脸上、手臂上、腿上划过，传来一阵阵刺痛。她不敢睁开眼，双手挡在脸前，发蛮地挡着树杈往前冲，刚冲到大路边，她的一只凉鞋就被什么绊掉了。

她重重扑倒在路面上，手掌上、膝盖上传来一阵火辣辣的疼痛，她来不及喊疼，奋力从地上爬起来，快步往大门口冲。

李哥早已发现了异状，分开两个殴打江宁的小弟，让他们去追以沫。

以沫赤着一只脚，一瘸一拐地飞奔，偶有小石子刺入她脚底，她也浑然不觉。就在那两个社会青年快要追上她时，她忽然刹住车，转身抓住一个人的胳膊，借势一个背摔将他撂在地上，然后接着发力往前跑。

另外一个小青年愣了一下，继续追以沫，在快追上时，猛地把以沫扑倒在地上。以沫不知道哪里来的勇气，对他又踢又打，手指甲加牙齿全部用上，狠狠朝他脸上抓去。

那个小青年比以沫大不了两岁，被以沫抓得惨号。以沫将他踢翻后，翻身起来往大院门口冲。

这时，岗哨已经发现了这边的异状，两个警卫朝这边赶来。

以沫涨红着脸指着身后，那两个警卫撇下她，飞快往群殴现场赶去。以沫双手撑在膝盖上，呼哧呼哧地大口喘气，浑身上下脱力地发着抖。紧跟着赶来的警卫将她搀进了接待室休息。

不知过了多久，那两个警卫才押着江宁和李哥进来。

两个人脸上、身上都挂了彩，江宁挣扎着还想去揍那个姓李的，被警卫一声断喝摁了回去。李哥脖子上不知什么时候被咬出了一个大口子，肿得老高。像是惊魂未定一般，他看见江宁都有些怕。

摁住江宁的那个警卫说："这小子怕是有狂犬病！凶起来跟藏獒似的，差点咬破人动脉。"

另一个说："他有没有狂犬我不知道。这个估计得赶紧送医院打疫苗。这是李科长的儿子吧？赶紧通知家人。"

等李哥被送去了医院，那个警卫才松开江宁，从饮水机里接了点水递给江宁："冷静一下！"

江宁怔怔地接过水，目光落在以沫脸上，直到看清楚是她，他眼中的暴戾才渐渐平复下来。他的目光缓缓从以沫蓬乱的头发滑向她被枝杈划伤的脸，再落在她摔破的膝盖上，最后停在她光着的脚上，那里也早已布上伤痕。

"多亏这个小姑娘了，不然今天要出人命。"警卫摇了摇头，转身问了以沫一些信息，接着分别给宁志伟、李科长和辜默成都挂了个电话。

辜默成和张遇早一步赶来，看见江宁满身是伤，都愣住了。两人对视了一眼，居然不知道该说些什么。

还是张遇快一步反应过来，走到江宁面前，有几分心疼地抚了抚他的脸："怎么了？"

啪的一声脆响，江宁一个耳光甩在她脸上，他红着眼，噙泪恨恨盯着她："我恨你，永远都恨你！"

说完，他转身冲出了接待室，朝门外的夜色里跑去。

以沫愣怔地看着被打得抬不起头来的张遇。这个女人，哪怕是在这样狼狈的时候，都美丽得失真。

张遇眼睛里含了点泪光，下颌微微抽搐着，可是眼泪终究没有落下来。

大家都呆呆地看着她，像是在看电影。

片刻后，她吸了吸鼻子，昂首走出了接待室。辜默成犹豫了一下，也跟着她去了。

接待室里的人望着张遇远去的背影，集体交换了一下眼神，都暧昧地沉默了。

有关张遇的传言，早几年就在暗地里滋长了。近一两年，那些绯闻的种子更是见风就飞，落在了每个人心里。哪怕连以沫这样的小孩子都听到了一点半点风声。

想起江宁刚才的疯狂，以沫的眉不自觉地蹙了起来，一种难言的痛楚从心底蔓延进四肢百骸，她有些懂得他了。

以沫的伤都是小伤，回家简单处理后，一晚上就结痂了。

次日，以沫一大早就去昨天摔跤的地方找鞋，奇怪的是，无论她怎么找都找不到那只掉了的凉鞋，只好悻悻作罢。

她望着脚上的球鞋，虽然穿着有些闷脚，但是夏天快过去了，她可不忍心让爸爸花钱再买新凉鞋了。

斗殴事件后，宁志伟怎么都不放心让以沫一个人下晚自习，坚持要去接她。每每听着爸爸的咳嗽声，以沫都不免对江宁有些腹诽。

这天周末，以沫正一个人在家里背单词，门外突然传来敲门声。以沫应声开门，却见江宁双手插袋站在门口。

以沫没想到是他，愣了一下。

他瞄了一眼她手里的书，嘴角一挑："这么好的天儿，你就窝在家里背单词？"

他身上的伤似乎已经好得差不多了，那晚的狼狈再不见半分踪迹。

"嗯。"以沫点了点头。

江宁慵懒地靠在她家门口，一双深不见底的黝黑眸子看进她眼里，放低声音说："真是个乖宝宝呢。"

以沫不自在地说："你找我有什么事？"

"跟我去个地方。"江宁一点儿也不见外地说。

"去什么地方？干什么？"以沫不解地问。

江宁眯了眯眼睛，幽幽地说："所以说女人一长大就不可爱了，小时候带你出去，你从不问去哪里、干什么。"

以沫好像没有听见，抿着唇，双眼盯着地面。既然他喜欢装傻充愣，以沫索性也装傻。

江宁有些不耐烦，抽掉她手里的英语书，往门里的桌上一丢，牵过她的手："懒得跟你废话，走。"

以沫用力抽了好几次手，他的手却越握越紧。他瞄了一眼她胸口挂着的钥匙，二话不说地带上家门，拽着她就往大院外面走。

一路将以沫拽到一辆摩托车前，江宁才松开手，将一个头盔递给她："戴上。"

以沫不接那头盔，垂着眼帘说："你到底有什么事？如果没事的话，我还要回去背单词。"

江宁掐灭心头腾起的小火苗，深吸了一口气："我女朋友明天生日，我想给她买条裙子，但是拿不准尺码，我看你们身材个头差不多，你去帮我试试尺寸。"

以沫回忆起上次那个"小舒淇"，质疑地说："她明明比我高。"

"不是那个，换了。"江宁不由分说地将头盔戴在她头上，跨上车，回头说，"上来。"

以沫犹豫了一下，只得上了车。

江宁得意地笑了笑："你运气挺好，这车刚到。你是第一个坐的人。哈雷，听过吗？一辆顶十辆普通摩托。"

以沫难以想象一辆摩托车居然可以这么贵，只当他吹牛蒙她，拿眼睛瞄了一眼这车，确实比一般的摩托车更大、更豪华。

发动车子时，江宁说："抱紧我。"

以沫哪里肯听，双手死死扳着车座后面，大气也不敢出。

车子发动之际，如平地起惊雷般的轰然一响，吓得以沫颤了一下。饶是脸色都白了，她还是咬牙坚持扳着车后座。

车如离弦箭一般往城区驰去，以沫只觉得两耳侧的风像薄刀刃一般从身边削过，整个人像是贴着地面在飞，虽然戴着头盔，她还是紧张得连眼睛都不敢睁开。

"开慢点吧……"她将头躲在他肩后，大声说。

"这已经是最慢了。怕就抱着我。"

以沫慢慢挪出一只手，拽住江宁帽衫的帽子，这样果然比刚才那样顺手了许多，她缓缓地又将另一只手挪到他的帽子上。正在她暗觉英明的时候，摩托车忽然刹住了，江宁转过头来，盯着她问："你是想勒死我吗？"

以沫这才发现因为把帽子拽得太紧，他的脖子都被前襟勒出了一道浅痕。

以沫不好意思地松手，又去扳后座。

"你要是实在喜欢拽别人的衣服，就拽我腰上的衣服吧。"江宁没好气地说完，再次发动车子。

以沫也不客气，揪住他后腰的衣服，安心坐起车来。

车子熄火后，以沫跟着江宁走进了聿城最大的商城。

这家商城刚开业不久，据说丝毫不输给北京西单、王府井那样的大商场。以沫从未来过这样的地方，站在入口处，有些畏缩不前。

"怎么了？"江宁问。

以沫环顾了一下，商城里的煜煜贵气照见了她的寒酸，在这样的地方，她觉得自己球鞋上的墨水渍那么突兀，衬衣袖口补过的痕迹那么明显。

"我……"她蹙着眉，有些委屈。

江宁心中了然，眸中闪过些复杂的神色。他拉过她的手快步越过人群，上电梯直奔二楼女装部。

以沫低头跟着他，她讨厌这里连地砖都亮得像镜子。

带她转了一圈，江宁锁定了一家专卖店，他从架子上取下一条白色长裙。那条裙子长度及膝，上身修身，裙摆散开，样式简洁优雅。

"去试试。"江宁将衣服递给以沫。

以沫不敢看导购小姐的脸，生怕看见她鄙夷的表情，她抱着裙子走去试衣间，轻手轻脚地换上。

这还是她第一次穿长裙，折腾了好久才穿服帖。等到彻底穿好，她才惊讶地发现这裙子的面料特别柔软，像水一样贴着皮肤，衣料的白色在灯光下发出微微荧光，和她穿过的任何白色衣服都不同。

她看着镜子中的自己，有些害羞地抚着光裸的肩头，犹豫了很久，她才缩着肩膀打开试衣间的门。

她走出门的刹那，就听导购小姐说："哎呀，真漂亮！换了件衣服就像换了个人似的。你妹妹长得可真好看哪！"

江宁抬头往以沫那边看去，眉下意识地一扬，一簇亮光从眸底跳起。

他拿起刚才选好的一双坡跟凉鞋递到以沫面前："试试。"

以沫红着脸原地蹲下，手忙脚乱地脱脚上的球鞋。

江宁摇了摇头，把她带到沙发边摁坐下。以沫磨磨蹭蹭地脱掉球鞋，将脚伸进凉鞋里一试，大小正合适，柔软的真皮鞋底贴在脚上，别提多舒服了。她不敢贪图享受，忙准备脱鞋。

江宁却说："把扣子系上，起来走走。"

以沫抿唇，依言扣扣子，不料那种扣子并非常见的凉鞋扣，她怎么也扣不上。江宁看了她好一会儿，终于忍不住蹲下身，低头帮她把鞋子扣好："真笨！起来走走。"

以沫站起来的一瞬，只觉得自己的身高猛蹿了一截。她试着往镜子前走了一步，脑子里有那么一丝丝眩晕。

江宁审视了她一下，上前扳正她的肩膀，帮她将一头浓密乌黑的长发理顺，这才点了点头："挺好的。"

江宁说完，在心里补了一句，岂止是挺好的。垂顺自然的长发，修身的白裙子，衬得她格外清纯秀丽，商场的灯光落在她白皙的皮肤上，反射出莹莹流转的微光。穿着新衣服的她好像有些不自在，耳朵尖都红透了。

江宁有点不敢看她的脸，目光下意识地落在她小腿上，她的小腿还未长开，瘦却有肉感，在坡跟鞋的衬托下，线条格外笔直纤细。江宁的目光在她小腿上停留了一下，迅速闪开，心神却在那一眼之下摇晃了起来。

他为这一瞬的心旌动摇暗觉羞愧，故意蹙起眉，粗声粗气地说："就这两样，开票吧。"

以沫闻言，赶紧准备去试衣间换衣服。

"别换了，一会儿把吊牌剪了，就这样出去。"

"可是，这是给你女朋友买的啊。"

"这个不适合她，一会儿给她买别的。"

"可是……"

121

"你怎么那么啰唆？"江宁接过小票，头也不回地往收银台去了。

等江宁去结账的时候，以沫翻了一下那件衣服的价签，不禁瞠目。

莫名其妙地接受别人财物，以沫并未觉得欢喜，只觉得十分不自在。

江宁结完账回来，还不等以沫开口，二话不说地扯掉了衣服的价签，一手拎着购物袋，一手牵着以沫就往楼上走。路过一个花车时，江宁顺手挑了条围巾，叫导购小姐包好。

见以沫瞟他，江宁漫不经心地说："生日礼物啊。"

以沫顿住脚步说："既然都买好了，那么我该回去了。"

嗫嚅了几下，她想说衣服的钱以后还给他，可是又不知道自己什么时候才能有那么多钱，一时觉得特别纠结。

"一起吃午饭吧。"

以沫望了一眼那些餐厅的门脸，暗想消费肯定不菲，拼命摇头说："我不饿，不吃了。"

"你不饿我饿。"

"那你先吃吧，我自己坐公交车回去。"

"你！"江宁窝火地说，"走吧！"

两人一前一后沉默地走到楼下，路过门口时，以沫的目光被门口一个卖糖葫芦的窗口吸引住了，只见那窗口上插满了各色水果做成的糖葫芦，有绿的猕猴桃、红的圣女果、紫的提子，裹在一层琥珀色的糖稀里格外好看。

两人像同时想起了什么，默然对视了一眼。

江宁一言不发地买了两串糖葫芦，递了一串给她，若有所思地说："三年了，什么都变样了，连糖葫芦都不同了。"

以沫出了会儿神，轻轻咬了一口糖葫芦，一股酸酸甜甜的汁液顺着口腔流下，一些旧日里的情愫仿佛都随着这熟悉的味道复生。她放下那串糖葫芦，望着一旁的江宁，轻轻叫了声："江宁哥。"

江宁愣了一下，侧脸看她。

"谢谢你。"

过了好一会儿，江宁才道："说谢谢的应该是我。那天晚上，要不是你……后果，我还真有点不敢想。"

以沫望着他，悄无声息地翘起嘴角："那就算扯平了，谁都不用说谢谢了。"

江宁望着她宛若星芒的明亮眼睛，也不自禁地笑："就是，咱俩谁跟谁啊，还说什么谢谢？"

气氛一热络，江宁的话顿时多了起来："说起来，你的手脚还挺利索的，远远地看见你一下子就把别人给撂倒了。看来你还在练格斗？"

以沫垂下眼帘，点了点头。

"你还真执着！"

连以沫都觉得自己挺执着的，这么多年来，每天晚饭后必做的一件事就是练半小时格斗技巧。以前她让自己变得更强，是为了以后可以保护哥哥；如今，当年那个"为哥哥挡刀"的想法，已成了她植入灵魂的一种执念。

江宁兀自说着："你还是不会打架。记得我以前就教过你，教训人的最高境界是又能出气，又不要留下证据。你看你，把人抓得像花猫一样，找你麻烦多有理由？以后我教你怎么打架。"

以沫一言不发地跟他上了摩托车。

等车开到以沫家门口，江宁放下她，从储存箱里拿出一个塑料袋递给她："喏，以后不要穿这么难看的凉鞋了。女孩子要有女孩子的样子！"

以沫接过来一看，正是那天她掉的那只。

第九章

重逢一笑作春温

那天以后，江宁晚自习后都会接以沫一起回大院，这样一来省去了宁志伟的奔波。

和江宁"恢复邦交"以后，他们慢慢摸清了对方的新习性，相处起来居然颇为融洽。以沫发现他没有学校渲染的那么坏。虽然他留过级，总是逃课，成绩也确实差得可以，但是那些勒索低年级孩子、破坏学校设施、小偷小摸的恶习，他一点也不沾。

以沫着实想不明白，为什么渊博聪明如他，成绩却可以那么差。有时候看到高年级的年级排名，以沫都会替他害臊。

有一天晚自习，高年级组拖堂考试，以沫坐在教室里左等右等不见江宁，只好去高二（5）班教室门口等他。

原来他们正在考语文，整间教室里静得只听得见"沙沙"的答题声，以沫站在窗外都能感觉得到高年级学生的紧张。

江宁所在的班是高中组的平行班，大多数学生的学习态度都很端正，以沫一眼看去，只有江宁一个人趴在桌子上转着笔玩，卷面上一点痕迹都没有。监考老师是他的任课老师，似乎对他的态度见怪不怪，完全无视他。

就在监考老师说完"现在可以提前交卷"时，江宁才坐直了身子，懒洋洋地瞄了会儿卷子，下笔如飞地勾画起来。一鼓作气地写了五分钟，他停了笔，准备起身交卷。这时，他们班主任走进了考场，肃然说："作文认真写，写完的同学仔细检查。这次月考很关键，一个都不许提前交卷。"

江宁有些不耐烦地坐下，目光转向窗外，一眼就看见静静立在窗外的以沫，她的表情淡淡的，看不出来什么情绪。江宁朝她笑，她也一副完全没看到的样子。

江宁边笑边摇头，摊开作文卷子，提笔唰唰地涂画起来。

以沫瞄了他好几眼，他答题的样子很认真，眉心都下意识地紧皱起来了，可以沫怎么看也不觉得他像在写字。

十几分钟后，江宁才停了笔，拿起那半张作文纸飞快地折了起来。片刻，一只纸飞机出现在他手里。他望着一头黑线的以沫，坏坏一笑，对那纸飞机呵了口气，直接朝以沫飞去。

那只纸飞机稳稳地越过窗户，在以沫面前下落。

"那位同学，你在干什么？"监考老师终于忍无可忍了。

"扔垃圾啊，你没看见？"江宁若无其事地说。

以沫捡起那只纸飞机，有些害怕地躲去了隔壁班外面。她借着教室里透出的灯光展开那只飞机，只见卷面上用蓝色水笔画着一幅她的速写小像，竟也惟妙惟肖。只是那小像旁，非常不客气地注了一句：优等生，你的黑眼圈快赶上熊猫了。

铃声响起，江宁二话不说将文具往课桌里一丢，交卷走人。

监考老师一看，果然又和以前一样，每张卷子都只刚刚做够60分的题目。

出了教室，以沫理都不理他，直接往前走去。江宁快步追上她，挡在她面前笑问:"小孩儿,你怎么了?"

以沫还是那副淡淡的表情,一边错开他往前走,一边说:"没怎么。"

江宁倒着走,一边看她,一边轻笑着数:"一、二、三……"

以沫没好气地问:"你数什么?"

"我数到第十声,你一定会忍不住说出自己在生什么闷气。"

以沫没好气地顿住脚步:"你为什么不好好考试?考五六十分很光荣吗?"

"原来是这个啊。"江宁恍然大悟,"我要是都考年级前几名,我那帮哥们儿还会理我吗?小孩子不懂事儿,还专喜欢管闲事。"

以沫说不过他,一路便再不说话,无论他怎么逗、怎么哄,她就是一副眼观鼻、鼻观心的入定模样。江宁跟着她跳上公交车,在她旁边坐下,用胳膊肘撞了她一下:"喂,笑一个啊!"以沫嫌弃地往旁边缩了缩,嘴里低声背起单词来。

公交车开到大院附近的时候,居然堵起车来。两人往外一张望,发现外面不知道怎么来了很多外地的军车:北京的、广州的、南宁的、海南的,全都默然无声地往军区里滑动。

车上的学生们都看傻了,连司机都放慢了速度,看军车"开会"。

"怎么了?是来什么人了吗?"

"不像啊,也没戒严。"

"有大会开?"

"没听说啊。"

"那是发生什么事了,一级部都有人来!"

以沫默默听着车上的议论,也在寻思到底发生了什么事。

这时,江宁忽然拽了她一下,指着一辆车说:"快看!"

以沫顺着他指的方向一看,居然是辜振捷的车。

"辜伯伯怎么回来了？"

"不是！是后面那辆，你哥他爷爷的车！"江宁像是很震惊，"老爷子怎么也来了？到底怎么了？"

两个人赶到军区大院时，只见所有车都往辜振捷家跑。

江宁叫住一个看热闹的大院子弟问怎么了。那人说："听说辜家出大事了，他们家死人了。"

以沫像是被谁打了一大棒子，立时定住了。

"谁死了，到底怎么了？"

"我哪知道，你不会自己去看啊！"

江宁闻言，拉起木木的以沫就往辜家的方向飞奔，没跑多远就看见辜默成带着张遇匆匆赶了上来。

辜默成一把拉住江宁："你别去，现在还轮不到你们小孩子去。"

"爸，怎么了？是不是？"江宁大口大口喘息着问。

"你伯伯家的大儿子、你靖勋哥牺牲了。你先回去！"

"什么……"

江宁惶惶懂懂地问，像是还没清醒过来，喃喃地说："那就好……"

"怎么说话的?！"辜默成吼了他一句，也来不及说别的，撇下他一路直奔而去。

江宁缓缓地在路边坐下，半天才回过神来，再看以沫，只见她一张小脸半点血色也没有，空洞的大眼睛怔然睁着，像是刚从什么巨大的惊吓里走出来。

第二天以沫才得到确切的消息，辜振捷的长子辜靖勋不久前为救两名溺水儿童牺牲。昨天夜里他的遗体被送回了聿城。这位年仅二十二岁的中尉，原本有着不可估量的前程，却因救人和家人阴阳两隔。

接下来的几天里，全市各大媒体爆炸式地讴歌这位年轻烈士。以沫在报纸上见到了辜靖勋的照片，他和辜徐行形似神不似，照片上的他一脸阳光，刚毅英俊的脸上洋溢着笑容，仿佛这世间的一切疾苦都从未在他身上降临过。以沫捧着报纸，望着他的照片止不住地流泪，连她也不知道这眼泪是为什么而流。

辜靖勋的遗体告别式在聿城军区的礼堂举行，由于辜靖勋救人牺牲一事的影响力很大，来参加告别式的各界人士多达两千人。

那天，天公仿佛都为辜靖勋垂泪，天还没亮就开始下雨。

以沫和宁志伟早早就到了礼堂。远远见辜靖勋躺在白菊簇拥的水晶棺里，辜振捷和徐曼相扶着站在最前面。

短短数日，辜振捷的头发竟白了一大半，他虽强打着精神，脸上却神情恍惚。徐曼整个人都瘫软在他怀里，红肿的眼睛像是不能视物一般空洞散乱，止不住的眼泪从她枯槁的脸上滑落。

礼堂里回荡着如泣如诉的哀乐。台上，辜靖勋所在部队的首长含泪念着悼文，将死者生前事桩桩件件述来，人们默默低着头，不时传来哭声。

门外不断有晚到的人进来，皆自觉地在后排静默立着。

以沫听到悼文里那句"为了救落水儿童，毫不犹豫地从十多米高的桥上跳进冷水里救人"时，强忍了很久的泪水骤然落了下来。

这时，身后礼堂的大门处忽然传来一阵纷乱的脚步声，径直往最前方走来。

以沫和众人一同回头望去，只见一个身穿纯黑衣服的少年在几个人的伴随下走来，像是一路冒雨而来。他浑身已经被雨浇透，一道道雨水从他的发间滑落，沿着他苍白的脸蜿蜒而下。

他的唇抿得很紧，双眸微微垂着，死灰般的脸上，看不见一丝半点人气，明明是悲痛已极的神色，他却强撑着，一丝不乱地越过人群。

在看清他面容的瞬间，以沫的心像是猛然被一只手紧紧捏住了，无数个热望叫嚣着随着血液冲向脑中，她张口想大声叫什么，可是那些话像打了结一般，卡在嗓子里。她的唇动了好几下，却连一个字也发不出来。

徐曼见到他的那一刹那，忽然竭尽全力地大叫一声："阿迟……你哥哥死了！你哥哥死了！"

那一声叫得太用力，她浑身脱力般往地上滑去。

辜徐行快步上前将她抱在怀里，握住她的右手，下巴用力抵在她头顶上，紧紧闭着双眼，在她耳边轻声说着安慰的话。

徐曼全身剧烈起伏着，嘶声喊着："靖勋！靖勋！我以后再也见不到你了！再也见不到了！"

她一边喊，一边欲往棺木边扑，却被辜徐行紧紧禁锢在怀里。

全场的人在见到这一幕时，纷纷啜泣起来。

棺木合上的瞬间，徐曼不知从哪里来的力气，挣脱辜徐行扑到棺木前，却在棺木合上的一刹那晕厥在地。见状，辜家所有亲戚潮水般朝她涌去，众人小声商议了一下，分出几个远亲把她抬出了灵堂。

仪式结束，大部队静默地随着灵柩往外走去。堵在门口的黑压压的车子纷纷有序发动，跟着灵车去火葬场做最后的告别。

以沫怔怔看着手捧遗像的辜徐行，理智告诉她应该跟着大部队出去，可是她的双脚像被钉在了原地，怎么也迈不出步子。感知到她的目光，他微微掀起湿润的眼帘，回首朝她这边看来，他的神色是那样沉痛压抑，蓄着泪光的眼睛静波明川般透亮，她从那里面看不见别的，只能看见倒映出来的她的小小身影。

他们望着彼此，像隔着一条湍急的河流，无法向对方走去，可他们明明那么近，只要一伸手就能切实地触到对方。以沫设想过他们的重逢，该是满怀失而复得的惊喜和激动，但落到现实里，这惊喜和激动竟是不能够的。

当天夜里，以沫莫名其妙地病了。病来得很蹊跷，不咳也不头疼，就是昏昏沉沉，胸口像有什么憋着，喘不过气来。她翻出体温计量了一下，见没有发烧，也就不以为意地睡下了。然而次晨醒来，那憋闷感还在。就这样心神恍惚地过了几日，直到辜靖勋的头七过了，她仿若被打散的心才重新聚拢起来。

过了头七，逝者就一去永不回了，生者经过这几日的平复，心情理应有所释然。她心底的期待探出了头：在他离开之前，她想再见他一面。正这样想着的时候，江宁给她带来了一个好消息——他约了江宁下午在老地方见。

老地方是他们以前常去的多功能厅。出发前，以沫把柜子里的衣服全翻出来，平铺在床上。她一件件看过去，最后拿起江宁给她买的那件白裙子。外面秋意已经很浓了，好在是个阳光晴好的天，倒也穿得出去。等到套上裙子，她又担心是否过于隆重，于是翻出件半旧的格子衬衣穿在外头，这样一来，她的心安顿了些。

以沫赶到多功能厅时，他们已经到了，正坐在最角落的窗边聊天。猛地见到他坐在那里，她有些不敢上前，一颗心咚咚地跳着，眼泪莫名其妙地要往下落。她嫌自己矫情，于是在门口一直仰着头，直到确信自己的情绪全都平稳，才缓步走了进去。

他抬头朝她看了过来，明明只是一道目光，却仿若三江雪浪朝她涌来，须得她用尽全身气力才能朝他的方向溯迎而上。她总是在心底描摹他去美国后的样子，她想，在原有的基础上，他一定会变成欧美片里那些 ABC 的优越样子，明朗俊逸，开朗健谈。但是她想错了，即便在那样一个热情奔放的国度里，他还是按照自己原有的轨迹，成长为一个冷静内敛的人。

她不知不觉地走到他对面，坐下的同时声音低如蚊蚋般喊了声"哥哥"。他静静望着她，唇角微微一动："以沫，你头发长长了。"是昔年温和的语气。

以沫刚想回一句"我刚剪的头发"，话还没出口，哑然失笑，哦，原来他们隔开很久了，他记得的还是几年前的她，那时候她还留着齐耳朵的学生头呢。

"一别都门三改火，天涯踏尽红尘。依然一笑作春温。"也就是在那一瞬间，一切担心、顾虑和怀疑都烟消云散，所有的感觉和回忆突然回来了。天空一下子明净了，窗外凋敝的山也朗润起来了。以沫不知道该怎么表达自己的喜悦，于是抬高声音，清清楚楚地又喊了一声"哥"。这一声充满了穿透力，那种力道，像在邮件上盖了个戳，或是在公文上敲下了个公章，意味着确定。

他们三人的默契是共通的，江宁跟着也找回了状态，他弹了一下桌子上的可乐罐，仰着脸问辜行："你家也不缺机票钱啊，快四个年头愣是没见你飞回来过一次。美国就那么好，让你乐不思蜀啊？"

"你觉得这四年我在美国是怎么过的呢？轻轻松松地读书，闲了去加州钓鱼、滑雪、吃螃蟹？"

辜徐行并没有正面回答他的问题。在杰斐逊高中，除了全新的课程体系，他还需要面对欧美学员的优越感。他加入了很多俱乐部，俱乐部成员不吝于向他展示他们研发的机器人、脑意识控制的轮椅，或是一份蝾螈迁徙报告，却在实际活动中排斥他，边缘化他。

在学校的实验室里，他不被允许参加最核心的研究，只能做一些类似喂养小白鼠的工作。最初的半年里，他整个人被不公和屈辱笼罩，一度陷入惊慌失措和自我怀疑中。

第一个圣诞节假期，他无比迫切地想回来看看以沫和江宁，寻求心灵的疗愈，可鼠标在机票预订页面上停了半小时后，他放弃了。他不想让他们看见一个面目全非的"哥哥"。他给自己立下了一个"不破楼兰终不还"的誓言，然后用三年时间开荒拓土，建立了全杰斐逊最高精尖的机器人俱乐部和生物学俱乐部。

这些波折和痛苦，他曾在心里对他们倾诉了许多遍，可这会儿坐在这里，他又觉得那些苦在生死离别前轻得不值一提。

"怎么？日子挺难啊？"江宁目光炯炯地看着他。

徐行回过神，展开眉头道："对，很难，尤其是有一天把摊子上的辣椒看成麻辣小龙虾，然后发现只是辣椒后，难得我想哭，就像卖火柴的小女孩的火柴灭了……"

江宁笑了一通："我想你也是有什么苦衷……你快毕业了吧？申请的哪所大学？"

"做完手头的机器人项目就快了，我准备申请麻省理工。"

江宁和以沫对视了一眼，霎时觉得自己离他又远了起来。彼时的他们无法精准描述这个"远"字，这个"远"不是一种时间或空间的概念，那是一种追不上的感觉。那种感觉让他们气馁极了，以至于后来的聊天始终有些散淡，提不起劲。

手机铃声打断了他们的谈话，徐行起身的时候，以沫和江宁都跟着站起了身。他是次日早晨的飞机，他们再不能像过去那样追着他的汽车跑了，他们都长大了。

三人在多功能厅外的主干道上分的手，辜徐行往北，以沫和江宁往南。以沫回头看着他的背影消失在路的尽头，心底传来一阵莫可名状的抽痛。她看向身侧的江宁，他也有些怔怔然。他们都不说话，不约而同地走到当年偷学格斗的小山上，并肩站着。山上荒草杂乱丛生，山下训练的队伍早已散去，操场沉在半明半昧的黄昏光线里，像一片白茫茫的海。

周遭的光线越来越暗，天空低得像在往他们身上压，压得他们几欲无法呼吸。

就在最后一线天光收拢的瞬间，江宁喃喃地说了一句："以沫，以后我都不会来这里了。"

以沫蹙眉看着他仰望天空的侧脸，未置一词。

"我现在感觉很沉重。我在网吧看过一个外国视频，一群大学生站在起跑线上准备赛跑，却被告知这场比赛的玩法不同寻常。裁判会不停地宣布条件，符合条件的可以往前走一步，不符合条件的就停在原地。然后裁判就开始宣布条件了：'如果你们父母感情融洽，没有离婚，向前一步''如果你的成长过程，父亲扮演了很重要的教育角色，向前一步''如果你请过家教，向前一步''如果你从来不用和爸妈一起担心账单，向前一步'……裁判的条件宣布完，有的人距离终点就只剩下几十米了，有的人还在起跑线上。站在前面的人什么都不用做，就已经领先了很多，但他们真的就比留在起跑线上的人强很多吗？"

"所以呢？"一直沉默倾听的以沫打断他。

江宁的喉头艰涩地滚动了一下："所以，我不会再等他，再追他了。过去虽然美好，但我的未来里，不需要一个人时刻提醒我是个弱者。"

说着，他双手放在嘴边，朝着远处大声嘶吼："老天爷，你不公平！这样输一辈子，我不服！"

以沫泫然看着天际的层云，胸口又传来一阵让她几欲窒息的憋闷感。像她这样大的孩子，眼前原本没有复杂的世界，只有书本和试卷，然而江宁那一声嘶吼，像把她书山学海的世界撕开了一道口子，她窥见了那道口子后有关人生前路的真相，这种窥见让她害怕。

这夜，聿城又下起了连绵秋雨。

辜徐行在客厅陪了会儿辜振捷，接过保姆王嫂熬好的燕窝往徐曼的卧室里走去。

宽大的欧式大床上，暴瘦的徐曼深深陷在柔软的鹅绒被里，只露了一张憔悴的脸在外头。见到辜徐行，她空洞的眼睛里略略有了些神采，一双眼睛死死地盯着他。

辜徐行将她从床上扶起来，用银勺舀了燕窝递给她。

她啜了一口，忽然用力抓住了他的手，低微地嘶声说："过来。"

辜徐行温顺地俯身凑近她。

她伸出毫无温度的手，触上他的脸，沿着他的眉骨、鼻梁、脸颊轻轻摩挲着，干涸枯井般的眼里渐渐泛起了点水汽："儿子……我的宝贝儿子。"

辜徐行抿唇不语，他知道她叫的是另一个人，摩挲的也是另一个人。

他和哥哥面容肖似，最大的区别就是一个开朗、一个内敛，一个热情似火、一个静水深流。自他有记忆起，哥哥就是这个家庭的中心人物，他嘴甜乖巧，总是哄得父母和爷爷开怀大笑；他聪明灵敏，天生热爱军事政治，连辜振捷都一再夸他"类己"，是个能继承衣钵的人。

相形之下，他显得太不讨喜，家人经常议论说这两兄弟应该换个位置，当弟弟的反倒比哥哥冷静持重。虽是夸他的话，但是大人从来不会偏爱冷静持重的孩子。所以，父母把他们家的全部希望都寄托在了哥哥身上，早早送他去军校，指望他在军界做出成绩，延续他们这一脉的辉煌。也幸得哥哥在，他才在相对宽松的环境里成长，全面发展。哥哥的去世，摧毁了父母的全部希望和寄托，他们失去的，不但是一个儿子，更是辜家在军界的未来。

不知道过了多久，徐曼恍惚的眼神才有了焦点，她捧着辜徐行的脸说："阿迟，妈妈只有你了。"

辜徐行反握住她的手，伏在她怀里，轻轻"嗯"了一声。

"你是妈妈活下去的唯一支柱，你，明白吗？"

"明白。"

"以前听人说心碎、心碎，我现在才知道什么叫心碎。我的心虽然还跳着，但是连我都不知道它什么时候就会烂成一地渣滓。阿迟，答应我，以后要听妈妈的话。"

静默了良久，辜徐行终于又应了声。

"像你哥哥那样，什么话都听我的。"

辜徐行重重地合上眼睛，半晌说："好。"

徐曼这才长长地松了一口气，像是又有了气力一般，她撑着坐起身："阿迟，你要明白，我让你听我的，是不让你走弯路。以前你不能走错路，现在更加不能有半分行差踏错，你不但要为自己活着，还要为你哥哥活着。不要怪妈妈自私，给你这么大压力，可是我们老了，爷爷也老了，我们的希望只有你了。"

辜徐行缓缓起身，垂首舀了勺燕窝，又递去她嘴边："我都记下了。"

"好，好。"徐曼松开紧握着他手腕的手，勉强扯出了点笑意，将那勺燕窝吞了下去。

喂完那碗燕窝，辜徐行又陪了徐曼好一阵，她才渐渐安然睡去。

出门下楼，回到客厅时，那里已空无一人。

王嫂闻声出来说："他们已经睡了，你也早些睡吧，明天的飞机早！"

辜徐行点了点头，走到客厅一隅，推开窗子，凭窗而立。

一股冷冽的寒意迎面袭来，淅淅沥沥的雨声随之灌入耳中，将他浑身的疲惫冲淡了不少。

他借灯光望着漫天针尖似的细雨，发了会儿呆，忽然转身取了把伞，一言不发地往门外走去。

　　王嫂连叫了几声，见他不应，又不敢惊醒楼上的人，只好作罢。

　　辜徐行撑伞站在他们小时候偷学格斗的山上，目光迷离地俯瞰灯火阑珊的大院，雨水"滴答""滴答"地打在伞面上，他紧绷的神经在这单调的声音里渐渐放松下来。在这样混沌不明的冷雨夜里，他竟觉得舒服了很多，以至于他想这样一直站下去。

　　这四年里，很多东西都变了，但唯一没变的是他想留下的心。在学校俱乐部，他拿天文望远镜探索过宇宙，拿 11 个立方体推算过宇宙的边长，他心中有那样宏大的世界，因此一切在他眼里都是虚无。在这片虚无里，他只想做两件事，创造未来和守候过去。世人常说逝者已矣，他却觉得过去是可以被守候，甚至是可以被等待的，譬如只要一抬头就可以等到一道几十亿光年外的星光。

　　这样想着，他心底的离愁别绪就淡了，远了，因为总有一天，他会回到他们身边。

第十章

愿为西南风

以沫胸口憋闷的感觉持续到初冬就自行淡了，她说不好是痊愈了，还是自己已经习惯了那种不适。但宁志伟的咳嗽越发厉害起来。以前他只是白天咳，如今通宵达旦都能听到他不时传来的剧烈咳嗽声。

好几个夜里，以沫听见他忍痛发出的闷哼声，心疼得寝食难安。她多次劝他去大医院检查，都被他避重就轻地推了。宁志伟固执地用中药和止疼药养着，直到某天咳出血来，他才勉为其难地去了趟医院。

检查当天，宁志伟回来得很晚。

听见门口传来响动，正在温书的以沫立刻停笔回望向他，她眼巴巴望着他，迟迟不敢开口问结果。宁志伟站在橙黄的灯影里，灯光将他的脸部轮廓勾勒得很清晰，以沫惊觉他脸颊深陷，枯瘦得让人心颤。他的表情有些僵，眼神凝滞。

"爸……"以沫强忍着翻涌的心绪，低低叫了他一声。

宁志伟勉强一笑，咳着说："吃了吗？检查费了点时间，没能赶得及给你做晚饭。"

以沫定神回道："吃了。"

"我看看你都做了些什么。"宁志伟走到饭桌前一看，"这菜做得可真清爽，真好，能自己置备饭菜了。我把饭菜热一热，你跟我一起再吃点。"

见以沫站着不动，他伸手抚了抚她的脑袋："傻孩子，用这种眼神看我干什么？检查结果出来了，不怎么好，是慢性支气管炎，以后一年只怕有大半年要咳嗽了！"

以沫脸色好了些，关切地问："爸，病历呢？我看看。"

宁志伟将一包药放在桌上，端起一盘菜走向煤气灶："落公交车上了。"

以沫打开那包药一看，果然大多数是治慢性支气管炎的药，她放了心，心潮澎湃地走到他身后，轻轻将脸贴在他背上。他瘦骨嶙峋的背硌得她有些疼，和她记忆里父亲宽厚的背大相径庭。他身上混杂了一些味道，算不得好闻，但那是她闻了十几年的，属于爸爸的味道，只要这种味道在，她就会觉得很安心。

热完菜，宁志伟下热油炸了一碟花生米。他找出一瓶白酒，朝以沫招招手："过来，陪爸爸吃一点。"

"爸，你怎么还喝酒？"

宁志伟斟了一小杯酒："这是你辜伯伯那年从贵州带回来的好酒，他分了我一瓶，我本来想等你考上大学再喝的，不过今天高兴，就想喝一杯。"

缓缓喝完一杯酒，他的眼圈有些发红："以沫，你们什么时候放寒假？"

"下周期末考完就放寒假了。"

"我准备请假和你回七莘镇待一段时间。这几年总觉得聿城的冬天冷得难挨，很想家里的炭火、家里的春天。"

虽然和聿城隔得不算远，但七莘镇四面环山，地势低洼，冬春季确实要比市里温暖宜人得多。

像下定了决心，他一口饮尽杯中的酒："就这样定了。"

那年春节早，父女俩回七莘镇老家时，镇上的人都已经在熬糖祭灶了。

以沫上次回七莘镇还是给奶奶治丧，那会儿她心情灰暗，看七莘镇的目光里透着半大孩子对本乡本土的漠然。今次回来，嗅着满城灶糖的甜香，她心里的惆怅和恐惧都有些被疗愈。她想起小时候和小伙伴在漫天茶香里奔跑叫闹的快乐；想起端着一碗饭走家串巷，东家吃一筷子肉西家吃一筷子菜的无忧无虑；想起疯玩一天回家，总有一小杯热茶和一张和蔼笑脸等她的温情……她顿时理解爸爸为什么想回家了，因为只有儿时的家才能给一个人最强韧的归属感。

奶奶去世后，老宅少了人气滋养，朽烂得比过去十几年都快。他俩先把厨房收拾出来，然后开了灶火熬糖。有了人间烟火，房子也就得了精气神。父女俩随后分开楼上、楼下洒扫擦抹，用一天时间把老屋换了新颜。

接下来几天，他们忙着请香，熬腊八粥，熏腊肉，写春联，修理家里的门窗和老物件。年三十那天，父女俩联手置备了一大桌子年夜饭，然后一起去祖坟所在地祭祖。

坟山那边，络绎不绝地有人来祭祖，都是一大家子轰轰烈烈地来，鞭炮放得震天响。唯独他们两个茕茕孑立，形影相吊，显得格外凄凉、单薄。

在乡邻异样的眼光里，宁志伟默默把先人们坟头的杂草除去，一一摆上祭品，摆到以沫奶奶那里时，他突然伏倒在地，抱着墓碑大哭起来。以沫只道他思念奶奶，跟着哭了起来。因此，那个年过得多少有些伤感。

好在过了初二，宁志伟的精神重新振作起来。他每天天不亮就叫起以沫，带她去爬七莘山。七莘山没有极寒、极暑，即便冬日里，放眼看去仍是一片青翠。两人在寂静无人的山道中攀爬，聊得最多的就是茶。

作为七莘镇的孩子，以沫和茶是血脉相通的：一两岁时，奶奶就拿背篓背她上山侍弄茶园；三四岁时，她开始帮着奶奶采茶、摊青。

以沫很喜欢看人做茶，看完自己家的活儿，还得跑到别人家再看一遍。邻居见她坐在小马扎上，睁圆眼睛看炒茶的痴迷样，总是先笑一回，再问她为什么爱看这个。她说不好为什么看人做茶就能得趣，认真想一想，会回一句"感觉像过年"。是了，就是那种过年般烦琐、隆重的仪式感打动了她。

她也不是傻看，看久了，她会发现一些大人都注意不到的细节。有一天串完门，她跑回家问了奶奶一个问题——为什么全镇的人都用大平锅炒茶，唯独他们自己家用的却是口斜锅。奶奶答不上来，含含糊糊告诉她，这口斜锅是以沫爸爸从洞庭湖带回来的。当时他也没说个道理，只让换斜锅炒茶。

若说奶奶是七莘镇数一数二的炒茶高手，那爸爸则可以算得上是镇上的炒茶大师。听奶奶说，爸爸十几岁就炒得一手好茶，每年清明前后，镇长家的人会带着钱和手信来等他的茶。爸爸年少的时候起过雄心，发誓要把七莘镇的茶做出名堂来，只可惜那个年代茶和手艺都不值钱，迫于生计，他十七岁就入伍当兵去了。再往后，他成了汽车兵宁志伟、领导司机宁志伟，世间再没有那个想在茶上做出名堂的宁志伟了。

以沫从倒流的记忆中回过神来，望着鬓发有些发白的爸爸，突兀地问了一个问题："爸爸，为什么你要把炒茶的平锅换成斜锅呢？"

这是她小时候百思不得其解的一个问题，就像"既然地球是圆的，那得用多少胶水才能把所有房子都粘在地上"一样困扰过她很久。她那会儿多想知道答案啊，可是随着年龄增长，小时候想要求索答案的大问题都已变得无足轻重。她如今只想知道"抛物线在 X 轴上截得的线段长为 6，且顶点坐标为（2，3），怎么去求解析式"，以及怎么样才能够考上清华或是北大，而不是清华和北大该上哪一个。

这个问题让宁志伟笑逐颜开，女儿能问出这个问题，是具有重大意义的，这意味着她和自己的代际对立被打破，他们的思想有了共通。

宁志伟笑说："我也说不出道理，我在西湖看见大茶场都用平锅炒龙井，到了太湖，看见好的茶场都用斜锅炒碧螺春。我请教工人里头的门道，没问出个所以然来，就背了口斜锅回来试试，结果发现咱们山上的茶，用斜锅炒出来更好一些。"

且说着，两人翻过密集的茶田，往七莘山更深处走去。再往上就没有大路了，只有些牛羊行人踩出的野路，攀爬起来颇为不易。以沫爬得气喘吁吁的，见宁志伟咳嗽不已，面如金纸，不禁有些心疼："爸，快没有路了，上头阴面是悬崖，阳面山岭上全是烂石头，没什么可看的，不如回去吧。"

"没什么可看的？嘿嘿！"宁志伟意味深长地笑了笑，仍是往上攀爬。

再往上，山势更加高峻突兀，甚至连路也没有，只有一片连一片的巉岩。以沫爬得唇焦口燥，又忧心爸爸，心中叫苦不迭。大概走了四五十分钟，前头突然传来爸爸惊喜的呼叫声："找到了。以沫，你快来看看。"

以沫快步跟上去一看，只见脚下岩壁的石缝里长着一丛野生古茶树，她打眼一看，估摸都是几百年的老树。她虽然没听过"茶生阳崖阴林，上者生烂石"这类传统理论，但凭着对茶天生天化的经验，她知道这几棵茶树能产出高品质的茶叶。

"没想到还活着！我像你这么大的时候，意外发现了这几棵茶树。

141

第二年清明，我冒险下去采了点芽头回去炒，那滋味……不愧是几百年的东西，带着股仙气。我当时想把这几棵古茶树嫁接到咱们茶园里，再扦插一批纯种的，为这个专门上聿城新华书店买了好几本茶叶栽培的书，谁知道隔年就当兵入伍了。"

说到这里，他脸上的欣喜敛住，神情变得若有所思。他望着脚下的古茶树，眼底渐渐起了点泪意："仔细回想这些年，我每天早上一睁开眼就满脑子盘算，盘算上有老下有小的困难，工作上一点也不敢松懈。现在很后悔没有多陪陪家人，也没做过哪怕一件称心的事。"

这样的话听来有些不祥，也有些沉重，以沫的额心像被谁点了一下，一时竟愣住了，眼睛里的神气不自觉地变得凄楚起来。

父女俩面对着脚底的悬崖静默了好一阵子，最后黯然而返。

开学前，以沫跟爸爸回到聿城。初回家的那几天，她心里空落落的。她第一次认清自己生活的这间房子不是家，尽管她占有着这个空间，它于她而言是那么熟悉。可是她真正的家在一个叫七莘镇的地方，那里有她的过去，却容不下她的现在，更给不了她未来。

这种不符合年龄的思考，和伴随思考产生的迷茫并没有持续很久，初二下学期的繁重课业很快吞没了她。所以说忙碌是个好东西，它会让我们专注于眼前的事，而目光放得太远，会发现万事皆悲。

和以沫不同，宁志伟一直没能进入工作状态。坐在聿城的市政大楼里，他一点点形容枯槁、迟钝下去。挨到阳春三月，他做了个自私的决定：请长假回七莘镇休养，留以沫自己在市里读书。不知道出于什么原因，领导很快批了他的长假。

以沫没有异议，顺从地接受了和爸爸分居两地的双城生活。她工作日在聿城读书，周末就坐大巴回老家陪爸爸。

宁志伟说是回乡休养，实际上每天都忙得不可开交——他把老家的茶园做了一番改造，又拿出部分积蓄从邻居那里承包了几百亩荒废的茶园。那几年，七莘镇的老中青都去深圳、东莞务工了，废弃的茶园里堆满了垃圾，他付出的承包价并不算太高。有了片新天地后，宁志伟恨不得长在茶园里，不是忙着垦园养树，就是在茶园垄畔种竹子。

他的身体状况看着仍然不太乐观，但他这股干千秋大业的劲无异于给以沫吃了一颗定心丸。

闲下来的时候，她终于可以分神去想想哥哥辜徐行。

距离他们上次见面已经过去一个季度了，他可好？有没有从失去亲人的痛苦中走出来？据她所知，徐曼和辜伯伯一直没能从丧子之痛中走出来，辜伯伯一夜白头，徐曼暴瘦得脱了相。

有几次她往辜家送山货，被王嫂拉住扯家常。王嫂感慨自从辜靖勋死后，徐曼性情大变，动辄歇斯底里。以前的徐曼固然骄纵霸道，到底还有几分大家闺秀的矜持，现在的她刻薄怨毒得像个市井妇人，搞得家里鸡飞狗跳，连她娘家人劝她看看心理医生，都被她一一骂了回去。近日，她越发病态磨人，全然不考虑时差，逼徐行每天早晚给她电话报平安。有一回徐行在实验室忙得忘了打电话，徐曼在家焦虑得大哭大嚷，命令辜振捷给她想办法即刻飞去美国。好在徐行最终想起来了，打来电话问安致歉。为了这个小疏忽，他活生生被徐曼批评了两个多小时。

以沫听完王嫂的唠叨，心里郁沉沉的。她没有把这些事情转述给爸爸，每逢宁志伟问起辜家的近况，她就编几句"安""妥"之类的好话来说。

清明节前，以沫遵照爸爸的意愿，请了几天事假回七莘镇帮爸爸采茶炒茶。

尽管荒芜了大半，但几百亩的茶田，产量仍是不小。宁志伟并不贪多，他把茶田分成几个片区，每个片区只采十公斤最嫩的芽头。

回家后，他手把手教以沫炒茶。茶制成后，两人便开始品鉴那些茶叶的细微差别。把茶叶按照优劣分完类后，他把茶品质欠佳，但长势不错的茶树全部剪成十几厘米的砧木；至于那些品质长势都不好的茶树，他索性全部铲除。以沫一看这架势就知道他准备嫁接、扦插山崖下的那几棵古茶树。这个工作量可不小，她有心阻拦，却也知道拦不住，只得忍着千愁万绪由他去了。

回聿城时，以沫给辜振捷带了一盒最上等的春茶。那天也是巧，她前脚走进辜家院子，辜振捷后脚就回来了。接过以沫递过来的茶叶，辜振捷长长地出了口气，语气有些沉重："你爸爸身体可还好？"

听以沫回了"还好"两个字后，他又是一声叹息。沉默片刻，意识到自己形态颓唐，他眉一扬，强打起精神说："你来得正是时候，前两天一个藏区的朋友给我送了盒虫草，我正寻思要给你爸拿过去。走，跟伯伯上楼。"

"谢谢伯伯，但那太贵重了，我们不能收。"以沫连忙推拒。

辜振捷"嗬"了一声："什么贵重不贵重的？和茶叶一样，不都是地里长的东西吗？"

以沫便不再拒绝，乖顺地跟着他往楼上办公室走去。走到二楼，她顿住脚步，下意识往左边尘封多年的那间书房看去。在辜振捷回头前，她收敛心神，快步跟上前去。

以沫珍重地接过分量不轻的虫草。辜振捷坐在沙发上点了一支烟，单手抵着额角："这周五我和你一起到镇上看看你爸。"

以沫"嗯"了一声，见他的样子疲惫至极，不忍多叨扰，只寒暄几句就提了告别。辜振捷抬了抬手："走吧，好好学习。你回来……"顿了顿，他欲言又止："以沫啊，好好陪陪你爸爸。"

以沫心里咯噔了一下，突然有种特别不好的感觉。她死死盯着辜振捷的双眼，不敢错过那里头的任何细节。和辜徐行清隽的凤眼不同，辜振捷长着一双威严有力的狮眼，什么时候看去都透着一股刚正之气。这样的眼睛是藏不住细腻心思的，所以她一眼就看见那里头泄露出的讯息。她本能地张了张嘴，原想答应一声的，不知道怎么就化成了一道几不可闻的抽气声。她忘了说再见，转头就走。她使劲将那盒虫草搂在胸口，憋着口气一路走到背人处，这才咬紧了牙关对自己说：不会的，一定是她看错了，想错了！

她不知道是以什么心情熬到周五的，那几天每天晴空高照，她却觉得世界破了道口子，不可断绝的阴风从那道口子里吹出，吹得她透体冰凉。

周五那天，辜振捷什么随行人员都没带，亲自开了一百多公里的车到达七莘镇。乍然见到宁志伟，辜振捷露出悚然大惊的表情，以沫顺着他的目光看去，只见爸爸面皮枯黑，形销骨立，几乎没了人形。辜振捷抬起手，想拍拍他的肩，落下去手掌却没有半分力道。两人躲闪着对方的眼睛，不知道做什么表情，最后各自一笑。接着就是喝酒。他们一个领导一个司机，一起跑过的路有十多万公里，搁在小说里，是连真经都能取回来的遥远路程。他们有的是下酒的故事和情分。两人从屋里喝到江边，从白酒喝到啤酒，直喝到半夜，他们才在堂屋的躺椅上各自睡去。

第二天一早，宁志伟兴冲冲地要带辜振捷去看他的茶田。辜振捷上到山里一看，笑着"嚯"了一声："小宁啊，你这可是大地主啊！"

宁志伟有些兴奋地大咳了几声，指着远处的茶田："那边几十亩扦插苗，都是纯种古茶树。接下来，我要把这一片两百亩都嫁接上古茶树的穗。"

"你可悠着点。"辜振捷指了指他。

宁志伟回头，含笑看着默默跟随的以沫："绍兴人都给自家姑娘埋女儿红，我也想给女儿置备点不一样的东西。"

他似乎还有别的话想说，于是支开以沫："你回家管李二叔借一下他的船，我准备带你伯伯去江上钓鱼。"

以沫应声下山，借来小船和钓具。

两个大人下山后，携了两瓶米酒，驾船往中流驶去。

以沫抱膝坐在门槛上，目送他们离去的背影，心绪如江水般波动开去。

初夏里的一天，以沫跟许荔去新华书店买书。从书店出来时，一辆载着花圈的自行车从她们面前驶过。这极平常的画面落入以沫眼中，不知怎么就让她心跳如擂鼓，六神无主。她木愣愣地跳上回大院的公交车，迎着窗外的风无声地哀哭起来。

她痛恨自己的疑神疑鬼，可是她没办法驱散心头飘浮的阴霾。她找了很多理由证明爸爸会好好地跟她在一起，比如那片生机勃勃的茶田。可是不好的预感如一条无形的巨蟒，紧紧缠绕着她，让她透不过气来——

直到那个预感变成现实。

宁志伟走得很急。

以沫接到消息时，重度昏迷的宁志伟已经被邻居范伯一家送到聿城市第三医院了。范伯告诉以沫，宁志伟突然倒在了茶山，镇医院的大夫检查完，直接通知他们转市里的医院。

在第三医院，以沫终于得知那个她早有预感，却不敢面对的真相——肺癌晚期。

仅仅一周，宁志伟就去了。他没有留下只言片语，在昏迷中离世。他的丧事是辜振捷和单位治丧组一起料理的。

事后，小组开会商讨如何安置宁以沫，按照规定，她无法留在大院职工房里继续居住，但就这样赶走一个刚失怙的孤儿，又显得很不近人情。这时，辜振捷提出收养以沫。组织上一致认为这是最好的结果，事情就此决定。

　　就收养以沫一事，徐曼和辜振捷大吵了一架。面对徐曼的阻挠，辜振捷勃然大怒："抛开我和以沫的感情先不提，就说小宁。前年我去西藏办紧急任务，车子在无人区出了故障，他强忍着高原反应，冒着零下十几摄氏度的低温钻进冻土坑里，在车底一个零件一个零件地检查，排除掉故障。要不是他，工作上会出大岔子不说，我能不能活着回来都还要打个问号。现在他去世了，留下以沫这样一个孩子，无论出于情，还是出于义，我都要收养她。徐曼同志，你是个党员，你应该比普通人有更强的社会责任感和思想觉悟！"

　　结婚多年来，徐曼从未见过辜振捷如此疾言厉色，哪里还敢顶撞他，只得默默同意。事后转念一想，如今正是辜振捷往上走的关键时刻，收养个遗孤，多双筷子的事情，落个好官声也不算吃亏，便不情不愿地答应了下来。

　　以沫搬进辜家那天，辜振捷亲自下厨给她做了一桌饭菜。确切地说，那是一桌宴席，炒、煎、蒸、煮、炖、焖、卤、拌……各式各样的菜肴。在此之前，连王嫂都不知道辜振捷能下厨房，并能做出一手好菜。

　　"以沫，伯伯知道你没胃口，但总是不吃东西，人会更压抑。你看，人生就像这桌上饭菜的样式，什么滋味都有，每个人都免不了要把酸甜苦辣都尝上一遍，你看开点。"

　　以沫红着鼻子，木呆呆地坐在纷繁的雾气前。距离宁志伟去世已经十余天了，这十多天里，她觉得一切都是不真实的。父亲的丧事她几乎没有经手，呼啦啦地就涌来一些人推着她往前走流程——入殓、仪式、火化、下葬。这个过程里，她内心一片混沌不解。直到火化那天，眼见宁志伟被推进火化炉，她才像猛然惊醒一般，哀哭着想一起跳进炉火中——她再也见不到他了！一念转过，万箭穿心，她瘫软在地，在滚滚黑烟中放声恸哭。

最后，她抱着爸爸的骨灰坛，独自站在人群四散开去的广场中间，肿得无法视物的双眼最后一次回望烧掉爸爸肉身的火炉。天地间就剩她一个人了，这意味着什么？意味着世上没人知道她的由来根本，意味着她将如不系之舟一般独自漂游，意味着以后过年再没有团圆饭可吃，人间的一切天伦都和她绝缘……

回到大院家中，她的悲伤越来越重，所有的东西都会让她触景生情，眼泪流空了，歇一阵又会流下来。身边不乏人关心她，辜振捷、王嫂、江宁、许荔，但她从不对他们倾诉，这过于沉重的悲伤叫她不知如何说起。

她没有拒绝辜振捷的收养，但也没有从心里接受，木偶一样跟着走了程序，木偶一样看着王嫂帮她清理好爸爸的遗物，帮她把"家"搬进辜家二楼。

那顿饭是怎么吃完的，以沫全然不知道。最后，整个客厅里就只剩下她和辜振捷了。

辜振捷看了她很久才缓缓地说："以沫啊，想哭就大声哭吧，伯伯在这里，伯伯不是外人，以后就是你的爸爸。"

听到"爸爸"两个字，以沫的心像被锥了一下，哭声猝不及防从她紧咬的牙关里溢出，那哭声越扩越大，最终化成了肝肠寸断的哀鸣："爸……爸……你说过要看我穿学士服照相的！你说过要等我拿工资给你买酒的！你怎么说话不算数，你怎么可以不等我？"

辜振捷心疼地扶住她的肩，与至亲的生死离别，他刚经历过，没有人比他更懂那种痛苦。

以沫哭得半只肩膀都麻木了，这才渐渐止住哭，按住心口哽咽："伯伯，痛，心里、好痛！"

"伯伯知道啊！"辜振捷轻轻帮她顺着气，"比子弹打进肉里还要痛千倍百倍……"

以沫憋着气，抽噎着点头，心却缩成了一团——她不知道要怎么挺过去。良久，她止住哭声，木木地坐在原地，不再说话。

辜振捷见她情绪稳定了些，牵着她起身往外走去，一一给她介绍："这是洗澡间，这是卫生间。"

上了楼，他把她带到最里头的一间屋里。屋子被装修得焕然一新，堆满了各种女孩子想要的公仔、玩偶、装饰品。

"这以后就是你的房间了，我让你王婶给你买了一些新衣服，都在柜子里放好了，你先用着，有什么需要只管跟她说。你安心住着，不要和你徐阿姨见外。还有，你哥哥前几天打电话来问了你的情况，说面试完会回来看你。"

辜振捷又做了一番别的交代，才略微放心地离开。

以沫的新房间位于走廊的尽头，挨着辜靖勋曾经住过的房间。有一次王嫂去隔壁打扫，以沫瞥见里头摆着辜靖勋的遗像和骨灰。她并不忌讳。她以前是很怕鬼的，也怕谈论生死；但自从宁志伟去世后，不论鬼魂还是生死，她都不怕了。她甚至想遇到一个鬼，然后抓着它问问爸爸在哪里，现在怎么样。

她的房间对着院内的银杏树，月光斜斜照来，会在白纱窗帘映出疏影横斜的景致；楼下月季盛放，夜风柔柔拂来，会给床头枕畔染上暗香浮动的甜馨。这和她以前那个逼仄的、能听见隔壁男人打呼的卧室不同，带着些梦幻的意味。一切都好，却是寄人篱下。以前和许荔看《红楼梦》，她们一致觉得林黛玉很矫情，生活在鲜花着锦、烈火烹油的大观园里，却写"风刀霜剑严相逼"。若是让她们住进贾府，每天都要欢天喜地地"克化"各种美食，哪里会有半分悲戚？

如今她全懂了。

辜家人待她不可谓不好，辜伯伯和王嫂自不用说，连徐曼都怜悯她孤苦，从没给过她脸色，有时候还很和气。然而她就是无法舒展起来——

除了必要的起居，她很少在公共区域出现；吃饭时恪守食不言，筷子从不伸向肉菜；徐曼招呼她吃水果，她会去挑选小一些的、成色差一些的；家中的家务她是一定要帮忙分担的，每次洗完澡，她会把洗手间的角角落落清理得纤尘不染；徐曼若对她有一点需求，她会下意识地当天大的事情去对待……

她很怕破坏了辜家的规矩。辜家人生活很有规律，三餐有时，睡觉也有定点。有几天以沫感冒头疼，失眠到深夜，但还是给自己定了早上六点的闹钟，赶他们六点三十的早餐……真实的自己处处被压迫着，生怕做错什么惹别人嫌，连大气都不敢出一声的感觉，让她心中无边恓惶。

就在她找不到出口之际，生活突然有了转机。

那是一个傍晚，以沫正在房间自习，突然听到楼下传来一阵很大的动静，动静里夹杂着徐曼高亢激动的语声。

听见徐曼出门的声音，她起身往楼下走去。她还没下到客厅，就见王嫂着急忙慌地迎了上来："你哥哥出事了。"

以沫心魂俱动，脱口问道："怎么了？"

"他同学打电话过来说他在美国那边遇到抢劫，伤得不轻。你徐阿姨现在很着急，已经去晖城机场了。"

以沫心如乱麻，又没有用武之地，只能干着急。心急火燎地等了一周，那边传来徐行伤势好转，准备回国的消息——不是回国过暑假，而是回国读书！

听王嫂说，徐曼虽然崇拜美国的教育，但一直担忧那边的治安环境。自从辜靖勋意外去世后，她的担忧被放大了数倍，已经焦虑到需要徐行每天打电话报平安的地步。这次的抢劫事件虽然没有给徐行带来什么严重创伤，却引爆了徐曼心中盘桓已久的恐慌。

加上得知徐行没有拿到目标大学的 Offer 后，徐曼很快做出带他回国的决定——她已经失去了一个儿子，无法容忍另一个儿子也不在身边，她必须看着他在自己眼皮子下妥妥地活着，这比什么都重要。

他们母子回国的日子是个周末，辜振捷特地叫以沫一起去接机。前往晖城的路上，以沫愣愣地看着窗外闪逝的风景。自从经过了一场生死别离，她成了个惴惴不安的悲观主义者：再好的消息传来，她的第一反应都不再是欢喜，而是会揣测那背后会不会潜藏着命运的恶意。

那天天气不好，航班晚点了四小时，乘客出闸时已是晚上八点。以沫一眼就在人群里找到他的脸，几乎是同一时刻，他的目光正对上她的。辜振捷快步迎上去，接过徐曼的包，徐曼满脸不高兴地说了几句什么后，他二人便齐齐朝柜台那边走去了。辜徐行随着人群朝以沫走来，最后停在她一步开外。他垂眸深深看着她，明明一句话都没说，但她仿佛听到了全部。

她嗫嚅了一下，轻喊："哥哥……"

"我回来了。"与此同时，他伸手将她拥入怀中。

她把整张脸埋进他胸口，像得到了一股巨大的力量，又像得到了某种慰藉和倚仗。她连日来咬紧牙关绷出的坚强瞬间崩塌，不可遏止的浑身剧颤，她在他怀里哭得像个孩子。

不远处的人群里，咨询完航班晚点赔偿的徐曼望着紧紧相拥的两人，一双文得过于浓重的秀眉连着眼皮向下压去。

第十一章

"神兽"与"妖孽"

辜徐行只在家里倒了几天时差就去一中报到了。时值 6 月底，错过当年高考的他被安排进了高二（1）班。

辜徐行来学校报到时，以沫正在预习下一堂课的内容。忽然，操场上传来一阵喧哗，那喧哗波及教室走廊，引得教室里的男男女女都跑去看热闹。

几分钟后，坐在教室里的以沫接到传闻：一中来了位新的体育老师，帅得惊天地，泣鬼神。

这个消息一出，坐在教室里看漫画的几个女生也按捺不住跑了出去。

几十秒后，有人出来刷新了刚才的传闻：那个不是体育老师，好像是中央戏剧学院的大学生，来这里拍戏的。

又过了阵，消息靠谱了些：刚才那个是转校生，校长亲自把他带去高二（1）班了。

辜徐行原本就比同龄人高出很多，在美国待了几年，他的穿着、气质也显得比同龄人成熟，所以一开始才会有"体育老师""大学生"的传闻。

接下来那节课，大家都上得心浮气躁的，大半同学都在传着小字条议论刚才的转校生。

以沫一边记着随堂笔记，一边注意着那些传字条的小动作，她暗想这还只是低年级组，不知道高二年级都议论成什么样了。

果然，下课铃刚响，班上的同学就一窝蜂地直奔高中组教学楼。

许荔是个半点也不肯落于人后的，赶忙拽着以沫去凑热闹。以沫顿了一下，竟也鬼使神差地跟着去了。等到她俩赶到高二年级所在楼层时，高二（1）班的窗户、后门缝都被里三层外三层地围住了。

高二（1）班的英语课拖堂了，那英语老师很享受自己班瞬间走红，只恨不得拖到下节课去。

"哎呀，看不清啊！"许荔站在人群后面，拼命地往上跳，偶尔晃到两眼后说，"长得真的好像明星呀！"

明明是从小看到大的人，被这些人这样一渲染，以沫也起了点好奇心，她忍不住踮起脚尖往教室里看，一眼望去，只见穿着白色衬衣的辜徐行端坐在教室后排，低头看着一本书。他的目光十分平静，意态纹丝不乱，好像周遭的一切都与他无关。

以沫隔着窗，踮脚出神地看着他清俊的侧脸。

"怎么样？怎么样？"许荔着急地问道，见以沫不说话，矮个子的她又开始上蹿下跳。

感应到她的目光，辜徐行放下书，转脸看了过来，他没料到是她，微怔了一下。

像有一只手重重按在了以沫肩头，她整个人顿时矮了下去，她窘得面红耳赤，紧拉着许荔离开了人群。这时，人群里一阵哗动，高二（1）的后门"轰"地被挤开了，挤在前面的几个人被压得扑进了教室里。

好在政教处老师及时赶到，才勉强止住骚动。秩序稳定下来后，政教处的领导把高二（1）班的门关上，无比严厉地对围观的学生做了一番训话，吓得他们悻悻然离去。

接下来的几天，那种大规模围观的现象固然是杜绝了，但高二（1）班的学生明显发现只要一到课间，走廊就游人如织。游人们也不过多停留，像约定好的那样，往里面睐几眼就过去了。不胜其扰的辜徐行只好提出申请，把座位搬去教室第一组最后一排，他拉开和前排的距离，整个人置身于门后。这样一来，睐不到他的游人们就自行散去了。

躲开了外围的攻击，辜徐行清静了很多。虽然本班级也有一些女生以为近水楼台，对他使出了各种套近乎的花招，但没几个回合，她们就被他冷如寒霜的态度，以及眼神里那种大人对顽劣孩子的厌烦挫败。大家摸清楚自己和这个冰山男不仅不在一个世界，甚至不在同一个次元后，自觉地进入佛系花痴状态。

对辜徐行而言，新生活最大的困扰并不是外界的骚扰，而是无趣。

十几岁时他学的就是这些内容，出国四年回来，如今他还要坐在同样的地方学同样的东西，那种无趣好比网游排行榜 TOP1 的大神被盗号后，不得不回新手村和一群菜鸟打青蛙重练一样……令人窒息。

为了保持自己的节奏，他制定了一套课程体系，在放学后自学。他请人把自己的书房、卧室和一个小杂物间打通，建了间实验室。他每天在实验室熬夜到一两点，然后白天去学校补觉。他几乎从来不听课，就算醒着，也是在做自己的事情：看各种大部头理论，画图纸，在书桌下组装一些部件。

班主任老师和部分任课老师对他的情况知根知底，见他没打扰到别人，便睁一只眼闭一只眼由着他去了。但（1）班的数学老师是位作风严谨的老学究，刚从外地调来聿城的他也不知道辜徐行当年的天才事迹，他看不惯辜徐行这种轻狂表现，认为他沾染了资本主义国家的优越感。所以一发现辜徐行睡觉，数学老师就会毫不客气地扔粉笔头砸他，或是收走他看的书、手头做的事情。辜徐行被针对了几次后，再上数学课时，他就很识相地什么也不做，半眯着眼睛老僧入定般盯着黑板神游。

某天，这位数学老师正在讲奥数题，不料他自己竟被一道难得离谱的几何题难住了。尴尬地沉默了一阵后，他索性开放课题，允许学生们当堂讨论。以学习委员、数学课代表、数学奥赛金牌得主组成的"学霸"分队讨论了十多分钟，最后派出课代表上黑板解题。课代表从黑板左边板书到黑板右边，用了四个普通学生听都没听过的定理，终于在把黑板写满前解出了答案。

数学老师看了几分钟，赞许地点了点头："大家把答案抄一下，课后认真研究一下吴帆同学的解题思路。"

正说着，他看见老僧入定般的辜徐行嘴角突然浮出一个很浅的笑纹。他感觉受到了挑衅，恼羞成怒地把卷子一丢："辜徐行，你笑什么？"

辜徐行慢吞吞站起身："那道题这样答也不是不可以，但有点浪费纸。"

全班同学齐刷刷地回头看向他。

数学老师冷笑了一下："行，那你上来试试看！"

辜徐上前拿起黑板擦，在众目睽睽之下把课代表写的答案全部擦掉，然后重新做了两条辅助线，在半分钟内用两个常规定理，分三步解出了答案。

做完题，他捏着粉笔，在众人的仰望中回头。从此辜徐行在一中的代号就从"校草"变成了"学神"。从此数学老师的粉笔头再也没对睡梦中的他丢过。再以后他凭着从不下年级第一宝座的实绩和奥赛金牌数量，成为一中各个年级组心目中的"镇校神兽"。

以沫六岁那年掉了颗门牙，她总是习惯性地舔那处，舔时觉得疼，不舔又觉得空荡荡的，这种空缺感就像辜徐行的离去。如今他回来了，就像一颗牙齿又长了出来。她感觉很充实，父亲离去带给她的漂泊感和动荡感随之淡化了，尽管她仍然会有身如不系之舟的感觉，但有了他，她就有了港口。

除了那次在机场情不自禁的相拥，辜徐行再没有对她做出别的感情表达。相反，他甚至刻意表现出一些生分来：在家时，他从不主动和她交谈，除了吃饭，两人也几乎不在公共空间里有交集。就算偶尔在厨房、客厅门口遇见了，也都很有默契地擦肩而过。尽管同在一所中学，他们很少会一起出门上学。

把一切看在眼里的辜振捷找辜徐行深谈了一次，语重心长地叮嘱他："以沫刚没了爸爸，正是需要温暖的时候，你应该像小时候那样多关心她。我们大人就算再有心关怀她，可是在某些问题上，还是不如你们同龄人好沟通。"

说罢，他把眼神投向徐曼："你也劝劝阿迟。"

徐曼倒是一副乐见其成的样子，漫不经心道："不是我说你，孩子大了就有自己的是非观，哪里由得了我们做主？他们以前固然好，可那是因为他们生活在一个圈子里，有共同话题。现在他们分开了这么多年，又在不同的人文环境里，你叫他们谈什么？让那丫头和我们家阿迟谈齐次可列马尔可夫过程，还是讨论 SCI 论文？又或者，你让我们阿迟和她谈小女生的粉红话题？这不像话嘛！"

"我没说他们要谈什么，就是让他多关心关心以沫，你怎么又扭曲我的意思来了？"说罢，他又将矛头指向辜徐行，"你看看你，明明和她在一个学校，放学的时候也不说等等她，这还像个当哥哥的吗？"

徐曼不满道："阿迟最多一年之后就要去北京上大学了，能照管她一生一世吗？"

谈话以辜家两个大人的争执收尾。

辜振捷那席话并没对辜徐行产生什么影响，他照例独来独往，对以沫若即若离。

虽然辜徐行从未宣之于口，但以沫完全能理解他对她的冷淡。有了小时候的前车之鉴，他们不能再像过去那样亲厚，一旦再次触碰到徐曼的警戒线，她在辜家的处境会变得更加尴尬。何况他们现在都已经进入青春期了，在相处上确实应该适当避嫌。道理她都想得通，但心底总归是有些空落落的。

相比她和徐行的生分，更让她难以承受的是江宁和徐行的疏远。徐行这次回国，江宁没有像过去那样主动约他会面，也没有来辜家拜访。她清楚徐行是绝不会屈兄长之尊先去靠拢江宁的，想了想，她决定去找江宁谈谈。

她找了江宁几天，连个影子都没有捞到。他的手机能打通，但无论哪个时段打过去都没人接。打听了一圈，她才知道江宁最近沉迷《魔兽》，没白天黑夜地泡在一中附近的网吧里。

推开网吧大门，一股刺鼻的味道混合着空调的凉风袭来，以沫蹙眉环视了一圈，从人群里找到江宁。他戴着一只银色耳机，和一群杀马特少年热火朝天地打着游戏。那群人表情亢奋，目光亮得发贼，不停地拍着桌子叫骂脏话。以沫见状，心登时沉了下去。她犹豫了一下，走到江宁身后，伸手拍了拍他的肩。

"干什么！"江宁一脸不耐烦地回头，见着是她，浑身的气焰一下子消散了。他没有摘耳机，转回头继续玩游戏，但手上的操作明显慢了下来："你来干吗？"

"有事。"以沫淡淡说。

"我现在没工夫。"

"我等你。"

"那且得等着呢。"江宁嘴角一挑，指着他斜后方的一个空位，"在那儿等着吧。"

以沫走过去拉开椅子坐下，掏出一本小巧的英语字典看了起来。江宁那群兄弟一个个跟看怪物一样看她，但见她岿然不动，渐渐地也就失了兴趣。

江宁头也不回地打着游戏，过了十几分钟，他突然开口："姜涛，去买瓶北冰洋。"

一个黑瘦的男孩子立刻起身去前台买了瓶北冰洋，他插好吸管递到江宁面前，江宁眼皮子都没抬："给后面那个。"

姜涛笑了一下，转身弯腰把北冰洋递到以沫面前："嫂子。"

江宁连人带转椅转过来，一脚踢在他屁股上："你瞎了吗？什么嫂子，这是我的菜吗？"

那一脚不轻不重，姜涛趔趄了一下，给以沫赔个笑脸："那个，不好意思啦！"

和别的小混混不同，姜涛笑起来有点腼腆，看起来像是新加入这个社团的。不过那又怎么样？在这种群体里混，迟早要面目全非。

以沫道了声谢，把接过来的北冰洋随手放在了桌子上。

"江哥，缺蓝了，你状态哪儿去了？"一个黄毛少年摘下耳机，激动地大喊。

江宁啪地扔掉鼠标，摘下耳机："不玩了。"

少年们"嗷"地惨叫起来。

江宁退出游戏界面，窝在椅子里发呆。以沫把字典收起来，起身走到他背后。她还没来得及伸手敲他，他回手把刚才的耳机稳稳戴在了她耳朵上。一阵恢宏的音浪朝以沫耳朵里涌去，她惊了一下，双手扶住耳机，好一会儿，一阵和缓的钢琴声流淌而过。

一支曲子播完，江宁问："好听吗？"

以沫面无表情，一言不发。

"我忘了你是个乐盲，什么东西到你这里都是对牛弹琴。记住，这叫《亡灵序曲》。"

以沫摘下耳机："现在可以和你说刚才的事吗？"

江宁刚要开口，电脑旁的手机屏幕亮了起来，他看了一眼来电名称，接起电话。几句话后，他合上手机："停下。回鑫源，有人砸场子。"

出了网吧门，江宁将一个头盔丢给以沫："跟我走吧。"

摩托车风驰电掣地将他们带到聿城城东的一间 KTV 前，江宁跳下车对以沫说："等着我。"说着，他和那群少年涌入门内。他没说让她在哪里等，她略一思量就快步跟了上去。进大堂后直走右拐，她看见 KTV 领班带着江宁他们进了甬道尽头的包房。

她心惊肉跳地站在原地，脑海里上演着香港电影里那些血肉横飞的场景。甬道里闪着光怪陆离的光，在她眼前五彩缤纷。甬道尽头那扇门紧紧闭着，像咬紧的牙关。她心中一片冰冷，和她一起在草地上看白云苍狗的江宁，如今已经走去一个她连推门看一眼都不敢的陌生世界了。

事情解决得很快，快得超乎她的想象，没多久江宁他们就领着一个衣裙凌乱的女孩出来了。又过了一会儿，五个大男人夹着尾巴从他们面前走了出来，低着头一径儿往门外去了。江宁把女孩交给领班，跟那群少年说了句什么，少年们也跟着鸟兽散了。江宁嘘了口气，冲以沫招了招手："过来。"

他把以沫带进刚才的包房——以沫眼中不可进入的世界。其实也没什么，一个大屏幕，一张大沙发，除了不见天日，光线昏暗，也没什么可怕。

江宁找了个位置躺下："别在那儿杵着，坐啊！"

以沫拣了个边边角角坐下，还没开口，江宁自说自话道："这个KTV是我一个大哥开的，有时候遇到不方便让警察处理的事情，我就帮忙处理一下。"

"你觉得自己很风光啊？"明明是嘲讽的话，但从以沫口里说出来，并不扎人。

"也不是风光吧……"江宁想解释一下自己深层次的想法，但对着以沫，他觉得说什么感性的话都得不到理解，索性闭上了眼睛，"找我什么事儿？"

"徐行哥回来很久了，我想请你和他一起去老地方吃饭。"

江宁没有说话，很久才高深莫测地笑了一下："其实我俩打过一个照面，当时我和姜涛他们在学校外面修理一个叛徒，被他撞见了，他看了我一眼就走了，那眼神让我很不爽。"

"江宁哥，能不能别这样过了？你不是想当导演吗？好好念书，考中戏好吗？"

"我会当一个导演，但路径不是你规划的那样。你和辜徐行会走到自己的罗马，我也会走到，只是我们选择的路不一样，而且不会再像过去那样肩并着肩了。"

他的意思表达得很明显了，以沫有些不甘："我……"

他挥了挥手："别说了，通宵到现在，我有点困了，你走吧。"

说着，他把头歪向沙发里面。以沫没有动，在黑暗里坐了很久，直到听见他平稳的呼吸声。她上前弯腰，把他的头扶正，然后推门而出。

以沫出了包房，刚走出几步，就见前方呼啦啦过来一群女孩，气势汹汹的。为首的那个个子很高，蹬着高跟鞋的腿细长却有力量，随着她大幅走动的步伐，一头烈焰般的红发波浪般在她雪白的肩头起伏。以沫没在现实生活里见过这样夺目的女孩，顿时怔在了原地。很快，红发女的脸迫近了，以沫看见她耳朵上各式各样的耳钉、暗红色的嘴唇和涂得乌黑的眼圈，即便如此乌七八糟，也还是美的。

那群女孩横冲直撞而来，其中一个把以沫冲撞到墙边。以沫一个不防备，头重重地撞在墙上，发出砰的一声闷响。以沫不想惊动她们，强忍着呼痛的声音，缩着肩靠墙站着。红发女回头看了她一眼，抬起脚踢开面前的一扇包房门。一群人呼啦啦地夺门而入。以沫还没来得及抬头，就听见里头传来玻璃瓶碎裂的声音和一个男人的惨叫声。

以沫颤了一下，抬头看去，只见所有人都进包房了，只留下一个瘦瘦弱弱的女孩子站在门口。那个女孩看上去年纪不大，因为没有画眉，眉毛少了半截，因而透着一些和她年龄不符的老气。里面传来抽打皮肉的声音，每响一声，那个女孩的肩膀就抖一下。

以沫担心要出事，正犹豫要不要叫醒江宁，江宁已经推门出来了。他脸上带着一丝被吵醒的厌倦，快步走到那间包厢门口："嘿，你们干吗呢？"片刻后，他讶然又带着点兴味说："这不是姜大姐吗？哎呀，真是大水冲到龙王庙了！"

见江宁走了进去，以沫也往前挪了几步，朝门里看去。只见一男一女蹲在地上，男的满头是血，脸皮红肿，女的毫发无损，却觳觫不已。红发女手里拿着一只橡胶底拖鞋，冷冷地盯着江宁："辜江宁，我劝你别管我们的事。"

"那可不行。你们要在我的地盘上搞出什么状况，把警察招来了怎么办？"江宁走上去把蹲在地上的一男一女拉起来，从桌子上拿了块擦手巾给那个男人。

红发女横眉立目地盯着那个男人："他该死！玩弄未成年少女，搞大别人肚子连句话都没有，就玩人间蒸发。"她指着男人旁边的新欢："这个也没有十八岁吧？人渣！"

江宁的神色冷峻了起来，静了片刻，说："那你也不该在别人的场子里闹。你们走吧，打碎的东西这次就算了。"

红发女没有吭声，姿态仍是不依不饶，气氛僵硬起来。

江宁沉着脸："姜大姐，出来混要有底线啊，咱们这是法治社会啊，你想当少年犯？"

说着，他从那个男人怀里抽出一个钱包，把里头所有钱掏出来递到红发女面前："带门口那个去正规医院做手术。"

见红发女不接，江宁把钱转手递给一个打着鼻钉的女孩。

红发女不依不饶："不能就这么算了……"

"滚！"江宁瞳孔骤然一缩，浑身每根线条都紧绷起来。他的侧脸透着一股年少轻狂的暴戾，那是以沫从没见过的他。

红发女露了怯，她死死咬住嘴唇，不情不愿地做了个撤退的手势："算你狠！"

红发女带那群女孩鱼贯而出，路过以沫身边时，她停下来看了以沫一眼。以沫记住了她的眼睛，瞳仁又黑又大又亮，像黑色的镜子。

等她们都散了，以沫走到包厢门口，怯怯地看着江宁的背影。江宁从先前的钱包里抽出一张身份证，端详了一阵："麦庚生，1979年……"他拿钱包拍了拍那人的脸，"大哥，这事儿我这样解决没问题吧？"

"没问题没问题！"那个人连连点头。

"你不会报警的吧？"

"不会不会不会。"

"去洗手间把脸洗干净再走。"

"好好好。"那人接过钱包，提脚准备走。

"大哥，最近有个很火的片，叫《玉女心经》，看过没？"

"看过，就是那个舒淇……"

"讲什么的啊？"

"哎呀，不就是那种事儿嘛……"

"不对。"江宁皮笑肉不笑地说，"讲的是辱人妻女者，妻女必被人辱。出来混迟早要还的。"

那人被说得大汗淋漓，一脸屈辱地落荒而逃。

这时，江宁回过头，深深看了一眼待在门口的以沫。以沫觉得他的那一眼，看的其实是两个人——站在实地的她和虚空中的辜徐行，那个眼神叫告别。

第十二章

盛夏白瓷梅子汤

KTV 事件后，以沫的心情跌入了谷底，辜江宁的转变让她感觉到人心的叵测，她由此怀疑辜徐行也变了：他不理她不是有什么顾忌，单纯是因为他也不想和她同路而行了。

那几天聿城总是下雨，阴霾的天空，闷潮的天气让人心烦意乱、忧郁不安。不知是因临近期末考试，还是受这天气的影响，整个一中都萎靡不振。

周五这天下午，压了数日的低气压终于化作了倾盆大雨，俄而便天地一色。

上下午课时，以沫忽然觉得肚子很疼，坠胀难耐。起初她还可以忍受，一边按着肚子，一边蹙眉做笔记；过了一阵子后，那种痛渐渐从小腹蔓延至大腿，并开始剧烈抽搐起来。她疼得脸色铁青，终于忍不住趴倒在课桌上。

任课老师素来知道以沫是个学习态度端正的好孩子，所以没有在课堂上指责她，而是课后走到她身边询问情况。

以沫咬着唇说："老师，我没事儿，就是肚子有点疼。"

那位老师心领神会地点了点头，转身去自己办公室倒了杯热水给以沫："没事儿，这个痛很快就过去了。下节自习课你趴着休息一下，等好点了就先回去。"

以沫感激地点了点头。

老师走后，许荔也凑上前来嘘寒问暖。以沫捧着热水，小口小口地喝着，有些虚弱地说："没事儿。"

喝完那杯热水，最后一节自习课的铃声也响了起来。许荔丢下一句"要是等会儿还疼告诉我，我送你回家"就回了座位。

说来也怪，喝完老师给的那杯热水，先前那阵痉挛似的疼痛居然缓解了很多。以沫小心翼翼地趴在座位上，大气也不出一下。渐渐地，那阵疼痛越来越轻，只微微胀在那里，接着，一股暖流从她小腹里流出，疼了大半天的肚子忽然有了种说不出的轻松。

下课铃响了之后，同学们因周末到来而欢呼，他们收拾好书包纷纷散去。

以沫正在收拾书包，已经收拾停当的许荔走上前来说："以沫，你肚子还疼吗？"

"已经没事儿了，你稍微等一下，我马上就好。"

"以沫，今天我家请客，我要赶时间去馆子吃饭，就不跟你一起走了。"

见以沫说"好"，她挥了挥手，快步出了教室门。

以沫收拾完东西起身，一股更大的暖流从她腹中流了出来，她一晃眼，赫然见椅子上出现了一摊血迹！

她脑子一炸，下意识地原地坐下，六神无主地抱着书包。

满脑子的胡思乱想全窜了出来：她是不是得了绝症要死了？

如此想着，她嘴角居然露出一丝和她年龄极不相符的苦笑来。

心怦怦地乱跳了好一阵，她转念一想：不对啊，自己一向身体健康，怎么会突然得了绝症？肚子疼……流血……莫不是？莫不是有些女生说的月经？

初一下学期时，以沫班上很多早熟的女孩经常偷偷地在一起议论什么"月经"，并且还说女孩子一旦来了这个，就真正变成了一个女人了。

在那个生理卫生知识还没有普及的年代，这种事情根本上不得台面，也不能放在大众口里议论。有些家里的家长也不敢和女儿谈及这个，只偷偷地往孩子书柜里放卫生巾，期望孩子能自学成才，知道那个是干什么用的。以沫也是从许荔嘴里知道月经这件神秘事情的，大致是说每个月都会流几天血，但是流得不多，死不了人。

坐实这个想法后，以沫回过神来。她面红耳赤地望着身边走来走去的人，好像刚做完贼一样。

怎么办？裤子后面一定也全是血了。如果被同学看到该怎么办？那还不如杀了她算了。

定了定神，以沫强作镇定地翻出卷子，假装认真地做了起来。她一边做题一边琢磨，为什么一来这个，自己就变成真正的女人了呢？她又偷偷拿文具盒背面照了一下自己，没变啊，眉毛还是那个眉毛，眼睛还是那个眼睛嘛！

以沫暗想，干脆等外面天都黑了，等教室里的人都走光了她再走，到时候小心一点，就没人看得见了。

如是想着，她索性认真做起卷子来。

一小时后，天黑下来了。以沫看看天，满心怨念地看着前面几个凑在一起打牌、看闲书的男生，怨他们怎么还不回家，难不成他们都不饿？

对十四五岁的男孩子来说，可以不用回家，不被关着读书，还能有个地方打牌、看闲书，肚子饿算什么？他们一边吃着零食，一边又玩了一个多小时，并时不时朝看似用功的以沫投去一道"不可理喻"

的目光。

心焦加胃火，以沫头开始发晕，一点力气也没有了。她煎熬地等啊等，等到那群人散去时，已经是晚上八点半了。

以沫如蒙大赦地起身，外面还没有关灯，她试探性地往门外走去。她刚摸到楼下，就见几个高年级的住读生迎面朝她走来，紧接着，几个晚归的初中学生也说笑着下了楼。以沫吓得踮起脚，背靠着墙壁站着。

等那群人散去，以沫完全没了勇气，又灰溜溜地回了教室。

此时的她已经彻底绝望，身后的血渍让她像一个杀人犯。她缓缓摊开课本，木然看了起来。不知道过了多久，眼见夜色越来越深，外面停了又下的雨越来越大，以沫终于委屈地落下泪来。这一刻她很想宁志伟。

就在她越想越伤怀时，教室的大门"吱呀"被推开了。

以沫飞快擦去泪水，抬眼看去，只见穿着淡蓝衬衣的辜徐行站在门口，眉心微锁，定定地看着她。她的心脏骤然收紧，脸刹那间变得滚烫。

辜徐行收了伞，走到她身边："这么晚了怎么还不回家？"

以沫紧张地盯着他，强作镇定："我……一会儿回去。"

辜徐行将伞放下，靠着她附近的桌子坐下："那我等你。"

"不用……真不用……你先回去，我自己等会儿就回去！"

辜徐行目光如炬地盯着她，像要洞穿她内心藏着的隐秘："还有十分钟就九点半了，你现在还不去赶末班车，是想走回去？"

以沫的眼神在他逼人的目光下闪烁跳荡。这些日子里，有很多个瞬间她都希望他来问问她、管管她，哪怕一句话、一个眼神也好，但他都没有。而他出现的这个瞬间，恰巧是她最害怕面对他的时候。一种说不出的怨念在这一刻爆发："这是我自己的事，不要你管——本来也不该你来管。"

辜徐行狐疑地看着她，加重了语气："你到底怎么了？"

以沫别过头，压低声音挤出几个字："我让你走。"

辜徐行意识到不对，探身去抓她的手，以沫飞快地把手缩起来，藏在椅子下，她十指紧紧抠着椅子边缘，挺直脊背一动也不动。

她的倔强，他砍枣树那次就领教过，他不再说话，俯身从背后环住她，抿唇去掰她的手指。

她抓得可真牢，他费了好一番巧劲才掰开她一根手指，见她还准备往回缩，他索性紧紧将她的手指握在掌心里。掌握了技巧后，他掰开一根手指就握住一根，直到将她整只手都紧握在手里。

以沫使劲往回抽手，脸白了又红，红了又白，见她还在负隅顽抗，辜徐行沉吟片刻，一手抓紧她的右手，一手伸到她腿弯处，将她整个人打横抱了起来。

以沫吓得尖叫一声，椅子当啷一声掉了下去。她又羞又窘，双手挣扎着乱挥。

"别动。"辜徐行双手收紧，将她紧紧禁锢在怀里。将她彻底降服后，他这才去看那凳子上的蹊跷。见到残存的一丝痕迹，他恍然大悟，垂头去看怀里的以沫。

她的脸近在咫尺，红得像只番茄，她一双眼紧紧闭着，长睫轻轻打着战。他越看她，她的脸就越往里缩，恨不得钻进他胸口。

他看了她好一会儿，悄无声息地翘起了嘴角。他的语气难得地温柔："好了，我知道了，不是什么大事，我们回家。"

说罢，他将她轻轻放下，拿起伞，牵着她的手就往楼下走去。

出了大楼，以沫又不肯往前走了。她怯怯地看着外面的行人，踯躅不前。

辜徐行像是看透了她的心思，脱下 T 恤外的衬衣披在她身上。

他的衬衣穿在她身上，长得像条裙子，足够隐藏她身后的难堪之处。

见她不再裹足不前，他松开她的手，将她笼在伞下，同她并行往车站走去。一路上，以沫都低着头沉默不语，直到临近家门，她脸上的灼热才渐渐淡了下去。

他两人进了屋，只见王嫂迎了上来："以沫，今天怎么这么晚才回来？哎哟，阿迟，你身上都湿透了。"

以沫顺着王嫂的视线看过去，只见他半边身子都被雨浇透了，她心念乍动，又听王嫂责备道："你也是奇了怪了，明明给你拿了两把伞，你怎么放回去了一把？两个人撑一把伞怎么够？看你淋成这样子，小心感冒。"

以沫微微回头瞥向门口，只见一把黑伞静静地靠在墙边，她目光转去他脸上，他神色如常，一边收伞，一边淡淡地说："嫌麻烦。"然而耳朵却红了一大片。

说话间，客厅的座机响起，王嫂跑过去拿起电话讲了几句，转身跟他们两个交代："阿迟，你赶紧去洗个热水澡，你妈妈在北边张科长家打牌，让我提前去接她。"

说着，她拿起门口两把伞，推门而出。

室内骤然静了下来，几秒钟后，他们两人不约而同地开口："你先去洗澡。"

两个人俱是一怔，最后还是辜徐行先开口："你先去。"

以沫嚓了声，默默去了浴室。

站在热水里冲了好一会儿，大半天的尴尬、惶恐、不安被水流带走，以沫渐渐舒展了开来。眼前闪过刚才的一幕幕情景，他的怀抱、他温热的气息，还有门口那把被他放回去的伞，一丝莫可名状的悸动从心底波及四肢百骸，她的心紧紧缩着，连带着整个身体都紧绷了起来。

洗完澡和衣服后，以沫不安地走进客厅，希望他不在。不过那天似乎是她的灾难日，她希望什么，什么就会落空。

"把桌子上的东西吃了再睡。"已经换了身衣服，正在沙发上看书的辜徐行头也没抬。

"哦。"以沫低声应道，走到桌子前。桌上放着一大碗热气腾腾的红色的汤，里面放着两颗荷包蛋，上面还漂着几个红枣。

以沫红着脸，端起那碗汤抿了一小口，是红糖水。慢吞吞吃完那碗东西，以沫觉得身体热了起来，胃和小肚子暖和得格外舒服。

把碗送去厨房后，她挪到客厅里："哥哥，我去睡了。晚安。"

"等会儿。"他放下手中的书，指着沙发一角的黑色塑料袋，"把这个带上去。"

以沫拿起那个袋子，上楼回房。她在黑暗里发了一会儿呆，锁门开灯，打开那个袋子，里面竟是一包卫生巾和一本书。她在心里尖叫了一声，面红耳赤地忙将袋子合上，刚平静下来的心又乱跳起来。她小心翼翼地打开那个袋子，抽出里头的书，那是一本有年头的老教材，不知道他从哪里找出来的，以沫定睛看去，几个硕大的字闯进眼帘——"青春期生理卫生"。

她像扔烫手山芋一样把那本书和塑料袋丢去床上，一头钻进被子里，紧缩成一团：真是尴尬死了，干脆就让她这样死了算了。

在被子里蜷了好久，她像只土拨鼠一样从被子里探出头来，把那本《青春期生理卫生》拖到面前，一页页翻了起来。看着看着，她的神思飘去了别的地方，一丝温柔的笑意从她嘴角慢慢漾了出来。

暑假在一片蝉噪声中来临，以沫小心翼翼地跟徐曼提出想回老家过暑假的意愿。

"也好，毕竟那儿才是你的家，常年没个人照应，房子也烂得快，回头圮了，你连个去处都没有。"徐曼说话时眼皮子都没抬一下。

以沫察觉自从辜徐行回国后，徐曼对她的态度急转直下，话语里有些阴阳怪气。她自恨敏感多思，常常劝自己不要多心。但徐曼的态度就像一道从她面门扫过的软鞭，虽然没有打到她，却足够让她心惊肉跳。

听徐曼这样说，坐在下首吃饭的王嫂带了几分嗔怪说："这儿不就是以沫的家吗？以沫学习那么好，以后跟阿迟一样都是要去北京、上海读书的，将来在那边生根发芽，前途大好，哪会没个去处？"

徐曼没有说话，嘴角微微一撇，像是冷笑："王嫂越来越会说话了，衬得我嘴巴越来越笨了，看样子我以后在家里要少说点话了。"

以沫和王嫂暗自惊了一下，都低头不语，默默吃起饭来。

"妈，我暑假要去上海待一段时间。"这时，辜徐行抬起头淡淡地说。

"为什么要去上海？"

"盛霄回国了，我去他那里待一段日子，完成我俩没做完的工作。过后我们想去西北看几家能源公司。时间如果允许，我们还准备去趟日本，拜访一个机器人专家。"

"哎哟，小霄回来了？"一提到盛霄，徐曼眉飞色舞起来，"怎么不叫他来辈城玩玩？在美国等你伤好出院那一周，多亏这孩子处处照顾我，不然我该急死了。你叫他来辈城，我们好好招待他玩一圈。"

盛霄就是那个打电话通知徐曼徐行受伤的同学，在美国的那几天，徐曼对他印象非常好。

"我们都已经计划好了。"

徐曼想了想："那也好。"她转头对王嫂说，"给准备一份大手信，盛家那可是高门大户，别让阿迟失礼。算了，还是我亲自来吧。"

顿了顿，徐曼压低声音喜滋滋地说："我查过小霄爸爸的背景，那可是个了不起的人物，有空多和他接触接触……哎，王嫂，我跟你讲，阿迟这个姓盛的朋友啊，家里生意大得不得了。可是那孩子一点骄纵之气都没有，对我们阿迟那叫一个服帖，什么都听阿迟的。"

王嫂顺着她的话夸道："那是，阿迟和他爸一样，天生能服人，以后也是个当领导的料子。"

徐曼舒了口气："也好，你们两个小的都不在，我去香港玩一趟。"

回到空无一人的老家，以沫在寂寂的天井下坐了很久。把心里头翻涌起伏的哀凉一一抚平后，她起身去了七莘山。

宁志伟虽然走了，但他未竟的事业还在，就仿佛他还没有完全离开。她预想过茶园糟糕的现状，没想到到那里一看，宁志伟嫁接的那几十亩古茶树被侍弄得很好，她纳罕地走到田垄的另一端，在一堆新除下来的杂草前蹲下。正自愕然，不远处传来一道声音："以沫回来了？"

以沫起身一看，只见爸爸的发小范伯背着个工具箱朝她走来："范伯，你怎么在这里？这些草是你除的？"

"不怪你不知道。你爸走得太急，很多事情没跟你交代。"说着，他黯然叹了口气，"他走之前给了我一笔钱，让我帮他照管这几十亩茶。我当时劝他说茶叶又不值钱，不如把钱留给你。他说对你另外有了安排，这片茶园是他给你留的一个念想。"

以沫眼圈微微一红："辛苦您了。"

"你来得正好，最近茶树生了虫，我上个星期刚打完药。虽然你爸生前交代不要打药，可是咱都知道这不可能。我只能尽量做到少打药。想少打，还要把清园工作搞透。我正想这半个月伏耕清园，你就来了。"

以沫连连点头，对信守承诺、重情重义的范伯无限感恩。他一个人管这么多亩地，能管个大概，保证不旱不涝就已经不容易了，竟还肯帮着做管理的细活。她下了决心，以后一定要常回家和他一起照管茶园。

她向范伯要来工具，一垄垄清起来。所谓清园，就是清除可能滋生病菌的残枝枯叶，摘除害虫的卵块和蛹，捎带手浅翻一下地。清园做得好，可以对病虫害起到"杀一灭千"的作用，这是保证茶叶品质很关键的事情。

两人披星戴月地工作了五天，才把地清了一半，看着以沫黑瘦了一圈的脸，范伯有些内疚："你还是早点回聿城吧，像你这么大的女孩子都是只管读书的，难为你还要干这种粗活。"

农活虽然很苦，但只要想着自己是在完成爸爸的遗愿，以沫的力气就会源源不断地涌出。

她笑着摇了摇头，把头上草帽的绳重新打了个结，扬起铁锹继续翻起地来。正忙得热火朝天，她身后突然传来辜徐行清润的声音："以沫。"

她的心怦然一动，疑心是幻听，回头逆光看彼时日影西斜，天光融融，只见他一身白衣，芝兰玉树般立在离她不远的田塍上。她愣了几秒，放下铁锹快步朝他走去，未语先笑："哥哥，你怎么会在这里？你不是在上海吗？"

辜徐行低头看着她："我们的计划出了点变化，我提前回来了。这两天在家待着没意思，索性来这边看看。"

以沫环顾四周，茫然说："这边有什么好看的？"

辜徐行含笑不语，只是深深地看着她。

以沫不得要领，转而瞥见他脚下有个写满英文字母的黑色箱子，不禁好奇地问："这里面是什么？"

"秘密。"

见他要卖关子，以沫也不追问，从脖子上取下挂着的黄铜钥匙，朝他递去："这里太晒了，要不然你先去我家休息，太阳落山前我就回来。"

辜徐行没有回答，径自下到茶田里巡视。他不是走马观花，相反看得很细致。以沫慢慢陪他走完一垄小路，细致地给他讲了这片古茶树的来历，以及他们宁家和茶的渊源。辜徐行听完后，沉吟良久，然后走到范伯面前，找他攀谈起来。

以沫不知道他在想什么，跟上去也不是，不跟上去也不是，犹豫了一会儿，她回到自己工作的地方，继续清起园来。清完一垄，她戴上手套，开始抓茶树上残留的虫子。作为女孩子，她其实害怕那些形形色色的小虫子，每次下手去抓，她都要鼓起十二万分的勇气。捉了几分钟，她在一棵树上发现了条很大的茶尺蠖，她浑身发麻，心里尖叫连连，好久才倒吸一口气，颤巍巍地朝它伸出手去。就在这时，一只修长的手先一步朝那虫子伸过去，他动作很巧妙，眨眼间就摘下虫子所在的残叶，随即连叶带虫丢进她左手的袋子里。

以沫心有余悸地回头看着辜徐行，心中五味杂陈，哥哥的手是用来弹钢琴、做实验的，怎么可以帮她做这么恶心的事情？她感动又自责："哥哥，你还是先回去吧。"

辜徐行沉默了一瞬："你接着清园，除虫的事情你们都先别做了，我会有别的办法。"

说着，他拿出手机，缓步朝不远处的竹林走去。

他那通电话耗时很久，以沫清完今日份的园子，他才姗姗归来。两人踏着夕阳的金色光晕往山下走去，路过石桥时，以沫从路边买了条江鱼和蔬菜。一路上他们很少说话，然而脸上时刻都挂着相似的静谧微笑。下了石桥，以沫在两只箩筐前停下了脚步，只见箩筐上的竹筐箩里放着乌梅、山楂之类的干果，她蹲身向卖东西的阿婆询了价格，每样称些带回了家。

辜徐行还是头一次来以沫老家，进门后，他好奇地在天井下绕了一圈，又推开后门下到江边。趁着这个空当，以沫手脚利索地把鱼刮鳞去鳃丢进放好调料的清水里。

辜徐行回来时，以沫正坐在天井里择菜，他不禁驻足，静静看了会儿她的侧影，良久才上前在她身旁坐下。江风从后门穿堂而过，撩起他们的衣角，以沫侧边的长发也有些凌乱。见状，辜徐行自然地伸手将她的长发拨去耳后。以沫一笑低头，轻声说了句谢谢。辜徐行拿起一条长豆角，照着她的样子细致择了起来。他俩别离多年后，乍然像这样独处，一时都有些局促和拘谨，心中又都有些莫可名状的忐忑。还是以沫先打开话题："豆角你想炖着吃，还是炒着吃呀？"

"随你。"辜徐行低眉敛目，"厨房煮了什么东西？好香。"

厨房里的鱼汤已经出味了，和鱼香一道送入鼻端的还有股沁人心脾的花果香气。

"乌梅汤。"

"怎么有花香？"

"我称了点干桂花，放进去增香的。"以沫说着，见他目不转睛地看着自己，"我脸上有脏东西吗？"

"没有，只是觉得这样能干的你有些让我意外。"

以沫自嘲地笑了笑："我哪里能干了？学了函数后，我的数学就再也没上过 90 分。"

"那有什么难的？以后考过的数学卷子都给我看看。"

"好啊。"以沫端起择好的豆角，回身去了厨房。

天擦黑时，饭菜上了桌。一荤两素，鲜香扑鼻。辜徐行接过以沫递来的碗筷，把每道菜都尝了一下。

"怎么样？"以沫有些紧张地问。

"是我吃过第二好吃的饭菜。"

以沫自然不敢和王嫂比厨艺，能屈居第二也是她的荣幸，她忍不住笑出声来，露出两颗可爱的洁白门牙。

辜徐行看着她，莞尔一笑："你让我想起一个人。"

"谁啊？"

"芸娘。"

"咦？这是什么人？"

"是《浮生六记》的女主人公。她和你一样看着弱弱小小的，却有很大的能量，笑起来也会露出两只兔牙。她是我在古典文学里见过的最可爱的女孩子。"

以沫脸微微一红，这算是转着弯地把她也夸了。她现在很少有闲工夫读课外书，《浮生六记》这个书名听着就很难读，但为了了解这个芸娘到底怎么可爱，她决定找时间去书店看完这本书。

他们慢条斯理地吃完饭，然后一起把厨房收拾干净。末了，以沫搬了两把椅子和一个小茶几放在江边的台阶上，招呼辜徐行过去喝她煮的乌梅汤。

小小的茶几上摆着两只白瓷碗和一碗冰块，辜徐行在她边上坐下，看她难掩欢喜地用竹勺把琥珀色的乌梅汤盛进碗里。她一边同他说话，一边拿勺子不停地往他碗里加冰："小时候过夏天，我就盼着喝奶奶煮的冰镇乌梅汤。"

辜徐行接过她递来的乌梅汤，却并不喝，只是盯着她的下一步动作。和刚才一样，她舀起满满一勺冰块放进她那碗乌梅汤里，就在她准备去舀第二勺时，他伸手按住了她："不要太贪凉，你现在不能像以前那样拼命吃冰了。"

"为什么？"

辜徐行看了她一眼，没有说话。

"到底为什么呀？"

辜徐行想了想，望着升起来的山月说："因为三天后你会肚子疼。"

以沫张开嘴刚想说什么，突然想起三天后就是自己的生理期。联想到上个月初潮的糗事，她的脸腾地红了起来。为了掩饰尴尬，她端起自己那碗乌梅汤默默地喝了一口，少了那份冰沁，乌梅汤就像少了灵魂。她当然听过生理期前不能吃冰这类常识，可心底多少有些不相信。她将目光瞟去茶几上的冰碗，放软声音，有些可怜巴巴地说："我就再加一个。"

辜徐行眼神微微一晃，还没回过神来，只听当啷一响，一个冰块已经掉进了她碗中。以沫含笑尝了一口，眉微微一皱——凉意还是不够。她转头看向辜徐行，用比刚才还软几分的声音说："要不然，再让我加一个？"

他神色肃然起来，以沫见势不妙，赶在他开口前柔声截断："我保证就加最后一个，哥——"

辜徐行喉头微微一动，良久没有说话。见他似乎默许，以沫抓紧时机伸手去够勺子，谁料他快如闪电地先她一步把勺子拿走："不能这样惯着你。"顿了顿，又补了句："会惯坏。"

以沫从心底里长叹了口气，微微垮下肩膀，两手抱着白瓷碗喝了起来。她喝完一口，就晃一晃手里的白瓷碗，一阵阵碎冰块撞击瓷碗壁的叮咚当啷声响起，那声音清脆悦耳，虽不成曲调，却透着一种异常感染人的清凉、欢悦，辜徐行听得有些出神。

以沫咽下一口乌梅汤，用分享秘密的口吻说："很好听吧？这样晃着喝，像在喝钻石汤，你要不要也试一下？"

钻石汤？辜徐行无声一笑，学着她的样子晃了一下，果然声音如大钻小钻落玉盘。以沫跟着也晃了一下瓷碗，与他相应和。霎时间，两道声音缠作一处，顿时有种环佩叮当、清风入怀的感觉。

177

两人对视一眼，心情大好，一起笑着晃了好一会儿，以沫慢慢有些怅然，放下瓷碗，抱着膝盖说："哥哥，你看眼前的江水和月光，是不是很像电视剧的场景？这么美的风景下，电视剧的主角们应该坐在一起弹《高山流水》，或者琴箫合奏《笑傲江湖》，可是你跟我这样的人坐在一起，就只能晃梅子汤……"以沫越说越怅然，她何德何能配坐在他身边？他那样优秀的人，未来一定会遇见一个和他四手联弹世界名曲的女孩，那时候的他可会记得此时此刻的笑容？

辜徐行似乎看透了她心中所想："我觉得《高山流水》《笑傲江湖》都不如钻石汤的声音好听。"

"啊？"以沫没想到他竟然会这样说。

他站起身，沿着台阶往下走了几步，立在粼粼江水前："每个人对美好的定义都不同，就拿生活来说，有的人要钟鼓馔玉、鲜花着锦才能满足，而我却觉得今天这样'布衣暖，菜饭饱，一室雍雍，优游泉石'就很好。"

刚刚以沫的自我评价还很低，听完他这番话后，她沉下去的信心又抬起头来。她也不是那么一无是处嘛，起码哥哥欣赏她的一切。以沫怔怔望着他的背影，心中一点点暖了起来。

辜徐行没有回头，抬手指着远处的星空："以沫，你知道那颗星星叫什么吗？"

那是那片星空最亮的一颗星，然而以沫不认识。

"它叫天琴座 α，又叫织女星。"顿了顿，他又指着另一颗亮星，"这颗你猜是什么？"

以沫试探性地回答："牛郎星……吗？"

"对。"

以沫瞬也不瞬地盯着那两颗星星："它们离我们远吗？"

"很远很远。不过我们的地球正在以每秒十几二十公里的速度靠近它们，你可以和我一起假想，我们的地球是一张飘浮在宇宙里的飞毯，我们正乘坐着它飞往牛郎星和织女星。"

以沫闭上眼睛如此幻想了一下，突然觉得浪漫极了。很多年后，她在一首古诗上看见诗人这样写："天阶夜色凉如水，坐看牵牛织女星……"那是独属于他们的似水年华。

以沫两手捧着脸，痴痴地望着天空中的玲珑星斗："哥哥，你看星空时看到的都是什么？"

辜徐行没有回答，抬腕看了一眼时间："时间刚好，我们去山上吧。"

"去山上干什么？"

"一会儿你就知道了。"说着，辜徐行转身回屋拿上他带来的大箱子。

直到登上七莘山顶峰，箱子里的秘密才揭开：原来他竟然带了一架天文望远镜来。

"来之前我找了你们镇的资料，发现这里海拔高，远离光污染，是聿城周边最适合观星的地方。"辜徐行一边说，一边在照明灯的光芒下组装、调试着望远镜。

以沫从未在夜里登过山，沿路而来，心中不是怕这就是怕那，根本无暇抬头看天。听他这样说，她抬头往天上望去。这一抬头，眼前当下一片眩晕，嗬，那是怎样繁盛而喧闹的星空！密密麻麻的荧光几乎占据了整个深蓝色的夜幕，那些只能在书本画册里看见的星座纷纷都露出了行藏。以沫深吸了口气，朝着星汉灿烂的银河伸出手。辜徐行装寻星镜的空当快速看了她一眼，轻笑着说："你这只手至少覆盖了五百万颗恒星。"

以沫晕晕然朝他看去，黑暗中，他脸部利落的线条被照明灯的光束照得异常光亮、锐利。以沫呼吸微微一滞，生出一种他让满天星辉都暗淡下去的错觉。她无声望着他，良久才嗫嚅道："你在美国时，见过那么多漂亮的风景，还有那么灿烂的星空，会不会觉得一切都很渺小、乏味？比如、比如觉得我就很无趣？"

辜徐行手头的动作顿了一下，看着寻星镜的眼睛垂下，几秒钟后他抬起眼睛，望着镜头认真道："不会。以后你会知道，世界万象固然绚烂，但和某些人比起来，又是那样平淡无奇。"

以沫并不能完全理解他的话，但莫名感动。

辜徐行终于调好了望远镜："好了，先给你看看木星，一般新人都是拿它入门。"

以沫走过去，透过望远镜看去，她看见木星上黄色、灰色、白色、橙色和棕色的云纹和云带，巨大的卫星像仆人一样围绕着它。她的眼睛被点亮，嘴角露出深深的笑痕。这十多年来，她囿于"三点一线"的平凡生活，从没获得过这样新奇的乐趣。

接下来，辜徐行又带她看了月球和另外几颗星，最后两人并肩坐在山石上，静静出神。

"对了。"像想起什么，辜徐行说，"我教你用手测量星空吧。"

"啊？会不会很难？"

他做了个示范："很简单。来，把胳膊伸直，伸出小指，对天空比一个1。"

以沫依言照做。

"好，你小指尖的宽度就是1度，不要小看1度，它可以覆盖住太阳，因为太阳的直径才0.5度。"

以沫一笑，期待他接下来的讲解。

"伸出三根指头，做个发誓的手势，这个宽度就是5度……伸出大拇指和小拇指比一个数字6的手势，这个宽度是25度。记住了吗？"

以沫点了点头，其实真的很简单，不过是几种常见的手势，她过一遍就记住了。

"好，那我现在考考你，这是几度？"辜徐行竖起三根手指，比了一个发誓的手势。

"5度。"

辜徐行曲起中间三根手指，比了个数字6的手势："几度？"

以沫脱口道："25度。"

辜徐行赞许地点点头，刚准备说话，他长睫突然一闪，嘴角不自觉地浮出一个以沫从未见过的、有些狡黠的笑纹。他在数字6这个手势的基础上，伸出食指，做出了一个以沫没见过的手势："那这个是几度？"

"啊？"以沫如挨了当头一棒，慌了神，"这个你教过吗？这个、难道是……两个12.5度吗？"

"12.5度？"辜徐行朗声大笑，说话间，他手势微微一变，轻轻在她额间弹了一下，"你怎么这么可爱？"

以沫迷迷瞪瞪地望着他，不知道他为什么突然那样开怀，她学着比出那个手势，举到他面前，有些不甘地说："这个你明明没教过。它到底是几度？"

辜徐行目光微微闪烁，他不敢迎视她，侧过脸，很不自然地说："这个叫无限，它可以丈量整个星空、整个世界。"

以沫定定地看着他的脸："你是不是骗我了？"

"嗯？"

"你一撒谎就会脸红。"

"这样啊？"辜徐行低头，抿唇一笑，"天色不早了，我们该下山了。"

说着，他开始拆卸望远镜。以沫帮不上忙，于是坐在原地，望着天空喃喃道："他们说每个人都是一颗星星，你猜我是哪一颗呢？"

辜徐行脱口而出："我觉得这满天星斗没有一颗是你，你是古诗里写的明月。"

"啊？为什么？"

"没有为什么，下意识这样觉得。"

"有那么多写月亮的诗，你说的到底是哪一首诗里的月亮呢？"

"是曹……以后有机会我再告诉你。"

就这样，两人一路聊着下了山。

回到家中，夜已深沉。以沫为他铺好床，便回自己屋中躺下。

这些天独自住在空荡荡的老宅里，她有些害怕，每晚都要开着灯才敢睡觉。但是黑夜里的灯光让她有种无形的压力，总叫她睡不踏实。此时他在隔壁，她无端觉得安稳，便抬手拉灭了电灯。

但习惯了在光亮中入睡，骤然回到黑暗里的她仍然有些不安。翻来覆去折腾了好一阵，她不得不把灯再度打开。

第二天吃早餐时，辜徐行一边慢慢喝粥，一边问："每晚都要开着灯才能睡着吗？"

老宅的木板墙有些透光，以沫开灯睡觉的事情自然瞒不过隔壁的他。

见以沫点头，他又说："最好不要养成这样的习惯，开着灯睡觉会影响褪黑素的分泌，对身体的伤害很大。"

以沫小声说："关着灯我会睡不着。"

辜徐行了然地点了点头，不再说话。用完餐，他把以沫送到茶园后嘱咐道："我回丰城办点事，会晚点回来。"

"回来"二字看似寻常，但在此情此景下由他说来，便透着一种别样的亲厚，像是他已经把她老家当成自己家一样。以沫心中一暖，含笑说："那我等你。"

他果然回来得很晚，天黑了才到家。两人目光相接，他第一时间把一只袋子递给了她。以沫打开一看，里头是个磨砂玻璃罐。

"这是什么？"以沫将罐子拿出来，翻来覆去看了看，并试图打开它。

"不要打开。"辜徐行微微一笑，"你把所有灯都关上。"

以沫依言把所有灯关上，屋子陷入黑暗的瞬间，那只罐子周身自动开始发光，那光越来越亮，像花开一般在她掌心里绽放。

以沫黝黑的眼眸被那层柔和的暖光点亮，她立在原地，惊得说不出话来。

"这叫阳光罐，白天你把它放在太阳底下晒晒，夜里它会自动发光。原理很简单，只需要一块太阳能蓄电池和一个光控感应器，这些东西我有现成的，就给你做了一个。"

以沫捧着那罐暖黄色的光芒，幸福感像点燃了爆竹一般噼里啪啦地炸开："做这个很费时间吧？"

"唯一费时间的地方是怎么在聿城找一个好看点的罐子。"辜徐行自顾自走到餐桌前，掀开以沫罩好的饭菜，"我找遍了所有小商店。"

以沫觉得自己再笑，眼睛就快没有了："其实，随便什么罐子就好。"

"我猜你们女孩子都很颜控。"

以沫合起嘴，忍住笑："你猜对了！"

"所以你很喜欢？"

以沫将那个罐子死死抱在怀里，重重点了两下头。

那夜，她将阳光罐搂在怀中，于一片静谧的夜色中安然睡去。她的世界不再黑暗，她的世界永远有他给的一罐阳光。

接下来几天，以沫照例披星戴月地去茶田清园，辜徐行则闷在家中写以沫完全看不懂的程序。好几次以沫叫他吃晚餐，都见他在和一个少年开电话会议。他身后的木板墙被当作黑板，从上到下写满了密密麻麻的符号。他好像急于攻克什么难题，不但白天埋头不出，连夜里都熬到很晚。有时以沫午夜梦回，还能看见墙缝里透过来的灯光和隐隐约约敲打键盘的声音。

十天下来，他整个人瘦了一圈，眼底泛起一层淡淡的青黑。以沫忧心得厉害，只好变着花样研究怎么把食物做得更好。她暗恨自己没用，她多希望自己的头脑也能像他那样聪明，那么她就可以坐在电脑前帮他分担一部分艰辛了。

到了第十二天傍晚，辜徐行终于"出关"了，他紧绷了多日的肩背微微松懈下来，布满疲倦的脸上透着一丝轻松和喜悦："以沫，陪我出去走走。"

以沫放下手中的事情，乖顺地跟着他从后门下到江边。两人沿着铺满霞光的青石板路并肩往前走去。他虽然一句话没说，但状态轻盈极了，周身如有阵阵清风。

"哥哥，什么事情这么高兴？"

"这些天我和盛霄一起把我们之前想写的一个软件写完并卖掉了。"

"好厉害！什么样的软件？"

"这款软件可以调整大棚光照、水分、营养配比变量，让蔬菜和水果的味道变得更好。早前盛霄约我一起完成它，我嫌无趣没有答应。"

"那这回为什么又答应了？"

"因为需要钱。"

"你遇到什么需要用钱的事情了吗？"

"是，你的茶园需要四十盏太阳能杀虫灯，还需要一个水肥系统，这些都要钱。"

以沫停下脚步，惊愕地看着他的侧脸。和暖的暮光将他玉色的脸照得通透，这让他整个人显得很温暖。

"嗯？怎么呆了？"

"哥……"她嗫嚅了一下，不知道该说什么才好。

他含笑不语，自顾自往前走去。以沫在原地愣了好久，最终决定还是什么都不说了，抬脚快步往他的身边跑去。

五天后，深圳一家农业工程公司的人来到七莘镇。在他们的规划建设下，只用一周，以沫的茶园就装上了半固定式喷灌系统和太阳能杀虫灯。

范伯看着这翻天覆地的变化，喜不自胜："先前我还怕保不住这个茶园，现在我就不担心了。"

其实以沫也有这样的担心，茶园的灌溉、施肥和驱虫都是大工程，仅凭着范伯一人之力，根本无法维持几年。这几项工作自动化以后，范伯只需要定时做做管理就好。这样一来，她和爸爸之间仅剩的感情传承就保住了。

她心里不知道多感恩辜徐行，却不知道什么时候可以把这份恩情还回去——哥哥给她的东西真的是太多了，那种无以为报的感觉让她既甜蜜又沉重。

第十三章

不能说的秘密

　　暑假结束，辜徐行和以沫回到聿城家中。

　　没几天，徐曼也结束旅行返回。她回来那天，客厅里堆满了大包小袋。她做了新发型，容光焕发。她慵懒地靠在沙发上，一边喝王嫂刚炖好的补品，一边眉飞色舞地讲这趟旅行：她跟太太团在香港血拼没有过够瘾，临时又报了个欧洲十国游，在那边玩得好不痛快。讲完一大通旅途见闻，她稍稍敛起笑意，轻轻叹了口气："王姐，你还记得省委那个冯太太吧？这回出去玩遇到她，她老了很多，后来我才晓得她独生女两个月前在阿尔卑斯山滑雪出意外死了。我想到咱们家靖勋，心里和她一下子就近了起来。我可怜她失独，想着要开导开导她。哪里想到她坚强得很，该玩时玩，该吃时吃，她说她女儿在天之灵肯定不想看见她那么消沉伤怀，所以准备再生一个，把晚年过好。我很受教育，比起她来，我至少还有阿迟，怎么着也要打起精神把往后的日子经营好不是？"

　　王嫂听她这样说，长舒了口气："哎哟，老天保佑，你这趟门出得值，终于把心里那道坎过去了。"

　　"唉——哪里真过得去？"徐曼长叹一声，眼角闪了点泪花，"人总得朝前看不是？"

静默了会儿，她笑着昂起头："你看我这头发好看吧？法国做的，是不是比程太太在日本做的那个洋气？"

默默坐在一旁的以沫抬头扫了徐曼一眼，徐曼的目光炯炯，眼风透着些锐利。她的战斗力又回来了，甚至比以前更加强悍。

徐曼和王嫂又聊了几句，开始指使王嫂整理带回来的东西和礼物。她一向八面玲珑，只要外出必给人脉圈里的人带礼物，只是东西分三六九等，各有不同，需要王嫂用心打点好。

"这两个盒子你留下，是给老辜和阿迟的；喏，这羊毛衫是给你买的，你收着吧。"

王嫂千恩万谢地接过一个淡蓝色的袋子，眸光却扫向以沫。徐曼和她主仆多年，早有默契，这才意识到什么似的左顾右盼了一下，然后从化妆品礼盒里找出一只小小的化妆包："给你带了个化妆包，里面还有些护肤品小样。你擦脸用吧。"

以沫呆了一呆："谢谢阿姨。"她双手接过那只完全用不上的化妆包，化妆包外封上的"赠品"两字落入她眼底："您好好休息，我回房间看书了。"

徐曼挥了挥手："走吧走吧。"

9月，以沫升初三，江宁和徐行同时升入高三。这对同年生的兄弟，终于在阴差阳错之下站在了同一条起跑线上。

新学期第一天，以沫她们班正在发新教材，班主任领着一个人推门而入。沸腾的教室霎时冷却，齐齐看向班主任身后那个红发的高挑身影。以沫尤其惊讶，她从没想过有生之年会再次遇见鑫源KTV那个红发女，而且是在此情此景下再见。

班主任带着红发女走上讲台："大家安静，这学期我们班转来了一位新同学，她叫姜敏，之前在胥溪县读书，大家鼓掌欢迎一下她。"

教室里诡异地安静了几秒才稀稀拉拉发出一阵掌声。讲台上，姜敏吊眼看着底下那群看怪物似的眼神看她的乖宝宝，暗红色的嘴唇上浮出一丝玩世不恭的笑。所有人都感觉受到了某种威胁，大家面面相觑，把目光投向班主任。

班主任回过头："姜敏，学校规定要穿校服，女同学不能染头发，也不可以化妆，你明天正式上课前做一下调整。"

然而让（1）班所有同学大跌眼镜的是，第二天踩着铃声走进教室的姜敏居然还是昨天那副样子。更夸张的是，她穿着一条很短的热裤，露出两条洁白笔直的漫画少女腿，骇得底下的男生全部在心里默念"阿弥陀佛，色即是空"，而女生们则同仇敌忾地朝她投去轻蔑的目光。

姜敏大大咧咧地走到教室最后一排坐下，伴随着椅子脚发出的刺耳声音，她整个人仰靠去后墙，双腿搭在了书桌上。大家默契十足地没有回头，但以沫感觉大家的后脑勺都仿佛长出了眼睛，一眨不眨地在关注姜敏的所有举动。

那堂课是班主任的课，所有人都在用等好戏看的心态坐等班主任的反应。然而班主任进教室后，只是扫了一眼姜敏就一如往常地上课。课后，他也没有如大家所愿叫姜敏去办公室谈话。

（1）班的学生多数出自市直单位家庭和事业单位家庭，他们天生对某些东西有敏感度，班主任的态度让他们不得不重新审视姜敏——她应该不只是一个下面县城转来的小太妹，一定有什么强大的背景在支撑她的"另类"。

姜敏的背景很快就被班上消息灵通的人士扒了出来：没什么特别，她跟父母刚搬来聿城，住在市委大院。她父母都在大院食堂上班，爸爸管食材采购，妈妈就是一个打饭的阿姨。她有个弟弟叫姜涛，也是个小混混。一家子看上去都是底层的人。

但没多久就有消息更灵通的人士扒出了内核：姜敏的父母虽然没什么特别，但她的亲大伯是管教育口的领导，而且是班主任老婆的直属上司。

众人恍然大悟，接着默许了她的存在，但默许存在不代表接纳，他们集体提防、孤立着她：

从没有人主动靠近姜敏，有关她的恶毒流言沸沸扬扬，却会在她走进教室的那一瞬间骤然冷却；在走廊里迎面遇见她，大家会像见了鬼一样躲去另一边；如果谁被排到和她一起值日，那个人就会被女生嘲笑、男生嘘声；上体育课，没有人愿意和她组队，体育老师只得让大家猜拳决定她的搭档，被选定和她搭档的女生不是花容惨变，泫然欲泣，就是请"大姨妈假"；体育课攀岩时，甚至有人故意不拉绳子，害她从高处掉下来……

面对这一切，姜敏表现得云淡风轻，甚至从高处掉下来摔破胳膊时，她也没有动怒收拾那个男生，只是捡起一支标枪，当着所有人的面稳准狠地投到二十米外的沙池里。末了，她拍了拍手扬长而去，徒留那个男生噤若寒蝉，体若筛糠。

攀岩课前，姜敏除了外表特立独行外，总体来说算是个规矩人。她从不像江宁他们那样旷课逃课，拉帮结派，相反还挺安静。她很爱看书，当然都是通俗小说、日本漫画、我国台湾地区言情小说这类东西；看书的间隙，她总是在不停地跟人发短信，忙得像军机大臣；不看书和发短信的时候，她就会拿出一只化妆包，描眉涂粉或是染指甲油。

但攀岩课被阴了之后，她变了，逃课旷课成了家常便饭，而那些对她嘘声得很厉害的男生，个个都在放学后遭到了校外混混的修理。这样一来，她恶女的名声就坐实了，并慢慢臭名远扬，传遍了整个一中。

她的转变过程以沫都默默地看在眼里。小时候遭遇过类似排挤的她觉得三观受到了冲击——姜敏是看上去来者不善，但她并没有主动伤害过班上任何一个人，也没有实质性地破坏班级的秩序。

但那又怎样？谁叫她与众不同？青春期的孩子就是这样黑白分明，党同伐异——你讲话娃娃音装可爱好恶心，我们要孤立你；你胸部发育得那么好，背地里一定很浪荡，我们要孤立你；你不用功成绩还很好，一定很有心机，我们要孤立你……但凡你做异类，就要被痛打落水狗，这些丢着石头的人并不会觉得自己在作恶，也不会去想被孤立的人会遭受怎样的痛苦。等他们成年后回忆今日，一句"年少无知"就能为自己开脱掉。以沫越想越齿冷，越想越觉得周围的同学阴冷、陌生。

她从姜敏的遭遇联想到江宁，他会不会也是这样不由自主地道德滑坡，越变越坏的？她难受极了，觉得自己真不应该那样冷待他、苛责他。

傍晚，以沫拎着一只白色塑料袋从此起彼伏的单车铃声中穿过主干道，朝学校球场走去。

学校通知栏一周前就通告了高年级组的篮球赛，今天有江宁他们班的比赛。江宁从不缺席篮球赛。

这场球赛的人气远超以沫想象，观众席几乎都坐满了，且女生多过男生。以沫小心翼翼地越过一排排膝盖，找了个空位坐下。

穿着球服的队员上场，看见江宁那一刻，观众席爆发出一阵欢呼，以沫听见身边几个女生不停重复着"出来了出来了""好帅好帅"这类话。

两个班的篮球队员都一厢情愿地认为欢呼冲他们而来，有的朝观众席挥手致意，有的回之以口哨声。见他们会错意，观众席黄金区域里的一堆女生干脆站起身来大喊："辜江宁，加油！辜江宁，加油！"

脚踩篮球，低头听队友说话的江宁并没有回头看她们，但嘴角还是翘起一丝羞涩、骄矜的笑。

比赛开始后，观众席的喧闹渐渐停下。以沫静静望着场上的赛事，球场上的江宁很抢眼，不单因为他身姿挺拔、动作潇洒，而是他在攻防中表现出的游刃有余很让人折服。那场比赛他发挥得很好，连连进球。喝彩声如海浪般此起彼伏。以沫在声浪中神思恍惚，若是哥哥也在这场球赛里会怎么样？他的球技比江宁还要好，到时候这些女孩子的欢呼声都不知道该给谁了吧？想到这里，她低头微微一笑。不过这一幕是不可能看到的，自从被封为"镇校神兽"后，徐行一直都很为自己的高人气困扰，球赛这类出风头的事情，他肯定都不会参加。

球赛结束，江宁他们班毫无意外大获全胜。球员们陆续退场前，一众热情的女生蜂拥而上，围着江宁递自己准备的饮料、零食。以沫拎着那只白色袋子，走到人群外围，左手抱着右臂，隔着人群看他。江宁的目光循着她的视线找来，见到她的那一刹那，他整个人都愣住了。他没想到她会出现在这里。他们从小一起长大，很清楚对方的个性，在鑫源 KTV 那次对视，他们都已经在心里向对方告了别。

片刻后，他别过脸，咧开嘴无声地笑了起来。那笑持续了大概三秒钟，又被他强行压制了下去。他分开挡在他面前的几个女生，故作云淡风轻地走到以沫面前。刚刚激烈运动完的他浑身汗湿，湿润的额发打着卷，浑身上下透着一股蓬勃强劲的生命力。他由上至下扫她一眼，目光落在她手里的袋子上："都是什么呀？不会给我带了吃的、喝的吧？"

以沫没有说话，打开袋子递到他眼前。他很配合地伸过头看了一眼，伸手把里面的东西拿了出来："还真是有那么点想喝你煮的乌梅汤。"

细长的玻璃瓶里，琥珀色的乌梅汤里漂着细细碎碎的桂花末，瓶底沉淀着几颗山楂和梅子。江宁一口气喝完，把瓶子递回以沫手中："你手指细，把梅子给我抠出来——不是我说你，你就不能买个像样的瓶子？每次都拿北冰洋的空瓶子装，害我费大劲才能把里头的梅子搞出来。也不知道你哪里捡来的瓶子，想想都恶心死了。"

"不是捡的，真是我喝过的，我都洗干净消毒了。"

"你喝过的就不恶心了吗？"

"恶心你还不是每次都喝了？"

"你！"

江宁气鼓鼓地把袋子里的饭盒打开，见是一盒包在保鲜膜里的寿司，忍不住又笑了："嗬，洋气了啊？我还以为是凉拌西红柿、蛋炒饭什么的。"

"那些不好放。"以沫有些期待地催促道，"你尝尝。"

江宁漫不经心地拿起一个吃了，也不做评价，端起那盒寿司，一边往场外走，一边吃。等走出球场，那盒寿司也就完全进了他的肚子："说吧，找我干什么？"

"乌梅汤好喝吗？"

"好喝。"

"寿司呢？"

"好吃啊。"

"你最近有没有空？那个……我报了我们班的羽毛球赛，想让你教一下我。"

"别逗了，你哥不是回来了吗？你找他教啊！教书育人这种事情，我哪儿能跟他比呀！"

"那你把刚才的乌梅汤和寿司还我。"

"宁以沫！"

以沫咬唇一笑。

"这样吧，每周一、三、五傍晚，学校南边的球场见。"

两人并肩往校门口走了好一阵，以沫想了想，还是把由姜敏这件事带来的困惑说了出来。

"江宁哥，我越来越分不清什么是对，什么是错；什么是正，什么是邪。"

"你想那么多干吗？中学生分数高就是正，分数低就是邪。"

"可是我现在已经开始想了，而且想不明白。"

江宁收起了那混不吝的样子："《笑傲江湖》看过吧？刘正风和魔教长老曲洋琴箫和鸣，结果被正道中人以'结交魔教'为名杀了全家，连他逃出去的小孙女都杀了。你说这正派人士唯我独尊、滥杀无辜，和邪魔外道有什么区别？

"是非曲直看上去很好辨别，其实很难区分。不经历点人事，不见识点人性，就算是你哥那样聪明绝顶的人，也不一定能做对判断。"

顿了顿，江宁又说："以后你记住一点，看人看事要看本质，不要轻易给人定性、扣帽子。一个人外表再光鲜，如果心术不正，也是个人渣；一个人再离经叛道，只要他一心向善，那就是个正派人。"

江宁这番话之于彼时的以沫而言是非常震撼的，它扫尽了她心中的乌云黑雾，放出一个天朗气清的世界。

"江宁哥，谢谢你。"

"自家人嘛，谢什么谢。其实姜大姐这个人的遭遇挺坎坷的。你可能不信，她曾经也是个奖状贴满墙壁的乖宝宝。可是有什么用？生在那样一个家庭，又遇到那种事，她自己都不知道该怎么好好做人吧。"

以沫顿住脚步，神情凝重地望向江宁："什么'那样的家庭'？什么'那种事'？"

"她爸妈是对滥赌鬼，还特重男轻女，用姜涛的话说，筷子往肉里多伸一下就要被打。初一那年，她爸输了五万，还不起钱，就默许债主……"江宁想了想，找了个词，"侵犯她。"

"你说……什么?!"以沫瞳孔骤缩，汗毛倒立，怵然看着他。

"听姜涛说她没真的被怎样，单纯就是被恶心到了。那个老东西身体太虚，推推打打的时候没少受伤。可能是太刺激了，那老头心脏病突然发作，差点死在姜家。那人是个无赖，被抢救过来后叫了一大帮人上门闹事，说姜敏小小年纪不安分勾引他，要姜家赔医药费。姜敏跪着哭着求她爸妈报警，她那对黑心爹妈竟然不敢报警。"

以沫僵僵地站在原地，颤声问："结果呢？"

"结果她的名声就烂了，在学校被诽谤、被孤立，在家里被爸妈冷热暴力，最后就变成现在这样了。"

以沫只觉一桶冰水朝她兜头浇下，浑身上下都冷透了。她不敢相信江宁说的是人间真实，且发生在自己的同龄人身上。她无法想象姜敏经历了怎样的痛苦，更加无法想象她进入一中，开始憧憬新生活时，又重新遭受一次被孤立后的绝望——一定很像溺水者刚从水里冒出头，却被人痛打落水狗般再次摁回深水里。以沫身临其境般感到窒息，她微微张开嘴，大力喘息了几下，眼泪慢慢沁了出来。

以沫失魂落魄地回到家中，她回来得太晚，已经过了饭点。王嫂见她回来，端出预留的饭菜，招呼着她去吃。她心情压抑，一点也没有胃口，却不忍拂了她的美意，于是一小口一小口把饭都吃了。用完餐，她把餐具洗净收好，往楼上走去。

这时，正在客厅看新闻的徐行也起身朝楼梯口走去。两人一前一后上了楼，一个朝左，一个朝右往各自的房间走去，但在门口停下的那一瞬，他们不约而同地回过头朝对方看去。在这一刻对视微笑，这是他们自暑假后慢慢养成的默契。微笑的含义有时候是早安，有时候是午安，有时候是问："你还好吗？"

对上他关切的目光，以沫轻轻地摇了摇头。她不好，她觉得糟糕极了。

他顿了一会儿，推开自己的房门，朝她招了一下手，示意她过去。以沫有些踌躇，现如今的处境下，他的房间自然是雷池禁地，可她真的很怀念小时候，可以随意出入他房间，听他弹钢琴、讲故事。她想知道那里变成了什么样子，旧时光里的物件是否还在。这样想着，她不自觉地朝他那边走去。

两人进了屋，房门关上的声音让他俩都惊了一下。不知道为什么，很正常的一件事，现下却有了一种莫可名状的禁忌感。以沫定了定神，走到书柜前展眼看去，里头的书都和过去不同了，但摆件还是他们小时候的那些。她拿下泥塑的"三个和尚"摆件，每个小和尚脸上都还有她用圆珠笔涂的八字胡。她不禁笑了，先前的憋闷感略略冲淡了一些。

"那边是我的实验室，要不要去看看？"徐行站在她身后，很有风度地问。

以沫满怀期待地点了点头，跟着他朝里间走去。里间是以前的客房，现在被打通重装了，灰色的工业风风格。实验室中间摆着个巨大的操作台，四周两面墙分别挂着投影幕布和白板，还有一面架子上摆着各种仪器、元件，唯独朝南的那面被他改成了落地窗，窗前放着他的天文望远镜。

以沫指着投影幕布下的那扇小门问："门里面是什么？"

徐行正要回答，电脑里传来请求语音通话的声音，他俯身接了，里头传来一个少年明朗的声音："老大，昨天我去斯坦福找了你说的那个教授，帮你聊了一下优化机器人触觉反馈系统的问题，录音文件你先收下。"

辜徐行一边接收文件一边对以沫说："你先自己看看，我很快就处理完。"

"老大，你跟谁说话呢？不会是你那个妹妹吧？快开视频让我看看是何方神圣……"

辜徐行嘴角一挑，打断他的调侃："没有什么妹妹，只有隔壁家老王。"

他二人说笑了几句，对面突然说："老大，楼下有人找我，我去去就回。"

辜徐行笑着从转椅上起身，走到以沫身旁："忘了问你今天怎么了，为什么回来这么晚？"

"去看江宁哥打球了。"

辜徐行笑意渐敛，抿唇不语。

"我有些问题想不明白，去找他问了问。"

"所以呢？他就把你的心情搞得这样坏？"

"和他没关系……这件事不知道该怎么跟你说。"以沫避开他的眼神，暗忖了一下，还是决定不把有关姜敏的事情告诉他了，"其实也没什么，就是听到了一些负面的东西，一时难以承受。"

"你随便说来，我听听看。"

"还是算了。"

辜徐行了然地点了点头："那好吧，你自我调节一下。对了，你上次给我的卷子我看了，你错的那几道题，我当面给你讲讲怎么解。"

他走去书房，从抽屉里拿出一张卷子，那是以沫上周数学测验的卷子，她错了三道分值很高的题。见以沫还愣着，他指了指书桌前的沙发："坐这里。"

以沫抿了一下唇，僵僵地走过去坐下，低头无声看着卷面。他随手拖来一把椅子，在她左侧坐下："这道题看上去很难，我们先分析它的题干，你观察一下，告诉我它的特点是什么？"

以沫屏住呼吸，轻轻说："这个解析式只有一个待定系数？"

"对，很棒。"辜徐行靠近她，拿钢笔在卷子上写下要点，"所以我们第一步要把 B 点坐标带入解析式，然后通过解析式推算出 A 点坐标……"

周围很安静，他温热的呼吸轻轻扑在她脸颊，左耳边是他的换气声，还有钢笔在 A4 纸上沙沙写字的声音。这些细细小小的声息像一粒粒小石子投进以沫心湖，让她无法安定下来。

"刚才我提过，我们为什么要去证明$\triangle ABC$是直角三角形呢？"

"啊？"以沫飘飘荡荡的思绪被骤然抛来的问题拉了回来，她在心底尖叫一声，红着脸把他的问题重复了一遍，对如何回答却毫无头绪。她羞窘地憋了半天，不得不尴尬地坦白："我……对不起，我刚刚走神了，要是说我没记住，会不会被打死？"

辜徐行轻笑："打死？那倒不会，我没有那么残暴。"说着，他轻轻叩了叩桌子，敛神柔声说，"我再说一次，如果可以证明$\triangle ABC$是直角三角形，就可以推出直径AB和圆心的位置，继而确定圆心坐标，这点非常重要。"

以沫点了点头，定神道："我记住了。"

这时，门口突然传来一道敲门声："阿迟，我可以进来吗？"

是徐曼的声音。他们两人脸色都变了。平素这个时间徐曼都在外面打牌聊天，他们没想到她会此时回来，而且偏偏那样巧来敲门。辜徐行飞快将书桌上的东西扫进抽屉，拽起以沫跑进实验室，以迅雷不及掩耳之势拉开大书柜的门。以沫会意地躲了进去，辜徐行迟疑了一下，也跟着躲了进去。以沫不解地回头看了他一眼，他贴着她耳朵道："例行谈心，两小时起步，我担心你受不了。"

与此同时，房门被推开，传来徐曼诧异的声音："咦，这孩子去哪里了？王姐——阿迟去哪里了？"

楼下隐隐传来王嫂的声音："不知道。"

徐曼并没有要离开的意思，拿起辜徐行书桌上的书本翻了一下，然后往实验室走来。缩在柜子里的两人下意识凑得更近。以沫心脏都要跳出来了，不知道是不是被徐曼吓的。那个实木柜子的密封性很好，才一分钟，以沫已经有些呼吸不畅了。她微微侧目，往辜徐行脸上看去，黑暗里什么都看不清。他若有所感，轻轻握住她的手，在她手心写下两个字：别怕。

徐曼在实验室转了一圈，举步正要离去，一个突兀的男声骤然从电脑里传来："老大，我回来了。"

柜子里的辜徐行皱起眉，是盛霄！

徐曼听见盛霄的声音，笑吟吟地返回操作台前，她刚要坐下，就听那边说："继续刚才的话题，你妹妹还在吗？我很想看看是什么样的妹子让你放弃到手的麻省 Offer……"

说时迟，那时快，辜徐行突然伸手稳稳捂住了以沫的耳朵，以沫的思维还停留在"放弃到手的什么"上，后面的内容就再也听不见了。但她能感觉盛霄的话对可可很不利，他手心刹那间就汗湿了，连呼吸都停了片刻。

然而没人捂住徐曼的耳朵，所以她完完整整地听到了那句话："……自导自演被抢劫的苦肉计也要回国陪她。"

她仿佛听见"轰隆"一声巨响，一股看不见的怒火从她心底蹿去脸上，她满面爆红，连额心和眼睛都红透了。她竭力让自己冷静，鼻翼和下巴却不可遏制地剧烈抖动。她想喊，想打人，想摔东西，想把整间屋子都夷为平地，但她没有那样做，只是将一双青筋暴露的手紧紧攥了起来。

她目光如刀，就那样在原地站了三分钟，深吸了一口气后断然离去。

柜门打开，辜徐行脸色苍白地出来，恍惚了一会儿，他失神地走到电脑前，一句话都没说，直接按下了关机电源。

第十四章

八号风球

　　"柜中风波"后，以沫一直在猜辜徐行没有让她听到的那句话是什么，因为那句话彻底改变了徐曼对她的态度。

　　有一天她回到家，家里气氛有些异常，王嫂破天荒地没有在操持家事，而是翻箱倒柜地在找东西。徐曼单手支额，沉脸坐在客厅。

　　辜家的大小事宜一向像时钟那样运转准确，鲜少出现意外。今天这样突如其来的状况，让以沫有些无措。她愣了会儿，上前问王嫂："王姨，你在找什么？"

　　王嫂面色异样："你徐阿姨不见了东西。"

　　"什么东西，你说说样子，我也帮着找一下。"

　　"钻戒。"沙发上的徐曼冷不丁地开腔，腔调有些奇怪，"我看你也不用帮忙，你王姨已经找了很久。我还是报警吧。"

　　王嫂抢上前说："还是先别报警，你惯爱乱放东西，我角角落落再帮你找找。"

　　徐曼悻悻地说："我明明记得昨晚洗完澡就放在洗手台上了，怎么一早就找不见了？也是邪门了，这么多年家里也没丢过东西。你说是招了外贼，也不大可能。哎，以沫——"

徐曼话里矛头的指向渐渐明晰起来：没有外贼，那只能是内贼了。这么多年没有丢过东西，家里能怀疑的人可不多。听徐曼冷不防叫自己，以沫浑身皮肉紧缩了一下，她没有应声，有些惊疑地抬眼看着她。

徐曼含了些慈祥的笑，哄小孩一样柔声问："我记得昨晚你是最后一个洗澡的，看见阿姨的钻戒没？粉色的、圆圆的钻，有点像你们小女孩戴的那种玩物。"

徐曼那种明明给她定了罪，却还要哄她不打自招的样子，比冷眉冷眼更叫她难堪。以沫脑中一热，脸颊跟着也热了起来，她强忍着屈辱感，勉强回了一句："阿姨，我没有看见过。"

徐曼的眼睛里表演似的慢慢闪过失望和更深层的猜疑，她干笑一声："真的没有见过？小女孩不知道东西贵重，拿去玩玩也不打紧的，能还回来就好。"

话说到这里已是图穷匕见，以沫脑子发蒙，牙齿无意识地咬紧，她张开嘴，嗓子却是涩的，憋了半晌才干干地回了一声："阿姨，我真没看见过。"

徐曼从鼻子里发出一声嗤笑："你也没见过，那只能报警了。"

王嫂急了起来："报警不合适啊，不如咱们再找找。"

徐曼摸出手机开始翻号码："除了以沫和阿迟的房间，屋里你什么地方没找过？好几十万的东西，能就这么算了吗？"

王嫂一度沉默后，心渐渐定了下来，肃然说："正因为是几十万的东西才不能报警。你娘家底子厚，手头宽绰。可报了警就留了底，这底子一旦被别有居心的人拿去，用经济问题攻击咱们家领导，那就很难说清楚了。"

徐曼像是被她将了一军，皱着眉不再吭声。

王嫂看了看她，又爱怜地看了一眼以沫，用公事公办的语气说：

"这样，恶人我来当，我把以沫和阿迟的房间都找一遍，实在找不到，咱们知会一下领导再决定。以沫，王姨先去你屋看看好不好？"

以沫心下一片惨淡，轻轻点了点头。她目送着王嫂往楼上走去，在一片窒息的静默中等待。她很怕王嫂真的在她房间里翻出什么来，这样一想，她脸颊上的热气急剧褪了下去，取而代之的是一片飕飕的凉意。

漫长的十几分钟后，王嫂从楼上下来，她什么也没找到。

其间，徐曼一直冷眼觑着低头不语的以沫。王嫂的无功而返好像在她预料之中，她一点也不失望，望着墙上的时钟漫不经心地说了一句："既然找不到，又不能报警，那就算了吧。"

好像她丢的不再是个几十万的钻戒，而是只不起眼的玻璃球。

天大的风波瞬息了无痕迹，打球晚归的辜振捷、辜徐行父子甚至不知道有这么个插曲发生过。他们只看见一个在饭桌前脸色苍白、食不下咽的以沫，还以为敏感的青春期女孩又有了什么伤春悲秋的小心事。

那天过后，家中再没人提起那只"莫须有"的钻戒。以沫心中却负上了万钧重的枷锁，那只戒指一日不出现，她将永远是徐曼甚至王嫂心中的疑犯。

"钻戒事件"后，以沫察觉到徐曼的眼睛时刻都在盯着她，哪怕徐曼在看电视、手机，但还是有一部分注意力在她身上。以沫不得不比刚进辜家时更加屏息敛声、小心翼翼，然而缩成一团也没用，徐曼有的是办法"照管"她。

有回全家人一起吃羊肉火锅，以沫吃了几口涮菜，鼻尖冒了点汗。徐曼突然当着众人的面指责她吃得太快以至于冒汗，非常失仪，喝令她去洗手间洗完脸再来吃。

辜振捷说她小题大做，徐曼却坚称这是淑女教育，是为了以沫好，她徐曼就是打小被家里人这样管过来的。为了避免引起争端，以沫听话地去洗手间洗了脸回来。她垂着头，不声不响地吃了几口白饭，徐曼见了又冷嘲热讽道："哎呀，我就是教了你点吃饭的规矩，怎么连菜都不吃了？我不拿你当外人才教你的，你可不能就这样和我生分了。"以沫不知道那顿饭是怎么吃完的，那天晚上，她缩在床上一夜无眠。

又有一回以沫生理期突然提前，弄脏了床单。她本就因没听到闹钟起晚了，那天恰巧又轮到她做校园执勤，万万不可以迟到。她权衡了一下，没有第一时间撤下床单，而是用被子盖住那团污渍，准备蒙混过去，晚上回来清洗。谁知下午放学回家，她一眼就看见自己的脏床单挂在院子的晾衣绳上，那片干涸的暗红血渍在阳光下格外醒目。客厅里，徐曼正和一桌子男男女女谈笑风生地搓着麻将。以沫大窘，无地自容地刚要逃，却被徐曼叫住："你回来，正等你呢！"

见她低着头走进客厅，徐曼丢了张二筒出去："你王姨下午去你房里擦地，发现你床单脏了。是我让她先别洗的，目的是要让你长个记性。女孩子一定要讲卫生，这种腌臜东西你不及时处理，还用被子蒙起来，就不嫌恶心吗？再说了，你怎么能把床单弄那么脏？是不是还不晓得用卫生巾？我给买了些，放在柜子里了，要学着用啊。"

牌桌上两个中年男人眼底荡出些暧昧的笑意，另一位太太则嫌恶地瞥了以沫一眼。以沫没有说话，眼泪模糊了双眼。实在看不下去的王嫂插进话："您别说了，小姑娘很难为情了，您也教育完了，东西我要拿去洗了。"

说着她拉过以沫，一边带着她往院子里走，一边小声嘀咕道："我看你徐阿姨最近抑郁症又犯了，要不然就是更年期到了，你别往心里去。以后再遇到这种事，王姨知道怎么对付了。你别怕。"

一直忍着眼泪的以沫终于哭出声来，她哀戚地抓着王嫂的手臂："王姨，我想回家。"

"傻孩子，你哪里还有家？你回老家了，学习和生活怎么办？正因为没有家，你才更要努力读书读出去，凭本事再挣一个家。你要是在徐阿姨这里受了点委屈就赌气走了，对得起你辜伯伯和你哥的一片苦心，对得起他们对你的期待吗？"

王嫂的话句句在理，以沫把哭声吞了下去，一边剧烈地往胸腔里抽气，一边使劲点头。末了，她踮脚咬牙，把床单从晾衣绳上扯下来，自己动手把它清洗干净。回到房间后，她平平躺着，身体僵得像死过去一般。她表面上异常平静，可内里天地变色，换了一个新的世界。

以沫就是在这种处境下和姜敏越走越近的。

她说不清为什么会那么关注姜敏，自从听了姜敏的故事，知道她和自己一样孤立无援后，她对她产生了"同是天涯沦落人"的亲近感。她觉得她们身上带着彼此的影子，像是一个躯壳里裂变出的两个灵魂。但区别于她的隐忍卑怯，姜敏那样勇敢张狂、无拘无束，又那样富有能量。她对姜敏既同病相怜，又充满崇拜。于是，除了辜徐行以外，她的生命里有了另一个闪着光的人。

起初她只是偷偷在教室里关注姜敏的一举一动，记住她换了什么颜色的口红，涂了什么颜色的指甲油，看了什么新漫画。课间操、体育课时，她的视线会不由自主地随着她的身影转动，她的一举一动都能让她觉得魅力非凡。

渐渐地，她不再满足于这种流于表面的观察，她开始留意她的行踪。只要在放学的路上遇见她，她就会鬼使神差地跟上去，默默看她上了什么男孩子的摩托车，跟什么样的女孩子出去玩。

以沫第一次主动靠近姜敏，是在一堂体育课上。乒乓球随堂测验，体育老师要求同学们自己结好对子。一听到结对子，以沫就下意识地往姜敏那边瞟去。她抱着手臂站在一棵槐树下，嘴角挂着冷冷的笑，摆出目空一切的骄傲样子。

以沫忘了在哪本杂志上看到的，当一个人抱着手臂茕茕孑立的时候，其实是内心最脆弱不安的时候。不知道哪里来的勇气，她想要找姜敏结对子。就在她踌躇不前时，她的好朋友许荔朝她这边看来。不能再犹豫了，一念转过，她毫不犹豫地朝姜敏走去："我们结对吧？"

姜敏嘴角上的冷笑凝住，明显愣了一下，随即无所谓地说："行啊。"

她俩在众目睽睽之下结成对子率先往球桌走去。所有人仿若被定住了，不约而同地露出匪夷所思的表情。好一会儿，人群里冒出一句几不可闻的"她疯了吧"。

以沫在目光焦点中平静地打完那场球，越过众人的视线找到许荔。许荔已经找到了新的对子，正和那个同学聊天，但表情有些不自然。

以沫平复了一下心情，去小卖部买了两瓶花生奶。等许荔的测验一结束，她连忙奉上一瓶花生奶。她们两个都很爱喝花生奶，但零用钱有限，所以总是凑钱买一瓶，拿两根吸管一起喝。久而久之，体育课后分一瓶花生奶就成了她们的习惯。见以沫微笑着递来一瓶花生奶，原本还很别扭的许荔也缓缓展颜："这次原谅你了。你干吗要和她结对子？我劝你不要太好心，东郭先生和狼的故事你没忘吧？小心最后被狼吃掉。"

"连你也把她想那么坏呀？"

"她本来就坏啊。你再这样，以后大家连你一起排挤。总之以后不要和她有交集了，你能答应我吗？"

"我知道了。"

以沫低下头，吸了一口花生奶，不置可否地微微一笑。

11月，期中考试如期而至。这次期中考的卷子难得出奇，以沫考完后和大家对了对答案，对各科的成绩大致有了个数，唯一估不准的就是化学成绩。化学是初三上学期刚开的新课程，除了上个月测验过一次，还未曾有过正式的考试。

几天后，成绩下来，一颗重磅炸弹在整个初三年级炸响——臭名昭著的转学生姜敏竟然以班级第三的成绩杀进年级第五名！

光荣榜贴出来后，整个（1）班都炸了锅。那会儿武侠片很流行一个桥段，武林高手出场时长剑一挥，一招内刺伤数十人。这个消息一出，众人眼前都闪过一个画面：深藏不露的绝世高手姜敏在众人围攻下长袖一挥，只一招就"啪啪啪"打了所有人一记耳光。这种想象简直闪瞎了他们的钛合金眼，他们绝不能接受一个校园太妹在分数上碾压自己——如果说学生以学业为重，分就是正义的话，那这个被他们排挤的太妹岂不是要成为正义的化身，受万众膜拜？这太毁三观，也太讽刺。

班级排名表发了下来，上面有每个人每科的分数。拿到表格的第一时间里，大家都不约而同地在看姜敏的成绩：从分数上看，她不偏科，每门课的成绩都很拔尖；更惊人的是，她的化学考了全班第一。大家的后脑门上再一次长出了眼睛，齐刷刷地盯着在教室后排涂指甲油的姜敏。

一定是有什么东西搞错了！

放学后，（1）班的核心人物、舆论喉舌们都很有默契地留在教室。学习委员严翼率先发表意见："我听说她伯伯是教育部门的领导，她会不会有什么办法提前看到卷子？"

"也不是不可能吧？"

"不可能好吗？她大伯傻啊，会为了这种小考试搭上自己的政治声誉？"

英语课代表尹星突然插话进来："会不会是作弊了？"

"对对对！"大家异口同声地赞道，"这最有可能，她那种人就算作弊了，监考老师也不太敢管她吧？"

正在写考试心得的以沫笔尖一顿，蹙起了眉头。

"那就让她这样压着我们啊？让她得意下去啊？"

"是啊，这不是助长歪风邪气吗？"

"对啊对啊，大家会怎么看我们？我们这些天天熬夜啃书的学生还考不过一个吊儿郎当的太妹，岂不是群低能儿？"

"那又怎么办？光荣榜都贴出来了。"

"偷偷撕了？"

"你傻呀？"

"只有一个办法证明她作弊了，把不该属于她的光荣拿掉。"

以沫放下笔，脊背挺直，眉心越收越紧。

"怎么证明呢？"

"你们都忘记监控器了？监控器会录下她作弊的全过程，我们一起要求学校调监控视频吧！"

这时，一直引而不发的以沫突然站起来，一边收拾书包，一边说："别再说了，你们过分了。"

她的声音不大，但很有分量。

大家一下子安静下来，用看怪物一样的惊奇目光看着她，慢慢地，他们的目光变得犀利起来，不再是看怪物，而是在看害群之马："你说什么啊？宁以沫！"

以沫顶着排山倒海而来的压力，纹丝不动："我说你们过分了。"

教室里又短暂地静了一小会儿，一道尖刻的声音响起："呵呵，宁以沫，这回你数学成绩比上次高了九分，从第四名考回第二名，该不是也作弊了吧？你是不是怕我们调监控把你也揪出来？"

　　以沫看着说话的那人，似乎不相信自己所听到的。要是放在以前，她也许会怒火攻心，也许会气得眼泪直流，但经历过徐曼对她的百般苛责，再面对这类欲加之罪时，她已经可以做到宠辱不惊，淡然处之。她一言不发地提起收拾好的书包，越过他们走到教室后门。

　　后门拉开，一双冷黑的眸子落入她眼中。以沫倒吸一口气，是姜敏，她不知什么时候已经在后门外了，这意味着刚才的对话她都听到了。

　　姜敏面无表情地走进门，目光从一张张尴尬的脸上扫过。片刻后，她重重呼了一口气，像要把什么污浊的东西从胸腔呼出来，然后若无其事地从自己书桌里拿出一个白色袋子，转身扬长而去。

　　那天以后，宁以沫被坐在教室前三排黄金分割区域的"学霸团"集体孤立了，她虽然还坐在他们身边，但他们的一切动静都巧妙地绕开了她。他们用自己的方式给她施了一道隔绝结界，或者说，他们在用自己的方式提醒她是个被嫌弃的垃圾堆。

　　如果说以前班级算是个心灵避风港的话，那么现在以沫连这个港湾也失去了。内外遭受夹击的日子里，她索性自闭视听，铆足了劲儿学习。在这样的专注下，任何校园新闻都被她自动过滤掉了，包括校花陶陶的出现。

　　以沫第一次听到"陶陶"这个名字，是在一次媲美辜徐行来一中时的动乱后，许荔告诉她，高三（2）班转来了一个叫陶陶的超级大美女。

　　以沫暗觉无聊，压根没往心里去。

第二次听到这个名字，是班上同学议论校花陶陶把一个追她的社会混混给打了，一手漂亮的空手道，简直是真人版毛利兰。

以沫听了暗想，校花不应该都是那种柔柔弱弱，会弹钢琴、古筝，会在毕业晚会唱《千千阙歌》的生物吗？怎么还有这一型的？

那几年电视、电影里受欢迎的都是还珠格格、野蛮女友这一卦的个性女孩，所以这位校花不但没有因打人而形象受损，反倒一夜之间威震八方，红透聿城十几所中学。

以沫第三次听到陶陶这个名字是回大院的路上。那天她和江宁打完羽毛球，刚坐上公交车就听见一个戴眼镜的男生跟后排的人说："刚才我看见陶陶了！"

后排的男生一下子凑上前去："怎么样？怎么样？是不是真长得像刘亦菲？"

那个戴眼镜的男生说："我觉得不像，没刘亦菲那么清纯，但绝对比刘亦菲漂亮。"

"身材呢？身材呢？"

"起码有一米七，腰超细，腿超直！"

那几个男生在大脑里幻想了一下，纷纷凑过去压低声音问了一句什么。

饶是他们声音低，奈何以沫坐得近，还是听见是问胸大不大。

以沫蹙了一下眉，把脸扭去了一旁。

再往后，陶陶这个名字便无处不在，不但能经常在学校听到，连回到大院里也能听到男男女女议论。

在这些流言里，以沫渐渐拼凑出了陶陶的部分信息：校花级美女，爸爸是北京某军区的干部，妈妈是聿城新上任的副市长，她是随妈妈工作调动转学来聿城的。

漂亮的外表加显赫的出身，这个陶陶算是得天独厚了，这样看来，满世界飘着她的消息倒不为过。

以沫真正看到陶陶本人时，已是初冬。那是个周末，江宁打电话约她一起去逛数码城。两人刚有说有笑地走到大门口，远远看见一个高挑纤瘦的女孩蹬着自行车从外面飞驰而来。

别人骑自行车叫骑，可是在她，就只能叫蹬。她像个淘气的大男孩，弯着腰，像蹬三轮那样飞快地蹬着车，顺直的长发和深蓝的纱裙在晨风中往后飞扬，一件白色外衣在阳光里亮得刺眼。

虽然不知道来者是谁，两人还是莫名地愣在了原地。单车驰进大院的瞬间，那个女孩将车一偏，脚尖飞快地在地上点了一下，动作轻盈得像掠过湖面的燕子。

只有在北京老军区待过的江宁知道，那是军区子弟向岗哨致敬的方式。在某些有人情味的大院里，只要用这个方式敬过礼了，车主就可以长驱直入。

大院门卫看得呆了，莫名其妙地给她敬了见领导才敬的礼。

那女孩很为自己的车技得意，沿路洒下一串银铃般的笑声。随着她越来越近，以沫终于瞧见了她的容颜，光洁饱满的额头，挺直的鼻梁，大而灵动的双眼，通红妍丽的双唇如明霞般灿烂。她孩子般大笑着，白亮的阳光落在她的鼻尖上、眼睛里，她整个人都像在发光。

单车从他们身边掠过的时候，一股轻轻暖暖的香气迎面扑来，轻纱般拂过他们的脸。

也是从那一刻起，以沫终于知道什么叫作真正的美女。被震撼住的以沫回头看向江宁，只见江宁犹如被施了定身法一般怔怔站在那里，他的瞳仁里亮着一道奇异的柔光。

"江宁哥，你怎么了？"

他笑容缓缓绽开，神神道道地说："刚才我的大脑皮层无意识了

2.67秒，现在全身都在发麻……这姑娘真美！我发誓这辈子要娶她，要跟她生孩子，要跟她过一辈子！"

从辜江宁身上，以沫知晓了一件事：一个男孩要长成男人，至少需要二十年的时间；但从一个男人变回男孩子，大约只需要2.67秒。

从那天一见钟情后，江宁对陶陶的爱情攻坚战很快就打响了。

陶陶这个名字开始无上限地出现在以沫耳边：

"经过我的调查研究，我发现我越来越爱陶陶了。你知道她的智商有多高吗？她十二岁那年就加入门萨俱乐部了！什么？没听过门萨俱乐部，那可是权威的天才俱乐部，就你哥那智商还不一定加入得了呢！"

"你听过陶陶说话吗？天籁，一口标准的八一话。不知道了吧？这是只有播音员和部队子弟才讲得出来的标准普通话。你听她说话都觉得自己是在看电视。你哥哥那英语、法语算什么？"

"你看《浮生六记》干什么？你以为偶尔看下这种书就比看《天使禁猎区》有调性了？你知道陶陶看什么吗？《八月炮火》和《战争的33条战略》！以人家的知识储备量，现在就算跟普京、奥巴马站一块聊天也不犯怵！"

"……"

以沫由着他说，当听传说那样听着。

在疯狂迷恋陶陶的那段时间里，江宁使出了各种追女生绝招，从"缠字诀"练到"深情诀"，最后练到"忧郁诀"，甚至想办法转入了高三（2）班，最后却换来陶陶一句："辜江宁，你到底喜欢我什么？我全改。"

深受重击的江宁黔驴技穷之后，只能使出最后一招"朋友诀"。

做不了恋人，那就从朋友开始，打持久战吧。像陶陶那样的女孩，自然不会拒绝像江宁这样随叫随到，为她鞍前马后的"朋友"。所以，这两人居然真的做起了朋友。

有时候，连以沫都不能理解他为什么那么执着。只有江宁自己知道，陶陶代表着他对儿时优越生活的追忆，陶陶是他一直寻求的"神仙姐姐"的缩影。在某种程度上而言，他爱的不是陶陶，而是完美。

小时候看TVB，以沫总能见到那种狗血桥段：A爱B，B却爱C。以沫很不喜欢这种桥段，TVB的编剧却把这种狗血梗当万能钥匙用。

当以沫在生活里看到一样的桥段后，她才相信艺术确实来源于生活——在江宁以朋友身份对陶陶穷追不舍的时候，陶陶也开始了对辜徐行的死缠烂打。

以沫也不知道看上去八竿子打不着的陶陶和徐行是怎么认识的，直到很久以后，她才从他们的零言碎语中拼凑出他们两人初次相逢的场景：

那是个阳光灿烂的周六下午，辜徐行循例去操场上练篮球，刚练了十几分钟，陶陶就托着篮球出现了。她先是自顾自地在场外拍着篮球，一边拍球，一边瞟辜徐行，瞟着瞟着，她开始和辜徐行一起抢篮板。

陶陶的球技超乎寻常地好，辜徐行不禁开始关注她。见辜徐行注意她了，她大大咧咧地上前套交情："喂，你一个人玩多没意思啊，要不咱俩一起玩吧？"

辜徐行捡起球，灌了个三分后淡淡说："你怎么知道我一个人玩没意思？"

陶陶被噎了一下，不怒反笑："那至少，一个人玩不会有长进啊！"

"我干吗要长进？"辜徐行眉一扬，接回球，回首反问她。

过了好一会儿，陶陶不服气地说："难道你是那种安于现状，不思进取的人吗？"

辜徐行懒得和她饶舌，抱着球，丢下场子，径自往回走。

"哎！你回来！"

见他丝毫没反应，陶陶快步追上去挡在他面前："你是一个人，我也是一个人，两个人结成对子一起练攻防，明摆着双赢的事情，你为什么要拒绝？"

辜徐行被她缠得不行，漠然冷道："打篮球这种事情，我绝不会和女人合作。"

"为什么？"

"我不喜欢打球时，眼前到处飘着长头发。"辜徐行言简意赅地解释完就回家去了。

第二天下午辜徐行又准时去练球。和昨天一样，他刚玩了一会儿，一只篮球就抢先一步飞进篮圈里了。

他回头一看，不禁愣住了，只见昨天那个女孩剃了一头毛寸，得意扬扬地笑看着他。

"现在肯跟我玩了吗？我的头发比你还短，看谁嫌弃谁啊！"

辜徐行看着她得意的小样，忍俊不禁，他没有说话，算是默许她加入了。

两人打了半天球，发现彼此实力相当，打起攻防来特别带劲，自此便成了篮球搭子。

两人一起打了半个月篮球，陶陶便登堂入室，成了辜家的座上宾。

以沫刚听江宁抱怨他的"女神"陶陶把头发剪得比他还短，第二天就在家里看到了一头短发的陶陶。彼时陶陶欢快地跟在辜徐行身边，仰脸跟他说着什么。

冷不防见到陶陶，以沫愣在了门口，有些无措地看着她。

短发的陶陶不但丝毫没有变难看，反倒透出一种格外俏皮的孩子气来，显得既天真又明丽。

以沫从未想过在此情此景下见到陶陶，更没想到她会出现在辜徐行的身边，而且两人竟还如此默契亲密。她目光闪烁地看着他们，一时间手脚都不自在起来。

陶陶见了她，大方地推了一下辜徐行问："这是谁啊？也不介绍下！"

"我妹妹。"

"你妹妹？不像啊！你爸妈都长得那么高大漂亮，她怎么这么……"陶陶半天也没找出形容词来，绞尽脑汁地卡了半天，笑着看向辜徐行，"走，咱去你屋里。"

说罢，她快步噔噔噔地先他一步往楼上跑去。

辜徐行看了一眼以沫，好一会儿才说："这是陶陶，你可能见过，她是我的朋友。"

这是他们两个自"柜中事件"后在家中第一次正面相遇，也是第一次互相交流。这段时间，他有意地回避任何和她接触的可能。她能猜出他这样做的理由，道理她都懂，但得不到他的亲口印证，她悬着的心无论如何也放不下来。

以沫没有看他的眼睛，勉强笑了一下："哦。我知道了。"

说罢，她就往屋外去了。走出院子几步，以沫才想起自己原本不是要出门的。她木木地站在原地，想她刚才本来是要干什么来着。她回头望去，一种强烈的恐慌感向她袭来。

既然不想回头，她只好漫无目的往前走去。刚走出几十米，神游太虚的她就被人叫住了。

她回神来一看，只见江宁落寞地靠在一棵树上，表情痛苦，像是受了内伤。

以沫轻轻叹了口气："你又跟踪陶陶了？都看到了？"

江宁没有回答，站直了身体，神情虚空地往前走去。

以沫也不说话，默默跟着他。两个各怀心事的人虽不交流，脚步却出奇地一致，他们默契十足地一起走到了小时候常去的荒地里。

长大后，曾经充满乐趣的荒地对他们而言不再有吸引力。他们已多年没来过了，如今重新并肩坐在荒草地里，彼此都有些颓废疲靡。

江宁在以沫身边躺了很久，眯着眼睛望着午后的太阳说："最近她不约我出去了，说要学习，其实每天都跑去跟他打篮球了。"

以沫抱着膝，淡淡地"哦"了一声。

"我的心，现在特别痛。"

"哦。"

"你能不能别'哦'了？给点反应好不好？"

"好。"

"你！"江宁愤愤地倒回草地里，幽幽叹息了一句，"既生瑜，何生亮？他什么都有了，为什么还要和我争陶陶？我其实挺想不讨厌他的，现在只怕连不恨他都做不到了。"

"哥哥没有要和你抢陶陶。"以沫加重语气说。

"最好是没有。要是有，我跟他没完！"

以沫蹙眉看着江宁的脸，夏日的阳光照在他俊秀的脸上，那里写满忧伤痛苦，那是她从没有见过的江宁。她为他心酸极了，她第一次意识到命运不但不公，而且还善于作弄人。如果可以，她多希望陶陶从未出现过，这样，他们的生活就不会被搅乱，他们的关系会沿着固有的轨迹走下去。可是她也很清楚，无论什么样的格局，最终都会被命中注定的不速之客打乱。

突然，江宁从草地里坐了起来："不行，我不能在这儿待着！我怎么能把陶陶往他身边推？我得像个爷们儿那样去战斗啊！"

以沫心里一紧："你想干什么？"

"不干什么，打入敌人内部，各个击破！"

以沫回到家时已经傍晚了。陶陶还没有走，她和徐曼、辜徐行正在客厅里说些什么，不时传来阵阵笑声。

以沫刚进门，就听徐曼大笑着说："我说怎么和你一见面就投缘了，原来是因为你和我年轻时的性格太像了。你说的这些事儿我十七八岁时也做过，当时也惹了很大乱子，回去被我爸关了很多天禁闭！"

"阿姨，那可真看不出来，现在的您简直是优雅的典范哪！"陶陶一边剥着橘子，一边朝徐曼笑着说，双眼亮晶晶的。

不得不承认陶陶真的是那种很有感染力的女孩，她明朗直爽，大方健谈，旁人想不喜欢她都很难。

"哎呀……"徐曼开心地拍着她的手说，"你真的让我想起小时候太多事情了。现在的大院孩子，说起来都没那么正统了，有几个像你这样优秀出众的？有几个还能再说这样一口八一话？我以前以为我家阿迟就已经算顶尖了，和你比一下，什么都不是了。"

"啊？他还不强呀？看来我还得再把七大洲跑一遍，见一下世面，看能找几个比咱徐行同志还十项全能的人出来吗？"

说罢，陶陶朝辜徐行眨了一下眼睛："辜同学，你说是吧？"

徐曼被她哄得心花怒放。辜徐行淡淡一笑，眼见陶陶手上沾了些橘子汁，他抽了张纸巾递了过去。俯身间，他瞥见门口站着的以沫，他怔了一下，没有说话。

原本谈笑风生的徐曼见以沫回来了，笑容一点点收敛起来，她坐直了身子，不冷不热地说了句："回来了？吃点水果吧。"

以沫下意识抿紧嘴唇，低声道："不用了，谢谢阿姨。"

她明明温良恭俭，却不知道怎么就扫了徐曼的兴，她脸越发难看："你哥哥有客人在，你也不过来打个招呼问个好，反而别别扭扭的，叫人家怎么看你？你那样怯生生，难不成这边有人要吃了你？"

以沫有些难堪，镇定了一会儿，走过去在陶陶对面坐下："你好。"

陶陶看了她一眼，把手里剥好的橘子递过去："你吃这个吧。"

以沫连忙接了，她捏着那个橘子，抬头朝陶陶明艳照人的脸上看去，清澈而纯粹的眼眸闪过一些复杂的光芒。

第十五章

三个人的电影

在追回陶陶的事情上，江宁表现出前所未有的雷厉风行、能屈能伸。第二天，他就开始实施夺爱战的A计划。计划的第一步是放下身段，厚着脸皮和辜徐行重修旧好。毕竟待在敌人身边，他才有机会知彼知己，百战不殆。

当天下午，很多年没有踏进过辜家大门的江宁借口找以沫上了门。把以沫叫下来后，他却迟迟不走，和在院子里看书的辜徐行套了几句话，然后向他借了几张古典乐CD。

隔几天，陶陶前脚刚进辜家大门，江宁后脚就来还CD了。为表对辜徐行的感激之情，他还带来了一盒自己亲手烤的点心。此物一出，立刻把陶陶的注意力引了过去。

见她感兴趣，江宁忙说："烤个点心算什么？去我家，你要什么有什么，给你做法式大餐都可以。你还没去过我家吧？一起去玩吧。哥，你好久都没去了，千万别拒绝啊。"

听到那声"哥"，辜徐行倒没怎么，把一边的以沫恶心坏了。她默默地抚了一下手臂上的鸡皮疙瘩，转身就准备上楼。

江宁一下子拽住她，压低声音威胁："你可不许跑，你一定得去。"

陶陶很有兴趣地推了一下辜徐行："你们也去吧。"

辜徐行看了一眼以沫，见以沫点头，他也不由自主地点了头。

那天，江宁使出了浑身解数讨好陶陶和辜徐行，终于朝他们之间迈出了关键性的一步。自那以后，江宁就有理由和他俩一起练球了。

为了掩盖自己的狼子野心，又为了避免自己不小心沦为他们的灯泡，江宁每次都会软硬兼施逼以沫同行。这样一来，尴尬尖锐的三角关系就变成了方方正正的四角关系了。

江宁的篮球打得略逊徐行，常常被陶陶嫌弃。江宁见在这桩事情上讨不到好处，便试着把陶陶的兴趣往自己更擅长的东西上引，比方说摄影、舞蹈、音乐、台球。

陶陶对一切好玩的都感兴趣，很快也就被江宁牵着鼻子走了。即便如此，她都坚决把缠着辜徐行当第一要务。只要江宁约她，她就必定拽着辜徐行一起去。

不知道出于什么考虑，一向喜欢独处的辜徐行居然肯答应。更让以沫纳罕的是，只要陶陶来约辜徐行出去，徐曼一定首肯，并且也默许以沫跟着他们一起去。于是那段时间，这个四个貌合神离的"朋友"便频繁地接触起来。

昔日的"三人团"变成了"四人组"。

以沫从没见过陶陶这样千伶百俐、无所不知的女孩子。每个周末，她会组织四人组去户外远足，户外的主题有时是观星，有时是野外生存，有时是探洞。作为主导者，她会把每次远足的行程规划得非常严谨细致。

同为"学霸"，陶陶和徐行有很多共通处，他们有聊不完的话题，涵盖天文、地理、历史、科学。有一次四人组去郊外夜爬，她和辜徐行一人一罐啤酒对着星空聊到不想下山；又有一次，看完一本间谍传记的陶陶突然提议大家一同学习密码学。以沫完全找不到花时间在这件事情上的意义，主动放弃。江宁倒是表现出极大的热忱，然而他学不会！最后只剩下陶陶和徐行乐在其中，并开始把各种密码运用在他们的交流中。

每当处在这些怪异的热闹中时，以沫心里都有点淡淡的哀怨，因为她找不到自己的位置，也根本插不进话。

相比陶陶的全能，以沫显得很平淡无趣，她既不懂天文地理，也不爱好摄影旅行，更糟糕的是，她连很快学会这些的能力都没有。她很努力地想融入其中，可是她怎么也跟不上陶陶主导的谈话节奏，于是只能含着安静的微笑，坐在一旁看陶陶像花蝴蝶一样在两个少年间飞舞。

渐渐地，她觉得自己变成了一块背景板，用自己的苍白孱弱，衬托着他们的五彩缤纷。有时候她会望着他们一起打篮球的身影发呆，恍然想，当年那个陪着徐行和江宁的女孩，真的是她吗？

以沫像突然掉进了一条黑色的河流。如果说她的世界是四面茫茫的大海，那么哥哥就是她的孤岛。现在，属于她的孤岛在缓缓分崩离析，要向另一块大陆漂移而去。她很恐慌，伸出手却什么也抓不住。负面的、黑冷的情绪挤压着她，她感觉自己像只漏了气的气球，心里光明和希望的部分被一丝丝抽走。

期末前的模拟考试成绩下来了，爆了两个冷门：女混混姜敏蝉联班级第三名的好成绩，而优等生宁以沫却滑坡似的跌出了班级前十。

排名表下来时，以沫成了各种视线的交会点。她将表折好，表面也无风雨也无晴。

周五傍晚，教室空得很快。以沫卸下强撑的力量，轻轻向桌子上伏去。人去屋空，教室里的冷空气结成一团来汲取她的热气，她越趴越冷，只得起身。

　　她慢悠悠走在天光渐消的校园，神色有些惆惶。她抗拒回家，却很清楚绝不能错过晚饭的点。行到校门口，一道身影落入她眼帘。穿黑皮衣的姜敏坐在一辆摩托车的后座上，正和一个少年激烈地争吵着什么。少年一边大声叫嚷，一边不管不顾地发动车子往前驶去，姜敏用手拍了他脊背两次，像是在勒令他停车。见他仍不管不顾，她毫不犹豫地从车上跳了下来。饶是车速不快，她还是朝后滚了几米，重重跌落在一棵树边。骑摩托车的少年刹住车，回头看了一阵，见她缓缓支起了身子，便决绝地发动车子离去。

　　大约是疼得厉害，原地坐着的姜敏将额头抵在了树上。惊魂未定的以沫快步上前，在她左侧蹲下，轻轻拍了拍她的肩膀："喂，你还好吗？"

　　过了五六秒，姜敏抬起头。以沫以为自己会看到一张泪水滂沱、伤痕累累的脸，谁知她看到的竟然是一张无比灵动的笑脸。以沫从她狐狸般慧黠的笑眼里看见木呆呆的自己，听见她用俏皮又温柔的声音回了句："我没事呀。"好像她刚刚经历的事情，只是客串了一场并不入心的戏。

　　以沫瞠目结舌："那……那、就好！"

　　见她有起身的意思，以沫迟疑了一下，伸手至她腋下，用力将她挽了起来。

　　姜敏仰起脸，往外呵了口白气："膝盖和手肘都破了，还挺疼的。等我好了再收拾那个烂人。"

　　以沫不知道该回她些什么，只好木讷地站在原地。

　　"好学生，最近为什么老是魂不守舍的？"

　　"啊？"以沫惊了一下，没想到连一个陌生人都能看出她魂不守舍，状态抽离。

她们并肩慢慢往前走，因为受了伤，姜敏有些一瘸一拐的。姜敏半天不开口，像是还在等刚才那个问题的答案，以沫想了想说："我觉得自己一无所有、一无是处，而且再努力也比不上某些人。"

她没想到自己竟然会把内心最深处的秘密告诉她，这些话，她连对许荔都没说过。

姜敏拍了拍她的肩膀："那就再努力一点喽。努力这种事，又不是为了超越别人，而是为了超越那个一无是处的自己。"

以沫心中震动一下，侧目看向姜敏有些深沉的脸："谢谢。"

"韩式烤肉你喜不喜欢啊？"

"嗯？"以沫有点跟不上她这种跳跃式的思维。

"我请你吃烤肉吧。"

"为什么要请我？"

"你帮过我很多。"

"哪有帮你很多？"只是些小小的善意罢了，以沫愧不敢当，"都是些没用的小事。"

姜敏懒懒一笑："我小学时看过一本书，叫《布鲁克林有棵树》，女主角是个贫民窟的小女孩，她爸是个吃软饭的酒鬼，家里的生活全靠她妈支撑。但就算这样，小女孩还是更爱她爸，你猜是为什么？"

见以沫摇头，她说："因为她妈被生活变得很冷很硬，反而是她那个酒鬼老爸，有时候会带她站在商店橱窗外面，幻想给她买一双他们永远买不起的旱冰鞋。这种小事有什么实际作用？但能打动人的，偏就是这种没用的小事。"

以沫看姜敏的眼神有了些不同，她觉得姜敏是个面冷心热的人，面冷，所以是非不管；心热，所以感慨万端。

"你信不信我已经很久没见过存有善意的人了，哪怕一点点善？"

"我信。"以沫脱口而出道。

“虽然我不稀罕，但有时候也会幻想有个人站在我这边。那个人也不用做什么，哪怕只是帮我说一句公道话，我就能觉得世界是亮堂的。”姜敏自言自语似的说完，对着夜空呵出一口白气，回头眯着眼睛，深深望着以沫，“想好了吗？好学生，要不要跟我去吃烤肉？”

以沫不敢答应，也不想拒绝。

姜敏猜到了她的心思，摸出个硬币：“投硬币吧，字就去，花就不去。”

投出来的是字，以沫就去了。

到了烤肉店，以沫向店家借电话打回家里，告诉那边无须为她留饭。

隔着吱吱冒油的烤肉，以沫有些崇拜地看着姜敏：“你总是轻轻松松就考得很好，有什么秘诀吗？”

姜敏认真想了一下：“天生脑子好算秘诀吗？”

以沫嘴角一翘，对她的俏皮报以微笑，心下又有些怅然，前有陶陶，后有姜敏，她们终于让她意识到自己只是个再平庸不过的寻常人。

“你为什么老盯着我的眼睛看？”

“因为很特别。你的眼睛又黑又亮，没有普通人的那些情绪，像黑色的镜子。”

姜敏盯着她哧哧地笑了起来，一双薄薄的肩膀直抖：“你是不是不知道什么叫美瞳？”

“啊？”

姜敏又笑了起来：“你真逗！”

以沫不好意思地低下了头。

服务员端来她们要的主食——以沫的拉面和姜敏的韩式拌饭。姜敏飞快把饭拌好尝了一口，随即拿过以沫碗里的勺子，舀了一大勺饭递到她嘴边：“很好吃，你也吃一口。”

以沫依言吃了，心里有些异样的温暖。

"服务员，来两瓶雪花。"

以沫连连摆手："我不要。"

正在角落里发短信的服务员应声送来两瓶啤酒，撂在桌子上就回去接着发短信。姜敏回头看了他一眼，不动声色地卷了两块烤肉吃了。她慢条斯理地擦干净手，抱臂盯着那两瓶啤酒，懒懒地喊道："服务员，你回来。"

服务员一头雾水地过来："还有什么需要的？"

姜敏瞟了他一眼，竖起两根指头对准一瓶啤酒，神秘兮兮地说："小哥哥，你信不信我会气功？我只要一发功，'哈'一声，啤酒瓶盖就能自己掉下来。"

服务员摸不着头脑，茫然答："不信。"

"不信你还不把酒起子给我拿来？"

正在喝牛尾汤的以沫扑哧一声差点喷出来，她拿纸巾捂住嘴，低头笑了起来。

姜敏接过酒起子，娴熟地撬开瓶盖："终于看见你笑了。从认识你就没见你认真笑过，我一直在琢磨你过得是有多惨。"

以沫敛起笑，感性地望着老练的姜敏。她想起姜敏的苦难，又想起她的坚强，心底五味杂陈。

姜敏一口气把啤酒喝了大半，隔着烟雾垂眼看她："现在的你特别像前几年的我，那段时间我出了个事儿，走到哪里都被人指指点点，在学校也常被欺负。被人推进厕所、推下楼梯，被人往座位上扔垃圾、往脸上扔抹布……我很痛苦，就旷了七天课，天天把自己关在屋里躺着。"

顿了顿她说："我天天看着外面灰扑扑的天，幻想有个盖世英雄踏着五彩祥云来救我出去。英雄当然不会有，我只看到一条狗。那条狗趴在对面窗台上,上蹿下跳地挠了两天窗户,后来它挠不动了,就在窗台上纹丝不动地趴着。我猜它是被搬走的主人遗弃了,只能困在那个屋子里等死。"

以沫的心跟着提了起来:"然后呢?"

"我没想到自己居然会牵挂一条狗。看着那条狗越来越疲弱,我急得在心里大骂:你跑出去啊,你弄块石头把窗户砸开,撕个床单结条绳子滑下来啊!你去冰箱看看还有没有吃的!你把水龙头打开喝几口啊!骂完我又觉得好笑,它又不是人,哪里有那么多办法。"

"后来呢?"

"后来我突然开窍了——被困住的狗只能被困死,那被困住的人呢?难道就没有办法打破个缺口活下去?"

姜敏终止了讲话,眼神一点点聚拢,汇聚成一个冷硬的点:"我打破的第一个东西就是对面的窗户。救了那条狗以后,我觉得像重新活过来一样。"

以沫看着她俏丽却冷酷的脸:"你不怕吗?"

"不怕。只有试过的人才会知道,你越浑蛋,就越强大。"

以沫不能接受她的价值观,但她被"打破"这个词深深触动了。

两人吃完出门,一阵风雪迎面刮来。

"啊,下雪了!"

"好大的雪!"

鹅毛大雪,纷纷扬扬,铺天盖地而来。她们惊喜地对望,不约而同地抬脚在薄雪上印下一个印子。

"我们唱歌吧。"

"唱什么?"

"《雪人》。"

姜敏起了头,两人就你一句我一句地接着往下唱起来。因为暴雪，公交车迟迟不来，两人坐在站台上，从《雪人》唱到《雪精灵》，再到《飘雪》。她们越唱越兴奋，声音越飙越高，热烈的生命力在她们发红的鼻尖上闪光。

公交车驶过一班又一班，她们视而不见，听而不闻，直唱到嗓子发哑才停下来。她们聊了一阵陈妃平的唱功，很好奇她为什么没有红起来，又一起畅想下雪天在伊豆泡温泉的浪漫情形。

两个人在亮着暖光的雪中站台聊了很久很久，最后嬉笑着上了回大院的最后一班公交车。

公交靠站后，已经聊成朋友的两个少女接踵下车。脚尖刚一落地，姜敏就愣住了。

空旷的站台上立着一个穿黑色羽绒服的身影，他戴着耳机，闭目轻轻靠在灯箱上，大约在寒风中站得太久，他脸有些白，但神色很安静。那种安静和喧闹的大雪形成强烈的对比，使他整个人从五光十色的灯光中凸显出来，让姜敏产生一种天地间只余黑白两色的错觉。

听见她们的动静，他睁开幽深的眼睛看了过来。他的目光越过姜敏，在以沫身上停留了几秒，确认她全须全尾后又扫回姜敏身上。姜敏明显感觉到那道眼神在扫过来的瞬间变冷了，他看了她的红发、烟熏妆和耳钉，还看了她的短裤、网袜和长靴。他的眼神没有任何情绪和内容，却让姜敏觉得自己变成了个面目狰狞、浑身鳞片的怪物。姜敏想来火大，却像个没气的打火机，打了几下都没把自己打着，她撇了撇嘴，扭过头去。

以沫往他那边走了几步又停下："哥哥，你怎么在这里？"

辜徐行看着她："接你。"

以沫的心颤动了一下，不由自主地朝他走去。

"宁以沫，那我先走了。"姜敏丢下一句话就离开了。

辜徐行"砰"地撑开伞，将她笼了进去。两人默默走了好一阵，辜徐行问："刚才那个人是谁？"

"同学。"

"你这几小时跟她在一起？"

"嗯。"

辜徐行不再说话，但神情有些严肃。

以沫从小都受不了他不高兴，她下意识地拢了拢外套："以后我不会这么晚回来了。"

辜徐行停下脚步，将自己的围巾解下绕在她脖子上："好。"

"徐阿姨睡了？"以沫试探性地问。

"她去晖城了。"

原来如此。

他们各怀心思慢慢朝前走，彼此都没有说话。新雪积得很厚了，又松又软的，踩上去有咔嚓咔嚓的声音，这种声音在静夜里听来有些隽永。不知不觉间，他们走到了自家院门口。以沫突然有些不想进去。

"我们堆个雪人吧。"辜徐行提议。

正中以沫下怀："好啊。"

辜徐行把手套脱下来递给以沫，以沫没有推却。手套里有他残留的温度，暖融融的。

他们寻了个有路灯的空地堆了起来，辜徐行负责堆雪人的身体，以沫负责堆雪人的头。两人合力把滚出来的两个大雪球垒在一起，就有了雪人的雏形。

"我们去找个胡萝卜？"以沫提议。

辜徐行摇摇头："没有意思。我们塑一座佛像吧。"

辜徐行找来一根树枝，动手在雪人头部刻画起来。以沫则在他的指挥下运来更多的雪，用来堆砌雪人的下半身。

半小时后，一座宝相庄严的雪佛在辜徐行手下诞生了。虽然亲眼看见它是怎样一点点被制作出来的，但面对成品时，以沫还是忍不住惊叹。

辜徐行退后看了看，满意地颔首："对它许个愿吧，没准会灵验。"

"怎么许呢？"

辜徐行把一根树枝递给她："写在它背上。"

以沫接过树枝，走到佛像背后。心中千头万绪，她不知道该写什么。她凝神想了会儿，一首歌的名字如灵光闪现，她提起树枝，郑重地在它背上写下四个字：

莫失莫忘。

那是那年很火的电视剧《仙剑奇侠传》的插曲，她时不时会哼唱。这个当口，她情不自禁地想起了这四个字。

辜徐行沉吟片刻，拿回树枝，手腕翻动，在她那行幼圆体字旁补下四个字：

不离不弃。

笔笔俊秀舒展，沉着道正。

以沫不懂他为什么会补那四个字，她不知道这两句话出自《红楼梦》，它们原是一对。她怔怔看着那八个字，看得有些痴了，心中又酸又软。这一刻真美好啊，时间要是能停下就好。但这么天真的念头，她只敢让它一闪念。天会亮，雪会化，愿望会被遗忘。陶陶的出现足够让她清醒地意识到人生长得出乎意料，在那么长的时间里，什么变故都可能发生。他和她要怎样才能莫失莫忘、不离不弃呢？

走进教室，以沫瞥了一眼姜敏的座位，她没来。

上午第三节课开始时，姗姗来迟的姜敏越过数学老师抢先走进教室。她飞快地看了以沫一眼，两人视线相接，无声一笑。

课间十分钟，以沫打开下堂课的课本，正准备预习，一个纸团啪地落在了她肩膀上。她放下笔，笑着回头朝姜敏看去。

姜敏嘴角带笑，食指朝她勾了勾。以沫没有丝毫犹豫，起身朝她那边走去。姜敏伸脚钩了张空椅子过来，待以沫坐定，她从课桌里拿出一瓶粉色的指甲油："我新买的，觉得很适合你，我给你涂上。"

以沫迟疑片刻，把手递给了她。以沫从没涂过指甲油，身边的同学也没有人涂这个。她伸手的样子虔诚庄重，好像在受洗。热辣刺鼻的指甲油气味迅速在空气中挥发，姜敏拿刷子在她指甲上小心翼翼地刷了起来。教室前后门人来人往，不断有目光朝她们投去。以沫压力很大，只是涂个指甲油，怎么有种冒天下之大不韪的感觉？

上课铃声响起后，以沫回到座位。她旁边的英语课代表拿出纸巾捂住鼻子，并整堂课保持着这个动作。上课的间隙，以沫瞭着指尖晶亮的粉膜，一种异样的感觉从心头滑过，她感觉自己得到了姜敏的一部分力量。

四十五分钟的课程结束，以沫刚准备和往常一样约许荔吃午餐，就见她和另一位女生拉着手头也不回地离开了。以沫心中黯然，嘴角往下压去，黑白分明的世界比她想象的要残酷。

真正的闺密不存在感情变淡，只会绝交。没有任何告别，许荔就这样轻描淡写地从以沫的世界离开了。

从那以后，以沫身边的人变成了姜敏。她们经常一起从大院坐公交去学校，用一副耳机听流行音乐；下雪天撑一把伞，雪积得厚了，就一起在雪地嬉笑打闹。

姜敏的朋友三教九流都有，手机里每天都会冒出各种消息。但姜敏很巧妙地规避了以沫和这些复杂人事相遇的可能。她不会像许荔那样如影随形，但只要她出现，一定会让自己保持相对清澈的状态。以沫觉得姜敏像围着自己转动的卫星，自己的三百六十五度都暴露在她视线里，但她永远看不见姜敏的另一面。

以沫不介意，她心甘情愿。

孤立以沫的范围从教室前三排扩散到整个班，姜敏不在的时候，她成了体育课没有搭子的那个人。在冰冷的现实面前，以沫选择缄默。

二次函数和几何难度越来越大，期末前最后一次数学测验，以沫考了 78 分，历史新低。恐惧感朝她袭来。她坐在椅子上扪心自问，如果连相对优秀的成绩都没有了，那她还剩什么？如果她连自己的成绩都无法掌控，她还有什么希望掌控自己的未来？

痛定思痛后，她对自己开始了长达一个月的魔鬼式训练：每天早晨五点钟起床做两小时题后再去上学，晚上继续熬夜做题。她固然没有学数学的天赋，但是天道酬勤，即便不求十耕十收，十耕一收也是好的。

这样打仗似的高强度学习，把以沫折磨得十分疲惫。但是只要一想到那种失去未来的恐惧，她就会强打精神逼迫自己埋首书案，在一堆堆演算纸之间奋斗。

通过半个月的苦学，她对函数和几何的理解深了很多。在成就感的刺激下，她迷上了函数。她别出心裁地把题库书上的函数题全剪下来，做成一本袖珍册子随身带着，走路时心算，坐车时心算，连吃饭时也会不停心算。

其实连她自己都不知道，她对函数的迷恋不过是一种心理上的移情。她的生活里有太多的不圆满，相对于这些不圆满，读书这件事情起码是可以通过努力、通过自虐似的付出得到回报的。

不负以沫的努力，期末考试结束后，她以数学 98 分的好成绩杀回班级第一的宝座。

成绩下来的时候，教室前三排集体失声。分数即正义，换他们低人一等。

冬日的聿城阴冷异常，人在屋子里坐着时不时会打个寒噤。陶陶耐不住天寒地冻的无聊寒假，突然提议大家一起去丽江旅行。

旅游这类享乐的事情离以沫的生活太遥远，而且她也没有钱，于是微微一笑："我寒假作业很多，就不去了。"

陶陶妙目转向辜徐行，满怀期待地说："你呢？"

辜徐行想都没想直接拒绝："我也很忙，不去。"

以沫眸光一动。这段时间以来，因觉自己多余，每逢江宁约她参加四人组的活动，她都会找种种理由拒绝。拒绝了几次后，她讶然发现只要她不出去，辜徐行便也会找理由拒绝陶陶。最后四人行就会变成江宁和陶陶的二人行。因为这一发现，她不安的心又略微安定了些——陶陶之于哥哥，似乎没有那么重要呢。

以沫觉得陶陶会因此偃旗息鼓就不去了，但她想错了，陶陶露出失望的神情，但她无所谓，笑靥如花地把脸靠近对面的江宁："那你呢？不会也不想去吧？"

江宁满面绯红地望着陶陶的笑脸，恨不得高举右手宣誓效忠："绝对不会，你去哪里，我就去哪里。"

陶陶满意地点点头，伸手在江宁肩上拍了拍："还是你觉悟高。"

以沫的目光在他们三人脸上逡巡了一圈，哥哥之于陶陶，似乎也没有那么不可取代。

这时，徐曼突然从门口走了进来，像是听到了他们的全部对话，她用一种近似命令的语气说："阿迟，你跟陶陶他们一起去。"

辜徐行沉默稍许，点点头："好。"

江宁见了徐曼，有些不自在："咱们去看会儿电影吧？"

寒假里，大院的电影院整天免费放一些红色怀旧影片，跟电影频道似的。隔壁军分区组织士兵观摩了几次后，电影院基本上就没什么人去了。

"没什么好看的。"陶陶撇了撇嘴。

"不一定非要看点什么，咱们往大银幕下一坐，随便聊点什么，气质瞬间就上去了啊。"

见陶陶点头，江宁转过头对徐行说："哥，你不是忙吗？应该就不去了吧？"

感觉到徐曼审视的目光，徐行抬起头："去啊。"

江宁心中暗恨，转向以沫："你也跟着一起去吧。"

以沫想了想，无声地点了点头。

拉开影院的门，一阵英文对白传来，银幕上并没有在播红色影片，而是在播一部原声电影。

江宁扫了一眼，笑说："原声就算了，还没有字幕，这是考听力的节奏啊。"

以沫和陶陶找了位置坐下，说时迟那时快，江宁一个箭步占下了陶陶身边的位置，徐行抿唇不语，从他们后排绕去以沫身边缓缓坐下。

银幕上播的是一部风格诡异的哥特式动画片，画面阴郁，人物造型也古怪奇特，不是以沫喜欢的迪士尼。她仔细听了一下台词，只有个别几个单词能听懂。她侧头看了一眼他们的表情，看起来他们都不存在听力障碍。

在自尊心的驱使下，以沫只能竖起耳朵认真看起来。好在片子的画风很空灵奇诡，光看画面也是一种享受。看着看着，以沫就看出了故事脉络，随着剧情的发展，以沫听见身边传来压抑的呼气声。她眼角轻轻扫了过去，见陶陶咬着唇，紧紧憋着气，像是在忍眼泪。

不知道刚才电影里的新郎对新娘说了什么誓言，竟然让陶陶这样感动？一念转过，以沫下意识地脱口问道："陶陶，刚才他说的是什么？"话一出口，以沫就为自己在她面前露出无知的一面而脸红。陶陶没有立刻回答，以沫以为她没听到，暗暗出了口气。这时，她低低说："With this hand, I will lift your sorrows. Your cup will never empty, for I will be your wine. With this candle, I will light your way in darkness. With this ring, I ask you to be mine."

她的语速很慢，发音很清晰，但以沫只勉强抓住了后半段几个关键词，她发挥联想拼凑了一番，估计大意是"用蜡烛照亮你的黑暗，用这枚戒指请求你嫁给我"。

她咀嚼了一下这段话，并没有觉得有什么动人之处。出神凝思间，坐在她右手边的辜徐行忽然开口："刚才他说的是，执子之手，承汝之忧。愿为甜酿，盈汝之杯。愿如明烛，为汝之光。永佩此誓，与子偕老。"

他声线压得很低，既柔软又清透，像是一道耳语。古雅的文辞结合他清雅的声线，像一道电流从以沫耳中穿过，直抵心底。她低低"哦"了一声，等她慢半拍把全句吃透时，那句"愿如明烛，为汝之光"闪电般从她脑海中炸开。在老宅辗转反侧，无法成眠的夜里，是谁用一罐阳光驱逐了她的黑暗？她转过头，定定地看着他的侧脸，一股暖流呼啸着流向四肢百骸。她出神地想，人世间最美好的誓言，也不外如此吧？

电影散场，他们四人在分岔路口道别。

入夜，以沫照例回房间做功课。她从辅导书里找了一道大题，在演算纸上列起公式来，写着写着，她鬼使神差地起身关灯，从枕畔拿起辜徐行送给她的那只阳光罐。她将缓缓亮起的罐子放在案上，头轻轻伏向桌面。她探出食指，指尖触上罐身表面。她看了很久很久，几不可闻地吐出两个字："哥哥……"

她乌黑的瞳仁笼上一层梦幻的光辉，亮得出奇，她的全部心思像被罐中的光芒吸进了别的世界。

　　"执子之手，承汝之忧……愿如明烛，为汝之光……"她喃喃念道，一阵又一阵不规则的悸动从她心底涌出，"永佩此誓，与子偕老。"

　　夜越来越深，但是她一点也不想睡。她的胸口堵着一股无法宣泄的热情，那热情像火一般跳跃。她突然想打个电话给姜敏，于是从床上翻身而起，可是要跟她说些什么呢——都是无从说起的啊！她忆起曾经读过的一阕词："月落城乌啼未了，起来翻为无眠早。薄霜庭院怯生衣，心悄悄，红阑绕，此情待共谁人晓？"词里写的煎熬、惆怅与羞怯，如今她全懂了。

第十六章

梦里花落知多少

陶陶他们去丽江前夕，突然传来丽江暴雨致洪涝灾害的消息。旅行的计划因此泡了汤。陶陶退完票后闷闷不乐，一整天都窝在辜家的沙发上打 PSP。她不走，徐行也不便赶客，只好放下手头的工作陪她一起联机打游戏。他俩并肩坐在沙发里运指如飞，神情默契十足，徐曼在旁边越看越欢喜："国内也没什么好玩的，不如你们一起去国外玩玩？"

陶陶没有抬头，带着点撒娇的语气说："新马泰都玩腻了，再远一点的地方，还要跟我家太后申请经费。"

徐曼目光柔和地看着她："阿姨请你们两个去马尔代夫吧。我有个朋友做旅游的，前几天说要给我内部价，三个人去很优惠。"

"真的吗？"陶陶眼睛一亮，惊喜地抬起头。

"你要是想去，我现在就打电话报名。"

陶陶眼珠转了一下，羞涩一笑："很想去，可是不好意思让阿姨破费。"

"旅行社买二送一，你跟阿姨住一间房，没有要让我多花钱的地方。"

陶陶昂起头想了想，笑弯了眼睛："那太好了，谢谢阿姨！"

辜徐行欲言又止地看着徐曼，最终什么话也没说。

在徐曼的安排下，没几天他们三人就飞离阴雨绵绵的津城，直奔马尔代夫的阳光沙滩而去。

以沫明明没有去晖城送机，耳朵里却一直回响着飞机起飞时的轰鸣声。她六神无主地温了会儿书，决定去看看江宁。

江宁一定很不好受。这段时间以来，他常憧憬和陶陶双双徜徉在浪漫的丽江，并为此做了很多准备。谁知一转头陶陶却和徐行飞去了更加浪漫的马尔代夫。

以沫在大院附近的网吧找到了江宁，他像是刚熬了一个通宵，脸色很憔悴。见到她，他目光没有任何波动，高度冷静地按着鼠标，电脑屏幕上，一个个匪徒在他枪下脑袋开花。他不知道什么时候学会了抽烟，面前的烟灰缸里躺满了烟头。

大抵是自己都玩得无聊了，他并没有让以沫等很久。出了网吧，两人冒着毛毛细雨走进不远处的米粉店坐下。坐在温暖的店里，他的脸色缓和了些，但整个人木呆呆的，像是丢了魂的行尸走肉。

以沫没想到他会痛苦成这样，眉心微微蹙起，倒了杯热水递给他。

"以沫，我感觉我和陶陶没有希望了。"

"怎么会？你们前段时间不是经常一起吗？我看陶陶挺喜欢和你玩的。"

想起陶陶，江宁脸上露出一种迷茫的神情。相较于以沫的乖巧温顺，陶陶是那样桀骜难驯。他俩每次出去玩，主动权都在陶陶手里。陶陶是一点也不能安静的，每次约会，她不是拽着江宁去网吧和一群社会青年联机打 CS、《魔兽》，就是故意戴顶鸭舌帽装男生，和江宁蹲在马路边喝啤酒，顺便点评路过女生的长腿。现在的她和初见时的她已经判若两人，但江宁非但没有因此生嫌弃之心，反倒更加爱慕她。陶陶的张狂叛逆，刚好迎合了他内心的需要。

有一天晚上，他俩在网吧玩 CS 到半夜，走到军分区附近时，陶陶突然提议不走正门，翻墙进军分区看看。明明是没事儿找抽的建议，江宁居然没有异议，跟着她翻墙。结果两人刚翻进军区就被巡逻武警发现。他们玩命似的逃窜，最后钻进一个废弃防空洞里才躲过一劫。

两人喘了半天气，在黑暗中对视一笑。江宁以为他们的心意在那一刹那相通了，低头开始盘算着吻她的事情。就在这时，陶陶不知从哪里变出个打火机，啪地点燃了一支烟，不是什么薄荷女士烟，而是很有劲的进口骆驼烟。她丢了一支给他，将叼在嘴里的烟凑往他唇边，帮他把烟点燃。江宁抽不惯那么冲的烟，只吸了一口就闷咳起来。陶陶闷笑了一阵，深深将一口烟吸进胸腔。她抽掉江宁叼着的烟，踩灭在脚边，凑近他的唇作势欲吻。就在彼此双唇快要触上的瞬间，陶陶忽然朝他脸上喷出一口烟，放声大笑起来。

笑完之后，陶陶放松身体，靠在防空洞的墙壁上，一边默默地吞云吐雾，一边机械地玩着打火机。江宁于忽明忽暗的火光中看着她美丽的侧颜，忽然觉得他没有真正认识过陶陶。

江宁从迷乱的记忆里回过神来："我们经常在一起又怎么样？"他低下头，十指没入凌乱的额发里："我争不过你哥哥。"

以沫如遭当头一棒，浑身血液倒流，她悚然望着他，口干舌燥地说："哥哥从不会争任何东西。"

"他不争，有人在帮他争。你看不出来徐曼很喜欢陶陶？她搭着钱和时间带他们去马尔代夫，不就是为了撮合他们吗？"

米粉店的煤块燃烧的味道骤然刺鼻起来，以沫鼻根一酸，眼睛跟着也红了起来。良久，她哑声问："你准备怎么办？放弃陶陶吗？"

"不，我不会放弃。还有六个月，我会为陶陶搏一把，和她一起考到北京去。"

他们从马尔代夫回来那天，陶陶的妈妈——那位常常在本地新闻上露面的女副市长，以"接风洗尘"为名，在聿城最好的酒店宴请了辜家所有人。

那顿饭吃得很热闹，徐曼和陶陶的妈妈全程谈笑风生，陶陶则在几个陪客的追问下大谈马尔代夫的风光，以及她和辜徐行一起潜水、开游艇的趣闻。

陶陶说得兴起，推了推旁边的辜徐行："喂，把你手机里的照片调出来给大家看看。"见辜徐行拿出手机，陶陶把头凑到他那边，一边看着照片，一边指指点点："这是前一天拍的，再往后翻翻……哈哈哈，这张真搞笑！"

席间所有人都含着暧昧的笑容望着并头看照片的他们，时不时交换着眼风。

王嫂不凑这热闹，坐在末座的她专注地照顾着以沫，将转到面前的好菜夹进以沫碗里。以沫前所未有地镇静，她大口大口地把饭菜塞进口中，用一次次艰难的吞咽压住不断从胸腔里翻出的灼痛。

她心底山呼海啸，但她确保不会有一个人知道。

以沫彻底绝望，是在正月初七那个下午。那天阳光很好，她在厨房帮王嫂拆一个从云南空运来的波罗蜜。正弄得满手黏液的时候，就见穿红色唐装的陶陶拎着个礼盒笑容满面地跑了进来："阿姨，新年好！好几天没看到你，想死你了！"

多普通的话从陶陶嘴里说出来，都带着热情和劲道。

徐曼喜不自胜地迎上去，携着她的手："陶陶啊，阿姨可不也想你！快过来和阿姨说会儿话。"

陶陶放下礼物，亲热地挨着她坐下，陪她说了会儿话。徐曼也很识趣，没多耽误她，爱怜地拍着她的手说："我不拉着你啰唆了，赶紧上去找阿迟吧。"

陶陶笑着"嗯"了一声，噔噔噔地跑上了楼。

彼时辜徐行正仰靠在转椅上，享受落在脸上的初春暖阳。门外突然咚咚声响，接着一道故作温柔的女声传来："小兔子乖乖，把门儿开开……"

辜徐行暗觉好笑，故意把书盖在脸上，就是不理她。

"快点开开……"陶陶的耐心瞬间用完，原形毕露地咆哮，"快点儿！开开！我要进来！"

辜徐行轻笑着摇了摇头，快步上前把门打开。

陶陶进门瞟了一眼落地窗前的转椅："大爷您可真会享受。"

"刚才扫灰扫得有点累，所以休息一下。"

"扫灰？"这时，陶陶注意到他实验室投影幕布下那扇常年紧闭的门敞开了。陶陶二话不说，直接朝那边奔去。

"哎——"辜徐行阻止不及，眼见她冲了进去。

"天哪，好多航模！"里头传来陶陶震撼的声音。

只见十几平方米大的储物室里，放着四排大木架，架子上摆满了各式各样的航模。陶陶双眼放光，表情震撼，犹如掉进"琅嬛玉洞"的段誉。她的目光缓缓地从各个航模上滑过，落在一个蓝白机身的航模上，她双眼瞬间亮得发光。她按捺住加快的心跳，眼珠转了几下，故作淡定地绕着架子走了一圈，背着手老神在在地对身后的辜徐行说："我终于逮着一个当年跟我抢限量涡喷机的浑蛋了！辜同学——你说吧，咱俩是翻脸成仇呢，还是你拿几个弥补一下我破碎过无数次的心灵？"

"想都不要想。"辜徐行警惕地说，大有一种引狼入室的后悔感。

他此生只有玩航模、收集航模这一个不务正业的爱好。童年时，他曾迷航模到走火入魔的地步，不但把所有钱都花在买航模上，甚至不惜装乖巧哄爷爷从国外给他带。入小学后，徐曼怕他玩物丧志，就再也不准他玩了。但是这么多年来，他收集航模的癖好一点儿都没变。

陶陶哪里管他什么态度，直接将魔爪伸向刚才那架模型。见辜徐行一脸紧张，她坏笑了一下："别怕，我就摸摸……这么轻便还能飞的F16老机子可真少见。就算在当年，这一套下来，起码也要一两万块吧？小辜，别的我不要了，就单送我这个吧。你不知道，当年为了这个机子，我曾发生过一段很悲惨的故事……"

"停……你出去。"辜徐行一手把她往外推，一手去拿那台机子。

陶陶立刻把那台一米长的机子死死抱在怀里，蹲在地上眼巴巴地说："要不，我花钱买。"

辜徐行推开储物室的门用绝无商量余地的口吻说："出去。"

陶陶拖着长长的鼻音，撒娇似的"嗯"了一声："小辜，求求你了，卖给我吧！你放在这里，又不见你飞，这完全是占着茅……这完全是明珠暗投吧。这样吧，你借我玩一下好不好？"

辜徐行毫不留情地一边把她往外推，一边说："不好。出去，慢走不送。"

陶陶万分痛苦地低下头，就是不撒手。赖了好久皮，她缓缓抬起头，可怜巴巴地说："要不，我和你换？"

辜徐行有些好笑："你拿什么换？你能拿出比这个更好的收藏？"

陶陶眼珠一转，巧笑倩兮："我让你亲一下，怎么样？"

辜徐行万万没想到她会这样说，片刻后，他脸上泛出一丝尴尬的红晕："你胡说什么？"

陶陶放下那个航模，起身走到他身边，目光灼灼地说："你吻过女孩子吗？"

辜徐行下意识地往后退一步："别闹。"

陶陶步步逼近，一双大眼睛微微含起一点妩媚："你难道不想知道那是什么感觉？"

辜徐行敛了心神，目光沉沉地看着她，低斥："陶陶，不要开玩笑！"

"我没有开玩笑。难道这不是女生问男生要东西的原始手段吗？日本女孩子都这样干的！"陶陶强忍着笑，缓缓贴上前，压低声音说，"正常男人，像你这么大的，很少有不幻想女孩子的身体的吧？"

辜徐行呼吸一滞，脸红得更厉害了。他蹙紧眉伸手去推她，她像个咏春黏手大师般巧妙地化解了这一推之力，继而借那股反作用力投身他胸前，趁着他愣神的工夫，她踮着脚飞快往他唇边凑去。

就在这时，门外传来一个低柔平静的女声："哥哥。"

两人俱是一怔，回头往门外看去，只见以沫表情淡淡地站在门外。

"徐阿姨让我叫你们下楼吃水果。"说完，她面无表情地转身而去。

"以沫！"辜徐行追出去几步，怅然停在原地。

陶陶并没有觉得有什么异常，还在撒娇："你就答应送给我吧，你要是不答应，我就天天来缠你，缠到你答应为止！我是真的真的特别想要。"

失神沉默了好一会儿，辜徐行正色看着陶陶，清明的眼神一点点冷了下来："陶陶，我的朋友不多，你是最好的那一个，我很珍惜你的存在。但我交朋友有自己的准则：以淡为亲，以甘为绝。所以，我希望我们可以中性地交往。否则……"

陶陶被他一本正经的严肃样子逗得哈哈直笑，作势又要亲他："否则怎么样？"

"否则我们只能割袍断义，划地绝交。"

陶陶忍住笑，故意板起脸："绝交就绝交吧，这架航模你就当绝交礼送我吧？"

辜徐行终于受不了她的胡搅蛮缠，摇摇头，倦倦地说："你拿去吧。我还有点别的事情要做，就不送你了。"

陶陶欢天喜地地抱起那架航模，快步越过他身边。像想起什么似的，她突然停下回头盯着他说："小辜，不如以后我就嫁给你吧。这样，你那些宝贝都是我的了。"

辜徐行轻叹了口气，摁了摁额角："真的……别闹！"

陶陶眼神复杂地看了他一会儿："你不觉得我们是天造地设的一对吗？就像沃森和克里克、乔布斯和沃兹尼亚克、薯条和番茄酱那样相配呢。只是好可惜……"

她缓缓走到他身边："我跟你说个秘密吧。"

还未等他回应，她踮起脚，轻轻在他耳边说了句什么。

辜徐行难以置信地朝她看去，露出震惊的表情。

"所以，你还会和我绝交吗？"陶陶转身离去前朝他眨了一下眼睛，俏皮一笑，"不许把这个秘密告诉任何人！"

说着，她飞快地跑出门外。

"飞喽……飞喽……"陶陶双手举着那架航模，兴高采烈地跑下楼梯，跟客厅里的三人打个招呼，"阿姨，我不吃水果了，我出去玩了！"

徐曼诧异地叫住了她："那是阿迟送给你的？"

"嗯！"陶陶不解地眨巴了一下眼睛，"就是他送的呀。"

徐曼喜笑颜开地说了句："这太稀罕了！这些是阿迟的命根子，你手上那个，是他最喜欢的！他怎么可能答应送人呢？"

陶陶狡黠地笑了："不知道，反正他就是给我了。阿姨，我走了，拜拜！"

徐曼望着她的背影乐呵了好一会儿才说："真是一对儿！"

说着，她瞟了一眼以沫，她垂着眼帘，默默吃着波罗蜜，好像什么也看不见，听不见。

徐曼长长松了口气，像是一块压在胸口的巨石放下了。她自言自语似的说："这么多年来，我最怕一件事，就是阿迟交错女朋友。现在啊，我可是放心了。"

王嫂笑着说："我只听说过男怕入错行，女怕嫁错郎，辜家高门大户的，您怎么反倒愁起他的婚配来了？"

"你这是不在其位，不谋其政啊！我们家看着风光，可是只有老爷子和老辜这两代人兢兢业业，根基是稳不了的。阿迟进军界是没戏了，他又没有政治细胞，只能随着他的爱好往科研方向走。科研这种东西搞不出重大突破，十年青春扔进去都起不了个水花。光靠他爷爷和爸爸撑着，家族辉煌能撑多久？所以必须找个处处都能帮他的贤内助。"徐曼娓娓说着，"陶陶这孩子家世品貌都是一流，前途不可限量，可不就是我心心念念要找的儿媳妇吗？我现在只求他们快点定下来，早点结婚，开枝散叶。"

"你操心得也太早了。"

"你懂什么？再过半年，陶陶考去北京的 TOP 2 大学里，多的是北京、上海来的世家公子、青年才俊，搞不好要出变故的。"

波罗蜜分外甘甜，以沫却越吃越苦："阿姨，我吃好了，你们慢聊。"

说罢，她镇定自若地往楼上走去。掩上房门，她重重地靠在墙壁上，脸色一点点灰白下去。她木木地站着，觉得身体哪里都冷。她僵僵地绷着身子，努力控制着微微颤抖的肩膀。

她凄然睁大眼睛，好像那样眼睛就会因过于胀痛无法流出泪来。可是她竟错了，好似有千万根利刺在扎她的眼睛，眼前的一切再也堵不住眼泪在不停地摇晃。

她一步步走到床畔，支撑她膝盖的力量消失，她重重跪到地上，把脸埋进白色床单。一股锥心蚀骨的痛楚涌遍她全身。她想放声痛哭，可是这栋屋子里没有她发出异响的一席之地。这里的一切是别人的，天底下一切光明、喜乐是别人的；现在，连他也是别人的了。

地板上刺骨的寒冷顺着她的膝盖攀爬游走，遍布她整个身体。不知道过了多久，一片冰凉的水痕从她脸下的床单扩散开来。

第十七章

傲慢与偏见

新学期开学后，以沫彻底退出四人组的活动。另外三个人仍维持着那种友情以上、恋人未满的微妙三角格局，好像什么都没有发生过。以沫是看不懂他们了，她也不想看。她闭塞了视听，对外界一切冷暖都置身事外，渐渐地，她内心嚣沸的痛苦、迷茫和苦涩都沉淀了下去。

盛春重临，一中后山的梨花、桃花全开了，熬过一个酷寒的冷冬，换下厚重衣物的学生们展现出勃勃生机，用各种吵闹激活憋闷了数月的校园。以沫偶尔也会独自站在教室外的长廊里对着后山眺望，吹吹迎面而来的暖暖和风，嗅嗅风里的各种花香，但她的心并不被这春和景明触动，反而时常生出一种恍恍惚惚的虚无感。

春花谢了后，高三所有班级的黑板报上有了一个"距离高考××天"的倒计时。在高考的巨大压力面前，高三组的学生们个个面无人色。

自从上次在米粉店发誓要为陶陶搏一把后，江宁像变了一个人，先是从各种社会活动里抽身而出，然后回到"两耳不闻窗外事，一心只读圣贤书"的正轨里。

时间一天天流逝，江宁像消失在以沫的生活里，连偶遇都见不到。

以沫再次听到江宁的消息是 4 月中，高三组一模成绩放榜。江宁大爆冷门，从年级一百多名一跃进入年级前十，成为一中史上成绩跨幅最大的传奇。高中组所有的师生目瞪口呆，热议纷纷，有关这场逆袭的八卦很快也波及初中组。

接下来的誓师大会，江宁被学校选为誓师代表发言。大会结束后，他那句"胜负未定，你我皆是黑马"瞬间燃爆校园，鼓励着所有备战会考、高考的学生。

誓师大会第二天，江宁意外地出现在辜家。不是为了四人组的活动，他是专程来约以沫的。以往徐曼见了他，冷眼相待，但这回脸色好看了点。以沫闻声下楼，乍见江宁，她的鼻子莫名地酸了一下：

眼前的江宁至少比过年前瘦了二十斤，他本就生得劲瘦，暴瘦过后有种骨骼支棱的薄弱感。两人并肩出门，借着阳光仔细一打量，以沫发现他头发凌乱，脸色青苍，脸颊和眼窝都深深陷了下去。

以沫蹙着眉："怎么成这样子了？"

"累的。"

两人一起走到大院附近的铁道桥上，以沫感慨道："江宁哥，你很棒。我很为你开心。"

江宁淡淡一笑："知道我为什么约你吗？"

见以沫摇头，他说："那天我估完总分，眼前第一个冒出来的人是你。我知道考得很好，想第一时间跟你分享这个好消息，我知道你一定会发自内心地为我高兴。"

铁轨在一路青草中延伸到天边，以沫随他择了一处坐下。江宁抓起把石子，一边往外丢，一边说："知道我这段时间怎么过的吗？每天早上五点起床，夜里一点睡觉。除了喝水、上厕所和中午补觉四十分钟，其余时间都像凝固了一样，没有一分钟被浪费——连吃饭那十分钟都在看错题。你可能不信，错题这玩意儿还挺下饭的。"

以沫知道他需要倾诉，没有打断他。

"以前荒废得太多，现在弥补起来才知道难。没有捷径，只有不停地刷题。夜里困得不行就玩命喝乌龙茶，喝得我内分泌都快失调了。"江宁长长地吁了口气，"每周唯一的娱乐就是来这条铁轨上，压力小点的时候，幻想跳上火车，一路向北；压力太大的时候，幻想往上一躺，一路向西……"

"你应该让陶陶知道你为她付出的。"

"跟她说这些？你觉得她会感动？她只会觉得我倾尽全力还不过尔尔吧。"

"也是。"陶陶和哥哥那样的天才又怎么会对普通人的奋斗感同身受？

"你呢，最近怎么样？"

"还好吧。"

"听我爸说，大伯调去晖城的事情基本上定下来了，就等省里开完会出公示公告了。这个消息你知道吗？"

以沫点点头，最近她在饭桌上听到一两句耳风，说是辜振捷下半年会调去省里，徐曼本人的工作调动也在走流程，如果没有意外，9月就会有确定消息。

这对以沫来说并不是件好事。她不想离开聿城，离开大院，离开姜敏和熟悉的一切，去一个远离七莘镇的陌生都市生活。苦涩的不安从以沫心底滋生出来，她有一种预感，也许什么格局就要被打破了。

和江宁分开后，以沫去菜市场买了一些核桃，一颗颗剥好装进盒子里。傍晚，她带着装满核桃仁的盒子往江宁家走去。她刚走到他家门口，就听见门内传来摔东西的声音。

以沫惊了一下，愣在门口。

这时里面传来江宁的咆哮声："能别吵了吗？你们打扰到我学习了好吗？"

以沫吓得倒退了一步，刚准备溜走，门砰地打开了，一身怒气的江宁红着眼冲了出来，见以沫在外面，他愣了一下。

以沫下意识往屋子里看去，只见满屋狼藉，一个红色的皮箱被撞翻在地上，地上丢满了各种各样的衣服。辜默成颓丧地半跪在地上，像是一尊绝望的雕像。

江宁越过以沫，快步冲下楼去。以沫毫不犹豫地追了上去，她跑了很久，才在大路上截下江宁。她拽着他的衣服，气喘吁吁地说："你要……去、哪里？"

"不要你管！"

"去网吧还是鑫源KTV？"

"网吧。"

"我就知道！有第一次放纵就会有第二次，你这一去，之前的努力就全都白费了呀！"

"宁以沫，你睁开眼睛看看我那个家，你觉得努力有用吗？"

以沫把气喘匀，大声吼道："那你睁开眼睛看看我的人生，你觉得努力有用吗？可是，多少有点用的啊！"

那是十年来，辜江宁第一次看见以沫大声说话。他们两个红着眼圈，相视而立，慢慢地都冷静了下来。

"江宁哥，我爸以前说人和花花草草一样，落土八分命，就算发现自己是棵长在瓦背上的短命瓦松，也要努力活得好，活得有用。因为只有这样，才对得起生命最初破土而出时的艰辛。"

以沫拉江宁在一旁的条凳上坐下，见他平静了很多，她把那盒核桃仁递到他面前："一天吃六颗，补脑的。"

江宁打开盒子，抓起一颗核桃仁放进嘴里，嚼着嚼着，一行热泪从他脸上滑落。

这天放学，以沫如往常一样拖到天擦黑才收拾书包离开教室。刚走出校门，她就被五个穿着奇装异服的女生截住了。这伙人围住以沫，一步步把她逼到校门外的小巷子里。

一个满头黄毛的女生突然抓住以沫的头发，迫使她的脸仰了起来。

黄毛女身后，一个穿着黑色丝袜的女生冷冷道："对，就是她，最近跟姜敏很铁！"

黑丝女的话音刚落，以沫脸上就挨了一个重重的耳光。以沫还没来得及反应，那伙人就一拥而上，把她踢倒在地。

黄毛女骑在以沫身上，使劲向后扯着以沫的马尾。一阵撕裂般的剧痛从以沫头皮处传来，以沫疼得直吸气，但她咬着牙，一声也没吭。

"还挺刚强啊？"

黑丝女走上前，七寸高的尖头鞋踩住以沫的手掌。以沫疼得眼前发青，蜷在地上的身体不自觉地抽搐起来。

另一个女生走上前来，伸出涂得如血滴的五指，掐住以沫的脖子，照着她的脸不停地扇起耳光来："这是姜敏那个婊子欠我们的！"

一股热血从以沫的鼻子汩汩流出，以沫忍住泪，一边用尽全身力气挣扎，一边咬牙切齿地怒视着她。

一个穿格子衬衣的女生扔掉手上的烟蒂，冲上前一脚踢在以沫背上："还敢瞪我们？想死是吗？"

以沫剧烈颤抖了一下，身体缩成一个扭曲的弧度，她疼得连哭的力气都没有了。

"打死她！"黑丝女亢奋地叫了起来。

就在这时，她们身后传来一个冰冷的女声："我看要死的是你们！"

那伙人停下动作，齐齐回头看去，只见姜敏带着两个女生气势汹汹地朝她们走来。还不等她们反应过来，姜敏抬起一脚就把骑在以沫身上的黄毛女踢倒在地。紧接着，就是一场昏天黑地的群殴。姜敏她们人虽然少，但个个都很能打，也就几分钟，这场架就打完了。

姜敏一脚踩在黄毛女的身上，啪地点着打火机，点起一根烟抽了起来。另一个女生把地上的以沫扶起来，半拖半抱地把以沫带到姜敏她们面前。

姜敏猛吸了几口烟，从衣袋里掏出手机递给以沫，指着地上的黄发女说："用这个抽她的脸，不伤手。"

以沫惊恐地看着鼻青脸肿的黄发女，哆嗦着直摇头。

"你不抽是吧？好，那我帮你抽。"

这时的姜敏像换了一个人，表情无比冷厉。她扬起手，怒甩了黄发女十几个耳光。歇了歇手，她转身，狠狠一巴掌抽在了黑丝女脸上："现在到你了。"

以沫艰难地动了动被打破的嘴，哀求道："姜敏，别打了。"

姜敏置若罔闻，左右开弓打了黑丝女好几下才停下手："再拉无辜的人下水，你们真的会死，信不信？"

黑丝女吓得直点头："信、信、信！"

"呸！"姜敏啐了一口，走到第三个女生面前，她刚扬起手，那个女生就大声号哭起来。

"你们干吗呢？"一声断喝从远处传来，只见一中教务处的副主任带着一群保安冲了过来。

以沫低头站在教务处办公室里，听着副主任挨个联系打架学生的家长。

打人的那帮女生是七中的太妹，教务处调查清楚事情原委后，打电话给了七中教务处，让他们过来领人。本着"四不放过"的原则，他们也没有放过受害人宁以沫。在教务处老师的刻板印象里，能掺和进这种恶性事件里的人就无辜不到哪里去。

半小时后，七中的老师把那群太妹领走了。陆续又来了两个家长把姜敏的朋友领走了。最后，教务处只剩下并肩站着的姜敏和以沫。

"老师，给她一个座位呗。"姜敏靠着墙，昂首挺胸地说。

"这是在罚站，你知道吗？"

"她又没打架，凭什么罚她啊？"

"你……"副主任眉一横，指着她刚要开口，教务处办公室的门被人推开了。只见校长亲自领着一个人走了进来。

副主任脸色和缓了下来，笑着迎上去："欧阳校长，你怎么来了？"他看了看校长身边那个穿白衬衣的少年，一下认出那是被老师们私下里戏称为"一中之光"的辜徐行。

"哦，我就是过来看看。"欧阳校长扫了一眼以沫，"徐行代他爸爸来接妹妹，你教育教育就让她回去吧。"

辜徐行有礼有节地对副主任点了个头："老师好。"

打完招呼后，他看都没看墙边被罚站的两人，径自走到书桌前，拿起副主任做的事件记录看了起来。

副主任当着校长的面，严厉地对她们训了一通话，然后说："你们走吧，周五前把检讨交到我这里来。"

姜敏看了一眼以沫，又看了一眼抿唇看记录的辜徐行，然后头也不回地离开了教务处。紧跟着，副主任和校长一边寒暄，一边往门口走去。

静得让人窒息的办公室里只剩下辜徐行、宁以沫他们两人。自进这间办公室以来，以沫就没有抬过头，这时，她感觉到他的视线落在自己脸上，一种无形的压力压得她有些腿软，几乎站立不住。她心里五味杂陈地抬起头，鼓足勇气朝他那边看去。只见他落座在办公椅上，此时正面无表情地看着她。

暖黄的灯光将他脸部的线条凸显得格外清晰，他微微眯着竹叶状的狭长凤眼，目光深如寒潭。

以沫不敢和他的眼睛对视，眼神闪烁了几下，落在他紧抿的唇上。

就这样对峙了十多分钟，辜徐行才开口："过来。"

以沫往前走了几步，离他远远地站着。

"再过来点。"

她只好规规矩矩地走到他面前站定。

他冷不丁地抬手，拇指在她右脸颊的瘀伤处轻轻抚了抚："疼吗？"

以沫全身神经都紧绷了起来。她屏住呼吸，忙机械地摇了摇头。

他轻轻叹了口气，沉默了一阵，突然又问："害怕吗？"

想起刚才被那群人殴打、凌辱的情景，疼痛感和屈辱感再度席卷而来，她咬牙强忍着眼泪，无声地点了点头。

"为什么要和那样的女孩交往？"他低头看了她一会儿，语调平静地问，"为什么要把自己变成现在这样？"

眼泪夺眶而出，以沫吸了吸鼻子，垂眸木木地说："我喜欢和她在一起，我也喜欢现在的自己。"

"你了解她是什么样的一个人吗？"辜徐行的语调终于有了些起伏。

"那你了解她是什么样的一个人吗？那些关于她的流言都不是真的。她不是个妖魔鬼怪，没有长着青面獠牙，就是个寻常的小女生。"

"寻常？所以你以后也要跟她一样，在身上刺满刺青，化着浓妆，动不动喊打喊杀，然后抽烟、喝酒、去迪厅，接着滥交，甚至吸毒？"

以沫打了个寒噤，难以置信地抬头望着他："你太言重了！"

"在美国，我见过很多这种毫无戒心的女孩子，最初只是交错了一个朋友，第一次跟着去酒吧时也是乖乖地喝牛奶，但慢慢地就按照我说的那个轨迹全面滑坡了。"

以沫只觉一阵气闷，脱口说："我觉得你偏见太深了，你不但不了解姜敏，而且也根本不了解我。"

辜徐行从未想过有一天以沫会跟自己顶嘴，他怔了一下，神情一点点冷了下去："我不需要基于了解来判断问题，我只相信一般规律。'蓬生麻中，不扶而直；白沙在涅，与之俱黑'，这就是一般规律。"

顿了顿，辜徐行肃容沉声说："以沫，我是你的哥哥，我有义务管教你。从今以后，我不允许你和她再交往。"

以沫脸色煞白，心中无限委屈，话说到这个分儿上，她已经没有什么好争辩了。她收起眼泪，木然和他对视了一阵，转身往办公室外走去。

回到家中，已经将近晚上八点。王嫂见以沫一身伤痕，心疼得"哎哟"一声，赶忙去药箱找特效跌打药，准备给她化瘀。

以沫一言不发地往楼上走去，却被徐曼叫住："先去吃晚饭，你辜伯伯接到学校电话，从芝云县赶回来了。他可能有话要跟你说，你等他一会儿。"

以沫神情一黯，精神上的重压让她负累不堪，她无法拒绝，牵线木偶一样走到餐桌那边，默然开始吃饭。

十几分钟后，外面传来辜振捷车子的声音。

以沫暗想又该是一顿批评教育，然而辜振捷进来后一句话都没说，走到餐厅那边夹起一个饼，一边大口吃，一边把一个盒子推到以沫面前："伯伯太忙了，很多事情照管得不周到。以后出门在外，遇到危险第一时间给家里打电话。"

以沫打开盒子一看，里面躺着一部白色的手机，她紧缩的心骤然一暖，含泪朝他脸上看去。她想说谢谢，但这两个字既生分又无法传达她对辜振捷的感情，便只是轻轻点了点头。

辜振捷吃了口菜："明天一早，王警官会带人去七中找那几个坏丫头谈话。你安心读书，以后借她们十个胆子也不敢来惹你了。"

他风卷残云地吃完饭，跟徐曼打了个招呼："我走了，甘江县那边一早有个会。"

以沫百感交集地望着辜振捷的背影，动荡不安的心稍稍安定了下来。

第二天，以沫顶着满是瘀青的脸去上学，迎接她的是一道道幸灾乐祸的目光。昨晚的事情，今天一早就已经在校园里传得沸沸扬扬了。

以沫笔直地坐在书桌前，如往常一样翻书预习。她做不到面无表情，但她很努力地在控制自己颤抖的眼睫、嘴唇。在这种无声的对抗里，她的心一点点冷下去，随之一点点硬起来。

她是对的，她没有错，她会证明给所有人看。

半个月后，初中组的中考成绩出来。以沫头一回坐上年级第一的宝座。张榜那天，以沫站在光荣榜前久久凝视着自己的名字，她觉得对自己和辜家人有了交代，也终于扫掉了群架事件带来的一系列耻辱。

正出神间，一只手落在了她肩头，耳边传来姜敏极富感染力的声音："在这儿自恋呢？"

以沫低头微微一笑："是有一点开心。恭喜，你也考得很好啊！"

姜敏尖尖的下巴抵去她肩头，将大部分重量压在她身上："这回考前我狠狠熬了几次夜呢！"

"好难得，为什么这么用功呀？"

"我得让你哥看看咱是好学生，这样我们才能继续交往啊！"姜敏懒洋洋地说，"这些天真是累坏了，咱们去放松一下吧？"

以沫张口想要拒绝，话没出口就被她咽了下去。群架风波后，因为顾及辜家人的看法，她很少和姜敏一起出去了。她担心这次再拒绝姜敏，她们之间会生出龃龉："去哪里呢？"

"去书吧吃炸鸡。"

市中心有家租书店，提供简餐，环境也很好，是各大中学学生的聚会胜地。

那天是周五，书吧人爆满，她俩排了很久队才等到位置。以沫点完吃的，一道短信提示音从衣袋里响起，她拿出手机一看，是辜徐行发来的短信，只有三个字：你在哪？

以沫认认真真敲下一段回复，说明自己与何人在何地做何事，晚上不回去吃饭。短信回过去后，那边很快传来一个"好"字。

辜振捷为了便于她生活给她买了手机，但真正便利到的人好像是辜徐行。以沫的信箱里躺满了他的短信："今天要带伞""怎么还没回""上衣太薄，不得体"……

短信内容都很简略，但每一条短信都是一个管束她的小框框，真是"条条框框"。以沫正自出神，姜敏突然伸手抽走她的手机，浏览起她的短信来："唉，真看不出你那个冰山哥哥竟然是个话痨、控制狂！"

以沫伸手把手机拿了回来，淡淡地说："你别这样说我哥。"

姜敏被她一本正经的古板样子逗笑了："我觉得你哥很有霸道总裁的气质。"

那时候"霸道"还是个彻彻底底的贬义词，以沫蹙眉："我哥不霸道。"

"这个'霸道'不是那个'霸道'，是一种很苏的感觉。"熟读各种台湾地区言情小说的姜敏表示这种东西只可意会，不可言传。

"苏是什么意思？"

"就是……招人待见。"

"哦！那总裁是什么？"

姜敏以手抚额："就是总经理、老板、企业家在台湾地区的说法。"

"霸道总经理……"以沫低头咀嚼了一下这个词，眼前浮现出一个人，"你是说袁金旺那类人吗？"

袁金旺是大院食堂会计李明霞的老公，管着大院的果园，经常自恃身份呵斥他们这些去果园里玩的大院子弟。这几年他做了某个知名直销品牌的总经理，每天黑西装红领带，顶着油光水滑的大背头，夹着公文包满家属楼做推销。以沫和姜敏好几次被他缠得脱不开身，不得不买些唇膏、护手霜这类东西打发了去。

"袁金旺？"姜敏"扑哧"地笑了，"好吧，你赢了！"

和姜敏笑谈了一阵，见外面华灯初上，以沫起身说："咱们回去吧。"

"等会儿，我租几本书周末看看。"姜敏把以沫拽到书架旁边挑了起来，"你也挑几本啊。"

"我没时间看闲书。"

"天天绷得那么紧，精神多紧张啊？我给你多找几本霸道总裁的小说看看。"说着，姜敏从架子上抽出几本书塞进她怀里，"做题做烦了就翻翻，这种书一目十行，几十分钟就看完了。"

以沫瞄了瞄那些书，和她看的那些大部头名著不同，这些书尺寸很小，刚好可以放进口袋里。它们封面上画着非常漂亮的女孩子，倒是让有一颗少女心的她心生喜爱；只是书名都好奇怪，叫什么《娇妻带球跑》《总裁求放过》，那些字她都认识，但意思她一点儿也不懂。

说话间，姜敏抱着一堆书去前台刷了卡。以沫盛情难却，只好把那几本书放进书包里。

回家后，以沫翻开一本书名里带"总裁"的书，只看了一页就被作者稀松的文笔、夸张的文风惊呆——这种小学生作文水平的东西怎么也能出版呢？她悻悻地把书扔去一边，又翻开一本漫画。画面上的人都是大眼睛、尖下巴，脸盲的她分不清谁是谁，更加不知道该以什么顺序读图，于是也扔去了一边。她打开《黄冈兵法》专心做了会儿题，轻轻松松杀掉了两小时。临睡觉前，她随手把姜敏给她的闲书放在了书架上。

　　任谁也没想到，那几本书会给以沫带来第二场风波。

　　星期一下午放学，以沫刚走进家门，就惊见一本自己放在书架上的闲书正握在徐曼手里。徐曼一边慢条斯理地嗑着瓜子，一边认真地翻看着。她的面前堆满了瓜子壳，看样子已把所有书都看了一遍。以沫暗想，这些书怎么会在她手里？莫非她进自己的房间了？莫非她经常进自己的房间？

　　她心中别扭极了，低头快步走过去。她回房放下书包，越想越觉得羞愤，那种寄人篱下、风刀霜剑的压迫感犹如悬在心口。她怔怔望着窗外出了好久神，才拖着沉重的步子下楼去帮厨。

　　饭菜上桌后，辜振捷和辜徐行父子也一并进了屋。一家人在餐桌旁刚坐定，徐曼捧着那几本书走了过来："以沫啊，这些书你从哪里弄来的？"

　　以沫如实答道："阿姨，是同学借我的。"

　　"是上次那个和你打群架的同学吧？"

　　以沫沉默了一会儿，慢慢点了点头。

　　徐曼盯着她的眼神骤然一冷，疾言厉色道："你们小小年纪怎么能看这么下流的黄色小说呢？"

　　以沫闻言色变，骇然看向徐曼。

　　那些书本都被徐曼折好了页，她随便翻开其中一页念了起来。那是一大段赤裸裸的男女情事的描写，用词非常污秽露骨，每句话听在以沫耳朵里都如雷轰电掣。她脸唰地红透了，屈辱的眼泪夺眶而出。紧接着，坐在她对面的辜徐行也红了脸。

"……她弓起身子，迎合着他的……"徐曼不依不饶地往下念着。

"够了！"辜振捷"啪"地放下筷子，沉着脸说，"别念了。"

徐曼放下那本书，当众打开一本漫画，只见某页画着少男少女赤身缠绵的情景。这画面冲垮了以沫的心理防线，以沫抽噎着解释："阿姨，我没看过这些书。真没有看过。"

徐曼痛心疾首："宁以沫，在阿姨心目中，你是个挺纯洁的姑娘啊，现在怎么变成这样了？"

以沫百口莫辩，憋着一口气，大哭着摇头。

"徐曼！"辜振捷大吼一声，"别再说了！"

"我在帮你管孩子呢，你大呼小叫干什么？"

"孩子是要管，但不是你这么管。都给我坐下吃饭！"

辜振捷转头看向以沫："这些书是哪家书店租来的？"

以沫低声报了书吧的名字。辜振捷听完，摸出手机打了个电话："周云坤啊，你们综合行政执法局是干什么吃的？书店里明目张胆地放着淫秽色情刊物，居然没有人监管。这要毒害多少青少年？……还开什么会研究？现在就让文体科教执法大队加班，先去把鸿洲路的莱茵书吧查了，然后立刻在全市开展校园周边文化环境检查，要给我狠抓落实，听到了没有？"

火冒三丈的辜振捷连饭也不想吃，起身往门外走去："我要亲自去盯！"

屋里的空气尴尬得令人窒息，以沫在羞辱和惊惧中闭上了眼睛。

良久，徐曼有些尖刻地说："你看看你，把你辜伯伯气成什么样子了。"

悲愤到了极点，以沫反而冷静了下来，她一点点吞下哭声，缓缓睁开眼睛，望着徐曼冷漠的脸："我真的没有看过那些书。阿姨，我有公民的隐私权，请您以后不要再进我房间。"

说完，她头也不回地往门外冲去。

辜徐行看了一眼徐曼，紧跟着追了出去。他在院外追上以沫，奋力拉住她的手："你要去哪里？"

他轻轻扳过以沫的肩，看见她毫无表情的脸。她脸上布满风干了的泪痕，有些脏，衬得她的眼睛寒星般干净清亮。此刻，那双寒星般的眼睛正冷漠地看着他。

辜徐行从没想过以沫会用那样的眼神看他，从未有过的惶恐和愤慨占据了他的心。他竭力克制，放缓声音又问了一次："你要去哪里？"

以沫近乎漠然地反问："我能去哪里呢？"

"跟我回家。"

以沫嘴角勾出一丝轻笑，什么话也没说，用尽全力将他的手挥开，快步往前走去。

辜徐行也不再说话，紧跟着她一路走到公交车站台。隔着站台的人群，辜徐行看见她拿出手机打了个电话。他想都不用想就知道她是在给谁打电话，心跳骤然加速，一种无法言喻的急怒涌了上来。他抿紧嘴唇，蹙眉看着她。周围的人都感觉到他的情绪，纷纷向他投去窥测的目光。

以沫视若无睹，定定地等着公交车。不多时，开往市内的车到站，人群蜂拥而上，站在队伍末尾的以沫抬脚刚要上车，一股巨大的力量掣住她手臂，紧接着，她天旋地转地跌入一个热力蓬勃的怀抱。

"你放开！"以沫挣扎着冲他大喊。

辜徐行加重臂弯的力量，将她死死裹挟在怀里："你还要去找她？你还嫌她害你害得不够？"

以沫怔了一下，浑身哆嗦起来，咬着牙说："姜敏从来没有害过我，一切都是意外！"

辜徐行终于克制不住，愠道："宁以沫，你知道你现在这样子特别像什么吗？特别像《三打白骨精》里被妖怪蒙蔽了双眼，还是非不分、执迷不悟的唐僧。我气得要命，却不知道该怎么叫醒你！"

以沫提高声音反驳："我是执迷不悟的唐僧……那你火眼金睛看到的就一定是真相吗？"

以沫的怒气与反驳在辜徐行的意料之外，他脸色越发冷，语气却平缓了下来："你告诉我什么是真相？"

"姜敏是个好女孩，如果你深入了解过她，你也会这么认为！"

辜徐行冷笑："那种文身、抽烟、喝酒、说脏话的好女孩？"

以沫嘴角浮出一丝苦笑："既然如此，我们没什么可说了。"

又一辆公交车停下，以沫决然朝打开的车门迈去。这一次辜徐行没有拦住她，而是跟着她上了那辆公交车。

车子空位很多，以沫选了一张单人椅坐下。辜徐行跟着走过去，垂眸在她身边站着。以沫绷着脸看向车窗外，夜幕降临，车子颠簸着驶过万家灯火，以沫的身子跟着起伏，她直观地觉得自己漂泊在一片海上，不明前路，也不知道自己将何时覆灭，前所未有的恓惶。她的眼睛死死盯着城市高楼里的五色灯光，仿佛能看见每道灯光背后其乐融融的景象。她前所未有地想要拥有其中一盏灯光，那样她就可以在里头安静自由地生活、学习，不用担心一双不冷不热的眼睛挑剔着她的言行。

她看得出了神，不知道过了多久，一口长气从她腔子里缓缓呼出。她的眼神由远处回到近处，玻璃上映着一张熟悉的脸，她痴痴看着他清隽的眉眼、挺直的鼻梁，心中忽而冰冷，忽而炽热。

公交到站，他们前后脚下了车。姜敏就在不远处的韩式餐馆等她，她必须做出选择。这时，沉默了一路的辜徐行指着旁边的甜品店："我们去那边坐坐。"

他已经完全冷静了下来，语气温和得让人无法抗拒。

见以沫不置可否，他先一步朝甜品店走去。以沫脑子里很乱，本能地跟着走了过去。

两杯甜品很快摆在了他们面前。辜徐行决定把话题绕开姜敏："以沫，我知道你现在一定很不好受……自从我大哥去世之后，我妈妈的心理状况一直很不好，经常会有过激的言行。我希望作为晚辈的你能够对她多一些理解和宽容。"

以沫放在桌上的右手轻轻颤了一下，整个人陷入一种奇异的安静里。

辜徐行迟疑了一会儿，有些难以启齿地说："今晚的事情没有你想的那么严重，我们不会戴有色眼镜看你。十五岁正值青春懵懂，难免会对……会对性有些好奇。"

以沫的胸口突然有了一点起伏，她极轻微地摇了摇头，发出一声几不可察的叹息。

"想去了解它没有什么错……但是你应该选择一些理论性更好、格调更高的专著来了解。如果你不介意，我可以帮你找一些……"

这时，以沫突兀地站了起来，强忍着眼泪一字一句说："我说我没有看过那些书，你为什么不相信我？"

长久以来压抑着的委屈和怒气突然爆发，她推开椅子，高声质问："你们为什么就是不相信我？"

辜徐行的心一点点沉了下去，眼前的以沫明明是她，但仿佛又不是她了。他有些疲惫地叹息了一声："我想你可能是叛逆期到了。"

"对。"以沫被他这句话戳中了心窝，"我就是叛逆期到了！"

说完这句话，她夺门而出。人来人往的街道上，以沫发足奔跑，她的脸上再度布满泪水。她拉开韩式餐厅的大门，见到姜敏后，她抱着她的胳膊呜呜哭了起来。哭到嗓子发干，胸口闷疼，她才缓缓地停了下来。她愣了会儿神，端起桌上姜敏喝过的啤酒大口大口喝了起来。啤酒的味道寡淡苦涩，却没有白酒那种攻击性，她觉得自己还可以喝更多，于是借着刚才那股锐气拉开一罐酒又喝了起来。一罐酒喝完，她感觉头脑热了起来，有一种眩晕感。她疑心自己醉了，但脑子似乎比平日更加清醒。姜敏刚想说些什么，但见餐厅门被拉开，久未谋面的辜徐行落入她眼帘。

姜敏下巴微扬，挑眉迎视着他。辜徐行淡淡瞥了她一眼，走到她们对面坐下。他神色清冷，看上去并没有什么情绪。以沫没想到他会这样一路跟随，她猜他此刻也多半也和她一样迷茫，心中登时又酸又软。她勾着头，竭力控制住翻涌的情绪和酒精带来的不适，起身朝门外走去。

辜徐行毫不迟疑地跟了上去，却没有叫住她，默默尾随她往大街上走去。她走过一个广场，顿了一会儿，缓缓沿着台阶往上走。不久，她在一个观景台上站定。初夏的观景台被四面刺槐的浓荫遮住，斑驳的月影、灯影落在灰白的地面上。

温热的夜风撩动着她的长发，在她的衣襟、裙角处鼓胀，让人生出点错觉，只要她这样纵身一跃，就会凭虚御风而去。

这个联想让辜徐行惊了一下，他快步上前，叫了一声"以沫"。

以沫应声回过头来，淡淡地看着他。

她的眼睛亮得出奇，像是一片反射出月光的湖泽。但是她的眼神很空洞，像是在直愣愣地盯着他看，又像什么都看不见。

他嗅到她身上的酒气，轻轻蹙了一下眉，试图向她走去。

"你别过来。"她冷冷地说。

"你醉了，跟我回去。"他不容反抗地下命令。

以沫凄迷一笑："我不回去。你凭什么管我呢？"

说完，她脱力地跌坐在台阶上，自以为很大声地说："你又不是我的亲哥哥，凭什么让我往东，我就一定要往东？我一点也不想回那个家，因为一回去，我就要提醒自己是个可怜虫，是个被人用同情心圈养起来的阿猫阿狗。"

　　她使劲撑着地面想要站起来，但是脚底下绵绵软软的，怎么都站不稳，耳边像有一群蜜蜂在飞舞，她用力挥了挥，喃喃地说："我不想回去。我谁都不想见，尤其是你。你时好时坏，时冷时热，一会儿给我很多希望，一会儿又把我的希望全拿走。"

　　辜徐行上前抓住她挥动的手，将她从地上扶起来："你真的醉了，跟我走。"

　　她摇摇晃晃地推他说："你不知道我有多难过，如果可以，我宁愿从来没有认识你。不过现在好了，你马上就要上大学了，慢慢地，我就再也看不到你了……再也看不到你了……"

　　她絮絮叨叨地念着，苍白秀气的脸上浮现出孤独无助的表情，空洞迷茫的眼睛里流露出一种莫大的哀伤："再也看不到了……"

　　像有什么在心口蜇了一下，他怔怔松开她，脑袋一片空白地看着她。她依然那样哀哀地看着他。

　　她腰身处的温热传递到他掌心，继而沿着他的手心烧进心里，他觉得身体像是猛地被什么东西点燃了一般。他的呼吸之间充斥着她的气息，他听见自己擂鼓般的心跳。莫名其妙地，陶陶那句"正常男人，像你这么大的，很少有不幻想女孩子的身体的吧"浮现在他耳边。他的额上、后背大汗涔涔，恍惚间，他感觉自己的手动了一寸，他下意识剧烈颤抖了一下，昏昏然的神志骤然清明起来。他收回手，羞愧地扶着她席地坐下。

　　他的脑子嗡嗡直响，不知道过了多久，他身体里的燥热渐渐退去。

半醉半醒的以沫靠在他肩上，只觉胸口像有火在烧。脑子里放电影似的过着些画面，那些画面都太沉重，压得她心里难受。逝者如斯，这现世中只剩一样东西是她想抓住的："哥哥，别丢下我。"

　　蒙眬间，一只手从她眼角抚过，又轻轻落在她头顶："不会的。"

　　顿了顿，他又说："这世上没有什么是永恒的，但是无论世界怎么变，我都不会丢下你。"

第十八章

青山遮不住

以沫睁开眼睛时，外面已经是中午了。脑仁一阵阵疼，她想起自己喝酒了。紧跟着，昨夜的记忆涌上心头。

她掀开被子，在床边默坐了很久，悄无声息地起床出了门。

那些小黄书没有人再提，所有人都看出她已经被逼入墙角，必须给她一个缓冲空间。他们昔日的美好与亲密无间像余晖般在流逝，温暖变成温凉，也许一个不留神就会陷入冰冷的长夜。

盛夏，高考如期而至。6月6日那天，一中宣布要放三天假，一来是给高三考生腾出考场，二来是避免不必要的喧嚣吵闹。

7日，以沫早早起床去了一中。

学校不允许家长接送考生，但是一中的铁栏杆外挤满了家长。以沫挤在人海中，平静地看着排队入场的高三学生。她此来是想做个见证，因为这场高考落幕后，她人生中最重要的两个人就要和她分道扬镳了。

江宁来得最早，没人来送他，他骑着摩托风驰电掣地来了。摘下头盔那一瞬，以沫看见他的右脸红肿了一大片。他表情阴郁地走到队伍最前面，推开挡在前面的老师和学生，大步流星地往里面走去。

陶陶是第二个到的，她从私家车上下来，脸上戴了一个骷髅头口罩，打扮得像漫威片里的女侠。她明显没有把高考看在眼里，即便在这一刻，她也只想着好玩。

辜家的车逼近八点半才到，徐行下车后，徐曼摇下车窗，热切地叮嘱着他。他回了句话，随着最后一拨人进了大门。

以沫紧紧盯着他的背影，满心的思潮剧烈地涌动着。就在这时，他若有所感地回过头来，直直地往人群中看去，没有片刻迟疑就对上了她的眼睛。他隔空久久凝视着她，末了，轻轻点了一下头，稳步朝大楼里走去。

6月9日，高考最后一门考完，一中敞开封闭的大门。压抑一整年的毕业生不约而同地站在走廊上，将课本、试卷撕碎了往楼下丢。

整个校园里到处飘飞着雪白的纸屑，像是一场六月飞雪。校方破天荒没人来管，因为管也管不住。

高考成绩放榜，辜徐行毫无悬念地以理科最高分成为省状元，陶陶以十分之差，屈居省探花。

聿城一中每年都有考上清华、北大的学生，但从没有过霸榜省前三名的好成绩，喜出望外的校委会在校门口立起充气拱门，大书特书省理科第一名、第三名花落一中的光辉成就。

江宁考了639分，清华、北大没了戏，但名校可期。在老师的指导下，他前三个志愿都选择了北京的高校，最后两个志愿选了本省的一本。

填完志愿，陶陶提出搞一次为期四十天的"云贵川"间隔年旅行，弥补他们仨当初没有成行的丽江游。三个意气风发的年轻人说走就走，第二天就买机票飞去了昆明。

7月初，考完初三会考最后一门课，以沫就坐车回了七莘镇老家。她满以为可以在老家待够两个月，谁知刚过了二十天，她就接到王嫂催她回聿城的电话——辜振捷的调令下来了，马上要举家搬往晖城。

以沫满怀心思地回了聿城。

家中的贵重细软已经先一步送去晖城了，王嫂和司机正忙着打包第二批贵重物品。听王嫂的意思，辜家家大业大，至少要一个月才能把两边都倒腾清楚。

以沫一边帮王嫂打包行李，一边与她闲聊。王嫂似乎对晖城的新生活充满期待，心情出奇地好，不停地跟以沫说着最近的新闻："你哥和陶陶都接到清华的录取通知书了，他们两个前天就去北京了。"

以沫诧然问："他们不是应该还在旅游吗？怎么改变了计划？江宁哥呢？他被哪所大学录取了？"

听到"江宁"这个名字，王嫂的神情变得有些古怪，她吞吞吐吐道："他们……这个，我就不知道了。"

以沫很了解王嫂，她这样回避江宁，想必是出了什么差错。她的心紧了紧，放下手头的东西起身就走。

王嫂一把拽住她的胳膊："你是不是要去找江宁？"

见以沫点头，王嫂表情怪异地说："别去了。"

"怎么了？"以沫的声音骤然一扬。

王嫂心知是瞒不过去了，犹豫了好久才说："江宁他们家出大事了。就在上周，他妈妈跟一个深圳富商私奔了，闹得沸沸扬扬的。他那个妈妈可真狠，大张旗鼓地拎着箱子走，一点颜面都不给他们父子留。他爸爸一路哭着求她留下，走到大门儿都给她跪下了，她愣是连头都没回一下。他爸爸回家后，当场就想不开跳楼了。现在人还医院呢！你哥哥他们听到消息后，就第一时间赶回来了。"

王嫂后面还说了些什么，以沫已经听不进去了。她直愣愣地往江宁家走去，一边走，一边拨打着江宁的手机，耳边传来一句句冰冷的："您拨打的电话已关机。"

走到江宁家楼下，以沫抬起头往四楼看去，那里的窗户洞开着，一扇窗支棱在微风里，透着种下世气。楼下的水泥地上隐约还有干涸的血迹。想必那就是江宁爸爸跳楼的现场。

以沫闻到一股血腥气，她很久才反应过来那血腥气是从自己胸口翻涌而出的，她眼前一阵又一阵眩晕，于是本能地蹲下身去。不知道过了多久，耳畔传来一阵熟悉的脚步声。她抬头往上看去，看见逆光中江宁的脸。以沫缓缓站起身，悲悯地看着他。他越发瘦了，头发凌乱，身上的旧 T 恤宽松得不像他的衣服。以沫定定地看着他的双眼，他没有说话，僵硬地错开她往前走。他的肩膀像被一股力量狠狠压住了一般，此时看来落魄颓唐。

一路上有不少人看见他，都朝他投去探究的目光，像是从他脸上寻找那桩家庭伦理新闻的后续。

他无视那些目光，拖着步子一路朝南边走去。

以沫随着他一路前行，直到走进那片暌违已久的荒地。

萋萋绿草在他们脚下发出窸窣的响声，耳边传来聒噪的蝉鸣。江宁一路走到那个废弃水塔下，沿着锈蚀的铁皮梯子往上爬。以沫随他爬上了水塔。两人并肩坐在那水塔的边缘，好像又回到了童年时代。

过了很久，江宁嘶哑着说："我们都是被抛弃的人，抛弃你懂吗？"

以沫的心中大恸，她记得这是江宁跟她在这里说的第一句话。眼圈骤然一红，她轻轻颔首："懂了。"

江宁从衣兜里翻出一盒烟，取一支点燃："很奇怪，有时候你越怕什么，什么就来得越快。"

他望着刺眼的天光，一支接一支地抽起烟来。就这样过了半小时，以沫抓住他点烟的手："别抽了。"

他扔掉烟蒂，像遭遇极寒一般于酷暑中缩起肩膀，将头扎进以沫肩窝。他身体剧烈颤抖着，却没有发出一丝声音。

感觉到他渐渐平静下来，她问："叔叔情况怎么样？"

"没死，高位截瘫，下半辈子在轮椅上过。"

以沫用冷静得出奇的声音问："大学怎么办？"

"北航的录取通知已经被我撕了……北京？我哪儿也去不了。"

"未来有什么打算？"

"昨天我去了聿城学院，跟那边谈好读金融专业。这样就能一边读书，一边照顾他了。"

以沫哑声问："639分读三本？"

江宁居然笑了一下："那你说我该怎么办？"

他朝身后仰躺下去，他死死咬着牙关，额角暴出骇人的青筋，除此之外，他瘦得露骨的脸上没有多余的表情。这时，一只带着母性的温暖的手轻轻覆在他的头上，轻轻地抚摸着他的发。他心中一动，突然抱住她的腰大声恸哭起来："他们一个个说走就走，说跳楼就跳楼，从没考虑过我的感受！我就那么轻、那么贱、那么多余吗？"

以沫轻轻搂着他，腰被他勒得发痛，天际层云翻涌，恰如她翻涌的心绪。

"以沫你告诉我，我是有哪里做得不好吗？他们为什么要这样对我？"

"你很好。"以沫把被风吹乱的头发掠到耳后。不好的，是命运。

以沫跟江宁去医院看了辜默成。穿蓝白条病号服的辜默成睁眼躺在病床上，眼神空洞，像个活死人。他那纵身一跳，去了自己半条命不说，也断了江宁的前程。

以沫陪江宁里里外外忙了几小时，眼见天黑，江宁带她去了医院外的路边摊。

路边摊热烘烘的，烤串炉里冒着滚滚黑烟，一座巨大的风扇嗡嗡嗡地对着二人吹。他们谁都不想说话，木然地盯着电视机。电视正在播聿城台的本地新闻，小城市的新闻除了领导开会就是鸡零狗碎。接着，电视上开始播市台自创的综艺节目《对话》。这一期的主题是对话"学霸"。主持人讲完开场白后，两个熟悉的身影落入以沫和江宁的视线。

电视上的辜徐行和陶陶都做了造型，陶陶化着浓妆，穿着件小礼裙，辜徐行则穿着一身白色正装。以沫目不转睛地看着电视里的辜徐行，俗气的西服穿在他的身上，居然也很熨帖，衬得他面容清隽、气度沉稳。主持人抛了个问题给他，他从容不迫，谈笑自若。看着看着，以沫生出了些陌生感，她有点想不起他穿校服、穿衬衣的样子了，好像他天生就该着正装，站在聚光灯下的。

她把目光移向陶陶，梳妆打扮后的她像明星一样亮眼。这样的他们怎么看都像金童玉女，天生一对。

江宁直勾勾地看着陶陶，他的表情有些痛苦，汗湿的额发沾在额头上。

小吃摊的人越来越多，喧嚣声渐渐盖住电视上的对话，只有断断续续的话语飘来。节目的最后，主持人请两位"学霸"表演一段才艺。聚光灯亮起的舞台上，徐行和陶陶走到一架三角钢琴前并排坐下。他们短暂对视后，辜徐行在钢琴左边低音区弹下一段前奏。低音区音色温暖而含蓄，像谦谦君子的深情自述。紧接着，陶陶在高音区切入明亮甜美的主旋律。这时，以沫听出那是《D大调卡农》——江宁很喜欢的、拿来当了很久手机铃声的曲子。

优美的音乐让路边摊上的部分人静了下来，琴声清晰地传来。

高音和低音开始时保持着独立，渐渐地，两个声部交织融合起来，并在高潮部分形成一种此起彼伏、连绵不断的缠绵效果。正在演奏的两人似乎没想到他们有这样的默契，不断用眼神和微笑交换着对彼此的赞许。

镜头切换到观众席，很多女观众都被这珠联璧合的浪漫一幕感动得热泪盈眶。

整场演奏，以沫都在走神，她联想到一个古怪的意象——人鱼的舞步。《海的女儿》里那个人鱼一定是在这首《D大调卡农》的伴奏下跳舞，才会每一步都像踩在刀尖上吧？

她想起那日和辜徐行在水边喝钻石汤时的心境。她凄然一笑，原来世界上真有一念成谶这件事，他真找到那个可以和他四手联弹的女孩子了，他大概再也不会觉得钻石汤的声音好听了。

演奏结束，两人牵手谢幕，台下爆出山呼海啸般的掌声。以沫屏住的呼吸放松下来，她扭头看向江宁。他低着头，放在腿上的双手紧紧攥着，眼睛像凹下去的两个黑洞。

电视上传来主持人激动的赞美声，路边摊恢复了喧闹。

江宁抬起头，目光扫过整个街角——医院大门外的暗影里，一对夫妇在抱头痛哭，同时有人抱着新生儿从他们身边大笑而过；医院对面的水果店里，老板娘的拖鞋飞向和她争执不休的老板；他们旁边的寿衣店里，一伙人正激烈地讨价还价；一群半大孩子抱着篮球从他们面前疯跑而过，一个独自抽烟的中年男人从灯影里浮现出来；槐树荫下围坐着一群下象棋的老头，满头白发的农妇挑着担从他们跟前路过，推销没卖完的菜；夜市上单身青年就着啤酒烤串嬉笑怒骂，他们身后有情侣正柔情蜜意地互相喂食……

他想到病床上生不如死的父亲，又想象着豪宅里如获新生的母亲，以及聚光灯下熠熠生辉的陶陶、徐行……烟火人间，众生世相，原来人类的悲欢真的并不相通，他不该有所期待。这样想着，他的心慢慢地凉透，一层荫翳染黑了他的眼睛。

一夜之间，江宁又变回各路混混的领头人——"江哥"。区别于过去的玩票，这回他像是一头扎进了江湖纷争里。利落地帮鑫源许哥摆平了几桩事情，聪明过人、手段狠辣的他彻底赢得许哥的信任，成了城北夜场的管事人。他有了车，有了名牌衣服，有了一群香气妖娆的女伴。

　　以沫眼睁睁看着他滑进那个黑暗的世界，怎么捞也捞不回来了。她无能为力，只能发愿做一盏守护他的灯。哪天他在那黑黢黢的道上觉得怕了，迷失了，一回头看见她这点亮，兴许还能摸爬回来。

　　辜家的搬家工作进入了尾声，该搬走的都已经搬走了，只剩下不太好处理的旧家具和沙发。旧家具里有徐曼陪嫁的黄花梨、红木老物件，也有后来添置的欧式新物件，这些东西哪些该扔，哪些该搬走，还需要等她从晖城回来定夺。

　　这天以沫正在医院帮忙照看辜默成，几天没碰着面的江宁出现了。他找主治医生问完情况，拉着以沫往医院外走去。

　　医院外停着他的车，一辆有些旧的红色奔驰。那个年代的聿城没几辆豪车，别说有些旧的奔驰了，哪怕是个奔驰拖拉机，开出来也能吸引一片艳羡目光。江宁在路人的注目下扬扬自得地拉开车门，对以沫做了个请的手势。

　　"你带我去哪儿啊？"以沫茫然望着江宁的侧脸问。

　　"去哥哥我的新地盘看看。"江宁发动车子，开向城北的夜场。

　　聿城不大，十五分钟后，以沫就来到了江宁的新地盘。她下车跟他走上一条铺着红毯的台阶，接着被两个浓妆艳抹的门迎领进大厅。声浪起伏，灯光跳荡，江宁带着以沫穿过狂魔乱舞的人群，在一个卡座里坐下。很快有服务生送来水果拼盘和小吃。

　　江宁舒坦地靠在沙发上："想想半个月前还和你一起吃路边摊呢……这人生境遇啊，真是天上地下。"

见以沫一动不动，他拿牙签叉了块火龙果递到她嘴边："是要喂吗？"

以沫接过火龙果吃了一小口："带我来这里干吗？"

"一来带你放松放松，二来带你见见世面。"江宁若有所思地一笑。他站起身，指着那群在钢管舞娘前兽血沸腾的男人说，"昨天，我在那群人里看到程曦了，就是高三（1）班那个被你哥压了一年的万年老二，刚考进名校的'学霸大神'。要不是我亲眼看见，简直都没法相信那么个行端坐正的好学生，居然也会有那么丑态百出的一面。"

"你跟我说这个干吗？"

"我想跟你讨论个经典话题：你说到底是人性本善呢，还是人性本恶呢？"

以沫想到生命中遇见的很多人，然后诚实地摇了摇头："我不知道。"

江宁一动也不动地站着，定定地看着以沫："我认为人性本恶，差别只在恶的程度上。有时候我真想撕开那些画皮，让世人看看，人性的不堪是共通的。"

他的眼神让以沫很不舒服，就像被一个幽邃的长焦镜头对着，她被照得一览无余，却怎么也看不透镜头后的世界。

江宁点了根烟，眯着眼睛伸手："我手机没电了，借你手机打个电话。"

接过以沫递来的手机，他飞快按下一个号码："在这里别动，我找个姐姐陪你坐会儿。"

电话接通，江宁朝大门外走去。很快，一个留着卷发的妖艳女孩朝以沫这边走来。

走出大门，江宁立刻掐断电话，从通信录里调出了一个号码。他快速按下一行字发了过去，提示发送成功后，他找到发件箱删掉了那条短信。

　　辜徐行推开橙红 KTV408 房的大门，里头所有人都停下了动作，回头朝他看去。辜徐行的目光从众人脸上一一扫过，没有以沫，只有八张陌生男女的脸。他疑心自己记错，退出去打开手机一看，没错，以沫发来的短信明白无误地写着：

　　　　哥哥，我喝醉了，在橙红 KTV408 房。来接我。

　　他回拨以沫电话，电话里传来对方已关机的提示音。他不得不再次推门而入，走到那群男男女女面前："我妹妹宁以沫在哪里？"

　　为首一个穿着豹纹短裙的浓妆女孩起身迎视着他，露出冶荡的笑容："小哥哥，我知道她在哪里……如果你能哄我开心，我就告诉你。"

　　辜徐行冷着脸，一言不发地看着她。

　　"哎呀，小哥哥，你干吗这样严肃呢？好吓人啊！"豹纹女拿手捂住胸口，"看样子你是不想知道你妹妹跟谁走了。"

　　她的话让辜徐行起了些不好的联想，他蹙眉冷声问："她到底在哪里？你要怎样才能告诉我？"

　　豹纹女抽了口烟，不徐不疾地拿起一瓶洋酒："她也许自己打车回家了，也许被什么男人送去酒店休息了，也许被什么男人带到隔壁包厢醒酒去了。"

　　说话间，桌子上十二个空酒杯都被她倒满了洋酒。她朝着辜徐行喷出一口烟，袅袅轻烟绕着辜徐行的脸弥散开去。

　　"本来我是想告诉你的，可是你刚才吓到我了。你把这些酒都喝了给我赔个罪，我心情一好没准就告诉你了。"

　　辜徐行毫不犹豫地端起一杯酒一饮而尽，接着是第二杯、第三杯……一口气喝到第五杯时，所有人都看见他眉头皱了一下。这种洋酒性子极烈，味道非常辛辣，寻常人喝一杯就要大喘气了，他却面不改色地连喝五杯，着实孤勇。

辜徐行端起第六杯酒时，他眼前的景象突然晃荡了起来，一股热热的躁动从他身体里升腾起来。

"喝！喝！喝！"那群人亢奋地起着哄。

包房门没有关，有路过的人闻声在门口看起了热闹。

辜徐行将酒杯送去唇边，忽然，一股恶心的感觉从胃里翻涌而来，他强忍着干哕将酒杯放回桌上，不料手一个不稳，酒杯"哐当"一声掉在地上。

一股强烈的醉意朝他袭来，他的意识在周围的喧嚣声中剧烈摇晃。这时，一双手突然缠在他的腰上："小哥哥，你脸都白了，坐下来缓缓再说吧。"

力气全失的他被那双手带去了沙发上，沙发云堆般柔软，他的神经不听使唤地松弛了下来。他强撑着坐直身体，喘息着恳求道："请你告诉我……她……在哪里？"

豹纹女依附在他身上，上身朝他怀里贴去，涂得鲜红的指甲有意无意地在他胳膊上划着："刚才我是故意吓唬你的，你妹妹很安全，她和一起来的那个女孩回家了。你喝醉了，就在这里睡一会儿吧。"

说话间，豹纹女落在他腿上的右手轻轻游移起来。

辜徐行用尽全力推开她，摇摇晃晃地站了起来，刚走出一步，就被豹纹女用更大的力气拖回沙发。就在这时，一道人影从大门口冲了进来，电光石火间，一道耳光落在了豹纹女脸上："婊子！"

豹纹女捂着脸抬头看去，又惊又怒又怕地喊道："姜……姜姐！"

来人红衣红发，冷眼如刀，正是姜敏。

豹纹女虽然比姜敏年长很多，但论资历、地位也得尊称她一声姐。

姜敏冷笑一声，上前把辜徐行拉了起来。

辜徐行此时已经醉透了，他直勾勾地盯着姜敏，但他的眼神迷茫而空洞。姜敏架着他往包房的洗手间拖。她恶狠狠地把他拖到马桶前，一手扶着他的腰，一手按住他的脖子："吐，快吐！"

他半倚着姜敏，对着马桶想吐却吐不出来。姜敏皱眉看了他一会儿，突然伸手进他口中，她的食指在他咽喉处飞快地一勾一带。伴随着她的动作，辜徐行胃一缩，当即昏天暗地地吐了起来。

姜敏冲了冲手，自言自语似的说："你怎么和这群烂人掺和上了？刚才那个女的，专门玩仙人跳的，她的酒里全是花头，你居然傻不棱登地喝了那么多。要不是我刚好路过看见，你要有大麻烦。"

将胃里的东西吐净，辜徐行软软地朝墙上靠去。他身心俱疲，连眼皮几乎都睁不开了。

姜敏拿出手机拨以沫电话，在听到关机提示音后，她果断地扶起半昏迷状的辜徐行朝门外走去。

江宁回到卡座，把打到没电的手机丢回给以沫："走，送你回家。"

以沫起身，跟那个教她玩了半天骰子的卷发女道了别。

江宁一路上都很阴沉，把以沫送到门口，他一句话都没多说就驾车离去了。

院子里黑灯瞎火的。自从王嫂先一步去晖城后，家中时常都处于这种人去楼空的冷寂状态。以沫打开院门，沿路把院子里、门廊下、客厅里的灯统统打开。她回房给手机充上电，开机后，她诧异地发现自己有十个未接来电，分别来自辜徐行和姜敏。她正准备回电话，楼下传来几道汽车喇叭声。以沫快速下楼，跑到院门口一看，只见姜敏和出租车司机正合力往外拉沉沉睡去的辜徐行。以沫连忙迎上去帮忙，三人合力把辜徐行架到沙发上躺下。

姜敏喘着气说："我刚在橙红给一个姐姐过生日，谁想碰见你哥在隔壁跟人喝酒。我看他像是着了别人的道，就直接把他弄回来了。"

以沫把辜徐行身体摆正："多亏你了。"

姜敏瞥了一眼辜徐行的睡颜："累死我了，你是不知道喝醉酒的男人有多沉……你照顾好他，我先走了。"

以沫将她送出门外，反身回沙发边坐下。睡梦中的辜徐行双眉紧蹙，满面通红，呼吸时轻时重，似乎很痛苦。以沫探手在他额上一摸，触手滚烫。她想了想，拧了条冷毛巾帮他做起物理降温来。她反复在他额头、颈动脉处冷敷了十多分钟后，他身体的热度果然降了不少。见他嘴唇翕动，长睫微颤，像是要醒来，以沫乖觉地去厨房给他调了杯解酒的蜂蜜水。

以沫返回客厅时，辜徐行果然已经醒了，他神情恍惚地半靠在沙发上，没有焦点的眼神涣散地落在她脸上。以沫在他身边坐下，把蜂蜜水递到他嘴边："哥哥，喝点水吧。"

辜徐行闻声去接，手腕一转却抓住了她的手。水杯掉在地上的同时，以沫也掉进了他怀里。以沫像失足掉进了一个旋涡，连挣扎一下都没来得及就被完全吞没。

以沫满脸通红地大力挣扎，但她越挣扎，两个人反而缠得越紧。就在以沫羞窘得无以复加的时候，门口突然传来一阵巨响。以沫奋力把迷乱中的辜徐行推开一些，扭头朝门口看去，只见徐曼面容扭曲、呆若木鸡地站在门口，一只皮箱倒在她脚边。

徐曼直勾勾盯着沙发上的两人，撞鬼般对门口大喊："老辜！"

辜振捷出现在门口那一瞬，以沫绝望地闭上了眼睛。

压在她身上的重量被人卸去，她身体一轻，被人拽着扑向地面。巨大的惊恐削弱了以沫的感官，她感觉不到疼，甚至听不清徐曼和辜振捷的对话。

一道耳光重重地落在了以沫脸上，以沫在剧痛中回过神来，渐渐听清了徐曼的声音："……你怎么敢做这样不要脸的事情？你怎么敢的？"

以沫张了张嘴，想说些什么，嗓子却突然哑了，接连不断的吸气声从她胸腔里发出。

辜振捷没有看她们，皱眉不停地拍打着辜徐行的脸："阿迟，你醒醒！"

以沫知道他们心里默认的是什么。也对，一个是光风霁月的庄重君子，一个是打群架、看黄书的叛逆少女，不用想都知道这件事是谁引导的。

徐曼略微平复了一下情绪，她走上前拿尖尖的食指戳着以沫的脸颊，像是要在那上面戳出个血窟窿来："你才不到十六岁啊！"

以沫别过脸去，吞声不语。

徐曼气得语无伦次："你在外面乱搞就算了，为什么还要……啊？"

以沫在她的质问声中缓缓抬起头，用超乎寻常的冷静声音说："阿姨，哥哥喝醉了，他不知道自己在干什么。"

徐曼被她话里的意思再度激怒，直起身厉声说："你意思是你哥酒后乱性，你反而是无辜的？"

冷静下来的辜振捷感觉这件事疑点重重，他抬手制止徐曼："这件事等阿迟酒醒再说。"说完，他架着不省人事的辜徐行往楼上走去。

徐曼哪里肯饶，捡起辜徐行落在沙发上的手机翻看起来。不多时，那条发件人为以沫，内容是让辜徐行去橙红KTV的短信跃入徐曼眼中。她凝神一想，所有疑点水落石出。徐曼咬牙切齿地把手机丢去一旁，拿起茶几上的湿毛巾劈头盖脸地往以沫脸上抽去："你骗你哥哥去那种地方干什么？你是怎么把他灌醉的？你安的什么心？"

被蘸过水的毛巾抽打，疼痛度不亚于鞭打，只一下，以沫就被打得头晕目眩、头脸发麻。她伏在地上，在接连而来的奇耻大辱中筛糠般抖了起来。

"不用你说我也知道。"徐曼刻毒地说，"你眼见阿迟和陶陶要双宿双飞了，你嫉妒陶陶，就用这种下三烂的办法想绑住阿迟……你说你小小年纪，怎么就这么肮脏！"

以沫捂住发红的脸，难以置信地看着徐曼。

徐曼在她面前蹲下，轻蔑地用气声说："我知道你在想什么。别做梦了！实话告诉你，自打第一眼看见你，我就有种说不出的讨厌。你笑让我讨厌，你安静也让我讨厌，连你喘口气都能让我讨厌！"

眼前的徐曼眼睛赤红，状如疯魔，以沫瞬也不瞬地看着她。她一直渴望得到徐曼的认同和接纳，因而格外在意她的看法，这份渴望和在意使她无比惧怕徐曼。但这一刻，她觉得徐曼不再可怕了。不唯徐曼，这世间的一切黑暗都不再可怕了。

她脸上所有的表情都一点点往皮肤下渗去，最后只剩下一派与她年龄不符的冰冷。她磕磕绊绊地从地上爬起来，梦游般朝大门口走去。

以沫站在公交站台上，晚上十点半的街上没什么人。天大地大，她无处可去。她掏出手机，给姜敏打了个电话。姜敏闻讯很快赶来，什么话也没说就带她去了附近一个夜宵店。

鸳鸯锅在以沫眼前沸腾，以沫很想笑一下，但嘴角一动，反而哭出声来。姜敏走到她那边坐下，抽了张纸巾给她。以沫接过纸巾，靠在她肩膀上失声痛哭。姜敏面无表情，不停给她递纸巾，间或轻轻拍拍她的肩膀，帮她顺顺气。饱经沧桑的她早已是个无心人，无心则近妖，再不会有什么让她动容，但她可以理解一个少女对自己的感情、归宿、未来一无把握时的痛苦和茫然。

凌晨两点，夜宵店打烊。她们两人在深夜的街头迷茫地转着。

"姜敏，我不知道该去哪里。天会亮，我很怕天亮。"

姜敏想了几秒："那就不回去了，我带你去旅行吧？"

以沫沉默了，长这么大，她从没坐过火车，也没去过远方，未知的远方对她来说，也是可怕的。

几分钟过去，姜敏摸出一个硬币："还是用这个吧，字就去，花就不去。"

硬币掉下来，是花。

姜敏叹了口气，收起硬币："回大院吧。"

这时，以沫抬起头，眼神坚定起来："不，我们去旅行。"

她们身上的钱不多，综合考量了一下，她们到火车站买了去邻省的票。很快，她们就坐上绿皮火车出发了。

早上六点她们到了邻省省会。初秋的早晨好冷，她们手牵手走到一条大江边等日出。她们有一搭没一搭地聊着。天渐渐破晓，一轮红日从薄雾中升起，它的光既不刺眼也不强烈，柔和而温暖，以沫迎视着它，继而联想到辜徐行，那个如朝阳般温暖她的人。不，他不但是朝阳，还是日月星辰，是一切黑暗中的光源。可是她已经彻彻底底失去了他。人们总是失去之后才后悔没有珍惜，可是她那么珍惜了，为什么还会失去？

她们买了张地图，按图索骥地逛了所有景点。又困又饿又累的她们最后落脚在繁华的美食一条街，姜敏点了一大桌好吃的，然后一个电话招来了个买单的男人。

男人有车，很乐意陪两个美少女游玩。他带她们跨省去看了古镇的油菜花。古镇离聿城896公里，那是以沫此生跑过最远的地方。可这么长的距离放在地图上看，也不过寸许长。她渐渐释然，世界真大，人生真长，她的困境可能也没有那么大。

变故发生在他们返回省城那晚。男人带她们去了酒吧街。酒吧灯光闪烁，音乐狂野，以沫怯怯地坐在卡座里，心跳跟着音乐的节奏起落。她咬着吸管，一边喝牛奶，一边看姜敏和那男人吆五喝六，投骰子喝酒。

姜敏去洗手间的时候，男人突然凑近以沫，一只手落在了她的大腿上。以沫汗毛倒立，骇然往后缩。酒气朝她鼻间扑来，男人的唇贴向以沫颊边长发："妹妹，你真美，我就喜欢你这样清纯的女孩。"他的手紧跟着游进她的上衣。

以沫吓得魂飞魄散，脸红得要滴血，她拼命低头，闪躲他不断呼着热气的唇。就在以沫恶心、惊骇得快要哭出来的时候，砰的一声响起，一个酒瓶碎在男人头上。以沫颤抖着抬头，越过男人鲜血蜿蜒的脸看着盛怒的姜敏。

姜敏在一群人的骇叫声中冷声道："姓滕的，当初你妹被人整，我罩了她一年，你说要报答我，就是这么报答的？"

男人目光笔直地盯着姜敏，摇摇晃晃地站起身，突然朝地上倒了下去。

救护车来了，警车也来了。以沫、姜敏，还有酒吧负责人被带去了警局。

接着是长达两小时的问话。做完笔录，那个男人的伤情也传了回来。不知道姜敏那一下是怎么砸的，那个男人被砸出了颅内出血、脑震荡，目前正在医院做手术。

听到消息，以沫和姜敏的脸一下子就白了。她们的社会经验虽然不多，但很清楚这样的伤情至少是轻伤，已经十六周岁的姜敏是需要负刑事责任的！

凌晨一点，辜家一行人赶到警局。以沫对上辜振捷痛心疾首的目光，有种遭到雷轰电掣的感觉。她知道自己终于还是让他失望了。

辜振捷跟民警了解了一下具体情况，知道以沫没有参与伤人后，他的脸色缓和了些。徐曼却像看到了场大戏，亢奋地追问民警细节，末了以监护人身份厉声呵斥起来："宁以沫啊宁以沫，早前我就听见些风言风语，说你在学校跟一群女混混玩，抽烟、喝酒、堕落，我还不信！没想到我是被你这假纯洁的好学生样子给骗了！你看你干的都是些什么事儿？小小年纪离家出走，跟陌生男人旅行、泡吧，这是正经女孩会做的事情吗？"

对以沫而言，今夜的遭遇已足够屈辱，进警局一事更叫她惶恐，连累辜家人连夜前来帮她收拾残局，她心理上业已不堪重负。徐曼无情的责骂让她有种被扒光衣服的耻辱——在事实面前，她百口莫辩，她确实就是她口中的烂人。

辜振捷签完字，走到以沫面前："走吧，跟伯伯回家。"

以沫看了一眼姜敏，迟迟没有起身。先前警察联系姜敏家人，却被姜敏爸爸一句"没钱赔，这孩子我们不管，也管不了，让她坐牢，把牢底坐穿"驳了回来。姜敏是为她才犯的罪，她不能就这样丢下她。

辜振捷知道以沫的迟疑是为了什么，转头看向姜敏："孩子，你家人什么时候来？"

姜敏面无表情地说："他们不会来了。"

"哦？"辜振捷双眉拧了起来。

徐曼嫌恶地看了她们一眼："老辜，赶紧走吧，你明天早上还有重要的会。"

辜振捷叹了口气："以沫，咱们先出去吧。"

以沫抓住姜敏冰冷的手，哽咽着说："姜敏……"

姜敏咬着唇，好半天才说："你先走吧。我一人做事一人当。"

以沫痛彻心扉，什么话也说不出来，只是抓紧她的手。她终究不敢延挨太久，泪流满面地跟着辜家人往门外走去。

出了警局大门，以沫停下脚步，紧促地吸了几口气："伯伯，求你帮帮姜敏。"

徐曼回头，厉声道："你开什么玩笑呢？"

以沫对徐曼的话充耳不闻，哀声道："伯伯，姜敏是为了我才会一时冲动犯错。如果她因为这件事坐牢，我的心一辈子都不会安生的。我求你，帮她想想办法。"

以沫知道这件事情不是没有转圜的余地，只要辜振捷愿意想办法，姜敏是有可能免除刑责的。

辜振捷深深地叹了口气："好，我们先去医院看看那个受伤的人。"

以沫知道辜振捷这是要管姜敏了，大喜过望，刚要说什么，却听见背后传来一道冰冷的声音："不行。"

以沫难以置信地往辜振捷身后看去，说话的竟是一直沉默不语、冷眼旁观的辜徐行。

以沫哀哀地看着他，用眼神诘问他为什么。

辜徐行不紧不慢地说："别的事情，我们都可以帮你，但包庇犯罪不可以。"

他的声音很平和，却像一支利箭贯穿以沫的胸口。

徐曼跟着补了一句："对啊，你以为法律是儿戏吗？犯罪服法，天经地义，她自己爹妈都不管，凭什么我们来管？"顿了顿，徐曼转向辜振捷："老辜，你要爱惜羽毛啊。我再提醒你一次，你明天的会很重要！"

辜振捷倒吸了一口气，僵在原地没有说话。

以沫望着辜徐行，颤声说："哥哥，我们借一步说话。"

辜徐行迟疑了一下，跟着她往台阶下的花坛走去。走出十几米后，以沫停下脚步，缓缓转身看住他的双眼。夜风里，她头发凌乱，神情有些凄恻，但又透着一种果毅，她像是一夜之间长大成人。

"哥哥，我承认你们说的都是对的。但姜敏是为了保护我才犯罪的，于情于理，我不能坐视不管。我求你抛开成见，帮帮她。"

"在当时的情况下，她想要保护你，有很多方法可以选，她为什么要选择会犯罪的那一种？"

以沫哑然。

"因为她以前享受过太多零成本犯罪的快感，所以她对法律没有敬畏心。一个对基本规则没有敬畏心的人，即使不在今天跌倒，也会在明天跌倒，你没有必要为这件事心怀愧疚。"

"哥哥，姜敏是我最好的朋友，我做不到像你那么冷静理性。你扪心自问，如果今天被抓起来的人是我，你会坐视不理吗？"

辜徐行抿紧唇线，没有说话。

"姜敏才十六岁，"说到这里，以沫心中一阵抽痛，她哽咽了一下，"如果这次不管她，她一辈子都毁了，这个代价太大了。"

辜徐行蹙起眉："以沫，在法律面前谈人性是不道德的。如果这次帮她逃脱制裁，她会更加觉得法律是儿戏，未来也许会尝试更严重的违法行为。"

"为什么你总是把她往坏处想？"

"我不想和你争这些没有意义的东西。"

以沫怔怔凝视着他清冷的脸，像是要把他看透。良久，她才说："我明白了，你不会帮她，你——求之不得吧？"

从小到大，哥哥在她心中都是完美如满月般的存在，直到今天，她才发现哥哥其实是有缺陷的——就像月亮本身，有光亮的凸面，也有黑暗的凹面。诚然，他是那样关爱她，可是他爱她的同时，也时时刻刻在控制着她，小到她的发型、着装、生活轨迹，大到交什么朋友，一切都要在他的掌控之中"完美有序"地运行。姜敏的出现，扰乱了她的人生轨迹，也打乱了他默认的秩序。所以，姜敏之于他，就像当年那块铺反方向、必须铲除掉的地砖。现在姜敏即将被合理地铲除掉，对他来说正中下怀，怎么可能帮她？

　　想到这里，以沫嘴上浮出一丝讥诮的浅笑："我真傻，居然还以为你会帮她。"

　　辜徐行并不知道她在一念之间竟然想了那么多，仍是淡淡地说："可以回家了吗？"

　　以沫静静站在原地，声音有些苍凉："你们走吧。"

　　辜徐行出了口气，放软声音："别再闹了，好吗？"

　　"我没有闹。处理完这里的事情，我会回家，但不是大院里的那个，更不会是晖城的那个。"

　　"你什么意思？"

　　"我已经决定不跟你们去晖城了。"

　　辜徐行定了几秒，像是才听懂她的话："你竟然为了她，连我也不要了？"

　　他闭上眼睛，下巴难以抑制地颤抖。

　　以沫望着他，心脏一阵抽痛，她低头咬住嘴唇，将哭声吞了下去。

　　这时，一直站在台阶上静观其变的辜振捷和徐曼朝他们两人走来。辜振捷拍了拍以沫的肩膀："以沫，有什么事情先回家再说。"

　　以沫含泪摇了摇头："对不起，伯伯。我要留在这里。"

　　徐曼皱着眉头："你留在这里能干什么呢？"

　　以沫吸了吸鼻子，神情平静下来："去医院争取那个人的谅解。"

　　"明天下午我们全家都要搬到晖城去了，你的东西都还没收拾好。你现在怎么任性得连事情的轻重缓急都不懂了？"徐曼厉声说。

　　以沫目光投向辜振捷："伯伯，我刚才跟哥哥说了，我决定不跟你们去晖城了。"

　　辜振捷和徐曼对视了一眼，转眼看向以沫："你是在跟伯伯赌气吗？"

以沫摇了摇头："不是的，我想了很久，今天该把这个决定告诉你们了。聿城有我的老家，有江宁哥，有我的朋友，这些都是我不想离开的。我希望你理解我，不要怪我。"

辜振捷瞪着眼睛看了她一阵："你还是在赌气。要不然这样，你先跟我们回去。我马上派人来这边处理姜敏的事情，尽可能争取刑事和解，你看怎么样？"

徐曼刚要开口说什么，却被辜徐行打断："我说了，不行。"

"你！"辜振捷回头，怒指着辜徐行。

辜徐行神色坚定："怎么和解？让受害方去向一个猥亵未成年少女的人渣道歉，还对他做天价赔偿？你们怎么可以做这么毫无底线的妥协？"

辜振捷一时语塞。良久，他点了点头。

"这时候就让我说一句吧。"徐曼语气平静地说，"以沫，你不想跟我们去晖城的心情，我完全理解。你要是决定不去晖城，我和你辜伯伯会安排好你在聿城的生活。"

"徐曼！"辜振捷打断她的话，"以沫啊，你还太小，三观还没有成形。不管你出于什么目的要独立出去，在伯伯看来都是一种不明智的孤勇。这种孤勇，可以让现在的你觉得称心如意，却会对你未来的人生产生很多负面影响。等你长大后回忆自己的一生，会发现自己因为缺乏家人管教指导走了很多弯路，做了很多不必要的牺牲。所以，伯伯希望你慎重考虑……"

以沫语气越发坚定起来："伯伯，就这样吧。虽然你们不在我身边，但是寄宿在学校，老师会照顾好我的。伯伯，请你放心，我会为自己的人生负责的。"

就在这时，一道车灯光从不远处的转角里射了过来，他们几人回头看去，只见一辆红色的奔驰缓缓开了过来。车停稳后，一身黑衣的辜江宁"啪"地推开车门。他跟谁都没有打招呼，直接从辜徐行、辜振捷中间插了过去，一把将以沫钩进怀里："接到你的电话，我连夜开了四个钟头赶过来的。够意思吧？"顿了顿，他又说："别担心，姜涛他们也坐火车往这边赶了。"

说完，他噙抹带着几分挑衅的笑，看向辜振捷："大伯，你们要是着急走就先走吧，以沫还有我呢。"

辜徐行的目光从江宁脸上移到以沫脸上，只见以沫满眼热泪地仰望着江宁，好像他是一个从天而降的盖世英雄。这个盖世英雄脚踏五彩祥云而来，映衬得旁人暗淡如尘。

辜振捷还想说些什么，却被辜徐行叫住："爸，我们走吧。"

说完，他径自往车那边走去。

辜振捷思忖了一下，从钱包里拿出一沓钱递给辜江宁："也好，虾有虾路，蟹有蟹道，这件事交给你处理，倒也两全其美。"

辜振捷松了口气，对两个后辈说："江宁，好好照顾以沫。我先走了，你们遇到什么事情，记得第一时间给我打电话。"

以沫默默地把辜振捷和徐曼送到车边，目送他们上车。

车门砰一声关上后，以沫不自禁地颤了一下。车子发动，缓缓往前开去，开出几十米后忽又停下。车门洞开，辜徐行躬身下了车。那一瞬间，以沫突然想不顾一切地冲过去投进他怀里，但那毕竟只是一个瞬间的冲动，她无法不顾一切。

他重新走回以沫身边，脸色苍白，脆弱得好像什么东西都可以轻而易举地伤害到他。他伸出手，像是想抓住她的手，或是捧住她的脸，但终究只是停顿在半空。他眼睛蓦地红了，声线倒还平稳："回家？"

这是他最后的挽留，以沫很清楚拒绝意味着什么。她的心像被撕开了一道口子，她太痛了，她恨他这样逼她。她痛哭失声，一边哀哭，一边诘问："我不会跟你走。你知道你现在这样子像谁吗？很像你妈妈。你限制我的样子，和当年你妈妈限制我们三个交往的样子，真的一模一样。哥哥，你喜欢现在的你吗？"

"我不喜欢，但现在我才知道爱就是这么自私，这么不讲理，这么不容一点错！矫枉不怕过正，哪怕你现在……恨我。"

以沫一句话也说不出来，望着他一步步后退。

像有一堵无形的墙兀然平地而起，一下子将他们隔开了。

他最后叫了声以沫，以沫怀着最后一丝希望巴望着他，没想到他说的是"什么时候知错了，什么时候回家"。

说完，他头也不回地走了。

那段路不长，以沫却觉得他走了很久很久。他彻底不见了的那一刹那，她脑海中跳出一句话，她不知道那句话是在哪里记下来的，甚至也不知道它的确切意思——青山遮不住，毕竟东流去。

人生就是这样，你会遇见最好的人，拥有最好的爱，但这些都不会成为永恒，它们会和流水一样滚滚东去，甚至来不及让你问一声为什么。

她再也站不住，缓缓朝地上蹲了下去。

姜敏的判决结果下来：因故意伤害他人身体，导致被害人轻伤逼近重伤，被判有期徒刑一年零六个月。

鉴于这是由被害人过错引起的犯罪，且姜敏认错态度较好，法官酌情减少基准刑。姜敏最终的刑期是一年零两个月。

以沫他们奔走了很久，但没有得到那个滕姓男人的谅解，因为这件事闹得很大，那男人失去了未婚妻和工作。怀恨在心的他决不和解。姜涛几度没忍住要动手打死他，却被江宁拦了下来。

江宁软硬兼施，最后逼得男人松了口，摆出了和解条件——

一百万赔偿金，以沫亲自上门道歉。

他们既拿不出这么多赔偿金，也绝不可能让以沫去道歉。他们尽了最大的努力，受尽了折磨和屈辱，到底没有对结果产生任何动摇。但他们做的并非全无意义，至少以沫在面对姜敏的那一刻，心里是安宁的。

暑假的最后一天，以沫回到了聿城。在辜振捷司机的陪同下，她去一中高中部报了到，办了寄宿手续。一切办完后，司机开车带她去了城北。辜家在城北有一套闲置的商品房，以沫的东西一早被送去了那里。

房子不大，只有基础的家具、电器，显得空荡荡的。刚被收拾过，里头很干净。她推开卧室的门，光可鉴人的地板上整整齐齐地放着几个大袋子。她随手打开一个袋子，偏那样巧，最上面的就是辜徐行送她的那只阳光罐。

她心脏缩了一下，伸手打开了第二个袋子。她把所有东西都倒出来，按照自己的心意一样样归置好。

一切收拾停当，已经是深夜了。

她关了房里的灯，看着那只阳光罐缓缓亮起。郊区的夜阒寂得吓人，好像整个黝黑的世界里，只有笼着她的这么一小团光。她觉得自己漂泊在一片海上，不明前路，也不知道自己将何时覆灭。

她将自己蜷得像母体里的胎儿，一动不动地看着窗外的天，什么都没想。一个晚上的时间固然不长，但是这样数着它的分秒流逝，又会让人生出隽永的感觉。

凌晨四五点，窗外下了一场雨，雨势来得很急，去得也急。小时候，爸爸告诉她这叫过云雨，雨随云至，云过雨停，就像很多人的相逢分离，来的时候叫人不知所措，去的时候没有征兆，不留丝毫痕迹。

　　雨后，天色已渐渐亮了起来，视野里的一切都变成黛青色的，质感很像电影画面。破晓前天很冷，她沐在这冰冷、淡淡的光线里，瑟瑟发抖，像一只失去全身皮毛的羔羊。很久很久，那股凉意渐渐退去，她走到窗边站着，仰望天际。

　　太阳升起来了，照亮她的鼻子，然后是眼睛，新的一天开始了。

〔未完待续〕

沈南乔——著

你迟到的这么多年

下册

SPM 南方传媒　花城出版社

中国·广州

图书在版编目（ＣＩＰ）数据

你迟到的这么多年：上、下／沈南乔著. -- 广州：
花城出版社，2023.7
ISBN 978-7-5360-9645-5

Ⅰ. ①你… Ⅱ. ①沈… Ⅲ. ①长篇小说－中国－当代
Ⅳ. ①I247.5

中国国家版本馆CIP数据核字(2023)第117142号

出 版 人：张　懿
责任编辑：陈诗泳
责任校对：衣　然
技术编辑：凌春梅
封面设计：张年乔
封面插画：一　乐

书　　名　你迟到的这么多年
　　　　　NI CHIDAO DE ZHEME DUO NIAN
出版发行　花城出版社
　　　　　（广州市环市东路水荫路11号）
经　　销　全国新华书店
印　　刷　广州市岭美文化科技有限公司
　　　　　（广州市荔湾区花地大道南海南工商贸易区A幢）
开　　本　880毫米×1230毫米　32开
印　　张　18.25　2插页
字　　数　450,000字
版　　次　2023年7月第1版　2023年7月第1次印刷
定　　价　88.00元（全二册）

目 录

C O N T E N T S

第一章

一树冬青人未归

"失踪的这个辜江宁是你什么人？"

聿城东门派出所内，民警翻了翻桌子上的照片、户口簿，抬眼直视宁以沫。

"是我男朋友。"宁以沫平静地说。

手机通信录里，江宁最后一通来电是在一个半月前，微信对话框里，她清明节前发的那句"睡了吗"仍然没有得到回应。

江宁以前也会隔三岔五失联，以沫习惯了。忙完广益茶业那个一百万的单子，闲下来的以沫才慢慢意识到不对。她和姜敏通过各种途径找了他一圈，但无果。

"女朋友这种关系是没有资格报失踪的，只有直系亲属和利害关系人才可以，你知道吗？"

以沫一直以为她和江宁就是对方最亲、最重要的人，却没想到他们这么多年的感情是不受法律保护的。

"他没有直系亲属了。"

三年前，辜默成郁郁而终，私奔的张遇一直杳无音信，以沫也联系不到江宁的其他亲人。他和她一样，都是孑然一身。

"那我只能帮你登记一下信息。"

"这是什么意思？"

"意思是不能立案，我们没法帮你去找这个人。"

以沫没有说话，一动不动地坐在那里。

她唇线绷得紧紧的，手指的每个关节都很僵直，一双灵秀的眼睛里全是疲惫和焦灼。民警看着貌似镇定的她，有些落忍："他有单位的话，去他们单位想想办法；他常去什么地方，你拿照片去调查一下；他常和什么人来往，你都去打听打听。成年人失联两三个月太正常了，你不用太担心。"

以沫茫然地"嗯"了一声，站起身往门外走去。她一路上都在想民警最后问的三个问题，他在什么地方工作，常去什么地方，常和什么人来往，作为女朋友的她居然一个都答不出来。她不知道这算江宁的失职，还是她的失职。

她站在马路边上，有出租车在她面前停下问她去哪儿，她拉开车门，本想说汽车站，不知怎么，说出口的却是"市委大院"。

自从高一那年搬出市委大院，到如今整整八年，她一次都没有回去过。

故地是何地？死生不复回。

但今天她想去看看。

聿城太小，电台播两首歌的时间，车就停在了市委大院门口。

大院变化很大，曾经灰扑扑的大门变得高大辉煌，大门两侧的小树林变成了花园广场和高楼丛林。往昔的静谧低调一去不复返，这一带终于有了一个政治中心那种高不可攀的样子。

登记后，以沫从侧门进了大院。

里头并没有大变样，除了道旁的香樟更粗了，老房子更老了些。

她沿着主干道往前走去，路过姜敏父母工作的食堂时，她停下了脚步。八年前，姜敏入狱服刑，没多久，她父母就在报纸上刊登了断绝关系启事。

姜敏出狱后不想再读书，就住在她城北的房子里，天天泡夜店，玩网游。高中三年，以沫寄宿在学校，周末不是回七莘镇照看茶园，就是回城北帮姜敏收拾乱成猪窝的房子，再给她做几顿家常饭菜。

她们两个很少起争执，唯一一次大吵发生在以沫填大学志愿时。以沫高考发挥得很好，足够上北京"211"大学的她却选择隔壁 G 省的农大。姜敏撕了她的志愿单，非常强硬地逼她报中国农业大学。两人在书桌前对峙了十分钟，最后用两句话结束"热战"：

"去北京，去找他，你犯不着为了我怪他，我也从来没有怪过他。"

"姜敏，要不是因为那件事，今天你也应该坐在这里填志愿的。"

姜敏拗不过她，摔门而去，离家出走了一个月。等她拎着一盒据说好吃到灵魂出窍的香辣鸭头回来时，以沫已经在收拾去 G 省上学的行李了。

以沫大学读的是农学专业，这个专业冷得不能再冷，班上大多数同学都是调剂过来的，没几个在用心学专业。和她一样热爱这个专业，并对未来有想法的同学只有管小潮。因为志同道合，他们很快成为朋友。

大三那年，以沫带管小潮去七莘山转了一圈，随后向他发起了创业邀请。管小潮本来还有所犹豫，但见到姜敏，并得知姜敏也是合伙人后，双眼发直、面泛潮红的他顿时同意"入伙"。

从此，她有了"喜绿"，也有了"问山居"，人生彻彻底底地进入一个新的阶段。

以沫出了会儿神，脚步沉重地往前方走去。她看见充满她童年回忆的大广场、小礼堂、多功能厅，她用上帝视角看见了那些年的自己，还有那个她一直在回避，却无从回避的白色身影。

一群鸟从她头顶飞过。回忆让她头脑混乱，心情压抑。

她快步离开那个路口，迎面看见通往陶陶家的小路。她的心脏没来由地一跳，仿佛下一秒就会撞见大笑着的陶陶朝她走来。

江宁和陶陶的故事结束在他们大一那年冬天，那段时间江宁赚了很大一笔钱，他欣喜若狂地飞去北京，买了条 Tiffany 的项链准备跟陶陶告白。那是他攒尽全身力气的最后一搏。

见到陶陶后，他还没来得及开口，就被陶陶拖去了一个派对。

那是一个极其纸醉金迷、如梦似幻的奢靡派对，陶陶在不同的世家子弟间穿梭，接受来自四面八方的示好和攀谈。江宁局促地跟在她身后，听他们聊金融建模、量子物理，聊生物医学工程方面的最新突破。这些东西，江宁多少知道点皮毛，但当他想加入他们，却发现搜肠刮肚也找不出什么谈资。

派对结束，他跟着容光焕发的陶陶穿过泳池、喷泉，走出别墅大门。江宁刚要问去哪里打车，停车场里同时亮起了六束灯光，六位年轻男士从不同的豪车上下来，争先恐后地请陶陶上车。

江宁告白的话便再没有说出口。

回到聿城后，他把那天晚上的事情当故事一样事无巨细地讲给了以沫听。最后，他将那条价值不菲的 Tiffany 项链丢进了咖啡杯。

以沫当时心疼坏了，嗔道："你不给陶陶了？"

江宁靠在沙发上，望着头顶炫目的灯光，自嘲般地笑了笑："算了。"

以沫至今都还记得江宁说"算了"时的语气和神情。那是以沫第一次听见江宁说"算了"。孩子通过一次又一次哭泣成长为少年，少年再通过一次又一次"算了"变成青年。这个青年将不再叛逆激进、充满奇思妙想、愤世嫉俗，他顺从内敛、老练世故，明哲保身，他成熟了，懂事了，平庸得像那些他们小时候觉得面目模糊的成年人。

以沫感同身受，因为她也曾在心里说过一声"算了"，然后放下了一个对她而言，像整个世界一样重的人。

她鼓起勇气朝陶陶家楼下走去。

以沫高三那年，陶陶妈妈调去另一个市做了市长，她们母女的传说很快也绝迹江湖了。于这座大院而言，她们只是过客。

以沫知道陶陶的近况。四个月前，她飞去杭州办事，在机场随手买了份商业杂志，谁知道一翻开就看见陶陶的照片。陶陶的新身份是最年轻的 A 股公司美女董事长。文章通篇溢美之词，并在最后提到陶陶预计年内和自己的男友——知名人工智能专家、启明科技创始人辜徐行喜结连理。文章作者对这段珠联璧合的婚姻做了一番预想，评价他们的联姻将会成为业内的传奇佳话。

以沫看完报道，心中没有什么波动，但那本杂志里还写了什么，她再也没有心情知道。

她没有在陶陶家楼下停顿太久就去了江宁家。

辜默成出院后被江宁接进他租住的电梯房里，他们在大院的房子一直空着。

高位截瘫的辜默成余生都没离开过轮椅，他苟延残喘了五年，最后郁郁而终。那五年里，以沫经常会去看他。江宁神龙见首不见尾，她得帮他监管保姆，帮他尽照看义务。

她和江宁的关系一直很古怪，有时候他们像兄妹，有时候又像是姐弟。有一年十一假期，以沫回七莘镇给茶田清园。因为太忙太累，她经常顾不上看手机。某天早上醒来，她捞起手机一看，静音的手机上竟显示有五十多个来自江宁的未接来电，她刚爬起来准备回电就听见楼下传来他拍门板的声音："宁以沫，你是死了吗？"

　　她匆匆下楼，只见目赤耳热、面容憔悴的江宁喷火龙似的站在楼下："我昨晚在晖城发高烧，打了你几十个电话想求安慰，结果安慰没求到，还担心你是不是死了，连夜开车来这鬼地方看你！"

　　以沫哭笑不得地将他扶进屋，伸手去探他额温："你死我都不会死。张嘴……啊……"

　　看完他的舌苔，她心中有数，从罐子里抓了一把陈茶和几味中药下锅炒煳，然后加盐煮沸，做了杯药茶给他。江宁喝完茶，腾腾地冒了阵汗，没多久就退了烧。

　　那以后，只要有三病两痛，江宁再也不找医生，想尽办法磨她。

　　江宁是在以沫大二上学期那个冬至告白的。

　　那天他突然开车来 G 省，打电话叫她陪他吃羊肉火锅。以沫寻思他有什么事情找她，结果发现他什么事儿也没有，跑了几百公里，单纯就是想和她一起吃火锅。

　　世界上确实没有比冬至一起围炉吃羊肉火锅更温暖的事情了，那种温暖就像坐在自己家里。他俩吃得笑逐颜开，鼻尖冒汗。末了，江宁意味深长地说："冬至和火锅就是很配呀。"

　　吃完饭，两人去看了夜场电影，他们商量了一阵，选了播《大话西游》的那一场。大圣娶亲的戏码，他们从小不知道看了多少遍，但还是乐在其中。电影播到后半段，至尊宝对紫霞说："想不到经过这五百年，我要找的并不是她，而是你。"

这时，一直沉默的江宁转过头目光灼灼地对她说："以沫，想不到我要找的并不是她，而是你。"

以沫"咦"了一声，好一阵才反应过来他是在告白。她看着他，沉吟了很久："为什么到我这里就没有 Tiffany 了呢？"

江宁挠了挠头："那个……最近赔了，卡里就剩几百块了。"

他撕下可乐罐的拉环，很认真地做了个戒指递过去。

以沫接过捏在手心，笑了："噫，你真土！"

彼此升格做了男女朋友，交往起来也和过去没什么区别，只多了一项，出门可以牵着手，挽着胳膊。

那年圣诞，大雪纷飞，气氛浪漫，他们试着接吻，结果嘴巴还没碰到，两人同时笑了场。

好像乱伦！

那以后，他们再没有做过相关尝试。

以沫走了一阵，最后停在一棵高大的冬青树前。

在津城，冬青是很常见的植物，几乎每个单位、小区的花圃里都一排排地种着它。冬青长三分缩四寸，生长极慢。以沫小时候不知道它学名叫什么，便跟着老一辈称它为"千年矮"。

第一次知道"冬青"这个好听的学名，是在她七岁那年。那年大院搞绿化，从外头引进了一大批观赏乔木，辜振捷一眼就相中了这棵大冬青，他徇了个私，把这棵树的种植地安排在辜家院子外的路口处。

种树那天，以沫也去看热闹，结果被辜振捷一把从人群里抱了出来。辜振捷递了把小铲子给她，让她和辜徐行一起帮忙往里面填土。三人前前后后用了半小时才把树种好。末了，辜振捷一边擦汗一边说:"这是咱们的亲情树啊!以后咱们爷儿仨的感情要像它一样万古长青!"

以沫感动得使劲鼓掌。

那以后很长的时间里,她都拿这棵树当自己的私有财产来照顾,还曾为了这棵树跟前来攀枝折叶的小孩子打过架。

她唯一一次写作文得满分,也是因为写这棵树。她记录了和伯伯、哥哥一起种树的经历,在最后引用了辜振捷的话,祝愿她和伯伯、哥哥的情谊万古长青。那篇作文被老师当作范文贴在了黑板报上,让以沫骄傲了很久。

但随着时间流逝,年华渐长,这棵树在以沫心里的意义也就淡了、远了。

今天重新站在这棵树下,她才又想起那些往事——那些她以为早已淡忘,却会在某个瞬间,变得更加鲜明的往事。

她缓缓伸手,触摸了一下它的树干,黯然了一阵,她转身而去。

宁以沫刚走,两道身影一前一后从冬青树后的石阶上缓步而下。走在前面的年轻男人穿着一件藏蓝色的薄外套,沉闷刻板的颜色反而显得他脸色如玉,眉目英挺。

"辜教授,接下来还想去哪里转转?"走在后头的中年男人询问道。

辜徐行抬腕看了眼时间:"不转了,去晖城机场。"

辜徐行此次回聿城,是作为知名校友来参加一中建校五十年大庆的。参加完活动,他在饭局上向老领导们敬了杯酒,就匆匆请了辞。

他原不准备停留,然而车经过聿城市委大院时,他叫司机掉了头。

八年前,他随父母举家搬去晖城,紧跟着就去清华报了到。在电子工程系读完本科,他先后去了斯坦福、麻省理工。读完 PhD,他放弃了麻省理工的邀请，跟盛霄回国创立启明。

这八年，他没有听过一次音乐会，没看过一次电影，也没有跟女孩子吃过一次饭。每一天都围绕着研究在运转，人生的喜怒哀乐全在实验室里。他几乎没有七情六欲，只有灵感降临，或是脑洞大开时，他才会感觉到作为一个男人的澎湃激情。

有天凌晨，他坐在一群 Airo 中间，突然产生一种恍惚感。他觉得自己作为人的那部分已经死去了，他只是一个有血有肉的机器人。

直到不久前，他的手机上出现了一条来自"以沫"的短信，他才意识到自己内心的某个部分被关闭了整整八年。然后，他作为人的那部分东西开始复苏。

走下台阶，辜徐行在那棵冬青树下停住脚步，他抬头往上看去。

时值 5 月，正是冬青树开花的时候。一大片一大片白色的小花，像 5 月里的微雪。

司机顺着他的视线往上看去："嗬，这么高，可真是罕见。"

辜徐行伸手轻轻抚了抚它的树干，他神情里带着经年不变的孤意，眉目间浮现一种前所未有的怅然。他出了一会儿神，像和那树交谈一般轻声说道："玄蝉去尽叶黄落。"顿了顿，他低下头，声音也变得更低："一树冬青人未归。"

第二章

世界微尘里

"我听说静安寺很灵，要不要去抽根签问问江宁在哪里？"从上海南站出来，姜敏一边在出租车上自拍一边问以沫。

以沫在手机办公软件里敲完一行字，眉眼没动："你信你去求好了。"

"哼……又不是我男朋友丢了。"

以沫眼睛离开手机屏幕。

那天报警无果后，她把找江宁的事情委托给了一个私家侦探。这类人手眼通天，很快就查到 3 月 17 日那天，江宁提取了银行卡里的所有存款。这个细节从侧面说明江宁是蓄意失踪的。

只要他还活着，以沫就不那么怕了。

至于他为什么人间蒸发、此刻身在何方，以沫不着急知道。

时间会告诉她一切。

以沫推了张名片给管小潮："小管，这是《有氧生活》杂志的编辑，后天茶展时他会带摄影师过来给我们做专访，你跟他做下对接。"

以沫此次带团队来上海是为了赶赴一年一度的国际茶博会。这是她第一次参加大型展会，内心十分期待，每一个细节都在她脑海里反复打磨。

天彻底黑下来前，出租车抵达住处。

姜敏找的民宿位于陆家嘴商圈，是一个非常有情调的 Loft 公寓，价格适中，房主还允许做饭，非常适合长时间居住。

以沫楼上楼下转了一圈，然后很务实地去厨房做晚餐。

食材是从七莘镇带来的，刚好够今晚的两菜一汤。作为创业公司的老总兼财务，在控制团队差旅支出这件事情上，她得鞠躬尽瘁一些。

厨房装的是落地窗，正对着外滩，虽看不见黄浦江，但能看见外滩直插云霄的摩天大厦。等汤开锅的那几分钟，以沫迷离地望着窗外的绚烂灯光。夜色如水，微热的夜风从洞开的小窗里吹了进来，隆隆的车流声亦传了进来。她闭上眼睛，感觉属于顶级城市的气息和躁动。这一切，都和她心底的热望共鸣着。

接下来是打仗般的五天，布展、开展、撤展，除了睡觉，没有一分钟休息时间。

他们忙得脚不沾地，收益却很低。会展结束，他们只收到十个小额订单和二十个有效客户的资料。

尝过样品的客户都对喜绿赞不绝口，但一听价格千元一两，五克一小罐就定价九十九元，他们纷纷像看怪物一样看着以沫："有那个钱，干吗不买顶级龙井、碧螺春？"

更有刻薄的客户当面开嘲："七莘茶啊？我听过。你们当地最好的品牌'御承堂'，两斤装的高级礼盒也才一千块钱，你这个小姑娘不厚道啊！"

气得姜敏差点爆发洪荒之力。

以沫轻轻捉住她的手腕，微笑着从喜绿的茶种、茶源讲到炒茶工艺。

客户们愿意听她轻言细语，但多是当个故事，听完就走。

展会结束，三个人疲惫地坐在公寓的地板上，心不在焉地吃着油腻腻的外卖。

"咱们哪天回去？"姜敏咬着豆芽，懒洋洋地问。

"暂定半个月后吧。"以沫淡淡说。

"半个月后？"姜敏一下子提高声音，"展会都结束了，咱们干吗还在这里待着？这好几百一天的，预算每天都在燃烧呢！"

以沫刚好吃完炒面，慢条斯理地盖上盖子："顺便开个小会，说说接下来的安排。未来两周，敏敏负责去大宁国际、天山茶城这些批发市场发样品和宣传册。"

以沫说着，微信发了个文件给姜敏："我筛了十个批发市场，你都去看看。样品有限，别谁都给。"

"了解。"姜敏比了个 OK 的手势。

"那我呢，我干什么？"管小潮问道。

"你跟我去跑路演，见投资人。"以沫随手转了第二个文件给管小潮，"我来之前给几家基金投了计划书和样品，有两家给了回馈。明天和下周五都有一场路演，你好好准备。"

"什么，这么重要的事情，我一点儿也不知道。"管小潮惊叹着打开以沫做的 PPT，竖了个大拇指给以沫，"以沫，你真是个人才。"

"没有结果的事情，我不喜欢提前说。"以沫打开搜索引擎，目光落在一张照片上。

那是一张商业肖像硬照，照片上的男人四十多岁，目光炯炯，隔着屏幕都能感受到他眼神的强大穿透力。照片下面有一行简介：荣泰资本创始人——李长健。

荣泰资本是国内影响力最大的风投机构，它的掌门人李长健个人身家高达百亿，很喜欢做天使投资。

创业论坛里有一句名言：只要你在创业，就一定会遇见荣泰；只要你能见到李长健，就等于成功了一半。

以沫初生牛犊不怕虎，她此行的终极目标就是李长健。

第二天的路演峰会是由一家新兴财经平台发起的，主题是高科技创业。会议规格很高，从到场的媒体来看，曝光率也不低，但以沫不难通过一些细节看出主办方并不专业。

管小潮坐在会议厅里，望着台上的正在做产品推广的某科技公司创始人，满头黑线地凑近以沫："以沫，这是高科技创业主题，咱们是怎么混进来的？"

"我的计划书里放了盛霄用 Airo 采茶，用无人机运输茶叶的照片，说我们准备做一个高科技生态农场。"

以沫赌这次峰会的初筛和审核并不严苛，所以下功夫打磨了一份高概念的计划书。她赌赢了，没多久就接到了与会邀请。

管小潮张大嘴巴："以沫，你你你！"

管小潮"你"了半天，才压低声音说："你这不是忽悠人吗？AIRO 是启明的商业机密，就算那是你哥，你也不能拿来当个幌子啊！"

"就是拿来当个敲门砖。"以沫双手抱臂，目不转睛地看着幕布上的 PPT，"我进门后跟主办方的联络人说我们这边出了点意外，让他们取消了我们的路演。"

"啊，不路演？"管小潮百思不得其解，"那你来干吗？"

"为了一个人。"

管小潮捂住自己的胸口："以沫，我越来越不懂你了。"

以沫一边给主持人鼓掌，一边轻声说："你每天再多花点时间'吃鸡'，就会越来越懂我了。"

峰会通稿称邀请了一百家有潜力的"独角兽"企业和资本机构参会，实际上去深度路演的公司只有二十几家。到场的资本机构也没有那么多，但荣泰来了，李长健也来了，这就够了。

两小时后，会议结束。见李长健起身，以沫盯准他快步跟了上去。

以沫是在酒店大堂追上李长健的。

"李先生，您好，我是今天与会的创业者，非常荣幸能在这里遇见您。"

彼时，李长健身边跟着三个助理和一个创业者，以沫的突兀出现让李长健身边的人很戒备，拿看刺客的凛冽目光看她。

李长健出于礼貌停下了脚步，但态度很疏离，只是朝以沫点了点头。

以沫知道自己的时间不多，一边自我介绍一边奉上计划书和盒子："我是喜绿茶业的创始人宁以沫，我的创业目标是让更多消费者通过更简单的方式喝到大师级工艺的小罐茶。这是我的计划书，希望您能抽时间看看。"

"大师级的小罐茶？"李长健拿起盒子上的计划书，却没有伸手接那个盒子，"盒子里面装的是你的小罐茶？"

"不是，是给您的小礼物，我亲手做的薄荷糖。"

以沫话音一落，所有人都露出了匪夷所思的表情：做茶叶的不送茶叶给投资人，却送手工薄荷糖，这是什么操作？

"薄荷糖。"李长健语气很淡，伸手接过了那个盒子，"好，谢谢你的计划书和礼物！"

说完，他在众人的簇拥下大步流星地往门外走去。

管小潮涨红着脸，以手扶额走上前，长叹一声："以沫，你到底在搞什么鬼？"

以沫望着李长健远去的背影，淡淡一笑。

"你绕这么大个圈子就是为了见李长健啊？"管小潮揉了揉太阳穴，"好不容易见到了也介绍完了，你怎么不把咱们的茶叶给他？"

以沫回头看着他："你要是李长健，你会喝那种随随便便递过来的茶？"

"也是呀！"管小潮点了点头，"那你送薄荷糖干什么呢？难道他喜欢吃薄荷糖？"

以沫看了他一眼："我乐意。"

很多投资人声称一年会见一千家创业公司，实际上能做到的人不多，李长健是少数真能做到的投资人。但他并不是铁人，所以友情听完这场噱头大于实质的峰会，他感觉有些疲惫，于是他放松身体，躺在迈巴赫的后排躺椅上。

他闭上眼睛，听两个得力助手分析今天见过的创业公司。

一丝幽凉的薄荷味沁入他鼻端，那种味道很清爽，让他想起初夏的凉风。他静静嗅了一会儿，睁眼打开那个装薄荷糖的盒子。透明的玻璃盒子，里头整整齐齐地码着四四方方的深绿色薄荷糖，非常养眼。他打开盖子，一股强劲的薄荷味席卷了整个车厢，让所有人精神为之一振。

他忍不住拿起一块尝了尝，很好的制作工艺，甜润微辛，口感浓郁。尽管他从不吃这东西，但他可以肯定这是一流的薄荷糖。

"来，你们都尝尝。"他来了精神和兴致，把糖分给助理。

助理们兴致盎然地接过尝了一口，纷纷龇牙咧嘴，露出怪异的表情。

"哈哈哈。"李长健大笑起来，对前排的司机吩咐，"老许，把车开到马场去。"

助理们有些纳闷，晚点还有创业团队要见，时间并不充裕，不知道他为什么突然改变行程。

李长健把剩下的半块薄荷糖放进口中，一边忍耐着它的刺激，一边打开刚才那个女创客递给他的计划书。

他一年要看几千份这样的计划书，然后从中间筛选出一百份，最后认真对待的只有十到二十份。

他快速浏览，东西做得很精练，策划者是个头脑清楚的创客，只可惜他一向不热衷农业领域——这个领域没有爆发性的想象空间，投资周期长，受自然条件影响大，实属鸡肋。何况他有什么必要投一个小小的茶园？杀鸡何必用牛刀？

所以他的目光重点落在计划书里讲故事的部分——当个消遣。

那是一个真正的故事，讲创业者父女两辈怎样机缘巧合在悬崖下发现古茶树，又怎么通过两代人的努力繁育出一片纯种古茶树。

他对这份计划书没有兴趣，但对这种茶有了兴趣。他素好品茗，这个故事勾起了他品鉴一番的兴致。然而那个姑娘竟然没给他送茶叶，连一包样品都没送！

他无声一笑，真是个有心眼的姑娘，步步为营吊起了他的胃口，然后再来一场饥饿营销。

他把计划书丢给助理："晚点给这个联系人打电话，通知她参加我下周一的登山活动。"

助理们面面相觑，这种连他们扫一眼就可以直接扔垃圾桶的计划书怎么还让大佬有兴致了，真是奇了怪了！

车很快开到李长健在郊区的马场。

几乎所有人都知道李长健有两个嗜好：养马和登山。

他的私人马场里养着五匹冠军级名马，他只要一得空就会去马场看它们，偶尔也会骑它们一试身手。

在马场工作人员的陪同下，李长健走到马厩前。他抚了抚一匹马的脖子，打开玻璃盒，拿出一块薄荷糖丢进马嘴里："幻影，好吃吗？"

那匹马快速咀嚼完薄荷糖，低低嘶鸣一声，抬起前蹄朝他做起撒娇状。

李长健大笑着又塞了一块薄荷糖给它，然后转到别的马厩前，亲自给每匹马都喂了薄荷糖。

此时，那两个助理已经从手机上搜索到马和薄荷糖的关系：薄荷能增进马的食欲，还能帮马排汗。懂马的人都会在夏天给马喂些薄荷糖、鲜薄荷。

原来那薄荷糖是送给李长健的爱马的。这可真是个别致的见面礼，怪不得李长健笑纳了。

接到李长健助理电话的时候，以沫正在写一篇有关中国茶文化的论文。她冷静地记下对方说的信息：星期几，在哪里会合。她克制地向对方道了谢，然后挂掉电话。

她头脑里晕乎乎的一片，浑身热血都冲到了脸上。她幻想过这一刻，但没想过真的会实现。

她走到客厅，绕着姜敏和管小潮走了两圈，强忍着快要溢出来的激动。直到他俩都发现异样，不约而同地发问，她才克制地说："李长健约我见面了。"

房子里静了几秒钟，然后发出一道响亮的口哨声："以沫，你太强了！"

姜敏冲上去抓住以沫的肩膀："我们是不是就要有钱了？我申请去那边吃饭。"

她把手指向窗外的东方明珠。

以沫头顶的热血立刻很理性地退回到大脚趾上："晚饭加半打啤酒和一份小龙虾——最多了。"

气得那两人重新倒回沙发里。

以沫挤在他们两人中间坐下，打开手机。

周一要登的是离上海不远的雁荡山，坐高铁大概需要四小时，保险起见，她决定提前一天去雁荡山附近住下。

登山的前一晚，以沫有些失眠，在床上翻来覆去折腾到凌晨三点才睡着。凌晨六点闹钟还没响，她就醒来了。

她收拾好背包，起身朝雁荡山景区走去。按照短信提示，她很快在门口找到此次登山活动的领队——一个温州本地的地陪。

她原以为自己到得很早，没想到地陪身边早已经聚集了十个年轻男子，想来这些人也是李长健约来登山的创客。

以沫加入了他们的寒暄，互相交换了名片。聊天的空当，以沫将每张名片都看了下，果然都是互联网、人工智能领域的。

七点整，一个眼尖的创客指着一辆黑色路虎揽胜道："李长健来了！"

所有人一凛，打起十二万分精神朝那边看去。

车门洞开，只见四个人从车上走了下来，为首的自然是着一身登山装的李长健。今天的李长健精神饱满，神采奕奕，然而以沫的目光却被他身边的那人吸引了去。

那是一个穿灰色户外装的年轻男子，确实生着一张叫女孩子移不开眼睛的脸。他神情疏离地跟春风满面的李长健交谈着，姿态倒比长他十多岁的李长健更老成板正。

走到近前，他察觉到以沫的目光，侧眸朝她这边看来。见着她的一瞬，他脚步一顿，突然停下了讲话，投向她的目光变得沉重而静默。

以沫在他的注视下，不自觉地绷紧了身体，不让自己显出一丝怯意来。

他一动不动地看着她，她也一动不动地回望着他。一阵山风从他们中间穿过，很微小的风，大约是书上说的起于青蘋之末的那种风，却在以沫心底掀起了一阵巨大的波澜。

"这人是谁啊？"

她听见身后有人问。

"我'男神'，"一个人工智能领域的创客低声回答，"辜徐行。"

这种场合下猝然相逢，贸贸然打招呼自然是不能的，以沫正犹豫是否要对辜徐行点个头或是笑一笑，他那边已然收回眼神，同她擦肩而过了。

"都来了？"李长健走到高处，扫视了一下到场的年轻人，兴致高涨地说，"今天我们要爬的这座雁荡山号称是'东南第一山'，我喜欢这个名号，要征服就得征服第一的嘛！"

创客们纷纷笑了起来。

"我相信你们来之前都了解过雁荡山。雁荡三绝，有山有水，风景非常漂亮。但是我要走的不是这三绝，而是绕路去登雁荡最高峰——百岗尖。"说到这里，李长健的表情严肃了起来，"这百岗尖海拔一千一百零八米，没有开发过，全是土路。我们现在出发的话，至少需要一刻不歇地走六小时才能登顶。还有，没有经过训练的普通人爬这座山会有危险。我现在给大家五分钟时间考虑是不是继续爬。"

李长健说话的时候，大家已经在搜索百岗尖了，结果很骇人，页面上出现的第一条新闻就是"驴友登百岗尖坠崖身亡，户外登山须注意安全"。点开照片一看，这百岗尖地势复杂险峻，全程基本都是悬崖峭壁，光看看照片就足够让人胆寒的。

"对不起，我们退出。"

有两个搞互联网的"90后"看完照片，打完招呼就头也不回地离去了。

创业诚可贵，生命价更高，他们拒绝被资本爸爸这样玩。

李长健神色如常，目光落在以沫身上："还有人要退出的吗？"

"李总，真是抱歉了，我也退出。"

一个做高能电池的创客双手合十，面带歉意地鞠了好几个躬，狼狈离去。

气氛凝重起来，剩下的七个创客神色都有些凛然。

"想好了吗？想好了我们就要准备出发了。"李长健正色说。

剩余的创客调整好自己的状态，从刚才那种"风萧萧兮易水寒，壮士一去兮不复还"的氛围中抽离出来，他们摩拳擦掌地回道："准备好了，我们这就跟您去征服星辰大海！"

"哈哈哈！"李长健大笑着说，"好！"

这时，李长健的助理走出来说："来的路上李总跟我说了，这山也不白爬，我们是有奖励机制的。"

"哦，什么奖励？"

"'巴菲特午餐'都知道吧？我们李总从今年开始将效仿巴菲特

搞个'李长健晚餐'，这次前三位登上山顶的人都会获得李总圣诞夜宴的邀请函。"

创客们登时雀跃。

助理看了眼手表："登顶的路有很多条，大家可以看地图自行选择路线，也可以选择跟着我们和地陪走。"

说话间，地陪把他绘制的地图、干粮、水分发给了大家。

创客们捧着地图凑成一堆，七嘴八舌地议论起来。

地图做得很专业，是 3D 绘制的。地陪在上面画了五条线路，并给每条线路都做了详尽的标注：山势如何，距离山顶多远，有哪些难关……

他们看完地图，发现有价值的路线只有三条：第一条是李长健他们要走的常规路线；第二条是绕路却安全的东线；第三条是近却险的北线。大家商量完，各自有了主意，一派决定紧跟李长健，一派决定走东线，而以沫则和一个做直播平台的创客搭伴挑战北线。

听完他们的决定，李长健笑吟吟地看着以沫："嘀，小姑娘巾帼不让须眉啊！"

以沫微微一笑："实在是您的晚宴太诱人。"

说话间，一行人走到了岔道口。

"那咱们现在分头出发。"李长健手一挥，不同阵营的人开始朝不同的方向走去。

就在这时，李长健突然"咦"了一声："徐行，你不跟我走？"

辜徐行点点头："你那条路没太大意思，我换条路走。"

说完，他撇下众人，在以沫错愕、微妙的注视下先一步朝北线的入口走去。

第三章

人生若只如初见

以沫站在山脚，抬头往远处的百岗尖看去，脑中泛起一阵晕眩。

以沫不能理解自己为什么会有那种晕眩感。

只是一座山而已。

她再次打开搜来的百岗尖攻略，攻略第一句话是这样写的：非专业登山者请千万不要涉足。

她对登山完全没有概念，甚至连一双登山鞋都没有。但她会爬山，家门口的七莘山她从小到大爬了万八千回，山巅的悬崖，她也上上下下数十次。她对山没有敬畏心。

选择和以沫一起走北线的创客杨峰是个开朗的海归，一笑就要露出两排白生生的牙齿。上山前，他伸手和以沫击了下掌，紧跟着辜徐行的步伐走进前方的小山道。

穿过几百米的狭窄山道，眼前豁然开朗。但以沫顿住脚步，望着前方暗吸了口冷气，北线不愧是北线，一上来就是"hard 模式"：

前方一条路都没有，只有一片浩瀚的箬叶林山道，高高的箬叶丛盖住了地上的一切，必须从树叶里钻行通过。

"我去，这是上刀山的节奏啊！"杨峰惊叫一声。

箬叶边缘锋利，每一片叶子都像一把刀，说是刀山也不为过。更可怕的是，谁也不知道茂密的箬叶下藏着什么。

以沫和杨峰面面相觑，这种情况是他们没有设想过的。他们第一时间想到换路线，但谁也说不出口，太"打脸"了，毕竟这不是一次普通的登山活动，而是投资人对他们的观察和考验。要是一上来就推翻自己的决策，天知道李长健会怎么看他们。

前方，辜徐行停下了脚步，似乎在等他们的决定。

以沫想了想说："我们穿过去吧，这片箬叶林不大。"

她刚说完，辜徐行从背包里拿出登山杖和瑞士军刀，率先躬身钻进箬叶丛里。他一边小心地探着路，一边用军刀把路开了出来。

杨峰本来还有些踌躇，但见来玩票的辜大 BOSS 都如此不畏艰险，身怀拉投资重任的他怎么好就此返航？于是他一头钻进辜徐行开出的小路里，挥舞着胳膊给以沫开起路来。

有两位男士开路，以沫走得还算轻松。

穿过箬叶林，迎面就是一条上山的乱石土路。三个人不敢分神，全程无交流地攀爬起来。

如此攀爬了一小时，他们来到一条两边都是悬崖的峡谷下。

峡谷很窄，壁立千仞，一道瀑布喷雪般滚落进峡谷的深潭里。

三个人不约而同地停下步伐。

这一路披荆斩棘走来，沿路无风景、无路迹，好不容易走到有景色的平缓地带，他们本能地想停下喘口气。

杨峰寻了块大青石四仰八叉地躺下，心情畅快地对着上午九点钟的天空大喊了一声："真舒服啊！"

以沫也找了个坐处歇息，她拧开一瓶水，喝着喝着，目光不由自主地瞟向在潭边洗手的辜徐行。

以沫快速思量了一阵，起身朝他那边走去。听见她的脚步声，他动作停滞了一下，却没有回头。

"哥哥，"透过清澈的潭水，以沫清晰地看见他的手背上布满了被箬叶划出的细小口子，她心中一颤，"真没想到会遇见你。"

"我也没想到会再遇见你。"辜徐行起身，望着前方飞流而下的瀑布说。

静默了会儿，他缓缓转过脸，目沉如水地看着她："说来也怪，我们明明知道对方在哪里，却好像做好了一辈子遇不见的准备。"

他的语气一如既往地柔和，也没有任何感情色彩，就是这样平淡道来的一句话，却叫以沫无端地就怅然了起来——好像她欠了他什么似的。

以沫怔怔看着他，这是八年来，她第一次离他这么近，看得这么真切。他已经不是离别时那个少年了，但他板正地站在那里，仍然还有一身干净的少年气，只是更沉郁了些。

她鼓起勇气对上他的眼睛，记忆中，他有着这世界上最深黑透亮的眸子，那里头有时候装着寒星，有时候装着春水。到底不复年少，他的眼窝更深了，眸子也变成了那种冷淡的琉璃色。这样望进去，像望进一口无波无澜的古井。

以沫这样怔怔地看着，回过神来刚想回他一句什么，他却头也不回地离去了。

以沫心情复杂地走回杨峰面前。

"吃鸡翅吗？"杨峰盘腿坐着，正抱着他早上带来的 KFC 全家桶大快朵颐。

全家桶已经被他吃见底了，就剩一块鸡翅和一根粟米棒。

以沫摇了摇头："登山不宜过饱，让自己处在相对饥饿的状态比较好。"

杨峰不以为然地插科打诨："你不了解我的食量……我现在仍然处在相对饥饿里。"

以沫不再说话，敛容在他边上坐下："我们现在已经爬了三分之一了，剩下的三分之二会更艰难。"

杨峰含着一口鸡肉嘟嘟嚷嚷："为什么啊？"

以沫指着头顶的太阳："太阳出来了，接下来要直面暴晒。"

杨峰听出了她的话外音，胡乱把剩下的鸡翅和粟米棒吃完："咱们去追辜教授吧。"

说着，两人背上背包，往南渡过一条浅溪，沿着一人宽的山道往上爬去。他们爬了二十多分钟，在半山腰上的一棵绝壁孤松下遇见了辜徐行。

辜徐行斜靠着松树，坐在山石上闭目小憩。他脚下的悬崖里云烟缭绕，松涛涌动。松针筛过的细碎光线落在他雕塑般的脸上，让他周身呈现一种天地人合一的"侘傺"之感。

杨峰掏出手机，忍了又忍："真想拍下来发快手，保准火。"

以沫垂眸，嘴角微微一挑。

见辜徐行仍似老僧入定，没有要搭理他们的意思，他们也不便逗留，继续结伴前行。

再往上走，路径完全消失了，山脊越来越窄，凶险得像刀背一般。脚下的石头棱角尖利突出，人只能踩着那些锋利石头的间隙里缓缓往上攀缘。他们凝神屏息地往上爬着，一点不敢分神，更加不敢回头。高峰的尽头处垂直如刀劈，几乎没有落脚地。这种时候只要一失足，也就可以长眠青山了。

不知道过了多久，两人终于攀到了山顶开阔处。接近虚脱的杨峰一言不发地躺倒在地上，不停在胸口画着十字："上帝保佑，上帝保佑……"

以沫的情况并不比他好很多：她的衣服、裤腿被石头划得破烂不堪；她腿脚发软，几乎站立不稳。她深呼吸了几口气，猫腰挪到山口往下看去。往上爬时，她虽然知道路途凶险，但聚精会神盯着前方的目标，倒也可以抵消部分畏惧感。然而此时往下看去，见到辜徐行徒手在垂直的峭壁上攀爬，她后怕得瞳孔骤缩，口干舌燥，连耳朵都嗡鸣起来。

辜徐行身手敏捷，很快就攀上了崖顶。他无视以沫的注目，汗流浃背地原地坐下，抿唇看着脚下的山石。

"值得吗？"身后的杨峰终于把气喘匀了些，连哭带笑地问，"宁以沫，你觉得值得吗？创个业而已，差点把命玩掉。"

辜徐行闻言抬起头，目光深邃地往以沫那边看去。

以沫心有余悸的表情渐渐消失，涣散的眼神重新聚拢。创业的过程中，她问过自己千百次这个问题，所以她根本不需要想，凭本能就能回答。

"没有值不值得，只有愿不愿意。"

创业者就像在山里打野猪的人，子弹打完了，别人可以逃，但创业者只能拔出柴刀冲上去和野猪拼命。无路可逃，只能血拼。

杨峰默然了很久，慢慢从地上爬起来："说真的，我都有点不想继续走了。"

"但你会走，对吗？"以沫问。

"对。"杨峰苦笑，"因为没有退路，只能爬上去另外找条路下去。

这样看起来，创业和登山真的挺像一回事儿的。"

"开弓没有回头箭，咱们加油吧！"

以沫从地上站了起来，拍拍他的肩膀，重整旗鼓地往前走去。

时近正午，太阳直射地面，地气蒸腾，行人疲惫。

"不行，我真走不动了。"杨峰穿行在一人高的杂草里，捧着肚子叫唤起来。

走在前面的辜徐行和以沫同时回头看向他。

"我头晕，头晕得厉害，肚子也有点不舒服，会不会中暑了？"

以沫返回他身边："应该不是中暑，是你刚才吃得太饱。消化食物需要大量供血，爬山会加速血液循环，你大脑供血不足，所以才会头晕。"

"可我真走不动了。"杨峰整个头都耷拉了下去，指着一条岔路口，异想天开地说，"真想绕到那边去啊！"

那条岔路口连着一条非常齐整的盘山公路，公路直通百岗尖东面，但他们不能走，因为那是条军用公路，里头有军事禁区。

以沫舔了舔干裂的嘴唇，心驰神往地望着那条白亮的公路。末了，她收回充满渴望的眼神。

辜徐行丢了个登山杖给杨峰："翻过前面的松树林就快到目的地了。我建议你去树林里休息一下。"

"是啊，你再坚持坚持，去阴凉地方休息。"

杨峰勉为其难地拄着登山杖，在以沫的陪伴下往前走去。两人一步一喘地走了二十分钟，终于走进前方的松树林里。

以沫把杨峰安顿好，然后找了一块山石坐下。她从背包里拿出昨夜备好的食物，用小刀把酱牛肉切成三份，然后又切开一只小西瓜。

沁人心脾的果香让疲惫的他们同时精神一振。

杨峰接过以沫递来的西瓜，喜笑颜开："我的老天，你居然还背了个西瓜？你是金刚芭比吗？"

以沫把口中的西瓜咽下，刚想说话，只听"吱"的一声尖啸传来，一道黑乎乎的影子闪电般从她眼前掠过，捞起她的背包就往树上蹿。

"猴子！猴子抢你的包！"杨峰惊得大叫起来。

他经常在网络视频里看见景区猴子抢游客包，没想到今天能亲眼所见。

以沫大惊失色，抓起一块石头朝那只猴子扔去。松树林里的树都不高，猴子被石块击中，从树上掉落下来，它在地上打了个滚，抱起背包脚不沾地地往悬崖那边蹦去。

以沫发足狂追，把那只猴子堵在了悬崖边的大石头上。那只猴子被她挡住了去路，原地抓耳挠腮一阵，气得吱吱乱叫。

这时，一个苹果从天而降，猴子撇下背包，纵身去接苹果。说时迟，那时快，以沫飞扑上前去抢背包。那只猴子见护不住背包，一挥爪把背包扒去了悬崖底下。

以沫不管不顾地往前扑去，却被身后的辜徐行紧紧地箍进了怀里："你不要命了？"

紧跟而来的杨峰拿石块赶走猴子："是啊，不就是一个包吗？"

以沫眉眼紧皱，脱口而出道："那里面装着我的茶叶和茶具，还有沏茶用的热水。"

辜徐行心下了然，缓缓松开她，走去悬崖前探看。

杨峰此刻也明白了那个背包对以沫的意义：还有什么比高山上的一杯好茶更能说服投资人的呢？

丢了那只背包，她所有的苦心和努力就都白费了。

就在杨峰、以沫集体沉默的时候，前方的辜徐行开了口："把我的背包拿过来，谢谢！"

"哎？"杨峰一惊，接着又是一喜，"哎，我这就去拿。"

杨峰把拿来的背包递给辜徐行："是不是还可以抢救一下？"

辜徐行接过背包，默然从里面拿出一卷登山绳，他稳稳地将登山绳的主绳打八字结固定在树上，接着开始穿戴安全带。

杨峰走到以沫身边往悬崖下一看，只见峭壁上长着许多虬枝盘曲的油松，那个背包被挂在数十米下的一棵树上。而树下，就是深达千米的山谷。

杨峰骇然抬起头，快步走回辜徐行面前："辜教授，你这是要崖降吗？"

以沫原本想自己下去拿包，可观察完地势，便彻底打消了这个念头："我不要那个包了。"

辜徐行对她的话充耳不闻，飞快地装着八字环下降器。

"辜教授，你不能下去！这不是一般的悬崖，连个落脚点都没有，很危险的。"

辜徐行头也没抬："我以前下过比这更陡的悬崖。"

"辜教授，我承认我不懂你们这种大神的征服欲啊！"杨峰语无伦次地说，"你身娇肉贵，是那种要在人类文明进程上钉一颗钉子的人……要是有个三长两短……"

辜徐行："是有些危险，但在可控范围内，你不需要太担心。"

"哎，哎，宁以沫，你劝劝他！"杨峰心急如焚。

以沫并非不想劝，而是清楚她说什么都没有用。他的固执，她领教过。

八字环下降器连上安全带扣环那一瞬，以沫终于忍不住上前抓住他的手。

"哥哥，"她喉咙发紧，几乎是用气声在哀求，"不值得的。"

"没有值不值得，只有愿不愿意。"辜徐行的声音冷漠而理智，"我记得你刚才是这样说的。"

以沫愣了一下，也就这一下，她的手就被他推开了。

辜徐行微眯着眼睛看向杨峰："你是个基督徒？"

杨峰连忙点了点头。

"很好，记得帮我祈祷。"与此同时，他伸出食指贴住以沫刚张开的嘴，"嘘。"

阻断一切干扰后，他双手抓紧绳子，缓缓退至崖边，身体慢慢后倾，将重量加给固定点。一切妥当后，他一手送绳，一手控制平衡，双脚抵住崖壁，身体与悬崖呈九十度角开始往悬崖下做蛙式弹跳。

"不行了，我不能看，我现在腿好软！"杨峰从悬崖边上退下去，嘴里念念有词地开始祈祷起来。

以沫半跪在悬崖边上，心惊肉跳地看着辜徐行蜻蜓点水般在岩壁上跳跃。悬崖上的山石和土块随着他的动作不停坠落，他每下行一步，她都会下意识深深吸一口气。

几分钟后，辜徐行停在了那棵树一米开外，他直直盯着那个背包看了一阵，像是在做计算。几十秒后，他松开控制平衡的右手，纵身飞跃上前，稳而准地拽起了那只背包。

与此同时，他失去支撑的身体剧烈地在半空中飘荡起来。

以沫情不自禁地惊呼了一声，脸唰地白了。惊魂甫定，她展眼再看，失去平衡的辜徐行在空中转了几圈后，渐渐停止摆动。他小心翼翼探出一只脚，在那棵油松上找到一个落脚点，然后把背包斜背在胸前略微停顿了几秒，他双手抓住主绳，双腿钩住绳子，一点点朝悬崖上爬去。

高空攀绳非常考验人的技巧和体力，上去的每一步都需要动用全身肌肉的爆发力。以沫生怕他一个撑不住又掉下去，但他没有让她失望，几乎没有任何停顿，他一鼓作气地登上了悬崖。

登上悬崖那一刻，辜徐行脱力地朝地上伏去。他浑身汗湿，额发一绺绺贴在额前，前所未有的狼狈。良久，他抬起头，满面通红地往以沫那边看去。

她脸色煞白，眼圈微红，胸口大力起伏着。

他们谁也没有说话，只是喘息着凝望彼此。

劫后余生的凝望，带着一种看不见的力量同时贯穿了他们。他们听见彼此剧烈的心跳，都有了种人生初见的感觉。那种感觉很微妙，就像他们并非熟识多年、彼此刻骨铭心的人，他们一切的过往全部归零，然后以全新的身心在此刻初识。

三人休息了一阵，再次往山顶进发。

下午一点，骄阳似火，漫长的山道让人产生一种看不见尽头的绝望感。有那么一瞬间，筋疲力尽的以沫觉得自己快要迷失了。

她以前一直以为山是可以被征服的，哪怕是风云变幻的珠峰，也可以被人踩在脚下。这一刻她才明白，真正的高山是不可能被征服的，它只是在某一个瞬间仁慈地接纳了登山者。

"宁以沫，我可能真的走不了了。"

身后传来杨峰微弱的声音。

以沫回头看去，只见杨峰张着嘴使劲喘息着，表情痛苦，仿佛吸进去的不是空气，而是沙子。

以沫的状况并不比他好，她的心脏狂跳着，似乎要从嘴里蹦出来，小腿像灌了铅，每一步都走得很沉重。

"杨峰……"以沫上气不接下气地说，"还有半小时就能登顶了，你……你不能放弃。"

"真不行了。"杨峰捂住肚子，"我肚子又开始疼了。"

说着，他再一次钻进不远处的荒草丛里。

以沫停下脚步，暗觉有些不妙，杨峰有可能是腹泻了。

登山过程中很容易突发一些疾病，肠胃病就是这类登山病里的常客。联想到刚才杨峰暴食的情形，以沫有些后悔先前在山下没有狠狠阻止他——可是谁又能想得到呢？大家一开始都太轻视这座山了。

"哥哥，你那里有药吗？"以沫满怀希望地问。

辜徐行摇了摇头，作为登山俱乐部的常客，登这样的小山还不足以让他紧张到准备药物。

杨峰从荒草中走出来时，嘴唇上已经没有半分血色了。他瘫坐在一棵树下，缓了很久才说："宁以沫，你们先走吧，我要歇一会儿。"

"我等你。"以沫毫不犹豫地说。

杨峰虚弱地一笑："别等了，我这回不是歇个三五分钟，我可能要歇上一两小时才行。"

"那我就更不能走了。"以沫解下背包，在离他不远的地方坐下。

"为什么呀？"

"你是不是拉肚子了？"

杨峰点了点头："是有点，但不严重。"

"不严重？这种突发腹泻有可能会要人命的，我不能把你一个人丢在这里。"

"没那么巧就让我遇到低概率事件，你真的不要等我了。"杨峰有些急了。

以沫心意已决，再不说话。

"宁以沫，你等不起的啊。现在快两点了，最晚三点钟，别的线就会有人登顶了。"杨峰竖起三根手指，"三个，就三个名额。你辛辛苦苦爬这一趟是为了什么？你干吗为了我这样一个陌生人前功尽弃啊！"

以沫淡淡地说："拉肚子宜少说话。"

杨峰哭笑不得地看着她："'李长健晚餐'，出席的全是大佬，一百万都买不到的机会，你不要了？"

以沫恍若未闻，闭上眼睛思量起来。她决定在这里等杨峰一小时看看情况。走北线怎么着都会比其他路线快一小时，这一小时，她牺牲得起。

然而刚过了五分钟，杨峰就第三次跑进了荒草丛。

以沫和辜徐行对视了一眼，神色都凝重起来。

形势不乐观，杨峰的腹泻很严重。

杨峰再次从荒草堆里出来时，一句话都不说了，他自己也意识到了严重性。他急性腹泻了，不是休息就能休息得好的。此时的他上不着天，下不着地，要是严重脱水，叫救援都恐怕来不及了。

以沫咬唇想了一会儿，打开背包，从里头拿出一只大保温杯，她倒了些温水递给杨峰："你先喝点热水。"

杨峰摇了摇头，他再外行也知道她保温杯里装的一定是专门用来泡茶的山泉水，这水是不可以替代的。

以沫终于有些生气了："杨峰，我发现你这人特别婆婆妈妈。"

"我不能喝，你泡茶不够了怎么办？"

以沫不由分说地把水递到他手里。

见杨峰把水喝了下去，以沫苦涩一笑："你再休息一下，我等会儿带你去军事禁区。"

就眼下的状况来看，杨峰已经不可能走上山顶了，下山更不可能，要平安走出这座山，只有这一个办法。

整个过程中，辜徐行都沉默不语，作壁上观，直到这时，他才抬起眼帘，深深朝以沫看去。

"你知不知道闯军事禁区的后果啊？"杨峰匪夷所思地问。

"还能咋嚓了我们？"

"他们会把我们抓起来调查，调查完就会把我们遣送下山，你不见李长健了？"

以沫淡淡说："不见了。"

她为今天准备了很久，放弃是很可惜，但义不容辞。

杨峰喉头急剧滚动着，不再说话。

闻言，辜徐行收回眼神，一言不发地起身，大步朝山下走去。

普通人绝望时会看向四周寻找帮助，基督徒却会看向上方。第五次腹泻后，几近虚脱的杨峰拖着虚浮的步子走到一块山石上跪下，他抬头望天，双手交叉放在胸前，虔诚地向上帝祷告。

半小时后，杨峰得救了，但救他的不是上帝。

杨峰躺在急速前进的军用担架上，抬头仰望碧蓝的天空，剧烈的颠簸摇得他恍恍惚惚。半小时前，他几乎以为自己会死在那片松树林里，没想到两个军人从天而降，就这样把他救出了那片黑森林。

他很清楚军事禁区的军人不会毫无理由地擅离岗位来管他这个闲事。把他们请动的，一定是辜教授。

他很不幸，在即将成功登顶的前一刻功亏一篑，但他也是幸运的，他得到了两个人最无私的帮助。

以沫遥遥望着杨峰他们的身影消失在树林中，心潮涌动地对辜徐行说："哥哥，谢谢！"

　　她了解辜家的影响力，他能请到军方的救援，并不让她十分意外。意外的是，他竟肯这样帮她。可这又有什么好意外的呢？毕竟他连悬崖都为她下了啊！

　　她心念百转千回，一股温柔又酸楚的情愫潮水般涌上心头。

　　辜徐行却无动于衷，惜字如金地丢下一句"上山吧"，便往山巅处去了。

第四章

倔强与温柔

站在百岗尖上那一刻，撑着以沫的那股劲儿泄了下去。她的两条腿不停地打着哆嗦，紧跟着，手也哆嗦起来。

从没有过的累。

约莫二十分钟，以沫渐渐缓了过来。

东西两线的山脊上，有人影冒了出来。那些人距离拉得不是很大，都在玩命往上做最后的冲刺。

十几分钟后，亚军和季军分别诞生。

输掉比赛的人失去动力，行动如丧尸般迟缓。

李长健第五个登上山来，面不改色心不跳。他赞许地看了以沫一眼，神清气爽地站在辜徐行和以沫的中间极目远眺。

视野很好，千里江山，万里东海，全在眼底。

他们脚下山峦起伏，云海翻涌。偏西的太阳浮在云海上头，映得天际泛金流赤。

"真美啊！"有人发出一声慨叹。

李长健感慨道："这世界上还有比大自然更有魅力、更迷人的东西吗？没有。"

辜徐行不为所动地看着前方，眼前壮阔的声色仿佛并没有进入他眼中。

"徐行，怎么样？"李长健侧目问道。

"不错。"

"年轻人就应该多出来接触下大自然，总闷在实验室，对健康没好处。"李长健别有深意地说。

辜徐行点了点头，算是回应。

李长健回头看了眼身后的创客们："我第一次登山，登的是乞力马扎罗山。那是二十年前，我刚赚了人生中的第一个一亿，自我膨胀得厉害，简直要飘起来。但是当我满脸冰碴站在乞力马扎罗山顶上时，我感觉到了大自然的威力，那种压倒性的、彻头彻尾的统治力。人类是那么渺小，人的力量是那么微弱。从那以后，我迷上了登山，因为这件事能让我正确认识自我，数十年如一日地保持清醒。"

李长健说话的空当，以沫找了个平坦处坐下，从背包里拿出背了一路的茶具。

所有人都知道她是做茶的，此刻见她拿出茶具，纷纷凑上前去看热闹。他们原以为会看到一场茶艺表演，结果以沫泡茶的方法粗朴得很，简单温完壶，茶叶往水里一投就完事儿了。

所有人心想：马马虎虎。

然而也就一转念，玻璃茶壶里就出了奇观：只见茶叶一沉到底后突然迅速绽放，整个过程如云卷云舒，雪花飞舞，片刻工夫，干枯的茶叶就舒展成柔嫩的一旗一枪。与此同时，茶汤变成了清澈柔和的黄绿色。

"嗬，你的茶叶还会跳芭蕾呢！"一个年轻创客大开眼界地说。

"你没说错，这叫'茶舞'。"以沫沉静地说。

一分钟后，以沫开始分茶。这时，众人看出她的功力，她的动作行云流水，肩、肘、腕、指的动作都比常人松活自然很多，透出一种既静定又轻灵的美感。

分完茶，她右手执杯，左手为托，恭恭敬敬地将茶奉给李长健，然后将其余的茶以长幼顺序分给了其他人。

李长健接过茶，看了眼汤色，浅尝了三口。他眉一扬，却没有说话。

一个不懂品茶的创客一口闷掉那杯茶，畅快淋漓地舒了口气："真香，一点也不涩，连后槽牙都香了！"

一群人哄堂大笑起来。

等辜徐行品完茶，李长健噙笑问道："徐行，这茶怎么样？"

"好。"辜徐行言简意赅，说完又专注地端起茶品了一口。

这时李长健才发表评论："难以言说的好茶。尤其是在这种时候喝，真是荡心涤尘。"

不负他有所期待，实在是第一流的好茶。他放下茶杯："咦，刚才和你一起走北线的杨峰呢？"

"他登山时身体突发不适，"以沫顿了顿，"已经被军事禁区的军人送下山了。"

李长健眉微一蹙，对身后的助理说："晚点打电话问问情况，让人去看看他。"

说完，他把话题转回到以沫身上："这些茶都是亲手炒制的？"

"是。"

"手工炒茶，一天的产量能有多少？"

"像我这样的熟手，一天也只能炒四十斤。"

"茶叶三分料七分炒，也就是说，我喝的这种明前极品，一年最多只能产出一千斤。这是你们的拳头产品，目前来看，你也只打算做这种拳头产品？"

以沫点了点头："我认为聚焦一个拳头产品，对一个初创型公司来说非常重要。"

李长健默品完那杯茶："我认可你的茶，也认可你的个人素质。"顿了顿，他说："但是一千斤这个数字决定了我不可能投资你。太小了，没有吨位就没有地位，对吧？"

这个结果在以沫的预料中，以沫从没想过靠一份计划书或者一次见面就能获得成功。可他这么快就否定了她，她还是忍不住失望地垂下了眼帘。

"但是在茶喝完之前，我想听听你的完整想法。"李长健将茶杯放茶盘。

以沫心跳了一下，她竭力让自己的呼吸平静下来，再次给李长健行茶。末了，她打起精神，含笑看向正在品茗的众人："大家平时有喝茶的习惯吗？"

创客们的回答很一致："咖啡多一些。"

"你们知道中国有哪些名茶吗？"

"这必须知道啊，龙井、铁观音、碧螺春。"一个年轻人脱口而出。其他人跟着也说了些普洱、正山小种之类的名茶。

以沫记住每个说话的人，然后一一回问："请问龙井最有名的品牌叫什么？铁观音呢？大红袍呢？正山小种呢？"

没有一个人能回答。

以沫对上李长健审视她的目光："这就是茶行业的现状，有品类，没品牌。我们有七千万茶企，行业规模三千六百亿，却没有出一个

'立顿'。所以，我的想法是先做品牌。"

李长健微微笑了一下，没有说话。

"我没有量，也不拼量，就用这一千斤的匠心之作做一个高端的茶品牌，目标客户是成功人士和城市新贵。但小罐装的模式，又能让每个爱茶的普通人都能够得着这个奢侈品。"

"那你想怎么推这个品牌呢？"

"品宣推广上，我想用纪录片视角做广告，在传统渠道上大力投放，然后结合新媒体有针对性地向目标客户群传递品牌故事和价值。

"渠道售卖上，线上电商、线下门店同时发力。我想先在上海开第一家喜绿门店，门店里会有体验区，也会有人向顾客展示茶和茶道文化。"

李长健听完她的想法，习惯性地眯起眼睛，思考了几秒后，他说："想法不错，但你的产品太小了，给人的感觉就像在一个漂亮的琉璃盏里装一颗芝麻。"

大佬一针见血，以沫的脸一下子红了。

"我建议你多找点你这样的炒茶大师。中国不是喜欢十二这数字吗？就找十二个，什么龙井的、普洱的、大红袍的传人，你都找来一起合作，把产品线扩充起来。当然了，这是纯商业角度的建议。"

是个很好的建议，但背离了以沫的初衷。她朝他微微一笑："多谢指教！"笑容里多少有些苦涩。

李长健放下茶杯："希望圣诞节咱们再见面的时候，你的琉璃盏里能有更多东西。"说着，他转向另一个创客："Sean，我们之前微信沟通过很多次了，非常感谢你一直以来的支持……"

完败！

以沫暗暗吁了口气：接下来该见哪位投资人呢？

下山时，地陪提供了一条据说只有他自己知道的小路。那条路离山下很近，也相对好走。这对精疲力竭的众人来说，无疑是一个利好消息。

傍晚五点，天光渐收，天边起了一大片积云。

地陪看了眼天色喊道："大家快一点，有场急雨要来。"

众人听了，脚下加快了步伐。

积云不断上升、变厚，白色变成灰黑色。

"会不会遇到雷暴？"

山上天气变幻莫测，登山遇雨是很寻常的事情，大家多少都有准备，怕的是遇到雷暴。

地陪无奈地耸了耸肩："看天。"

一部分带了雨具的人开始穿戴雨具。没带雨具的人也并不担心，夏天里淋一场雨似乎也没那么可怕，再说他们都穿着高档速干衣。

地陪的目光从所有人身上扫过，停在以沫身上。板鞋、棉 T 恤、没雨衣，天知道她怎么敢凭这身新手村装备来挑战百岗尖的，居然还爬了个第一。

辜徐行显然也注意到了这一点，他拉开背包，从里头拿出一卷雨衣，越过人群递到以沫面前。

众人的目光都探询地朝他们这边看来。以沫犹豫了一下，接过雨衣："谢谢！"

不多时，急雨劈头盖脸地落了下来。万幸的是，没有遇到雷暴。

大家放慢脚步，狼狈地在大雨冲刷的山道间前行。以沫几度往辜徐行那边看去，只见他浑身湿透，万千雨点如箭矢一样朝他身上落去。以沫咬着唇，默默听雨水打在雨衣上的声音，那白噪音错杂无序，一如她的心情。

二十多分钟后，疾风骤雨变成了绵绵小雨，视野渐渐清晰。众人提起来的心落回原位，有说有笑起来。

天彻底黑下来之前，山雨停了。以沫从背包里找出一块小方巾，快步追上前递给辜徐行。

他脸色青白，不断有雨水从他脸上蜿蜒而下，伸手接方巾时，他冷得发僵的手指都有些不太灵便。他擦了擦头脸上的水，疏离地将方巾递还给她。

笼在他们身上的溟蒙光线暗了下去，天地俱黑。

以沫暗想，到底是什么让他们变得这样无话可说？

傍晚七点，一行人下到了山下。

"大家先各自回去换下衣服，稍后李总将在他下榻的假日酒店请大家吃晚餐。咱们八点开餐，不见不散！"李长健助理声音嘶哑地说。

众人用最后一丝热情欢呼了一声，作鸟兽散。

以沫打了辆车，却没有回民宿，而是让司机载她去最近的药房。

下山前，她听见辜徐行连续咳嗽了好一阵，苍白的脸上也起了些病态的红晕，想来是剧烈运动后淋雨着了凉。

这类风寒磨人得很，但只要在感冒初期几小时内扼杀它就能很快自愈，不必受七天的折磨。

以沫站在药房的中药柜前看了一阵，对药师说："桂枝三钱、白芍四钱、甘草四钱……"

温州人有喝药草茶的习惯，药房里并不难找齐以沫想要的药材。

回到民宿，她简单冲了个凉，就去厨房煎制起药茶来。

药茶煎好之际，她从通信录里调出辜徐行的名字。再三犹豫，她发了条短信过去："哥哥，你住在哪个酒店？房间号是多少？"

发完短信，她把手机捂向胸口，仰头望天发呆。她其实很担心他不回。一个呆没发完，她胸口处突然振了一下，那一振连带着她的心跳都剧烈起伏起来。

回复很简略："假日酒店，1907。"

半小时后，以沫抱着保温杯，忐忑地站在了假日酒店1907房门前。她在门口做一阵心理建设，深深吸了一口气。心跳平缓后，她敲响了房门。

等待房门打开那几秒，她刚刚平稳下去的心跳又擂鼓般跳了起来！

房门打开，辜徐行撑着门，静立在廊灯下，也不说话，审视着门口的她。

"我刚才听你咳嗽了，"以沫平静了下来，"给你做了壶祛风散寒的药茶。"

辜徐行的目光从她脸上落到她怀里的保温壶上："进来吧。"声音喑哑，果然有些鼻音。

他叫她进去，却没有迎客的姿态，手一松，掉头返回屋里。

以沫推开门，跟着他往屋里走去。

屋里没有开大灯，只有落地窗前的躺椅旁亮着一盏工作灯。

辜徐行点亮整间屋子的灯，回躺椅上坐下。他随手拿起躺椅上刚才正在看的书，淡淡说："什么时候还有了悬壶济世的本事？"

以沫走上前，把保温杯放在他面前："以前为了写一篇茶医学的论文，做过很长一段时间的研究，还专门为此去云南学习了一段时间。"

"哦？"辜徐行垂目看书，像是对她的话感兴趣，又像是完全不感兴趣。

气氛很奇怪，以沫很尴尬，但还是柔声说了下去："云南临沧山里的俐侎人还保留着传统的茶医学，他们的糊米茶和蒿茶对感冒都有奇效，我亲身体验过。"

"好，我知道了。谢谢！"很客气地致谢，没有丝毫温度。

以沫咬了咬唇，告辞的话已经到了嘴边，却咽了回去。

她疑心他并不会喝那壶药茶。

沉默了几秒，以沫厚着脸皮干巴巴地说："哥……那个保温杯，我一会儿想要带走。"

辜徐行定定看书的目光动了一下，下眼睑轻微往上一挑，露出极其难以察觉的微表情——浅尝辄止的笑意。

他放下书，打开保温杯，对着里头刺鼻的黑色汤药毫不掩饰地皱了皱眉，然后仰头大口大口喝了下去。

见他喝完，以沫松了口气："那我不打扰你休息了……"

"你很赶时间？"辜徐行放下保温杯，拿起一旁的矿泉水抿了几口。

以沫也觉得故人相见，按照常理应该寒暄半小时为宜，于是恭恭敬敬地回："那倒没有。"

辜徐行指着沙发："坐。"

以沫温顺地在沙发上坐定，寻思着问候点什么，辜徐行反而先开了口："从今天来看，这些年你还是有些长进。"

以沫心里打了个突，这场景、这语气怎么这么……这么像长辈训话？她掀起眼皮，朝他那边看去，他面上依然很冷，却不再是白天那种不可接近的冷了，那冷里带着一丝暖意——恰似让冰河出现第一道裂纹的那种暖意。

这种感觉真是久违了，仿佛以前的哥哥重新回到了她身边。

"荣泰是启明A轮的主要投资人。李长健的投资方向很固定，他也只喜欢把精力放在自己熟悉的领域。所以，他的否定并不意味着什么。"辜徐行想了想，"不如我推荐一些博爱、佛性点的投资人给你？"

以沫回避着他的目光，微笑着婉拒："见投资人的事情我想先放一放。李长健今天的意见一针见血，我意识到我的东西确实没有说服力。"

"真的吗？"他的语气很有力，像是洞穿了她的内心。

她只是不想和他有更多牵扯。

"嗯……"以沫舔了舔唇，她不习惯撒谎，更没有在他面前撒过谎，这让她很焦虑，她一焦虑就会有咬唇或是舔唇这样的小动作，"说真的，我现在的思路很乱。"

"那我帮你理理。"辜徐行切换了坐姿，身体朝躺椅的靠背上靠去，"我觉得你的产品和理念都很成熟，它们具有说服力，真正欠缺说服力的——是你。"

"嗯。"以沫垂眸，点了点头。

"三千六百亿的茶行业为什么出不了'立顿'呢？因为传统茶行业是一个碎片化市场，缺乏统一标准，普通消费者根本不知道消费标准是什么。你要想定这个标准，就得让自己成为标准。"

"我该怎么让自己成为标准呢？"

"让自己在这个行业里更有名分。"辜徐行沉吟了一下，"名不正则言不顺，言不顺则事不成，你还是先在江湖地位上再下点功夫吧。"

辜徐行的提议，以沫想过，但从没认真想过。作为一个专业茶人，她往来的都是邹诚达、图林这样的行家，这类行家只要一打眼，一过手，就能给茶定下价格标准。所以她习惯了用茶来说话。可是这个标准是行业内的，并不能在消费者那里通行。

她微微蹙起眉，陷入了苦思。屋子紧跟着静了下来。

以沫正出着神，耳畔突然传来一阵咕噜噜的响声，她慢了几拍才搞清楚那咕噜噜的声音是自己的肚子发出的。她有些尴尬，从早上到现在，她连顿正经饭都没顾得上吃，肚子抗议也是正常的。

辜徐行擦去额上的薄汗："你的药茶确实有些用，我的后背起了一阵暖意，鼻子也通了。"

以沫喜出望外，眼睛笑成弯月状："那太好了。"

辜徐行从衣架上取下一件薄外套穿上，随手拿起桌上的车钥匙："一起吃个晚饭吧。"

"好。"以沫不敢拒绝，拿起自己的保温杯，紧跟着他往门外走去。

辜徐行找到了一间吃瓯肴的私房菜馆，独门独院，古色古香。虽然夜色已深，但庭院里人声鼎沸。

菜馆不提供菜单，他们上什么顾客就吃什么。

他们两人在包间坐下不久，菜就一道接一道地上来了。温州特色，全是海货，但被厨师做得如工笔花鸟画一样精致。

以沫庆幸辜家的家教里有"食不言"这一条，因为这免去了她和辜徐行的交流之苦。她只需要端端正正、安安静静吃东西就好。

菜的味道意外地好，清淡却有滋味，以沫很享受。

服务员上菜时，多少对他们的安静流露微妙的诧异。毕竟中国人的饭桌都是热火朝天的，而他们两人不但没有交流，甚至连咀嚼的声音都没有。唯一的响动，来自墙壁上的电视。

电视上正在播五月天的演唱会。

仲夏夜听五月天，有种异样的怀旧感。

以沫的思绪跳回中学时，那时候一中旧旧的广播常年播着他们的歌，也许是《倔强》，也许是《温柔》，也许是《知足》。

怀旧这种事情，一旦起步就很容易刹不住车。以沫放下筷子，握着一杯果汁，如痴如醉地听了起来。

一首歌唱完，舞台上的阿信突然说："好久没有看星星了，我们来看星星吧。"

正在切龙虾的辜徐行放下餐刀，也不自禁地往电视上看去。

"你们带电话了吗？拿出来，打给你们喜欢的人，我唱《温柔》给他听。现在把现场的灯都关掉。"

电视上的画面暗了下去，观众席上同时发出千万点光亮，那些光亮连着千万对相爱的人。

以沫被这浪漫打动，把脸贴在杯子上，噙着抹暖暖的笑意看阿信唱。

以沫看阿信的时候，辜徐行在看她，用一种研究的眼神。

在麻省理工那几年，他有时候会在心里勾画她成年后的样子：

也许她会开始穿十厘米的高跟鞋；也许她会把头发染成栗色；也许她会端着一杯星巴克匆匆忙忙跑进写字楼，干练地处理着老板交给她的工作……他将再也不能看见她清澈的眼睛、微扬的嘴角、飘扬的裙摆——那美好而青涩的一切。

现下看来还好，一切都还在，清澈的眼睛、微扬的嘴角……只是脸没以前那么圆了。

他还是习惯看她圆脸的样子。

唱到高潮部分，阿信把话筒递向观众席。

观众席气氛炸裂，齐声合唱。

辜徐行被尖叫吸引，分神往电视上看去。

观众们唱得热泪盈眶，有人高举手机，有人狂热地对着镜头比着

"我爱你"的手势。那个手势唤醒了辜徐行的回忆，他眼神复杂地看向以沫。很显然，这个手势同时也唤醒了以沫的那部分回忆，她嘴角的笑意渐渐敛起，下意识回头对上他的眼神。

目光对上的刹那，他们的回忆开始共通。

那年夏天，七莘山上，他教她用手测量星空，从1度教到25度，然后他对她做了个"我爱你"的手势，骗她说那个手势叫"无限"。那时候那个手势还没有在国内风行，以沫一度真以为那是一个测量星空的手势。直到大一听周杰伦演唱会，见全世界都高举着那个手势，以沫才从姜敏口中知道那叫"我爱你"。那一刹那，她的心悸动了一下，然后在震耳欲聋的"我爱你"声中捂住了嘴巴。

那时年少，她弄不清楚自己丢掉的是什么，等她弄清楚时，一切都已经太迟。

阿信的独白在伴奏中再次传来，他温柔地说："如果有一天，你要离开我，我想我不会强求，我也不会再挽留，因为这是我能给你最好最美，也是最后的温柔。"

以沫极力抵住唇，端起果汁，在辜徐行的注视下吞下一道哽咽声。

不知道过了多久，阿信开始唱那首烂大街的《突然好想你》。

也许是气氛太好，歌声低下去的时候，一直沉默的辜徐行开了口："宁以沫，这八年里……"顿了良久，他问："你有没有突然想起过我？"

他的语气很平静，就像在问"你觉得今天天气好不好"一样；他的神情也很平静，介于温与冷之间的那种平静。

以沫下巴微微抽搐了几下，绷着脸诘问："那你呢？"

"没有。"他喉头艰涩地滚动了一下，"没有突然想起，因为从没真的忘记。"

八年，两千九百二十天，没有一天真的忘记。最初那一两年，他的骄傲和自尊不允许他低头找她，后来骄傲和自尊没有了，他回过聿城。灯火辉煌的街头，他远远看见她和姜敏、江宁在夏夜里笑闹。他静静看着，自忖融不进那热闹里，一腔孤勇化为乌有。

　　后来再去找她，她已经成了江宁的女朋友。他们手牵着手从大雪飘飞的校园里走过，然后躲在黑伞下，在离他不足二十米的地方尝试接吻。

　　即便这样，他也没有一刻真的忘记。关于她的记忆有时汹汹，有时潺潺，化作他生命里隐秘存在、永不干涸的河流。

　　以沫克制地吸了下发酸的鼻子，她没想过这顿饭会吃成这样，她像坐在一辆正在脱轨行驶的列车上，却不能哭喊尖叫。

　　"你还没有回答我刚才的问题。"

　　他的表情不动如山，以沫心中却动如雷霆。

　　他离开后，她有了新的生活，她很少会想起他。梦中倒是见过他几次，醒来什么都不记得了，但枕头是湿的。

　　她觉得自己过得还不错，只是不错，无法变得更好。幸亏她也不贪心，有那点"不错"，她就知足了。

　　只是为什么要重逢呢？为什么她那么千辛万苦放下的人，再多看一眼，还是想要去拥有？这感觉真糟，就像她这八年全然虚度了，她的苦也都白受了。这样想着，她的心一点点硬了起来："没有，从没有。"

　　辜徐行点了点头，脸色苍白，神情狼狈，像再次被山雨冲刷了一遍。

　　以沫不敢再看那样的他，她动了动，想要起身。

　　"有一年在 Salesforce 大楼等电梯，无意间看见一个电影宣传片，有一幕是这样演的：一个男孩被妈妈带去了游乐场，妈妈给他买了爆米花和摩天轮票，目送他坐摩天轮缓缓升空。然后，那个孩子趴在玻璃窗前，看着妈妈头也不回地消失在夜色里。那一幕让我很难过，难过到取消了接下来的会谈。你知道为什么吗？"

以沫竭力控制着面部表情的走向，纹丝不动地看着眼底的餐盘。

"因为我想起那个凌晨，你也是这样丢弃我的。"

他吸了口气，自嘲似的笑了笑——真不像一个男人会说出来的话。

"我一直都很想弄明白，当年你为什么会为了一个陌生人扔掉我？"

话已至此，以沫也不想装傻充愣，她开启紧咬的牙关，僵笑了一下："说个网络段子，有点俗。有个人因为忘不了前任而痛苦，他去请教大师，大师让他握着一个杯子，然后往里面倒开水。水满的时候，他烫得松了手。大师跟他说，放不下是因为不够痛，痛了就自然放下了。"

说完，她用尽全力推开椅子起身："辜徐行，那时候，我很痛。"

她不知道自己是怎么走到大街上的，人来人往的街头，她双肩耸动，泪流满面。

第五章

美丽心灵

以沫一进门，管小潮和姜敏就涌了过来。

管小潮满脸堆笑地帮她拿过包："怎么样，李长健会不会投我们？"

以沫弯腰换鞋，没有抬头："没什么戏。"

姜敏折进厨房，给她拿了瓶酸奶："累坏了吧？"

以沫接过冰沁的酸奶，点点头，一言不发地朝卧室走去。

确实累坏了。她躺在床上，薄被一蒙头，昏昏沉沉地睡去。

再醒来，已经是傍晚了。她第一时间抓起手机，近乎偏执地一遍遍拨辜江宁的电话，听了十几遍"您拨打的电话已关机"后，她终于来了脾气，把手机往地上扔去："辜江宁，你个大浑蛋！"

在她最需要他的时候，他总是不在。

屋子隔音不好，姜敏循声而入："你怎么了？"

以沫拿手抹了下脸，把手机从地上捡起来："可能'大姨妈'要来了吧。"

"呵呵。"姜敏心知肚明地冷笑一声，"以前天塌下来也没见你这么抓狂过。"

以沫板着脸越过她:"交给你的任务完成了吗?客户的回访电话打了吗?有几个意向单?"

她困兽一样在客厅里转了几圈,最后走到小小的阳台上。推开窗,傍晚的微热的风像一只手从她脸上拂过,她深深出了口气,安定下来。

她一回眸,看见姜敏抱着臂膀,目光深邃地看着她。

以沫不想隐瞒,她现在是那样不知所措,心神不宁:"这次去雁荡山遇见他了。"

"辜徐行?"

"嗯。"以沫点了点头。

管小潮扔掉手机,从沙发上弹了起来,趴在沙发背上眼巴巴地说:"这么巧?你遇见咱哥了?"

以沫没有接茬。

姜敏走到以沫身边,想了会儿,有些好笑地说:"算一下,你们两个居然因为屁大点事儿冷战了八年。"

以沫冷觑了她一眼,难为她讲得那么轻描淡写。

管小潮多少拼凑出以沫和大小辜之间的过往纠葛,他咂摸了一下说:"我说以沫,你还是跟你哥道个歉和好吧,我看他人挺好!再说你冷战得过他吗?百度百科显示,他可是个只有北极熊才配与之冷战的处女座啊!"

姜敏用眼神朝他发出一个闭嘴指令,管小潮接到后,熊熊燃烧的八卦之魂冷却下来,乖乖去了二楼。

客厅里静了下来,她们两人一起走到沙发上并肩坐下,头靠着头发呆。

"有时候觉得你心真狠。"姜敏说。

"你不懂。"以沫心里积压多年的东西浮上脸庞。

"上次和他见面，你还挺固若金汤的……"姜敏见她神色凄哀，故意用带着几分轻浮的玩笑口吻说，"这次怎么乱得像被人攻城略地了？"

以沫答不上来，她当局者迷。

姜敏点了支烟，吐了个烟圈："你们是分开了很久，但远没有到回不去的那个年龄，不如……"

以沫目光锐利地打断她："江宁得罪过你？"

"没有。"姜敏很坦然，"你别那么尖锐嘛！"

她们在沙发上变换成背靠背的坐姿。

窗外霞光漫天，光线暴烈，昏暗的客厅里，她们安静得像两道剪影。

一支烟燃完，姜敏悠悠说："那年我出狱，你和江宁去接我。我从监狱大门里走出来，看见你俩对我笑。江宁我认得，你，我却有点认不得。你上来抱了我一下，但那个你让我觉得陌生。那种转变挺微妙的，就好像坐了一年多牢的人是你。"

说到这里，姜敏笑了下："就好像冬天的树，还活着，但掉光了叶子。以前的你明明像一棵开满花的木棉。"

以沫嘴角扯出一个笑纹："这么会打比方，你去写网文好了，没准能写个大IP！"

"别打岔，我难得这么有调性。"姜敏拍了她一下，"知道吗，你的元神丢了。"

"扑哧……"以沫冷不防笑了出来。

"但是今天，我感觉你的元神开始归位了，又让我想起那个活生生的小以沫了。"

以沫笑着出了会儿神，慢慢敛容："你想过没，正是因为掉光了叶子，树才能在严寒里活下去。"

"但我还是更想看见你开花。"

以沫从沙发上站起来："会的，拿到投资那天，我开花给你看。"

第二天一早，以沫跟姜敏去天山茶城做调查，她用了大半天，把茶城一家家兜了一遍，最后停留在一家有合作意向的商铺里。

那是家夫妻店，老板是福建人，老板娘是杭州人，都是茶产地摸爬滚打长大的行家。他们看中了以沫的喜绿，想谈独家代销，被以沫一口回绝后，又开始在拿货折扣上讨价还价。

一个多小时谈下来，谈得以沫有些疲惫。她正想着提告辞，电话响了起来。

"不好意思，接个电话。"以沫走出门外，长吁了口气，接通电话，"小管，什么事儿？"

"哎呀……那什么……"管小潮吞吞吐吐道，"晚上有人请咱们吃饭。"

"谁啊？"以沫有些诧异。

"盛霄盛大哥。"说这句话的时候，管小潮有些底气不足。

以沫愣了一下："哦，他为什么请我们吃饭？"

"我昨晚出去泡吧，发了个圈，带了定位。盛大哥看见了，微信问我怎么在上海。我就把咱们来上海参展、路演、见投资人的事儿跟他说了。他听完，就说要请我们吃个饭，尽尽地主之谊。"

"所以你就替我同意了？"以沫声音倒是还很温和。

"咱们这不晚上也没什么事儿嘛！"

"管小潮！"

"哎呀，以沫，你费劲地找投资人，跑路演，这儿就有个现成的，主动送上门的……"

"你自己去吧。"

"哎哟，我的姑奶奶。"管小潮在那边求爷爷告奶奶，"就冲着他上次大老远跑来帮咱们采茶这份情谊，这顿饭也该去吃啊！"

以沫把手机从耳朵边拿开，平复了下情绪："这种事情，不要有第二次，好吗？"

"我保证我保证……那个，吃饭的地址发你了，约的晚上七点，别晚了啊。"

以沫挂掉电话，好不容易理顺的纷乱情绪再次张牙舞爪地将她缠住。

她没了和商铺老板死磕的心，走进去把杯子中的残茶喝了："石老板，进门口的那家正山堂有一万一斤的茶，喜绿值不值一万一斤，您对比尝尝。"

说完，她就告辞离去了。

盛霄约的餐厅在黄浦路尽头，是在个可以看见黄浦江的巨大露台上。更离谱的是，餐厅竟然还有私人码头，可以供客人开游艇过来用餐。

以沫和姜敏六点半就到了，听她们报了盛霄的名字，穿真丝黑马甲的男侍者将她们带去了包间。

那应该是这家餐厅景观最好的包间，因为窗外正对着东方明珠的顶球。那粒顶球亮着五色灯光，像一颗杂镶的宝石球闪烁在她们的余光中。像是被那宝石球逼人的光彩灼了一下，她们的脸颊慢慢热了起来。

侍者走出包间后，姜敏立刻拿出手机开始直播："今晚我要涨粉两千！"

没多久，换了身西服的管小潮也赶到了。他坐不住，去外面的露台俯瞰起大上海来。

以沫发完一封邮件，翻了翻菜单，价格烫手，她扔去了一旁。她环顾包间，十个人的位置，放了八把椅子，看来是顿热闹的饭。

辜徐行会不会来呢？会？不会？会不会呢？

七点十分左右，盛霄一行人走了进来。

没有辜徐行。

以沫悬着的心落回原位，却空落落的，她适时起身迎上前："盛霄，好久不见了。"

"好久不见。"盛霄一笑，风流倜傥，"给你介绍下，这是绿荫资本的朱总，这是天地创投的吴总、鼎盛投资的卢总，最后这位是天山创盟的盟主孙灵运。"

最后，他面向那些人说："这位就是我说的茶道高手宁以沫。"

以沫微笑着上前跟这些老总一一都握了手，末了，目光深而沉地投向盛霄，很领情地一笑。

这几位老总都热衷投资传统行业，和以沫的需求十分对口。而那位孙灵运，更是茶界如雷贯耳的主儿。他是国家一级评茶师，经常担任各类茶王赛的评委。除了会评茶，他还会制茶，曾经从事过改良铁观音的工作。以沫写论文时曾参考过他的文献，所以内心对他颇为敬重。

盛霄招呼众人坐下后，对侍者吩咐："把你们的茶具拿上来，再来一壶白开水。"

盛霄话音落下，管小潮毕恭毕敬地拿了一罐喜绿出来，大讲了一番故事。

侍者很快送来茶具和水，姜敏很有眼力见儿地起身朝众人甜甜一笑："我是喜绿的营销总监姜敏，很荣幸能以茶会友，给大家行一杯茶。"

姜敏别的本事没学好，茶艺表演倒是学得很精，她行云流水、含情带笑地那么一演，几位老总都心旷神怡，气氛一下子就热络起来。

那顿饭吃得很热闹，姜敏和管小潮都会来事儿，他们俩左一杯右一杯地把三个投资人哄得心花怒放，把盛霄和那位孙灵运先生让给以沫。

孙灵运话很少，表情也少，自进门就喝了两杯茶，桌子上的饭菜一口也没动。

"孙大师，今天这些人里，行家就只有你了。这茶怎么样，你给个评价。"盛霄笑吟吟地看着孙灵运说。

孙灵运没有说话，只是点了点头。

盛霄托人请他时，中间人说此人性情怪僻，不保证能请得动。谁知道他去孙家一说来意，孙灵运就爽快同意赴约了。盛霄只当中间人拿乔，故意编个"怪僻"的幌子骗他，但此番看来，这人还真是有怪僻。

自孙灵运进屋以来，以沫一直充满期待，她很想听到孙灵运对喜绿的评价，哪怕只言片语都好。但敬过去三杯茶，对方就八风不动，实在让她忐忑。想了想，她说："孙老师，今天我去天山茶城转了一圈，有家商铺的老板说我这个茶卖一万元一斤太贵，建议我重新定价。我不了解行情，想请您给个示下，帮着定个价。"

"一万元一斤……"孙灵运开了金口，声音温雅，"也卖得。"

这算是肯定她了？

"真正的七莘茶，百万元一斤也卖得。"

孙灵运温温和和地补了一句，然而这句话却如雷霆炸在以沫耳畔。七莘茶品质虽高，但名不见经传，马轩这些年在外面花了大价钱炒作，也就把上品七莘茶从几十元一斤炒到几百元一斤，不知道孙灵运为什么会说出"百万元一斤"这种话。

百万元一斤，那是什么意思？那意味着喜绿的文化价值要赶得上武夷山的母树大红袍、西湖龙井的"御前十八棵"，那喝的便已经不是茶了。

所有人都静了下来，目光汇聚到孙灵运脸上。

"今天本来有事，但听盛先生说有纯种七莘茶喝，我就来了。"孙灵运不徐不疾地说，"在座的老总应该都喝茶，听过七莘茶的不多吧？"

对面的各位老总都点了点头，绿荫资本的朱总很捧场地说："没听过，但这是款横空出世的好茶啊！"

孙灵运平和地反驳："不是横空出世，而是死而复生。"

"哦？"盛霄来了兴致，"这些年来，七莘茶一直有产出啊，为什么说是死而复生呢？"

"这里头有个掌故，不知道是我来说好，还是宁小姐来说好呢？"

以沫谦逊地看着孙灵运："我们想听先生说。"

"便于理解，我先说个历史故事吧。1972 年，日本首相访华，他提出想尝尝中国的碣滩茶。他说碣滩茶在唐朝时是贡茶，曾经在日本广受追捧，他很希望借此次机会尝一尝碣滩茶。但是大家都没听过什么碣滩茶。农业部的人上上下下寻找，最后发现这种茶产于湖南省沅陵县，确实是唐朝时的贡茶。但因为多种原因，碣滩的茶园早已荒芜，此茶也有名无实了。后来，在国家的关心下，碣滩的茶园慢慢恢复了种植，目前也还算繁荣。"顿了顿，孙灵运又说，"咱们今天喝的这个七莘茶和碣滩茶一样，都因为历史原因死过了一次。如今你们七莘山上的那些茶树，都已经不是最初的七莘茶了。"

听到这里，姜敏有些不服气地插了一嘴："我们的喜绿都是纯种古茶。"

"确实是纯种古茶，所以我才说是死而复生嘛！"说到这里，孙灵运朝以沫点了点头，"非常感谢你们两代人的努力，复活了一种消失的名茶。"

"名茶？"管小潮故作憨厚地摸了摸头，"咱们七莘山的茶还真没什么名气，但凡有点名气基础，我们也不用做得这么辛苦了。"

"七莘茶在明清两朝都做过贡茶……"孙灵运淡淡道。

管小潮暗想，唉，这是哪年的皇历了，市面上叫得出名字的茶都敢说自己曾经做过贡茶呢，谁认啊！

"一直到民国二十四年（1935 年），七莘茶都还是上流社会的特供品，真正意义的一两黄金一两茶。但到了民国二十五年，那些军阀、政要、清朝遗老突然再也不喝七莘茶了。这些人一不喝，下面的人也就不追捧了。从此以后，七莘茶便没落，乃至失传了。"

这个掌故，管小潮没听过，连以沫都没听过，一时间，他们都茫然相顾。

民国二十五年，也就是 1936 年，如果孙灵运说的是真的，到底是什么原因让七莘茶一夕之间从一两黄金一两茶变得一文不值呢？

以沫沉吟了一下："先生渊博，我作为七莘山土生土长的人，也没听过这段掌故呢！不知道先生是从哪本书上看来的，我也想拜读考证一下。"

孙灵运出了会儿神才说："不是记载，是一位日本茶道大师的口述。二十年前，我去日本拜访这位大师，和他一起论茶，聊到此生最难忘的一杯茶，他说1935年，他有幸品过一杯名叫七莘雪芽的绿茶，那杯茶让他惊为天物，毕生难忘。"

"后来呢？"管小潮性急，受不了孙灵运那种温温吞吞的说话方式，忍不住出声催促。

"次年春天，他托商人高价从中国买进了一批七莘雪芽，结果那批茶让他大失所望。他以为被人骗了，第二年又亲自跑了趟中国。然而即便到原产地七莘镇守着茶人制作，也找不回他初尝的味道了。他四处求证，只得到了一个答复：不知道发生了什么，让七莘茶失去了原本的韵味，从仙品沦为俗品。他郁郁而返，引以为毕生遗憾。"

以沫听得入了神，仿佛也感受到了那种遗憾，整个人因此委顿了下去——七莘茶竟有这样的辉煌？她作为传人，竟然毫不知情！到底发生了什么，让七莘茶失去了灵魂？

见以沫愣怔着，管小潮连忙追问："那个人有没有跟你说过，他喝的七莘茶是什么味道？"

"说过。"

以沫精神为之一振，急切地朝孙灵运那边看去。

"他说七莘茶带有一股非常独特的、缥缈的兰雪之香。这是一个羚羊挂角、无迹可寻的形容，我想象不出来那是什么味道。不过你这杯茶只有茶香，没有那种仙气。既然无法让我惊艳，想来也不会是让野村先生挂念一生一世的味道。"

以沫听完，脑海中种种念头此起彼落，一颗心突突乱跳起来。她眼中再也没有座中众人，满心只有四个字——兰雪之香。那应该是怎样的一种传奇味道？兰香雪色，她调动所有感性经验来联想这种色香味，却全然不得要领。她恨不得找那野村先生当面问问，那到底是种什么样的味道。不过民国年间的人，想来早已作古，自然不用妄想。

以沫生出一种巨大的虚无感。此前，她对喜绿非常有信心，因为横纵向对比过，喜绿的品质并不输给市面上的好龙井或是碧螺春。她因此自信到以为可以凭一杯茶打动李长健，或是孙灵运。然而此刻她陡然醒悟，并不是她太好，而是她找的参照物太寻常。山外有山，自己尚在那春山之外呢！

想到这里，她万念俱灰，脸色一点点暗淡了下去——前方的路，她不知道该怎么走了。什么投资人、路演，什么商业计划、江湖地位，都被那虚无缥缈的兰雪之香冲淡。

她信念已垮，神功也跟着破了，一切都失去了意义。

盛霄见她神情陡变，意志消沉，自然猜得出她遭受一番冲击后，心境发生了什么变化。他暗暗懊恼，就不该请孙灵运来，这下子他的一片好心成了驴肝肺。本来只需要找个投资人的简单事，变成了要帮人重塑信念的大工程。

饭局的气氛跟着冷了下来。

盛霄眼见这饭吃不下去了，强颜欢笑地聊了会儿，拿一杯酒把饭局收了尾。

出门前，绿荫资本的朱总热切地给以沫留下了一句话："感谢你今天让我喝了杯口齿生香的好茶，有空来绿荫坐坐，让我的团队也品鉴品鉴你的喜绿。"

以沫握住他的手，感念一笑，寒暄着将一行人送去楼下。

目送着所有人驾车离去，盛霄敛起笑意，掏出车钥匙："我送你们回去。"

坐进车里后，坐在副驾的管小潮冷不丁问："盛总，咱哥怎么没来？"

盛霄放慢车速，在十字路口停住才说："他去美国了。"

管小潮状似不经意地问："哥去美国谈大生意了？"

盛霄专注地看着前方的红绿灯，久久没有答复，久到他们都以为他不会接茬时，他才回了句："治病。"

以沫握手机的手紧了一下，片刻后，她轻声问："他……怎么了？"

盛霄恍若未闻，方向盘一转，将车开进了左边的路口。

车厢里的空气有些尴尬，好在没多久车就停在了民宿外。

管小潮给以沫和姜敏开了车门，满脸堆笑地跟盛霄道别。盛霄热切地拍了拍他的肩膀："改天我带你上衡山路找个地方喝酒。"

说着他瞥向正欲下车的宁以沫："你等一下，我和你聊几句。"

以沫"嗯"一声，静静坐回原位。

盛霄朝窗外的管、姜二人挥了挥手，摇上了深灰色的车窗。他重新设置了导航目的地，目的地在十余公里外的卢湾区。

盛霄从后视镜里窥见以沫神情恍惚、忽喜忽愁，不由得提高音量说："那个朱总对喜绿很感兴趣的样子，你打算什么时候去找他聊聊？"

以沫定了定神，平静答："暂时没有这个打算。"

"哦？"盛霄放慢车速，"我不介意实话告诉你，绿荫的朱总已经决定投资你了。"

"那我就更不能去见他了。"

"为什么？"

"因为我不确定他是真的对喜绿感兴趣，还是因为你才对喜绿感兴趣。"

"那重要吗？"盛霄觉得匪夷所思，把普通话换成了上海腔，"小姑娘，难得糊涂。"

察觉盛霄在打量自己，以沫微微抬头，凝神朝后视镜望去："盛总，很感激你于百忙之中帮我攒了一个饭局。但我需要的不是给笔钱就完事儿的那种投资，我需要这个人发自内心地认同、支持我，还需要他的参与甚至服务。这其实是一个双向选择。"

盛霄点点头："好吧，我自作聪明，自作多情了。"

"不，盛总，"以沫急促解释，"你不知道我多感激你。"

盛霄思虑了几分钟，又开口说："那这样吧，下周我让孙先生给你在天山茶城安排一场品茶会，你们以茶会友，正式认识下上海茶行业的专家达人，你看怎么样？"

以沫不假思索道："谢谢！不过不必麻烦了，我决定提前结束行程，后天下午就回七莘镇。"

盛霄脸色一点点沉了下去。他天生长着张多情的玉面，纵然是沉下脸，也带着几分笑意和情意："为什么要拒绝我的帮助？"

见以沫低着头，一声不吭，他索性打开天窗说亮话："你就那么抗拒他？抗拒来自他身边的一切？"

不等以沫回话，他赧然一笑："你放心，这不是他授意的，是我自作主张。"

以沫抬起眼帘，不解地看着他。他却再不说话，专注地开起车来。

车驶进卢湾区没多久，就到了目的地。

盛霄在停车场泊稳了车子，下车给以沫开了车门。以沫躬身下车，站在停车场里抬头往上看去，只见一座灯火通明的摩天大楼耸立在眼前。

"这是哪里？为什么带我来这里？"以沫脱口问道。

"一会儿你就知道了。"说着，盛霄快步朝大楼里走去。

专用电梯在大楼的第 58 层停下，那是这栋楼的顶层。

电梯门打开，一扇巨大的银白金属门落入以沫眼中。那扇颇具科技感的大门让以沫联想起好莱坞大片里的工业实验室，事实上，大门上确实有一块写着"Plant Lab"的黑色铭牌。

以沫犹疑地跟着盛霄走进 Plant Lab 旁边的屋子里，在里面穿上了鞋套、工作服，戴上发网和手套。

盛霄用指纹打开大门，对以沫做了个"请"的姿势。

以沫目光闪烁了一下，朝门内走去。几秒钟后，她愣在了原地。

眼前是一座数千平方米的巨大垂直农场，里头陈列着成千上万座白色种植塔，层层叠叠的蔬菜、水果在 LED 灯的照射下蓬勃生长。

以沫之前通过杂志了解过垂直农场，顾名思义，垂直农场就是把"农田"从平面的变成立体的、重叠的种植模块，让植物在垂直叠加的培养槽里繁育。在农田越来越少，土地污染越来越严重的今天，这种高科技种植系统应运而生。

饶是有所了解，但身临其境的震撼以沫还是无以言表。

"你不是好奇我们的头部产品是什么吗？就是你看到的这个。"盛霄一边说一边从种植塔上摘下一颗草莓，"尝尝。"

以沫咬了一口，酸甜的草莓浆汁在她口中炸裂。

站在农场里的盛霄顿时轻盈了起来，他如沐春风地说："用 1% 的水、1% 的土地生产出零农药、零合成肥料、不需要清洗的有机果蔬，我们做到了。请问这位女士，口感怎么样？"

"口感很真实。"

盛霄心领神会地笑了："之前了解过这种农场吗？"

以沫点头："怎么会不了解？这种垂直农场近几年一直在资本风口上，把科技农业都带火了。"

盛霄带以沫停在一座种植塔前："看到没，光照来自节能 LED

灯，'土壤'是培养液，每一个种植塔里都有传感器监控来检测植物生长，控制每一层植物的各种参数。我们可以在后台控制作物的大小、形状、口感、颜色和营养成分，这种控制非常有意义……"

以沫凝神倾听，连连点头。

"比如说我姑姑有肾病，医生要求她不能吃含钾量高的蔬菜和水果，但她喜欢吃的东西偏偏含钾高，所以我就专门给她生产了无钾蔬菜。感受到它的意义了吗？"

以沫"嗯"了一声，随手摘下一片生菜放进口中。

"这个五千平方米的实验室，每天至少能生产九吨蔬菜，满足四万人的需求，却只需要五个人来管理。你是农学专业的，应该清楚这是多少亩农田的产量。"

盛霄越说越志得意满，昂然道："国内也有几家公司在做类似的事情，但他们的农场有的只能生产三四种作物，有的没办法实现盈利。而这些公司的农场，没有一个像我们这样完全实现了人工智能化。"

说着，盛霄抬手指向四周："我们的被动通风系统、热障幕墙、传感设备，每一项都是世界顶尖的。"

盛霄说的东西，以沫只能听懂一部分。她环顾四周，有种出离世界，神游万仞的感觉。

盛霄的目光停留在她脸上："感觉如何？"

"亦真亦幻。感觉就像亚当睁开眼睛，第一眼看见伊甸园。"

盛霄笑起来："对，你哥就是这个伊甸园的创造者。我很幸运，遇见了一个天才。"

盛霄的话让以沫心潮涌动，她为他自豪。良久，她双眼明亮地噙笑道："他那样的人——怎么最后和我这样的人殊途同归了？"

"搞农业确实不是他的理想。"盛霄轻轻眯起眼睛，"他的理想是开发机器人的大脑 OS，这个操作系统可以让机器人模仿人类的精细动作。你还记得吗？"

"还记得，不过有点抽象。"

"你可以这样理解，他想开发出机器人领域的安卓。"

以沫勉强懂了，她蹙眉想了想，不禁问道："他是个专注度很高的人，怎么会改弦易辙，和你做起高科技农场来了？"

"使命感。"盛霄不假思索道，"我曾游说了他好几年，一点效果都没有。在我快要放弃的时候，出现了转机。有年他跟我去外地考察，意外发现那边的村民都在用污水灌溉小麦。看着那些带着臭味的褐绿色液体缓缓流进麦田里，他震惊极了。知道这是北方农村普遍存在的情况后，他询问村民自己敢不敢吃这样的粮食。有些村民一脸麻木地说自家吃一部分，卖一部分；有些则一脸狡黠地说自己不吃，全卖到大城市去了。

"接下来，他走访了很多农村，着重考察了那些地方的水源、土壤及农药化肥使用情况。考察结束后，他决定跟我一起做农业科技领域的创业。我问他为什么，他说中国的农民很辛苦，也很勤劳，他们脚踏实地地务农，但农业没有给他们有尊严的收入，也没有给他们价值感。他们滥用农药化肥，在高度污染的土壤上种植作物，并非因为不善良，而是因为他们不知道那些东西到底有什么样的伤害。

"传统农业需要革新，高科技应该服务农业，让我们的农业不再看天而行，而是知天而作。这就是他的动机——以天下为己任的使命感。"

听完，以沫心眼中有了氤氲之意。她再次缓缓环视整个实验室，感觉这座实验室就是辜徐行从不对外人打开的心房。她联想起紫霞仙子站在至尊宝心里那一幕，一种无法言喻的感动吞没了她。

出了实验室，盛霄没有第一时间送她回民宿，而是带她去苏州河找了个沿河酒吧坐下。

茶人不喝酒，盛霄很体贴地给她要了饮料。

河水有淡淡的腥味，这种味道让以沫想起了七莘镇。她在民谣声中出了会儿神，展眼看向盛霄。盛霄也很放松，她得以从他松动的表情里窥见他内心的焦灼和忧虑。

"我哥在美国治什么病？"以沫问出盘旋在心底的疑问。

盛霄像是被问住了，他想了半天，伸手捞起桌上的白兰地。他没有喝酒，手指用力地捏着那只玻璃杯。良久，他说："我听他说你们前天有过一次相遇？"

"对，我们在雁荡山遇见了。"

"哦。"盛霄心不在焉地说，"真巧。"

"那天爬山他还好好的，他看上去很健康。"以沫换了个切入点刺探。

"看上去……"盛霄把这个词玩味了一下，扫向她的目光冷了下来。

"他到底怎么了？"盛霄的态度让以沫越发不安，她不由得急了。

"躁郁症，又叫双相障碍，听过吗？"

以沫后背唰地起了层冷汗，丢了魂一般看着盛霄。她当然知道这种病，不久前刚有一位歌手因为躁郁症跳楼自杀，这种病也因此上过各大社交媒体的热搜。虽然了解不深，但她知道这是一种比抑郁症自杀率还要高的可怕病症。

"天才病，很痛苦。躁狂的时候，他的灵感和创造力达到峰值，会连续好几天不眠不休地工作；抑郁的时候，他会无助到崩溃……"

以沫没有说话，瞬间满脸是泪。

"他是二十五岁那年发病的。那年夏天，我发现他精力异常旺盛，灵感爆发，像站在世界之巅。但秋天的时候，他突然变得消沉悲伤。我带他去看了医生，很快就确诊了。他接受了心理治疗，却拒绝使用任何药物。"

眼泪在以沫下颌处汇聚，她颤声问："为什么？"

"他认为药物会对他的认知功能造成破坏，他想像《美丽心灵》里的纳什那样，靠意志力战胜疾病。他做得很好，定期接受心理治疗，积极运动，看上去和常人无异，除了一到秋天他就会陷入抑郁。这几年里他只发过一次病。"

"起因是什么？"

"他输给了一位日本人工智能专家。那个叫安藤信的专家是他高中同学，他们关系很好，旗鼓相当，一起创立了杰斐逊最有影响力的机器人俱乐部。除此之外，他们还一起合作开发机器人大脑 OS——这是个非常大的挑战，可能需要他们投入十年，甚至二十年的精力。作为战友，他们相约一起申请 MIT，一生并肩作战。但是因为一件事，你哥放弃了到手的麻省 Offer，回国复读高中。"

"你说什么？"以沫骤然吃惊地问道。电光石火间，她想起那年的"柜中风波"，她终于拼凑出当年漏听的那半句话，也终于明白徐曼为什么会那样仇视她、针对她。

她失神地望着盛霄，夜风习习，半干的泪痕在她脸上绷出一种木木的钝痛。

盛霄停顿了片刻，平缓冷静地继续说："安藤信对你哥很失望，发了封邮件大骂他愚蠢，然后和他绝了交。这些年，他和你哥一直在同一个领域竞争。但因为走了些弯路，你哥始终无法超越他。那次很讽刺，你哥在并联结构上做出了一个重大突破，他兴奋得彻夜未眠，赶出来一篇论文，谁知第二天他就在SCI上看见安藤信发表的新论文——和他的那篇几乎一模一样。

"他全线崩溃，把自己关在暗房里三天三夜。最后他接受了治疗。"

"什么治疗？"

"电击。"盛霄面无表情，声调没有一丝波动，但足以让以沫心惊肉跳。

"他真的很固执，宁肯接受电击，也拒绝用药。"盛霄吁了口气，"电击后，他恢复了平静，此后再没有发过病。前天从雁荡山回来，他情绪很低落，第二天就飞去了波士顿。我打电话给他的主治医生，医生告诉我他约了电击治疗。"

盛霄看着以沫的眼睛，慢慢说道："所以……那天发生了什么？"

以沫头昏脑胀，双耳嗡鸣，像挨了一记耳光。她不知道该怎么回答，愣怔了半晌，抬手给自己也倒了杯酒，酒还没送到嘴边，她的手就抖了起来。

第六章

他和他的她

天蒙蒙亮的时候，以沫关掉《天才向左，疯子向右》的最后一页。那是一部有关躁郁症的知名专著，她用一个通宵把稍显枯燥的书认真读完了。

从天才到疯子，仿佛只有一步之遥，牛顿和康德患精神分裂症，普希金和歌德有躁郁症，爱因斯坦和梵高有阿斯伯格综合征……人类不可能拥有一个完美的"超级大脑"。一个人若是拥有了超凡的智慧和记忆力，那么就会在别的地方付出代价。

她丢开 kindle，缓缓仰头靠向阳台的墙面。

前两年她常通宵工作，第二天短暂休息一下就满血复活。但现在只要一熬夜，她就会头疼心慌，浑浑噩噩。此刻，熬夜后遗症向她袭来，以前所未有的强度。她感觉快要窒息了，她必须打破一个出口。在感性的驱动下，她拿起手机，给辜徐行发去了一条信息："哥哥，我有盒茶叶想当面给你，你什么时候有空？"

吃午餐的时候，辜徐行才回了短信："我在出差，过几天再联系。"

以沫换算了下时差，此时的波士顿接近凌晨。她咬着筷子头，想了想，回道："好，注意休息。"

管小潮舀了块鸡肉放进以沫碗里："怎么不吃菜？蔫不唧的。"

以沫怔怔看着饭碗，脑海一片空白，直到感觉有一只手在眼前晃，她才慢悠悠问道："你刚才说什么？"

"昨天那个朱总，你联系了吗？"管小潮问。

以沫摇了摇头："不准备再联系。"

管、姜二人异口同声问："为什么？"有眼睛的人都看得出朱总有强烈的投资意向。

以沫推开碗筷，十分疲惫地说："我现在有些乱。"

其余两人立刻缄口，看着她脚步沉重地往房里走去。

他们以为她是熬夜综合征，都没往心里去。然而第二天的路演，以沫也发挥得很失常，不但临场忘了词，还漏掉了一些重要的信息。

路演失利后，以沫索性闭门不出，把自己关在卧室里刷了两天网页。到了第三天下午，管小潮忍不住开口："沫啊，我看咱们在上海也没什么事儿了，要不然咱们回去吧，干吗在这里干耗着呢？"

管小潮对朱总和路演抱有极大期待，接连失去机会后，他难免有情绪。见以沫意志消沉，不愿和团队沟通，他的情绪进一步发酵。

姜敏在茶几下踢了管小潮一脚，对以沫微微一笑："你还在为那天孙灵运说的话困扰？"

以沫面色暗淡，像憋着场大雪的铅灰天空。这些天有两件事情交缠着困扰她，其中一件就是挥之不去的兰雪之香。她不想回避，轻轻点了点头。

"那不就是一个故事吗？你怎么还当真了！"管小潮语气夸张地说，"兰雪之香是个什么玩意儿？语义都不通！"

姜敏拍了拍管小潮的肩膀，语气和缓地说："看来孙灵运那番话威力不小啊！"

以沫强打起精神，让自己从容起来："是，像挨了当头棒喝，清醒了，却也更迷茫。"

管小潮哪里听不懂她的潜台词，当下嘟囔一句："这孙灵运也是，本来还指望他给你指点指点迷津，结果他倒好，给你布了个迷魂阵。要我说，就不该遇见这么个人。"

"不。"以沫正色说，"遇见他是我的幸运，有些事情早明白早受益。"

姜敏已经摸清了她的想法："这么说你准备推翻咱们的计划，改变战略路线了？"

"对。"以沫语气复杂地说，"一切都先暂停。接下来，我想复原孙先生说的那种味道，复原真正的七莘茶。"

管小潮干笑了一声："复原消失的味道？那可是门玄学。"

姜敏柔声说："咱们且不说孙灵运那个故事是真是假，在没有任何线索支撑的情况下，仅凭四个虚无缥缈的字去做复原，这和空中建楼阁有什么区别呢？"

好不容易见姜敏站在自己这边一次，管小潮心中大喜，连忙附和："对啊，就算你复原了，也没个参照物，没凭没据的，谁信呢？有什么意义呢？"

以沫侧脸，看向窗外，暂时将思绪抽离出去。恍惚间，她仿佛再次回到辜徐行的垂直农场里。

大一开学那年，G大的校长上台讲话，在一片闹哄哄的喧哗中说："一个有情怀的新时代大学生应该有'为天地立心，为生民立命'的使命感。"

彼时，只有几个大吊扇的礼堂里暑热难耐，在新生看来，校长说的情怀还没有八毛钱一斤的西瓜可贵。但不知怎么，就是过了这么一耳朵，以沫却听进去了，也记住了。

大学四年，出社会两年，她什么人都见过，唯独没见过什么有使命感的人。连那个慷慨陈词的校长，最后也被爆出猥亵女学生的性丑闻。她对大环境很失望，却也认可功利主义的价值。直到那晚她重新听到"使命感"三个字，并重新被震撼时，她才听见自己内心的声音——人活着是有使命，是有任务的。肩负起这个使命，也许会走得很沉重，但人的内在会伴随着这种沉重生出壮烈的激情和动力。

想到这里，她平和地看着两位挚友说："虽不能至，然心向往之。我希望你们理解。"

屋子里静了好一阵，管小潮再度开口："但愿你睡上一觉，把这个不切实际的想法忘掉。"

说完，他起身朝门外走去。

姜敏见状，抓起手机追了上去。临出门时，她回头跟以沫说："我百分之百理解你，不过小管是个男人，他急着赚钱买房子结婚呢！"

那天谈完话后，管小潮和以沫开始了冷战。他照样工作，照样说话，照样吃以沫做的饭，但他所过之处，总是带着一股"阴森森"的寒意。

真是雪上加霜，以沫想。

这天，以沫在超市采购食材，手机传来短信提示音。她本不抱希望，然而点亮屏幕一看，竟真是辜徐行发来的。

吃海鲜吗？

很简短的四个字，以沫仿佛不识字一样反复看了很多遍，最后回了个："吃。"想了想，又回了个微笑的表情。

屏幕很快再度亮起："来吃晚饭。"

后面附了个地址。

以沫认真看了下那个地址，应该是他的私宅。

以沫原地立着，心怦怦乱跳。

辜徐行的住所在杨浦滨江沿线，作为访客，以沫很花了些时间才进入小区。

电梯门在最高层打开，对面那套房子的大门敞开着，以沫一眼就看见数十米外的环形落地窗，以及落地窗外高楼林立的都市景观。

她轻轻敲了敲敞开的大门。里面传来辜徐行的声音："进来。"

以沫在玄关处换了拖鞋，迟疑地往里头走去。

全开放式的大平层，装修是有些泛冷的工业风，很少能看见黑白灰以外的颜色。饶是空旷得像个大雪洞，以沫却不难看出里头卓越的设计感。

听见她进门的响动，穿着藏青色居家服的辜徐行走了出来。夕阳余晖从他背后烘托般照射而来，她看不清他的面容，只见一双清冷的琉璃色眼睛。

他们两个都是不太懂得与人相处的人，但以沫已经晓得该怎么在不同场合里很快应付静默："我很喜欢房子的设计。"

她用欣赏的眼光环视了四周，自顾自说："看着很简单，却有视觉张力，客厅的横轴动线贯穿所有屋子，有种流动之美。"

"你懂得不少。"辜徐行淡淡地说。

"江宁哥大二那年把专业换成了建筑设计，耳濡目染。"以沫一边说，一边鼓起勇气走近他。

他的脸清晰地映入她眼中，脸颊瘦了些，面容苍白，但目光湛然清明。以沫失神地望着他的眼睛，忘了来意。

"怎么好好地从金融专业换成了建筑设计？"辜徐行略略蹙眉，"似乎并不适合他。"

以沫回神："我也不知道他是怎么想的。"

江宁通知她换专业时，原话是这样讲的："金融系教的东西屁都不是，爷不玩了。"

她当然不能把这句话转述给辜徐行听。

至于江宁为什么选了和他气质完全不符合的建筑设计，他的原话就更离谱："反正读书就是混个学历玩玩，就随便学个自己不会的吧。"

从小到大，他就没靠过谱。想到这里，以沫的眼神暗了下去。

怔了几秒，以沫递上自己带来的礼物："这是今年的春茶。"

辜徐行接过盒子，将里头的陶瓷罐放进了冰箱。

以沫扫了眼厨房："需要我帮忙吗？"

"不需要，你自己随便看看。"说话间，辜徐行反身进了厨房。

以沫依言走到落地窗前，看了眼外面的楼宇和江水，这样的高度俯瞰下去，她有些晕眩。她转而去参观客厅里最瞩目的工作区。毫无疑问，工作区就是实验室的样子：落地的白板上画着各种符号，巨大的操作台上，连接着一只机械手臂的工控机仍处在工作状态中。以沫的目光从各种叫不出名字的设备上滑过，最后落在桌面散放着的白纸上。几十张大小各异的白纸上密密麻麻地记录着她看不懂的东西。她勉为其难地盯着其中一张看了七八分钟，也只是读懂了极个别英文批注。

她有些沮丧地收回目光，往厨房看去。他静静立在料理台前，正专注地在片一块金枪鱼。但他的刀法不敢恭维，像第一次做解剖实操的医学生。以沫看了会儿，走到他身边："我来。"

辜徐行从善如流地把刀递给她。

以沫利落地下刀，切出超薄的鱼生。暗红的鱼肉泛着星点的蓝光，这是她从没接触过的高级食材。

摆盘的时候，她瞥了眼在水池旁剪龙虾的辜徐行："这是波士顿本地的波龙吗？"

"这是个误解，波士顿龙虾不产在波士顿。"辜徐行温声说，"波士顿本地的海鲜品质很普通，但它是海鲜集散地，能找到很多不同地方的顶级食材。"

"我帮你吧。"

以沫担心他被龙虾壳扎伤，他完全不像能下厨的样子，不过是仗着海鲜好料理罢了。

"也好。"

于是两人便默契十足地在厨房里制备起各种海鲜来。

半小时后，他们在摆满海鲜的餐桌前相对而坐。

以沫其实对海鲜不太感冒，更吃不来那些口感高级的生食，吃相异常斯文。辜徐行喝了口干白，把一个盘子推到以沫面前："尝尝这个，很好吃。"

那是辜徐行亲手白灼的一种贝类，模样怪异，像一只只黑色的爪子。辜徐行鲜少会用"很好"这样的词评价事物，以沫好奇地拈起一个："这是什么？"

"鹅颈藤壶，西班牙人叫它'来自地狱的海鲜'。"

"为什么这样叫它？"

"他们觉得它长得像鬼爪。"

以沫莞尔一笑，定睛朝那个藤壶看去，她默默研究了几秒，不太确定如何下口。辜徐行会意，走到她身边，手把手教她怎么从硬壳里剥出小小的一点肉。极其麻烦费事，大概是以沫见过最难吃进嘴里的东西。但是味道出奇地好，好得叫她惊叹。她迷上了那种鲜甜弹牙的口感，又剥了几个解馋。

没多久，她发现辜徐行虽然向她力荐这道菜，自己却自始至终没碰过它，估计是嫌麻烦才不吃吧。想了想，以沫专心致志地剥出了十几个藤壶肉，用小碟子装好递了过去。

辜徐行目光一动，继而垂下眼帘，却之不恭地接了过来。

见他吃了，以沫有种温暖的感觉，静静地又剥了起来。那以后，每剥出十几个藤壶肉，她就给他递一回。他也毫不客气，每次都笑纳了。

剥完一盘藤壶，对面时钟的时针从六跳到七，然而这么大费周章，也不过剥出半两肉来——真是磨人的小妖精。

吃完饭，以沫去厨房找来茶具，两人移去沙发坐下。

"看不看电影？"辜徐行打开投影仪，见以沫点头，他又问，"想看什么？"

"《美丽心灵》。"

辜徐行手一滞，但很快，幕布上开始播放那部电影。

天才数学家罹患精神分裂，在妻子的关爱支持下，通过意志的力量，与疾病抗争十几年，最终获得诺贝尔经济学奖的故事。

很棒的电影，但他们看得有些沉闷。电影播到男主角纳什接受电击治疗，浑身抽搐、歇斯底里那一幕时，以沫的抽泣声便再也藏不住了。

"你都知道了？"辜徐行问。

以沫背过脸去，嘴角颤抖着向下撇去。

"其实没有那么夸张——"辜徐行淡淡地说，"现代的电击疗法不会像那样抽搐，用了肌松剂和麻醉药后，和睡着了没什么两样。"

他的话似乎并没有安慰到以沫，她肩膀颤抖的幅度变得更大。

"很安全也很有效，几乎没有什么副作用，除了偶尔会对人的记忆造成损伤，但好的医生可以用滴定的方法避免这种伤害。"

说着，他把电影按了暂停："挺有趣的，公元前，人们就发现抽搐可以减轻抑郁症状……"

就在这时，以沫突然转过身，满面是泪地捧住了他的脸。她的手沿着他的脸颊往上，在他头颅两侧找到电击时打的孔，那里已经结痂了。眼泪更加汹涌地流了下来，她紧紧闭着眼睛，难以言喻的痛苦让她几乎窒息。在她心目中，哥哥是天之骄子，是上天格外恩厚对待的人，她从未想过有一天他会受这样的苦。

"你看，"辜徐行伸手抹去她脸上的眼泪，"命运是公平的。"

以沫睁开湿润的眼睛，双手仍然停在他的伤口处，眼神凄哀地看着他。

他垂目注视着她愣怔的脸，那样的她，像一只善良、温软的小动物。他一阵悸动，情不自禁地抱住她，轻轻抱住她。她没有丝毫抗拒，像小时候一样把脸贴在了他的胸口。

这样抱着她的时候，辜徐行感觉自己的元神归位了，另一个他活了过来。良久，他缓缓松开趋于平静的她，目光落在她脸上。她的脸像雪一样白，鼻尖和嘴唇都红红的，有种经霜尤艳、遇雪尤清的美。他低头凝视，本能地朝她唇上吻去。一股既清又甜的气息传入他鼻端，是记忆中她的气息。他更加激烈地吻她，辗转吸吮。

以沫脑中一片空白，感觉自己失足掉进了洞里，全身心地下坠，无止境地下坠。

那个吻开始加深，以沫有些不适，她一边将他往外推，一边往后缩。然而她越推，他们却贴得越紧；她呼吸急促地躲闪着，然而越躲，他们的吻却越深。她感觉自己无路可退，索性不再动了，木呆呆地承受着。他试了几次都没有撬开她的齿关，于是慢慢停下动作，将脸埋在她耳边："他不是个称职的老师，和小时候一样。"

以沫听懂了他的意思，通红的脸变得更红了，红里又透着几分白。她有些羞恼，慢慢推开他，起身走到落地窗边。他紧跟着走到她旁边，轻轻抓住她的双肩，再度倾身吻去。这一次，他温柔了很多，舌尖轻轻着力，引导她回应他。以沫一步步被推到身后的落地窗前，后背贴在冰冷的玻璃上。她抵在他胸前的手不自觉垂了下去，又不自觉地拥住他的腰。

天幕完全黑了，灯光亮起，他们在窗外的彩色城市前接吻。

良久，以沫睁开迷离的眼睛，晕眩中，她看见整个世界在旋转，她觉得他们像万花筒里的两张人形画片。这种剥离掉人性的想象让她更加沉沦，有一瞬，她简直怀疑他们会相拥着倒进脚下的五彩世界里。

是钥匙转门锁的声音惊醒了他们，他们松开彼此，面红耳赤地朝那边看去。大门推开，一道珠灰色的倩影出现在门口。

以沫心惊肉跳，是陶陶。她比记忆里的样子更夺目，珠灰的华服，覆上璀璨的珠宝，看上去很高级。以沫脸上的光芒一点点暗了下去，她咬了咬唇，真狼狈，像入室行窃被主人抓了个现行。

"你最近进步很大，从很差劲进步到比较差，你现在坐电梯下楼去接点地气，再重新看看你写的都是什么玩意儿！"电话讲到这里，陶陶才注意到站在窗边的两人。她顿了一下，定睛朝以沫脸上看去，恍惚了一两秒的样子，她垂下手，将电话收了线："咦，宁以沫？"

嘴角翘起，她露出优雅的笑容，快步朝她走去："好久不见，还好吗？"一股华丽却脱俗的香水味跟着扑面袭来。

"挺好的。你呢？"以沫眼神躲闪了下。

"你看到了，差点被人气死。"陶陶说着，走进厨房，打开一个储物柜，"气得我都饿了。"

她从储物柜里翻出一个豪华的黑盒子和一瓶啤酒，对身后的以沫招了招手："过来坐啊！"

窗边的两人一并走了过去，在沙发上坐下。

盒子打开，里面并排摆着五片薄薄的金色薯片。陶陶抓起一片，就着啤酒吃了起来。

"你怎么来了？"辜徐行问。

"开会。"陶陶把薯片推到以沫面前，"吃一点。"

"谢谢！"以沫咬了一口，味蕾炸裂，"这不是薯片吗？"

"是薯片。只是里面加了松露海藻、皇冠莳萝和印度麦芽汁。"陶陶喝了几口啤酒，有些好奇地凑近她，"这些年你都在干吗？"

"嗯……制茶。"以沫微微拉开和她的距离，柔声回道。

陶陶思索了几秒，露出不知道该怎么聊下去的表情。她专注地将东西吃完，懒懒地靠在沙发上："上月我在马德里参观今年的机器人博览会，发现北京有家公司推出了自己的 OS。"

"我知道，天极科技。这个 OS 性能一般，很难得到广泛认可，这时候推出，除了通稿好看，没有太大的实际意义。"辜徐行面无表情地说。

"但是越早推出，就能越早吸引开发者加入。要做好一个系统，最重要的还是要有足够多的开发者参与，对吧？"陶陶闪着蓝光的指尖点着自己的下巴，微微笑看着他。

辜徐行不置可否。

"我找人深度了解过这家公司，他们过去两年在十几座城市开了培训课，已经得到四十多家高校、研究所的开发用户支持。而且他们在商业合作方面的开拓做得也不错。我担心再过几年，他们的开发者和应用积累到一定程度后会形成效应，那时候你就会很被动。"

辜徐行沉默了一会儿，淡淡说："不足为虑。"

"好吧。"陶陶妥协，"改天我找盛霄聊聊。"

说话间，她起身走向工作区："两个月没见，看看我的大科学家有什么新进展。"

她随手整理了下散放在操作台上的白纸，快速浏览起来。浏览完一遍，她抽出其中几张："你想把 Linux CNC 整合进你的 OS 里？"

辜徐行起身，走到她旁边："嗯，这是我们近期正在做的事情。"

陶陶粲然一笑："很好，我可以预见你的 OS 会成为世界主流的操作系统之一。"

像是被她的鼓励感染，辜徐行微微一笑，继而和她站在操作台旁默契地聊了起来。

以沫静静看着他们的侧影，觉得他们是说不出地般配，真正意义上的灵魂伴侣。

聊了几分钟，辜徐行先一步返回沙发，刚要坐下，以沫提出告辞："时间不早了，哥哥、陶陶，我先走了。"

陶陶热情地挽留："再坐一会儿啊，我发视频给徐阿姨、辜伯伯，你们是不是也很久没见了？"

以沫苦涩微笑："不了，晚点还有事。"

辜徐行目光灼灼地看着她："我送你。"

"不用了。"以沫嗓音有些喑哑，"你陪陶陶吧。"

陶陶不自觉放松了些："我正好想要去洗个澡，那就不送了，改天请你吃饭。"说着，她懒洋洋地朝一间卧室走去。

辜徐行还是将以沫送到了门口。两人面朝电梯门站着，一时无言，肢体语言都有些僵硬。所幸电梯到得很快，伴随着"叮"的一声响，以沫逃也似的走了进去。

下了电梯，她疾步走出小区。走出很远，她长长地松了口气。在夜风里百感交集地发了会儿呆，她的鼻根开始发酸，眼眶也跟着热了起来。

她以为自己已经足够强大，足够心无旁骛，没想到站在陶陶面前，她仍然会有被打回原形的挫败感。

第七章

所爱隔山海

以沫用黄铜钥匙打开大门，属于问山的熟悉味道扑来，这种气息抚慰了她。

她走进院子，回头却见管小潮木然站在门外。以沫心里打了个突，自从她决定放弃和绿荫资本深度接洽后，小潮的情绪一直很阴沉。

以沫心中也很苦涩，去上海前，大家踌躇满志，结果不但一事无成，连自己的信念和团队的凝聚力都被击溃，真可谓一败涂地。

姜敏看出两人之间的尴尬，笑着把管小潮拖进院子："中午去蔡婆店里吃馄饨吧，想死这个味道了。"

管小潮看着姜敏的如花笑靥，暗淡的脸上勉强浮出了笑意："好啊！"

蔡婆做得一手好馄饨，小鲜肉加野菜尖，高汤煮出来撒上葱花，是管小潮的最爱。

一碗馄饨下肚，管小潮的心似乎也略微暖和了起来。沉吟了片刻，他哑声打破沉默："我们什么时候开始除草？"

每年4月、6月、11月，茶园都要除草，此时正是茶园第二次除草的月份。

以沫思忖了一下："要不然后天吧。"

管小潮点了点头："我一会儿去借羊。"

羊喜吃嫩草，却不吃嫩茶，是管小潮最先想到把羊引进茶园的办法，此举既节约了除草的人力、物力，又能肥沃茶园。

以沫看了看管小潮，心中有些愧疚。这些年，因为有他里里外外协理着茶园，她才有精力专注于茶技提升和公司发展。然而她放弃了唾手可得的投资，让他之前所有的努力都付诸东流。这件事让他们之间出现了分歧，这种分歧是可怕的，轻则导致团队效率低下，重则导致团队南辕北辙，就此散伙。

兰雪之香……她必须尽快找到这个谜题的突破口。

她凝神思索了一阵，思维聚焦在了"兰"字上。据她所知，国人以兰质许茶、以兰入茶的风气盛行于清朝。清朝的文人、绅士钟爱含有兰香的茶，也很讲究兰花茶的生产。清朝中后期，兰花茶风靡一时，朝廷甚至可以用兰花茶冲抵官员俸禄和士兵军饷。所以七莘茶因有兰香受捧，又因失去兰香而失宠，是有其历史渊源的。

要让绿茶带有兰香，有两种途径：天然赋香，或者人工赋香。天然赋香的方法就是茶兰混种，让茶树与兰草根脉相连，茶叶吸吮兰花的香气，自然长成具有天然兰花香的茶——这和她茶竹混种，取一脉竹香是同样的道理。

人工赋香的办法主要是窨制。茶叶的吸附力很强，可以吸附各种花香。把鲜花和茶坯堆放在一起，茶引花香，花益茶韵，这个过程就是窨制。

但是一款真正的好茶，卖的是茶本身的香高味纯，不管是天然赋香还是人工赋香，带了花香的茶终归不是茶道主流。她真的要为了追求兰香而破坏喜绿的本味吗？

想到这里，以沫的眉拧得更紧了。

"哎，说到那个兰雪之香，你说会不会就是用兰花和七莘茶一起窨制，让茶叶带上兰花香啊？"姜敏突然发问。

很显然，她们想到一起去了。

"不会。"以沫断然否定。

"为什么啊？"

"不是什么茶都适合窨制的，可以做花茶的茶坯大多来自福建，因为那边的茶叶鲜爽度弱，气味醇和，很容易吸收花香。江浙的绿茶和我们七莘山的绿茶就不适合窨制，所以没有人工赋香的可能性。"

"哦。"姜敏恍然大悟。

不能窨制，那就只能天然赋香。可是七莘山不产兰花，而且除了安徽的舒城、霍山外，国内其他茶产地都没有茶兰混种的传统。所以，七莘茶的这抹兰香到底是怎么来的呢？

以沫越想越不解，慢慢发起怔来。其他两人不想打断她，吃完东西就各自散去，留她一个人原地苦思。

枯坐了半小时，以沫给广益的邹诚达打了个电话，然后起身出门，一径儿往车站走去。

以沫走进邹诚达办公室时，他正在靠南的窗边跟一位古稀老人下棋。见着以沫，邹诚达指了指沙发："你先喝杯茶，等我俩下完这盘棋。"

以沫"哎"了一声，依言坐下，一边品茗，一边抬眼去看那个陌生老人。老人生得精瘦，虽已是暮年之人，但精神矍铄，下棋的路数也很凌厉。

两个人下完一盘棋，有说有笑地走到沙发边坐下。不等以沫开腔，邹诚达先介绍了起来："这位是谢高工，广益的老师傅，做了一辈子茶。我听你说遇见了难题，特地把他老人家请来了。"

　　以沫跟两位长辈打了个招呼，简单寒暄了儿句就直奔主题。她把孙灵运的故事复述了一遍，然后坦承自己想复原七莘古茶的兰雪之香，却茫然无绪的现状。

　　思忖了一阵，邹诚达先开了口："按理说，孙灵运这样的人不会信口开河，但是咱们七莘山不产兰花，七莘茶从哪儿来的兰花香呢？"

　　"不尽然……"谢高工慢吞吞地说，"兰花香型不一定是兰花熏出来的，有些地方拿茉莉、梅花也能熏出兰花香。"

　　邹诚达呵呵一笑："咱们这儿也不产梅花、茉莉啊，除了茶叶，什么都长得马马虎虎，油菜花都生不好呢！"

　　谢高工跟着也是一阵乐呵。

　　"七莘山周边有没有什么地方产兰花呢？"以沫想了想，又补充道，"您二位在广益工作了这么多年，有没有从周边收到过兰花茶？"

　　邹诚达没有说话，把目光投向谢高工。谢高工眯着眼睛想了想："也有些山里产兰花，但不成什么气候。我做了五十年茶，也没在咱们省见过兰花茶。但是你说的那个故事，极有可能是真的。"

　　"哦？"以沫心跳紧了一下。

　　"80年代有几个日本茶学界的人来广益找过七莘茶，刚好是我接待的他们。他们把所有春茶都尝了一遍后，问我七莘山产不产兰花。听我说不产兰花后，他们都不相信，又在县领导的陪同下去周边村镇转了几天。他们有没有转出什么结果我不得而知，但是现在串起来这么一想，我怀疑七莘茶可能真和兰花有点什么关联。"谢高工袖着手，望着天花板说。

"嘿，这日本人比咱们自己还惦记着中国茶呢！"邹诚达笑说，"之前湖南寻找《茶经》里的无射山，日本方面也派专家参与了。和茶有关的事儿，他们还挺爱掺和。"

听他这样说，以沫不禁想起碣滩茶的故事，邻国对中国茶的了解之深，可见一斑。

谢高工很有内涵地说："尽管中日的交往一直在经历着考验，但是以茶为载体的民间交流从没有停顿过。日本的茶人确实有一定钻研精神。"

以沫百感交集，默默无语。

"谢老，你说有没有这种可能，清朝年间咱们七莘山是有兰花的，后来经历了些历史动荡，兰花就绝种了？"

"即便清朝年间产兰花，也不会是盛产。如果真到了茶兰共生，相得益彰的地步，史料不会没有半点记载，民间也不会没有半点记忆。"

"也就是说，如果七莘古茶真带有兰香，这兰香也不会是天然带的。"

谢高工点点头，不再说话。

"那也不可能是人工窨制，七莘茶就不适合窨。"邹诚达叹了口气，"再说，把这么好的茶叶人工窨成花茶，那不是哀梨蒸食，暴殄天物吗？我想老祖宗不会干这种事。"

一时间，屋子里的老中青三代茶人都陷入了沉默。

许久，邹诚达的喉结动了一下，眼睛跟着也活泛了起来："咱们是不是把这个'兰'字理解得太实了？这个兰，未必是指兰花香，而是说咱们的茶韵有兰花那种清寂自芳的气质。"

谢高工面无表情，不置一词。

邹诚达看向以沫："你觉得呢？"

以沫摇了摇头："不，是味道，不是气质。"

邹诚达问："那太棘手了——既不可能天然赋香，又不可能人工赋香，这兰香该怎么来呢？"

以沫站起身，缓步走到他们刚才下棋的地方，望着远处喃喃自语般说："是道难题，但是不能绕过去。"

连日本人都千里迢迢地来研究过，考察过，作为传人的她怎么能就此放弃？

邹诚达看着她的背影，已然猜出她心中所想。他从书柜里抽出一本厚厚的黑色精装书，将它递给以沫："这本是咱们的县志，你拿回去看看，也许会有点儿蛛丝马迹。"

以沫接过县志，朝他微微鞠躬："谢谢邹叔。"

三人又一起聊了会儿茶，这才散去。

那本县志出版于二十年前，全书六百多页，从西汉置县写到20世纪90年代，内容包罗万象，纤细无遗。

以沫用一周时间把整本县志通读完，然后用三天把1935年前后发生的大小事件都摘录了下来。

1935年前后，正是抗日战争时期，也是国内新旧军阀混战、占山为王的末期。县志着重记录了县里为抗日战争做出的贡献，也记录了些琐碎事件，比如1934年江水陡涨入城，城墙倒塌，次年城墙被修复等。

除此之外，还有一件事情被记录在册。1933年，一个姓鲁的军阀占据了县城，通过残酷剥削和借贷，在县里大兴土木，修建府邸和高楼，此举导致县里森林覆盖率锐减。一个叫落叶溪的地方因为森林资源丰富，竟然在一年间被伐木十五万株，导致生态系统完全崩溃。

以沫把这段掌故翻来覆去地看了几遍，隐约有了某种联想。她打开手机，在搜索引擎里敲下"落叶溪"三个字，网页跳出来的同时，身后传来敲门声："以沫，有人找。"

以沫回头，姜敏神情复杂的脸落入她视野。

那样的表情让以沫心里打了突，起身往外走的时候，她一路揣度来人会是谁。走到中庭时，谜底解开了，她看见辜徐行站在天井里。中庭里灰蒙蒙的，但有一束光从正方形的天井里泻下。天井里的光线和别的光线都不同，它不像日光那样笔直赤裸，也不像灯光那样了无生机，它灵性而细腻，像女性善解人意的目光。因为沐着这样的光，他整个人显得格外安静、温柔。这样的他，很像灰色世界里升起的一道彩虹。

以沫恍惚了片刻，觉得自己应该朝他走去，但是她动不了。

辜徐行没有让她太为难，自行朝她走去："你的茶，可以给我沏一杯吗？"

以沫回神，指着中庭里的长桌："先坐一下。"

那是问山居会客的地方，长桌上有现成的茶具。以沫沏好茶，给他敬了一杯，波澜不惊地寒暄："最近不忙？"

"想停一停。"

"哦。"以沫低下头，不知道该怎么继续。她感觉自己的脸颊在发热，那是因为他的目光一直落在那里。

"带我去你的茶园看看？"

也好，以沫正觉得问山居里的空气很压抑。

两人起了身，走出大门，一条干净的青石路往前延展开去。初夏的傍晚，古城里和风微度，绿荫如盖，是一年里最好的时节。

石桥口，有位阿婆摆着两只竹笸箩在卖香瓜和野树莓。阿婆沿用旧传统，用树叶装树莓，一份正好是一捧。辜徐行上前买了两捧树莓，递了一捧给以沫。

“这个地方一点也没变。”辜徐行感慨地说。

以沫环顾四周，除了榕树稍微大了一点，城墙又多了些斑痕外，古城的面貌确实和十年前他们在这里共度暑假时一样。那时，每天傍晚，他们会并肩走到石桥这里采购食材，有时买些乌梅，有时买些炸螃蟹，有时候买一碗井水豆腐花……

他们渐渐有了交谈，都是些避重就轻、无关痛痒的话。

就这样，他们一路登上了七莘山。

彼时金乌西沉，正是看落日的时候。他们不约而同走到山顶的开阔处，往天边看去。静默了一阵，辜徐行轻轻握住了她的手。以沫瑟缩了一下，想把手往回抽，却抽不出，就像被他锁住了一样。

“那天晚上……”

“不要提那个晚上……”以沫低声打断他，眼睛里笼罩上一层阴影。

那个晚上，事后怎么想都很尴尬。想到这里，她被他握住的手渐渐凉了下去。

“你刚才问了我很多问题，却没有问我为什么来这里。”辜徐行淡淡说。

以沫微微偏过头，不敢看他的眼睛。她打定主意不再开口，也在心里求他不要继续说下去。只要不说破，一切都可以含糊过去；说破了，很多事情反而不好收场。

辜徐行却不想含糊。他转而握住她的双肩，温柔而坚定地注视着她：“因为我很想你，很想你。”

她先前怕他会这样说，也已想好怎么抵御这句话；然而真切地听他亲口说出来，她所有的抵御都瞬间融化，她丢盔弃甲地站在他面前，不知所措。那种一脚踏空的晕眩感、坠落感再次占据她的全部神志。

他在千万条金色光线中逼近她，轻轻将她的脸扳正。他们贴得很近，额头抵着额头，气息连着气息。

黄昏的光线最是使人昏聩的，几乎迷失的那一刹那，以沫的理智回归了。她推开他，往后撤离了几步。她一句话也没说，但态度很明确。

他读懂了她的态度，垂下眼帘，声音苦涩："抱歉。我也不明白八年都挨过了，为什么却挨不过这十天。"

光线最好的黄金十五分钟过去，夕阳洒尽金光，变成一轮气息奄奄的红日。以沫忧悒地看着它。

辜徐行脸上的红潮淡去，他平静地看着那轮红日："看着太阳的时候，你大脑里想的是什么？"

以沫不解他缘何这样问，但还是淡淡答道："想到光与热。"

"你猜我想的是什么？"

以沫摇了摇头。

"从十一岁那年开始，当我看着太阳，我会想太阳的光与热来自核聚变反应，如果能够制造一个核聚变反应堆，我就能通过核聚变产生的高能中子得到治疗癌症的同位素。"辜徐行娓娓说着，"一个人待着的时候，我常常幻想四维世界，用公式模拟这个世界时，我仿佛置身于无数条交叉的时间和空间线里……我很清楚命运给了我一份额外的礼物，所以，我很自命不凡。"

以沫静静听着。

"这种自命不凡让我飘浮，飘着飘着，我开始找不到归属——'我的灵魂与我之间的距离如此遥远，而我的存在却如此真实'，这种痛苦无时无刻不在折磨我。"

以沫的眉一点点蹙起来，在眉心处蹙成一个清苦的纹路，她缓缓朝他看去，眼神矛盾而痛苦。和江宁什么感受都挂在嘴边不同，哥哥从小到大都是个情绪稳定、固若金汤的人。那种固若金汤让以沫几乎默认他是没有情绪和痛感的，所以当她亲耳听到他说痛，她产生一种——"他说的痛该多痛"的震撼。

她的心酸了一下，接着，山洪暴发般的酸涩吞没了她的心。

"但在你身边，这种痛停止了，我觉得自己变成了一个普通人，一个会爱上女人的普通男人。我脑海里无穷大的想象停止了，像宇宙最终会坍塌成一个奇点那样，我所有的念想也坍塌成一个执念——我要和你在一起。"

以沫眼泪流了下来。她其实是个顶不喜欢流泪的人，不喜欢到宁肯流血，也不想流泪，可是一碰到他，她就变成了一个可笑的爱哭鬼。忘了哪本书说的，人一旦为某个人流过一次泪，就很容易有下一次。这样混账的话，没想到是真的——有生以来，她的眼泪几乎都是为他。

辜徐行有些无措地伸手替她擦泪，但越擦越多，擦到最后，他无奈了，只能把她的脸埋进自己怀里。

良久，以沫从他湿透的衬衣左襟离开，有些凄凉地看着他。透过他的脸，她看见了徐曼、陶陶、江宁，以及一切看不见但真实存在的世俗障碍——所爱隔山海，山海岂可平？他是个可以拿一整个宇宙换一颗红豆的单纯人，但她不能也那样单纯，真的伸手去接，哪怕她很想要。

想清楚了后，她平静地开了口："应该听到你刚才那番话的人，是陶陶啊！而我，也已经有江宁了。"顿了顿，她无限留恋地看着他的眼睛，呓语般呢喃："阿迟……"

这是她第一次叫他那个名字："你总是来迟。"

辜徐行抓住她的手，坚定地说："这些并不是障碍。我和陶陶之间不是你想的那样，我们……我们……"

以沫摇了摇头，打断他："她是这世界上最适合你的女孩子。"

"所以江宁也是这世界上最适合你的人？"

以沫没有说话，算是默认。

"原来人和人在一起，竟和两个零件能否匹配一样，讲的是合适。"辜徐行泛起一个介于苦涩和嘲讽之间的笑纹。

以沫如鲠在喉，无言以对。

"为了追上67P彗星，罗塞塔飞船孤独航行十年，在内太阳系转了六十五亿千米，最后才走到那颗彗星身边。所以，我不能理解你说的迟，是什么迟。"这句话仿佛耗尽了辜徐行的力气，他的声音低了下去，饶是语声很轻，但说出口的话却变得更加强硬，"还有，大脑负责思考决断的前额叶要在人二十五岁以后才发育成熟，所以在此之前，你的决定，包括和江宁在一起的那个决定，都是可以被推翻的。"

说完，他定定地看着她，温润如玉的脸上浮现一种固如磐石的坚定神情。以沫侧脸避开他的锋芒，心乱如麻地看向脚下的山崖。就在这时，铃声从她衣袋里传来，她触电般微微一颤，如蒙大赦地拿出手机，接通了电话。

一通电话听完，以沫涟漪般散开的心渐渐聚拢，神情凝重起来："好，我马上回来。"

她定了定神，抬头凝视着辜徐行的眼睛，有些抱歉地说："问山那边……出了点事情……"

辜徐行神色暗淡了下去，但他没有片刻迟疑："我们下山吧。"

第八章

永远为期

一份份合同复印件被一双瘦硬的手摊开在以沫眼皮下。最后一份合同摆完，以沫的目光移到手主人的脸上。

来人是御承堂的法务严安，他长着一张脸宽下巴尖的螳螂脸，目光犀利，很容易给人留下"攻击性强"的第一印象。

"这是合同的复印件，你看看。"严安用一种公事公办的漠然口吻说，"我把情况再说一遍。十一年前，你父亲宁志伟和我这十位委托人签署了租地协议，以一次性每一百亩三万元的价格，租下了他们的茶园，共计五百亩。由于你父亲和我的委托人缺少法律常识，这些合同都没有约定租地年限，没有把地的具体位置、面积大小和租金问题描写清楚，也没有规范双方的权利与义务，所以这些合同，实际上是没有法律效力的。"

以沫和管小潮拿起这些复印件翻看起来，说是合同，其实只是一张张简单的契约。他们不是法学专业出身，但经手过那么多合同，只需扫一眼就能知道这些合同签得有多儿戏。

他们知道这意味着什么，对视了一眼，脸色都有些苍白。

严安一边等他们看合同，一边用纸擦着自己的眼镜片："十年前，茶田是不值钱的。但近几年七莘镇茶业复兴后，茶田的年租金已经涨到了三百元左右一亩。我的委托人现在想和你们解约，收回自家茶园。我希望你能够理解他们的心愿，协同我尽快走完解约流程。"

以沫放下合同，礼貌地朝他点了点头："好，我知道了。"

管小潮把合同轻飘飘地扔回桌上，颓丧地走到厨房外的矮凳边坐下，垂下脑袋，十指插入头发中。

姜敏抱着手臂，噙着一丝冰冷的笑："通知我们收到了，您请走吧。"

严安一丝不苟地将合同收好，放下一张自己的名片："好，免送。"

将严安送出门，以沫回二楼取下来一个暗红色的木匣子。她在所有人的注视下打开那个匣子，从一堆信件、记事本下找出一个牛皮纸袋打开："这些是我爸的遗物。"

她打开纸袋，找到那些合同的原件，又默默看了一遍。

宁志伟去世那年，以沫看过这些合同，但那时候的她什么都看不懂。事后，她便将这些合同当作一个纪念和父亲的其他遗物一起封存了。这些年她呕心沥血地照顾着那片茶园，从没深入想过权利归属问题，因为在七莘镇，乡亲间的买卖往来都是口头约定，没有任何文书。在传统里，这种口头约定，比金口玉言还要金口玉言。更何况他们还是有协议的，所以她从没设想过今天这种局面。

想了想，她抬头对姜敏说："你带哥哥和小潮去外面吃个晚饭，我出去一趟。"

姜敏带辜徐行和管小潮去了蔡婆的饭馆。见有贵客来，蔡婆费尽心思张罗了一桌好菜，色香俱全。但他们谁也没有食欲，各自怀着心思沉默。

时近九点，三人回到问山。进门后，姜敏对辜徐行说："你今天就住在这里吧？我去给你收拾房间。"

辜徐行沉吟片刻，点了点头："好。"

姜敏噔噔噔上了二楼，一阵洒扫。瞥见辜徐行站在门口，姜敏自顾自说："这是江宁的房间，他很少回来住。"

辜徐行环视四周："他在哪里？都在忙什么？"

姜敏把套好的被子抖了抖："你去楼下点根香，问问鬼，它们也许知道。"

辜徐行便不再说话，看着她忙里忙外。

她和他记忆中的样子不太能重合了：八年前的她红头发黑眼圈，像个罗刹；现在她脸面素净，突然慈眉善目起来。

不过，也有可能是因为她没化妆。

九点四十分，以沫回来了。

待在天井里打游戏的姜、管二人停下动作，齐齐朝她看去。

以沫拣了个地方坐下："我去了解了下情况，叔伯们也没瞒我，说马轩那边出五百元一亩的年租金租他们的茶园，一次付清二十年租金。叔伯们上有老下有小，在外面讨生活不容易，他们都很需要这五百万。"

天井里静了很久，传来管小潮喑哑的声音："我……能理解吧。"

"我没你们那么'圣母'啊！"姜敏扬起下巴，"这些人都是揣着明白装糊涂呢！马轩凭什么出五百元一亩租他们的地，还一次给五百万啊？是因为他们的地？那是因为以沫辛辛苦苦繁育出来的纯种古茶树啊！马轩明摆着欺负人呢！你这些叔伯为了点钱，背信弃义，帮着一个外来人欺负自己人，厚道吗？"

姜敏越说越火："我明天就挨家挨户去找他们理论。以沫我告诉你，绝对不能答应他们解约，就让他们走司法程序去，还不一定谁输谁赢呢！退一万步讲，就算我们输了，茶园可以退，但是茶园里的古茶树我们要铲走，一片叶子都不给他们留，到时候我看马轩还收不收他们的茶园！"

以沫叹了口气，望着她轻轻摇了摇头。

管小潮清了清嗓子："你们谈得怎么样，他们什么态度啊？"

"他们也很为难。一面是我们这么多年的同乡情分，一面是优厚的条件，换谁也做不好这个取舍。"以沫顿了顿，"虽然爸爸和他们有合同，但当时的条件放在现下来看，确实也有失公平。他们想通过法律途径收回，也算是正当诉求，无法苛责。"

姜敏冷着脸："哼。"

"我跟他们商量出了一个折中方案，就是按照马轩给的条件和他们重新签约，他们同意了。"

"一人五十万，那就是五百万啊！我们上哪里弄五百万去？"管小潮惊道。

"我们账上还有八十多万，加上我们的私人积蓄，够一百万，还缺四百万。得，这一年也不用干活了，借钱去吧。"姜敏对着天空翻了翻白眼。

"他们就给了我们七天。"以沫淡淡说，"七天后不能给钱续约，他们就要答应马轩了。"

管小潮爆了句粗口，从椅子上跳下来："七天上哪里弄四百万？贷款还得有个审批程序吧？"

姜敏气得反而笑了出来。

以沫咬了咬唇："就算不可能，也要努力一下。"

听以沫这样说，管小潮露出一个讽刺的微笑，双手抱住后脑勺：

"怎么努力？借高利贷？这个倒是快……"

姜敏忍不住打断他："你正经点。"

管小潮合上眼睛，情绪低落地说："我们面朝黄土背朝天地创业三年，什么没捞着不说，还要背四百万的债……我突然有种看不到前路的感觉。"

"干吗说这样的丧气话，哪有创业不背债的？"姜敏克制住脾气，娇嗔道。

"总是这么挑战不可能，我真的累了。我没有三头六臂，经不了九九八十一难。要不然算了，把账上的钱分一分……"感觉到姜敏越来越冷的目光，管小潮的语气软了下去，"以前看《西游记》，最烦的就是动不动就要分行李走人的猪八戒，没想到有天自己也会这么尿。"

"四百万……所以你为了四百万就要变成自己曾经最讨厌的那种人？"姜敏睥睨着他，不冷不热地说，"要真是这样，小管，那我错看你了。"

管小潮捂住脸，不再说话。

天井里静了下来，空气仿若凝固。这时，楼上突然传来"吱呀"一声响，是木门被推开的声音。

以沫脊背一僵，难以置信地抬头看去，正对上辜徐行平湖般冷静的双眼。

她没想到他竟然会留在问山。

姜敏压低声音说："我见他没有要走的意思，就让他留下了。"

伴随着嗒嗒的脚步声，辜徐行下到了天井里："不好意思，刚才听见了你们的谈话。"

管小潮尴尬地笑了笑："那个，是我们太吵了。"

辜徐行找了个地方坐下，诚恳地看着他们："我个人账户有些闲钱，刚好想要做些投资。我很看好你们的事业，希望借这个机会加入你们。"

管、姜两人对视一眼，露出惊喜的表情。他们都清楚他此番投资的真实想法是什么，所以即便喜出望外，也不好有所表态，都讪讪地看着以沫。

以沫低着头，神情暗淡，顿了一会儿，才勉强微微一笑："哥哥，很感谢你这么看好我们，这是一份巨大的精神鼓励。但越是生死存亡之际，越是考验一个团队核心凝聚力的时候。在找投资人这件事上，我始终坚持一个原则：我要找的是一个志同道合，愿意并且能够为喜绿长远发展提供各种服务的人。现在有钱做天使的人很多，但好的天使投资人其实并不多。所以，我不想因为一笔钱草率地接受投资，进而稀释掉创始人的权利。"

以沫的话说得不卑不亢，语气也很动听，但在管小潮和姜敏听来，这已经不是普通的拒绝了。人家明明是要雪中送炭，却被她说得好像要趁火打劫一样。

辜徐行注视着她，明明是吃了排头，嘴角反而向上浮出了点笑意。有时候，人无奈至极也是会笑的。她这份倔强，还真是随了他。

想了想，辜徐行又说："既然……"

他原想说既然不想接受投资，那就把钱借给他们，但他的话还没来得及出口，就被她的眼神打断。

她近乎哀恳地看着他。那是求他不要再说下去了。

因着她这份哀恳，辜徐行突然自责起来。可能，他真的把她逼得太紧了。

"既然如此，我尊重你的意愿。"

管小潮不知道辜徐行为什么突然转了话锋，但他不用想也知道原因出在以沫身上。失望、绝望、不解、悲怆……所有负面情绪排山倒海而来，他愤然起身，推开后门朝江边跑去。

"小管！"姜敏惊叫一声，快步追了出去。

以沫蓦地起身，朝辜徐行投去一个复杂的目光，跟着也追了出去。

跑出去那一瞬，管小潮觉得外面应该配上狂风、暴雨、霹雳、雷电，身边的江水也应该怒涛滚滚。然而外面波平如镜，月色撩人，是一个非常适合搞烧烤的祥和夜晚。所以跑出去几十步后，他的脚步就缓了下来。

他也许放大了自己的情绪，也放大了面前的难关。跟以沫创业的第一天，他就做好了背水一战的准备。三年来，他们携手度过了无数艰难时刻，为什么这一次他就过不去了呢？到底是什么变了呢？

姜敏的脚步离他越来越近，最终和他的脚步声融为一体。

他以为她会骂他，但是她没有，只是默默地和他并肩而行。这让他再次联想起他们携手走过的创业路，不禁红了眼眶。

他们两人默契地走到一条长椅上坐下。没多久，他们看见以沫朝他们走过来。她停在离他们一米开外的地方，温和而恳切地看着他们："对不起！"

姜敏叹了口气："以沫，我们三个人的事业，你付出得最多，哪里有对不起我们的地方呢？"

管小潮没有表态，一声不响地对捏着双手，直捏得双手指节发红。

姜敏碰了碰他的肩膀："能不能不别扭了？"

管小潮望着江面，长吁了一口气："我是真累了……我最近才明白，创业不能靠自己单打独斗，没有背景，根本玩不转。"

"小管，我能理解你的累，我的心境和你一样迷茫。"以沫柔声说。

管小潮脱口道："以沫，我们不一样！"他似乎有很多话想说，却咽了回去。

以沫等了一会儿，见他回归沉默，便问："小管，现在放弃，你甘心吗？"

"不甘心，但我没有办法，那是四百万！"

以沫微微蹙眉："我还是那句话，就算不可能，也要努力一下。"

"我最近才发现你这人赌性很大，总是喜欢去挑战不可能。什么复原兰雪之香、七天凑齐四百万，明知不可能而为之，听上去是挺酷，挺有主角光环的，"管小潮腾地站起来，紧盯着以沫，越说越愤怒，"可是我很讨厌为'不可能'的事情付出。"

"嗯。"以沫一动不动地听他说。

"我们不一样，你看似一无所有，其实背后有人给你兜底。所以你可以理想化地奋斗，不惜一切地为了情怀去试错……"

"你说什么呢？"姜敏怒了，一下子站起来，面红耳赤地盯着管小潮，"以沫这一路走来靠谁了？"

管小潮避开姜敏的目光，直视以沫："但我什么都没有。我的奋斗从来都不是为了梦想、情怀，而是出于对贫穷的恐惧。但凡有选择，我都不想这么努力、这么辛苦，我就想像那些天生好命的人一样，轻松地活着，偶尔放纵，偶尔不负责。"

说到这里，他神情古怪地笑了笑："那天晚上和盛霄他们吃饭，你不知道我有多开心，就像看见新世界的大门对我打开，但你问都没问我，就把那扇门给关了；今天你哥说要给我们投资，我又很没出息地看见那扇门在打开，可你还是问也不问就把它关了。摆在面前的 easy 模式你不走，非要伤筋动骨地走 hell 模式。我很失望，我不想玩了。"

听他说完，姜敏长叹了一口气："以沫，不是我不帮你。但是今天这个事儿，你确实欠一个解释。"

"我承认我是在较劲。"以沫平静地说，"但不是跟我哥，而是跟命运在较劲。

"小管，我们没有什么不同，一出生就被丢在了 hard 模式里，人生的每一个阶段都要面对资源的匮缺和无处不在的竞争。但有的人生来就有好的教育、好的资源，最后站在巨人肩膀上轻轻一跳，就跳去了我们怎么爬也爬不上的山巅。在这类人面前，我们要承受俯视，然后从骨子里感到自卑。我不想被俯视，也不想自卑，我想完全靠自己的力量，打破这种壁垒，走到和他们对等的高度上。

"在这个过程中，我会去寻求一切帮助，但绝不接受施舍，哪怕是善意的施舍。因为一旦伸手接了，我就再也没有和他们对等的可能了。"

"我懂了。"姜敏吸了吸鼻子，捶了捶身边的管小潮，哽咽道，"小管，再拼一次吧。马轩为什么这么针对我们啊？就因为他看出来我们一定会成功，所以才这么不择手段地针对我们……"

姜敏越说，语速越慢，目光越过以沫，凝固在她身后的某一点上："连竞争对手都认定的事情，我们自己还怀疑什么呢？"

管小潮顺着她的目光看去，也看见了以沫背后那道笃定而立的身影。

以沫猜到了什么，但她没有回头。

姜敏和管小潮很识趣地把江水和月色留给了他们。

和风如沫，江水轻轻拍打他们脚底的石阶。撇开那些烦心事，这真是个让人沉醉的月圆夜。

两人都有些失神，良久，辜徐行轻轻开口："以沫，那不是施舍。"他说这话的时候，脸绷得紧紧的，脸部的线条显得有点刚硬："但我理解你说的一切。"

被他窥见内心最隐秘的执念，以沫脑子里有些乱。想了想，觉得自己没有矫饰的可能，索性坦然："对不起，刚才我太尖刻了。"

"该说对不起的人是我。"他的语气有些伤感，"因为我从来没有认真了解过你。"

"如果了解你，我们也许不会分开八年，你也不用对我说那时候，你很痛。你是我见过最坚强的女孩，无论是断指，还是失去亲人，我从没听你说过一个痛字。在雁荡山那晚，亲耳听你说痛，我才明白自己实在是错得太多。"

以沫抬起眼睛，将他忧悒的表情尽收眼底。他的痛苦轻而易举地感染了她，她心中百感千愁，在心底幽幽叹了口气。

感情真是个奇怪的东西，明明所有的伤害都来自他，可是她总会反过来心疼他的无辜。

五岁那年，她因他失去了半截拇指，她笑着对他说"不疼了"。

十年后，她因他度过了一段卑微苦涩的青春，然而她想对他说的还是那句"不疼了"。

真的，不疼了，一点儿也不疼。

如是想着，一点泪光从她干涩的眼眶里闪现。她发现她爱他，依然那么爱他。她曾以为这份爱熄灭了，其实它没有，它只是变成了一场夸父逐日式的、精神上的执着追逐。

但是，爱又怎样？她有太多的顾虑和计较。小女孩才相信灰姑娘和王子会永远幸福，成年人都知道因为没有共同语言和相似灵魂，王子爱上了卡米拉。

"了解……"以沫呢喃了一下，决定把傍晚时没有说出口的话说清楚，"有个女作家说，人的一生，遇到爱，遇到性，都不稀罕，稀罕的是遇到了解。我很羡慕陶陶那么了解你，而你，也那么了解她。爱情和婚姻不同，你需要的是陶陶那种能和你探讨科学的另一半……"

"那是你以为，我不缺和我探讨科学的人。"辜徐行不假思索地打断她。想了一会儿，他展开微蹙的眉头，不冷不热地补充："如果非要这么功利化地理解爱情，我更缺一个帮我剥藤壶的人。"

以沫无言以对，咬唇凝望着他。

辜徐行被她的眼神软化，他的声音和缓起来："我不明白为什么我就在你面前，你却想绕很远再过来。但无论你想绕多久，我都会等你。"

想了想，他笃定地补充："哪怕这个期限，是永远。"

第九章

浮云吹作雪

早晨，以沫被厨房里传来的一阵巨响吵醒，是锅盖掉地上的声音。她起身推门往天井里一看，见餐桌上摆着一大碗卖相很差的疙瘩汤。

她心中了然，回屋更衣洗漱，下楼走进厨房里。

"以沫，你别进来，油烟大。"管小潮站在冒着油烟的铁锅前，把锅盖举得像盾牌，"先去喝碗汤，一会儿这煎饼就做好了。"

眼前的小潮又变成了以前的小潮。以沫含笑看他，有种窝心窝肺的温暖。朋友之间最好的状态就是这样——吵完架，把话说开，然后该干吗还是干吗。

以沫看了会儿，上前把火调小，接过锅铲："我来吧。"

管小潮讪讪一笑，把"战场"让给她，去水池边拍了个黄瓜。

以沫端着饼出去时，辜徐行已经下楼了。他神情自若地向餐桌这边走来，倒是以沫有些无措。他昨日的表白不亚于兵临城下，此时的她就像被围困的城池，承受着巨大的压迫感。

辜徐行没有看她，好整以暇地坐下。以沫硬着头皮上前，给他摆好碗筷，盛好汤。她明明可以不必如此，但这套兄友妹恭化为一道刻进她脑中的指令。

管小潮忍不住小声打趣："我怎么就没个妹妹。"

以沫盛了碗疙瘩汤递给管小潮："顺便开个会。"

一日之计在于晨，他们三个习惯在早餐时把一天的分工聊清楚。一顿饭工夫，战略部署完成，三人各自有了行动计划。

放下筷子前，管小潮小心翼翼地开腔："哥，你什么时候回上海啊？"

正在喝汤的另两人都充满期待地朝辜徐行看去。

辜徐行的答案让他们很失望："我休了九天年假。"

管小潮干笑了一下："那个，我一会儿要上晖城办事，以沫她们也有自己的事儿，这几天可能没办法好好招呼你。"

辜徐行放下碗筷，"你几点出发？我开车带你。"

管小潮有些意外："你也去晖城？"

见辜徐行点头，以沫悬着的心落回了原位。她目前真是怕极了面对他。

晖城，傍晚六点，拜访完一个 AI 新秀的辜徐行开车进入省委大院。

辜家初入省委，住的是套四居室。前几年辜振捷当选常委，辜家又搬去了常委小院。

常委楼外观都一样，灰扑扑的两层小楼，面积不到三百平方米，带一个独院。里头的格局也很相似，上下打通设卧室、办公室、保姆房等，装饰简约大方、古朴低调。

辜徐行将车停在 3 号院外。按门铃前，他在门口站了一会儿。这些年在外求学、创业，他很少有时间回晖城，所以对这个新家并没有太多归属感。

正怔怔时，里头的大门打开了，王嫂欣喜地迈着小碎步朝他跑来："阿迟回来了？"

徐曼紧跟着也迎了出来。五十岁后，徐曼开始喜欢民族风的衣饰，一件青灰色丝缎改良旗袍笼在身上，看上去比过去持重了几分。

辜徐行打开后备厢，从里头拿出备好的礼物。

"这孩子，回家还买什么东西？"徐曼嗔怪道。

三人一径走进屋里，穿堂过室，进入饭厅。正在倒酒的辜振捷听到响动，喜笑颜开地朝辜徐行看去："一年多没回来了，今天咱们爷俩好好喝点。"

"好。"辜徐行在他身边坐下，温和一笑。

菜过五味，酒过三巡，徐曼放下筷子，斜眼笑看着辜徐行问："阿迟，这不年不节的，你怎么突然回来了？"

"休了年假，顺道回来待几天。"

"休年假怎么不陪陶陶呢？你俩一年到头飞来飞去，也见不着几回面，好不容易有了假，该多陪陪她才是。"徐曼有些嗔怪地说。

辜徐行没有说话，神色有些疏淡。

徐曼对他的态度很不满意，下巴颏一扬，脸上显出了冰冷的权威感："别以为你们订了婚就可以对陶陶不上心了。陶陶这样的姑娘，外面多少人追着，捧着，求着。你们一天没结婚，一天都是有变故的。"

辜徐行安静地听着，面上静水无澜。

徐曼很不愉快，抱着臂膀，气鼓鼓地扭过脸去。

王嫂连忙去厨房把炖好的桃胶银耳给她递去："喝点东西润润。"

辜振捷心照不宣地举起酒杯，和辜徐行碰了一下。两人聊了会儿国家大事和经济形势，辜徐行突然说："爸，税务口现在是谁在管，可以帮我引荐一下吗？"

他话音一落，辜、徐两人明显愣了一下。他们都很清楚这种"引荐"的潜台词是什么——他需要动用家里的关系去处理一些俗务。这种请求，在辜徐行这里是前所未有的。

"你是有什么事要办吗？"辜振捷神色微肃，意味深长地问。

辜徐行迎着他的目光，轻轻点了点头。

辜振捷沉吟了片刻："有些关系也不是说不可以用，但要用得妥当，你懂我的意思吗？"

"我自有分寸。"

"行，那我给你安排。"

徐曼把头往前一凑，低声问："阿迟，具体是个什么事儿啊？"

"小事，不必挂怀。"

徐曼仍是存疑，但儿子不说，她也不好强问，暂且按下不表。

吃完饭，徐曼拿出一本皇历，递到辜徐行面前："里面折了页的都是宜嫁娶的好日子。你给个意见，我好和陶陶妈妈一起定婚礼日期。"

辜徐行接过那本皇历，却没有打开，随手放在桌上："妈，这次回来是有件事情想当面和你说清楚。"

他的表情和语气让徐曼有种大事不妙的预感，她微微张嘴，目光不安地闪动起来。

"我决定取消和陶陶的结婚计划。"

徐曼一下坐直了身子，勃然大怒："你开什么玩笑？"

在座所有人都知道徐曼为这桩婚事付出了多少努力。

这些年，徐行和陶陶的关系一直很尴尬。从外表看，他们无话不说，互为臂膀，连事业发展都息息相关，委实是天造地设的金童玉女。但不知怎么回事，他们始终跨不进男女之间的那条线。大学时，徐曼还勉强以为他们是年少青涩，可等到徐行回国创业，他们还是保持着朋友以上，恋人未满的状态，徐曼便再也坐不住了。为了尽快促成这桩婚事，她时不时休带薪长假，常住上海，无所不用其极地给徐行施加压力。眼见徐行还是不松动，她索性假装抑郁症复发，当着他的面一哭二闹三上吊。这样拉锯了很久，她终于得到徐行和陶陶将于年底结婚的喜讯。

她未必不知道这个"喜讯"的底色有多荒凉，徐行一定是怨她的，但她不介意，欢天喜地地装着糊涂。毕竟他能有今天的成就，都是她这样一路强拗出来的。

此时见辜徐行面色坚定、心意已决的样子，徐曼的心里翻江倒海。僵了片刻，她回过神来，死死盯住辜徐行："我不同意，听好了，我不同意！"

辜振捷倒还冷静："你总得给我们个理由。"

辜徐行缄口不语。

"结婚又不是开会，怎么能说取消就取消呢？你这样，我们不好跟陶陶还有陶陶母亲做交代。"

"退婚一事我已经知会过她们，后续的事情我会去处理好。"

辜振捷很了解他，知道此事再也无法挽回了。他叹了口气，轻轻拍了拍他的肩膀，转而去安慰妻子："小曼，强扭的瓜不甜。陶陶是很好，但儿子不想要，咱们就没这份缘。儿大不由娘，你就依他吧。"

徐曼一颗心沉到底，凉了一阵，又生出泼天的恨来："陶陶是我认准的儿媳妇，除了她，你这辈子谁也别想娶！"

撂完狠话，她眼圈一红，捂住口鼻嘤嘤地哭了起来："这门婚事就是我后半生的盼头，要是没了，我活着也没什么意思了。"

屋子里一片死寂，只剩下徐曼幽怨的哭声。那哭声让空气变得潮湿，辜徐行一动不动地坐着，感觉像有一道无形的咒箍在他头上，越收越紧，越压越重。他兀地起身，心空如洗地朝大门外走去。

辜振捷朝他的背影伸了伸手，又看了看因辜徐行决然离开而肝肠寸断的徐曼，陡然间痛苦万状。

"冯仑和王功权去海南创业时，口袋里只有三万块，要想掘起第一桶金，他们必须借一千五百万……"

聿城城北夜市，管小潮喝下一大口啤酒，挥舞着一串麻辣烫，对正在发呆的姜敏慷慨陈词。

"在南油上班时，因为被骗两百万，背了一身债的任正非借钱创办了华为。据靠谱统计，73% 的亿万富豪都是白手起家的，他们都借过钱，所以说……"

"行了行了！"姜敏不耐烦地挥手打断他，闷掉一杯扎啤，"你知道人生的崩坏是从什么时候开始的吗？"

管小潮一边咬着玉米肠，一边懵懂地摇头。

"就是从再也不相信鸡汤开始的。"

管小潮包着一嘴香肠，笑得肩膀直抖。

姜敏在他胸口重重一捶："你还笑得出来？这都第四天，一分钱都没借到。"

管小潮吞下口中的食物："这不是苦中作乐嘛……要我说，人生的崩坏，是从借钱开始的。"

姜敏听了，嘴巴一撇，最后也苦笑了起来。

到处借钱的这四天，是从人变成苍蝇的四天，他们现在坐在热气沸腾的夜市里，眼前仍然挥动着一双双把他们往外面赶的手，心有余辱。

把最后一口酒喝完，管小潮拿起手机。姜敏警惕地看着他："你干吗呀？"

"打电话问问以沫那边什么情况。"

"别打了，要是有消息，她一定会第一时间通知我们的。别再给她压力了。"

管小潮放下手机："但我真没辙了，从晖城借到丰城，该开的口都开了。我们还是回镇上想想办法吧。"

"你回去吧。"

"那你呢？"

姜敏在夜风中仰起脸，深不见底的目光望进远处的霓虹："我去趟晖城。"

从家里离开后，辜徐行住进了晖城市中心的酒店。说是休假，他一天也没闲下来，一直在准备下月旧金山人工智能大会的演讲稿。在酒店工作很枯燥，也很寂寞，他迫切地想回问山居。但是在晖城，他还有未完的使命。

写完演讲稿的最后一段，他更衣下地库取了车。

发动车子后，他看了眼微信记录，把目的地设为西郊的"叠翠庐"。

车进入西郊后，辜徐行有了几分惊喜。他对晖城不熟，不知道离市区二十公里处竟有这么一片连绵的好山。车子在两山夹峙的路上行走了一阵，突然在路尽头处看见一处水墨画般的徽派庭院。彼时已是薄暮时分，屋檐下亮着一排排藕色宫灯，于静谧中又显出些世俗的热闹。

辜徐行开进停车场，刚将车子泊稳，一个微胖的中年男人带着三个随行人员就迎了上来。那中年男人笑容可掬地上前握住辜徐行的手："徐行，你的大名我早已经如雷贯耳，一直想找个机会见见你。"

辜徐行微微一笑："吴叔，幸会。"

这人是税务局的领导吴本明，辜徐行之所以在晖城盘桓，为的就是等他。吴本明虚搭着辜徐行的背，将他往里头带："这几天正好在外有事，脱不开身，让你这位大忙人等了好几天，叔叔我心里实在过意不去，所以安排了个饭局给你赔个罪。"

"吴叔，您太客气了。"辜徐行点了点头。

走进院子，辜徐行顿了一下，院子不算很大，但用人工湖和曲桥、假山构建了一个极具纵深感的幽深空间，显得别有匠心，十分机巧。

吴本明跟着停下脚步："这地方还不错吧？"

辜徐行点了点头。

"这里头的一砖一瓦、一木一石，都是有来头的。这老板是个讲究人。"顿了顿，吴本明说，"这儿是会员制，收到老板邀请信的人才有资格来办会员卡，寻常人进不来。这越是神秘，外面就越多猜测，什么说法都有。其实啊，没那么玄乎。"

吴本明一边说，一边引路。移步换景地走了一段，眼前出现一座三层高的小青瓦楼阁式建筑，正脊上装饰的鸱尾形似凤翼，想必这种有凤来仪的景象也是为了暗示此中主人和来客非富即贵。

他们踏进大门，两列穿旗袍的服务员迎了上来，莺声燕语地恭迎光临。

一楼大堂里已经满客，舞台区有两位曲艺人员在琴箫合奏。环境虽然清幽，但吃饭的人吆五喝六，脸红脖子粗，并未见得有什么特殊的气度。

"徐行，咱们去上面。"吴本明引着辜徐行上二楼，他一边走，一边压低声音说，"这底下都是些生意人。二楼的包房很清净，方便聊天。"

他的意思很明白，这个地方等级分明，土豪们再有钱，也只能堂食，不能享用包间。

包间里果然气象不凡，一应家具都是明清物件，处处透着清贵。吴本明将辜徐行请上主桌后，一一介绍起在座的人来。辜徐行的眼神从那些××长、××总脸上转了一圈，落在他右边的年轻人脸上。吴本明连忙介绍："这是犬子，刚从宾夕法尼亚大学工程学院毕业回来，他对你可是万分敬仰。"

辜徐行客气地伸出手："幸会。"

那位吴公子有些紧张，又有些窃喜地握住他的手："辜教授，久仰大名，真是幸会、幸会。"

"你主攻哪个方向？现在在哪里高就？"

"我主攻近景遥感技术。现在……"说着，吴公子挠了挠脑袋。

吴本明连忙代答："他刚回来半年，晖城的就业环境也不像北上广那么好，他有点高不成低不就的。"

辜徐行心下了然，垂眸一笑。

辜徐行虽然言谈疏离，但不妨碍这顿饭吃得很热闹。气氛起来后，吴本明压低声音凑到辜徐行近前："徐行，你找我具体是个什么事儿？"

辜徐行简明扼要地说："我妹妹在七莘山经营茶园，最近三番五次遭遇同行公司的不正当竞争。我认为他们总是这么兵来将挡、水来土掩不是长久之计，想跟吴叔您请教下该怎么釜底抽薪。"

吴本明连着"哦"了三声，恍然大悟，心领神会地说："有些民营企业人员素质低下，法律意识淡薄，专喜欢搞些歪风邪气，这就应该批评批评了……那家公司叫什么名字，我听听有没有印象。"

"御承堂。"

"哦！"吴本明意味深长地说，笑意融融的眼睛变得更亮，"我知道了。"

说着，他拍了拍辜徐行的肩膀："这种琐事，怎么能让你这样的人物去烦心呢？来，我们父子俩敬你一杯，祝你早日成为我们中国的乔布斯。"

辜徐行知道此行的目的已经达成，当下举起酒杯，一饮而尽。

一顿饭吃到尾声，辜徐行已有醉意。他不喜欢那种醺醺然的感觉，于是借口如厕去洗手间催吐。

漱完口，他仔细将手洗净，往门外走去。他不想那么快回包房，见右边有条碑廊，便信步走去，赏玩起廊壁上的字碑来。这些碑大多是凡品，只有一块魏碑入了辜徐行的眼，他正看得入神，突然听见楼下传来一个熟悉声音："我没有会员卡，我找人。"

他诧然回头，往楼下看去，只见化着大浓妆，脚踩恨天高的姜敏被一群服务员挡在了门口。她穿着条极短的包臀裙，裸着一双比例完美的长腿，美艳得有些廉价，但又气势汹汹，让那些服务员一时间不知该怎么应对。

"带她来这边。"一个懒洋洋的男声从大堂西侧传来。

辜徐行走出几步，换一个角度往楼下看去。只见西侧最大的雅间里坐着一群花花绿绿的男女，为首的年轻男人衣饰精良，长着副好皮囊，只可惜从里到外散发着一股玩世不恭的纨绔气。那人噙着抹冷笑，邪邪地看着姜敏被服务员带到近前。他拍了拍自己的大腿，对姜敏说："过来，坐。"

大堂里喧哗的声音低了下去，都开始看这份热闹。

姜敏笑了一下："大庭广众的，不太好吧？"

"这儿没你的座位，要不你就跟边上站着吧。"

姜敏笔直地站在他们面前："好。"

姜敏个子本就很高，穿着十二厘米的高跟鞋往那群人面前一站，简直像根擎天柱，反而让那群人有种受到压迫的感觉。

"江少爷，你这也太不怜香惜玉了……"一个油头粉面的男人怪腔怪调地说，"服务员，给这边加把椅子。"

服务员应声送了张明式玫瑰椅来。

不待他们招呼，姜敏大大咧咧地在椅子上坐下，双腿交叠，风情万种地一笑："江东，好久不见，最近好不好？"

江东伸开双臂，揽住左右两个美女："明月清风满怀抱，你说好不好？"

与此同时，江东怀里的"明月"和"清风"齐刷刷地朝姜敏投去仇视的目光："东东，这老女人是谁啊？"

"前女友。"江东松开她们，叼起一支烟，乜斜着姜敏。

"这是哪个年份的前女友，我们怎么都没见过。"先前那个油头粉面男问道。

"爷还没发达时的前女友，你们怎么会认识？"说这话时，江东眼睛里闪过些往事烟云，神情瞬息万变。反而坐在他对面的姜敏，表情平静，无波无澜。

江东悠悠吐出一口烟雾，逼视着姜敏："跟我分手时，我说什么来着？"

"你说我总有一天会回来求你，"姜敏撩了下头发，媚声说，"我这不就回来求你了吗？"

"我怎么记得你当初吐了我一脸口水，让我'有多远滚多远'呢！"江东摇头晃脑，吊儿郎当地说。

姜敏仰起脸，笑得像只狐狸："哎哟，还记得呢？你要是不高兴，可以吐回来。"

她话音刚落，一杯酒哗地泼在她脸上。

姜敏愣了一下，在一片嗤笑和低哗中拿纸巾将脸上的酒一点点擦干净。

楼上，一直作壁上观的辜徐行不自觉蹙起了眉。

"当年我连求婚戒指都给你买好了，就因为我睡了一送上门的雏儿……"江东把烟掐灭在烟灰缸，脸色铁青，"姜敏，跟我分手的女人多了，泼我咖啡的，打我耳光的，打我闷棍的，应有尽有，但这些加起来都没你当年那句话伤人。我就多温暖了几个姑娘，你骂我'地暖'是几个意思？"

姜敏紧紧抿着唇，绷出一个笑："当年是我错了，我给你赔礼道歉。"

"干赔啊？"

"你想怎么样？"

听她这样说，江东将身体靠在椅背上，眯着眼睛想了片刻，嘴角慢慢牵出一个刻毒的笑纹："栓子，有个成语怎么说来着？就是那个……像狗一样摇着尾巴讨好，求一点好处。"

油头粉面男献媚似的接腔："叫摇尾乞怜。"

"啊对，摇尾乞怜。"江东盯着姜敏，嘴角的笑意变得越发狰狞，"那你就跳个舞吧，把屁股摇得厉害点。"

姜敏胸口大力起伏了几下，咬紧的牙关微微颤抖起来。

116

江东得意地欣赏着她的表情，从口袋里摸出一张银行卡："四百万，一年免息，密码是你生日，你要不要？"

　　在一片窃窃私语声中，姜敏眼圈发红，浑身哆嗦起来。

　　等了片刻，江东朝银行卡伸手："那算了。"

　　与此同时，姜敏开口："我跳。"

　　江东缓缓站起身来。他个子不高，约莫一米六五，足足比姜敏矮了一个头。围观群众一看，这才明白这少爷的身高不配做中央空调，只配做地暖。这位姑娘的嘴也真够损的，无怪事情过了那么多年，还被人这样记恨着。

　　江东仰视着姜敏，指着大堂中间的舞台，露出兴奋的表情："我中学时就喜欢李玟那个电动马达臀，听说她一分钟能抖一百二十下。我给你数着，一分钟能满一百下，卡你就拿走。现在舞台给你，走起！"

　　说完，江东对着神色各异的食客们拱了拱手："各位，因为一点私事儿打扰到大家了。为了表达歉意，今晚这里的消费都由我来买单，大家吃好喝好！"

　　食客里顿时有了起哄的人："慷慨，爷们儿！"

　　姜敏深吸了口气，冷笑了一声，快步走上舞台。她目空一切地踢掉脚上的高跟鞋，从手机里调出音乐。前奏响起，她将手举过头顶拍了两下，妖娆地扭动了下腰肢。

　　节奏起来后，她闭上双眼，在鼓点中慢慢加快扭动的频率。她不是专业的舞者，却长着专业舞者的肉体——极致柔软。当她扭动起来，在座众人仿佛看见了一条活的美女蛇。

　　很快，有口哨声在角落响起。

　　身体热起来后，姜敏睁开眼睛，缓缓将力量糅进每一个动作。

有了力量后，她的扭动不再阴柔情色，反而充满一种蓄势待发的张力。那样掺杂着力量的极致柔软，让楼上的辜徐行联想起即将起跑的猎豹。

音乐高潮来临的同时，她的腰部突然开始发力，以一种不可思议的速度急剧摇摆起来。辜徐行静静看着她的动作，脑海中闪过飞旋的暴雪、迎风劲舞的蓬草，以及飞驰的车轮……

起哄数着数字的男人们慢慢地不再出声，但嘴巴仍然呆呆地张着。

一曲舞罢，大堂里陷入短暂的安静。姜敏满面通红地套上高跟鞋，大步流星地走到江东面前，还没等他回过神来，她就伸手夺过了那张银行卡："谢了！"

说完，她长发一甩，扭头朝门外走去。

辜徐行收回视线，走回包房。吴本明看了眼他的神色，很有眼力见地举起酒杯收尾："备酒容易请客难，今天能请到各位相聚一堂，实在是本人的一大幸事。喝完最后这杯发财酒，以后大家就都是朋友了。话不多说，都在酒里，咱们干了……"

喝完酒，辜徐行朝吴本明低语了几句。吴本明连连点头，继而抬头跟众人说："咱们的辜教授还有事情要办，要先行一步。"

说着，他和吴公子起身把辜徐行送出门外。

出了门，辜徐行对吴本明点头致意："吴叔，您留步，未尽之事，咱们电话多联系。"

说着，他快步下楼出门，在夜色里找寻起来。叠翠庐外面不大，他没费什么力气就找到在路边低头看打车软件的姜敏。他快步走过去，在她抬起头，惊得目瞪口呆的那一刹那问道："会开车吗？"

姜敏舌头打结，半天挤出一个"会"字。

辜徐行点点头，把车钥匙丢给她："走吧。"

第十章

爱的回归线

开出西郊，姜敏把车停在路边。她扭头看了眼靠在后座闭目养神的辜徐行，欲言又止了几次："哎，你刚才不会都看到了吧？"

"嗯。"辜徐行半抬起眼帘，朝她看去。

姜敏倒吸了口凉气，脸肉眼可见地一点点红了起来："这事儿，你烂在肚子里啊！"

"好。"

姜敏摸出手机，拨出电话。她一边开车，一边兴奋地说："以沫，钱的事情我都搞定了。明天上午我就回镇上，你跟那些人约下重新签约的时间……什么？从哪里弄的钱？我……我一土豪朋友借的，他很仗义，还给我们免息一年呢……好，我先不跟你说了。你跟小潮也说一下，你们今天晚上都好好睡个觉吧。挂了。"

挂掉电话，姜敏长吁了口气，然后听见后排传来辜徐行的声音："那你呢？"

"啊？"姜敏转了下方向盘，"我怎么了？"

"你今晚能睡个好觉吗？"

姜敏下意识低头拨了下头发，声音沉了下去："这算什么事儿啊？枕着四百万还怕睡不好？"

"谢谢！"

"嗯？"

"帮以沫说的。对不起。"

"嗯？"

"这是我想对你说的。"

车子行驶的声音骤然间变大了。

良久，姜敏看着黑夜里被照亮的路面，淡淡地说："如果你是为当年那件事道歉，那就太没必要。犯罪服法，天经地义——看，我的三观被改造得多正啊！"

"不。"辜徐行认真地说，"是为我的偏见向你道歉。以沫说得对，你是个值得交的朋友。"

姜敏沉默了一会儿，把车开进公路边的荒草地里。停完车，她回过头，目光深深地看了他几秒："很真诚地赔罪啊？"

"嗯。"

"干赔啊？"姜敏戏谑地一笑。

"你想怎样？"辜徐行想了想，眼睛里有了点笑意，"我不会跳舞的。"

"你知道我一直觉得你像谁吗？"

"谁？"

"Siri。"

"嗯？"

"真的特别像！别人不问你话，你就绝不开口，一开口就无所不知。"

"所以呢？"

"我们玩 cosplay 吧，你现在扮演 Siri。"

辜徐行对她做了个 OK 的手势。

姜敏清了清嗓子："Siri，先给我讲个笑话吧。"

"一群科学家在天堂玩捉迷藏，轮到爱因斯坦抓人。他睁开眼睛看见所有人都藏起来了，只有牛顿站在不远处。爱因斯坦于是跑过去说：'牛顿，我抓住你了。'牛顿说：'不，你没有抓到牛顿。你看我脚下是什么？'爱因斯坦低头看见牛顿站在一块长宽都是一米的地板砖上。牛顿说：'我脚下是一平方米的方块，我站在上面就是牛顿／平方米，所以你抓住的不是牛顿，你抓住的是帕斯卡。'"

"呵呵。"姜敏发出一个尴尬而不失礼貌的微笑，"……Siri，讲个我能听懂的笑话。"

"我可以用我的语言讲笑话，但你恐怕很难听懂。"

姜敏好一会儿才弄明白他这句话的意思——这句话在拒绝她的同时，又是一个关于 C 语言的冷笑话。她突然发现辜徐行其实很会打太极，她眼睛一转："Siri，那讲句东北话给我听听呗。"

辜徐行继续用 Siri 那种机械的腔调一字一顿说："哎嘛，不太会，咋整？"

姜敏憋了会儿笑："那上海话你总会说吧？"

"晓得夜低底，牢整脚。"

"哈哈哈！"姜敏大笑出声，继而又问，"Siri，你觉得以我的智商好好念书，能上哈佛吗？"

"哈佛大学位于美国波士顿剑桥市第八花园街，离你相当遥远。"

姜敏被他的语带双关噎道："算你狠。"

"《算你狠》是香港歌手陈小春演唱的歌曲……"

"Siri，"姜敏打断他，"你觉得一见钟情和日久生情，哪种才是真爱？"

"我倾向于后者。"

"Siri，你信不信有的人就是目光深邃，一眼就能找到此生想要去爱的人？"

"嗯……不如我来帮你证明黎曼猜想？"

姜敏见好就收："好了，辜徐行，就到这里。现在，你低下头。"

辜徐行很顺从地微微低头。

姜敏艰难地越过前排，伸出手臂，把右手手掌按在他头上："God bless you！ Amen！好了，我原谅你。"

辜徐行抬头朝她脸上看去，她的眼眶涂得五颜六色，但眼睛明亮而天真，像一片长满野草的湖泊。

"需要跟我道歉的人很多，但你是唯一一个跟我说'对不起'的人。"姜敏收回手，咧嘴一笑，"感觉很棒。朕龙颜大悦，大赦天下，顺带就把全世界一并给原谅了吧。"

辜徐行温和地看着她，微微一笑。

姜敏目不转睛地看着他的笑容，好一会儿，她转过脸，头缓缓靠在椅背上："想追回以沫的话，你得耐心一点。"

"我会的。"

"可能需要很长时间。"

"我知道。"

姜敏眼神放空地盯着车顶，像是神游太虚："真的，不是她矫情。有次我俩闲聊，她说她觉得自己是个很无能的人，别人轻而易举就能有的东西，她总要付出十倍百倍的努力才能辗转得到。她习惯了这种辗转，连做梦梦见称心如意的事情，都会因为觉得太假而在最后关头醒来。"

她的话让辜徐行觉得很沉重，他疲惫地合上眼睛。过往的回忆像烟花一样在他脑海里闪过，很多他当年不能理解的东西，慢慢都明朗起来。

"所以，当一个她觉得需要付出千倍万倍努力才能得到的东西，那么轻巧地摆在她面前时，她会怀疑，她会不敢去拿。"姜敏的声音透着一种异样的平静，像在讲临终遗言，"辜徐行，你懂我的意思吗？"

"嗯，谢谢！"

她好像还有很多话要说，但辜徐行等了半天只等到一句"你住哪里"。

得到回复后，姜敏再次发动车子，乘风破浪般劈开夜色，朝城市的腹地驶去。

上午八点，宁以沫带着律师等一行人走进了孙氏祠堂。

孙氏祠堂是七莘镇保留得最好的一座明代祠堂，四合院制式，青砖黛瓦，古色古香。清末民初时，这座祠堂是镇上的"小衙门"，乡规民约都在这里发布，大小纠纷都在这里解决。虽然随着时代变迁，这座祠堂衙门的职能已经淡去，但以沫还是决定在这里进行签约仪式。

一刻钟后，十位茶园主和他们的家人先后进了祠堂。一群人在会议桌前坐定后，以沫请来的律师将合同一式三份分发给每个人："合同你们提前看过，有疑义的地方我昨天都已经和你们确定完了。现在请大家再看一遍细则，如果没有问题，咱们就签约吧。"

"等一下。"

这时，门口传来一个不冷不热的声音。这个声音以沫很熟悉，她握笔的手条件反射般收紧。她展眼朝门口看去，只见马轩带着律师严安等人大摇大摆地走了进来。

"马总！""马老板！"……此起彼伏的热情招呼声响起。

这些年马轩在七莘山做了很大的经济投入，财大气粗的他颇受当地人尊敬。尽管出于情分和道义上的考虑，十位茶园主已经决定和以沫签约，但他们对马轩仍然抱有极大的热情。

"宁大师，好久不见啊！"马轩找了个空位，大模大样地坐下，阴鸷地笑看着以沫。

"马总，久违。"以沫警惕地看着他，淡淡一笑。

马轩随手捞起一份合同："老赵、老宁、老孙……上次吃饭时我怎么跟你们说的？买卖不成仁义在，就算咱们不签约，但各种援助还是在的。签合同是个大事，人家有律师，你们没有，万一有点什么坑坑道道没看好，吃亏的可是你们啊！"

十位茶园主面面相觑，小声嘀咕起来。

马轩笑了一下："不过不用担心，现在有严大律师坐镇，让他帮你们看看合同，掌掌眼，确定没有问题了，再签约也不迟。"

这时，以沫请来的那位律师走上前说："这位先生，我们的合同是有保密条款的。"顿了顿，他环视在座所有人："各位也都有保密义务。大家请相信我的专业度，我们的合同是建立在协商一致、诚实信用的原则上的。"

律师话音一落，姜敏劈手把合同从马轩手里夺过："这里不欢迎你，请你们自觉地团成一团，圆润地离开。"

马轩嗤笑了一声："真没想到你们烂船也有几斤钉，竟然凑够了五百万元。不过我现在改主意了……"

说着，他缓缓起身："我决定把年租金翻倍，提高到一千元一亩。"

与此同时，严安打开公文包，从里面拿出一沓合同。他身后的几个人也当场打开四个装满现金的皮箱。

马轩不紧不慢地说："合同、现金，我都给你们备好了。我给你们时间想一想，今天是和她签，还是和我签。"

"我 × 你……"管小潮气得浑身发抖，怒目圆睁，撸起袖子就要往前冲，却被姜敏眼疾手快地拉了回来。姜敏满面通红，咬牙切齿地紧盯着马轩。

"宁大师，这不算不公平竞争吧？"马轩压低声音笑了起来。

以沫一言不发，抿唇与他对视。

这时，一直坐在外围静观事态的辜徐行站起身："公不公平我们不予置评，但正不正当我们都很清楚。马先生，您是生意人，也是位茶人。自古茶禅一味，一个茶人倘若连以平常心行本分事都做不到，那您的茶恐怕也好不到哪里去。在这个以精立足、以质取胜的时代，不好的东西迟早是要被市场淘汰的。也许今天你看他们是垂死挣扎，但我看你反而是强弩之末，难入鲁缟。"

马轩带眼识人，目光在辜徐行脸上扫视了一圈，眼见他气度不凡，通身清贵，不由得有些发怵。他斟酌了一下，没有硬杠回去，似笑非笑道："这又是哪位大师，还能一眼断富贵，两眼断生死？"

辜徐行气定神闲地说："两眼断生死谈不上，但些许会看点面相。马先生，我看你黄云压顶，今天之内怕是天降官非。您那一千万还是放回口袋，做点更有意义的事情吧。"

"哦，什么有意义的事情，大师给个示下？"

"比如缴税，尽点公民义务。"

马轩冷哼一声，黑着脸看向那十位茶园主："大家考虑得怎么样了？"

堂屋里的气氛微妙起来，嘤嘤嗡嗡的议论声不绝于耳。

姜敏眼见这些人都有了倾向，忍不住脱口而出："各位乡亲叔伯，现在租茶园的市场价是三百元一亩，我们给到五百元一亩已经很厚道了。马总之所以要花一千元一亩租你们的地，无非是想占我们的古茶树，再把我们逼上绝路。如果你们真的要帮他赶尽杀绝，那我们也只好把所有的古茶树铲掉，拼一个玉石俱焚。"

姜敏此言一出，不绝于耳的议论声都停了下来。所有人都把目光投向了马轩。马轩固然有钱，但他也不是个冤大头，会花一千万元去租一片毫无价值的地。

马轩没想到喜绿那边还有这么个刺头，会给他来这一出，当下也沉吟了起来。一千万元买个一箭双雕倒还划算，但买个玉石俱焚就太不值当了。

"各位！"这时，一位被以沫请来做见证的老人突然发了话，"咱们现在坐着的这个地方叫敦睦堂。这个敦是厚道的意思，睦是和睦的意思，咱们先人取这个名字，是希望咱们为人处世要厚道，乡里乡亲要和睦，这样才有长久的兴盛。咱们要时刻记住这两个字，本分做人，厚道做事。

"我不是要拦着大家伙赚钱，但俗话说不义之财终将不义而去，这份钱该不该拿，还是要想清楚了才好。"

这位老人是镇上的医生，一辈子仁心仁术，惠及乡邻，是七莘镇最德高望重的老人。那十位茶园主听他这样一说，再把姜敏的话一咂摸，一下子也举棋不定起来。

马轩见风向倒去了喜绿那边，当下不再犹豫："各位，我要的不是什么古茶树，要的就是个统一。我御承堂坐拥七莘山两万亩茶园，这些年花巨资生产、维护、推广，但这位宁大师却借着我的东风跟我斗法，跟我搞分裂，弄得外面不知道谁才是七莘茶的正统。所以，为了正本清源，花一千万元换一片荒地，我也认了。我不想再纠缠，就给你们一分钟考虑签她的合约，还是我的合约！"

马轩话音刚落，他的手下就很有眼力见儿地把现金端到了十位茶园主的眼前。那群人在现金的巨大冲击力前变得坐立不安、口干舌燥起来。过了几十秒钟，其中一个茶园主站了起来："我决定……"

就在这个当口，一群穿蓝色制服的警察在村民的带领下走进了祠堂，为首的警察环视了一圈："谁是马轩啊？"

那警察很快从众人的目光焦点中找到马轩，他亮出手铐："我们是经侦科的，有人举报你们公司有重大偷税漏税行为，案件已经立案侦查了，你配合我们走一趟吧。"

马轩脸色惨变，他们马家在聿城手眼通天，他来七莘山创业这几年可谓一路绿灯，各方支持，税务部门也从没有上门查过账，怎么这当口突然来了这么一出？且不说他们御承堂的账实不实，就算他里里外外都干干净净，也禁不起税务查——这税法太多太杂，外行看不懂，内行记不住，会计的处理办法和税务的处理办法存在很多差异，税务不查则已，一查多少都能挑出过失来。何况他的账根本禁不起这样的立案侦查。

一层冷汗从他额间冒出，他回过神，把目光投向辜徐行。此时，堂屋里那些乡民都像看活神仙那样看着辜徐行。也不知道这是哪路神仙，竟然能在聿城这地界动得了他，而且还能把事情办得这么密不透风。有这样的靠山，难怪喜绿的那个黄毛丫头敢这么跟他斗。

"走啊，还愣什么，要抬着走啊？"警察不耐烦地晃了下手铐。

马轩心知这次的麻烦很大，再也顾不得什么喜绿、茶园，颓然伸手任那警察铐住，在一群围观群众的注视下狼狈离开。他那群手下群龙无首，面面相觑了一阵，也收拾收拾跟着散去了。

目送警察和马轩出了院子，管小潮和姜敏欣喜若狂，两人抖腰扭胯地跳了一圈，然后响亮击掌："哦耶！"

以沫忍住笑，正色对十位茶园主说："各位叔伯，咱们继续签约？"

那位一直呆立原地的茶园主醒过神来，唯唯诺诺道："哦、哦！好好好，我先签！"

马轩那边泥菩萨过江，他自己很长一段时间都要自求多福了。要是喜绿这边跟着变卦，把他们告上法庭，法院秉公处理，他们不见得能捞着什么好处，到时候羊肉没吃着反惹一身臊，那就太丢人了。想通这一层，那些茶园主忙不迭地在合同上签了字。

"以沫，你就是一'圣母'。现在马轩被税务查了，没有半年脱不了身。有这半年，你完全可以和那群人打官司，让法院来判决，到时候根本花不了这些钱。"

人去楼空的堂屋里，姜敏一边帮以沫整理合同，一边吐槽。

"人无信不立。"以沫说着，眼睛不自觉扫向辜徐行。

管小潮兴奋地凑到辜徐行面前："哥，你太神了，你怎么算出那家伙今天会有税务麻烦的？"

辜徐行也学着他的样子，一本正经地凑到他面前："这个算法很复杂，我晚点把公式写给你。"

以沫嘴角动了动，最终没忍住轻笑出声。

姜敏见管小潮一脸蒙，拿起合同在他头上拍了一下："傻瓜，也不看看人家爹是谁。"

以沫将整理好的合同递给姜敏，走到辜徐行身边："哥，谢谢你！"

为示真诚，她尽可能镇定地看着他的眼睛。

"你总是说谢谢我。"

以沫从他的语气里嗅到了一丝揶揄——她总是说谢谢，却从没做过实际一点的感恩表示。

"今天有没有别的安排？"

以沫嗫嚅了一下："没有。"

"那……陪我去个地方吧？"

她无法拒绝，她对他既感激又歉疚，别说陪他去一个地方了，就算陪他上刀山下火海，她也义无反顾。

然而六小时后，当她跟辜徐行来到 G 省飞行基地，实实在在地站在一架私人飞机前，并得知辜徐行要亲自驾飞机带她上天时，她的腿一下子就软了。什么上刀山下火海都义无反顾，那都是天桥光说不练的把式；这会儿真让她上天，她可真是发了怵。

辜徐行笑着看她苍白的脸："放心，我之前有六年的飞行经验，回来后我又考了国内的私用驾驶员执照。"

以沫忐忑地点点头，开始打量眼前的飞机。那是一架只能容纳四人的小型私人飞机，通体纯白，线条简洁优雅。恐惧感稍微平复后，她隐隐约约有了点期待。

辜徐行打开舱门，指着副驾驶座位："你先上去等我一会儿。"

以沫温顺地上了飞机，目送他的背影消失在后方的大厅里。她转而环视四周，机场不大，停机坪上停着十几架这样的小飞机，跑道上不时有飞机起降。机场外围配备了露营区域，泊着些房车、异形车。她出神地看了会儿，最后收回视线，专注地研究起眼前的仪表和通信装置来。

她一边看，一边在手机上搜索相关的信息，慢慢摸索出一点和驾驶飞机有关的门道。她看得正出神，旁边的舱门打开，以沫一抬头就看见换了机长制服的辜徐行。笔挺的机长制服将他整个人衬托得更加英姿挺拔，有种别样的硬朗。这是她从未见过的他。她愣了一下，心中一动，脸跟着也发起烫来。

辜徐行关上舱门，突然回身凑近她。以沫本能地瑟缩了一下，心慌意乱之际，一副宽大的墨镜罩在了她脸上："空中光线很强，最好戴着。"

以沫闪躲的目光不自然地瞟向他肩上的四道杠。

辜徐行顺着她的视线看去，微微一笑："这四道杠代表着专业、知识、技术、责任，能穿上这件衣服，意味着上述一切保障我都能给你。现在有没有感觉好点？"

以沫这才明白他换上制服是为了给她仪式感，让她可以更安心地随他飞行。领悟到这一点，她纷乱的心平静了下来，继而朝他点点头。

辜徐行简洁地跟她讲了一些飞行知识和航空原理，在得到她准备好的答复后，他敛容戴上耳机通知塔台："Ready for take off."

飞机在一阵轻微的晃动中前进，加速，起飞。随着飞机往深空里冲去，以沫从头脑空白到神志归位，僵硬的四肢一点点放松，她情不自禁地往窗外看去。因为低空飞行，她此时获得的视野是鸟类的视野。她能看见城市的街道、建筑和车流，能看见火车像一条蚯蚓般缓慢地从城市腹地拱过。一切都那样袖珍、迟缓。飞机攀升得再高一些，地表的脉络就更清晰了，她看见山脉变成一道道褶皱，河流成了分布其间的蓝色血管。

"你看前面。"辜徐行出声提醒。

以沫应声看去，惊声说："日落了！"

只见一道异常明亮的橙色水平光线将前方的天空分割成两半：下半部分是渐变渐深的蓝色；上半部分也是蓝色，但在蓝色的基调上杂染了胭脂红和玫瑰紫——那样的瑰丽的配色，让以沫想起玻璃缸里的斗鱼。而夕阳则静静地悬浮在那些斑斓绵软的云层里，像午后慵懒的少女。

"太美了。"以沫情不自禁地说。

辜徐行注视前方，用一种感性的腔调说："洛城上空有这个世界最美的晚霞，有时候飞着飞着，会感觉自己即将冲破天际线寻找到永恒。"

以沫感同身受，因为此时她也有一种即将闯进永恒世界的恍惚感。她陶醉地看着前方："你是哪年学会开飞机的？"

"2010年。"顿了一下，他补充道，"6月8日。"

"当时脑子里想的是什么？"

"当时想着有机会的话，带你一起飞。"

以沫的心怦怦地跳了起来，她咬了下唇，细若蚊蚋地问："为什么？"

他没有立刻回答，说了一句无关主题的话："有时候我觉得古人比现代人浪漫。"

"怎么讲？"

"在那些车马都很慢的年代，人们却在想象飞行，用'比翼双飞'来描绘爱情。现在天上到处都是飞行器，反而鲜少有人会带恋人一起实现这四个字。"

以沫听得痴了，愣愣怔怔地望着前方的层云。在夕阳的照射下，那些云呈现一种异常绵软的质感，而她的心比那些云加起来还要绵软。

有好一阵子，他们不再交谈。飞机里回荡着塔台传来的各种声音，那些声音交织出一种如梦似幻的感觉。

返航时，天上起了一阵风，飞机开始上下摇晃。那种摇晃有种切身的压迫感，吓得以沫浑身紧绷。飞机转弯时，她的身体随着飞机的压坡度一起倾斜，几乎要从空中掉下去一般。她脸色惨变，强忍着没有尖叫。

颠簸持续了五分钟，慢慢恢复了平稳。以沫心有余悸地瞥了眼辜徐行，见他气定神闲，忍不住问："你怎么一点都不害怕？"

辜徐行含了点笑意，回头看了眼她糟糕的脸色："因为你在我身边。"

顿了顿，他问："你呢，为什么怕成这个样子？"

以沫乘坐民航时遇到过比这更强的气流，飞机颠簸最剧烈的时候，满机舱里都是尖叫声和呕吐声，但回忆起来，那一次她反而并没有多么恐惧。她想了想，坦承："可能……因为你在我身边。"

辜徐行无声地笑了起来，声音柔软似春水："盒子呼吸听过吗？用鼻子慢慢吸气，从一数到四，保持四秒，再用四秒钟慢慢呼出来。这种方法能缓解恐惧，你不妨试试。"

他说的时候，以沫跟着做了一次，但并没有改善她的心跳和脸色。

"如果这也没用的话，"辜徐行一只手离开操纵杆，递到她面前，"你可以试试抓住机长的手。"

以沫迟疑地看着他的手，她不得不承认她真的很想那样做，但……一个念头还没转完，飞机突然又颠了一下。

"啊！"以沫颤抖了一下，闪电般紧紧抓住他的手。辜徐行手掌一收，很自然地将她的手包住，紧紧握在掌心。良久，他将她的手移到操纵杆上。他右手覆着她的手背，轻轻调整她握操纵杆的手指："副机长，我教你开飞机。"

以沫剧烈的心跳缓了下来，继而开始不规则地收缩。感觉到她的手在发抖，他将她的手又握得紧些，柔声说："推拉操纵杆可以控制俯仰：往后拉，飞机会上升；往前推，飞机会下降。左右扳动驾驶杆可以控制滚转。你看，很简单的，是不是像玩电子游戏？"

飞机在他们的操纵下缓缓地变动着飞行姿态，一种说不出的震撼流向以沫的四肢百骸。她情不自禁地抬头朝他看去，他似乎很满意目前的状况，眸子里有极明亮的笑意。感觉到她的目光，他垂下眼眸与她对望。飞机兀自前行，以沫不知道它有没有穿过天际线，她只知道这一刻，她从他的眼睛里找到了永恒。

第十一章

满船清梦压星河

飞机泊在停机坪时，天已经黑了。辜徐行和以沫没有在 G 省停留，连夜回了七莘镇。一天之内往返数百公里，以沫很是疲惫。她原以为夜里能睡个好觉，想不到合上眼睛睡了一会儿，脑子却越发清醒起来。傍晚和辜徐行一起飞越层云的画面反复在眼前闪现，紧跟着，和辜徐行重逢以来的记忆都轮番上演起来，她的胸口再度传来一阵阵悸动。但伴随着悸动而来的，是道德上的罪恶感，以及深深的迷茫和不安。她想起下落不明的江宁，又想起和辜徐行有着婚约的陶陶，总觉得眼下的一切都不明不白、不清不楚。她一直自诩清醒，却不知道为什么会不知不觉地和辜徐行走到现在这一步。

她心里一阵发闷，只好从床上爬起来，抱着被子出神。辜徐行的年假即将收尾，等他回上海后，他们就不用这样"兵戎相见"，也许就有更多时间让他们厘清眼前的纷乱。

就这样东想西想着，天渐渐亮了起来。彻底放弃睡觉这一打算后，以沫的神思清明了起来。考虑到这些天辜徐行一直在为她的事情奔走，并没有享受到假日应有的放松，以沫决定先把这些剪不断，理还乱的情愫放一放，专心陪他在镇上转转。她略想了想，心里头就有了计较。

天亮后，以沫向邻居借了条手摇船。用完早餐，她带辜徐行下到江里。

七莘镇无严寒，无酷暑，一年四季都有不同的景色和情趣。五六月时，最好的享受就是去江里晨钓。初夏水暖鱼肥，带回家用山泉水煮一煮，又是一道顶级的风味。以沫沿着江把船划到下游，找到一个走水较缓的芦苇荡。这时节水位起来了，芦苇和水草也不挂底，船行走在清澈的水面上，犹进画境。

辜徐行站在船头，往四下看去。十数里芦苇随风婆娑，清新浩荡。芦苇荡里，水路四通八达，阡陌交通，犹如一个幽深迂回的天然迷宫。里头安静极了，偶尔有水鸟扑棱棱地拍着翅膀飞过，偶尔有小鱼群从船舷边结队游过，除此之外，便是一片天地人合一的极致静谧。

越往前走，水道越窄，两旁都是密密匝匝的芦苇丛，整条河道堪堪能容纳他们的船通过。芦苇剑戟一般的长叶时不时会迎面朝他们打来。芦苇叶很锋利，以沫生怕被划伤，便放慢了船速，极小心地往前划。这时辜徐行起身走到船尾，接过以沫手中的橹："我来吧，你去前面休息一下。"

通宵未眠的人在清晨时会有种别样的精神，但到了八九点，就会反常地困倦。以沫划了半小时船，身上早有了乏意，头脑也昏昏沉沉的，所以从善如流地把橹交给他，猫着腰去了船头。她支在船舷上靠了一会儿，无奈芦叶扰人，时不时迎面打来。她看了眼辜徐行，见他的注意力并不在她这边，于是她一歪身朝船头的甲板伏去。阳光已经有暖意了，照在身上异常舒服。她脸枕着一只手，心无旁骛地看着船两旁向后倒去的芦苇。嗅着芦苇的清香，听着船舷边的流水声，以沫渐渐放松下来。小船摇篮一般轻轻晃着，芦苇沙沙地荡漾着，慢慢地，以沫的神志也跟着晃荡开去……

起先，以沫知道自己睡着了，是半梦半清醒的浅睡。枕着胳膊趴在甲板上这种睡姿很不舒服，她恍惚中感觉自己回到了高中的午后，那时候困极了，她就是这样趴在课桌上的。她迷迷瞪瞪地换了几次睡姿，终于舒服了起来，她感觉自己回到了软软的床上。她下意识伸手一捞，将一只枕头垫在了脸下，心满意足地沉沉睡去。

不知道过了多久，以沫感觉有人抽走了她的枕头，她潜意识惊了一下，迷迷糊糊地伸手捞了几秒才再度将枕头抓回来，将枕头送到脸颊旁的那一瞬，她的意识完完全全苏醒了——她哪里抓的是什么枕头，那明明是一只手。她一惊，倏地睁开眼睛，漫天碧色映入她的眼帘，她竟然还在那片芦苇荡里！与此同时，她发现自己之所以睡得那么舒服，并不是因为回到了床上，而是枕在了辜徐行的腿上。

她忙欲起身，却因为睡得太久，身体麻痹，只是小幅度地动弹了一下。

"醒了？"他清润的声音从头顶传来。

以沫羞怯地翻转过脸，朝他看去，只见他端靠在船头，正专注地凝视着她。他的目光那样明亮温柔，又那样清澈，一下子把以沫攫住了。他们视线缠绕，胶着了一阵，以沫垂下眼帘，迷乱地扇动了下长睫，最终又忍不住抬眸朝他眼睛看去。他的眼睛没有设防，她在那一刹那将他的心看得清清楚楚。

好一会儿，以沫发觉自己还抓着他的手，当下赧然地松开，就势起身。他一抬手，轻轻按住她的肩膀，略一用力将她按回原位。他的力道很轻，但透着一种不容抗拒的压迫感。以沫很怕他这种刚柔并济的寸劲，她永远找不到与之对抗的法门。她轻颤了一下，乖顺地伏在了他的腿上。他们之前有过比这亲密的接触，但那是鬼使神差般的，可以归咎为意乱情迷，作不得数。但此时，他们都是清醒的。以沫心跳如擂鼓，大概是心脏跳得太快的缘故，她感觉头脑发胀，呼吸都有些不畅起来。

"真不该抽回手，这样你就能多睡一会儿了。"

眼前的日影告诉以沫，她这一觉睡了很久，他的手只怕早就被压麻了。

"这样安静美好的时光，真希望没有尽头。"说话间，他的手轻轻地落在她脸颊，他的手指自然而亲昵地描摹着她脸部的线条，最后化成缠绵的抚摸。他的手缓缓抚过她的眉、眼、耳垂，沿着她修长莹白的后颈往下，落在她单薄的肩上。以沫一动也不敢动，浑身紧绷，连脚趾也跟着绷了起来。她的呼吸紊乱起来，他的亦然。迟疑了一下，他的手往她的胸口移去。

"哥哥，"以沫低低出声，声线有些不稳，"不要。"

他停下动作，良久才颤声说："好，我们不赶时间。"

以沫脸更红了些，羞得不能自已，她像鸵鸟一样往他怀里钻了钻，突然意识到这样的姿势有些狎昵，她又往后缩了缩，将脸退至他的膝盖处。

他的手再次落在她耳垂上，在那里轻抚揉捻。渐渐地，他们的呼吸平稳了下去，以沫紧绷的身体也随之一点点软化。她疑心再这样下去，她会被他变成一匹绢、一泓水，变成这世界上最柔软的东西。

日影移到头顶时，以沫从他膝上起身。她这时才察觉辜徐行已经把船摇到了芦苇荡最宽敞的地方。这里碧水连天，宛如一个隐蔽的小小湖泊，静谧得让人沉醉。她留恋地看了看，有些遗憾地说："该回去了。只可惜原本中午想做鱼的。"

辜徐行嘴角溢出些笑意，指着那边的水桶："还是有收获的。"

以沫走过去一看，见桶里竟然装着一条大鲤鱼，只是在桶里待得久了，它变得不声不响，动作也迟滞起来。

"你什么时候钓的？"

"你睡着的时候。"辜徐行看着她，"后来见你实在睡得太难受……"

后面的话，他没有再说。他们心照不宣地沉默了一会儿，以沫上前扶着橹："我们回去吧。"

她手一摇，小船推开柔波，在一圈圈涟漪中往上游徐徐行去。

靠岸后，以沫麻利地把船系好，含笑抱起装鱼的桶。六月的野生江鲤有多肥美，不在水边长大的人无法想象。她一边往问山走，一边构思怎么料理那条鱼，是拿泉水和豆腐一起炖，还是拿酒煎呢？抑或一鱼两吃？不管怎么做，身边的那人都是有口福的。

想到这里，她嘴角的笑痕更深。辜徐行仿佛读出了她的心思，眼中也有深深的笑意。他们默契十足地推开问山后门，刚踏进问山居，三道身影从不远处的茶桌后站了起来。那三个人反应比常人机敏，沉默中透着一种凛若冰霜的气质，以沫只是晃了一眼，就知道来的不是普通人。她和辜徐行对视一眼，下意识顿住了脚步。

"你好。"那三人中的一个中年男人快步上前，在以沫两米开外停下，"宁女士，我们在等你。"

以沫将他打量了一番，他个子很高，虽已年逾四十，但体形劲瘦，眼睛黑白分明，湛然有神，和寻常中年男人有着截然不同的面貌。但以沫不喜欢他的眼神。在见到她的那一瞬，他的眼神就像网一样罩在她身上，让以沫有种无处可逃的压迫感。

以沫猜出了他们的身份，但她还是问道："你们是什么人？找我有什么事？"

那人看了眼辜徐行："可以借一步说话吗？"

以沫犹豫了一下，走到天井深处，把装鱼的桶递给管小潮："清水炖。"说完，她推开一间房门，对身后的男人说："请进。"

那三个人紧随着以沫走进屋里。

那是以沫他们的办公室，很简陋，三张办公桌上摆着三台电脑，其余装饰皆无。以沫在办公椅上坐定，其他两个男人不待她招呼，就在她附近的另两张椅子上坐下。一个穿黑西装的女人则抱臂靠墙站着，定定审视着以沫。

"我们是莒阳市经侦队的，我是三大队的队长唐瑞阳，这两位是我的同事。"没等以沫再问，那男人就自报了家门。

莒阳市所在的省份离这里很远，以沫想不到那边的警察找上门来的理由。

看出以沫的疑惑，唐瑞阳开门见山："辜江宁你认识吗？"

听到江宁的名字从他口中冒出，以沫的心突然一沉，一种强烈的不安感朝她袭来："认识。"

"他是你什么人？"

"男朋友。"

"据我所知，你最近一直在找他，有他的消息吗？"唐瑞阳声音很低沉沙哑，和他的眼神一样有压迫力。

以沫笔直地坐着："没有。"

"三个月前，你的男朋友辜江宁突然失联，人间蒸发，你怀疑过什么吗？"唐瑞阳循循善诱地问。

以沫双手不自觉地攥了起来，声音变得有些冷："你们找我到底有什么事？"

"你知道莒阳市的中兴建设集团吗？这个公司在莒阳市开发一个叫'稷下庄园'的地产项目。近几年，这家公司出售尚未竣工的两百栋别墅、排屋，一房多卖，敛财五亿，又以月息两到三分不等的利息许诺，非法吸收公众存款三亿。案发后，这家集团公司的负责人闻风逃亡海外，给群众造成巨大财产损失。"唐瑞阳不带任何感情色彩地阐述完，突然提高声音，"这个人就是你的男朋友辜江宁。"

唐瑞阳说话时，以沫绷着张脸，表情有些怪异，一字不漏地听唐瑞阳说完最后一句话，她突然站起身，双手死死抵住桌子，盯着唐瑞阳一字一句说："我不信！"

唐瑞阳他们交换了一下眼神，正欲开口，却被以沫冷声打断："我比你们谁都清楚他是怎样的一个人。这样的事情，他做不出来。警官证，给我看你们的警官证！"

她红着眼睛恶狠狠地盯着唐瑞阳，牙关咬得死死的，尖俏的下巴不停打着战。

唐瑞阳无奈地摸出警官证递给她，她一把抓过，看了一眼后又扔了回去："警官证也可以作假，请你们走！"

那个穿黑西装的女警突然厉声呵斥："请你配合我们的工作。"

以沫闭上眼睛，喉头艰涩地滚动起来。她的脸色很白，但表情毅然决然。

唐瑞阳徐徐出了口气，声音里带上了点感情色彩："你确实很了解他。他虽然是负责人，但主谋另有其人。"

以沫睁开眼睛，戒备地看着他。

"辜江宁背后的那个人叫聂昭。"

以沫缓缓坐回原位，木呆呆地听着，心神一点点平静下来。她没有听过聂昭这个名字，但时不时从江宁口中听过"昭哥"这个称呼，知道江宁近些年一直跟着这个昭哥混。

这一路走来，江宁换了很多任"哥"。他有一天自嘲似的跟以沫说："都说东北女人有人生三件事儿：砍价、买貂、认哥，到我这儿就只剩认哥、认哥、认哥了。"以沫听了，心里涩得慌。但像江宁那样毫无根基又有野心的人，想要成功，似乎也没有其他捷径。

前几年，江宁有了昭哥，他一下子体面起来，身边有了名车，腕上亦有了劳力士。有天酒后，他得意扬扬地拿自己跟三国的名士自比："我就好比贾诩，数度易主，终于找到了我的曹孟德。"——他真心实意地服这个昭哥。

以沫当时不知怎么就刺了他一句："别到最后成了吕布。"

江宁又是咬牙，又是叹气，最后气不过上来挠她痒痒，被她一闪身逃了出去。她其实是有隐忧的，没想到那些隐忧在今天成了真，她的江宁哥没有做成贾诩，没有在乱世里求到善终，而是成了数度易主、认贼作父的吕布。

一念至此，她先前的愤怒、抗拒一点点散去，心里头被一种莫大的苍凉占据。她嘴角一动，像是笑了一下。

唐瑞阳观察着她表情的微妙变化，等她情绪平复了一些后，摸了张照片给她："这就是聂昭。"

在以沫的想象里，昭哥应该是个高大粗犷、眼神阴鸷的人，但照片上的男人戴着金丝眼镜，文质彬彬，甚至颇具几分亲和力，是一个典型的中年成功人士形象。

"聂昭这些年操纵了一些人，在全国多处注册公司，虚构开发房地产项目，通过高额融资、合同诈骗获利，导致数千人家破人亡、债台高筑。他很狡猾，一直巧妙地维持着这个巨大的庞氏骗局。案发前，他已经完成资产转移，并且拿到了美国绿卡，成功携带家人潜逃出境了。"

以沫抬起眼帘，对上唐瑞阳的视线："江宁也跟他去美国了？你们知道他们在哪里对不对？"

"对。"唐瑞阳简短回复后，陷入了沉默，像是给了她一点留白，让她消化现有的信息。

以沫低头想了一阵："为什么告诉我这些？你们想让我做什么？"

"猎狐行动，听过吗？"唐瑞阳问。

以沫点点头。猎狐行动是公安部开展的打击诈骗犯罪活动的代号，主要任务是缉捕逃亡海外的经济犯和贪官，哪怕再不关心时政的人，也多少会在看电视新闻、刷网页时听到一些相关讯息。而以沫作为创业者，对金融和时政的了解远远高于普通人，所以她基本上已经猜到了唐瑞阳他们的来意——

中国警察在国外没有执法权，他们追捕这些逃犯的主要手段是通过向国际刑警组织发布"红色通缉令"，在国际刑警组织的协助下引渡逃犯回国。但中美两国之间没有引渡条约，唐瑞阳他们无法对聂昭等人实施抓捕，只能要求美国遣返他们。但是美国不会遣返一个没有在美国国土上犯罪的居民，即便同意遣返，聂昭也可以利用美国的司法制度一路和美国政府打官司，让遣返变成一件遥遥无期的事情。在引渡和遣返都不可能的情况下，唐瑞阳此行的目的，应该是让她配合警方劝返辜江宁。

"聂昭一伙人是我们缉捕队的头号目标。我们追查了几个月，对他们在那边的社会关系做了梳理，基本上已经掌握了他们的情况。我们这次来，主要是希望你协助做做辜江宁的思想工作，劝他回国自首，争取从宽处理。"

以沫没有说话，只是定定地看着唐瑞阳。

见她不表态，那位女警冷冷地说："不要以为他们逃到国外就是逃出生天了，因为没有合法身份，这些逃犯在国外生活得非常辛苦，四处流窜，有病不敢看，长期打黑工，很容易遭到黑社会的敲诈和胁迫，身心备受煎熬。"

见以沫的眉头渐渐蹙了起来，另一个警官连忙说："是啊，正因如此，我们才能劝返那么多外逃人员。我希望你不要抵触我们，我们也是为辜江宁好。咱们法律有很多优待条件：只要他愿意自动投案，如实供述自己的罪行，就可以减轻处罚；如果他能够积极补偿受害人的经济损失，处罚力度还可以再减轻一些。"

听到这里，以沫才慢慢开口："你们想要我怎么做？"

唐瑞阳沉静地说："跟我们去一趟美国。"

见以沫用一种审视的目光盯着自己，唐瑞阳的神色变得凝重起来，他诚恳地说："我知道你有很多猜疑和顾虑。辜江宁的情况很复杂，因为涉案金额过大，作为既得利益者，他的抗拒思想一定很顽固，我们不能按照常规让你打电话劝说，那样容易打草惊蛇。我也不想讳言，此行会有一定风险，但我们警方会全力保护你，把危险系数降到最低。"

见以沫仍然未置可否，沉吟了片刻，唐瑞阳说："你有权利拒绝，但作为国家公民，你也有维护国家利益的义务。"

以沫怔了许久，有些虚弱地说："我需要考虑。"

"好，有什么想法打这个电话。"唐瑞阳摸出一张名片递给她，"那我们就不多打扰了。"

以沫木然起身，将他们一行人送出门外。

问山居外，正午的阳光明亮刺眼，但她感觉不到温暖。

她梦游般在门口立了一会儿，头重脚轻地折回屋里。见他们三人各据一方，神情凝重地站着，她觉得自己应该给他们一个交代："有江宁的消息了。"

她思忖了一下，把事情原原本本地讲了一遍。

听完，姜敏难以置信地喃喃："他怎么会做这样的事情？"

管小潮紧皱着眉："我不信他会干这种事，他就是一背锅的……他怎么那么傻，给别人公司做负责人？"

以沫有些茫然地朝辜徐行看去，他唇线紧抿，目光沉肃，整个人都透出从未有过的紧绷感。

深思了一阵，姜敏问："你会跟他们去美国吗？"

闻声，辜徐行朝以沫看去。很显然，这也是他最想问的问题。

"会。"以沫毫不犹豫。

姜敏和管小潮都没有说话，这是义不容辞的，换作他们，也会如此选择。可不知道为什么，他们都有一种强烈的不安。那种感觉说不上来，如果将它具象化，那就是他们潜意识里希望以沫不要去。

辜徐行沉思完，表情恢复平静："我认为警方隐瞒了一些事实真相。但不管他们隐瞒了什么，我们都不能不管江宁。如果你已经做出决定，我陪你一起去。"

听他这样说，以沫倍感安慰，七上八下的心安定了下来。她拿出手机，摸出唐瑞阳给的名片。

姜敏上前抓住她的手："你别这么冲动，再想想。"

"不行。"以沫用一种看似镇定的语气说，"我一秒都不能再等了。"

说着，她拨通电话，告诉唐瑞阳她决定和辜徐行一起前往美国劝返江宁。那边不知道说了些什么，以沫的神情一点点凝重了起来。挂掉电话后，她轻声说："他们说这是绝密行动，只能我一个人去，并且要全程服从他们的安排。"

以沫话音落下，他们集体陷入了微妙的沉默里。

片刻后，辜徐行拨通一个电话，一边说，一边往后门走去："靳叔，您好。我想了解莒阳市一个经济案件的情况，还有莒阳经侦队长唐瑞阳的个人信息。"

剩下的三人在茶桌边坐下，都有些六神无主。想了许久，姜敏说："我有点不踏实，我觉得水有点深。"

管小潮附和地点了点头："我不太懂，按说这种绝密行动不应该牵扯普通老百姓，又不是拍电影对吧？他们这么做，很不合理。"

"对对对。"姜敏连声说，"而且他们什么底都不给你透，就这么强硬地让你去美国，有种架着你走的感觉，让人很不舒服呢！"

以沫苍白地一笑："可是我没有选择。"

三人焦灼地等了二十多分钟，辜徐行从江边回到屋里，他在以沫旁边坐下，看着她的眼睛说："江宁确实卷入了这个案子里。这个案子事关重大，情况也很复杂。唐瑞阳他们在美国追查了很久，却一直没有出击。情况大致就是这样，其他的要你自己来抉择。"

以沫望着他轻声问："你会支持我吗？"

他克制了下情绪，尽量用平淡的语气说："无论你做什么决定，我都会支持你。"

所有人都很清楚，如果以沫选择不跟警方去美国，很可能这辈子都见不到辜江宁了。也许她的余生会一直因此后悔，担忧，牵挂、不安，这样的生离，比死别更让人绝望。

第十二章

灰色轨迹

以沫同意跟唐瑞阳他们去美国后的第三天，签证就下来了。出国的一切事宜都是那个叫周宁的女警代办的，以沫全程如牵线木偶一般被动。唐瑞阳他们对以沫很关心，但对于整个行动计划守口如瓶，防意如城。直到飞机起飞，以沫才从空姐口中知道他们的目的地是美国的关岛。

以沫原本对唐瑞阳他们很有情绪，她名义上是协同警方合作，主观体验却像是被绑架。但知道江宁切实的所在之处后，她全部的不满都消失了，她觉得自己这些天的煎熬见了回报，她和江宁之间重新有了联系。

关岛是美国的海外领土，距离中国不算遥远，由于没有直飞航班，他们用了八小时才抵达关岛。

从关岛的机场一出来，唐瑞阳就甩开了其他队友，单独带以沫上了一辆车。一上车，唐瑞阳就和前排的司机熟稔地聊了起来。以沫不便发话，只能紧张地看着窗外。

机场离大名鼎鼎的杜梦湾不远，没多久，以沫就看见杜梦湾闪着灯光的弧线从夜色里突显出来。除了灯光，同时闪烁的还有星光和时隐时现的烟火。以沫将车窗摇下来一点，湿润干净的空气扑面而来，那种气息静谧而轻盈，让以沫的精神略微放松了下来。

关岛的公路上车很少，司机把车开得很快，过了二十多分钟，车速慢了下来，以沫看见鳞次栉比的高楼大厦和摩肩接踵的游人。游人里亚洲面孔很多，让以沫联想起旧金山的唐人街。

唐瑞阳回过头对以沫说："这是关岛游人和亚洲移民最多的街区，当地人叫它日本街。"

说话间，车子开入一条狭窄的街巷，以沫果然看见临街所有店面的牌匾上都有英语和日语两种语言，日本料理、烤肉在这里是主流饮食。

这个地方很符合以沫对藏身地的想象，也许江宁就在某一家店里工作，或者就住在某个居民楼里，以沫睁大眼睛张望着，她甚至有了种不切实际的期待，也许就那样巧，某一眼就看见江宁从某个街角走过。

车最后停在一栋两层小楼前，小楼前亮着灯箱，灯箱上有三种文字，以沫一眼就看见"美丽公寓"四个字。那是一家华人开的民宿。

以沫的心剧烈地跳动起来，躬身下车时，头脑都有些晕眩，她口干舌燥地看着门洞里面——江宁就在里头，也许里面还有昭哥。她突然有些手足无措，于是紧张地看了唐瑞阳几眼。

这时，一个皮肤黝黑的妇女从里间走了出来，她扫了眼以沫，对唐瑞阳咧嘴一笑："来了？"

唐瑞阳点点头，对以沫说："这是邓姐，浙江人，是这家民宿的老板娘，也是我们的朋友。"

以沫勉强笑了一下："邓姐，你好。"

邓姐报以一笑，先一步往楼上走去："你们来。"

楼梯很逼仄，也有些陡，铺着旧旧的地毯。以沫很小心地跟着他们走到二楼。二楼是客房部，狭窄的走廊两侧分布着八间客房，看上去就是国内那种小旅馆的样子。

以沫心跳如雷地跟他们走到走廊尽头，看着邓姐推开一扇房门。然而灯亮起，里头没有江宁，只有一张单人床和一辆装满酒店用品的推车。邓姐打开卫生间的换风机，温和地说："你住在这里，今天先休息一下，明天会有个大姐教你怎么做客房服务。"

以沫一头雾水，不知所措地看着唐瑞阳，很快，她眼中的茫然无措就变成了愤怒。

唐瑞阳面不改色地把邓姐送出门外，合上房门转身对以沫说："条件有些恶劣，希望你能理解。"

"这到底是什么情况？江宁呢？我要见他。"以沫竭力保持冷静。

"你现在还不能见他。"唐瑞阳的语气里有点抱歉的意思。

以沫蹙紧眉头："唐瑞阳，我需要一个解释。"

"我记得我和你说过，辜江宁的情况很复杂。"唐瑞阳思考了一下，沉声说，"和一般逃亡国外的人不同，聂昭在关岛有自己的生意网，不但如此，他还有黑社会背景，这也是我们抓不了他的原因。据我们了解，辜江宁来关岛后，一直在帮聂昭打理生意，聂昭很器重他，但也很防备他。在这种风声鹤唳的时候，辜江宁应该活在严密的监视下。任何人，尤其是华人面孔靠近他，都可能受到跟踪，调查。所以，在见辜江宁前，你需要有个合理的身份，否则，不但会打草惊蛇，还可能招来不必要的麻烦。"

以沫的心缓缓下沉，沉到底那一刹那，她机械地冷声问道："在国内的时候，为什么不告诉我？"

"我们也是第一次让普通人介入行动，我们需要对你的个人意志做一些考验和评判。现实情况就是这样，但我可以对你的人身安全做出保证。当然，你可以选择继续，也可以选择退出。"

半晌，以沫指着门口，无比疲惫地说："我需要休息，请你出去。"

以沫不知道自己是怎么睡着的。第二天在狭窄的房间中醒来时，一种无边的惶惑吞没了她。她定定地看了很久天花板，最后伸手捞起唐瑞阳留下的手机卡。换完手机卡，就意味着她选择留下，也意味着她必须遵守对警方的承诺，不泄露这次行动的任何信息。所以她没有回复任何人的微信消息，包括辜徐行的。

没过多久，敲门声传来，以沫上前开门，把邓姐和一个中年妇女让了进来。那个中年妇女细致地把客房服务的工作细则跟以沫说了一遍，又手把手教她怎么规范地铺床单、被子。很快，以沫就成了一个合格的客房服务人员。

虽是做戏，但邓姐很入戏地用着以沫，接连四天，每天用够她十个小时。第五天，以沫迎来了她的三休日。她不知道该干什么，也无心观光旅游，便窝在宿舍上网，用一天时间方方面面地了解关岛。接下来的两天，她捧着自己打印的关岛地图，坐着巴士一条线一条线地逛。把关岛的大致情况摸清楚后，她的焦灼感渐渐淡去。

当她不需要再逼自己记哪个路口通往哪条街，用哪几种方案可以去机场，哪些地方可以找到警察，哪些地方可以找到有用的公共设施后，她开始放空大脑，把自己想象成江宁，用他的眼睛打量起关岛来。

平心而论，关岛是一个非常美好的所在：气候宜人，全年和暖，这个月份正好处在雨季，每天上演好几次东边日出西边雨，有种异样的浪漫感。这里的地理风光千姿百态，既有一流的碧海银沙，也有秀美的山川河流，居民亦很友善。可以说，她看见的是一座天堂。

在来这里之前，以沫看过很多逃犯的亡命生涯，在媒体的报道里，这些人因为没有身份，没办法找到正式工作，要么打黑工备受欺凌，要么只能依靠出境携带的现金坐吃山空；因为害怕被警察抓住遣返，他们像过街老鼠一样不停换着各种最阴暗的住所；因为有病不敢医治，也许一次流感就能要了他们的命……因此，她对江宁的亡命生涯做过很多悲观的想象，然而亲身站在这里，她感觉江宁的处境也许不会那么糟。但是，背负着那么深的罪孽，他能平心静气地享受这座天堂吗？

假期结束，以沫又回到繁重的工作里。有时候以沫简直怀疑自己其实是被唐瑞阳他们卖到关岛做黑工来了。

第八天的时候，风尘仆仆的唐瑞阳出现了，这一次，他给了她一个地址。那是一个天主教堂的所在地，离这里两条街区。

"辜江宁来关岛后，每天都窝在他工作的那个赌场里，深居简出。从一个多月前开始，他时不时会去这座教堂。他出现的时间没有规律，频率也不定。这座教堂每天都有活动，周末会有弥撒，你从明天开始，想办法加入那边的活动。如果遇到辜江宁，一定注意见机行事，千万不要躁进。"交代完情况后，唐瑞阳就离开了。

以沫完全按捺不住心情，当天傍晚就去了那座教堂。关岛的特色之一就是教堂众多，不到六百平方千米的土地上散布着两百多座教堂。比起那些知名的教堂来，眼前的这座显得很古朴、宁静。

她不太清楚这座教堂是否允许非教徒进去，一直在爬满九重葛的铁栅栏外徘徊。十几分钟后，一个热心的亚裔女性走向以沫，用英文问她来自哪里。听说她来自中国后，她也切换成了中文。她自称Lisa，来自中国台湾，是个虔诚的教徒。她似乎很热衷发展新教友，异常热情地带以沫进了教堂，并告诉她这座教堂很欢迎非教徒参加活动，每周三晚上都有慕道班。以沫参加完活动，问Lisa要了联系方式，并和她约好每天来教堂的时间。

接下来几天，邓姐不再驱使以沫干活。以沫每天都花大量时间泡在那座教堂，除了参加活动，她还常帮教会做些义工。就这样，她很快赢得了教友们的接纳。

遇见江宁是在星期日的礼拜活动上。

那天的活动很盛大，以沫跟Lisa进入正厅时，前排椅子都已经坐满了。祭坛上，一位神父充满热情地说着布道词："……有的人习惯了黑暗里的生活，即使知道光在哪里，也没有信心和勇气走进那光里。好比天寒地冻时的雀鸟，渴望温暖和食物，但是当有人朝它们打开窗户，放出一室温暖，召唤它们进去，它们却不能理解那善意，仓皇飞走。当窗户关上，它们又充满渴望地飞回；窗户打开，它们就又飞走……"

神父的语速很慢，加上这段布道词里也没有复杂的单词，以沫完全听懂了。以沫在椅子上出了会儿神，开始巡视人群。她的视线从前方每一排扫过，没多久，她从人群中找到了一个久违的熟悉背影。霎时，一股热血冲上她的头顶，一阵嗡鸣声从她耳边传来，良久，耳朵里又传来神父祥和的声音："……耶稣的光照耀着我们，接受它的普照，人便肯认罪。认了罪，便能得到救赎。无罪一身轻，人就得到真正的自由。"

一行眼泪从以沫眼角滑落，也就是这个刹那，以沫突然理解江宁为什么会来这座教堂，他的灵魂备受煎熬、无处安放，像脆弱的婴孩那样，他需要得到精神上的安抚。

神父讲完布道词后，一个由教友组成的乐队走上台，主唱是位女士，在吉他和钢琴的伴奏下，带领所有人唱诗。

唱完诗，神父宣布活动结束，并请所有人排队去院子里领免费的食物。前排的人站起身，有序地从祭台左侧的小门往院子里走去。以沫紧张地盯着江宁，生怕他直接离去，按捺不住就要起身，却被身边的 Lisa 拉住："这时候是不能插队的。"

"我有急事，想要先走。"以沫着急地解释。

"哎哟，有什么事情好急的嘛！你人来了却不领餐，这是辜负主耶稣的美意，大家会对你有意见的。"Lisa 不悦地说。

以沫无奈，只好坐回原位。煎熬地等待了五六分钟，以沫起身跟着人流去了后院。谢天谢地，江宁没有走，她一眼就在人群里发现了他。久居关岛的人都是健康的小麦色，只有他是病态的白。以沫强忍着眼睛的酸胀，定睛细细地看他：他瘦了很多，脸白得发青，神情克制而阴郁。她再也顾不上 Lisa，也顾不上别人的看法，巧妙地插到江宁身后，用中文说："你怎么看今天讲道的主题？"

江宁像被子弹击中似的颤了一下，缓缓回过头来。他难以置信地看了她一眼，迅速收回眼神，闪烁地环视了下人群，然后扭过头，背对着她低声说："我知道你为什么会在这里，你什么都别说，快走，回去。"

以沫很坚决地说："我不会走的。"

江宁接过志愿者递给他的餐食，说了句感恩词，快步走到一株巨大的鸡蛋花树下。以沫也接过一份餐食，紧随着走到江宁身边。庭院里没有座位，大家都是三五成群地站着吃，一边吃，一边聊天。

这次江宁没有驱赶她，他一边嚼着浇了肉丁的薯片，一边看着前方的人群："去过杜梦湾吗？"

"没有。"以沫不知道他为什么会跟她说这个。

"那你应该去看看。看过杜梦湾的人，是不可能想去坐牢的。"江宁始终没有正眼看她，漠然得好像在打发一个纠缠他的花痴。

"为什么明知道是犯罪，还要跟聂昭做那些事？"以沫忍住眼泪问。

"成吉思汗说，掠夺别人的财富是最快乐的事。"江宁大言不惭。

"既然那么快乐，为什么还要来这里忏悔？"以沫针锋相对。

江宁侧过头去，像挨了一记巴掌。

"我不相信你会做那些事。你有什么苦衷，告诉我。"

江宁嘴角浮出一丝几不可察的冷笑："苦衷？贪官贪钱时有什么苦衷？资本家收割工人血汗时有什么苦衷？妓女卖身求财时又有什么苦衷？为金钱犯罪、背德的人那么多，我凭什么有苦衷？"

以沫定定地看着他的眼睛："我不信，你说的每一个字我都不信。辜江宁，你骗谁都别想骗我。"

江宁的气焰渐渐低了下去，他第一次正眼看她："不要再说，说什么都没有用了。"

"警察跟我说自首会有优待，我们会给你请最好的律师，也会想办法弥补受害人的损失。如果你能配合警方戴罪立功，刑期不会太长。"

"不会太长是多长？二十年？十五年？一个男人最好的时光，去牢里过？"

"不管多少年，也好过一条道走到黑。"

"对不起，我没你那么正的三观。"

"警察告诉我，你们来美国后，很多要不回钱的人自杀。为了维权，经常有人在中兴建设集团门口跳楼、喝药、自残……"

"别说了。"江宁打断她，"国内的事情我都忘了，我现在如获新生。"

"发生过的事情真的能当作不存在吗？"

江宁面无表情地把盘子里的东西吃光："我很高兴你来美国看我。当时走得很匆忙，有句话没有当面跟你说——"顿了顿，他用一种非常决绝的语气说，"以沫，我们分手吧。"

一股强烈的悲伤涌上来，占据了以沫的心脏。这句话表面上是在伤害她，其实真正伤害到的是他自己，而她因此产生一种"悲君亦自悲"的哀凉。

"我走了，你别跟着我。还有，这座教堂我以后都不会再来。"

说完，他头也不回地扬长而去。

回美丽公寓的路上，以沫打了个电话给唐瑞阳。她回到住处时，唐瑞阳他们已经在等候了。以沫魂不守舍地把遇见江宁的经过事无巨细地讲给他们，听完，所有人都很失望。

以沫敏感地嗅到警方的失望，心底徒生孤勇："唐警官，我想去一趟江宁工作的赌场。"

"这……"唐瑞阳面露难色，其他人也面面相觑。

片刻后，唐瑞阳答道："我们需要深入讨论一下，再给你答复。"

去赌场劝返江宁，这无疑是去捅马蜂窝，谁也不知道会发生什么事。但是就这样无功而返，以沫不甘心。

唐瑞阳他们深入讨论完，第二天通知以沫可以一试，然而要周密计划，让她耐心等待他们的部署。

唐瑞阳他们侦查了几天，发现没有人在跟踪或是调查以沫。这意味着以沫上次并没有暴露，同时也意味着他们有再搏一次的机会。

第二步行动展开后，以沫连续几天都被带去附近的一家小赌场里，她必须事先熟悉赌场里的各种赌博项目，学习怎么扮演一个老练的赌客。

行动正式开始那天，所有人员都乔装打扮了一番，分几次进入了江宁所在的那个赌场。保险起见，以沫被涂黑了皮肤，浓妆艳抹成关岛本地亚裔女子的形象。

赌场在查莫洛观光夜市附近，和一家快捷酒店共用一栋四层小楼，因为关岛法律不允许开设赌场，所以从外面看不见招牌。

晚上七点，霓虹亮起，赌场的黄金时段到来。以沫跟唐瑞阳随着一拨客人走进了四楼的赌场。赌场里面空间很大，摆满了大大小小的赌桌，色彩和线条让人眼花缭乱。偌大的空间，却没有装窗户，在这样的环境里玩，一旦入了迷，再抬头就很难分辨方向和出口，仿若陷入一个有进无出的猛兽之口。更让人觉得压抑的是，赌场天花板上密密麻麻的摄像头如千眼怪一样俯瞰着一切。

赌场里人很多，但多是华人，而且是层次不太高的华人，所以以沫他们进入后，并没有得到过分的关注。进门后，以沫和唐瑞阳分开，径自走到一个赌桌前落脚，在赌客身后假装投入地围观起来。

她不敢轻举妄动，因为赌场里有很多观察员，他们会密切地关注每一个赌客的面部表情。看了一会儿，她摸出张百元美钞，从庄家那里换了些筹码，下场玩了起来。她意不在输赢，每逢庄家爆牌，群情激昂的时候，她就会小心翼翼地探看四周。

大约玩了四十分钟，她看见江宁从一个包房里走了出来，和他一同出来的，还有一个穿着玫红裹身裙的风情万种的女人。那个女人三十岁左右的样子，长着一张细眼厚唇的尖脸，非常艳丽，但眼眸很冷，仿佛看什么都是虚空。

他们两人站在包房门口，凑在一个打火机前点了烟，一边吞云吐雾，一边交谈起来。他们似乎在聊很轻松的话题，脸上却没有常人的快乐和放松。末了，那女人叼着烟，伸手帮江宁整理了下衬衣衣领。

以沫在赌徒们高喊着"爆""爆""爆"的声音里，一动不动地看着他们。江宁察觉到她的目光，冷冷回头看来，一见是她，脸上陡然变色。他对面的那个女人反应极快地顺着他的眼神也找到了以沫。

以沫避开他们的目光，将筹码推了出去。余光中，她看见江宁迈着大步朝东北角的通道里走去。她想也没想，抓起自己仅剩的筹码快步跟了上去。

那通道直通洗手间，江宁就站在通道的尽头抽烟。那处光线很暗，以沫走得近了，才发现江宁脸色铁青，表情阴郁。

以沫去女洗手间里转了一圈，确定里头没人后，带上洗手间的门出来。

"你不要命了？他们怎么能让你来这里？"

"你欠我一个交代。"

"我们分手了！"

"但我还是你妹！"

"哪里是妹？简直是个祖宗。"江宁恶狠狠地吸了口烟，"你快走。"

"你不给我一个交代，我以后每天都来。"

江宁咬牙切齿："你别作死。"

以沫寒星般的眸子直视他的脸，露出百折不挠的倔强表情。

通道后传来高跟鞋敲击大理石地面的橐橐声，江宁红着眼睛往以沫那边一凑，快速吐出一个时间地点，大步离开。

以沫感觉身后有两道穿透力极强的目光，但她不敢回头。

高跟鞋的声音在距她两尺外停下，三秒钟后，来人"咔嗒"拧开洗手间的门锁，妖娆地走了进去，只在以沫的余光里留下一道玫红的残影。

三天后，以沫和唐瑞阳赶赴江宁和她约定的地点。他们没有走酒店正门，而是先下到地库。

电梯从地库升到十二楼，门打开时，以沫看了一眼身边的唐瑞阳。

以沫找到1209房间，一边敲门，一边忐忑地看着房门上的猫眼。

房门慢慢打开，以沫看见江宁苍白的脸。见到唐瑞阳的那一刹那，江宁迅速关门，却被唐瑞阳很巧妙地隔开。电光石火间，以沫就被唐瑞阳裹挟着进入了屋里。

除了江宁，屋里还有一个女人。那个女人穿着浴袍躺在床上，没拉窗帘的屋子虽然很暗，但以沫一眼认出她就是赌场里那个穿玫红裙子的女人。

比起惊弓之鸟般的江宁，那个女人倒是处变不惊。她优雅地把烟摁熄在烟灰缸里，慢慢朝门口的以沫露出一个弧度很大的笑容："干吗都在门口站着？坐啊！"

她声音很甜、很轻松，一下子把气氛软化了下来。江宁喉头一动，把唐瑞阳和以沫让进了屋子里。

在床对面的沙发上坐定后，以沫不由得朝那女人看去。她着一件暗红色浴袍，浓墨般的乌发散乱地披在肩上，浴袍带子散乱地系着，露出胸口玉色的起伏。她的皮肤异常白皙光滑，在射灯的照耀下，呈现糖水荔枝的质感。可以说，这是个从里到外都让人联想到"甜"字的女人。但她的眼睛很冷，冷得像死过一次又复活的人。

房间的气氛很暧昧、混乱，以沫的心跳有些紊乱。

那女人又点了支烟："不介意我在这里抽支烟吧，警官？"

唐瑞阳噙笑，眼神锐利地看着她："梁雁，国外的生活怎么样？"

唐瑞阳开口后，以沫猜到了这个女人的身份，她应该也是唐瑞阳他们要猎的狐，聂昭集团的核心人物。

梁雁笑了笑，曼声说："好山好水好寂寞。"

"还是咱们国内好吧？去年我们劝返了二十八个人——有的比你们的事儿还大。据这些人反馈，打败他们的倒不是国外艰苦的生活，反而是孤独感。真的，没在那个境地里经历过孤独的人，不知道孤独有多可怕。有家不能回，有亲人不能陪，人生支离破碎，失去最宝贵的感情，毫无希望。"唐瑞阳说。

梁雁不为所动，只是淡淡一笑。

他们两人说话时，以沫和江宁在默默对视。

唐瑞阳转向江宁："辜江宁，虽然你和聂昭捆绑得很严密，但也不是没有自证清白的可能。据我所知，你最初并不知道'稷下庄园'这个项目是骗局，作为这个项目的总负责人，你一直兢兢业业地做实事。我想，直到东窗事发前你都还在相信聂昭非法集资、一房多卖只是因为资金周转不灵，不得已而为之吧？"

江宁没有说话，木胎泥塑般坐着。

以沫难以置信地看着唐瑞阳。她冒着危险来美国的众多原因里，核心的一个是为了求证江宁的清白。江宁诚然犯罪了，但她坚信他的灵魂是清白的。她始终相信一个人是善是恶，童年时就该定型了，成年后无论做什么，都不会太偏离那个内核。她的江宁哥，纵然会在追逐中迷失，但在大是大非前一定明白什么才是正途。她向江宁要的交代，就是这样一个交代。

可唐瑞阳明明知道她最想要的是什么，却拖到这一刻才向她交底。

"法庭上只讲证据，不会讲你得不得已。木已成舟，没什么好说的了。"江宁面无表情地说。

唐瑞阳义正词严："那你也不能一步错，步步错啊！你被聂昭一时蒙蔽，触犯了国法，国家现在给你机会赎罪。如果拒绝这个机会，继续跟着聂昭，就等于选择被他蒙蔽一生一世，那你这辈子要触犯的东西就更多了。这和把灵魂卖给魔鬼有什么区别？"

江宁的脸更白了，表情因痛苦扭曲起来。

"你了解聂昭吗？梁雁，你作为聂昭的外甥女兼公司财务，你自问了解你这个大舅吗？他和关岛黑社会之间的盘根错节，他背后在做什么你们知道吗？我说个你们不知道的，聂昭在东南亚有个微信诈骗的总部，半年就诈骗了五个亿！"

一段长长的烟灰从梁雁指间掉了下来，缭绕的烟雾后，她的脸上有了一丝凝重感。

静了良久，唐瑞阳沉声说："回国自首的优待条件你们很清楚，我就不再多说了。与其在这里把自己拖垮，不如早早解决。"

尽管心底有所怨怼，但以沫的立场和警方一致。她含泪看着江宁："江宁哥，跟我回家。"

江宁的双肩、双手，最后发展到全身都开始颤抖，像有什么一触即发。但是一分钟后，他的表情沉静了下来，他用一种非常冷的口吻说："对不起，那个家我回不去了。"

说到这里，他直视着以沫："因为梁雁怀孕了，我的孩子。"

以沫像被什么东西爆炸的气浪冲击了一下，耳鸣、晕眩、呼吸困难，她微微张开嘴，难以置信地看着江宁，眼泪猝不及防地布满整张脸。

唐瑞阳抽了口凉气，片刻后说："今天先这样，你再考虑考虑。"

他轻轻拍了拍以沫的肩，以沫站起身，梦游般跟着他一起往门口走去。

房门关上后，江宁走回床边躺下。

阳光透过酒红色纱帘，营造出一种昏昧的氛围。江宁木然瞪视着天花板，他感觉自己像躺在一艘夜行的船上，不知道什么时候会天亮，也不知道彼岸在哪里。

梁雁躺在另一边没心没肺地抽着烟："你干吗那样骗她？她那样子，我看着都于心不忍。"

江宁无声无息，一动不动，要不是睁着眼，梁雁会以为他睡着了。

"很痛啊？我有办法搞到大麻，要吗？"梁雁问。

江宁看了她一眼，像看一个怪物，但又有些同情："你不要碰那些！"

"不是看你难受吗？"

"我忍得住。"

屋子里烟味越来越重，江宁有种窒息的感觉。他从枕头下摸出手机，打开音乐播放器。熟悉的旋律让他干涸的心变得湿润。感觉梁雁在用一种异样的目光看他，江宁闷闷地问："看我干什么？"

"还记得我们第一次见面吗？"

"忘了。"

"我记得很清楚，那就像在昨天。"

梁雁吐出一个烟圈，透过那阵烟雾回到三年前"稷下庄园"开工典礼那天。那天太阳很晒，周围很吵，领导的讲话很无聊。作为公司高层，她一边保持着端庄的形象，一边百爪挠心地在一群领导旁边忍着自己的烟瘾。

市领导讲完话，主持人请了一个她从没见过的年轻人上台。那是个非常英俊的年轻男人，双目有神，神采飞扬，一下子吸引了所有人的眼球，包括她。她看着他，因为忍耐而紧绷的身体不自觉松弛了下来。他令人赏心悦目，阳光突然不晒了，周围也不吵了。

主持人介绍称他是"稷下庄园"的总负责人，也是这个项目的总设计师。她记住了他的名字——辛江宁，很冷僻的姓。

他看上去不像个温柔的人，但在介绍"稷下庄园"时，声音温柔如春水："……我们不想为了一个概念去模仿古建，而是要营造一片'结庐在人境，而无车马喧'的诗意空间。我们不只希望它是一个建筑意义上的好作品，还希望它成为我们的来处与归宿——我们的家园。在这个家园里，你可以和自己的家人种花养狗、品茗读书，和自然亲密接触。我衷心希望住在这里的每一个家庭都开开心心、和和美美……"

梁雁被这段话打动了。也许换一个时间，换一个地点，换一个人来说，这段话是无法让她有任何触动的。在他充满爱意的描述里，原本对这个项目没什么实际兴趣的她，仿佛真的看见一个"家"。她童年时对家的体验、成年后对家的渴望突然被激发了出来，一种难以言喻的感性让她湿了眼眶。

过后冷静下来，她刻薄地在心里冷嗤，可能因为描述这个家的是位年轻帅哥，她荷尔蒙一上头，就感动了。要是换个大腹便便的中年油腻男去讲，没准她就看破红尘，从此四海为家了。

但无论如何，她记住了这个眼里有光的男人，也记住了他描述的那个"家"。

这样好的人，如果遇见的不是聂昭，那该有多好？

想到聂昭，梁雁的神情冷了下来。慢慢地，她脸上的冷蔓延进心里。她试探性地朝江宁那边靠去，他没有动，也没有拒绝她的靠近。她终究没敢太造次，只是把头靠在他的右臂上。良久，她暖和了过来："这歌叫什么？以前经常在你车上听见。"

江宁缄默不语，眼神在那歌声里变得无限深远。

梁雁谙熟粤语，凝神细细一听，似乎是一个老港片的插曲：

酒一再沉溺

何时麻醉我抑郁

过去了的一切会平息

冲不破墙壁

前路没法看得清

再有那些挣扎与被迫

踏着灰色的轨迹

尽是深渊的水影

我已背上一身苦困后悔与唏嘘

你眼里此刻充满泪

这个世界已不知不觉地空虚

我不想你别去

……

听着听着，冰凉的眼泪从梁雁眼角沁出。她想起这首歌是 Beyond 乐队写给《天若有情》的，"80 后"谁没听过 Beyond，谁没看过《天若有情》？

她稳住声线："你怎么这么爱听粤语歌？都不流行了。现在都听抖音神曲了。"

江宁幽幽地说："可能因为我们最好的岁月听的都是粤语歌吧。"

梁雁绷着表情："天若有情……天地真的有情吗？"

"没有。天若有情天亦老。"顿了顿，他又说，"没有。"

第十三章

犹如故人归

从酒店地库走出来时，以沫脸上已经没有眼泪了。

唐瑞阳跟着她，小心翼翼地看着她的表情。

两人走出地库时，本来还放着晴的天骤然下起雨来。瓢泼般的大雨兜头浇了他们一脸。6月是关岛的雨季，每天都会上演很多次骤雨来袭的戏码。以沫在大雨里愣了几秒，突然失声哭了出来。她一边捂着胸口痛哭，一边冒着雨往前走。

唐瑞阳高举外套罩在她头顶，狼狈地跟着："对不起，我们不知道辜江宁和梁雁是这种关系，你……你没事儿吧？"

以沫哭得上气不接下气，唐瑞阳不会明白她为什么痛哭——并非因为江宁和梁雁的关系，而是因为她真的失去了江宁。

唐瑞阳拦下了一辆出租车，将不停抽泣的她推进车里。不知道过了多久，她哭不动了，呆呆往窗外看去。她想起江宁曾经问她："如果有一天我不见了，你会去找我吗？"

她当时没有回答，她觉得这样文艺腔的问题很矫情。

现在她会回答了。如果有一天他不见了，她会像俄耳普斯冥府寻

164

妻那样，天涯海角、千山万水、掘地三尺地去找他。但她没想到和俄耳普斯一样，她找到了他，却无法带回他。

回到美丽公寓后，以沫冲了很久热水，然后直直倒在床上。一觉睡到半夜，她望着窄窗外的夜空，头一次有了退意。她发了个微信给唐瑞阳："我想回国。"

消息刚发出去她就后悔了，她飞快撤回那条信息。就这么放弃，她心有不甘。人丢了一个珍爱的物件，哪怕知道有很大可能找不回来，都还会循着走过的路再找找，何况她丢的是那么重要的一个人。

天亮后，她打电话告诉唐瑞阳她还想再试最后一次。

事情发展到了这一步，基本上已经可以宣告这次行动失败了，而且警方以后也很难找到突破口劝返辜江宁。以沫担心唐瑞阳不会同意，但沉默良久后，唐瑞阳回了她一个"好"字。

唐瑞阳那边没有给她行动指导，她不知道如何是好，便一根筋地每天去赌场找江宁。接连好几天，她都没有见到江宁或梁雁。她笃定他们躲不了太久，于是憋着股劲儿和他们耗。

比倔强这件事，江宁从没有赢过她。第五天去赌场的路上，她被一辆车拦了下来，车门洞开，她看见戴着宽檐帽的梁雁在后排对她招了下手。

车停在塔穆宁区的一个烧烤店。

以沫跟着梁雁穿过狭长的店面，在最里头找了个位子坐下。店里的屋顶上装着乱七八糟的射灯，墙上有五花八门的涂鸦，以沫像走进20世纪的港片里。

区别于江宁的神经过敏，梁雁一举一动都很从容。

"这里的烤肉全关岛第一，本地人才知道。"梁雁翻开菜单，点了烤肉、红米饭和芬拿鼎汁黄瓜。

梁雁主动要见她，却不主动挑起话题，叼着烟，眯着眼睛看她。

"孩子几个月了？"以沫问。

"两个月。"

"少抽点烟。"

梁雁笑了一下："你是他女朋友，怎么好像完全不介意的样子？"

以沫忽略了这个问题，冷冷地看着她。

"以前一起工作的时候，经常听他聊到你，很爱你的样子，但又不是男人爱女人的那种爱。"梁雁掸了掸烟灰，"男女之爱，多少会有些疯狂的成分，你们都太冷静了。"

以沫眼神跳荡了一下。她无心谈论这些，却听了进去。

"有天我俩开车路过一家婚纱店，车都开出去了，他又掉头回去，盯着婚纱店的模特大海报出神。他说那个模特很像你，你穿那件婚纱一定很好看。"梁雁眯着眼睛，"我问他为什么不娶你，你猜他说什么？"

以沫只是看着她。

"他说他恐婚。"梁雁哂道，"他说婚姻就是个怪物，结婚就好像去打怪，鸡毛蒜皮、柴米油盐是这个婚姻怪放的物理伤害，性格不合是魔法伤害，再来个出轨、家暴什么的那直接就是物理消灭。我猜他小时候过得不是很幸福。"

以沫眼眶有些发胀，这些话江宁从没对她说过，如果他跟她说了，结果会不会不一样？和江宁长跑了这么多年，她经常会有一种看不到终点的迷惘感，就像在机场等一艘船。最初她找的理由是——风象星座天生不靠谱。慢慢地，她觉得他只是没有那么爱她。她曾对他有过类似爱情的感觉，但那点爱在漫无天日的等待和无法宣之于口的幽怨中被消耗殆尽了。她不再盼望他的结婚戒指，但若是他托着它出现，她也一定不会拒绝，她成了他最死心塌地的亲人。

"谢谢你跟我说这些。"以沫态度软化了一些。

"事已至此，你为什么还不放弃？"梁雁话锋一转。

以沫抚了抚额："他现在像在沼泽里挣扎，很怕把我拖进来，却一定也很想我救他。"

梁雁平静的眼睛里浮现一丝感性，但很快就消失了："但你应该清楚，谁也没办法拉起一个掉进沼泽里的人。"

以沫一句话也说不出来，伤感地看着梁雁。

梁雁嘴角一勾，补充道："而且你越拉，他反而会陷得越快。"

她把抽到一半的烟掐灭，笑意一点点收敛："知不知道你在害他？你再纠缠，会害死他的。"

以沫看向她的目光不自觉地戒备起来。

"中兴建设集团骗的那几个亿，一分钱都没有落进江宁口袋里。你以为警方费这么大功夫，真的是为了他？"梁雁不急不慢地说。

以沫蹙眉："你想说什么？"

梁雁讥诮地说："警方劝返他，最主要的目的是让他戴罪立功，提供聂昭在关岛违法犯罪的证据，促使美国政府遣返聂昭。你觉得聂昭会让一个掌握他所有底细的人平安地跟警察离开吗？"

以沫张开嘴，却发不出一点声音。

"江宁不是不想走，而是走不掉。在关岛这个地方，只要他有任何异动，聂昭就有能力让他彻底消失，中国警察一点办法都没有。

"在你们普通人眼里，警方是爱和正义的化身，可是在我们这些人眼里，他们是世界上最冷酷的捕猎者。你认为猎物是会相信捕猎者，还是自己的同党？"

梁雁盯着以沫越来越白的脸："江宁不告诉你这些，是不想让你担心；警方不告诉你这些，是因为他们根本不在乎江宁的生死。现在，你懂了吗？"

一种说不出的寒意贯穿了以沫，燠热的夏夜里，她浑身却起了一层鸡皮疙瘩。

梁雁冷艳的脸在烟雾里若隐若现："你有两个选择，离开关岛，给他一条活路；留下继续纠缠，让聂昭杀他灭口。"

以沫嘴唇哆嗦起来，她感觉自己心底的某条防线被突破了。

梁雁冷睨了她一阵，叫来侍者。她用侍者的笔写下一个电话给她："有必要的时候，打这个电话留言给我。"

说完，她买了单，迤迤然离去。

以沫头脑一片空白地原地坐着，烤肉店里人来人往，耳边响着英语、日语、韩语，唯独没有汉语，她头一次感受到漂泊。她眼神空洞地直视着窗外的霓虹，异乡的深夜是那样光怪陆离，和她现在的处境一样让她害怕。

她想起一个关于雪山凶灵的故事，一对情侣跟着登山队去登山，女孩因为体弱被留下看管营地。第七天的时候，登山队回来了，却没有她的男友。大家说她男友在攻峰第一天死了，可能会在"头七"这天回来带走她。女孩惊恐万分，遵从大家的意见，躲在这群人围成的圆里。夜里十二点，她男友果然浑身是血地出现了，然而他告诉她——攻峰第一天就发生了山难，队里其他人都死了，只有他还活着……

那个故事的结局是，如果你是那个女孩——你会相信谁？

她至今还记得初次看完这个故事的恐惧，那种恐惧不是因为这个故事里有鬼，而是源于身处险境却不知道该相信谁，甚至连自己最信任的人都不能信的无助。

涔涔的寒意泻下，以沫觉得自己成了那个坐在圆圈里的女孩。

她该相信谁，梁雁还是警方？

就在这时，桌子上的手机震动了一下，她浑身一颤，抓起手机一看，屏幕上显示有一条来自辜徐行的微信消息：

> 以沫，我现在在新西兰的特卡波镇。

伴随这行文字而来的是巨大的暖意，来自烟火人间的暖意。

一张照片传来，是一张不太清晰的银河的照片。

> 这里的星空很美，我看见了南半球才能看到的南十字星。

几分钟后，一张更清晰的星空照片传来。

> 这边有个民间传说，如果一对恋人同时看见南十字星的话，他们就会一生相守。真遗憾，我没有带专业相机。

最后一张照片传来，那是被放大了五十倍的星空一角，四颗格外璀璨的亮点呈十字状分布在夜幕上。

以沫吸了吸发红的鼻子，捂住嘴，在对话框里键入四个字发出：

> 哥哥，想你……

对话框上的"对方正在输入"暂停了一下。

> 你在哪里？

以沫没有片刻迟疑，发了个位置过去。

位置刚发出去没多久，唐瑞阳的电话就打了进来："一开始我们就跟你严正声明过，绝对不能泄露任何和行动有关的信息，你怎么能把位置告诉不相干的人？"

以沫这才意识到她的手机在警方的监控之下，她失语一般呆了会儿，艰难地说："唐瑞阳，我不想继续了。"

唐瑞阳静了一下，像是在权衡："好，但你必须马上回国……"

以沫摁断了电话。

过了会儿，她从桌上的盒子里拿出一根牙线，用尖的那头打开手机卡槽，抽出里头的手机卡。起身离去前，她把手机卡丢进水杯。

梁雁推门进去的时候，江宁正靠坐在阳台的躺椅上。他的正前方就是一片海。但他没有在看海，视线落在锈化的铁艺栏杆上。锈生于铁上，慢慢地却会将铁完全吞噬。很触目惊心的一件事，但因为发生的过程很慢，人们就习以为常了。

江宁最近很容易陷入回忆，他想不起自己是从哪天起开始生锈的。

海滩上有人在放烟花，江宁对此很漠然。他不喜欢关岛，这个小岛的一切都很懒，这里的人来自五湖四海，如同一盘散沙，让人无法找到归属感。当他闭上眼睛，想象自己和一片土地漂浮在太平洋上时，久居内陆的他尤感漂泊，孤魂野鬼般的漂泊。

"你在想什么呢？"梁雁在他身边坐下。

江宁很难得地开口了："很多东西，但没有在想和聂昭有关的破事，也没想过自己哪天会死，会不会被抓回去坐牢。我想的是，我从没带以沫出去旅行过，我也没给她过过生日，更没有安安静静陪她待过一段时间，对了，我还欠她一条 Tiffany……以前总觉得来日方长。"

"很后悔啊？"

"很后悔没有好好珍惜她，也没好好珍惜生活。"

"这些话，你可以说给她听。"

"事到如今，还有什么必要？"

"我刚才见了她一面，把有些话说开了，我想她不会再纠缠你了。"

江宁的视线投向海天相接处，怅然若失："这样也好。"

他们默坐了很久，江宁问道："那边有没有你想念的人？"

江宁说的"那边"是指国内。

"我爸妈在我八岁那年车祸死了，聂昭是我唯一的亲人。老家很穷，八山一水一分田，我九岁就跟聂昭去东莞混世界了，十几岁就要帮他弄钱，讨好男人。我对那边没什么惦念，不像你。"

这是江宁第一次听她说自己的事情，她的语气轻描淡写，但他知道，有时候越轻描淡写说出来的东西，越无法治愈。江宁没有说话，表情凝重。

从烤肉店出来，以沫上了一辆红色穿梭巴士。在当当当的声音中，她从塔穆宁来到了阿加尼亚。

她曾在阿加尼亚徒步行走过，对这里的环境有一些了解。最后，她在一家不需要出示证件的小旅馆里住了下来。

房间很小，散发着一种淡淡的、类似汽油的味道，这种味道让她晕眩。但好在床看上去很干净，冷气也很足。她疲惫极了，倒在床上，蜷成一团沉沉地睡去了。

第二天七点，她睁眼看了下手机，很快又睡着了。等她再醒来想起床时，她陷进了一个梦魇中。

梦中的场景非常真实，但她知道自己是在做梦，需要立刻醒来。她奋力抽身，觉得自己已经醒了，但不久又发现自己身在另一个梦中，如此反反复复。她感觉特别渴，怀疑自己再不醒来就会渴死。不停有人进入她的梦境，姜敏、小管、江宁、徐行，她拼了命地大声呼救，但没人应声前来，她头一次知道什么是叫天天不应，叫地地不灵。

如此挣扎了十几次，她终于真的醒了。她发现自己并没有多渴，她拼了命地喊叫其实也没有发出半点声音。

她靠在床上怔怔出神，发觉人面临的所有困境都像是一场梦魇：没有人能听见你在梦魇里的呼喊，也没人能替代你在困境里挣扎，真正能把你拉出来的，还是自己。

如同福至心灵，她一下子释然了。如果说她昨夜说放弃只是一时冲动，那么这一刻，她真的决定放弃了——那是江宁自己的人生，她不能促使他做任何决定。

她起身下床，将自己收拾干净，去楼下前台借了座机，给辜徐行拨了个电话。她坚信他一定会来关岛找她，无论他手边有什么事情，他都会放下来找她。电话没有打通，语音提示他手机关机。

她哪里也不想去，慢吞吞吃完午餐后，又给辜徐行拨了一个电话。这一次，电话打通了，他说他正在东京转机，再过三小时就会抵达关岛。以沫简单说了下目前的情况，便把旅馆的名称地址告诉了他。

挂掉电话后，她找出梁雁写的字条，按照上面留的号码拨了出去。电话很久才被接起，说话的是个老妇人，说着不地道的中式英语："Good afternoon, Terry's restaurant. What can I do for you?"

电话打给了一家餐厅，以沫刚要挂掉电话，突然试探性地问道："我想找梁雁。"

那端的老妇人顿了一下说："你找她有什么事？可以给我留言。"

"那你告诉她，有个叫宁以沫的人，想要约她的朋友见面。时间是明天上午九点，地点是情人崖瞭望台。"说完，以沫又补充道，"不见不散。"

用完电话，以沫递了张小额钞票给前台，推门而出。

作为关岛的首府，阿加尼亚实在冷清得不像话，马路上很少看见车子、行人，也很难看见高一点的楼房。以沫冷不丁想到梁雁说的"好山好水好寂寞"。

她漫无目的地走了半小时，最后坐在圣母玛利亚教堂里。

高迥的教堂里空无一人，阳光透过彩色玻璃窗照进来，也变得五颜六色。她索然枯坐了很久，其间，她见证了一场出生仪式。

下午四点的钟声敲响后，以沫起身折返。快走到旅馆时，她看见一个熟悉的身影站在旅馆外讲电话。

在此之前，她觉得自己像个身在异乡的孤魂野鬼，但见到他的那一刹那，她觉得世间就再没有异乡。

她停顿了一下，然后快步走到他身后，从后面抱住他，把脸埋在他背上。他身上的味道真好闻，她不想睁开眼睛。

他将电话挂断，手臂缓缓垂下。片刻后，他转过身，将她拥进怀里。

一种巨大的安全感将以沫包围，但那不够，她伸手钩住他的脖子，像要将自己嵌到他身体里去。他动情地收紧双臂，加大那个拥抱的力度。地球像停止了自转，一切都坍塌成虚无。世界很大，但能够收纳人的空间，其实只需要一个怀抱的大小。

情人崖是杜梦湾景区的最高点，也是关岛最知名的景点。它得名于一则爱情故事。相传有对恋人为了违抗家人的拆散，于此地跳崖殉情。从此很多恋人带着情人锁来这里，祈愿真爱永在。

以沫约江宁来这里，单纯只是为了看看杜梦湾。关岛是个处处都是风景的浪漫岛屿，但来这里半个月，她没有一刻在享受此间风景。江宁说看过杜梦湾的人不会想坐牢，言下之意，这里是座天堂。于是，她决定把分别的地方选在能俯瞰整个杜梦湾的情人崖。

但是天不遂人愿，当天天气很糟，乌云密布。海岛的景色很仰仗光照，海岛无晴便如美人无妆，光彩顿减。所以当以沫站在情人崖的瞭望台时，她并没有看见一个恍若天堂般的杜梦湾，只有一片灰暗阴沉的海域。有失便有得，因为天色，游客很少，偶尔有买票上来的，也只是转一转就走了，素日里过分热闹的瞭望台难得清净。

以沫和徐行并肩站在瞭望台里，静默地注视着海平面，心情都很凝重。

临近九点时，憋了一早上的乌云化作暴雨下了起来。在海上遭遇暴雨的感觉很奇妙，四面八方都是水，看不见天地，便有一种亘古宁静之感，如同站在洪水四起的诺亚方舟里。

等待本已让人焦灼，在这种寂静中等待，尤其让人焦灼。就在他们的情绪绷到顶点时，身后传来一阵急促的雨打伞面声，他们回头看去，只见撑着一柄黑伞的江宁站在了他们身后。他穿着一身黑衣黑裤，瞳仁里没有一丝光亮。

他们三人呈一个尖锐的三角状无声相对，往事如飞飘的急雨般闪现，他们心中都有千言万语，但又茫茫然不知从何说起。

良久，江宁收起伞，走到了他们中间。三个人齐齐站着，遥望雨幕，那一瞬间他们心灵相通，都很感激老天突然下了一场雨。大雨漫漶下的世界，面目都是一样的，他们仿佛回到了丰城大院那个被他们称为"老地方"的山头。

"八年不见了。"徐行说。

"嗯。"江宁闷闷地应了一声。

"江宁哥，我们下午就要走了。对我来说，关岛是个伤心地，所以我以后都不会来看你了。"以沫平静地说，"但直到现在，我仍然奢望你会突然决定跟我们走。"

江宁没有说话，侧脸坚毅似雕像。

瞭望台外雨势渐收，露出杜梦湾半月形的海岸线和分布在海岸线周遭的建筑物。江宁的目光从一众建筑物上移过，最后落在水星教堂的白色尖顶上。

徐行顺着他的目光看去："听以沫说，你现在是个信徒。为什么会信基督？"

"谈不上信。"江宁面无表情，"只是发现《圣经》里很多话都非常有道理，如果早点读懂，人生会少走一些弯路。"

"比如说呢？"

"比如说，如果我早点读懂《马太福音》，知道连上帝都默许强者越强，弱者越弱，也许我会老老实实当个 loser。"江宁嘴角挂起一丝冷笑，嘲讽地说。

以沫说不出地难受，她知道江宁真正想说的是什么。《马太福音》里有个寓言故事：国王远行前分别给两个仆人十枚金币让他们保管。国王回来后，仆人甲回禀称他通过投资赚回了二十金币，仆人乙则小心翼翼地打开手帕，说他忠心地帮国王保管着金币。国王听完，奖励仆人甲一座城池，然后收回仆人乙的金币，把它们也奖励给了仆人甲，然后说："凡是多的，还要加倍给他，叫他多多益善；凡是少的，就连他仅有的也要夺走。"

这就是无处不在的"马太效应"，上层人的资源滚雪球般越来越多，下层人限于困境，连仅有的也失去。现实是那样不公，而这种不公像车轮一样反反复复碾压着江宁。

"所有 loser 都喜欢说如果：如果有机会重来，要好好读书，好好追那个女孩，好好工作赚钱；如果把握好每一次机会就能改变人生。不过我不会说什么'如果'，因为所有事情我都全力以赴了：我玩了命地读书，玩了命地追陶陶，玩了命地想给以沫一个未来……然后呢？输了个底掉。我做错了什么？我只是不想安分守己，心甘情愿地进入那个 loser 的死循环。"

以沫听完，心中一酸，险些落泪。

徐行叹了口气："你现在的处境很糟，但还没到无法挽救的地步。只要你愿意，我可以调动一切力量带你走。回国后的一切事务，我也会帮你善后。跟我们走吧！"

听徐行这样说，以沫自绝望处生起惊喜，她再难以抑制心底的情绪，抓住江宁的手腕哀求："江宁哥，重新来过好吗？"

江宁见以沫容颜憔悴，神色凄凉，眼眶也微微泛了红。片刻后，他回过头审视着徐行，像是要从他脸上找到一些虚伪、矫饰的痕迹，但是没有，他整个人光风霁月，带着一种一诺千金的郑重，任凭江宁带着最阴暗的揣测去审视，也寻不见半分虚情假意。

江宁突然自惭形秽，又因这自惭形秽恼羞成怒，他的神情一点点冷下去："换个人跟我说这些，我没准会点头。但是辜徐行，你给的，我不想要！"

以沫难以置信地松开手，锁眉看着他。

江宁轻蔑地微笑："辜徐行，你凭什么当我的上帝？就凭你含着金汤匙出生，有个好爸爸？"

说到这里，连江宁自己都被他对徐行的敌意震惊了。他们系出同源，不仅是血脉相连的兄弟，还是情意难断的朋友。从小到大，徐行给过他很多帮助，也给过他很多温暖，但不知从什么时候起，他没理由地觉得他可恨，恨不得他消失，恨不得他毁灭。

以沫眼泪凝在眼眶里，缓缓说："江宁哥，现在不是置气的时候……"

江宁抬手，阻断她的话："什么都别说了。是生是死，我要自己定。"

徐行蹙眉，薄责道："你不能总是因为过去的不幸敌视一切，人终究要跟自己和解，为什么不忘掉过去，重新开始？"

"为什么要忘掉？发生过的事情怎么能当不存在？我无法原谅，永不原谅。我有权不跟过去和解，跟谁我也不和解！"江宁嘶声说。

徐行不再说话，把鲜花献给无法嗅闻春天的人，好意也成残忍。他无能为力地垂下头颈，垂出伤感的弧度。

如晦的风雨停了，他们的身影从越来越明晰的天地万物里裸露出来。物换景移，他们亦趋于平和，进入另一层心境。

他们三个这么多年的恩怨纠葛，若桩桩件件述来，是可以做一生谈资的，但留给他们做清算的时间似乎不多了。

太阳从云端跳了出来，灰色的杜梦湾变成深蓝，再变成明亮的松石蓝。以沫痴痴俯瞰着脚下灵性的海域，渐渐地，海边有了前来作乐的游人。起先是星星点点的，后来那些星点连成密密麻麻的一片。笑闹声一浪接一浪地传来，已经不能让他们心平气和地静立了。收回视线前，以沫想，也许再过几年，江宁会带着梁雁出现在那群人里，身后跟着一个拿着挖沙铲的孩子。可能他们仍然无法得到安宁和快乐，但这样活下去……又有什么不好？这样想着，一阵暖意辐射向她四肢百骸，她长长出了口气，失神的脸上浮现一丝僵僵的微笑。

海风吹拂着江宁的额发，他目空一切地望着前方，自言自语般轻轻说："这世界很脏。"

同他并肩立着的徐行目光坚定地看着前方，过了片刻，他说："这世界可以改变。"

不远处开始有人往瞭望台这边走来。到了该告别的时间了。他们谁也不想说再见，只是描摹着彼此的眉眼。以沫的目光不舍地从他的眉眼滑到嘴唇，他生着嘴角上翘的饺子形嘴，仿佛带着与生俱来的笑意，但不知道从什么时候起，那笑意变成了一道苦涩的纹路。

最后，江宁伸手轻轻拍了一下以沫的肩膀："走了。"

那便成了此生，他和她说的最后一句话。

第十四章

黎明夜中来

　　飞机降落在上海浦东机场时，已经是夜里九点。出闸后，国内熟悉的空气扑面而来，以沫怔了一下。空气无色无味，但敏感的人总能区分出不同来。看着好挤好乱好热闹的大厅，听着亲切的乡音，以沫感觉自己像一尾终于回到大海的游鱼。那一刻，她决定忘掉在关岛的一切。

　　她正自愣怔，取完行李的辜徐行从身后走上前，自然地牵起她的手，领着她往出口走。走了几步，他的手指不自觉地穿过她的指缝，慢慢收紧，变成与她十指紧扣。

　　他们在出口处等了片刻，辜徐行的司机就赶到了。车子开出机场高速后，司机犹豫再三，还是问道："辜总，去哪里？"

　　给辜徐行开车这几年，他已经摸清楚辜徐行的行动规律，正常情况下，这个点接到他，是要送他回公司加班的。但今天老板带着一个女孩子，他就不知道该怎么走了。

　　"嗯……"以沫抢先开腔，但一时间也不知道往哪个酒店去。

　　"回杨浦。"辜徐行打断她，给司机下了一个指令。

看样子，辜徐行要带她回杨浦的住处。以沫咬了咬下唇，轻声说："我想住酒店。"

"有家不回，为什么要住酒店？"辜徐行凝视着她，柔声问道。

以沫抿紧唇线，没有回答。不知道为什么，一提到他在杨浦的家，她眼前就会出现陶陶在她面前吃薯片、喝啤酒的自在样子。那个夜晚给她的回忆并不是很好。她在潜意识里觉得那是陶陶的领地，虽然她已和徐行分手，但以沫莫名觉得一段那样备受祝福、天作之合的感情不应该如此潦草收场，她也不应该这么急着去登堂入室。

想清楚后，她心意坚决："还是不要，我想……"

她一句话还没说完，就被徐行封住了唇。他停留了一会儿，用舌尖轻轻撬开她的唇，他的温柔、爱怜都透过那个缠绵的吻渡给她，她慢慢地闭上了眼睛。等那个吻结束，以沫已经有些发晕了，软软地依偎在他怀里。他轻轻地吻了下她的耳垂，几分胁迫、几分祈求、几分迷离地呢喃道："乖？"

以沫的抵抗全线崩溃，心跳紧一拍慢一拍地缩在他怀抱里。等她再抬头时，车已经进了小区地库。

徐行推开门，夜上海华丽的天际线闯进以沫眼帘。她按住徐行开灯的手，赤足在黑暗里走到超大视野的落地窗边，她有些眩晕，感觉自己悬浮在空中。

徐行专注地看着她的背影，她的背瘦削而平直，纤薄得仿佛撑不起身上的米色衬衣，从后面这样看着，透着一种少女般的幼弱感。但她秀竹般站在那里，自有一份凛然的清高，这种极柔极韧的气质让他发自心底地着迷。他缓步走上前，从后面环住她的腰。她腰上的曲线玲珑诱人，散发着女性柔媚的气息。他搭在她腰上的手情不自禁地游移起来，拥着她的温情姿势，渐渐变成强有力的包裹。

"累吗？"徐行将脸埋在她的发间，一边爱抚着她，一边微喘着问道。

在仁川国际机场转机时，她一度身心俱疲，几乎窒息，但现在她觉得浑身轻盈极了，几乎要朝天空里飘去。她轻轻摇头，噙着抹静谧的笑，眼神迷离地看着远处晃荡的灯光。良久，她荡漾的神思聚拢，落地窗反射出他们紧紧相拥的影子，隐约可以见到他们甜蜜的模样。以沫迷醉地看着那两道影子，不经意间，她突然看见一道白色的人影立在他们身后数米外的走廊里。她如遭雷击般一颤，逸出一声低呼。与此同时，辜徐行也看见了那道白影，悚然回头看去。

没有开灯的屋子里光线幽微，只能看见一个人大致的轮廓。但只一眼，他就认出了那人："妈，你怎么在这里？"

他给屋里的智能灯下了个"开灯"指令，整套屋子霎时亮如白昼，只见穿着白色睡衣的徐曼一动不动地站在那里，她周身散发着刻骨的阴冷，目光怨毒地盯在以沫脸上，像是要在她脸上钻出两个血淋淋的洞来。

她的眼神让以沫打了个寒战，霎时起了满身鸡皮疙瘩。以沫目光闪躲了一下，最终鼓起勇气朝她看去，怯怯地叫了声："徐阿姨。"

"好啊，"徐曼幽幽地开口，"我可算明白为什么你要和陶陶分手了！"

她一边说话，一边机械地逼近他们两个："日防夜防，家贼难防……这一天到底是来了。宁以沫，我没有错看你，你这个荡妇、贱人！"

"妈！"徐行本能地将以沫护在身后，厉声喝止。

以沫的脸色急剧地白了下去，最后在剧烈的颤抖中变成一片死灰。青春期被徐曼谩骂、殴打的屈辱记忆如决堤之水般冲垮了她，她木木地站着，眼泪一颗一颗缓缓地沁出。

徐曼加快脚步冲到他们面前，扬起手往以沫脸上抽去，却被徐行紧紧扼住了手腕："妈，如果你非要打人出气，可以冲我来，但是谁也不可以动以沫一根手指头。"

徐曼从未被他忤逆过，见他声色俱厉地护着以沫，她只感觉身体里有什么在炸裂。她愣了一下，痛苦地哀号起来："天啊，我怎么生出这样一个儿子？"说着，她奋力抽出手，冲到一旁，不停地拿头撞起墙壁来。

徐行一把揽住徐曼："妈，你冷静地听我说，我和陶陶从来没有相爱过，从始至终，我只爱以沫一个人。"

"你说什么呢？你和陶陶婚房都买了啊！"徐曼揪住辜徐行的衣襟，绷着脸质问。

"我们只是为了买个耳根清净。"

"阿迟，你到底在说什么？你和陶陶青梅竹马，金童玉女，那么默契的感情……怎么突然就变了？"她茫然地回过头，咬牙切齿地看着一旁的以沫，"一定是你，使了什么下作的迷魂术！"

说着说着，她嘴角浮出一丝鄙夷的冷笑："也是，陶陶那样行端坐正的大家闺秀，在勾引男人这方面，怎么能跟一个打小看黄色书籍的小妖精比？"

太羞耻了，以沫有种被人扒光衣服的感觉，她一秒钟也不想站在这里，她抹去眼泪，径自往门口走去。徐行松开徐曼，快步上前拥住她，哀恳地将头埋在她肩上："别走。"

他抱着她的样子像溺水的人抱着唯一的浮木，好像拥着她就能活下去，失去她就会在绝望里溺死。她在他身体剧烈的颤抖里软化了下来，她在心里幽幽叹了口气：她爱他啊，凭她爱他，就应该站在这里，哪怕这里洪水滔天，泰山崩于前。

身后再次传来徐曼拿头"砰砰"撞击墙壁的声音。她每撞击一次，徐行就在以沫怀里颤抖一次，饶是如此，他仍然纹丝不动地牢牢抱着以沫。

以沫伸手，轻轻抚了抚他的背，旋即抽身走向徐曼。她果决地抓住徐曼的双肩，用力将她固定住："阿姨，不如我们坐下聊聊吧。"

徐曼拼尽全力地一拧身，挥开她的手："我们没什么好聊的！"说着，她指着僵立一旁的辜徐行，歇斯底里地叫道："你太让我失望了！"

说罢，她不顾一切地冲去了门口。

门砰地发出一声巨响，整间屋子都抖了一下。以沫缓过神来，走到徐行面前。她什么也没说，牵着僵直的他往门口追去。

徐曼一口气冲出小区，跑到马路边上。她也不知道要去哪里，两眼发直地走在街道上，散乱的鬓发带着一股愤怒的力量，不断往脑后飘着。

有辆出租车从她身边开过，迟疑地放慢了速度，她想也没想，追上去拉开车门。

开车的是个上海老绅士，许是体恤同龄人的困境，明知道拉这样的客人是大麻烦，但仍然会有那善意的迟疑。他从后视镜里瞄了眼徐曼："侬要到阿里？"

徐曼气冲冲地说："随便！"

"勿晓得'随便'哪能介走法。"

徐曼气堵："你先往前开。"

被司机这么一打岔，徐曼从盛怒中回过神来，她一低头发现自己竟还穿着睡衣，既没拿钱，也没有拿手机，处境非常狼狈。她有些慌神，下意识瞄了眼后视镜，看辜徐行有没有追过来。后面倒是有辆车，但隔得太远，也不知道是不是他的车子。纵然是又怎样？她绝不会被他三言两语地劝回去。可她现在这个样子又能往哪里去，又有什么办法可想呢？两难之时，她脑海中灵光一闪："你往余杭开，下高速后导航去溪风居。"

溪风居是陶陶新近在余杭买的别墅。陶陶置业时，徐曼正好在上海看他俩结婚用的别墅。她闲着也是闲着，隔三岔五地跑去余杭陪陶陶在各大别墅区转悠。在她的建议下，陶陶最终敲定了溪风居。当时见陶陶工作太忙，她又里里外外帮着盯了半个月软装。

溪风居离上海不远，走高速一个多小时也就到了。她打定主意去投奔陶陶。想到陶陶，徐曼脸部表情松弛了下来。她此次来上海，一是想摸清徐行和陶陶分手的原因，给徐行施压；二是想找机会跟陶陶她们母女联络感情，想办法促使小两口重修旧好。现在好了，她不但摸清了徐行分手的动机，还得了个找陶陶的理由。

她镇定下来，斜斜靠在车背上，神情忽喜忽忧。这陶陶母女也是奇怪，临近婚期被退了婚，按理说是一桩奇耻大辱。她也做好了被发难的准备，但惶惶不可终日地等了好久，那边一点动静都没有，连一个责难的电话都没等到，真叫人琢磨不透。

等她把满脑子念头琢磨完，车也到开到了溪风居。当初帮陶陶盯装修，徐曼和小区保安都混了个脸熟，这会儿她摇下车窗一露脸，保安就笑眯眯地放行了。出租车七弯八绕地开到陶陶家门口，想不到里头黑灯瞎火，陶陶竟不在家！不得已，她又让司机把车开回小区门口，红着脸管那个保安借了几百块付了车钱。

目送司机离去，徐曼勉强朝保安笑了一下，黑着脸一步步往回走。仲夏的十一点算不得深夜，小区路面上仍有行人，纷纷像看怪物一样看着穿睡衣的她。她这一生养尊处优，从未有过这样狼狈的时刻。她替自己可怜，洒了几滴泪，然后又是气又是怨又是恨，一切都怪那个宁以沫。宁以沫就是她命中的小人，专门来祸害她的。

她走到陶陶家门口，在台阶上找了个地方坐下，斜靠着栏杆等待。她拿不准陶陶是出差了，还是晚归。她一半是在等陶陶，一半是在等徐行。无论等到的是谁，见她这样可怜的样子，总归是要给她服软的。

约莫等了二十分钟，她听见有车子朝这边开来。她精神一振，却没有起身，做出更加伤心欲绝的表情来。片刻后，一辆出租车在不远处停了下来。只见一个人脚步不稳地从车里走了下来，从身影来看像是陶陶，但徐曼不敢认，因为那人顶着一头乱乱的黄色短毛，穿着打扮十分中性化，看不出是男是女，十足的混子模样。

徐曼的心一下子悬了起来，伸长脖子往那边探看，只见那人一伸手从出租车里捞出一个同样带着点醉意的女孩来。那女孩移出一双玉管似的腿，一伸手就钩住那黄毛的脖子，软得像没长骨头似的吊在黄毛身上。两人推搡调笑了一阵，抱作一团。

徐曼仔细去看那女孩，不是陶陶，她刚松了口气，突然像撞鬼般瞪圆了眼睛。她缓缓站起身，直勾勾盯着那个"黄毛混子"，梦呓般喊道："陶……陶陶？"

那两人一惊，毛骨悚然地回头朝徐曼看去。这一下，徐曼看得真真切切，那黄毛真的是陶陶！她一屁股跌坐在台阶上，眼前天旋地转。

陶陶好半天才缓过神来，尴尬得无地自容，她轻轻推开那个女孩，挤出一抹笑容，朝徐曼走去："阿姨，您怎么在这里？"

徐曼像看怪物一样看着她，嘴唇哆嗦着，脸颊的肌肉也哆嗦起来，她死死抓着栏杆没头没脑地狂叫一声："你别过来！"

那个女孩紧跟着上来，挽住陶陶的手臂，好奇探着头，像看动物园的动物那样看着徐曼："她是谁啊？"

就在这时，一道刹车声传来，僵住的三人齐齐往后面看去，只见以沫和徐行并排坐在亮着灯的车里，表情怪异地和她们对视。

"没想到，还是被你们知道了。"

熠熠生辉的水晶吊灯下，陶陶表情无奈地揪下头上的假发套，露出一头蓬松的齐腮短发，这个发型衬得她很灵动，既有女性的明艳，又带着一丝中性的英气。

辜徐行从厨房走出来，将一杯温水递给徐曼，又丢了两条解酒用的袋装蜂蜜给陶陶。陶陶弯着眼睛，对他龇牙一笑。

徐曼捧着那杯温水，微微地打着战。

陶陶撕开一袋蜂蜜递给她旁边的女孩："阿姨，真对不起，瞒了你和叔叔这么久。那个……徐行他老早就知道的。"

陶陶有些语无伦次："高中的时候，我就跟他坦白过了。一直以来，我俩都是最好的兄弟。"

徐曼心脏一缩，像被万箭穿心，她的佳儿佳媳——竟然是最好的兄弟？

"嗯……是兄妹，最好的兄妹。"陶陶磕巴了一下，讪讪说，"阿姨，我没有想骗婚的意思。去年你催他结婚催得太狠了，我妈也一直劝我形式上结个婚，对外好有个交代。我俩一合计，就决定……"

徐曼冷声问道："你母亲也知道？"难怪徐行退婚退得这么顺利，原来是他们联起手来骗她。

"她也早就知道，所以我高一那会儿我妈才硬把我带去聿城的。"

气氛尴尬得几乎凝固，陶陶知道徐曼在感情上一时无法接受，不得不继续去解释："那时候，我妈老骂我，我那会儿也觉得这是一种病。我自问会不会因为周边的男孩都太邋遢、太不优秀呢？所以我决定找个最优秀的男孩试试，后来就找上徐行了。

"徐行和我很投契，可我就是没法有爱的感觉。慢慢地，我就接受了现实。徐行真的很好，他从来没有歧视我，还一直帮我保守秘密。阿姨，我很遗憾做不了您的儿媳妇，不过，您永远是我心中最亲最近的阿姨。"

徐曼脸上一阵白一阵红，含着泪光斜睨着陶陶。陶陶化着哥特式的大浓妆，徐曼欣赏不来年轻人的这种时尚，只觉得有点脏，哪儿哪儿都不顺眼。徐曼像重新认识这个人一样打量着"乌眉皂眼"的陶陶，咬着牙一句话也没说。她不是那种对这种情况一无所知，觉得扳一扳就能好的老古板，正因如此，她由衷地绝望、愤恨。

陶陶身边的女孩似乎并不在意眼前的状况，吃了口蜂蜜后，偎向陶陶，笑靥如花地给她喂食。徐曼拧眉看着那女孩，打内心里讨厌这种轻佻的做派，因着这个，连陶陶她也看低了起来——亏她这么多年一直当她是颗明珠呢，真是知人知面不知心！

她忍不住又去看以沫，她素着一张柔而不媚的清水脸，穿着朴素的米色衬衣，露出修长的脖子和清晰的锁骨，看上去很乖、很干净，又很稳重，她想起刚才骂她的话，突然觉得有些讽刺。

陶陶一五一十交代完，垂下厚重卷翘的眼睫，一副任君处置的表情。

徐曼在感情上遭受了如此大的创伤，却又发作不得；但就此善罢甘休，又太叫她窝火。她一时不知如何处置，只是铁青着脸坐着。

偌大的别墅陷入死一般的沉寂。以沫看着明艳不可方物，却做男孩子打扮的陶陶，心情复杂得难以言喻。造物竟如此弄人，给了陶陶最完美的女性躯壳，却给了她一颗男人的心。

她想起那些年江宁为陶陶做的傻事，又想起自己和徐行因为陶陶生分的这八年。当时占据他们全部生活、重若千钧的感情到头来竟是一场错付。她嘴角浮出一个苦涩的笑纹，原来有的人出现在你生命里，只是为了打个岔，但你的人生却因为她的出现偏离了原有的轨道。你为自己所受的煎熬不值，却连一句怨言也说不出口。

一直站在她们身后的徐行走到徐曼身边坐下："妈，对不起。"

徐曼呵呵地冷笑了一声："你干的好事！"

陶陶生怕徐曼为难徐行，放甜声音劝道："阿姨，您不是一直急徐行的婚事吗？现在他有了真心想娶的人，您应该高兴才是啊！"

徐曼嘿嘿一声怪笑："你听说谁家的芝兰玉树娶了个小家碧玉的？"

陶陶愣了一下，她没想到一直雍容和蔼的徐曼竟会对以沫这样尖刻："这……可是他们很相爱啊！"

徐曼奇怪地看了她一眼："相爱算什么？婚姻讲的是你爱我，我爱你吗？它讲的是门当户对、利益交换。她能给阿迟什么？"

陶陶像听见了一个白痴问题，匪夷所思地说："她能给徐行幸福啊！"

陶陶旁边的女孩早就听不下去了，阴阳怪气地挤对了一句："阿姨，大清都亡了一百多年了，早不讲门当户对了。"

这时，陶陶像想起什么似的定下了神，她的表情变得严肃，鲜少皱起的眉也微微拧了起来。她欲言又止了几次，终于忍不住说："阿姨，有件事徐行一直瞒着您和叔叔，但我现在觉得您有必要知情。徐行有严重的躁郁症，这几年一直在接受电击治疗。"

徐曼张开嘴，眼睛里浮现一层迷茫，她一副听不懂的样子："你说……什么？"几秒钟后，她一下子站起身，把面前的茶几撞歪了一个角度："你再说一遍！"

"刚知道的时候，我和您一样难以接受。我和他的主治医师沟通过很多次，医生告诉我，连他也走不进徐行的内心。他只能推测问题出在徐行的原生家庭上，他感觉徐行可能从小生活在高压的家庭氛围里，被人期望过高，又不能和家人做有效沟通。

"这几年，徐行一直在和躁郁症抗争，他非但没有得到家人的关爱和支持，反而还要承受你们给他的压力。我是真的怕他撑不下去，才提议和他假结婚。"陶陶诚恳地说，"和徐行做了十年朋友，他给我的印象是无欲无求。可最近我才知道，他不是无欲无求，他渴望爱，也渴望被爱，他只是求而不得。阿姨，我没有要否定您的意思，但我很认同一个作家的话，母子一场，你和他的缘分就是不断目送他离开，然后看着他的背影劝自己'不用追'。请您——放手，好不好？"

徐曼像挨了当头一棒，面部表情慢慢变得扭曲，一层冷汗从她白腻腻的额头上冒出来。她觉得自己遭受了不实指控，情绪激动地说："你讲什么呀？什么躁郁症、电击治疗啊？我们阿迟好好的，你凭什么说他有病？凭什么说他过得不开心？"

见众人都凝重地看着她，她有种站在被告席里的惶恐。她觉得这里再也待不下去了，扭过头就往大门处走去。一脚迈出门，她忍不住呜咽起来。

她一步一顿地往前走，抹会儿眼泪看会儿天。这真是个邪门的夜晚，倒霉事一桩连着一桩，把她的世界全颠覆了。

她在心里怪怨着以沫，怪怨着陶陶，最后连徐行也一并怪怨上。她哭一阵，心里骂一阵："我怎么生了这样一个不服管的儿子？还是靖勋好，什么都听我的……"

想到英年早逝的辜靖勋，徐曼悲从中来，掩面号啕："靖勋啊，你在天有灵看见妈妈落到这个地步，心会不会疼啊？你怎么这么狠心抛下妈妈？要是你还在，我管别人干什么？要是早知道你会出事，我就不让你……"

突然，徐曼止住了哭声，她想起一个被自己回避多年的事实——靖勋原本想学医，是他们非逼他读军校的。她重重打了个寒噤，呆若木鸡地站在了路中间。

一道车灯光从她身后照过来，传来催促她让路的喇叭声，她充耳不闻。催促声加急，徐曼仍是麻木地站着。双方正僵持不下，追上来的以沫一把将徐曼拉去了道旁，与此同时，一个女人从车窗里探出头骂道："疯婆子！"

以沫默默将一件风衣披在徐曼身上，徐曼一动不动地任她摆布。不多时，徐行的车在她们身边停下。以沫拉开后排的车门，柔声叫她上车。她眼神直勾勾地盯着车里，良久，她像上断头台一样上了车。

第十五章

随风直到故园西

以沫从晖城机场坐大巴回到七莘镇时，已是薄暮时分，昏黄的斜照从西边洒下，镇上的白墙黛瓦、飞檐翘角都被染上了一层暖色。

出门劳作的人也已归家小憩，为接下来的晚餐做体力上的休整，这也是小镇一天中最沉寂安详的时分。

这一趟出门的时间算不得很长，但每一天都度日如年，此时，以沫站定在半月形的石桥上，有种恍若隔世的感觉。

她在微微荡漾的碧波之上发了很久呆。氤氲的水汽洗去了她连日来的灰暗心情，她眉眼舒展开来：回家真好。

她脚步轻快起来，步履如飞地回到了问山。以沫推门而入，正在做直播的姜敏抬头一看，惊喜地跑上前大喊："小管，以沫回来了！"

小管举着锅铲从厨房迎了出来，忙不迭地嘘寒问暖。以沫长长地舒了口气，一言不发地抱住了姜敏。

小管觍着脸伸出胳膊："我也要，我也要。"

以沫扬手，故作嫌弃地挥开他的胳膊，三人不自觉笑成一团。

以沫回屋冲了个凉，再回天井时，小管已经摆好了晚餐。一大锅煮泡面配一盘煎蛋、馒头，聊胜于无。

"怎么样，快给我们说说小辜在关岛的事儿？"

以沫筷子顿了一下，沉下声说："他选择在那边定下来。"

姜敏很有眼力见儿地岔开话题："对了，你走的这些天，邹诚达找你好几次。他让你一回来就尽快去找他。"

以沫神色一动，莫非邹诚达那边有了关于兰雪之香的消息？

第二天一早，以沫巡视完茶园就坐车去广益找邹诚达。她到的时候，碰巧广益在开大会。国企的会一向又臭又长，以沫直等到快中午才见邹诚达回来。

"小宁，你可回来了。"邹诚达一见以沫就心花怒放，满脸堆笑，"过来，把这个表填一下。"

以沫合上手头那本翻了无数遍的县志："邹叔，什么表？"

邹诚达从抽屉里抽出一份文件："第一届国际茶王赛的报名表，我们市里只有两个参赛名额，我给你留了一个。"

每个行业都有属于自己的顶级赛事，而茶界顶级的赛事就是茶王赛。茶王赛，民间也叫斗茶，始于唐，兴于宋，最初是流行于文人贵族之间的雅事，比的是点茶的茶品和茶艺。现代茶王赛主要比茶叶品质，玩法规则和选秀差不多。对决到最后的茶人会获得茶王称号，在业界成为一方人物，获奖的茶也会身价陡增，备受追捧。这类比赛全国各地都有，规模大小不一，但基本上都是当地茶业的自娱自乐，比如安溪的茶王赛就比铁观音，勐海就比普洱茶，很少有全国性的大型综合赛事。

"国际茶王赛？"以沫接过邹诚达递来的文件浏览起来。

"这是国际茶委会组织的国际性大赛，明年4月在上海开赛，到时候会有二十三个茶产国的大师代表参赛。"邹诚达兴奋地说，"这可不是小打小闹，要是在这样的赛事里拿了奖，那可是为国争光，你和咱们的七莘茶就名扬天下了。"

以沫看完文件，凝神不语。

"怎么？"邹诚达见以沫神色复杂，心里打了个突，"你不是一直盼着来一场这样的大赛吗？"

邹诚达没有说错，自从研发出喜绿之后，以沫一直盼望能有一场大规模的、公平公正的赛事出现，好让她带着喜绿和全国各地的绿茶一较高下。但自从见了孙灵运后，以沫的锐气被卸掉了，她知道自己的茶是佳品，却不是仙品，很难有机会在这样的赛事里拔得头筹。所以，当机会真摆在面前时，她犹豫了。而人一旦犹豫，就说明这事儿基本成不了。

"您觉得我能拿奖吗？"以沫不紧不慢说。

"这怎么说呢？要我是评委，喜绿就是茶王，谁叫它这么对我口味呢？但我不是评委，我说了不算。"邹诚达摸了摸鼻子说，"不过呢，这好几百万元一斤的茶王我也尝过，要我说呢，喜绿是有资格和那些顶级绿茶一较高下的。"

"我不喜欢打没把握的仗。"

"别那样心高气傲，去比比看，机会难得啊。"邹诚达神色凝重起来，"再说，金奖的奖金是三百万元，以你目前的状况，光冲着这奖金也要一试啊！"

以沫陷入了沉默。

邹诚达瞄了一眼她手上的县志："对了，你那个兰雪之香，有线索没？"

"可以说有，也可以说没有。"

"哎哟！"邹诚达抚了抚额，"别打太极了，快给我个痛快话。"

"我要回去再考虑考虑。"

"最多给你两天时间考虑啊，报名时间快截止了，你要不参加，这名额我还得给别人呢！"

以沫点点头，拿起文件就告辞离去了。

回到问山，以沫把文件丢给姜敏，径自回了二楼房间倒头躺下。遇到难以抉择的事情，以沫的解决办法就是躺着冥想，想不通就一直躺着，想通了就往前走，绝不回头。

躺到下午三点，她翻身起床，下楼去厨房抓了个冷馒头，一边吃，一边往茶房走去。

这些年里，问山居前前后后被她和宁志伟翻修过很多次，但无论怎么翻修，茶房是不能动的，因为那里是茶人的根本。

推开茶房黢黑的木门，一股浓郁的茶香扑鼻而来。那是木屋近五十年来被茶叶熏出来的陈香。她走进光线暗沉的茶房，轻轻翻动着木地板上萎凋好的茶叶。夏天的茶芽长得很快，老得也快，做出来的茶口感发涩，是卖不出去的下等品。因此，夏季是茶山的农闲季，没人采茶，也不会有人制茶。

地板上，一百斤鲜叶已经萎凋成六十斤，这是揉捻茶叶最好的时候。她将茶叶装入竹篾里，拿捏着力道轻拉重推，把一堆又一堆的茶叶搓成自然紧实的条索。然后生火架锅，在六十摄氏度的室温里亲手翻炒这锅茶叶。汗水沁出又被烤干，以沫身上干了湿，湿了干。晚上七点，干茶制成，几近虚脱的她留下一小撮茶叶，将剩下的倒进了垃圾桶。

这些年来，整个七莘镇只有她一个人会在三伏天里坚持做茶。她不为别的，单单为了练手。若不是肯下这样的苦功，以她的年纪，再怎么用心也绝不可能炒出现在的喜绿。

然而现在，她遇到了瓶颈。她的喜绿固然是最好的七莘茶，但它真的配站在世界级的舞台上，向世人宣布这就是七莘茶吗？这一点连她自己都已经不能信服了，又何以服众？

可她无法劝服自己放弃参赛。这是她梦寐以求的比试，一旦参赛，会有世界级的大师帮她定位喜绿，她也会在这场碰撞中得到很多收获。机不可失，时不再来，谁敢保证大赛有第一届就一定会有第二届呢？

她彷徨地环视四周，茶房里的工具都是宁志伟留下来的，甚至还有爷爷奶奶留下的工具，这些工具仿佛见证了他们家三代人从青丝到白发的传承。她想起宁志伟去世前坐在这里炒茶的样子，那个年代茶园荒废，全镇只剩下他一个人坚持复兴七莘茶，她可以想象父亲秉持的是一种什么样的信念。

她出了会儿神，耳畔又浮现徐曼刻薄的笑声，"你听说谁家的芝兰玉树娶了个小家碧玉"。她从来都不是攀缘高枝的凌霄花，她一定要凭自己的力量长成一棵树的样子，然后和她的芝兰玉树并肩而立，共担风雨，分享阳光。

想到这里，她做出了决定：参赛、拿奖，为了自己最爱的两个男人，也为了自己。

一念既定，以沫心头的大石放了下来，顿觉轻松。她拿起那一小碟刚炒好的茶叶走出茶房，一边往厨房走，一边拨了个电话给徐行。

电话接起，传来他清润的声音："怎么想到给我打电话了？"

虽然彼此已经定了情，但从没正常恋爱过的以沫并不知道"恋爱"这个事情要怎么谈，她很少主动打电话给徐行，总担心自己会打扰到他，反而是日理万机的徐行不时打电话找她。

"我准备参加国际茶王赛了。"

徐行"嗯"了一声，示意她往下说。

以沫便 blah blah 地说了一大通和茶王赛有关的事情。

"所以呢？"徐行柔声问。

"你可以帮我找一个生态学专家吗？"

"为什么想要找生态学专家？"

"这个，说来话长。"

"你可以慢慢说。"

"我怀疑这一带有个村子曾经盛产兰花，但因为生态环境遭到了破坏，才导致兰花绝迹。我想找个专家帮我印证这一点，顺便帮我考证下当年那里产的兰花是什么品种。"

"你对要找的这位专家有什么要求？"

以沫并不懂生态学，她也提不出什么要求，想了想，她说："物美价廉一点的。"

徐行失笑："你给个物美价廉的标准。"

"就是能力你认可，日薪我付得起的。"

"好的。你还有什么事吗？"

以沫一手拿着手机，一手倒水沏茶，然后把她怎么通过看县志锁定落叶溪的经过又说了一通。

"还有呢？"

以沫觉得徐行有点奇怪，她该说的都已经说完了，他却像没有听到正题一样。她抿了口茶，夏茶果然怎么做都去不了那股子涩味，她被涩得眉头一皱："那……没什么事了。"

"以沫。"徐行的声音突然语重心长起来，听上去似乎还有那么点失望？

"怎么了？"

"你说了这么多，似乎还没有说想我。"

以沫猝不及防地红了脸，含在口里的夏茶瞬间变得甜了起来，她缓缓咽下茶水，张开嘴，但那样的话对她来说实在难以启齿，她抿住唇，贝齿轻轻地在唇上咬了一下。

等了一会儿，徐行压低声音轻轻一笑："免了吧……我担心你嘴唇会咬破。"

"啊？你……"以沫面红耳赤，仿佛他此刻就站在她面前一般，"我不和你说了，记得准时吃晚餐。"她匆匆挂断，将手机贴在微微起伏的胸口。

以沫提交茶王赛的报名表后，等了一周，见徐行那边没有消息，忍不住发了条消息："哥哥，生态学专家找到了吗？什么时候可以就位？"

那边几乎是秒回："等通知。"

以沫百爪挠心地等了等，终于在第四天上午收到消息："以沫，去大榕树下。"

以沫且惊且喜："是专家到了吗？"

"对。"

以沫大喜过望，飞快往大榕树的方向跑去。等她气喘吁吁地跑到镇头江边的榕树下时，只见一道白衣黑裤的秀颀身影立在碧水之外、绿荫之下，哪里是什么生态学专家，明明是徐行本人。

听见以沫的脚步声，正在树下眺望江面的徐行含笑回头，那一刹那，以沫只觉平静的江面乍然泛起了明波，而她一个不小心，心神都被卷进了那道水波里。见以沫怔在原地，他唇角笑痕更深，他朝她伸出手，用极温柔缱绻的声音唤她："以沫，过来。"

以沫被他的笑容感染，不自觉翘起嘴角，轻快地迈步跑到他身边，轻轻一埋头就钻进他怀里。他们谁也没说话，用最深沉、炽烈的爱拥抱彼此。良久，以沫仰面看进他眼中，带着几分薄嗔地伸出手掌："我的生态学专家呢？"

难得见她这样娇俏，徐行情不自禁地双手捧住她的脸，也带着几分薄嗔说："看来你是真的不想我。"

以沫觉得无法解释，于是踮起脚，轻轻地在他唇上啄了一下。顿了顿，她自觉还不够，又把脚踮得更高些，极认真地吻他的眉毛、眼睛、鼻子和脸颊。这是以沫第一次主动吻他，徐行只觉有什么在身体里融化，却也觉得隔靴搔痒，尤其是她唇上涂着微黏的唇膏，破坏了他们的亲密无间。他微微喘息着问："你涂唇膏了吗？"

"嗯。"以沫轻轻点头。

徐行张嘴含住她的唇瓣，极有耐心地一点点舔去她唇上薄薄的防护物，直到她的唇瓣完全裸露，这才用一种要将她吞下去的激情猛烈吻她。

不知道过了多久，一道童稚的声音传来："哥哥、姐姐，你们在干什么呀？"

物我两忘的他们松开彼此，诧然回头看去，只见四个举着冰棍的小孩子正排排坐着，目瞪口呆地看着他们。也不知道他们什么时候来的，来了多久。

以沫的脸一下子红了，她背过脸去，拽了拽徐行的手，示意他赶紧离开。徐行反握住她的手，如沐春风地在那群孩子面前蹲下，一本正经地说："哥哥在抢这位姐姐的糖吃。"

这简直太有道理了！四个小孩恍然大悟地齐齐"哦"了一声，作鸟兽散。

以沫想起童年旧事，含羞带怯地低头，也是莞尔一笑。

两人定了定心神，牵手往问山走。以沫心中全是甜蜜，但也有些惆怅："我原计划今天就去落叶溪的，但是专家没到，看样子得另外做打算了。"

"谁说没到，他就在你身边，而且……"徐行气定神闲，"物美价廉。"

以沫将信将疑地看着他："可是……"但她也"可是"不出什么所以然来。

"在麻省理工读书的时候，我学过生态学的课程。初阶的生态学很像传统生物学，但高阶的生态学其实更多应用的是数学。需要用数学模型把复杂的生态现象进行演绎和推理，再设计实验。所以这门学科对我来说并不算跨越领域。"徐行不徐不疾道，"也正因为这样，我才能顺手给盛霄设计出一座垂直农场。"

以沫暗想，哎呀，怎么忘记这一茬了？如果哥哥不懂生态学，怎么可能开发得了一座高度生态化的垂直农场。她出了会儿神，忍不住脱口而出："让你这样身娇肉贵的大人物来帮我干粗活，好像有点大材小用的感觉。"

"没办法，谁让我恋爱脑？"徐行自嘲。

以沫心里一甜，却也有新的困扰："接下来的考察可能需要很长时间，你这样离开了，启明怎么办？盛霄会不会有意见？"

"不会，我开发的产品够他卖好几年的。"

听他这样说，以沫心中略觉安顿。两人相携回到问山，以沫打印了份落叶溪村的地形图和详细分析报告给徐行："据孙灵运说，1934年是七莘茶最后的辉煌；1935年出产的七莘茶突然失去了兰雪之香；

到了 1936 年，还是没有起色的七莘茶彻底没落。我查过 1935 年前后的史料，这段时间只发生了一个大变故——军阀入侵，大兴土木，而落叶溪作为本县唯一的原始森林，被伐木十五万株，导致生态系统完全崩溃。"

徐行一边浏览那份报告，一边认真听她说。

"兰花对生长环境要求很苛刻，只有海拔六百到一千三百米的地方才有可能大片生长。七莘镇附近满足这个海拔高度的山，只有落叶溪村的凤鸣峰。基于这两点，我怀疑那边曾经产过兰花。"

"嗯，是个合理的联想。"

"这些年政府一直在保护、复育凤鸣峰的生态，凤鸣峰的原始次生林状态恢复了很多。所以，我这次去不光是为了验证猜想，还期待能重新找到兰花，或者和兰花有关的线索。"

"我们什么时候出发？"

以沫将电脑关机，拖出一个装得鼓鼓囊囊的超大登山包："现在。"

强悍的越野车在崎岖蜿蜒的山道上爬行，前方是一条平均坡度四十度以上的原生态山道，狭小得堪堪只能容纳一部车穿过。更糟糕的是，这条路浮土很厚，徐行驾驶的这辆越野车好几次都险些滑出车道。他吁了口气："早知道是这样的路况，我应该弄辆更好点的越野。"

从七莘镇到落叶溪村，地图显示只有一百二十五公里，正常走是两小时的车程，然而他们足足走了五小时。

以沫原以为他们一天之内能打个来回，赶一赶可以保证早出晚归。但眼下的状况明显不在她的预估范围以内了。看着偏西的太阳，她不得不重新调整计划：他们得在这个村子里驻村一段时间。

想到这里，她摸出手机，给在这里乡政府做乡长的高中同学打了个电话。

二十分钟后，山路的尽头浮现一条狭窄的水泥路。他们对视一眼，长长松了口气，看样子是进村了。

水泥路两边密密麻麻地长着参天大树，弯道前方是连绵不断的险峻山峰，整条路上看不见一辆车，只偶尔能看见一个赶着水牛的老人慢悠悠地走过。

徐行摇下车窗，带着草叶木香的湿润空气充盈整个车厢。这样干净的味道，让他们想起20世纪80年代末、90年代初的童年。

车开到落叶溪村时，路边迎上来一个老人："你们是张乡长的朋友吧？"

以沫连忙点头："对，我们是张一春的朋友，来村里做些考察。您贵姓？"

老人热切地说："我是落叶溪的村主任，免贵姓粟。"

寒暄了几句，粟村主任就领着两人往村里走。

落叶溪村坐落在溪对面的山腰上，需要通过一条窄窄的吊桥才能进村。徐行牵着以沫在摇晃的吊桥上前行，视线前方茂林修竹，炊烟袅袅，脚下溪清可鉴，鹭鸟齐飞，犹如行走在水墨画里。

"真是个好地方。"徐行忍不住感慨。

粟村主任却说："地方是好，可惜留不住人。年轻人都外出打工了，只剩下老人小孩。全村六十户人家，叫过来开会都坐不满一间屋子。再过些年，还有没有咱们这个村都不好说了。"

以沫听了，心下微微黯然。过去这十年，中国消失了很多村子，她这类小镇青年心里的田园诗画也正在消失。倘若有一天连七莘镇也消失了，她将何以为家？想到这里，她不自觉握紧了手：无论如何，她都要通过明年的茶王赛让家乡蜚声世界，借此振兴家乡茶业，召回流失的年轻人。

粟村主任招呼他们吃了个农家饭后，领他们走到村子最高处的一座农家院前。他递给以沫一串钥匙："这是我弟弟家，他们两口子出去打工了，你们这段时间就住这儿吧。"

眼前的小木楼是当地标准的制式，一栋三间屋子，正中间是供奉天地君亲师的堂屋，左右两边各一个"饶间"。饶间是起居室，一般会被隔成两个空间，外间是做饭的土灶，里间则是卧室。

当地以右为尊，父母辈住右边的饶间，小一辈则住在左边的饶间里。两个饶间固然处在一栋屋里，但里头隔着四道门，因此既能保证大家同在屋檐下，又能保证两代人互不干扰，独立生活。

以沫他们推开堂屋门一看，里面十分敞亮，非常温暖亲切。

粟村主任带他们里外转了一圈，交代完琐事后就离开了。以沫从柜子里翻出褥子，趁着还有天光，挂在外面拍晒起来。柜子里叠着床单，倒是都很干净，只是放的时间太长，隐隐透着点发霉的味道。她连忙从井里打来水，麻利地把床单洗完晾上。傍晚的地气很燥，以沫刚把两间屋子打扫干净，床单就半干了。她嗅着床单上清新的淡香，心满意足地闭上了眼睛。

徐行从车那边回来时，背上多了个非常大的军用背包。他看了眼两侧饶间洞开的门窗，里头的杉木地板被以沫擦得纤尘不染，既干净又亮堂。他喜欢她这份细致和勤劳，看向她的目光满是爱怜："不知道的，还以为你要在这里住个一年半载呢。"

以沫知道徐行从小有洁癖，半点脏也不能忍受，所以将他要住的卧室反复水洗了三次。为他做这些的时候，她心里是快乐的。

她环顾四周，这间木屋虽然不大，但门前有院子，门后有竹林，此时山月初升，不免让以沫想起唐诗里写的："独坐幽篁里，弹琴复长啸。深林人不知，明月来相照。"这想象惬意极了，她在门槛上坐下，双手捧住脸颊："要不是有任务，我还真愿在这里住个一年半载。"

徐行放下背包，挨着她坐下，和她一起看渐黑的天幕："为什么这么喜欢这里？"

"我觉得这里很像《笑傲江湖》里的绿竹巷。"

《笑傲江湖》是以沫看的第一本长篇小说，那年她正上初三，班上突然开始流行看小说，男读武侠，女读言情，一本书这个看完传给那个看，那本《笑傲江湖》就是这样传到以沫手上的。以沫向来不看闲书，那天不知怎么就随手翻了一下，恰巧就翻到岳灵珊移情林平之，令狐冲黯然神伤的片段。那也正好是陶陶闯入她和徐行之间，而她满心苦闷无处发泄的时候。她顿时和令狐冲的心境起了共鸣，不自觉凝神读了下去。

令狐冲在洛阳的那段剧情写得非常苦闷，以沫看得几乎垂泪，谁想到金庸竟给令狐冲安排了一段绿竹巷的邂逅。在绿竹巷的木屋里，令狐冲遇见爱他、惜他，与他琴箫和鸣的盈盈，这段剧情像一阵清风吹散了以沫心中的苦闷。

看完书，她伏在课桌上陷入遐想，从那时起她开始渴望一个属于自己的绿竹巷。在那里，她将和自己的爱人过着粗茶淡饭、超脱万事万物的生活。

她把这些娓娓说给徐行听，说完，她出神地望着天外："哥哥，我唱首歌给你听吧。"

说着，她的歌声轻轻响起："莽莽苍苍兮，群山巍峨；日月光照兮，纷纭错落；丝竹共振兮，执节者歌……觅知音固难得兮，唯天地与作合……"央视《笑傲江湖》的插曲，描写的正是绿竹巷。

她很少唱歌，换气声线有些不稳，但声音柔中有脆，透着少女般的天真恬淡。此时天地俱寂，耳畔除了风声、水声，便只有她的歌声。徐行一边侧耳倾听，一边深深凝望着她细腻柔和的侧颜。融融暖意从心底涌起，他的心神随着她的歌声起伏，就像泛舟荡漾。作为一个科学工作者，他一直是个坚定的无神论者，但是此刻，他愿为她供奉一个神灵，只求那个神准许他们生生世世，永不分离。

　　他正畅想着，忽听以沫咝地倒吸了口气。徐行心跳一紧："怎么了？"

　　"被蚊子咬了……哎呀……好多包。"

　　徐行顺着她的视线往她小腿看去，只见她白皙细长的小腿上起了四个很大的白色肿块。

　　"糟了，也不知道屋子里有没有蚊香。"以沫蹙起眉，满脸忧愁。她是非常招蚊子的体质，夏天里只要敢光着胳膊腿出去遛一圈，保准体无完肤地回来。更可恨的是，别人被蚊子咬了，最多两三天就好了，而她被蚊子咬了，就会起很多超级大包，一两个星期都下不去。

　　以沫连忙去屋里翻箱倒柜地找了起来，然而里面空空如也，连一卷多余的手纸都没有，更别提什么蚊香。

　　以沫的脸苦了下去。山村里的夏夜是蚊子的天下，如果没有驱蚊的东西，恐怕她今晚要像鲁迅先生在仙台那样把自己裹成木乃伊睡觉了。

　　"去洗个澡吧。"徐行拍拍她的肩膀。

　　以沫扁了扁嘴："好吧，我现在就去给蚊子洗菜。"

　　说着，她从堂屋的一角找出了一个大浴桶，在辜徐行的帮助下，往里头灌满水。末了，以沫拿着辜徐行给的户外探照灯，去后院的柚子树上摘了些新鲜柚叶。老一辈总说柚子叶、橘子皮泡水洗澡能防蚊虫，有没有用她不知道，但这点虔诚她还是要有的。

摘完柚叶，她抱着徐行借她的白 T 恤进了饶间。

浴桶很高，坐下去刚好没过以沫的肩膀。水温也很适宜，她嗅着柚叶的清香，轻轻掬起一捧水浇在肩头。

以沫进去后，院中的徐行打开手机，下了一封邮件细读起来。农村的木屋隔音很差，以沫沐浴时的水声不断在耳边响起，他读了几行，却总有些神情不属，浮想联翩。他自忖这样不太君子，抬脚准备离开，却听以沫在里头愉快地哼起歌来。他眷念她的歌声，突然舍不得走了，便缓缓坐回原位。

以沫的惬意并没有持续太长时间，很快里头又传来她"啪""啪"拍蚊子的声音。他不觉蹙眉，暗忖对策。刚才闲聊时，粟村主任告诉他们村里没有商店，村民的日用品都是去十公里外赶集买回来的。去采购自然是不可能，他倒是可以去问粟村主任借一些蚊香过来，可是农村的木板房密封性太差，实际用处也并不大。他深思了一下，举步往外走去。他刚走出几步，就听以沫在里头怯怯地喊："哥哥……你去哪里？"

"去对面车里拿点东西。"

"可不可以等我一起去？"以沫小心翼翼地问。

徐行这才想起她胆小怕黑，想来是不敢一个人待在这座四下无人的院子里。于是他转身回去，仍在原位等她。

不多时，以沫便推门出来了。徐行应声回头，见她有些局促地站在昏黄的灯光里。她身上穿着他的 T 恤，衣摆垂在膝盖上方，堪堪是一件短裙的长度。那件 T 恤很薄，在身后灯光的烘托下，她蓓蕾般的玲珑胸线和不堪一握的纤细腰线几乎纤毫毕现，他一眼看去，只觉整个世界都摇晃了起来。他面红耳赤地垂下眼帘，片刻后，又本能地朝她那边看去。

然而以沫并不知道这一点，仍是在为裙子的长度不安，她显然从没有穿过短裙，两只手不自觉地揪着 T 恤的下摆，像是要将它扯得更长，以盖住双腿。她越是这样，就越是引得徐行不自觉地去看她想遮掩的地方。她生着一双无可挑剔的细长腿，莹白无瑕，像最懂女孩子的漫画家画出来的那样匀称。

徐行喉头动了动，用有些发涩的声音说："这件衣服，你穿着很……合适。"

一句话艰难地说完，他感觉身体灼热起来。他虽然不近女色，但并不意味他心窍未开。在国外读书那些年，宿舍里到处扔着室友们的色情杂志、影碟，他们毫不避讳地在他面前看这些。他为了耳根清净，不得不出去找了个混合公寓住，然而混合公寓里的夜生活更加纸醉金迷，他那些精英室友有多大能力就有多大欲望，声色犬马的周末派对无间歇地点缀着他们的业余生活。在这样的耳濡目染下，他对性爱一事早已从"见山是山"进入"见山不是山"的境界，但没想到就在今夜，一件普普通通的白 T 恤就让他到了"见山还是山"的境界。

他目光灼灼地看着她，心脏不规则地乱跳。她无辜羞怯的样子，很像一个套在他 T 恤下的迷途公主，他必须将她抱起来放进怀里才安全。他一步步朝她走去，每一步，脑海里都闪过一个在她身上实施理论知识的画面，就在他心猿意马的时候，以沫突然牵住他的手往院子外飞奔："你不是要去车那边吗？"

猛不丁地被她这么一拽，他有种灵魂出窍的感觉，肉身固然随她跑出了好远，但魂还失落地停在原地。他们一路跑过吊桥，他的魂才追了上来。

他打开车门，躬身探进车里，三下五除二地拆掉车上的行车记录仪。

以沫好奇地问："拆它干什么？"

徐行笑笑没有说话，锁上车门，牵着她就往回走。回到屋里，他从军用背包里翻出一个单反相机和一个牛皮袋。

他席地坐在白炽灯下，从牛皮袋里拿出螺丝刀等工具，灵巧地拆起记录仪来。在拆东西这方面，徐行拥有宗师级别的手法，区区几分钟就利落地将那个记录仪拆成一排元件。

拆完行车记录仪，徐行挪了个地方，开始用螺丝刀拆单反相机的固定螺丝。

以沫看着心疼，忍不住问："哥哥，你在干什么呀？"

"我准备做一个激光灭蚊器。"徐行一边专注地拆相机，一边漫不经心地说，"虽然手头没有现成元件，但行车记录仪里有我需要的红外线 LED 灯，相机里有我要的光敏元件和激光头。"

"啊？"以沫哭笑不得，"毁掉这贵重的机器就是为了做个驱蚊器吗？"

"毁掉？怎么会？"徐行抬头看了她一眼，"走的那天我可以再把它们变回记录仪和相机。"

以沫略觉安慰，坐在他对面认真看了起来。

徐行一边组装元件，一边耐心地给她解释："我们用红外线 LED 发出的射线和反光板中统组成一个灭蚊区域，再用相机里的电荷耦合器件监控蚊子。只要蚊子一出现在这个区域，激光头就会发出激光杀死蚊子。理论上来说，这个机器一分钟可以杀死三十只蚊子。"

"高射炮打蚊子吗？"以沫捧着脸，崇拜地望着他，尽管他说的东西她一个字也听不懂。

半小时后，徐行将组装好的机器连上笔记本电脑，他调出一个现成的程序，运指如飞地将它改成一个新的控制程序。一切就绪后，他起身关灯，拉以沫离开。

两人相携着聊了会儿天，随后回屋开灯，只见机器四周的桌面上七零八落地掉了十几只蚊子的尸体。

以沫雀跃地凑过去："一、二、三……十二。"数完蚊子，她惊喜地抬起头，像看超人那样看徐行："哥哥，你太厉害了。"

有个像哆啦A梦一样万能的男朋友，真是叫人幸福得难以自持。

徐行淡淡一笑，暗想，这不但是个高射炮打蚊子的神奇夜晚，还是个孔夫子教《三字经》的神奇夜晚……Anyway，只要以沫觉得厉害就好。

第十六章

朝暮不相离

　　以沫的勘探目标凤鸣峰位于落叶溪村南面，海拔一千二百五十五米，南北长十一公里，东西宽五公里，比他们之前爬过的雁荡山百岗尖更高、更险峻。按以沫的设想，他们两天就能把整个山头粗翻一遍，然而实际行走时，辜徐行时不时会停下来收集某个区域的特点植物，测试土壤性质变量，或是做定量分析报告。

　　野外工作也非常枯燥，进入工作状态的徐行很少说话，冷酷得像一个机器人。以沫不懂生态学，没办法和他做学术交流。他长时间停在某处工作时，她就只好去摸鱼，抓螃蟹。

　　山里的鱼笨笨的，咬钩很凶猛，随便拿自制钓鱼竿挂条蚯蚓就有收获。运气好的时候，会弄到一条肥大鲜嫩的山鲇鱼，运气不好时也能收获一些微苦的鲹鲅鱼。料理起来也容易，收拾干净后，抹点盐裹上树叶一烤就能佐餐。这些可不是玩乐，毕竟野外工作是辛苦的，他们的食物只有馒头和咸菜，那些馒头在背包里闷几小时，拿出来吃的时候往往都已经馊了。在这样的情况下，以沫弄到的那些鱼、虾、蟹、野果就非常具有实际作用。

白天艰苦，晚上他们也不轻松。以沫不但要洗衣做饭，还得拿着兰花图册找老人做调研，一页页问他们是否见过。徐行则需要录入数据，用数学模型分析生态系统和特定现象。

　　半个月后，徐行的分析报告出来了：以沫的猜想完全正确，凤鸣峰有五个片区的生态条件非常适合兰花生长，完全有可能出现大的兰花群落。

　　这样的结论让以沫大喜过望，但实际情况并不乐观："我把兰花图册给所有老人都看了一遍，但他们一种都没见过。"

　　"我们要相信科学。"

　　"那接下来我们要怎么做？"以沫一筹莫展。

　　徐行从电脑里调出他绘制的凤鸣峰3D地图，指着标记好的五个片区："集中精力，在这五个地方做地毯式搜索吧。"

　　"万一找不到怎么办？"以沫有些沮丧，眼巴巴地看着徐行。行军作战般苦了半个月，只是论证了凤鸣峰适合兰花生长，这样的进度让以沫有种看不到头的绝望感。

　　"打退堂鼓了？"徐行一本正经地说，"这可不是我所了解的以沫。"

　　以沫伸手缓缓抚摸着他的脸庞，心疼地说："你都瘦了……"

　　徐行动情地握住她的手，脸颊轻轻在她掌心磨蹭着，最后在她掌心落下一道绵密的吻。以沫心中悸动，温柔地伏进他怀里。她一边听着他强劲有力的心跳，一边闷闷地说："别的男人有了女朋友都会变胖，只有你变瘦了……不行，咱们明天放假，我得去集市上买些好食材，我要把你喂胖。"

　　"何必那么麻烦？"徐行捞起柔若无骨的她，贴着她的唇吻了上去。他熟稔地挑开她的嘴，教她唇舌交织的法式热吻。虽然他们数度亲吻，但迫于种种限制，他多少是有几分克制的。这样大尺度的吻让以沫有些难以承受，她喘息着躲闪，迷离地看着小轩窗外的月亮，含糊地打趣："上弦月也能让男人化身为狼吗？"

徐行欺身追过去，更加用力地吸吮，像在品尝她的味道。以沫只好耍无赖："快闷死了。"

他略微离开她的嘴，慢悠悠地说："你不是要把我喂胖吗？多吃甜的，胖得比较快。"

以沫叹息着认命，她什么都比不过他，连耍无赖这种事情都没他有天分。

等以沫再睁开眼睛，小轩窗外的月亮已经不知道跑去哪里了。

"这地方真好。"徐行心满意足地拥着她，带着几分慵懒感慨。

"为什么？"

"吻你不会被打断。"

以沫想到他们数度被打断的吻，也不禁莞尔起来。

第二天是乡里一月一度的大集会，集会的地点在村东十公里的镇上。山路难行，以沫他们借了辆自行车，沐着薄薄的晨雾往镇上驶去。

山风清新，明亮的光线从刺槐和黄檀树的缝隙里穿射过来，照在他们身上。手机里播着以沫喜欢的歌，她含笑将一只耳机塞进徐行的耳朵里，心满意足地将脸贴在他背上。自行车在崎岖不平的山道上时不时蹦跳一下，以沫跟着音乐节奏轻轻晃动着小腿。自行车冲下山坡时，风声过耳，以沫的心跟着飞扬起来。

自行车骑到镇上后，就被密密匝匝的电动车挡在了集市外。他们停车步行进去，只见两条十字形交叉的路上，密密麻麻地摆了数百个摊位。摊位虽多，却杂而不乱：东边卖菜，西边卖服装，南边卖五金，北边卖日用品，十分有序。

在旷寂的野外工作半个月后，以沫格外享受这人间烟火的热闹。她兴奋地牵着徐行，一会儿在东边看看鸡鸭鱼肉，一会儿上北边看看家常日用品。除了常见的商品，地摊上还摆着很多山里特有的新奇玩意：拖着长尾巴的野鸡，药用价值高的大血藤，会说话的八哥……

以沫越逛越开心，孩子气地挤在人山人海里，时不时入手些零星物件。路过一个卖古董的摊位时，她一眼看上一个圆肚子的花瓶。老板敏锐地捕捉到她的目光，嬉笑着招呼："明代的青花瓶，来看一看瞧一瞧啊，五百块一个你买不了吃亏，买不了上当。"

以沫停下脚步，接过那只花瓶爱不释手地看了起来，徐行无奈地看着那个假得不能再假的青花瓶，压低声音说："喜欢青花瓶的话，我去香港给你拍一只真的回来。"

老板竖起耳朵也只偷听到"真的"两字，他敏感地露出凛然而不可侵犯的表情，一本正经说："我这就是真的啊，瓶子底下有二维码，你扫一扫就能看到生产信息：明朝官窑出品，永乐元年制！"

以沫笑得花枝乱颤，对一头黑线的徐行说："我就是觉得很适合买回去插花。"

徐行回过神来，对那老板露出一个更凛然不可侵犯的表情："二十块你卖不卖？"

老板用"你这人怎么这样"的眼神质疑地扫了他几眼，没好气地说："三十块，不能再少了。"

以沫抱着那只三十块买来的青花瓶，走出好远还在咯咯直乐。她的笑容感染了徐行，他渐渐觉得这至脏至乱处有了几分可爱。他平湖般的眼睛里蓄了点笑意，目光从几个啃野山竹啃得牙齿发黄的小孩脸上掠过，又落在卖菜老人慈祥的笑容上，心底起了一种前所未有的暖意。

以沫蹲下身挑选水果时，徐行走向一个卖花的摊位。卖花的是位老阿婆，正低头用铁丝穿着一朵半开的栀子花。她面前的小盘子里装着好些茉莉花穿成的手串，也有几支做好的栀子花簪。

以沫挑好几样水果，回头去找徐行，见徐行正朝她走来。她刚要开口，只见徐行手一抬，将一样东西轻轻簪在了她的马尾上。一丝栀子花的清香传来，她歪头伸手一摸，旋即绽开一抹明媚的笑容。

越往前走，他们手上的塑料袋就越多。逛到晌午时分，饥肠辘辘的两人转而沿街找吃的。集市上的小吃摊位很多，有卖牛肉烧饼的，也有卖米线、炒田螺的，但这一众美食都被徐行以"卫生堪忧"为由否决。以沫不情不愿地拖着步子跟他走了好久，才最终坐在一间卖馄饨的铺子里。

那是一间很小的馄饨铺子，里头只摆得开三张方桌。屋子有些陈旧，但里头纤尘不染，连锅灶都被擦得锃光瓦亮。

店主的大铜锅里熬的似乎是鸡骨汤，香气十分勾人，这样的汤打底，想必馄饨的味道不会差。然而店里的生意很冷清，连三桌客人都没坐满。

徐行点完餐，将菜单递给以沫。以沫接过一看就知道店里生意冷清的原因了。这家馄饨卖得很贵，一碗二十块的价格不是镇上人所能承受的。敢这样定价，想必这馄饨有些过人之处，老板也是个有性格的人。她随便点了一碗三鲜馄饨，躬身打开脚边的一只盒子，几声稚弱的"叽叽"声传来。

"大姐姐，这里面装的是什么啊？"

隔壁桌坐着一对带双胞胎男孩的夫妇，那两个男孩听见叫声，立刻好奇地围了上来。

"哎呀，是小鸭子！"两个孩子一看之下，登时惊喜地叫了起来，

"好可爱呀！"

盒子里面装着四只毛茸茸的小黄鸭，它们一边细弱地叫着，一边瞪着黑豆般的眼睛看他们。

"大姐姐，你为什么要买小鸭子啊？"一个男孩问道。

以沫笑了笑，却没有作声。当初看央视版《笑傲江湖》时，她非常喜欢盈盈在绿竹巷里养小鸭子的细节，那个细节让高冷的盈盈变得温软、立体，让这位魔教圣姑有种"已识乾坤大，犹怜草木青"的反差萌。刚刚在地摊上看见小鸭子，她第一时间想起了盈盈，于是少女心泛滥地买了几只回来。

她拿出几片菜叶，分别递给那两个小男孩。他们凑成一堆，眉开眼笑地喂着那些小鸭子。

直到馄饨上桌，那两个男孩才恋恋不舍地回到自己座位上。刚出锅的馄饨很烫，但两个小馋猫毫不顾忌，猴急地舀了一勺馄饨放进口中。他们被烫得龇牙咧嘴，却舍不得吐出来，挤眉弄眼地大声往外呼气。呼着呼着，他们的动作就变成你往我脸上呼气，我往你脸上呼气。他们越呼越起劲，终于一不小心把馄饨皮同时吹到了对方脸上。

以沫扑哧一笑，连徐行也不禁笑出声来。他们正含笑对视，两碗热气腾腾的馄饨端了上来。醇厚的鸡汤香味飘入鼻端，以沫低头看向那白瓷大碗，只见乳白的汤上飘着碧绿的葱花和一层金色的油珠儿，单那汤色就让人食指大动。

他们两个学了乖，舀起馄饨后并不急着品尝，而是轻轻晃着汤匙。片刻后，馄饨热气散尽，他们在自己嘴边试过温度后，不约而同地把自己的馄饨递到对方嘴边。他们怔了一下，欲笑不笑地吃掉对方递来的馄饨。馄饨鲜甜可口，说不出地暖心暖胃。

吃完午餐，以沫理了理战利品说："我们回去吧。"

"再晚一点，我去找个人。"

"什么人？"以沫有些诧异，难不成这个地方有他认识的人？

"一会儿你就知道了。"

徐行付完钱，领着以沫穿过北市，在东市的尽头处找到了一个卖蜂蜜的摊位。

以沫打眼一看，那摊位上不但摆着瓶装蜂蜜，还摆着蜂蜡和巢蜜，从成色上看，真中有假。

卖蜜的蜂农见徐行仪表堂堂，连忙割下一小块巢蜜奉送上前："你尝尝，这都是真正的土蜂蜜。我们自己养的蜂，童叟无欺。"

徐行尝了口巢蜜，微微颔首，转而将剩下的喂给以沫。那蜜花香浓郁，沁人心脾，确实很正宗。

"来点吗？我给你们算便宜点，八十块一斤。"蜂农殷切地说。

"我想买一些蜜蜂。"

"什么？"蜂农怀疑自己听错了，"蜂蜜？蜜蜂？"

"蜜蜂。"

蜂农笑容顿收，不咸不淡地说："蜜蜂我们不卖的。你要那个干什么？"

"我只要五百只蜜蜂，价格随你开。"

五百只蜜蜂对蜂场来说不过九牛一毛，蜂农寻思了一下，刻意刁难道："一块钱一只，你给我五百块吧。"

见他漫天要价，以沫脸色一沉，刚要发难，却被徐行拦下："可以。不过我要求你送货上门，还需要你花几小时做后续服务。"

老板喜得喉咙发干，这等好事对他来说不亚于天降馅饼："你不是逗我玩吧？"

徐行递给他一张百元钞票："这是定金。"

说着，他把以沫采购来的重物递给蜂农："下午把这些东西一并送到落叶溪村 22 号。"

"好好好，"蜂农客客气气，目送着他们离去的背影深情大喊，"我这就收摊给你取蜜蜂去！"

回家后，以沫安置好小鸭子，从院里摘取了些野花插在刚买的青花瓶里。做完精神生活建设，她开始料理买来的肉类。村里家家户户都没有冰箱，存不住肉食，但以沫很有办法。她拿刀将一块猪腿肉去皮剔骨，抽取经络，把肉割成一大块薄片。

"这是在做什么？"徐行饶有兴趣地看她做这些家常琐事。她是个很会干活的人，动作利落，如行云流水，连料理肉食这样略显粗的活落在她手里，也成了一种享受。

"我在做一种叫晒兰的猪肉干。"以沫一边说一边取调料，"这是湖南沅江一带的特产。古时候沅江船工长期漂在江面上，很难吃到肉食。他们的妻子就想出了一个办法，把猪肉做成可以存放的肉干，让丈夫带在船上吃。"

她用盐、米酒、花椒等调料把这些薄肉片腌好，一层层放进旁边的瓷缸里。她一边做这些事，一边轻言细语地说着做晒兰的工艺，怎么腌制，怎么烤干，怎么蒸晒。

"你是怎么会做的？"

"有年去那边做茶学交流，尝到了这种菜。我觉得很好吃，就跟当地人学了下做法。没想到现在能派上用场了。"以沫将瓷缸封好，满眼憧憬地说，"接下来我们就不用吃咸菜就馒头了。"

且说着，她洗净锅灶，把一旁拿糖腌好的李子倒进烧热的大锅里："熬点李子酱佐餐，可以补充维生素。"

徐行静静看着她的一举一动，她腰上系着刚买回来的格子围裙，越发勾勒得腰身不盈一握，她的脸被火气蒸得红彤彤的，娇艳得像一朵初开的秋海棠。热气蒸腾上来后，浓郁的果香四下溢散，那种甜香和以沫的气质很接近，倒像是从她身上发出来的。这样一想，他心旌动摇，几乎无法自持，但眼前的一切太过静好，他不想去破坏。

正出神间，院外传来一个叫声："是这里要的蜜蜂吗？"

徐行定了定神，走到院子里："对。"

一见到徐行，蜂农就乐出花来，他指了指自己的三轮车："你们的东西都送来了。"

蜂农卸下车上的物品，把一只蜂箱放在院子的树荫下："我给你送了只蜂王，你要是养得好，明年就能有一箱蜜蜂了。"

徐行反身进屋里拿出一只盒子，当着蜂农的面打开："你和我一起把这些粘在蜜蜂背上。"

蜂农探头往盒子里一看，只见里面装着数百个冰蓝色的晶片，大小厚薄类似女孩子装饰指甲的水钻，若不是每个晶片上都有一根头发丝粗细的天线，他真会以为这些就是水钻。

以沫闻声走来，小心翼翼地拈起一个晶片问："这是什么？"

徐行将一个晶片粘在蜜蜂背上："这是微型异频雷达，可以追踪蜜蜂的踪迹。"

以沫好奇地察看那个微型雷达："雷达可以做到这么小吗？"

"还有比这更小的。"

"为什么要在蜜蜂身上装雷达？"

"蜜蜂可以闻到两公里外的花香，没有什么比它们更适合找兰花。"

以沫茅塞顿开，激动得脸颊通红。虽然徐行把搜索范围缩小至五个片区，但这五个片区都分布在海拔八百米以上的深山老林、悬崖峭壁，凭他俩的人力去地毯式搜索，恐怕从酷暑找到严寒都不会有结果。有了这五百只蜜蜂，他们等于有了五百个帮手，还是自带超能力的那种。

她星眼含波，满怀崇拜地仰望着他——人生有他万事足，这样的感觉真好。

笔记本屏幕上，数十个闪光点在荧屏上不停地闪烁，被记录下来的信号同步转换为一个直观的图标。辜徐行指着某个位置说："这个坐标有蜜源。"

"收到，我去看看。"以沫从地图上找到那个坐标，站起身往东南方穿行。

这片散射光充足的老林是他们工作的1号区域，植被茂密，树木高耸入云，人站在其中，抬头看不见天空，四面八方看不到头。因为阳光无法直射，林间路面非常潮湿松软，每一步都像走在海绵上。

林子里闷潮异常，无处不在的爬藤植物和大昆虫加大了穿行难度。刚穿行了几分钟，以沫身上就起了一层大汗。她再一次感慨，如果没有那些小蜜蜂，她无法想象该怎么在这些地方展开工作。

约莫走了十分钟，以沫在离坐标八米外的地方发现了一片蓝得妖娆的翠雀花。她吁了口气，有些失望地上前蹲下。

这是他们在1号区域工作的第三天，这三天里，蜜蜂找到了很多花，但多是头巾草、紫堇、鱼灯苏这类野花，也遇到过几次兰花，不过都是常见的建兰。

好在倒也不是全无收获。此前她很担心要找的兰花不在花季，不能凭花找到它。经过三天的观察，她发现这一带温度恒定在二十三摄氏度左右，空气湿度很大，像一个四季如春的天然温室，很多春天才开的野花，在山上仍然能看见。这就意味着凭花找兰是可行的。

歇了会儿，以沫采了一把翠雀花，原路返回。

"有新发现吗？"以沫用一根草茎将那捧翠雀花绑好，随手插在徐行背包的侧面。野外工作时，以沫经常会贪心地采些野花野草，但长途跋涉后，几乎没有一朵花能活着被带回去。

徐行侧眸看了眼那束翠雀："没有新坐标出现。"

他从工具箱里找出一只专门用来保存兰花的纸袋，将那些翠雀小心翼翼地收进纸袋，再装进储藏箱里。以沫有些纳罕，她之前采过很多次野花，但他对它们的死活都是一副听之任之的样子，怎么偏偏这样优待这把翠雀？

徐行看了眼时间，退出程序："不早了，我们该下山了。"

以沫点点头，麻利地帮他收拾起背包来。

下到山下，正是炊烟四起的时候。

虽然人不在山上了，但以沫脑子里全是山上的事情，连做饭、洗澡的时候，都有些神情不属。

徐行看出她的焦虑，夜晚在院子里纳凉时，他专门挑了部喜剧片播给她看。两人依偎着看了会儿电影，心情渐好的以沫走去井边，把冰镇在井水里的西瓜吊起来，拿刀剖了装盘，摆在他们纳凉的竹床上。

两人并排坐着，沐着夜风吃瓜，这是他们每天最享受的时候。他们一边吃一边聊着明天去2号区域搜索的工作计划，正说着话，以沫的目光被青花瓶里那束翠雀吸引了。

回来后，她忙着做饭，全然忘了这束随手摘下的野花，倒是徐行竟想着把它插了瓶，而且高低错落，插得格外入画。

山中野花多数长得小家碧玉，唯独翠雀花形张扬轻灵，艳得惊心动魄。以沫怀疑徐行其实更偏爱美艳的东西，心底莫名其妙起了些醋意，半含酸地说："那么多花都没见你管过，怎么偏对它这么好？"

徐行没有正面回答："这种翠雀花是蒙古的国花。"

"蒙古找不出更好的花了吗？为什么拿野花当国花？"

"在草原上，翠雀花也叫贝尔其其格，翻译成汉语是媳妇花的意思。"

"为什么要叫媳妇花？"以沫顿觉有趣。

"据说草原女孩要是有了意中人，会采一把翠雀插在意中人的马鞍上：如果对方丢弃它，就意味着两人没有发展的可能；如果对方收下它，就意味着接受了她的求爱，此生非她不娶……所以，这么重要的信物，我怎么能不对它好一点呢？"

以沫红着脸去拍他："我才没有……"她的声音低了下去，羞得耳根子和脖子都发烫："求什么爱呢！"

见徐行笑盈盈地看她，她故意把脸一板："哪里有这样巧的事？该不是你编出来骗我的吧？"

"我是科学家，又不是小说家。"

以沫还是不信，拿手机搜索了一下，发现徐行所言属实，不但如此，它还有个浪漫的花语，叫给你幸福，真可谓实至名归的求爱之花。

以沫坚决不想在这件事情上吃亏："总之我是无心的，不许你穿凿附会。"

她想起徐行郑重收下它的样子，显然是很当真。她不免又有些甜蜜，似笑非笑地看着他："哎，作为科学家的你，怎么还迷信起民间传说来了？"

"和你有关的事情，我都不想含糊。"徐行牵着她的手，将她轻轻拉进自己怀中，"因为你，我愿意敬畏一切。"

以沫像被灌了一大口蜜，甜得发晕，她软绵绵地靠在他怀里，温柔地看着头顶上的夜空。此时星月皎洁，明河在天，如梦如幻般充满诗意。

以沫伸出手指，在天空中点了一下："那颗是织女星吗？"

徐行握住她的手，往左边一移："这颗才是。"

她回忆了下当年他教她的学问，指向西南方的一颗星："这颗是牛郎星。"

"没错。"

见以沫用一种奇怪的眼神看着他，徐行不解地问："为什么这样看我？"

"明明已经过去十年了，但那天你教我认星星的回忆还是很清晰，我记得你说的每一句话，做的每一个动作、每一个表情。"以沫凝神望着他，她甚至还清晰地记得那时的心跳。她突然觉得自己好幸运，兜兜转转一大圈，最终还能和少女时代心悦的人一起仰望星空。

她想到了一件事儿，翻身起来问道："那年你说没有一颗星星能代表我，我是古诗里的月亮，到底是哪轮月亮来着？"

徐行慢慢回忆起来，眉眼间浮现一种少年才有的羞涩，他避而不答，耳廓却红透了。

这个问题曾困扰以沫很久，她见徐行神色异常，更加好奇，于是不依不饶地牵着他的衣摆，仰面凑近他问道："说嘛，我真的很好奇。"

徐行喉头一动，素来深邃平静的眼中翻涌起暧昧不明的情愫："我劝你不要太好奇。"

"不，我就想知道。"以沫鲜少有被他拒绝的体验，心里有些不甘，带着几分不满地拉长鼻音"嗯"了一声。

徐行忍不住轻笑出声，借月光直勾勾看着她的脸："是'举头望明月，低头思故乡'的'明月'。"

以沫斜睨了他一眼："不说算了！"

她扭身就要起来，却被他欺身压回竹床上。以沫只觉脑中"嗡"的一声轻响，慌忙用手抵住他进一步贴近。她屈膝挣扎了一下，却被他顺势用腿夹住。夏夜里衣衫单薄，以沫感觉到他身体的变化，羞得不能自已，她不敢再动，轻声薄责："好好地说着话，干吗又动手动脚？"

他任由她抵着，双手落在她腰上，她的腰细弱得像一折就能断的柳枝，那样的触感让他迷乱，他嘴唇缓缓靠近她左耳："是'明明如月，何时可掇'的那一轮明月。"

以沫耳后的肌肤一阵阵发麻，整只左耳快要沸腾。联想到那句诗的意思和彼时的情境，她心跳如雷，抽出一根手指在他挺直的鼻梁上刮了几下："那时候真是错看你了……羞羞羞……"

徐行捉住她的手，低头吻了下去。她抵在他胸口的手失去了力量，身体跟着也软了下去，软得像一匹丝缎，和他的身体处处贴合。他的手沿着她的腿一寸寸上移，在急促的呼吸声中，他哑声求索："以沫，我忍不住了。"

以沫已经无法出声，羞怯乖顺地钩住他的脖子，仰头吻住他的嘴唇。隔开他们的衣物被剥落，他们彼此深吻，在一片蛙声虫鸣中沉沦。

第十七章

白茶清欢无别事

暴雨来临的那个午后，以沫和徐行正在 4 号区域里穿行。

4 号区域位于海拔一千一百米的悬崖上，森林里古木参天，溪瀑纵横。如果坐在直升机上俯瞰，会觉得那是一座人间仙境，但亲身穿行其间，那滋味就是谁走谁知道——没有路，没有光，没有空地，阴湿的洼地里到处是吸血的虫子。鞘翅目昆虫称王称霸，小型轰炸机一般在他们眼前、耳边嗡鸣，不是停在他们脸上，就是试图从他们的脖领处钻进衣服。

暴雨来得很突然，森林眨眼间陷入黑暗，耳边只有雨水重重拍打树叶的巨响。徐行拉着以沫在看不见路的雨幕里摸索穿行，瀑布般的急雨冲刷着他们的身体，像要将他们冲进泥土里掩埋掉。

以沫跟着徐行深一脚浅一脚地在泥泞里穿行，她从没经历过这样狂暴的风雨，吓得心惊肉跳，浑身战栗。

穿行了二十分钟，他们突然闯进一个新世界。那里似乎刚下过雨，初晴的森林里雨雾弥漫，迷蒙的阳光从树缝里穿过，照在地上星罗棋布的浅浅水泊上。

以沫在一块石头上站定，一边喘气，一边心有余悸地望着来处。虽然什么也看不见，但她仍能听见肆虐的雨声。

"这地方真是十里不同天。"徐行从背包里拿出吸水毛巾，快而轻地帮她擦起头发来。以沫还没从刚才的末世情境里回神，一副任他捏扁搓圆的愣怔模样。头发快被擦干时，以沫打了个喷嚏，浑身打起冷战来。这地方不但十里不同天，还百米不同季，他们穿着淋湿的夏装，接受的却是春寒般的考验。

徐行将颤抖的以沫裹进怀里，他的怀抱像壁炉，暖暖地烘着她，将她一点点焐过来。以沫伤感地将额头埋在他肩窝里，疲惫地哑声说："算了吧，我不想继续了。"

她难过起来。在今时今日说放弃，真的很不应该。但这些天他们每天都要面临许多考验，每一次前进都是一段苦涩的记忆。她实在是太累了，尤其是被发威的大自然恐吓过后，她发觉自己那样渺小脆弱，突然连自己都无法理解自己的初心了。

她呜呜地哭了起来，蛮不讲理地说："我不想再找了，我觉得我这样子很蠢，我想回家。"

徐行轻轻拍着她的后颈，像哄小孩子那样给她顺着气。他很清楚人的脆弱和坚强只有一墙之隔，既能一瞬间泪流满面，又能咬着牙走完一条长路。他相信他的以沫一定会把这条路走到底。等她哭够了，他问："还想回家吗？"

以沫带着水汽的睫毛往下垂着，气鼓鼓地不说话。

"有一年我和同学在非洲做动物迁徙研究，那边地广人稀，我们经常找不到目的地。向当地人问路，他们说不清东南西北，每次都含糊其词地说'你一直往前走就好了'。没想到按他们说的一直往前走，竟真的会在某个契机下发现目的地。'一直往前走'是个蠢办法，但在没有办法可想的时候，它往往又是最聪明的办法——你明白吗？"

以沫长长地出了口气，嘴上却不服软："我就是不想找了。"

徐行轻笑一声，她这副死鸭子嘴硬的样子还真是可爱："现在走了，我担保你未来会后悔。"

"我才不后悔。我……"

"嘘！"徐行突然打断她的话，他吸了吸鼻子，松开她往左前方走去。走出七八步后，他停在一棵树下，抬头往上看去。片刻后，他用一种异样的语气召唤以沫："你看这是什么？"

一种好事即将降临的强烈预感在心中升起，她眼神直直地走到他身边抬头看去。朦胧的光线里，一串半开的金色花朵出现在她视野里，紧接着，一股清幽的兰香袭来，激得她一阵轻颤。她没有见过这种花，也没闻过这种香味，但她一瞬间就确定它是兰花，只有兰花才有那种看似清淡，却能掩盖众香的王者之气。

"这是什么兰，怎么没在兰花图册上见过？"以沫克制地问。

这棵兰花附生在黄桷树的树干上，金色的花序从碧绿的叶片中垂下，庞大的白色根系裸露在空气里，浑身上下纤尘不染，颇有点仙风道骨的气质。

"这是石斛，属于兰科植物。"徐行拍了张照片，将照片上传到识图软件里。

"石斛？"

"它的学名叫鼓槌石斛，又叫金兰花。它不能生长在土里，只能附生在亚热带雨林的树木或者石缝上。它对生长环境要求很苛刻，在合适的环境里生长繁衍很快，但只要生长参数发生改变，就会很快灭绝。"徐行一边浏览着和它有关的文献，一边快速提取要点，"这种花的主产地是云南，在云南它被称为植物黄金，历来被当地人加工成花茶饮用。"

听到最后，以沫苍白的脸上泛起一阵潮红，嘴唇不自觉微微颤抖起来。他说的每一条都和她的猜想吻合，她终于找到它了！数十天的努力没有白费，她无法抑制地心潮澎湃。

"看上去就是我们要找的东西。"徐行平静地说，"但是我们需要证实它曾经在这里盛产过。"

他的话让以沫冷静下来，如果这种花没有在此地盛产过，当地人也没有拿它入茶的传统，那它就只是一个美丽的错误。

"这花你们见过吗？"

废弃教室改造成的会议室里，坐着七八个被召集来开会的耄耋老人，粟村主任举起那棵被固定在木板上的金兰花，用方言大声询问。

村中老人独居久了，反应都很迟滞，他们像是清醒又像是糊涂地看着那株兰花，咧嘴露出似笑非笑的木然表情。

以沫揪紧双手，目光从他们布满渔网纹的干瘦脸上扫过。

"这是不是鼓槌花？"一个老太太面无表情地说。

以沫内心一紧："老人家，您确定这叫鼓槌花？您见过？"

一个抽旱烟的老人磕了磕烟斗，慢悠悠地说："就是鼓槌，不是什么稀罕东西。"

这位老人以沫很熟悉，他是村里头脑最清醒、表达能力最强的老人。以沫拿起那株兰花，走到他面前蹲下："这花过去常见吗？"

"常见，跟映山红、金银花一样常见。我们小时候上山里摘了，能卖钱。"

以沫呼吸有些急促："都卖给什么人呢？做什么用途？"

"七莘那边有家茶叶店收，也不晓得他们干什么用。"

以沫紧声发问："那家茶叶店叫什么？现在还能找得到传人吗？您喝过那种茶吗？"

"哎哟，那怎么记得？"老人家用手比了个一米的高度，"芝麻绿豆大一点点的人，喝什么茶？也喝不起！"

以沫怔怔坐着，眼睛里泛起一层光。一切水落石出，她终于找到解开"兰雪之香"这个谜团的钥匙。

确定金兰花就是兰雪之香的香气来源后，以沫回七莘镇和姜敏他们筛选了三十家靠谱网店，购入多份金兰花茶横纵向对比。只可惜那些干花一下水，熟谙茶性的以沫就知道它们是无法采用的大棚货。不得已，她只好带管小潮亲自跑一趟云南原产地。

9月的云南干燥得像沙漠，骤然从湿度很大的七莘镇来到滇西山区，以沫的身体无法适应巨大的落差，得了严重的秋燥症。她强忍着鼻咽干燥、皮肤发痒的不适，以一天跑两个石斛基地的频率，把云南西部几个石斛主产地都跑了一遍。

他们身处的这座叫景谷的小城，是他们在云南的最后一站。景谷山水交融，自然生态环境保持得非常好，是业内如雷贯耳的普洱、石斛产地。

"这是最好的金兰，一百块钱十克的，你们尝尝。"石斛基地的老板热情地招呼着以沫和管小潮。

滚热的沸水注入玻璃茶壶中，五朵金色干花如鱼遇水，几经浮沉后绽放在杯中，一阵清甜的暖香随之蒸腾上来，沁入以沫鼻端。她端起水杯，深深吸了两口水汽，脸上的紧绷感和心里的躁意都得到了缓解。

管小潮喝了一口茶汤，一个没忍住夸了出来："以沫，真是货比货得扔，和这个比一下，咱们之前喝的那些都是刷锅水。"

来云南之前，以沫对此行抱有很多美好想象。但跑一圈下来，她发现这边的石斛几乎都是大棚种植出来的：一丛丛金兰花密密麻麻地挤在湿热的大棚里，被化肥催得极其肥壮，花厚色艳，香味却寡淡，完全没有半点仙风道骨、空谷幽兰的气韵。这些徒有其表的金兰花不但不能和七荤茶相得益彰，还会因为它们农残重金属超标破坏七荤茶的品质。

在一个善心老板的推荐下，他们找到了景谷这家仿野生石斛基地。所谓仿野生，就是把人工种植的石斛放在深山老林里自然生长，让它们像野生石斛那样采天地之灵气，吸日月之精华。

以沫尝了一口管小潮力赞的仿野生金兰花茶，微微蹙眉说："还是淡。"

老板一听有些不高兴了："这么香甜，你还嫌淡？"

管小潮也忍不住胳膊肘往外拐："对啊，这就挺好了，你看这花泡出来就跟活的一样，多好啊！"

以沫放下茶杯："老板，还有更好的吗？"

老板干笑着说："我可以负责任地跟你讲，你找不到比这更好的了，这是山里长了三年的金兰花，和纯野生的没差别。"

以沫未置一词，比起大棚金兰，这种仿野生的金兰品质固然要高出很多，但正如"橘生淮南则为橘，生于淮北则为枳"，离开雨林的金兰还是会因条件和环境所限，发生退化和变异，这种变异也许很细微，但失的那一毫厘，可能会让结果谬以千里。

老板见她不说话，从她脸色里读出了她的心理活动："哎哟，我从没见过你这样挑剔的客人。"

管小潮知道没人能拗得过以沫，只好赔着笑问老板："老板，您知道哪里能买到野生金兰花吗？"

这老板和管小潮很对脾气，说话很客气："买不到的。"

管小潮有点抓狂："你们这里不是原产地，不是有很多雨林吗？"

老板叹息一声："前些年村民为了赚钱，经常把森林烧掉种橡胶树。橡胶树吸水性很强，几年就把地下水抽干了，雨林变成旱地，哪里还能长兰花？这几年抓得严，没人毁林了，但是兰花近几十年是不可能再长了。"

以沫心知他所说的应该是实情，是她太天真，才会以为来原产地就能找到野生金兰花。她在心里叹了口气，端起水杯再度品尝。

以沫品茶的时候，管小潮便有一搭没一搭地跟老板聊他们做茶，想要复原古茶的事情。那老板好茶，听管小潮把七荤茶说得神乎其神，馋虫被勾了出来，连忙问他要网店地址。见状，管小潮随手从包包里摸出一袋样品请他品尝。

老板兴冲冲地就现成的热水、茶杯沏了一壶茶，香味一出来，他眼睛就亮了。一杯茶下肚，他对以沫竖起大拇指，用一副把她读懂的表情说："姑娘，了不得啊！无怪你讲究啊，不讲究的人做不出这种茶！"

他又细细品了一杯茶，几度犹豫后，他起身去屋里找出一个竹筒："俗话讲以茶会友，喝完你们的茶，我们就算交了朋友。"

说话间，他打开竹筒，一股清甜的兰香扑鼻而来。以沫吸了吸鼻子，不由自主地站起身来——竹筒里的兰香正是她在雨林里初见金兰花时嗅到的那一抹，这魂牵梦萦、刻骨铭心的味道，她片刻也不曾遗忘。

老板用茶夹从竹筒里夹出几朵金兰花，用热水冲了，对以沫和管小潮比了个"请"的手势。管小潮端起茶杯呼呼地吹了几口气，急吼吼地尝了一口，惊喜地说："天哪，这个好香。"

以沫轻轻晃着茶杯，让金兰花的香气慢慢蒸腾。

管小潮喜不自胜，对那老板讲："哎哟，拿美女来比金兰花，之前我们碰到的都是九块九包邮的小龙女，刚刚那杯是高仿小龙女，现在这个才是正版小龙女啊！"

老板哈哈一笑，转而问品完茶的以沫："还淡吗？"

以沫摇了摇头，露出心服口服的表情。她几乎可以断定这是野生金兰花做成的花茶，香淡却不寡，不但花香扑鼻，还有一股甘甜的蜜韵，让人沉醉。

管小潮一看以沫的表情就知道这回对了，他知道以沫性格含蓄，有些话不便开口说，便抢在她前头开口："老板，你这金兰花哪里来的？"

"这是我春天在芒玉大尖山找来的，五六天也就找了这么点。"

管小潮嬉皮笑脸说："你这儿到处都是金兰花，干吗舍近求远去山里找？"

"那不一样，这是自己喝的。"老板意味深长地说。

"有什么不一样？"

"气味就不说了，野生的金兰花茶，一杯下肚管保口舌生津，神清气爽。"

听他这样说，管小潮赶紧咂吧咂吧嘴："还真是呀！"

老板笑了笑，望着远处的山峰，意态悠远地说："我小时候跟家人住在山上，那时候山上有很多金兰花。和别的地方不一样，我们寨的人喝普洱喜欢兑点金兰花进去。为什么呢？因为生普太冲了，兑点金兰花沏出来，口感一下子就清柔了，回甘也更长久。我这些年做生意，什么茶都喝过了，最想的还是小时候这种金兰普洱。所以近几年我每逢春天都会上山里找兰花，找这口小时候的味道。"

他的话有意无意地拨开挡在以沫眼前的迷雾,她醍醐灌顶一般惊喜交加:"老板,可不可以再给我几朵花,我试着泡一壶茶。"

"没问题。"老板从竹筒里夹出五朵金兰花,放在一旁的小碟子里。

以沫把金兰花和七莘茶放入壶里,端身坐正,静气凝神,逆时针把热水缓缓冲进茶壶,水堪堪盖住茶叶后,她暂停了十秒,执水壶由低向高连拉三次,将水注到七分满。这种泡茶手法叫凤凰三点头,寓意三鞠躬,以沫借此来表达对这位老板的谢意和敬意。

老板果然看懂里头的门道,食指和中指在桌敲了敲还礼,接过茶品了两口:"真是三分茶七分泡,这茶被你一泡就更见本性了,真是极品好茶!"

以沫品了几口茶,却不自觉地皱起眉来。她手里这杯茶里有茶香,也有兰香,但茶香和兰香是分离的、缭乱的,二者并没有融合成浑然一体的冲和香气。

正如老板刚才所说,一壶好茶三分在茶叶,七分在泡法,一样的茶叶被不同的人泡出来,味道可能完全不同——用什么水,水温是多少,投多少茶,多久出汤,用什么手法,甚至泡茶人的心境都可能左右一壶茶的口感。当初她练习了整整五年时间才摸索出七莘茶的泡法,怎么今天竟妄想用一泡之功就让金兰花和七莘茶融合?

她神色暗淡了下去。兰雪之香这道难题真是一环扣一环,难不成她要用第二个五年,甚至十年去琢磨这个泡法?她暗暗长叹,有种漂流在茫茫海上,一波未平,一波又起的无头绪之感。

她含愁地把手里的茶水饮尽,望着远处排云之上的飞鸟。万念俱灰之际,她蓦地想起江宁,想起江宁误入歧途的奋斗。没有为理想奋斗过的人不会知道人这辈子要做成一件事情有多难,她应该庆幸自己还有机会做下去。想到这里,她溃乱的心神慢慢归拢,重新拧成一股。

她斟了杯茶，恭恭敬敬地双手奉给老板，躬腰说："老板，您采的这些金兰花是我苦寻很久的东西，我有个不情之请，想求您忍痛割爱，把它转卖给我，您方便开个价吗？"

老板双手接过茶："这是不卖的。"

"老板……"管小潮放软语气求情，"你就当行个好呗，这对我们真的太重要了。"

老板抬起手，示意他别说了。他抿了口茶，慢悠悠地说："卖是不卖，但可以送给你。"

以沫疑心自己听错，晃了一下神："这……这怎么敢当？"

"这东西你说是宝就是宝，说是草就是草，有什么不敢当的？我很敬佩你做茶的精神，也很想为咱们的国茶做点贡献。"

以沫感念地望着他："那……多谢了！"

"哥，你这太仗义了！"管小潮拍着老板的肩膀说，"你这哥我认了，我以茶代酒敬哥一杯。"

老板笑呵呵地端起茶和管小潮碰了个杯，转而对以沫说："做金兰花茶有个秘法，就是不能见紫外线，要慢慢在月光底下晾干，才能保住蜜韵兰香，凡是太阳晒、机器烤，都会让味道大打折扣。你以后窨花的时候要注意这一点。"

这可真是踏破铁鞋无觅处，得来全不费工夫，以沫感激得难以言表，再次朝他深深鞠躬："谢谢大哥，我都记下了。"

这天夜里，以沫正躺在床上看宋徽宗写的《大观茶论》，毛衣外套里的手机忽然振动了一下。虽然手机时不时会发出推送消息的铃声，但以沫能够准确感知哪些是可以忽略的，哪些是徐行发来的。比如现下这道一定是他发消息来了。她嘴角情不自禁地浮起笑意，掩卷拿出手机一看，果然是他发来的消息——一张猫的照片。

照片上的猫通体雪白，唯有耳朵和鼻子是娇嫩的粉色，一双浅蓝色的眼睛清澈得像杜梦湾的海水，它的眼神很安静迷离，配上尖尖的小脸，看上去有种既娇弱又清冷的气质。

以沫很喜欢小动物，经常在网上云养猫、云养狗，但高强度的工作决定她没办法养宠物，连她心爱的那群小鸭子最后都只能交付给粟村主任照管。眼前这只猫很合以沫眼缘，她说不出地喜欢，盯着照片看了好一会儿才回消息："好可爱！"

也不知道徐行从哪里找来的网红猫照片，很羡慕这只猫的主人。

徐行很快回复："像不像你？"

以沫失笑："你说这只猫吗？哪里像？"

虽然拒不承认，但以沫认真一看，这只猫和她确实有那么点神似。她抿唇笑了一会儿，发了视频请求给他。

视频接通，徐行正在实验室工作。

以沫看了眼时间，有些心疼地说："为什么最近总是在加班？"

徐行笑着敲打键盘，眼皮也不抬地说："在做一件很重要的事情。"

以沫随手把手机插在床头手机支架上，仰脸凑近视频："什么重要的事情？我要知道。"

徐行唇角笑痕更深："保密。"

以沫皱起脸"哼"了一声，翻开她的《大观茶论》看起来。

不在一起的日子里，他们每天晚上都会视频通话。他们都不是话多的人，视频开着，却各自忙着各自的工作，想起什么就说笑几句，有时候很久不说话，但彼此的呼吸声仿佛都在做交流。

以沫看了一阵书，听徐行问道："你的难题有新进展吗？"

"没有。"以沫有些沮丧地说。

她手里的金兰花茶量不多，她不能肆意拿来做实验，每次有了新的猜想，她都不敢立刻去实验，需要反复推敲很多天，才舍得拿几朵花做一次实验。但是做了一个多月的实验，换了五种冲泡方法，杯中的茶香和兰香仍然是分离的。

"我建议你拜访一些茶道高手，向他们讨教一些经验。"徐行一边说，一边从抽屉里拿出一盒药。

"你怎么了，哥哥？"以沫关切地问。

"扁桃体发炎，可能最近熬夜太多。不要紧。"

"医生给你开了什么药？"

徐行把药盒举到摄像头前："克拉霉素分散片。"

"这个超难吃的。"以沫条件反射般咬住牙齿，心有余悸地看着那盒药。她大二那年得肺炎，医生开的就是这种药。这个鬼药比苦瓜苦三百倍，比黄连苦一百倍，最可恨的是入口即化，无论你用什么神速去吞它，它都会瞬间像原子弹爆发在你口腔，把你的味蕾炸成苦涩的废墟，再让你身体的每个细胞都变成苦的。最后它会化为活在你身上所有角落，连呼吸都会苦的一种苦。

以沫见他拿出药片，倒吸一口凉气，眉头皱得紧紧地说："要不然还是别吃了，医生一定是嫉妒你比他帅故意开这个的。"

徐行笑了一下，将药吞进口中，片刻后，以沫听见一声冷静中透着隐忍、克制中透着怀疑的"fuck"。以沫捂住嘴强忍了很久才没有不厚道地笑出来。

等徐行把一整瓶矿泉水吞完，以沫故意板着脸说："哥哥，你说脏话了！你居然会说脏话？"

"并没有。"徐行一本正经地说，"我刚才说的是 fork。"

"为什么是 fork？"

"我需要把叉子插死自己。"

以沫把头埋进膝盖，笑得花枝乱颤。良久，她可怜巴巴地看着那边的视频："就说很苦吧？"

"还好。"徐行专注地盯着电脑屏幕，淡淡地说，"没有想你苦。"

以沫怔了一下，缓过神来后，她抬手把手机从支架上取了下来。

"在干吗？"

"订机票。"以沫呼了口气，"好了，明天见。"

第二天下午三点，飞机准时降落在浦东机场，多日不见的两人在人群里相拥，一遍又一遍地亲吻对方。

开车回杨浦的路上，徐行仍舍不得松开她的手，以沫抽了好几次都抽不出，取笑他说："人都在车里了，跑不掉的。"

徐行但笑不语，将她的手握得更紧。

出了地库，两人并肩站在别无他人的电梯里，骤然站在狭窄的空间里，他们的心跳和呼吸本能地加速。他们道貌岸然地站在摄像头下，心照不宣地强忍着笑。电梯门在顶楼打开的瞬间，他迅速将她拉出电梯，转瞬将她压在一旁的墙壁上，迫不及待地吻她。以沫的呼吸被夺走，浑身发麻，大脑陷入缺氧的状态。他一边摆布着她，一边用指纹解开门锁。门关上时，他低头去吻她脖子。薄毛衣伴随着他的动作落去地上，白裙子的肩带从她莹白细嫩的薄肩上滑落，露出胸部柔美的曲线。他埋首其间，缠绵地低唤："以沫、以沫……"

就在这时，身后传来"喵"的一声，一道白影蹿了过来。

以沫吓得低呼一声，将压在她身上的徐行推开，低头朝地上看去，竟是照片里那只颜值逆天的白猫。

徐行满面潮红，喘息着低笑，他蹲下身，摸了摸那只猫的头顶：

"小以沫，我没有在叫你。"

白猫奶声奶气地叫了一声，轻盈地一跃，跳进他怀里。

以沫捞起肩上的衣带，吃味地看着那只可爱的猫，不，现在一点也不可爱了："它叫什么名字？"

"以沫，因为像你。"

"不要，换一个。"

"多好啊，每天叫以沫的时候，都会有个响动回应我，就像你在我身边一样。"

以沫心中又酸又软，朝他怀里的小猫看去，小猫扭头，睁着一对懵懂的蓝眼睛和她对视。它不像一般猫那样认生、高冷，表情又甜又软，撒娇似的对她"喵呜喵呜"着。以沫心都化了，但她故意板着脸说："你——不许抢我名字。"

说着，她探手小心翼翼地将那只躺在徐行怀里的猫抱出来："还有，也不许抢我的位置。"

她一边走，一边抚摸着它，将它放在游乐区的攀爬架上："自己玩一下。"

说完，她轻快地跑回门边，揽住徐行的脖子，踮脚吻住他的嘴唇。复炽的情欲加倍热烈，以沫被挤压得站立不住，贴墙踮脚拥住他的双肩，她迷离地看着头上的明亮的灯带，视线里的一切开始旋转颠倒，她动情地小声呢喃："哥哥……"

他像抱一个小公主那样将她打横抱在怀里。以沫想起什么，突然抓住他松散的领带，挑着似嗔似喜的眼睛笑说："今天这条裙子超贵的，不许再弄破。"

他将她放进柔软的大床里，在离她不到一寸的上方说："我尽量。"

晚上八点，徐行从沉睡中醒来，屋里一片黑暗，怀中的人不见了。若非衾枕里还有她的温香，他会怀疑刚才的数度缠绵只是太想她做的梦。他突然怀疑这一切就是梦，连这香味都是幻觉，他顾不得穿拖鞋，赤足走去门口。走到客厅时，他的脚步慢了下来，他听到厨房里传来有序的响声，接着闻到一阵清香的芝麻味。

他的心安顿下来，缓步走到厨房，从背后拥住那个娇小的人儿，将头埋在她后颈里："在做什么？"

"晚餐，芝麻糊。"

以沫拿勺子盛出一小碗芝麻糊："一会儿吃药的时候，把药放在芝麻糊里一起吞，就不会苦了。"

徐行在她耳后蹭了蹭："可是已经好了，真的，睡一觉起来突然没有任何不适了。"

"真的吗？"

"真的……"他轻轻咬她的耳朵，"我的灵丹妙药。"

第十八章

一路繁花相送

　　以沫来过上海五次，停留最久的一次近半个月，但若是问她对上海有什么印象，她只能笼统地想起外滩的夜与高楼，东方巴黎似的璀璨繁华。因为她每次都是带着使命来到这座城市的，那些焦灼的使命让她没办法真正了解这座城市。所以当她站在巨鹿路时，她有点怀疑自己是否还在上海，或者说，是否站在 21 世纪的上海。

　　眼前这条路异常安静，梧桐森森的单向街两侧一个挨一个地立着老洋房、小庄园、花园别墅，这些建筑有的保留了原汁原味的民国风情，有的则融合进最现代化的摩登风情。穿行在这些新旧交杂的建筑中，以沫恍然觉得一脚进出之间就跨越了两个不同的时代。

　　"全世界的有钱人都喜欢住在半山上，只有上海的有钱人喜欢住在马路边上。"徐行牵着以沫，缓缓走在斑驳的梧桐树影下，"上海人恋旧，海派市民文化的根性刻在骨子里。所以别看这里旧，反而是陆家嘴没办法比的。"

　　以沫很喜欢和徐行这样牵着手逛街，也很喜欢听他这样娓娓道来，他的见闻无所不包，再寻常的东西被他一讲解，好像都变得不寻常起来。

"你是想告诉我，住在这里的孙先生其实是位隐形富豪？"以沫语笑嫣然。

以沫来巨鹿路是为了拜访住在这里的孙灵运。

"这种评价最好别传到他耳朵里去。"徐行嘴角弯出浅浅的弧度。

巨鹿路不长，两人走走停停一刻钟就到了孙灵运家门口。平平无奇的两层洋楼，红瓦铺顶、雕花木门。然而按了门铃，被用人请进去后，以沫才晓得什么是清贵。里头从复古人字屋顶到回旋木质楼梯，再到深棕色的全实木家装，无一处不气派，无一处不雅致。

用人推开一扇木门，将他们请进茶室。茶室素雅至极，只有一扇屏风、一棵孤松、一瓶插花。

他们进去的时候，孙灵运正在窗下的茶几边扇着小火炉里的炭火，他表情郑重，注视着水壶里的热气。听到响动，他一边摇着扇子，一边伸手招呼："请坐。"

等他们两人坐定，水壶中正好发出沸声，见水里起了"蟹沫"，孙灵运大力扇了几下，将水烧到三滚后，他快而轻地舀了些水温壶温杯，依次往茶壶里放入小叶、茶末、大叶。冲完第一泡，他利落地倒转茶壶，将茶香积压去壶底，接着便是第二冲。一壶工夫茶沏完，孙灵运含笑看着以沫说："我这里有茶，你带故事来了没有？"

以沫会心一笑："带了好长好长的一个故事。"

孙灵运用三龙护鼎的手法给他们看了茶："好，让我们三人对饮，消这半日空闲。"

以沫举杯浅品，茶水甘中有甜，清灵隽永，是她喝过的最好的铁观音。她慢慢将一杯茶品完，这才开始讲她怎么一步步找到金兰花的故事。

孙灵运听得很入神，时而点头，时而微笑，时而默叹，听完一个故事，茶已经过了五道水。孙灵运长长地舒了口气，满眼赞许地看着以沫："事茶不易，大不易啊……谢天谢地还有你这样的年轻人在。"

"先生过奖了。"以沫含笑致谢后，切入正题，"虽然找到了金兰花，但我始终找不到冲出兰雪之香的法门。"

说着，她从背包里拿出带来的金兰花和七莘茶，呈给孙灵运看。

孙灵运端起它们嗅了嗅，然后倒上两杯热水，将两碟茶叶分别放置在水杯上。在水汽的蒸腾下，两碟茶叶的香味扩散了出来："嗯，这就有点那意思了。"

他端起两碟茶叶，用鼻子来回嗅香，嗅完后，他按照自己的理解先把金兰花放进茶壶里，用画圈的手法将一百摄氏度的沸水，以五秒、十秒、十五秒的间隔冲入茶壶里，在他的冲泡下，金兰花如破茧之蝶般翻飞，吐出阵阵兰香。

以沫看出孙灵运是在用泡白茶的方法泡金兰花，而她之前都是用泡花茶或是普洱的方法泡金兰花，她嗅了一下香气，不由得暗暗佩服，孙灵运冲出的茶，汤色、香气都很高妙。

等了一阵，孙灵运用手指碰了碰杯壁，见水温适宜了，他用上投法把七莘茶投入金兰花茶里，茶舞结束后，两道香气于空气中凝成一脉异香，从他们的鼻中沁入五脏六腑。

徐行从未闻过这样的香气，一时间颇为动容。以沫强忍着激动，从孙灵运手中接过茶，浅浅尝了两口，抬头惊叹："先生，香气融合了。"

这杯茶一入口就冲开了以沫的七窍感官，一杯茶饮尽，她的瓶颈突破了，原来七莘茶真的可以进入更高妙的境界。

孙灵运品完茶，心旷神怡地闭目享受了一阵才说："好，绝好！

但程度还是不够。"

以沫的心情像坐了过山车，急切地问道："哪里不够？"

"不够震撼。"

"这……"以沫一时语塞。

"碧螺春有个俗称，叫吓煞人香，康熙觉得这个名字不雅驯，我反而觉得大俗大雅，非常高明。一泡绝顶好茶，给人的第一感觉应该是非常具有震撼力的。等冲击力过去，回甘和喉韵又要让人有如梦似幻、出神入化之感。但我泡的这杯茶，却没有香阵冲天、艳惊四座的震撼力，所以我认为不够。"

以沫明白他的意思了，满分 10 分，这杯茶孙灵运只能给 8.5 分，更别提让野村先生那种大师震撼到终生难忘了。

以沫握着一只空杯子怔怔坐在原地，一时竟有些痴了。

孙灵运默默地斟了一杯茶："你为什么不亲自去日本拜访一下野村先生本人呢？"

以沫回过神来："您说什么？"以沫一直默认野村先生已经去世了，怎么听起来他还活着？

徐行快一步问道："野村先生还健在？"

"哈哈哈。"孙灵运大笑一声，"健在，他今年九十七岁，目标是比他母亲长寿，至少活到一百一十岁。"

这可真是柳暗花明又一村！以沫大喜过望："孙先生，可不可以帮我引荐一下？"

"乐意效劳。"

孙灵运起身走出茶室，用客厅的座机拨通了一个电话。在以沫忐忑的等待中，电话接通，孙灵运用低缓文雅的声音同那边做日语交谈。十余分钟后，孙灵运挂掉电话，回茶室坐定，欣喜地看着以沫说："野村先生非常期待你的拜访。"

孙灵运非常细致贴心，在以沫定下去日本的行程后，他让用人给她送去了一本亲笔写的小札。那本小札里记录着野村一闲的生平和成就，以及一些逸事。

野村一闲1920年出生在一个政治世家，母亲是位茶道师。因为母亲的熏陶，茶道贯穿了野村一闲的人生。1934年，年仅十四岁的他因为不凡的造诣在京都声名鹊起，他也因此成为日本茶道世家"里千家"掌门人的弟子。

里千家是日本最大的茶道流派，掌门人位置和茶道精髓向来只传给家族长男，但作为弟子的野村一闲深受掌门人的器重、喜爱，因此得到和继任掌门一同入室学习的殊荣。

作为里千家的代表人物，近半个世纪以来，野村一闲曾经数十次率领里千家成员去世界各国做文化交流，他也因此受到了各国元首的会见。野村一闲的茶道场比邻京都大德寺，是一座十分朴素的日式院子，但是进出那里的人多是世界各国的政治家和艺术家。某国总统曾经说过，只要到日本访问，无论多忙都会抽时间去野村一闲的茶舍喝一碗茶，让自己纷繁的心平静下来。野村一闲的影响力，由此可见一斑。

在飞京都的飞机上，以沫再次打开孙灵运给的小札。她倚在徐行肩头，细细读完全文，忍不住低声说："有点紧张。"

"有什么好紧张的？"

"我对邻国那些道啊礼啊都不太在行，头一次见这么大的大师，万一失礼了，丢的可不是我一个人的脸。"

"明天还有一天时间，你可以恶补一下。"

以沫愁眉苦脸地说："一天怎么恶补得出来？"

徐行握住她的手，微微一笑："不用怕，到时候我做什么，你跟着做就行了。开卷考试，还怕及不了格？"

以沫见他神情笃定，心情跟着也安定了下来。

徐行从她手里拿过那本小札，翻阅了一会儿说："这位孙先生是个值得交的人。"

以沫点点头："这一路走来，遇到太多贵人相助，实在不知道怎么感激才好。"

"自助者天助之，这些是你应该得的，泰然领受就好了。"

"好吧。"以沫仰望着他的侧脸，甜甜一笑。无论何时何地，身边这个人总能给她巨大的安全感和安定感。她越笑越甜，完全收不住。

"什么事这么高兴？"

以沫双手捧住他的脸："既见君子，云胡不喜？这样看着你我就很高兴。"

深秋的京都其实是不适合用来做正事的。白居易写"逢春不游乐，但恐是痴人"，比起春光，京都浓郁的秋色似乎更不应该被辜负。

偏巧以沫就是那个痴人。

拜见野村一闲的前一天，她一整天都泡在徐行租的山居里读有关日本茶道的论文和资料。

直到第二天去大德寺的路上，她才得以好好欣赏三分殷红、二分金黄、一分暖白的京都。

京都知名寺庙很多，位于京都北面的大德寺不在知名景点之列，所以格外清幽，但那里才是日本茶文化和禅宗文化的中心。正是这个缘故，野村一闲选择在大德寺附近创建自己的茶道场。

穿过门可罗雀的大德寺，以沫和徐行在一片松林后找到了野村一闲的"醒庵"。

从外表看，那是一座非常普通的院落，但叩开院门后，映入眼帘的便是庭院深深的幽玄绝景：绿松与红枫构成了进门处庭院的基础，树下有水潭、花草。园中造景无不体现着日式的精致与禅意。

在野村一闲弟子的带领下，以沫和徐行穿过树木和山石，经过迂回曲折的小路后抵达茶室。和以沫想象中的不太一样，那是一间又矮又小的草庐，大概只有四张榻榻米大小，而且入口矮得只能让小朋友直身进入。

"日本的茶舍以小为上，因为小，才能让人专注于茶道。"徐行轻声解释。

说话间，站在他们前面的弟子在门口跪下，屈膝匍匐爬进茶舍。

以沫面有难色，也有一两分不悦，作为好不容易才站起来的中国人，膝盖是很难再弯下去的，即便拜见大师，她也做不到入乡随俗。

徐行自然知道她想的是什么，柔声解释："这种设计并不是要给客人下马威，而是无论什么人到访，都要卸下自己的俗世身份，以无我的心境跪行而入，这体现的是众生平等的佛家思想。"

道理归道理，但以沫终归做不到跪行，一躬身随徐行走进茶室。

茶室里空无一人，但茶釜里的山泉水已经烧热。

进入茶室后，徐行屈膝跪坐在壁龛前，开始欣赏壁龛上的挂轴和挂轴下的插花。那幅挂轴上没有书画，只用毛笔画了一个圆，看不出什么高低来，倒是挂轴下用旧鱼篓插的牵牛花非常别致，有种如花在野的境界。徐行静静欣赏片刻后，起身走到茶席上坐定等待。以沫全程依样画葫芦地照做。

他们两人坐了一小会儿，一道黑色的身影从主人专用的茶道口进入茶室。以沫忍不住抬头看去，进来的不是野村一闲，而是一个十八九岁的少年。少年长得非常清隽，神情清而不寒，在一身黑色和服的衬托下，显得格外凛然干净。

来人的气质很像少年时的徐行，如果颜值再高一点的话，简直就是少年徐行的翻版。以沫情不自禁地多看了一眼，垂眼暗想，也不知道这个少年是什么人，小小年纪竟能够使用野村一闲的茶室，代野村一闲待客。

那个少年缓步走到身前榻榻米上，朝他们躬身行了个礼。

徐行和以沫回完礼，少年奉上他准备好的点心，去左侧的"水屋"取出茶盒、茶碗、茶勺。从这一步起，日式茶道的流程便正式展开。

他捧着茶具顺着榻榻米席面缓步走来，这种足底生根的走法显然是遵循了《礼记·玉藻》里的"君子九容"。自古以来，华夏君子言谈举止、行动坐卧都有仪度，然而现在能注意到九容之礼的年轻人并不多，倒是眼前这个日本男孩足容重、目容端、气容肃，活脱脱是从古书里走出来的清雅君子。

将一应器具摆好后，少年入席坐定，拿出一方丝绢擦拭茶碗和茶勺。等他缓缓擦完茶具，茶釜里的水刚好三沸。这时，他突然开口："请用茶点吧。"他说的是中文，发音略显生涩。

徐行和以沫略有些诧异，却并没有过多流露，点头致谢后，端起茶点开始享用。

他们吃茶点的时候，少年将漆盒里的抹茶粉用竹勺放进茶碗，加入沸水后，少年开始用点茶。所谓点茶，就是用茶筅把抹茶粉和热水、空气搅拌在一起，让抹茶起一层泡沫，这层泡沫叫作汤花。汤花的细腻度、持久度是评判一盏茶好坏的关键标准之一。抹茶原料越好，茶道师的技艺越高超，汤花就越细腻持久。

以沫专注地看着少年的动作，看他怎么调膏，怎么运筅，这一系列动作就是茶道的重头戏，讲究快慢有节，轻匀到位，至少需要七八年的修炼才能入门。少年手底下很有功夫，运筅的技法炉火纯青，指绕腕旋间，堆云积雪般的白色汤花就泛了起来。

以沫不得不承认在这个过程中，她感受到人与茶、与自然的交融，也感受到茶道作为高雅艺术的美感。

几分钟后，少年用左手掌托住茶碗，右手五指持碗边，跪地举起茶碗，恭恭敬敬地将茶送到以沫面前。他透亮的眼睛直视以沫，似在关注她的表情。正常情况下，茶道师不会关注客人反映，他的眼神看似细微，其实已经流露挑衅的意味——极度含蓄内敛的挑衅。

茶人之间很善于通过敬茶、喝茶的动作交流感情和心情，以沫捕捉到他的眼神，也接到他传递的信息，她接过茶盏，微微一笑。年轻人到底是年少气盛，见到同行就忍不住想一争高下。一碗好茶喝的是平和的禅心，他以争斗心做茶，这便已经落了下乘。

以沫品茶的同时，少年将点好的第二杯茶传给徐行。徐行饮完茶后，茶事便结束了。按照惯例，客人需要夸赞主人。徐行见以沫只是鞠躬致谢，并不出声，便代她开口夸赞："很荣幸能够见识这么考究的茶道。"

少年点头致谢，看向以沫。

以沫却闭口不谈茶，用丝绢将手里的茶盏擦干净，细细赏玩起来。日本饮茶推崇建盏，但眼下这只并不是建盏，而是一只青瓷茶碗。这只茶碗粗糙不平，釉色也不美，连纹路也不甚平正，以沫却很欣赏它的清净质朴："这是高丽青瓷？"

少年没有等到她对茶的评价，眼睛中闪过一丝失望："是，这是千利休大师使用过的旧物。"

千利休是日本茶道的鼻祖和集大成者，可谓日本的茶圣，没想到野村一闲竟会拿这样珍贵的古董给她用。以沫有些受宠若惊，无以言表，双手捧住杯子夸赞："粗头乱服不掩国色，这也正是返璞归真之美。"

少年面无表情地再次点头致谢。

"壁龛上的画，是野村先生的手笔吗？"徐行问道。

"正是我曾祖的手笔。"说到这里，少年对他们鞠了个躬，自我介绍说，"在下野村慎司。"

原来这少年竟然是野村一闲的曾孙，怪不得有这样的造诣和气度。

野村慎司说："曾祖正在小憩，这时不便见客，还请在这里小坐闲聊，稍后再去面见他。"

以沫悬了半天的心放了下来，她不怕等，也不怕野村慎司摆的龙门阵，只要能见到野村一闲就好。她不想和野村慎司论茶，便指着那幅画问："请问这幅画上的圆圈有什么寓意？"

"这个圆意味着开始，也意味着结束，若说贵国的太极图寓意宇宙万物，这个圆则代表我们生活的世界。我们都生活在这个圆里，应该和平共处。这也是里千家茶道的核心思想。"

以沫点了点头，暗想，这不还是依葫芦画瓢，脱胎于我们中国文化的东西吗？

野村慎司富有穿透力的目光落在她脸上，第一次主动开启话题："众所周知，日本茶道源于贵国宋朝的点茶法。为什么点茶法会在宋亡后失传呢？也许正是因为没有道的传承，所以中国作为茶文化发源地，却在国际上失去茶的话语权。请问，这算不算中华文明的一大损失和遗憾呢？"

野村慎司说话的语气温文尔雅，但话里的意思相当不客气，这是要引战的节奏。

以沫沉吟了一下，朗声回答："抹茶的原料是蒸青绿茶，蒸青绿茶有口感苦涩的缺点，我国勤劳智慧的人民在不断开拓创新后，发明了炒青工艺。有了香鲜味醇的炒青绿茶后，蒸青绿茶就被淘汰了。这算不上什么损失，而是一种优胜劣汰的流变。"

她话音刚落，坐在一旁的徐行忍不住嘴角一翘。这番话明面上是在科普历史，实际上是在暗讽日本茶道拾人牙慧，不懂推陈出新，他没想到以沫还有这么厉害的一面。

野村慎司的胸口微微起伏了一下，仍是有礼有节地点头致意："受教。但这是否可以理解为中国人以茶为享乐，而我们日本人则以茶之苦涩作为修行，意境上远高于中国茶道呢？"

听他这样说，以沫和徐行对视一眼，神色都有些凝重。茶室里仍然很安静，但现下，这安静具有了重量。

就在这时，风炉里的炭火发出了轻轻的毕剥声，这声音点醒了以沫。她是茶人，原应该用茶说话，怎么逞起口舌之利来了？

"这个问题不该由我回答，应该让茶回答。可不可以借茶室一用，让我给你行一杯中国茶？"

这话正中野村慎司下怀，他起身去水屋取出一套中式茶具摆上，对她做了一个"请"的手势。

他显然做过七荤茶的功课，选用的是一套手工玻璃茶具，便于欣赏绿茶的茶舞。以沫去茶室外洗净双手，从包里取出两只锡罐，想了想，她又把装金兰花的那只锡罐放回包中。简单温完壶后，她用水勺往玻璃壶里注了半壶水。水温降到八十摄氏度后，她开罐取茶，以最简单的上投法把茶投入水中。茶叶入水后，在杯底云涌浮沉，缓缓舒展成柔嫩碧绿的一芽一叶，前后不过一分钟，一杯青黄透亮的茶就送到了野村慎司眼前。

野村慎司看着那杯茶，却不取用，他显然看不上这种贩夫走卒式的泡茶法，嘴角勾出笑纹，柔声哂道："这就是中国茶道吗？"

以沫不卑不亢地说："中国没有茶道，喝茶之于中国人，就像咖啡之于西方国家，是一种生活方式。正如巴西不会有咖啡道一样，我们中国也不会有茶道。而且，道在中国是一个和中华文明同在的神圣概念，是'朝闻道，夕死可矣'的真理，我们绝不敢轻易把任何东西称为道。如果非要以茶论道，那么大道无形，把茶喝到千家万户，喝成开门七件事之一，就是我们的茶道。"

野村慎司嘴角的笑意渐渐凝固，绷着嘴唇直视以沫。

以沫坦然平静地与他对视。

过了一阵，野村慎司收回眼神，伸手端起茶杯，接连浅啜三口，茶水在他口腔中停留了片刻后，他的指尖微微一颤，清澈的眼底泛起一层亮泽。他缓缓把整杯茶喝完，恭敬地奉还茶杯后，弯腰四十五度，向以沫行了一个礼："衷心感谢！请稍做休息后，跟随我去见曾祖。"

半小时后，以沫和徐行在庭院风景最佳的起居室内见到了鲐背之年的野村一闲。

他们进去的时候，野村一闲正在连接起居室和庭院的缘侧里赏红叶。他穿着暗茶色的和服，端坐的背影略显清寂。听到他们脚步声，野村一闲在枫影下缓缓回头。

和以沫想象的全然不同，九十七岁高龄的野村一闲全然没有老人的暮气，清癯的脸上固然布满皱纹，皮肤却很干净，不见任何斑点。更让人称奇的是，他那双深陷在眼窝里的棕色眸子明亮有神，比以沫见过的任何一双眼睛都亮，那是来自岁月磨砺的光芒。

一见之下，以沫便被他平和静稳的宗师气质折服，她定了定神，上前恭恭敬敬地朝他行了一个礼。

野村一闲不会说中文，他和以沫的交流都要通过徐行翻译，谈话因此进行得很慢。寒暄了好一阵，两人才进入会话主题。

"野村先生，我这次拜访您，是想请您回顾民国二十四年品尝七莘古茶的细节，同时也想得到您的指教。"

听她这样说，野村一闲像是陷入回忆，眸中的光亮汇聚成一点："昭和九年（1934 年），我随母亲初次拜会无限斋宗室——也就是我恩师。在那次会面中，我有幸品尝到了你们家乡的七莘雪芽。恩师说，这种茶在中国深受贵族雅士追捧，但因为产量小，所以千金难易。和一般绿茶不同，这种茶不但焙制工艺考究，而且冲泡之法非常玄妙。

"恩师见我们都有神往之意，就取出珍藏的七莘雪芽，亲自为我们行茶。那天的情形，我至今记忆犹新。恩师没有取用传统茶具，而是用一只敞口瓷瓯泡茶。他先把一种金色干花放入瓷瓯中用热水泡开，然后取茶汤泡茶。茶叶入水后，如凤舞鸾翔，不多久，一阵异香就扑面而起。"

以沫一边听徐行的同步翻译，一边微微点头，以花茶汤泡茶，这种做法和孙灵运的领悟几乎一致。

"那过程很令人享受，但因为曾经见识过顶级的碧螺春，这样的茶舞、茶香并不能使我感到惊奇。然而令人惊奇的事情还是发生了，茶沏好后，恩师并没有请我们喝茶，而是静坐着等瓷瓯里的茶水变凉。"

听到这里，以沫错愕地看向野村一闲。俗话说喝茶趁热，只有热量才能让茶的"精英"聚拢；茶一旦放凉，茶叶"精英"散尽，茶汤就会索然无味。这种凉茶喝进肚子里，不但对人没有任何裨益，反而会伤身，所以闽南那边才会有句俗话叫"中年男人有三怕：薄酒、凉茶、老渣某"，寓意曾经旺盛有味，如今凋谢无味且让人遗憾的事物。

野村一闲注意到以沫错愕的神情，朝以沫微微颔首，继续往下说："在我们不解的等待中，瓷瓯里的茶水慢慢凉透。等风炉上第二壶山泉水三沸之后，恩师一改和敬轻柔的手法，以极快的速度提起水壶，把滚沸的热水猛然冲进刚才的凉茶里。随后，一阵盛大的奇香蒸腾而起，犹如无数枝兰花与雪涛一同泻下，与此同时，茶汤的颜色突然变得很明亮，就像'山窗初曙，透纸黎光'，那些立在水里的茶叶也变得新绿可爱，像初春新剥的嫩笋，也像初夏微透着阳光的叶面。那样的观感，让人迷醉震撼，还未品茶，心已倾倒。"

以沫听得痴了，呆呆地想了很久才恍然大悟。这种把茶放凉再用沸水冲的方法，以沫曾听潮汕一带的"老茶鬼"提过。这些喝了一辈子工夫茶的茶客认为放久了的茶味道比较浓酽，冷热混合的味道刚刚好，但这类有悖常理的论调，以沫听了就过，只当是老一辈故意说些冷知识博人听闻。

想到这里，以沫长舒了一口气，愣愣地"哦"了一声。原来如此！原来如此！困扰她多时的谜题终于解开，原来七莘茶竟是要用这样置之死地而后生的泡法？她紧绷的脸上逸出一丝笑容，眼睛里却有了泪意。

"恩师用清妃瓷杯把茶分给我们，请我们品鉴。我端起茶杯，只觉有一层凝结不散的香云覆盖在杯子上。我的心魂融化在那香气里，似乎也成为那杯茶的一部分。茶水入口后，便如诗中所写的那样，我恍然看见中国江南明媚的春光。那是一场如同初恋般的美好邂逅，我从此对茶有了偏爱。但是造化弄人，此后竟然没有机会再和它相逢……"说到这里，野村一闲遗憾地陷入沉默。

他们两相静默，野村一闲神情哀凉而怅然，像是在追忆对其一见倾心却与之失之交臂，遍寻不得的初恋女子。以沫则惊喜交加，跃跃欲试，她把野村一闲说的法门和自己实操中得到的领悟融会贯通，脑海中一片清明，如醍醐灌顶。她打破沉默："野村先生，我想借您的茶室一用，用古法为你们行一杯茶。"

得到野村一闲首肯后，他们一行人返回茶室。野村慎司亲自生火，取水煮沸，然后从水屋里取出相应的茶具，请以沫登上榻榻米行茶。

野村慎司显然懂中国工夫茶，在茶席上点了一支线香。工夫茶讲究焚香静气，通过香味营造淡薄静穆的禅境，升华茶人和茶客的精神。以沫对香道了解得不深，只觉得他这支香清雅不争，一团和气，格外好闻。她对着香深呼吸几次，凝神静气后开始行茶。

金兰花在旋注的热水下缓缓绽放，蒸汽裹挟着兰香四下扩撒，将野村慎司的线香香气冲得近似于无。七莘茶入水后三沉三浮，舒展优雅身姿。众人一边欣赏，一边等待，等到瓷瓯凉透，叶片慢慢卷起，以沫提起沸腾的热水，速如风雨地猛冲进茶水里，刹那间，卷起的茶叶如昙花乍开，重新焕发生机，一股无味可匹的兰香随之喷薄而出。香阵过后，整间屋子犹如雪后初晴，满是清冽之气。

以沫嘴唇翕动，自言自语般呢喃："兰香、雪色。"她知道这是成了。一阵说不出的感动后，她的眼角沁出泪来。

以沫分好茶，用轻缓柔匀的指力端起茶杯，托在掌心里敬给野村一闲。野村一闲深沉而温柔地看着杯底的春色，像看着一位故人。过了一会儿，他端起茶杯，小口慢饮，闭着双唇把茶汤慢慢迫入咽喉。以沫关注着他的神情，既紧张又期待，一颗心怦怦直跳。

良久，幽静的茶室里发出了沧桑的叹息声："久违了……"

野村一闲鼻翼和嘴唇微微颤抖，他强忍着泪意，用一种切慕的眼神看着以沫："这道茶的真味，已有十之八九了。"

他朝以沫屈身行了个礼后，转而对野村慎司说："此生对人间唯一的奢望业已实现，可谓死而无憾了。"

野村慎司心中震撼，漆黑的双眸内流露迷茫和不解。他将信将疑地接过以沫行的茶，小口细品，回转缓咽。茶汤鲜香异常，茶气一路香进丹田里，继而又从丹田反蹿上来，仿佛连呼出来的气都是香的，个中感觉妙不可言。他想起曾祖说的"死而无憾"，又想起宁以沫说的"朝闻道，夕死可矣"，这才真正理解中国茶道里的"道"。

喝完茶，野村一闲和野村慎司先后从壶底取了些茶渣在手里观看、揉捻。野村一闲一边细究那茶渣，一边频频点头。茶叶吸水展开后，还原成采摘时的形状，对高手而言，只需要通过一片茶渣就可以完全读懂一款茶从采摘制作到入茶成渣的全过程。野村一闲手里的茶渣颜色嫩绿，芽叶紧裹，如拿美人作比，便如袅袅春光中紧裹旗袍的少女。一片成了渣的芽叶仍然如此清丽，完全可见制茶人的功力。野村一闲赞许地看着以沫，缓缓说："你可知道昭和十一年（1936 年），我曾去过你的家乡？"

以沫听完徐行的翻译后，轻轻点了点头。她听孙灵运提过野村一闲亲自去七莘山求茶的故事。

"昭和十一年春，我随商船去往中国，在你的家乡等待第一锅春茶。我因此有幸参观了他们炒制茶叶的过程。七莘雪芽的制作工艺很考究，需要去掉叶尖和叶柄，炒时需要有人在旁边扇风祛热，以最大限度地保留茶叶的嫩与香。刚才观看你的叶底，发现你并没有去掉尖柄，想来是因为你并不知道古法。"

以沫凝神听着野村一闲的点拨，不时朝他点头致谢。

"另外，你家乡的松林还在吗？"

"还在。"

野村一闲点点头，脸上浮现一丝慧黠的笑意："在你家乡参观制茶过程时，他们并没有对我展示全过程。但是我观察到一个细节：制茶季里，有很多人运干松针进茶坊。虽然没有亲眼所见，但我猜他们是用松针活火炒茶。你明年春天照我说的方法试一试，十分真味里失去的那一二，也许可以再现。"

以沫若有所思地出了会儿神，不禁再次拜谢他的指点。

"请问你的归期是在什么时候？"

听野村一闲这样问，以沫沉吟了片刻说："归期还没定。"

野村一闲含笑说："那就请你在京都再盘桓几天，我想亲自为失而复得的七莘雪芽在大德寺举办一次茶宴，广邀各国茶师一同品鉴。但愿这个请求不会很冒昧。"

听完徐行的翻译，以沫心底一震，难以置信地看着野村一闲。这位国际茶界的泰山北斗是要倾一己之力，来给七莘茶做地位和名誉上的加持。她心潮涌动，半晌才感激地说："好。"

七天后，茶宴如期在大德寺内举行。

静谧庄严的佛殿里，安静有序地围坐着从世界各地飞来的五十位茶师。茶宴区外，有数百位闻讯赶来围观的嘉宾和媒体工作人员。这些嘉宾里有修道者，也有外交官、艺术家，还有专程从外国赶来的华人。密密麻麻的摄像机对焦在茶席中央相对而坐的以沫和野村一闲。

大殿里纵然宾客如云，但丝毫不见喧哗，只有僧人低沉的诵经声和风炉上的滚水声。气氛之神圣，让以沫恍惚间以为自己坐在唐宋时的"径山茶宴"上。

隆隆响起的茶鼓声中，野村一闲亲手煎汤点茶。在众人的注目下点完一杯茶后，他把点好的抹茶交由寺庙主持进献佛前。敬过佛祖后，野村一闲又把点好的第二杯茶传给了以沫。

野村一闲近些年已经不再亲手点茶了，能够喝到他的茶自然是莫大的荣幸。茶宴区外的围观者纷纷伸长脖子，关注着以沫饮茶时的表情，以期从她的表情里猜出那杯茶的味道。

以沫双手接过茶碗，遵循日式茶道的礼仪将茶碗连转两圈，方才举碗观赏茶汤色泽。那碗茶汤表面浮着一层浓密的鲜白沫饽，如同云气凝结，紧咬杯盏。良久，茶色显发，茶碗里云气蒸腾，乳白色的汤花幻起幻灭，犹如一片仙山云海。那样的美让以沫叹为观止。末了，以沫双手捧住茶碗，开始慢慢地小口吸饮那碗抹茶。

茶者，人在草木间。虽然抹茶和中国茶的口感大相径庭，但共同之处都是一入口就能让人感觉到与大自然的融合。品完一口茶，以沫忍不住轻轻舒了口气，感觉自己站在新雨后的空山。比起野村慎司那杯茶，野村一闲的这道茶更加轻灵卓绝，每一口都是实打实的啜英咀华。

品完野村一闲的点茶后，以沫在连绵不绝的佛唱里开始泡茶。为了配合当下的气氛，以沫郑重地采用了工夫茶的泡茶手法。

围观的众人看她的眼神里多少有些存疑，但当蒸腾的兰香传入他们的鼻端时，一阵无法抑制的喁喁人声潮水般从外围涌向以沫。

以沫听不懂那些语言，但她知道他们议论的是什么。她克制着内心的激动，将前两杯茶分别进献给佛祖和野村一闲，然后在僧人们的帮助下，把茶分到每一位茶师手上。

在野村一闲的带领下，所有人举杯闻香品味，在"啧啧"的赞叹声中品茶。一杯茶慢慢品完，众人依次开始品评茶香、茶色。品评完茶叶，众人又一同论佛诵经，谈事叙谊。

茶宴结束，野村一闲让人送来笔墨纸砚，亲手为以沫写了一幅汉字书法：

唯觉两腋习习清风生。

接下来几小时，以沫捧着字幅和野村一闲的合影迅速登上日本雅虎的新闻头条。她行茶时的照片、视频随即也登上日本推特热搜，被"颜控"的日本网友冠上"中国美少女茶师"之类的"中二"头衔。

在日本各大媒体的热情邀约下，原本定在第二天回国的以沫不得不又在京都盘桓了几天。

密集的访问让以沫不堪重负，要不是抱着传播中国茶文化的理念，她恨不得立刻逃回国内。但在国内媒体热搜上"热"了几天的她，回国似乎也不见得能躲得了清净。听姜敏说，她和管小潮已经帮她接下三十多个主流媒体的访谈邀请，问山居更是被全国各地的茶迷、茶痴踩破了门槛，有求茶的，有下战书斗茶的，还有来膜拜"女神"、朝圣茶山的……

回国那天，以沫和徐行早早去醒庵向野村一闲拜别。

虽然和野村一闲不过两面之缘，但以沫对这位大师充满感恩和孺慕之情。一想到此次分别，可能烟水永隔，她心中就无限愁苦。在茶室话别时，以沫几乎忍不住流下泪来。野村一闲慈爱地看着她，命人去水屋取出一只"玳皮天目"斗笠碗赠送给她。

玳皮天目是宋代吉州窑的名作，碗皮上有云彩一般美丽的玳瑁釉，是非常珍贵罕见的瑰宝。以沫不敢接受这样的大礼，含泪说："野村先生，我和七莘茶受到了您的恩情，却不知道该怎样回报，内心非常惶恐不安，哪里还敢接受这样珍贵的礼物？"顿了顿，她忍不住问道："请问您为什么这样无私地帮助我？"

野村一闲微微一笑，看着茶席上的茶具说："这只珍贵的玳皮天目来自中国，除了它，你所见到的风炉、茶筅都是中国传来的。日本是受到过中国文化恩惠的，这段恩情没办法了结。因此，我们应该和平共处，不唯中日之间，整个世界都应该维护和平稳定，这样的追求亦是茶道的最高追求。这一切，不应该只是用嘴巴讲一讲，而需要我们身体力行，用茶去传达。所以，请你收下这只天目碗，也请你务必不要因此背上负担。"

听完这番话，以沫和徐行都为之动容，他们收下那只玳皮天目，双双躬身九十度以最崇高的敬礼向这位宗师道别。

第十九章

直到时间尽头

圣诞前夕，以沫从斯里兰卡返回上海参加李长健的晚宴。

一夜成名后的几十天里，以沫每天都辗转在各种媒体访谈、会议和文化交流中。行程太满，以至于她刚下飞机，还没来得及给徐行报平安，就又被上海某电视台的保姆车接去演播厅。

"这次应斯里兰卡商会邀请去卢哈纳做交流，感觉那边怎么样？"演播厅明亮的光线下，女主持人用清晰纯净的声音发问。

经过一拨又一拨聚光灯的洗礼，以沫已经不再畏惧镜头，她神情自若地回道："我很喜欢斯里兰卡，相比我去过的其他茶叶大国，斯里兰卡的茶文化是最接地气的。它不像日本有茶道，也不像我们国家需要走进茶馆才能享受到一杯好茶。它的城市里布满卖茶水的茶站，茶站里有一米高的热水炉，客人可以像买可乐、咖啡那样很容易就买到一杯茶。连去乡村的路上，都可以看见流动的茶水车。作为一个茶人，我衷心希望我们的茶也像他们的那样，成为人们生活不可或缺的部分。"

主持人和以沫聊了一阵茶文化，谈话进入另一个部分："走红后的生活怎么样，是不是感觉人生有一个很大的转变？"

　　说实话，以沫并不享受所谓的走红。作为一个茶人，她习惯于安静和孤独，现在这种影视明星般的生活让她身心俱疲。但对这一切的忍耐是有巨大意义的，喜绿的身价水涨船高，千金难求，人们因为对她的关注，连带开始关注茶文化。

　　"其实此时我仍然有种恍惚感，我既清楚又不清楚自己做了什么，才有机会坐在这里和大家聊茶。生活的转变是有的，但我想我会坦然拥抱现在的生活，继续做好技艺上的传承与创新。"

　　"此次引起这么广泛的关注，你觉得和你的'90后'身份，以及靓丽的外表有关系吗？你介意人们因为外表关注你的茶吗？"

　　以沫尴尬而不失礼貌地笑了一下："不管因为什么，我都很感激大家对我的关注，我也很高兴自己能给大家打开一扇大门，让更多人看到新生代对传统文化的历史传承。但我更希望越来越多的匠人被大家温柔相待，让他们'择一事，终一生'的精神感染更多人。"

　　录完节目，以沫匆匆赶往李长健位于浦东的中式别墅。但因为遭逢了平安夜的晚高峰，紧赶慢赶她还是迟到了。

　　走进名流云集的宴会大厅，以沫一眼就看见坐在李长健右侧的徐行。数日不见的他穿着一身正装，垂眸把玩着手上的白瓷酒杯。他英俊的脸上带着三分疏离，像是在听他们热切的交谈，又像没有在听。以沫目不转睛地看着旁若无人的他，情不自禁地心跳加速。

　　"哎，这不是我们的新科网红吗？怎么百岗尖都拦不住你爬第一，来我这里反而还迟到了呢？"李长健见了以沫，朗声打趣说。

　　徐行应声抬头，见着她的一瞬，双眸中波光涌动，不自觉扬起嘴角浅浅一笑。

"您这里高门大户，哪里是百岗尖能比的？"以沫笑着走到一个空位上坐下，诚恳地道歉，"对不起，我迟到了。"

　　李长健笑吟吟地打量着她，真是士别三日当刮目相待，眼前的小姑娘比之半年前更加沉稳自信，显然是历练出来了："迟到是要挨罚的。来来来……"

　　李长健往分酒器里倾满白酒，转动餐桌转盘，把满满一杯酒转到以沫面前。以沫面露难色，不饮酒是茶人的基本修养，她向来滴酒不沾，要是真把这一杯酒喝下去，只怕当场就要倒地不起了。但在中国式饭局迟到还不喝酒自罚，也是说不过去的。她正在迟疑，上首的徐行突然转动转盘，在众人不解的目光中把那杯酒转到了自己面前。

　　李长健有些纳罕，徐行一向不是个多管闲事的人，莫非对这个小姑娘有兴趣？他笑了笑："徐行，你这是要英雄救美？酒桌上的英雄可不好当啊！"

　　在众人的嬉笑起哄声中，李长健又倒了满满两杯酒推到徐行面前。徐行面不改色地看着那三杯酒，伸手捞起一杯一口饮尽。依次喝完三杯酒，他转头一字一句问李长健："Warren，现在可以放过我女朋友了吗？"

　　李长健一愣，恍然大悟地哈哈大笑起来，笑完，他对以沫招了招手："来，坐这边。"

　　坐在徐行右边的那位仁兄很有眼力见地起身换去别的地方，以沫含羞带怯地走到徐行身边。她刚一坐下，正和李长健说话的徐行就在餐桌下扣住了她的左手。同李长健说完话，徐行回头深深地看了她一眼。她敏感地捕捉到空气中属于他的那一抹气息，那气息中掺杂着甘醇的酒香，让她有种喝了酒一般的微醺感。

　　"野村一闲的茶味道怎么样？"李长健问道。

以沫定了定神，把大德寺茶宴的见闻同他说了一遍。李长健听得津津有味，继而又问了她寻找金兰花的细节。听完，他若有所思地喝了一口酒，这才问道："你的投资找得怎么样了？"

以沫谨慎地回答："目前有几家公司在和我们洽谈了。"

李长健压低声音，开诚布公地说："其实你这个项目还是挺有趣的，没有太多竞争对手，又有独特的产品。不过有一个致命的 bug：野生金兰花几乎绝迹，你很难短时间内找到一个合适的环境量产它。没有金兰花，你的古法七莘茶很难走向市场。"

"我已经在和金兰花原产地谈林地经营合作了，量产金兰花的环境不是问题。"

"据我所知，这种花对自然环境要求很高，细微的内外参数变化都可能导致培育失败。"

以沫看了眼李长健，这人真的是很老辣，一下子就点住了她的死穴："我们分析、预测过这种风险，有应对措施，也做好长期投入的准备了。"

李长健不依不饶："这个长期是多长？"

以沫嗫嚅了一下，李长健仍然是她最理想的投资人，她无比希望喜绿前进的路上有他在副驾驶上保驾护航，她不想告诉他自己对这个时间没有把握，也许三年，也许五年，也许更久。

这时，一直静听他们谈话的徐行淡然开口："半年。"

以沫和李长健不约而同地朝徐行那边看去，他却卖起了关子："Warren，饭局结束后，有没有兴趣跟我去雨林漫步？"

圣诞节钟声响起时，李长健在松江区郊外见到了徐行说的"雨林"。那是一个白色气泡状的大棚，在月光和灯光的照射下，活像一个平地冒出的肥皂泡。

李长健和以沫好奇地跟着徐行踏进那个充满未来感的肥皂泡里。肥皂泡不大，大约五百平方米，却高达十余米，视效颇为震撼。它名为雨林，里头却没有半点绿色，只有庞大的照明、喷灌、送风系统在无声地运行。

朦胧的散射光在他们眼前跳跃，湿润的水雾在含氧量极高的新风中飘荡，如同春日里沾衣欲湿的杏花微雨。虽然看不见绿色，但只要一闭上眼睛，就会感觉自己站在一片真正的雨林里。

见过垂直农场的以沫不需要任何解释，就能完全理解这座雨林是怎样建成的。如果说上次在垂直农场里，她看见了他的心，那么今天站在这座雨林里，她感觉自己完整拥有了他的心。难以言喻的感动汹涌袭来，她眼中泛泪、欲说还休地望着徐行的侧脸，恨不得立刻投进他怀中。

徐行仰望着网格状的屋顶，对李长健做简单讲解："大棚的主体材料是 ETFE 膜，这种材料比玻璃和塑料的性能好很多，蜂巢式结构比传统大棚轻便坚固。从下个月起，会有五千株金兰花和一些热带植物被送进来，快则半年，慢则一年，雨林金兰就实现量产。"

李长健一边听，一边频频点头。末了，他仰头缓缓环视四周："十年前，谁能想象在上海就能漫步雨林呢？要我说，你应该等植物都进来后再带我们来参观，到时候你的小女朋友没准会感动得想要立刻嫁给你。"

徐行含笑看着以沫："我本打算下个月底在这里求婚的，但是Warren 你破坏了我的布局，好好想想怎么弥补我吧。"

李长健大笑着说："那这样吧，打铁趁热，你现在就把婚求了，我给你们两个做见证人。"

徐行缓缓收起笑意，抬手把以沫垂在肩上的发丝绾去耳后。他爱怜地看着她，然后牵起她缺了半只拇指的左手，单膝跪下："以沫，嫁给我好吗？"

他的声音是低微的、恳求的、退让的，就像他的爱曾翻越了千山万水，这才千里迢迢回到她身边一样。

以沫头脑一片空白地看着他，明亮的散射光海雾一般笼罩着他。没有戒指，没有烟花，圣诞节也没有飘雪，但以沫觉得这就是世界上最盛大的浪漫。她鼻根酸得厉害，脸部和鼻尖因感动发红，八九秒钟后，她拿手捂住自己的嘴，哽咽着逗他："在我说愿意之前，是不是要先确定你妈妈也愿意？"

徐行失笑，片刻后正色说："她一定愿意。"

"为什么？"

"因为这个雨林花光了我所有积蓄，还透支了我未来二十年的工资。她要是知道这一点，就会明白除了你这个傻姑娘，不会再有任何女人愿意嫁给我了。"

以沫强忍多时的眼泪夺眶而出，连哭带笑地说："那是不是以后我都要养你了？"

"对，你愿意吗？"

以沫扁着嘴，泪光闪闪地凝视了他很久："看样子以后我要努力赚钱了。"

说完，她抽出手，朝他微微张开双臂，徐行起身用力把她拥入怀中。以沫不知道如何形容那一刻的感觉，就像鸟儿回到了它的巢穴，美满得叫人叹息。

李长健在旁边呵呵笑着："我不介意你们这时候接吻。"

徐行松开以沫，将手轻轻环在她腰上："Warren，见证人不是白当的，要准备大礼的。"

李长健指了指他："好啊，原来在这里等着我呢！"

徐行笑了起来："说吧，可以投多少钱给我老婆？"

李长健气定神闲："随她提。"

以沫犹在梦中，好一会儿才回过神来，她思忖了一会儿，谨慎说："三千万吧？"

"三千万？"这个数字让李长健蹙起了眉。

以沫的心一下悬了起来，会不会是自己要得太多了？早知道说一千万好了。她正七上八下，却见李长健沉吟片刻，云淡风轻地补充道："那就欧元吧。"

元旦当天傍晚，以沫跟徐行一起从上海回晖城见家长。

大院的节日氛围很浓，大院门口亮着两只硕大的红灯笼，连路灯上都被挂上一串串红彤彤的小灯笼，它们在暗蓝的天光下红成一片，倒像是在给刚刚订婚的他们道喜。

泊了车，徐行牵着以沫往家中走去。这一路上，以沫不由得回忆起过往，整个人沉浸在淡淡的忧愁和不安里。

家里人知道他们要回来，院门敞开了小小一扇。他们一路畅通无阻地走进院子，一径步入屋内。

客厅里正在播省台的晚间新闻，厨房那边传来锅碗瓢盆碰撞的声音，间杂着传来辜振捷浑厚的声音："小王，今天你这个药膳炖鸡里别放黄芪，以沫吃不来这个味道……这个青豆也多过一阵水，她爱吃绵软一点的。"

王嫂爽朗的声音传来："哎哟，行了行了，你去看电视好吧，别监工了，以沫是吃你做的饭长大的？！"

"你看你，老了老了就说不听了。"

以沫的心怦怦跳着，一切都是那样熟悉，仿佛九年前的事情又重新活了过来。她正自愣怔，端着一碟凉菜的辜振捷就从厨房里走了出来。

九年未见，辜振捷已经显了些老态，他的鬓角发了白，肩背也不复中年时那样的宽厚挺拔。也许和他朝夕相处的家人并不能发现他的老态，可以沫一眼就发现了时间对他的摧折。她的眼圈一下子红了，就像看到骤然苍老的父亲一般。

两人视线相接，一道亮光从辜振捷眼中泛起："小王，你看谁回来了？"

厨房里"当啷"一响，就见些微发福的王嫂像只母鸡般欢快地冲了过来："哎哟，我的小丫头，可算回来了！"

她上前拉住以沫的胳膊，心疼地说："怎么变得这么瘦？"

辜振捷笑眯眯地对以沫招了招手："快来快来，去看看王嫂给你做了什么。"

以沫和徐行依言走进厨房，王嫂献宝一样端起蒸笼屉，她被冒着白气的小蒸笼烫得不行，手忙脚乱地把它放在餐桌上，一边捏耳朵，一边笑着往上迎："你看看是什么！"

以沫连忙上前查看她的手，见只是轻微烫红了，这才放下心来，含笑问："是小肉卷啊！"

"可不就是！我记得你最爱吃这个，昨天晚上就发了面，给你准备上了。"

辜振捷朗声大笑，指着王嫂说："你啊你，越老越懒！我上个月就念叨让你蒸一屉，你装聋作哑地应付过去了。看来，我还要沾以沫的光才能吃上一顿了！"

王嫂不接他的话茬，望着辜徐行说："下面还蒸着一屉大闸蟹，一会儿管你饱！"

听到"大闸蟹"三个字，辜徐行和以沫心中微微一动，想起童年往事的他们不约而同地朝彼此看去，目光相触的瞬间，以沫不禁脸颊绯红。

四人寒暄了一阵，从厨房返回客厅。辜振捷心情舒畅地喝了口茶，故作严肃地对以沫说："终于肯回家了啊？"

虽是嗔怪的语气，听在以沫耳朵里却很暖。辜振捷像是攒了一肚子问题，不停地朝以沫问这问那，以沫接连答了，抽了个空隙问："徐阿姨呢？"

"在楼上折腾她那张脸呢，不到饭上桌，她是不会来的。"

他话音刚落，就见穿着一身丝绸睡袍的徐曼懒洋洋地走了下来："你一天不说我坏话就不痛快。"

她耷拉着眼皮子走到辜徐行身边坐下，掀起眼角扫了以沫一眼，轻描淡写地说了句："哟，来了。"

以沫朝她盈盈一笑，柔声叫道："徐阿姨！"

她嘴角动了动，也算是应了。

以沫鼓起勇气定睛看了她一眼，她比上次在上海见时胖了一些，也显老了一些，白腻的皮肤松弛地往下坠着，坠出些颓唐、无奈的纹路。她的眼神虽然还是那样冷漠，却不再像以前那样咄咄逼人，透着点凡事不再较真的颓靡。大抵经历了些风波，真的累了，倦了。

徐曼一下楼，气氛瞬间就冷了下来。

偏巧电视里的新闻女主播突然插进一条新闻播报："在省商务厅的指导与协助下，我省知名文化传承人宁以沫女士带领考察团赴斯里兰卡考察。考察团与斯里兰卡茶叶局领导，以及日本、肯尼亚等17

个国家的代表进行了座谈交流，共同探讨了两国茶叶产业的发展历程，并举行了茶叶品鉴会。此次会议以我省的七莘茶为媒，礼待各国宾客，是将我国茶文化向世界传播最直接、最有效的方式……"

简讯播完后，画面切入省台之前在七莘山给以沫拍的新闻短片，对宁家三代人守护七莘茶茶魂的精神大加讴歌。

尽管最近经常在电视新闻、综艺节目看到以沫的相关消息，辜振捷业已对她墙内开花墙外香的事迹烂熟于心，但他还是听得很认真，一边听，还一边频频点头。听完新闻对以沫的褒奖之词，他脸上大放异彩："丫头，你没有让我失望，也对得起你父亲的在天之灵啊！"

徐曼漫不经心地听着新闻，脸上没有任何表情，像是没看在眼里，也没听进耳朵。

不多时，菜饭上齐，一家人团团圆圆地在饭厅里聚拢。辜振捷兴致高涨地开了一瓶酒，亲自给徐行斟上："小子啊，这些年你做得最像样的一件事，就是把我闺女带回来了。"

王嫂春风满面地往以沫的餐盘里"码城墙"，然后又给以沫把鸡汤盛上："多喝点鸡汤，把脸补圆一点。"

以沫近几年为做茶已经改吃素了，但盛情难却，她恭恭敬敬地接过那碗鸡汤放去嘴边，然而只喝了一口，她就忍不住恶心地吐了出来。

"怎么了？"王嫂惊叫了一声。

以沫一边拿湿巾擦嘴，一边连连说："没事没事，可能太累了，最近食欲不是很好。"

王嫂和徐曼微妙地对视了一眼后，眼睛里突然冒出一道亮光，她压低声音问："该不是有毛毛了吧？"

以沫被呛得连连咳嗽，满面红云地朝她们看去，这种问题怎么回答似乎都不对，她只好尴尬地闭口不言。

王嫂见她不答，以为她是默认了，喜滋滋地朝徐曼抛去一个得意的眼神。徐曼嘴角微微一翘，旋即正了颜色，挑起两条眉毛，用一副高高在上的口吻说："有些事情别怪当阿姨的没教育你，现在的社会风气是比过去开放了点，但未婚先孕怎么都不能算体面事儿。你是个女孩子，要晓得自爱，别到时候挺个大肚子进门，被家里亲戚笑话了去。"

她一番训话说得徐行的脸也通红。

辜振捷摇了摇头，给她夹了块梅子小排："你少说几句。"

她见以沫一副虚怀若谷、洗耳恭听的样子，暗暗舒了口气：眼前这丫头确实有长进，再也不像过去那样畏畏缩缩，鹌鹑似的招人嫌了。

她慢悠悠地咬了口小排，瞟着以沫的小腹继续训话："再说你明年不还有个国际茶王赛吗，哪有挺着肚子去比赛的？！不是说咱们家缺你那份成绩光耀门楣，我只想提醒你，别以为嫁了个好人家就可以在事业上泄气，没有男人会一辈子爱一个平庸无能的女人，听进去没有？"

"听进去了，阿姨。"以沫低眉顺眼地应了声，嘴角带着淡淡的笑。甘蔗没有两头甜，她不能指望得了那么完美的丈夫，还能得一个人善、话少、事不多的婆婆。她认了。

想到这里，她抬起头朝徐曼脸上探看了一眼。王嫂的梅子小排想来做得很不错，她吃得心满意足，样子有那么点孩子气。时过境迁，世殊事异，她突然觉得这位准婆婆似乎不像以前那么难搞了。

以沫和徐行的婚礼定在这一年的 6 月 6 日，因为以沫觉得这一年特别顺风顺水：

1 月，喜绿顺利拿到李长健的投资；3 月，喜绿在上海的第一家门店落实了店址；4 月底，在刚落下帷幕的第一届国际茶王赛上，喜绿获得绿茶组金奖；5 月，管小潮顺利谈成了御承堂的并购……

寻常人的一生，可能多数时候都处在喝凉水都塞牙的状态，但如果一直咬定青山不放松，总会在某个时候迎来被温柔相待的好时光。

所以她选择在这一天结婚，然后用余生去纪念这一年的良辰美景。

筹备婚礼对以沫和徐行来说是一件无比烦琐、苦闷的事情，崇尚自由、简约的他们倾向于邀请几位知己，在某个有独特意义的地方办一个小仪式，但这种方案自然不可能在徐曼那里通过，所以他们提都没提——有徐曼大包大揽，他们乐得忙自己的工作。

相比之下，姜敏反而比以沫对婚礼更上心，不是强行把以沫拖去做婚前塑形训练，就是帮她选各种婚纱礼服。

姜敏很不满徐曼包揽整个婚礼的铺排，以伴娘兼新娘娘家人的身份强势介入徐曼和婚庆的沟通中，和徐曼斗得不可开交。

徐曼这个人虽然很强势，但审美在线，见姜敏出的效果图确实不错，也就一边刁难着，一边把意见采纳了。于是，在姜敏的努力下，大红大绿晚会风婚礼被一点点改良成繁花遍地的森林系主题婚礼。

这天，以沫刚从上海飞回晖城，还没来得及喘口气就被姜敏从酒店拖了出来："宁以沫，婚礼的大权你让了就算了，要是婚纱你都不好好选，我就弄死你。"

以沫被她拽得头晕眼花："这不是有你吗？"

"拜托，是你结婚好不好？你认真一点啊！"

以沫忍俊不禁，她没有告诉姜敏，两天前，她和徐行已经离经叛道地举行了一场只有他们自己的婚礼。

举办婚礼的地方在柴达木盆地一个满是古贝壳的荒地上，徐行告诉她，这道两公里长的小丘陵是古海的遗迹，也是古生物地层的科研瑰宝。在这里，他们能亲眼见证沧海桑田的变迁。

当以沫被蒙上白色头纱，站在二十多米厚的贝壳堆积层上，耳听他在猎猎的北风中念出莎士比亚的十四行诗时，一种被震撼、被烧灼的感动淹没了她。

他们并肩站在这片古老的土地上，天高地迥，亘古洪荒，他们仿若置身岁月的长河，世间再无过去，也无未来，人类共通的悲欢喜乐都在这个时间的罅隙中凝聚成了永恒。

爱不随分分秒秒，日日月月改变，

爱不畏时间磨炼，直到末日尽头。

6日凌晨，睡得迷迷糊糊的以沫被姜敏推醒。

巨大的化妆镜前，睡眼惺忪的新娘子以沫愣愣看着造型师飞快在自己头上盘着，脸上涂抹着。她不理解为什么结婚这天一定要浓妆艳抹，把新娘子搞得面目全非。真正的仪式感，难道不应该让新郎新娘以最真实的面孔结合吗?

被折磨了近三小时后，以沫发自内心地感谢徐行提前给了她一个那么有意义的婚礼。

化完妆，姜敏把挂在架子上的婚纱推了过来。

婚纱是她们两人一起敲定的，手工刺绣的一字肩刺绣大拖尾。化妆师和姜敏小心翼翼地帮以沫穿上婚纱，婚纱上身的那一霎，姜敏一下子感动得热泪盈眶:"太漂亮了!"

以沫也惊呆了，她缓缓把手指伸到镜面上，触着镜子中的陌生自己，情不自禁地逸出笑容。她不得不承认婚纱是具有魔力的，就像灰姑娘的魔法裙，一旦穿上仿佛就能变成世界上最美丽的女人。

"胸呢? 不行，要再加个胸垫才显得更大!"姜敏一边帮她调整婚纱，一边下命令，"束腰还可以再勒紧一点！"

因嫌化妆师手脚不利索，姜敏索性亲自去勒那个束腰，谁料她刚上手一扯，以沫突然脸色苍白地跌坐在地毯上。那个跌倒的动作很急猝，像支撑着她的力量被瞬间抽走了一样。所有人都吓了一跳，急切地围上前去询问："你没事吧？"

姜敏在以沫面前蹲下，花容失色地问："以沫，你怎么了？你哪里不舒服？"

以沫捂住胸口大口大口地吸了几口气，虚弱地说："不知道怎么了，头晕，喘不过气来……好冷，身上好冷。"

摄影师助理赶忙把室内的空调关上，化妆师也找了一条披肩披在以沫裸露的肩膀上。做完这一切，众人都在以沫不停轻颤中面面相觑：太奇怪了，这6月里的天，怎么会突然觉得冷？

姜敏接过摄影师递来的热水，送到以沫面前。脑子里装满"小言"和韩剧的她产生一些不好的联想，急得几乎哭出声来："你……先喝点水吧。"

以沫喝完水，又原地坐了几分钟，慢慢地，那种呼吸不畅的感觉消失了，她冰凉的身体也一点点暖了过来。等那种不适的感觉完全消失后，以沫扶着姜敏站起身来："没事了，突然又好了。"

"天，到底怎么回事？"

以沫勉强一笑："我也不知道，可能是没睡好，也可能是紧张吧？"

姜敏见她面色如常，心中略宽，但多少还是不踏实："婚礼一结束，咱们就去做个全面检查。"

以沫拍了拍她的肩膀："上个月刚一起体检过，你忘了？"

"对哦！"姜敏松了口气，公司年度体检的报告他们都交换看过，他们铁三角的健康状况都很棒。排除掉最可怕的那个狗血联想后，姜敏的心落回原位。人有时候是会突然有那么一阵说不清道不明的不适，这种体验她也有过。这样想着，她就对这个意外的小插曲释然了。她不敢再使劲去拉以沫的束腰，稍微意思了一下就把丝带打上了蝴蝶结。

一切收拾停当，以沫走去窗前，居高临下地眺望着外面的风景。这座酒店不是晖城最豪华的酒店，却可谓晖城最有情调的酒店，它坐落在郊区的山谷里，从她的位置可以俯瞰到杉木林、花园、葡萄园和人工湖。

不远处的停车场里泊满了车，酒店四通八达的甬道行走着前来参加婚宴的宾客。

以沫知道她不可能等到那道身影，但还是很认真地扫视每一位走进酒店的来宾。

半个月前的某个深夜，她梦见少年时的江宁，他俩并排坐在大院的水塔上，一起晃着小腿说笑谈天。梦醒后，她给江宁发了条微信：江宁哥，我和徐行哥要结婚了。我很幸福，你也要幸福。

她没有告诉他结婚的具体时间和地点，也没想过要收到他的祝福，她只是想给他一个交代。无论是做兄妹，还是做恋人，他们这一世的情分都只能到这里了。但他永远是她生命的一部分。

愣怔间，身后传来不知道谁的声音："吉时快到了，我们下楼吧。"

以沫神情温柔而坚定地回头，粲然地朝他们一笑。

婚礼在花瓣雨中结束，是盛大而圆满的模样。

作为伴娘和婚礼的灵魂策划人，姜敏心满意足地凝望着深情拥吻的徐行和以沫。她完全放松地靠在椅子上，脸上的表情透着种与她年龄不符的慈祥感。

管小潮一边鼓掌，一边泪光闪闪地说："他们终于结婚了。"

姜敏一动不动地说："是啊，我等这天很久了。这些年很怕以沫想岔了，和他走不到今天，就一直帮他们守着……总算是守住了。"

隔了很久，她又自顾自地说："有年冬天，下了很大的雪，他们两个一起在雪地里堆雪人，堆了好大一个佛像。你是没见到他们笑起来的样子，真的很美。"

她的声音很轻，像是呓语，她不确定管小潮有没有听见。

下午四点，陪徐曼送完所有宾客的姜敏坐电梯去了酒店顶楼。

城堡式的酒店，从顶楼的楼梯可以爬到城堡的塔尖里。

她蹬掉脚上的高跟鞋，光脚站在粗糙的地面上，背靠着玻璃点着了一支烟。连抽了几支烟后，她的视线被玻璃窗外一只蜜蜂吸引了。它在下午金色的阳光里扇着翅膀盘旋，轰炸机一样憋着劲想往玻璃里钻。蜜蜂贪亮，且死心眼，总想扎进不属于它的光明里，最后落个身心俱疲，不好看。姜敏看得落忍，便重重地在玻璃上弹了一指，那蜜蜂犹如受了当头棒喝，远远地飞了去。

姜敏俏皮一笑，习惯性地摸出手机。百无聊赖地玩了会游戏，她又意兴索然地退了出来。愣了会儿神，她突然按住手机说道："Siri，今天我很开心。"

片刻后，Siri 回道："请问有什么开心的事情可以分享呢？"

"我最爱的人终于结婚了。"

"我不明白，这难道不是应该伤心吗？"

"不，你不懂。"

"抱歉，我只是个机器人。"

半晌后，姜敏说："Siri，讲个笑话给我听。"

"小红的包掉了，找警察报警。警察拍着胸脯保证：'放心吧，包在我身上。'小红听完说：'那你还不还我？'"

姜敏果然笑了，笑着笑着，眼圈却有点儿发红。

"Siri，你觉得我好好念书能上哈佛吗？"

"哈佛大学位于美国波士顿剑桥城第八花园街，离你相当遥远。"

姜敏笑出了眼泪，她弓着腰，上气不接下气地哽咽着。过了很久，力气耗尽的她双腿绵软地蹲在了地上。她目光澄明地看着手机屏幕上映出的自己，含笑说："Siri，我爱你。"

"你是不是对每个苹果设备都这么说？"

她的嘴角涩然垂下，握着手机的手也跟着无力地垂下。

以沫度完蜜月回到问山，发现办公室里堆满了她和姜敏的快递。她耐着性子拆了几个后，转而翻看起这堆快递的寄件人。没多久，她在快递堆里翻到一个来自国外的包裹。她认真辨了辨上面的英文地址，心脏突然怦怦地跳了起来。她拿起美工刀，三两下拆开包裹，只见里面装着一条爱马仕丝巾和一个装满纸质文件的文件袋。

以沫迟疑着拉开那个颇具分量的文件袋，取出最上面的东西打开。那是一套中式别墅区的全套图纸，包含了设计方案、施工图、实景图、SU 模型。一看笔迹就知道是江宁亲自绘的。

她一边细细地看，一边在脑海里构想那个别墅区的样子，以她对江宁的了解，她不难想象那个项目的诗意与美好。

一直以来她都以为江宁学建筑只是玩票，没想到他是认真的，并在这方面有很大的进益，以至于能独立掌控这么大的一个项目。

看完所有图纸，她又把袋子里剩余的东西拿出来。那是一套别墅的装修图纸，同样出自江宁的手笔。以沫捧着那套图纸看了半天，心中隐约有了个猜想。

她咬了咬唇，照着包裹单的发件人联系方式拨了个电话出去。

她怀疑那个电话是个空号，即便不是空号，也不会真的被接起。但出乎她意料的是，电话没多久就接通了。

"收到我给你寄的结婚礼物了？"

传来梁雁的声音，她像是在一个非常安静、空旷的地方行走，电话里能清楚地听见她高跟鞋敲击地面的回音。

"对，谢谢！"

"丝巾喜欢吗？"

"喜欢。"以沫沉吟了一下，"只是……为什么把他以前画的图纸寄给我？"

"那张图纸画的是他曾经想给你的家。"隔了会儿，梁雁又说，"有一年我问他为什么拼了命地做'稷下庄园'。他说他想亲手建一个田园，一个家，一个有他、有你还有小宝宝的家。"

以沫终于明白江宁为什么会改学建筑设计了，她鼻根一酸，捂住嘴幽微地叹了口气。

"这也是他唯一从国内带到关岛来的东西。"

"嗯。"

"其实我不想给你，恐怕你也未必想收。"电话那端，梁雁的气息有些不稳，她像是在爬比较高的台阶，"但是思来想去，还是背着他一并寄了过来。好的愿望，即便落了空，也值得被珍惜，你说是吧？"

"你们还好吗？宝宝半岁了吧？"

那边静了很久："嗯。"

"男孩女孩？像你还是像他？"

"女孩，像他。"

以沫欣慰地笑了："他和你在一起吗？我想和他说说话。"

"不，他不在，他……带女儿出去了。"

以沫有些失落。当她意识到她们静了很久时，她不得不随便找个话题打破尴尬："今天关岛天气怎么样？"

"今天关岛天气怎么样？"

听以沫这样问，梁雁抬头看了看天空。又是一年雨季，天空中云层堆积，沉甸甸地压在她头顶。

她不知道雨什么时候会落下来。

看到江宁在黑白照片上对她笑，她突然不太想说话，垂手挂掉了电话。

墓园的台阶有些潮，她轻轻拂去他墓前的落叶，放下一束白菊。她盯着那张黑白照片出了会儿神，缓缓伸手在那方寸小照上摩挲："你不会怪我吧？你放心，我一定不会让她知道。"

江宁是在一场车祸里离开的。

关岛本地报纸给了一个很小的篇幅记录那场车祸：

> 6月6日上午，在沿海公路发生一起严重车祸，一辆奔驰车因为大雨滂沱、道路湿滑被追尾车辆撞翻。由于车速极快，那辆奔驰车虽然有顶级配置，但还是不堪巨大冲击力成为一堆烂铁，车内两名男子当场毙命……

农历新年后，江宁总是突然出现晕船的症状。梁雁以为他是病了，但是全面检查后，私人医院的医生说他的健康状况非常好，建议他去看心理医生。

江宁看过几次心理医生，但症状始终得不到缓解，就不了了之了。她费了好大的劲儿从心理医生那里问出真相。医生说，江宁觉得关岛是一艘永远开不到彼岸的船。

她便知道他是留不住了。

她不清楚他是怎么联系上中国警方的，也不清楚他们计划了多久。她被蒙在鼓里，密不透风。她也是亲耳听见聂昭下令追捕，才知道江宁出逃了。也不是没有过预感，那天他酩酊大醉地告诉她以沫要结婚了，她就设想过这个结局。

追捕他的那天，整个帮派倾巢而出，出动二十辆车从不同方向围追堵截。不过一场雨的工夫，她就听到了江宁的死讯。和江宁一同丧生于车祸的，还有那个叫唐瑞阳的警官。

但他们没有白白牺牲，关岛警方对这起明目张胆的人为车祸非常重视，他们顺藤摸瓜，很快就把目标锁定在聂昭集团身上。半月前，逃出去的中国警察把聂昭在美国本土犯罪的证据移交给美国政府。聂昭在关岛私设赌场、贩毒、诈骗、谋杀等证据确凿，目前已被警方批捕，等待他的将是法律的审判。

几天前，又有中国警察来劝返她。她问了有关那场车祸的事。警方告诉她，江宁回国前已经做好了殒命的准备，他把整理好的相关证据交给警方后，只提了一个要求——如果他没能活着离开，请务必不要通知他在国内的亲人。

在墓前站了一阵，梁雁脑中有些晕眩。江宁什么也没给她留下，连一句话也没有，但他的"晕船症"似乎传染给她了。对此，她与有荣焉，毕竟这是他们唯一的联系了。

她缓缓地在墓碑边坐下，把头靠在冰冷的石碑上："是想看她穿婚纱的样子吧？哪怕不是为你穿的。"

劲风从树叶枝丫间穿过，其声呜呜，像是悲鸣。几大颗水珠随风而落，冰冰凉凉地砸在她脸上。

她缓缓抬手，抱住自己的臂膀，然而还是抵不住那种内外交加的冷。她将自己缩得小点，再小点，缩得像一只停落在他墓前的寒鸦。

"当初应该跟他们走的啊，为什么要这么傻？"

他曾经有一线机会活着离开，但他为自己的尊严和骄傲放弃了。

瓢泼大雨浇下来的时候，梁雁冷不丁忆起孩提时背过的一首诗，她迟滞地念道："生当作人杰，死亦为鬼雄。至今思项羽，不肯……"她疼得无法呼吸："不肯……过江东。"

尾　声

又一年 6 月，以沫在回家的路上听见出租车电台播了个广告：上海国际电影节即将于 3 日开幕，据悉，电影节期间，《泰坦尼克号》等经典影片将以杜比视界 3D 格式在指定影院放映。如果想要重新感受那个刻骨铭心的爱情故事，千万不要错过这次机会……

以沫心念一动，用手机看了看关于上影节重播经典电影的新闻。

《泰坦尼克号》3D 版重映那年，江宁约她去重温。正排队买票，江宁却被一个重要的电话叫走了。她不想挤在一群情侣中被虐，便买了别的电影票。

就这样直到大四毕业前夕，她才跟大学室友在电脑上看完这部著名电影。电影结尾处，痛失杰克的露丝站在自由女神像前，黯然告诉登记人员她叫"露丝·道森"时，她和那个室友同时泪流满面。

从此，她成了这部老片子的狂热粉，一直期待在电影院的大银幕上重温。

电影上映那天，以沫和徐行早早到了。候场时，百无聊赖的以沫拽着徐行的袖子说要吃冰激凌。

他一向不准她吃凉的，这种时期怕是更不会同意。果然，她的请求刚一出口，就被他无情拒绝："你要为我们的'00后'负责。"

以沫百爪挠心地看着旁边吃冰激凌的小女生，她也不明白孕妇为什么会这么馋。扁了半天嘴，见他仍无动于衷，她只好曲线救国，可怜兮兮地抓住他的手腕不停地晃啊晃："哥哥……"

她吃准他根本分不清养老婆和养女儿的区别，继从小就会的含泪认错之外，又开发出对付他的新武器——撒娇卖萌。

他果然是吃这一套的，黑着脸忍了半天笑后，慢悠悠地去旁边买了只冰激凌。在众人的注目之下，他旁若无人地舀了一小勺递去她嘴边："含三十秒，我再给你下一口。"

吃完最后一口冰激凌，以沫怅然若失地回味了下："哥哥，你下次什么时候出差……"

漆黑的电影院里，她猫一般腻在他怀里。

暌违十余年，再在电影院里观看旧电影，他们都有些感慨，为一往无回的青春，也为倥偬急促的时光。

两人紧握着手，投入地看着影片。剧情推进到杰克给露丝看人体画像，以沫突然领悟当年他为什么要让她出去买椰汁了。她抬头往辜徐行脸上看去，伸手指了指他，娇嗔的目光里有些控诉的意味。

他似乎全然未察觉她的异状，一双眼睛专注地盯着大银幕。

以沫越想越不忿，刚准备点出他当年的小心思，他嘴角微微一翘，一只手忽然朝她眼睛上覆了过来。

与此同时，电影院蓦地传出了一阵议论声和暧昧的笑声。就这样，以沫再次错过了露丝的裸露镜头。

以沫又好气又好笑地任他捂着眼睛，良久，她的心在一片黑暗和温热中静静沉了下来。她仿佛看见一个小女孩的剪影从一道光亮里跋涉而来，她停在不远处张望，张望着属于他们的幸福。

她轻轻拉下他的手，回眸定定望着他。他反握住她的手，爱怜地回望着她，在这无边缱绻里相视一笑。

那一刻，以沫觉得很圆满。

电影里，杰克说他一生最大的幸运是赢得了那张船票。而以沫此生最大的幸运则是花光前半生的运气，换得后半生为他所爱。还有什么幸福堪比和爱人在喧嚣的俗世寂静相携，倾听年华如流水而逝，守望彼此的爱情长成参天大树？

〔全书完〕